读真题 记单词

大学英语六级词汇

(2009.12-2005.12)

李立新 主 编
王彦琳 刘 敏 于 丹 副主编

710分

- 收词齐全 历年真题词汇一网打尽
- 注释精准 词条重点突出循环记忆
- 全面扩充 同义反义同根全面囊括
- 精准译文 巩固记忆写译双重提高

CET-6

中国出版集团
中国对外翻译出版公司

图书在版编目（C I P）数据

读真题记单词大学英语六级词汇 / 李立新主编. —北京：中国对外翻译出版公司，2010.1

ISBN 978-7-5001-2389-7

I.读… II.李… III.英语－词汇－高等学校－水平考试－自学参考资料 IV.H313

中国版本图书馆CIP数据核字（2010）第015525号

出版发行 / 中国对外翻译出版公司
地　　址 / 北京市西城区车公庄大街甲4号物华大厦六层
电　　话 / （010）68338545　68353673　68359101
邮　　编 / 100044
传　　真 / （010）68357870
电子邮箱 / book@ctpc.com.cn
网　　址 / http://www.ctpc.com.cn

策划编辑 / 吴良柱　顾　强
责任编辑 / 韦　薇　杨红超

印　　刷 / 北京富泰印刷有限责任公司
经　　销 / 新华书店

规　　格 / 787×1092 毫米　1/16
印　　张 / 20.5
字　　数 / 410千字
版　　次 / 2010年1月第1版
印　　次 / 2010年1月第1次

ISBN 978-7-5001-2389-7　　定价：28.00元

前 言

突破六级并不难，关键要过词汇关。众所周知，熟练掌握大纲要求的词汇是顺利通过六级考试的基石，所以选择一本最有效的词汇参考书至关重要。对于备考六级的同学来说，大纲和真题是最权威的复习资料。真题除了用来熟悉出题思路，提高解题技巧之外，还是记单词的经典蓝本，因为真题几乎涵盖了所有大纲词汇，而且重点突出了高频词汇，所以在真题中记单词使得备考更有针对性。此外，把单词放在真题语境中，记单词就会更高效。因此读真题记单词无疑是一种非常有效的方法。

本书具备以下特色：

一、涵盖历年真题词汇，注释精准重点突出

本书收录了 2005 — 2009 年的大学英语六级考试真题。所有词条的选择和注释都既严格按照大纲的要求，又考虑到考生的需求。所注词条包括真题中所有疑难词汇和词组，以及读写常用搭配，而且重点高频单词、词组在不同的篇章重复出现，便于读者巩固记忆。

本书的注释不求全面，但求精准、重点突出。每个单词和词组先列出在对应的真题语境中的意义，随后是常用义项。考生掌握后就能轻松应对六级考试中的熟词生义、一词多义现象。附加的选项词汇注释更是为读者扫清了解题时的一切障碍。

二、全面扩充核心词汇，囊括同义反义同根词组

笔者根据大纲的要求，考虑到实战需要，根据各类词汇的不同特点，对核心词汇进行了全面扩充，附有常用的同义词、反义词、同根词及词组，方便考生通过联想扩大词汇量。

三、在语境中记单词，从容应对新六级

虽然新六级不再有词汇题，但词汇测试渗透到了每个题型中，而且大纲要求更加注重在语篇中综合运用词汇的能力，这从 2006 年新六级真题的仔细阅读、改错以及翻译题中可见一斑。只有在真题语境中记住的单词和词组才可以灵活运用，才可以在考试中以不变应万变。

愿此书伴您走向成功！

编 者

2010 年 1 月

目 录

Reading Comprehension 2005.12

Passage 1

Too many **vulnerable** child-free adults are being ruthlessly(无情的) **manipulated** into **parent-hood** by their parents, who think that happiness among older people depends on having a grand-child to **spoil**. We need an organization to help **beat down** the **persistent campaigns** of grandchildless parents. It's time to **establish** Planned Grandparenthood, which would have many global and local benefits.

Part of its **mission** would be to **promote** the risks and realities **associated with** being a grandparent. The **staff** would include **depressed** grandparents who would explain how grandkids break lamps, bite, scream and kick. Others would **detail** how an hour of **baby-sitting** often turns into a crying **marathon**. More grandparents would **testify** that they had to pay for their grandchild's expensive college education.

Planned grandparenthood's carefully written **literature** would detail all the joys of life of grand-child-free, a calm living room, extra money for **luxuries** during the golden years, etc. **Potential** grandparents would be reminded that, without grandchildren around, it's possible to have a conversation with your kids, who—**incidentally**—would have more time for their own parents.

Meanwhile, most children are vulnerable to the **enormous** influence **exerted** by grandchildless parents **aiming to** persuade their kids to produce children. They will take a call from a persistent parent, even if they**'re loaded with** works. **In addition**, some parents make **handsome** money offers **payable** upon the grandchild's birth. Sometimes these gifts not only cover expenses associated with the infant's birth, but extras, too, like a vacation. **In any case**, cash gifts can weaken the resolve of even the noblest person.

At Planned Grandparenthood, children **targeted** by their parents to **reproduce** could obtain **non-biased** information about the **insanity** of having their own kids. The **catastrophic psychological** and economic costs of **childbearing** would be emphasized. The **symptoms** of morning sickness

would be listed and horrors of childbirth pictured. A monthly **newsletter** would contain stories about **overwhelmed** parents and offer guidance on how childless adults can **respond to** the different **lobbying tactics** that would be grandparents employ.

When I think about all the problems of our overpopulated world and look at our boy **grabbing at** the lamp by the sofa, I wish I could have turned to Planned Grandparenthood when my parents were **putting the** grandchild **squeeze on** me.

If I could have, I might not be in this parenthood predicament(窘境). But here's the crazy **irony**, I don't want my child-free life back. Dylan's too much fun.

文章词汇注释

▸▸▸ **vulnerable** [ˈvʌlnərəbəl]

[释义] *a.* 易受伤害的，易受攻击的，脆弱的

[同义] defenseless, exposed, sensitive, unprotected

[同根] vulnerability [ˌvʌlnərəˈbɪlətɪ] *n.* 弱点

[词组] be vulnerable to 易受…伤害的

▸▸▸ **manipulate** [məˈnɪpjʊleɪt]

[释义] *v.* ①操纵，控制 ②(熟练地)操作，使用

[同义] conduct, handle, manage, maneuver, operate

[同根] manipulation [məˌnɪpjʊˈleɪʃən] *n.* 处理，操作，操纵，被操纵

▸▸▸ **parent-hood** [ˈpeərənthʊd]

[释义] *n.* 父母身份，家长身份

▸▸▸ **spoil** [spɔɪl]

[释义] *v.* ①宠爱，溺爱 ②损坏，破坏 ③(指食物等)变坏，腐败

▸▸▸ **beat down** ①压制，打倒，镇压 ②使倒伏，摧毁 ③杀…的价

▸▸▸ **persistent** [pəˈsɪstənt]

[释义] *a.* ①持续的，顽强地存在的 ②坚持不懈的，执意的

[同义] continuing

[同根] persist [pə(ː)ˈsɪst] *v.* ①坚持，固执 ②持续，存留

persistence [pəˈsɪstəns,-ˈzɪs-] *n.* ①坚持，固执 ②持续，存留

persistently [pəˈsɪstəntlɪ] *ad.* ①持续地，顽强地存在地 ②坚持不懈地，执意地

▸▸▸ **campaign** [kæmˈpeɪn]

[释义] *n.* ①(政治或商业性)运动，竞选运动 ②战役 *v.* 参加活动，从事活动，作战

[同义] cause, movement

▸▸▸ **establish** [ɪˈstæblɪʃ]

[释义] *v.* ①建立，成立，设立，创立，开设 ②确立，确定，制定，规定 ③证实，认可

[同义] fix, found, organize, prove, settle

[反义] destroy, ruin

[同根] establishment [ɪ'stæblɪʃmənt] *n.* ①建立，确立，制定 ②(包括雇员、设备、场地、货物等在内的)企业，建立的机构(如军队、军事机构、行政机关、学校、医院、教会)

[词组] establish sb. as... 任命(派)某人担任…

mission ['mɪʃən]

[释义] *n.* ① 使命，任务 ② 代表团，使团

promote [prə'məʊt]

[释义] *v.* ①宣传，推销 ②促进，增进 ③(常与 to 连用)提升，晋升

[同根] promotion [prə'məʊʃən] *n.* ①提升，晋级 ②促进，奖励 ③创设，举办

associated with... 与…有关的

staff [stɑːf]

[释义] *n.* ①全体职员，全体雇员，全体教员 ② [军] 全体参谋人员 ③拐杖，棍棒 *v.* ①供给人员，充当职员 ②雇佣，雇有

[同义] crew, personnel

depressed [dɪ'prest]

[释义] *a.* 沮丧的，抑郁的，消沉的

detail ['diːteɪl, dɪ'teɪl]

[释义] *v.* 详述，细说 *n.* ①细节，详情 ②(画、雕像等的)细部，局部

[同义] dwell on

[词组] for further details 欲知更详细情况(请查询、参看等)

go into detail(s) 详细叙述，逐一说明

in detail 详细地

baby-sitting ['beɪbɪsɪtɪŋ]

[释义] *n.* 担任临时保姆，代人临时照看婴孩

[同根] baby-sit ['beɪbɪsɪt] *v.* 担任临时保姆，照顾婴儿

baby-sitter ['beɪbɪsɪtə] *n.* 代人临时照看婴孩者

marathon ['mærəθən]

[释义] *n.* 马拉松赛跑(全长42,195米)，耐力的考验

testify ['testɪfaɪ]

[释义] *v.* 作证，提供证据

[同根] test [test] *n.& v.* 测试，试验，检验

testimony ['testɪmənɪ] *n.* ① 证言，证词(尤指在法庭所作的) ②宣言，陈述

[词组] testify to sth. 为…作证

testify against sb. 作不利于…的证明

testify in favor of sb. 作有利于…的证明

literature ['lɪtərɪtʃə]

[释义] *n.* 文学作品

[同根] literal ['lɪtərəl] *a.* ① 逐字的 ②文字的，照字面的 ③只讲究实际的，无想像力的

literally ['lɪtərəlɪ] *ad.* ①确实地，真正地 ②简直 ③逐字地，照原文，照字面地

literary ['lɪtərərɪ] *a.* 文学(上)的，精通文学的，从事写作的

literate ['lɪtərɪt] *n.* 有读写能力的人 *a.* 有文化的，有读写能力的

literacy ['lɪtərəsɪ] *n.* 识字，有文化，有读写能力

luxury ['lʌkʃərɪ]

[释义] *n.* ①奢侈，豪华 ②奢侈品

[同义] extravagance, magnificence, splendor

[同根] luxurious [lʌg'zjʊərɪəs] *a.* 奢侈的，豪华的

potential [pə'tenʃəl]

[释义] *a.* 可能的，潜在的 *n.* ①潜能，潜力 ②潜在性，可能性

[同义] hidden, possible, promising

incidentally [ɪnsɪ'dentəlɪ]

[释义] *ad.* 顺便地，附带地，偶然地
[同根] incidence ['ɪnsɪdəns] *n.* ①发生，影响，发生（或影响）方式 ②发生率
incident ['ɪnsɪdənt] *n.* ①发生的事，事情 ②（尤指国际政治中的）事件，事变
incidental [ˌɪnsɪ'dentəl] *a.* ①附属的，随带的 ②偶然的，容易发生的

▸▸▸ enormous [ɪ'nɔːməs]
[释义] *a.* 巨大的，极大的，庞大的
[同义] huge, massive, immense, vast
[同根] enormously [ɪ'nɔːməslɪ] *ad.* 非常地，巨大地

▸▸▸ exert [ɪg'zɜːt]
[释义] *v.* ①施加，运用，发挥 ②用（力），尽（力）
[同义] employ, put forth, utilize
[同根] exertion [ɪg'zɜːʃən] *n.* 发挥，运用，努力
[词组] exert influence 施加影响

▸▸▸ aim to 计划，打算，以…为目标
▸▸▸ be loaded with... 肩负…
▸▸▸ in addition 另外，加之

▸▸▸ handsome ['hænsəm]
[释义] *a.* ①相当大的，可观的 ②英俊的，漂亮的 ③大方的，慷慨的
[同义] considerable, generous, good-looking, liberal
[反义] ugly
[同根] handsomely ['hænsəmlɪ] *ad.* ①相当大地，可观地 ②漂亮地 ③慷慨地

▸▸▸ payable ['peɪəbəl]
[释义] *a.* 写有领款人姓名的，可支付的

▸▸▸ in any case 无论如何

▸▸▸ target ['tɑːgɪt]
[释义] *v.* ①把…作为目标（对象），为…定指标 ②瞄准 *n.* ①目标，对象 ②靶子
[同义] aim, goal, object, point

▸▸▸ reproduce [ˌriːprə'djuːs]
[释义] *v.* ①生殖，繁殖 ②再生 ③播放，复制，使重现
[同义] regenerate
[同根] reproduction [ˌriːprə'dʌkʃən] *n.* ①生殖，繁殖 ②再生 ③复制
reproductive [ˌriːprə'dʌktɪv] *a.* 生殖的，再生的，复制的

▸▸▸ non-biased *a.* 不带偏见的，没有偏见的

▸▸▸ insanity [ɪn'sænɪtɪ]
[释义] *n.* ①极端的愚蠢（行为），荒唐（事）②精神错乱，精神病，疯狂
[反义] sanity
[同根] sane [seɪn] *a.* ①健全的 ②明智的，稳健的
insane [ɪn'seɪn] *a.* ①极蠢的，荒唐的 ②患精神病的，精神错乱的，失常的
sanity ['sænɪtɪ] *n.* ①心智健全，神智清明 ②判断正确

▸▸▸ catastrophic [ˌkætə'strɒfɪk]
[释义] *a.* 悲惨的，灾难性的，陷于或导致大量通常是毁灭性的医疗开销的
[同根] catastrophe [kə'tæstrəfɪ] *n.* 大灾难，灾祸
catastrophically [kə'tæstrəfɪkəlɪ] *ad.* 悲惨地，灾难地

▸▸▸ psychological [ˌsaɪkə'lɒdʒɪkəl]
[释义] *a.* 心理的，心理学的
[同根] psychology [saɪ'kɒlədʒɪ] *n.* 心理学，心理状态
psychologist [saɪ'kɒlədʒɪst] *n.* 心理学者

▸▸▸ childbearing ['tʃaɪldbeərɪŋ]
[释义] *n.* 分娩，生产

▸▸▸ symptom ['sɪmptəm]
[释义] *n.* ①症状 ②征候，征兆
[同义] implication, indication

▸▸▸ newsletter ['njuːzˌletə(r)]

[释义] *n.* 时事通讯

▶▶▶ **overwhelmed** [ˌəuvəˈwelmd]
[释义] *a.* 不知所措的
[同根] overwhelm [ˌəuvəˈwelm] *v.* ①使受不了，使不知所措 ②征服，制服，压倒，淹没 ③覆盖，淹没
overwhelming [ˌəuvəˈwelmɪŋ] *a.* 势不可挡的，压倒性的
overwhelmingly [ˌəuvəˈwelmɪŋlɪ] *ad.* 势不可挡地，压倒性地
[词组] be overwhelmed with 受不了…，对…不知所措

▶▶▶ **respond to** 对…做出反应

▶▶▶ **lobbying** [ˈlɒbɪɪŋ]
[释义] *n.* 游说活动，疏通活动
[同根] lobby [ˈlɒbɪ] *v.* 游说议员，对(议员)进行疏通 *n.* 大厅，休息室

▶▶▶ **tactics** [ˈtæktɪks]
[释义] *n.* ①策略，手段 ②战术
[同义] strategy
[同根] tact [tækt] *n.* 圆通，乖巧，机敏，外交手腕
tactful [ˈtæktful] *a.* 圆通的，乖巧的，机敏的
tactical [ˈtæktɪkəl] *a.* ①战术的 ②有策略的，手段高明的

▶▶▶ **grab at** 抓住
▶▶▶ **put the squeeze on sb.** 对…施加压力

▶▶▶ **irony** [ˈaɪərənɪ]
[释义] *n.* 反语，讽刺，讽刺之事

选项词汇注释

▶▶▶ **facility** [fəˈsɪlɪtɪ]
[释义] *n.* ①设施，设备，工具 ②容易，简易，便利 ③灵巧，熟练，技巧，敏捷
[反义] difficulty
[同根] facilitate [fəˈsɪlɪteɪt] *v.* ①(不以人作主语)使容易，使便利 ②促进，助长 ③帮助，援助

▶▶▶ **counsel** [ˈkaʊnsəl]
[释义] *v.* ①咨询，劝告 ②忠告，建议 *n.* ①协商，忠告 ②律师，法律顾问，顾问
[同根] counselor [ˈkaʊnsələ] *n.* 顾问，法律顾问，(学生)辅导员

▶▶▶ **discourage sb. from doing sth.** 劝阻某人做某事

▶▶▶ **eventually** [ɪˈventʃʊəlɪ]
[释义] *ad.* 最后，终于
[同义] finally, ultimately, in the end
[同根] eventual [ɪˈventʃʊəl] *a.* 最后的

▶▶▶ **resist** [rɪˈzɪst]
[释义] *v.* ①抵抗，对抗 ②耐得住，未受…的损害或影响
[同根] resistance [rɪˈzɪstəns] *n.* ① 抵抗，抵抗力 ②阻力 ③敌对，反对
resistant [rɪˈzɪstənt] *a.* ① (~to) 抵抗的，反抗的 ②抗…的，耐…的，防…的

▶▶▶ **carrot-and-stick** 胡萝卜加大棒，软硬兼施

▶▶▶ **irrational** [ɪˈræʃənəl]
[释义] *a.* 无理性的，失去理性的
[反义] rational

▶▶▶ **contribute to** 有助于，促成，是…的部分原因

▶▶▶ **troublesome** [ˈtrʌbəlsəm]
[释义] *a.* 令人烦恼的，麻烦的，困难的，费事的

▶▶▶ **rewarding** [rɪˈwɔːdɪŋ]
[释义] *a.* ①给予报偿的，有益的，值得的 ②(作为)报答的
[同根] reward [rɪˈwɔːd] *n.* ①报酬，报答 ②酬金，奖品 *v.* ①报答，报尝 ②酬谢，奖励
rewardless [rɪˈwɔːdlɪs] *a.* 无报酬的，徒劳的

Ask most people how they **define** the American dream and chances are, they'll say, "Success." The dream of **individual** opportunity has been home in America since Europeans discovered a "new world" in the Western **Hemisphere**. Early **immigrants** like Hector St. Jean de Crevecoeur praised highly the freedom and opportunity to be found in this new land. His **glowing descriptions** of a classless society where anyone could attain success through honesty and hard work **fired the imaginations of** many European readers: in *Letters from an American Farmer* (1782) he wrote. "We are all excited at the spirit of an industry which is unfettered (无拘无束的) and **unrestrained**, because each person works for himself ... We have no princes, for whom we toil (干苦力活), starve, and bleed—we are the most perfect society now existing in the world." The promise of a land where "the rewards of a man's **industry** follow with equal steps the progress of his labor" drew poor immigrants from Europe and fueled national expansion into the western territories.

Our national mythology (神化) is full of illustration the American success story. There's Benjamin Franklin, the very model of the **self-educated, self-made** man, who rose from **modest origins** to become a well-known scientist, philosopher, and statesman. In the nineteenth century, Horatio Alger, a writer of fiction for young boys, became American's best-selling author with **rags-to-riches** tales. The **notion** of success **haunts** us: we spend million every year reading about the rich and famous, learning how to "**make a fortune** in **real estate** with no money down," and "dressing for success." The myth of success has even **invaded** our personal relationships: today it's as important to be "successful" in marriage or parenthoods as it is to **come out** on top in business.

But dreams easily turn into **nightmares**. Every American who hopes to "**make it**" also knows the fear of failure, because the myth of success

inevitably implies comparison between the haves and the have-nots, the stars and the **anonymous** crowd. Under pressure of the myth, we **become indulged in status symbols**: we try to live in the "right" neighborhoods, wear the "right" clothes, eat the "right" foods. These symbols of **distinction assure** us and others that we believe strongly in the **fundamental** equality of all, yet **strive** as hard as we can to separate ourselves from our fellow citizen.

文章词汇注释

define [dɪ'faɪn]

[释义] *v.* ①解释，给…下定义 ②限定，规定

[同义] clarify, describe, establish, explain

[同根] definition [ˌdefɪ'nɪʃən] *n.* 定义，解释

definite ['defɪnɪt] *a.* 明确的，肯定的，限定的

individual [ˌɪndɪ'vɪdʒuəl]

[释义] *a.* ①个人的，个体的，单独的 ②独特的，个性的 *n.* 个人，个体

[同义] personal, separate, single

[反义] general, whole

[同根] individualism [ɪndɪ'vɪdʒuəlɪzəm] *n.* ①个人主义，利己主义 ②个性，独特性

individualistic [ˌɪndɪvɪdʒuə'lɪstɪk] *a.* ①个人主义的，利己主义的 ②(个人)独特的，自有的

hemisphere ['hemɪsfɪə]

[释义] *n.* ①(地球的)半球 ②大脑半球

[同根] sphere [sfɪə] *n.* ①球，球体 ②范围，领域，方面，圈子

spherical ['sferɪkəl] *a.* ①球的，球形的 ②天体的

immigrant ['ɪmɪgrənt]

[释义] *n.*(外来)移民，侨民 *a.* 移入的，迁入的

[反义] emigrant

[同根] immigrate ['ɪmɪgreɪt] *v.*(从外国)移入，作为移民定居

immigration [ˌɪmɪ'greɪʃən] *n.* ①移民局的检查 ②移居 ③〈美〉[总称](外来的)移民

emigrate ['emɪgreɪt] *v.* 自本国移居他国

emigrant ['emɪgrənt] *n.* 移居外国者，移民

emigration [ˌemɪ'greɪʃən] *n.* 移民出境，侨居，[总称]移民

migrate [maɪ'greɪt, 'maɪgreɪt] *v.* ①移居，迁移 ②(动物的)迁徙

migrant ['maɪgrənt] *n.* 移居者，候鸟 *a.* 迁移的，移居的

migration [maɪ'greɪʃən] *n.* ①迁移，移居 ②移民群，移栖群

glowing ['gləuɪŋ]

[释义] *a.* ①生动的，栩栩如生的，热情洋溢的 ②炽热的，白热的 ③容光焕发的，血色好的

[同根] glow [gləu] *n.* ①白热光，光亮 ②脸红，(身体)发热 *v.* ①灼热，发光 ②脸红，(身体)发热

description [dɪ'skrɪpʃən]

[释义] *n.* 描写，描述，记述

[同根] describe [dɪ'skraɪb] v. 描写，描述，形容
descriptive [dɪ'skrɪptɪv] a. 描述的，起描述作用的

▸▸▸ **fire the imagination of...** 激发…的想像力

▸▸▸ **unrestrained** [ˌʌnrɪ'streɪnd]
[释义] a. 不受约束的，无限制的
[同义] free, unchecked, uncontrolled
[同根] restrain [rɪ'streɪn] v. 抑制，遏制，限制
restraint [rɪ'streɪnt] n. ①抑制，克制，遏制 ②控制，限制，约束 ③约束措施
restrained [rɪ'streɪnd] a. ①受限制的 ②克制的，自制的，拘谨的

▸▸▸ **industry** ['ɪndəstrɪ]
[释义] n. ①勤劳，勤奋 ②工业，产业，行业
[同根] industrious [ɪn'dʌstrɪəs] a. 勤勉的，刻苦的
industrial [ɪn'dʌstrɪəl] a. 工业的，产业的
industrialize [ɪn'dʌstrɪəlaɪz] v. 使工业化，使产业化
industrialization [ɪnˌdʌstrɪəlaɪ'zeɪʃn] n. 工业化，产业化

▸▸▸ **fuel** [fjʊəl]
[释义] v. ①激起，刺激 ②加燃料，供以燃料 n. ① 燃料 ②刺激因素
[同义] stimulate

▸▸▸ **expansion** [ɪk'spænʃən]
[释义] n. 扩张，扩充，扩大，发展
[同义] extension
[反义] contraction
[同根] expand [ɪk'spænd] v. 拓宽，发展，扩展，扩大
expansive [ɪk'spænsɪv] a. ①扩张的，膨胀的 ② 广阔的，全面的
expansively [ɪk'spænsɪvlɪ] ad. 扩张地，全面地

▸▸▸ **territory** ['terɪtərɪ]
[释义] n. ①领土 ②土地，地方，区域，领域
[同义] area, region, country
[同根] territorial [ˌterɪ'tɔːrɪəl] a. 领土的，区域的

▸▸▸ **illustration** [ˌɪlə'streɪʃən]
[释义] n. ①举例或以图表等说明，例证 ② 图表，插图
[同根] illustrate ['ɪləstreɪt] v.(用图或例子)说明，阐明，加插图

▸▸▸ **self-educated** [ˌself'edjʊkeɪtɪd]
[释义] a. 自学成材的，自我教育的

▸▸▸ **self-made** [ˌself'meɪd]
[释义] a. 靠自力奋斗成功的，白手起家的

▸▸▸ **modest** ['mɒdɪst]
[释义] a. ①适中的，适度的 ②谦虚的，谦让的 ③端庄的，正派的 ④朴素的，朴实无华的
[同义] humble, plain, simple
[反义] arrogant, immodest
[同根] modesty ['mɒdɪstɪ] n. ①适中，适度 ②谦虚，谦让 ③端庄，正派 ④ 朴素，朴实

▸▸▸ **origin** ['ɒrɪdʒɪn]
[释义] n. ①[常作复数]出身，血统 ②起源，由来
[同义] birth, start, source
[同根] originate [ə'rɪdʒɪneɪt] v. ①发源，产生，引起 ②开创，发明
original [ə'rɪdʒənəl] a. ① 起初的，原来的 ②独创的，新颖的，有独到见解的 ③原作品的，原版的，原件的 n. [the ~] 原作，原文，原件
originally [ə'rɪdʒənəlɪ] ad. 最初，原先

▸▸▸ **rags-to-riches** 由穷变富的人

▶▶▶ **notion** [ˈnəʊʃən]
[释义] *n.* ①概念，感知 ②观念，见解，看法
[同义] belief, idea, opinion, thought, view
[同根] notional [ˈnəʊʃənəl] *a.* ①概念的 ②想像的，空想的

▶▶▶ **haunt** [hɔːnt]
[释义] *v.* ①(思想、回忆等)萦绕在…心头，使苦恼，使担忧 ②常到，常去(某地) ③经常与…交往，缠住(某人) ④(鬼魂等)经常出现，作祟 *n.* 常去的地方
[同义] hang around, obsess, torment
[同根] haunting [ˈhɔːntɪŋ] *a.* 常浮现于脑海中的，不易忘怀的
haunted [ˈhɔːntɪd] *a.* ①闹鬼的，鬼魂出没的 ②受到折磨(或困扰)的，烦恼的

▶▶▶ **make a fortune** 发财，致富

▶▶▶ **real estate** 房地产，不动产

▶▶▶ **invade** [ɪnˈveɪd]
[释义] *v.* ①侵犯，侵害，干扰 ②侵略，侵扰，攻击
[同义] intrude
[同根] invasion [ɪnˈveɪʒən] *n.* ①侵犯，侵害，干扰 ②侵略，侵扰，攻击
invader [ɪnˈveɪdə] *n.* 侵略者
invasive [ɪnˈveɪsɪv] *a.* 入侵的，侵略的

▶▶▶ **come out** ①结果是 ②出现，显露 ③出版，发表 ④露面，上场

▶▶▶ **nightmare** [ˈnaɪtmeə(r)]
[释义] *n.* 梦魇，恶梦，可怕的事物

▶▶▶ **make it**〈口〉达到预定目标，成功，发迹

▶▶▶ **inevitably** [ɪnˈevɪtəblɪ]
[释义] *ad.* 不可避免地
[同义] certainly
[反义] avoidably, evitably
[同根] inevitable [ɪnˈevɪtəbəl] *a.* ①无法避免的，必然(发生)的 ②惯常的

▶▶▶ **anonymous** [əˈnɒnɪməs]
[释义] *a.* ①无名的，匿名的，姓氏不明的 ②出自无名氏之手的 ③无特色的，无个性特征的
[同根] anonym [ˈænənɪm] *n.* ①假名，笔名 ②无名氏，匿名者 ③作者不明的出版物
anonymously [əˈnɒnɪməslɪ] *ad.* ①匿名地，无名地，姓氏不明地 ②出自无名氏之手地 ③无特色地，无个性特征地

▶▶▶ **become indulged in** 沉溺于，肆意从事

▶▶▶ **status** [ˈsteɪtəs]
[释义] *n.* ①身份，地位 ②情形，状况
[同义] class, condition, grade, position

▶▶▶ **symbol** [ˈsɪmbəl]
[释义] *n.* ①象征 ②符号，记号
[同根] symbolize [ˈsɪmbəlaɪz] *v.* ①用符号表示 ②是…的符号
symbolic [sɪmˈbɒlɪk] *a.* ①象征的 ②符号的

▶▶▶ **distinction** [dɪˈstɪŋkʃən]
[释义] *n.* ①差别，不同，对比 ②区分，辨别 ③不同点，特征，特点，特性 ④荣誉，声望
[同义] difference
[同根] distinct [dɪˈstɪŋkt] *a.* ①有区别的，不同的 ②明显的，清楚的 ③明确的，确切的 ④显著的，难得的
distinctive [dɪˈstɪŋktɪv] *a.* 特殊的，特别的，有特色的
distinguish [dɪˈstɪŋgwɪʃ] *v.* ①区分，辨别 ②辨别出，认出，发现 ③使区别于它物 ④(~ oneself) 使杰出，使著名
distinguished [dɪˈstɪŋgwɪʃt] *a.* ①卓越的，杰出的 ②高贵的，地位高的

distinguishable [dɪ'stɪŋgwɪʃəbəl] *a.* 可区别的，可辨识的

▸▸▸ **assure** [ə'ʃʊə]
[释义] *v.* ①深信不疑地对…说，向…保证 ②使确信，使放心，保证给
[同义] convince, guarantee, pledge
[反义] alarm
[同根] assurance [ə'ʃʊərəns] *n.* ①保证，表示保证(或鼓励、安慰)的话 ②把握，信心 ③(人寿)保险
assured [ə'ʃʊəd] *a.* ①确定的，有保证的 ②自信的 ③感到放心的
ensure [ɪn'ʃʊə] *v.* ①确保，保证，担保，保证得到 ②使安全
insure [ɪn'ʃʊə] *v.* ①给…保险 ②保证，确保
[词组] assure oneself 弄清楚，查明

▸▸▸ **fundamental** [ˌfʌndə'mentəl]
[释义] *a.* ①基本的，根本的，主要的 ②最初的，原始的，原先的 *n.* [常作~s] 基本原则(或原理)
[同根] fundament ['fʌndəmənt] *n.* 基础，基本原理
fundamentally [fʌndə'mentəlɪ] *ad.* 基础地，根本地

▸▸▸ **strive** [straɪv]
[释义] *v.* 努力，奋斗，力求
[同义] battle, endeavor, labor, struggle
[同根] striver ['straɪvə] *n.* 奋斗者，发奋者
striving ['straɪvɪŋ] *n.* ①努力，奋斗 ②斗争，对抗 *a.* 奋斗的，发奋的，争斗的
[词组] strive with/against 与…奋斗，抗争，搏斗
strive for/after 为…而努力

选项词汇注释

▸▸▸ **essence** ['esns]
[释义] *n.* ①本质，实质，要素 ②香精，香料
[同义] significance
[同根] essential [ɪ'senʃəl] *a.* ①必要的，必不可少的 ②本质的，基本的 ③提炼的，精华的 *n.* 要素，要点
essentially [ɪ'senʃəlɪ] *ad.* 基本上
[词组] in essence 本质上，实质上，基本上
be of the essence 是极其重要的，决定性的

▸▸▸ **be free from** 免于…

▸▸▸ **exploitation** [ˌeksplɔɪ'teɪʃən]
[释义] *n.* ①剥削，榨取 ②(资源等的)开发，开采 ③(为发挥人或事物的效能而)利用
[同根] exploit [ɪk'splɔɪt] *v.* ①开发，开采 ②(为开发人或事物的效能而)利用 ③剥削，榨取
unexploited [ˌʌnɪk'splɔɪtɪd] *a.* 未被利用的，未经开发的

▸▸▸ **oppression** [ə'preʃən]
[释义] *n.* ①压迫，压制 ②压抑，沉闷，苦恼
[同根] oppress [ə'pres] *v.* ①压迫，压制 ②使(心情等)沉重，使烦恼，折磨
oppressive [ə'presɪv] *a.* ①压迫的，压制的 ②压抑的，难以忍受的

▸▸▸ **diligent** ['dɪlɪdʒənt]
[释义] *a.* 勤勉的，用功的
[同义] energetic, industrious, busy
[反义] idle, lazy
[同根] diligence ['dɪlɪdʒəns] *n.* 勤奋
diligently ['dɪlɪdʒəntlɪ] *ad.* 勤勉地，

用功地

▶▶▶ **laborious** [ləˈbɔːrɪəs]

[释义] *a.*(指工作)艰苦的,费力的,(指人)勤劳的

[同根] labour [ˈleɪbə(r)] *n.* ①劳动，工作 ②努力 ③劳工，工人，工会 ④(Labour)英国(或英联邦国家的)工党 *v.* ①工作，劳动，努力 ②费力地前进 ③详细地做，详细说明或讨论

labourer [ˈleɪbərə] *n.* 体力劳动者，工人

▶▶▶ **step by step** 逐渐地，一步一步地

▶▶▶ **contribute to** ①有助于,促成 ②是…的部分原因

▶▶▶ **aspect** [ˈæspekt]

[释义] *n.* ①方面 ②样子，外表，面貌，神态

▶▶▶ **paradox** [ˈpærədɒks]

[释义] *n.* ①似矛盾而(可能)正确的说法 ②自相矛盾的荒谬说法 ③有明显的矛盾特点的人或事

[同根] paradoxical [ˌpærəˈdɒksɪkəl] *a.* ①似是而非的 ②自相矛盾的

▶▶▶ **indicator** [ˈɪndɪkeɪtə]

[释义] *n.* ①指示物，指示者，指标 ②指示器，[化] 指示剂

[同根] indicate [ˈɪndɪkeɪt] *v.* ①指出，显示 ②象征，暗示 ③简要地说明

indication [ˌɪndɪˈkeɪʃən] *n.* ①指出，指示 ②迹象，暗示

indicative [ɪnˈdɪkətɪv] *a.*(～ of) 指示的，表明的，可表示的

▶▶▶ **contradict** [kɒntrəˈdɪkt]

[释义] *v.* ①与…发生矛盾，与…抵触 ②反驳，否认…的真实性

[同义] deny, dispute, oppose

[反义] acknowledge, admit, recognize

[同根] contradiction [ˌkɒntrəˈdɪkʃən] *n.* ①反驳，驳斥 ②矛盾，不一致

contradictive [ˌkɒntrəˈdɪktɪv] *a.* ①矛盾的，对立的 ②好反驳的，爱争辩的

contradictively [ˌkɒntrəˈdɪktɪvlɪ] *ad.* ①矛盾地，对立地 ②好反驳地

Passage 3

Public distrust of scientists **stems** in part **from** the **blurring** of **boundaries** between science and technology, between discovery and manufacture. Most government, perhaps all governments, **justify public expenditure** on scientific research **in terms of** the economic benefits the scientific **enterprise** has brought in the past and will bring in the future. Politicians remind their voters of the splendid machines "our scientists" have invented, the new drugs to **relieve** old ailments (病痛), and the new **surgical equipment** and techniques by which previously intractable (难治疗的) conditions may now be treated and lives saved. At the same time, the politicians **demand of** scientists that they **tailor** their research to "economics needs", that they **award** a higher **priority** to research **proposals** that are "near the market" and can **be translated into** the greatest return on **investment** in the shortest time. Dependent, as they are, on politicians for much of their funding, scientists have little choice but to **comply**. Like the rest of us, they are members of a society that **rates** the creation of wealth **as** the greatest possible good. Many have **reservations**, but **keep** them **to themselves** in what they **perceive** as a **climate hostile** to the **pursuit** of understanding **for its own sake** and the idea of an **inquiring**, creative spirit.

In such circumstances no one should be too hard on people who **are suspicious of conflicts of interest**. When we learn that the **distinguished** professor **assuring us of** the safety of a particular product holds a **consultancy** with the company making it, we cannot be blamed for wondering whether his fee might **conceivably cloud** his professional judgment. Even if the professor holds no consultancy with any firm, some people may still distrust him because of his **association** with those who do, or at least wonder about the source of some his research funding.

This attitude can have damaging effects. It questions the **integrity** of individuals working in a profession that **prizes** intellectual honesty **as** the **supreme virtue**, and **plays into the hands of** those who would like to **discredit** scientists by representing then a venal (可以收买的). This makes it easier to **dismiss** all scientific **pronouncements**, but especially those made by the scientists who present themselves as "experts". The scientist most likely to understand the safety of a nuclear reactor, for example, is a nuclear engineer who declares that a reactor is unsafe, we believe him, because clearly it is not **to his advantage** to lie about it. If he tells us it is safe, on the other hand, we distrust him, because he may well be protecting the employer who pays his salary.

文章词汇注释

▶▶▶ **stem from** 起源于，由…发生

▶▶▶ **blurring** ['blɜːrɪŋ]

【释义】*n.* 模糊，斑点甚多，(图象的)混乱 *a.* 模糊的，不清楚的

【同根】blur [blɜː] *n.* ①污点，污迹 ②模糊，模糊的东西 *v.* ①弄污，涂污 ②使模糊不清

blurry ['blɜːrɪ] *a.* 模糊的，不清楚的

▶▶▶ **boundary** ['baʊndərɪ]

【释义】*n.* 边界，分界线

【同义】border, bound, division

【同根】bound [baʊnd] *n.* [常作复数] 边界，界限，界线，限制，范围 *a.*(bind 的过去式和过去分词) ①被束缚的

②受束缚的 ③一定的，必然的，注定了的 ④ (for, to) 准备到…去的，正在到…去的 *v.* ①跳，跃，弹回 ②限制，定…的界限，成为…界限
boundless ['baʊndlɪs] *a.* 无限的，无边无际的

▶▶▶ **justify** ['dʒʌstɪfaɪ]
[释义] *v.* ①证明…是正当的 ②为辩护，辩明
[反义] condemn
[同根] just [dʒʌst] *a.* ①公正的，合理的 ②正确的，有充分理由的 ③正直的，正义的
justice ['dʒʌstɪs] *n.* ①正义，正当，公平 ②司法
justifiable ['dʒʌstɪfaɪəbəl] *a.* 可证明为正当的，有道理的，有理由的
justification [dʒʌstɪfɪ'keɪʃən] *n.* ①证明为正当，辩护 ②正当的理由

▶▶▶ **public expenditure** 财政支出
▶▶▶ **in terms of** ①根据，按照，从…方面说来 ②用…的话，用…的字眼（或措辞）

▶▶▶ **enterprise** ['entəpraɪz]
[释义] *n.* ①企（事）业单位，公司 ②艰巨复杂（或带冒险性）的计划，雄心勃勃的事业 ③事业心，进取心
[同义] undertaking, project, business, ambition
[同根] enterprising ['entəpraɪzɪŋ] *a.* 有事业心的，有进取心的

▶▶▶ **relieve** [rɪ'liːv]
[释义] *v.* ①缓解，减轻，解除 ②救济，救援 ③接替，替下
[同义] release, ease, help, assist
[反义] intensify
[同根] relief [rɪ'liːf] *n.* ①缓解，减轻，解除 ②宽心，宽慰 ③救济，解救

▶▶▶ **surgical equipment** 外科手术器材
▶▶▶ **demand of** 要求

▶▶▶ **tailor** ['teɪlə]
[释义] *v.* ①使适应，适合 ②剪裁，缝制（衣服）*n.* 裁缝
[词组] tailor...to... 使…适应…

▶▶▶ **award** [ə'wɔːd]
[释义] *v.* 给予（需要者或应得者），授予（奖品等）*n.* 奖，奖品

▶▶▶ **priority** [praɪ'ɒrɪtɪ]
[释义] *n.* ①优先，重点，优先权 ②在先，居先 ③优先考虑的事
[同根] prior ['praɪə] *a.* ①在先的 ②较早的，在前的 ③优先的，更重要的
[词组] place/put high priority on 最优先考虑…
attach high priority to 最优先考虑…
give first priority to 最优先考虑…

▶▶▶ **proposal** [prə'pəuzəl]
[释义] *n.* ①提议，建议，计划，提案 ②（建议等的）提出
[同义] offer, project, scheme, suggestion
[同根] propose [prə'pəuz] *v.* ①提议，建议 ②推荐，提名 ③提议祝酒，提出为…干杯 ④打算，计划
proposition [ˌprɒpə'zɪʃən] *n.* ①（详细的）提议，建议，议案 ②论点，主张，论题

▶▶▶ **be translated into** 被转化为，被翻译成，被解释为

▶▶▶ **investment** [ɪn'vestmənt]
[释义] *n.* 投资
[同根] invest [ɪn'vest] *v.* ①投资 ②授予

▶▶▶ **comply** [kəm'plaɪ]
[释义] *v.* 遵从，服从，顺从
[同义] assent, conform, submit
[反义] deny, refuse, reject
[同根] compliance [kəm'plaɪəns] *n.* 依从，顺从，屈从
[词组] comply with 服从，遵守

▶▶▶ **rate...as...** 把…当作…，认为…是…

▶▶▶ **reservation** [ˌrezəˈveɪʃən]

[释义] *n.* ①保留，保留意见，异议 ②预定，预约 ③(公共)专用地，自然保护区

[同根] reserve [rɪˈzɜːv]

[释义] *v.* ①储备 ②预定，定 ③保存，保留 *n.* ①储备(物)，储备量 ②[常作复数]藏量，储量

reserved [rɪˈzɜːvd] *a.* ①储备的 ②保留的，预定的 ③有所保留的，克制的 ④拘谨缄默的，矜持寡言的

reservior [ˈrezəvwɑː] *n.* ①贮水池，水库 ②贮藏处 ③贮备

▶▶▶ **keep...to oneself** 不把…讲出来，对…秘而不宣

▶▶▶ **perceive** [pəˈsiːv]

[释义] *v.* ①察觉 ②感知，感到，认识到

[同义] sense, discover, realize

[反义] ignore

[同根] perception [pəˈsepʃən] *n.* ①感知，感觉 ②认识，看法，洞察力

perceptive [pəˈseptɪv] *a.* 有感知能力的，有洞察力的，理解的

▶▶▶ **climate** [ˈklaɪmɪt]

[释义] *n.* ①风气，潮流，社会气氛 ②气候

▶▶▶ **hostile** [ˈhɒstaɪl]

[释义] *a.* ①怀敌意的，敌对的 ②敌人的，敌方的

[同义] unfavorable, unfriendly

[同根] hostility [hɒsˈtɪlɪtɪ] *n.* ①敌意，敌对，对抗 ②战争状态

[词组] be hostile to... 对…怀有敌意的，与…敌对

▶▶▶ **pursuit** [pəˈsjuːt]

[释义] *n.* ①追逐，追捕，追求，寻找 ②从事 ③事务 ④娱乐，爱好

[同根] pursue [pəˈsjuː] *v.* ①追赶，追随，追求 ②从事，忙于

[词组] in pursuit of 追求，寻求

▶▶▶ **for one's own sake** 为了自己的利益

▶▶▶ **inquiring** [ɪnˈkwaɪərɪŋ]

[释义] *a.* ①爱探索的，好问的 ②打听的，爱追根究底的

[同根] inquire [ɪnˈkwaɪə] *v.*(=enquire) ①询问，打听 ②调查，查问

inquiry [ɪnˈkwaɪərɪ] *n.* ①(真理、知识等的)探究 ②质询，调查

▶▶▶ **in such circumstances** 在这种情况下

▶▶▶ **be suspicious of** 对…起疑心

▶▶▶ **conflicts of interest** 利害冲突(公职人员在个人私利和他所负的公共义务间的冲突)

▶▶▶ **distinguished** [dɪˈstɪŋgwɪʃt]

[释义] *a.* ①著名的，杰出的 ②高贵的，地位高的

[同义] famous, celebrated, outstanding, great, noted

[同根] distinguish [dɪˈstɪŋgwɪʃ] *v.* ①区分，辨别 ②辨别出，认出，发现 ③使区别于它物 ④(~ oneself) 使杰出，使著名

▶▶▶ **assure sb. of sth.** 向某人保证某事

▶▶▶ **consultancy** [kənˈsʌltənsɪ]

[释义] *n.* 顾问工作，顾问职业

[同根] consult [kənˈsʌlt] *v.* ①请教，咨询 ②查阅(书籍等)以便寻得资料、参考意见等 ③考虑，顾及 ④商量，商议

consultant [kənˈsʌltənt] *n.* 顾问，提供专家意见的人

consultation [ˌkɒnsəlˈteɪʃən] *n.* ①请教，咨询，磋商 ②商量的会议

▶▶▶ **conceivably** [kənˈsiːvəblɪ]

[释义] *ad.* 可想到地，可想像地，可理解地

[同根] conceive [kənˈsiːv] *v.* ①(of) 构想出，设想 ②认为 ③怀有(某种情感)

conceivably [kən'siːvəblɪ] *ad.* 令人信服地

conception [kən'sepʃən] *n.* 思想，观念，想法

conceivable [kən'siːvəbəl] *a.* 可想到的，可想象的，可理解的

▶▶▶ **cloud** [klaʊd]

[释义] *v.* ①使模糊，使阴暗，使黯然 ②以云遮蔽 *n.* ①云，烟云 ②(尤指运动着的密集的)一大群

▶▶▶ **association** [əˌsəʊsɪ'eɪʃən]

[释义] *n.* ①联系，交往，关联 ②联合，结合 ③协会

[同义] connection, companion, combination

[同根] associate [ə'səʊʃɪeɪt] *v.* ① 联合，结交 ②加入 ③由…联想到，把…联系起来

[ə'səʊʃɪət] *n.* 伙伴，同事，合伙人

[ə'səʊʃɪət] *a.* 副的

associated [ə'səʊʃɪeɪtɪd] *a.* 联合的，关联的

[词组] association with (在思想上)同…有联系

▶▶▶ **integrity** [ɪn'tegrɪtɪ]

[释义] *n.* ①正直，诚实 ②完整，完全，完整性

[同义] honesty, sincerity, uprightness, entirety

[同根] integrate ['ɪntɪgreɪt] *v.* ①使成整体，使完整 ②使结合，使合并，使一体化

integration [ˌɪntɪ'greɪʃən] *n.* 结合，合而为一，整合，融合

integral ['ɪntɪgrəl] *a.* ①构成整体所需要的 ②完整的，整体的

▶▶▶ **prize...as...** 把…珍视为…

▶▶▶ **supreme** [sjuː'priːm]

[释义] *a.* 至高的，最高的，极度的，极大的

[同义] elaborate, excellent, magnificent, marvelous, wonderful

[同根] super ['sjuːpə] *a.* ①上等的，特级的，极好的 ②特大的，威力巨大的 *ad.* 非常，过分地 *n.* 〈口〉特级品，特大号商品，超级市场

superb [sjuː'pɜːb] *a.* 雄伟的，壮丽的，华丽的，极好的

superbly [sjuː'pɜːblɪ] *ad.* 雄伟地，壮丽地

superior [suː'pɪərɪə(r), sjuː-] *a.* ①(在职位、地位、等级等方面)较高的，上级的 ②(在质量等方面)较好的，优良的 ③有优越感的，高傲的

superiority [sjʊ(ː)pɪərɪ'ɒrɪtɪ] *n.* 优势，优越性，优等，上等

▶▶▶ **virtue** ['vɜːtʃuː]

[释义] *n.* ①美德，德行 ②优点，长处

[同根] virtuous ['vɜːtʃʊəs] *a.* ①有道德的，品德高尚的，贞洁的 ②有效力的

virtueless ['vɜːtʃuːlɪs] *a.* 无美德的，缺少优点的

[词组] by virtue of 借助，凭借，因为，由于

▶▶▶ **play into the hands of sb.** 干对某人有利的事，让某人占便宜(而使自己吃亏)

▶▶▶ **discredit** [dɪs'kredɪt]

[释义] *v.* ①使丢脸，诽谤 ②使不可置信，不相信，怀疑 *n.* ①丧失名誉，丢面子 ②玷污名誉的人或事 ③怀疑，不相信

[同义] disgrace, dishonor, humiliate, shame

[同根] credit ['kredɪt] *n.* ①相信，信任 ②信誉，声望 ③信用，信贷，贷方 ④荣誉，赞许 ⑤学分 *v.* ①信任，相信 ②(to) 把…归于，(with) 认为…

有(某种优点或成绩)
creditor ['kredɪtə] *n.* 债主，债权人
credibility [ˌkredɪ'bɪlɪtɪ] *n.* 可信性，可靠性
credible ['kredəbəl] *a.* 值得赞扬的，可信的
credulous ['kredjʊləs] *a.* 轻信的，易受骗的

▶▶▶ **dismiss** [dɪs'mɪs]
[释义] *v.* ①不再考虑，拒绝考虑 ②解散，使(或让)离开 ③开除，解职 ④驳回，不受理
[同义] reject, discharge, expel
[反义] employ
[同根] dismissal [dɪs'mɪsəl] *n.* ①不再考虑，不予理会 ②解散，遣散 ③开除，解职 ④驳回诉讼，撤回诉讼

▶▶▶ **pronouncement** [prə'naʊnsmənt]
[释义] *n.* 公告，文告，声明
[同根] pronounce [prə'naʊns] *v.* ①宣称，宣布 ②断言，声明 ③发音，发出声音
pronounced [prə'naʊnst] *a.* 显著的，明显的
pronunciation [prəˌnʌnsɪ'eɪʃən] *n.* 发音，读法，发音方式
announce [ə'naʊns] *v.* 宣布，宣告
announcement [ə'naʊnsmənt] *n.* 宣告，发表，公告
denounce [dɪ'naʊns] *v.* ①谴责，指责 ②告发
denunciation [dɪnʌnsɪ'eɪʃən] *n.* ①谴责，指责 ②告发

▶▶▶ **to one's advantage** 对…有利

选项词汇注释

▶▶▶ **when it comes to...** 当谈到…

▶▶▶ **reduction** [rɪ'dʌkʃən]
[释义] *n.* ①减少，缩小 ②降低 ③缩图，缩版
[反义] increase
[同根] reduce [rɪ'dju:s] *v.* ①减少，缩小 ②减轻，降低 ③使变弱，使降职
reduced [rɪ'dju:st] *a.* 减少的，缩小的，减弱的

▶▶▶ **budget** ['bʌdʒɪt]
[释义] *n.* 预算 *v.* 做预算，编入预算

▶▶▶ **adapt...to...** 使…适应…
▶▶▶ **concerning** 关于
▶▶▶ **be accustomed to** 习惯于
▶▶▶ **in the interests of** 为了(或符合)…的利益，有助于…

▶▶▶ **dampen** ['dæmpən]
[释义] *v.* ①消除，抑制 ②使潮湿 ③使沮丧
[同义] moisten, depress, discourage, suppress
[同根] damp [dæmp] *n.* ①潮湿，湿气 ②使沮丧或不快乐 *a.* 潮湿的，有潮气的 *v.* ①使潮湿 ②使沮丧

▶▶▶ **enthusiasm** [ɪn'θju:zɪæzəm]
[释义] *n.* (for, about) 热心，热情，巨大兴趣
[同义] passion, warmth, zeal
[同根] enthusiastic [ɪnˌθju:zɪ'æstɪk] *a.* 满腔热情的，极感兴趣的
[词组] enthusiasm for 对…的热情
lack of enthusiasm 缺乏热情
arouse the enthusiasm of 激发…的积极性
be in enthusiasm 怀有热情

In many ways, today's business environment has changed **qualitatively** since the late 1980s. The end of the Cold War **radically altered** the very nature of the world's politics and economics. In just a few short years, **globalization** has started **a variety of** trends with **profound** consequences: the opening of markets, true global competition, widespread deregulation (解除政府对…的控制) of industry, and **an abundance of accessible** capital. We have experienced both the benefits and risks of a truly global economy, with both Wall Street and Main Street (平民百姓) feeling the pains of economic disorder half a world away.

At the same time, we have fully entered the Information Age. Starting **breakthroughs** in information technology have **irreversibly** altered the ability to conduct business **unconstrained** by the traditional limitations of time or space. Today, it's almost impossible to imagine a world without **intranets**, e-mail, and **portable** computers. With **stunning** speed, the Internet is profoundly changing the way we work, shop, do business, and communicate.

As a consequence, we have truly entered the **Post-Industrial** economy. We are rapidly **shifting from** an economy based on manufacturing and **commodities** to one that **places the greatest value on** information, services, support, and **distribution**. That shift, in turn, place an **unprecedented premium** on "knowledge workers," a new class of wealthy, educated, and mobile people who **view** themselves **as** free agents in a seller's market.

Beyond the **realm** of information technology, the **accelerated** pace of technological change in **virtually** every industry has created entirely new business, **wiped out** others, and produced a pervasive(广泛的) demand for continuous **innovation**. New product, process, and distribution technologies provide powerful **levers** for creating competitive value. More companies are learning the importance of **destructive** technologies—innovations that **hold the potential** to make a product line, or even an entire business **segment**, virtually outdated.

Another major trend has been the **fragmentation** of consumer and business markets. There's a growing **appreciation** that **superficially** similar groups of customers may have very different preferences **in terms of** what they want to buy and how they want to buy it. Now, new technology makes it easier, faster and cheaper to **identify** and serve targeted **micro-markets** in ways that were physically impossible or **prohibitively** expensive in the past. Moreover, the trend **feeds on** itself, a business's ability to serve **sub-markets** **fuels** customers' **appetites** for more and more **specialized** offerings.

文章词汇注释

▶▶ **qualitatively** [ˈkwɒlɪtətɪvlɪ]
[释义] *ad.* 质量上
[反义] quantitatively
[同根] quality [ˈkwɒlɪtɪ] *n.* ① 性质，特性 ②品德，品质 ③质量，品级 ④身份地位，高位，显赫的地位
qualitative [ˈkwɒlɪtətɪv] *a.* 质的，性质的，质量的

▶▶ **radically** [ˈrædɪkəlɪ]
[释义] *ad.* 根本上，以激进的方式
[同义] extremely
[反义] conservatively, superficially
[同根] radical [ˈrædɪkəl] *a.* ①根本的，基本的 ②激进的，极端的 *n.* 激进分子
radicalism [ˈrædɪkəlɪzəm] *n.* 激进主义，激进政策，激进

▶▶ **alter** [ˈɔːltə]
[释义] *v.* 改变，变更
[同义] change, deviate, diversify, modify
[反义] conserve, preserve
[同根] alteration [ˌɔːltəˈreɪʃən] *n.* 改变，变更

▶▶ **globalization** [ˌgləʊbəlaɪˈzeɪʃən,-lɪˈz-]
[释义] *n.* 全球化，全球性
[同根] globe [gləʊb] *n.* ①地球，世界 ②球体，地球仪
global [ˈgləʊbəl] *a.* 球形的，全球的，全世界的
globalize [ˈgləʊbəlaɪz] *v.* 使全球化

▶▶ **a variety of** 种类繁多的，许多种的

▶▶ **profound** [prəˈfaʊnd]
[释义] *a.* ①深刻的，意义深远的 ②深奥的，渊博的
[反义] shallow
[同根] profoundly [prəˈfaʊndlɪ] *ad.* 深邃地，深奥地

▶▶ **an abundance of** 大量的…

▶▶ **accessible** [əkˈsesəbəl]
[释义] *a.* ①可(或易)使用的，可(或易)得到的 ②易接近的，易见到的 ③易受影响的 ④可理解的
[同义] reachable, approachable
[同根] access [ˈækses] *n.* ①接近(或进入)的机会 ②接近，进入 ③入口，通道
accession [ækˈseʃən] *n.* ①就职，就任 ②添加，增加

▶▶ **breakthrough** [ˈbreɪkθruː]
[释义] *n.* 突破

▶▶ **irreversibly** [ˌɪrɪˈvɜːsəblɪ,-sɪblɪ]
[释义] *a.* ①不能倒转地 ②不能撤回地，不能取消地
[同根] reverse [rɪˈvɜːs] *n.* ①相反，反面，背面 ② (the reverse) 相反情况，对立面 *v.* ①(使)反向，(使)倒转 *a.* 反向的，相反的，颠倒的
reversible [rɪˈvɜːsəbəl] *a.* ①可反向的 ②(衣服)双面可穿的

▶▶▶ **unconstrained** [ˌʌnkən'streɪnd]

[释义] *a.* 不受拘束的，不受强制的，不做作的

[同根] constrain [kən'streɪn] *v.* ①强迫，迫使 ②约束，限制 ③克制，抑制

constraint [kən'streɪnt] *n.* ①约束，限制 ②强迫，强制 ③克制，抑制

▶▶▶ **intranet** [ɪntrə'net]

[释义] *n.* 企业内部互联网

▶▶▶ **portable** ['pɔːtəbəl]

[释义] *a.* 便携式的，手提(式)的，轻便的

[同义] conveyable, movable, transferable

[反义] stationary

▶▶▶ **stunning** ['stʌnɪŋ]

[释义] *a.* ①令人震惊的 ②绝妙的，极好的 ③打昏的

[同义] amazing，astonishing，dazzling，gorgeous

[同根] stun [stʌn] *v.* ①使目瞪口呆或震惊 ②打昏

stunningly ['stʌnɪŋlɪ] *ad.* ①绝妙地，极好地 ②打昏地，打得不省人事地

▶▶▶ **as a consequence** 结果，因此

▶▶▶ **Post-Industrial** *a.* 后工业的

▶▶▶ **shift from...to...** 由…到…转变

▶▶▶ **commodity** [kə'mɒdɪtɪ]

[释义] *n.* ①商品，货物，农产品，矿产品 ②有用的东西，用品

[同义] article, product, ware

▶▶▶ **place the greatest value on...** 极为重视…

▶▶▶ **distribution** [ˌdɪstrɪ'bjuːʃən]

[释义] *n.* ①销售 ②分配，分发，配给

[同根] distribute [dɪ'strɪbjʊ(ː)t] *v.* ①分发，分配 ②散布，分布

▶▶▶ **unprecedented** [ʌn'presɪdəntɪd]

[释义] *a.* 无先例的，空前的

[同义] exceptional, extraordinary, unduplicated

[同根] precede [prɪ(ː)'siːd] *v.* (在时间、位置、顺序上)领先(于)在前，居先，先于

precedence ['presɪdəns] *n.* 居先，优先，优越

precedent [prɪ'siːdənt] *n.* 先例，前例

precedented ['presɪdəntɪd] *a.* 有先例的，有先例可援的

▶▶▶ **premium** ['prɪmɪəm]

[释义] *n.* ①奖金，奖赏 ②额外补贴，报酬 ③(为推销商品等而给的)优惠

[同义] reward, bonus

[反义] discount

[词组] place/put a (high) premium on ①高度评价，高度重视 ②刺激，促进，助长

at a premium 非常宝贵的，因稀缺而比寻常更为有价值的

▶▶▶ **view...as** 把…视作，认为

▶▶▶ **realm** [relm]

[释义] *n.* ①领域，范围 ②国度，王国

[同义] domain, extent, field

▶▶▶ **accelerated** [ək'seləreɪtɪd]

[释义] *a.* 加快的，加速的

[同根] accelerate [æk'seləreɪt] *v.* ①加速 ②促进

acceleration [ækˌselə'reɪʃən] *n.* ①加速度 ②促进

accelerative [ək'selərətɪv] *a.* 加速的，促进的

▶▶▶ **virtually** ['vɜːtʃʊəlɪ]

[释义] *ad.* 差不多，事实上，实质上

[同义] practically, nearly

[同根] virtual ['vɜːtʃʊəl] *a.* ①(用于名词前)几乎 ②实际上起作用的，事实上生效的 ③[计]虚拟的

▶▶▶ **wipe out** 消灭，彻底摧毁或被彻底

破坏

▶▶▶ **innovation** [ˌɪnəˈveɪʃən]
[释义] *n.* ①革新，改革 ②新方法，新奇事物
[同义] introduce，change，modernize
[同根] innovate [ˈɪnəveɪt] *v.* ① (in, on, upon) 革新，改革，创新 ②创立，创始，引入
innovative [ˈɪnəveɪtɪv] *a.* 革新的，新颖的，富有革新精神的

▶▶▶ **lever** [ˈliːvə, ˈlevə]
[释义] *n.* ①(用作施加压力等的)手段，方法 ②杠杆,控制杆 *v.* 使用杠杆,(用杠杆)撬动，撬起
[同根] leverage [ˈliːvərɪdʒ] *n.* ①(为达到目的而使用的)力量，手段 ②杠杆作用

▶▶▶ **destructive** [dɪˈstrʌktɪv]
[释义] *a.* 破坏(性)的
[同义] ruinous
[反义] constructive
[同根] destruct [dɪˈstrʌkt] *v.* 破坏
destruction [dɪˈstrʌkʃən] *n.* 破坏，毁灭
destructively [dɪˈstrʌktɪvlɪ] *ad.* 破坏地

▶▶▶ **hold the potential** 有可能

▶▶▶ **segment** [ˈsegmənt]
[释义] *n.* 部分，部门，片断，环节 *v.* 分割，切割
[同义] division, fraction, subdivision
[同根] segmentation [ˌsegmənˈteɪʃən] *n.* 分割，切断

▶▶▶ **fragmentation** [ˌfrægmenˈteɪʃən]
[释义] *n.* 碎裂，破碎，分裂
[同根] fragment [ˈfrægmənt] *n.* 碎片，破片，断片
fragmented [frægˈmentɪd] *a.* ①裂成碎片的，分裂的 ②不完整的，无条理的
fragmentary [ˈfrægməntərɪ] *a.* ①碎片的，片段的 ②不完整的，不连续的

▶▶▶ **appreciation** [əˌpriːʃɪˈeɪʃən]
[释义] *n.* ①理解，正确评价，欣赏 ②感谢，感激
[同根] appreciate [əˈpriːʃɪeɪt] *v.* ①赏识，鉴赏 ②感激 ③(充分)意识到 ④对…做正确评价
appreciative [əˈpriːʃətɪv] *a.* ①欣赏的，有欣赏力的 ②表示感激的，赞赏的
appreciable [əˈpriːʃɪəbl] *a.* ①可估计的 ②相当可观的

▶▶▶ **superficially** [sjuːpəˈfɪʃəlɪ]
[释义] *ad.* 表面地，肤浅地，浅薄地
[同义] shallowly, surfacely
[反义] deeply
[同根] superficial [sjuːpəˈfɪʃəl] *a.* 表面的，肤浅的，浅薄的

▶▶▶ **in terms of** ①根据，按照，在…方面 ②用…的话

▶▶▶ **identify** [aɪˈdentɪfaɪ]
[释义] *v.* ①认出，识别，鉴定 ② (with) 认为…等同于
[同根] identification [aɪˌdentɪfɪˈkeɪʃən] *n.* ①鉴定，验明，认出 ②身份证明
identical [aɪˈdentɪkəl] *a.* ①同一的，同样的 ②(完全)相同的，一模一样的
identically [aɪˈdentɪkəlɪ] *ad.* 同一地，相等地

▶▶▶ **micro-market** *n.* 微观市场

▶▶▶ **prohibitively** [prəˈhɪbɪtɪvlɪ, prəʊ-]
[释义] *ad.* ①非常地，昂贵地 ②禁止地，阻碍地
[同根] prohibit [prəˈhɪbɪt, (*US*)ˈprəʊ-] *v.* ①(常与 from 连用)禁止，不准 ②妨碍，阻止，使不可能
prohibition [prəuhɪˈbɪʃən, ˌprəʊɪˈbɪʃən]

n. ①禁止 ②禁令
prohibitive [prə'hɪbɪtɪv, (*US*)prəʊ-] a. ①禁止的，阻碍的，阻止的 ②非常高的，昂贵的

feed on ①扶植 ②以…为食

sub-market n. 次级市场

fuel [fjʊəl]
[释义] v. ①激起，刺激 ②加燃料，供以燃料 n. ① 燃料 ②刺激因素
[同义] stimulate

appetite ['æpɪtaɪt]
[释义] n. ①欲望，爱好 ②食欲，胃口
[同义] desire, hunger

specialized ['speʃəlaɪzd]
[释义] a. 专门的，专科的
[同根] specialize ['speʃəlaɪz] v. 专攻，专门研究
specific [spɪ'sɪfɪk] a. ①详细而精确的，明确的 ②特殊的，特效的
specialist ['speʃəlɪst] n. ①专家 ②专科医生

选项词汇注释

be attributed to 由…引起,归因于…

fierce ['fɪəs]
[释义] a. ①猛烈的，激烈的 ②凶猛的，愤怒的，暴躁的
[同义] intense, violent, cruel
[反义] gentle, quiet
[同根] fierceness [fɪəsnɪs] n. 强烈，激烈
fiercely ['fɪəslɪ] ad. 猛烈地，厉害地

convey [kən'veɪ]
[释义] v. ①表达，传达 ②运送，输送 ③传播，传送
[同义] deliver, put into words, transport
[词组] convey...to... 把…送 / 转到…

take by surprise 使吃惊，使诧异

restriction [rɪ'strɪkʃən]
[释义] n. 限制，约束
[同义] constraint, regulation, limitation
[同根] restrict [rɪ'strɪkt] v. 限制，约束，限定

transaction [træn'zækʃən]
[释义] n. ①交易，事务 ②办理，处理 ③会报，会议，记录
[同义] business
[同根] transact [træn'zækt,-'sækt] v. 办理，交易，处理

penetrate ['penɪtreɪt]
[释义] v. ①渗入，渗透，穿透 ②刺入，穿入 ③洞察，了解 ④使充溢，打动
[同义] perceive, pierce, puncture, understand
[同根] penetration [penɪ'treɪʃən] n. ①刺穿，穿透 ②渗透，弥漫
penetrating ['penɪtreɪtɪŋ] a. ①有穿透力的，尖锐的 ②敏锐的，明察秋毫的

bring about 引起，导致

thrive [θraɪv]
[释义] v. ①兴旺发达，繁荣，旺盛 ②茁壮成长，茂盛生长
[同义] boom, prosper, flourish
[反义] decline
[词组] thrive on sth. 靠 / 以…兴旺 / 旺盛

knowledgeable ['nɒlɪdʒəbəl]
[释义] a. 博识的，有知识的

overlook [ˌəʊvə'lʊk]
[释义] v. ①忽视，忽略 ②俯瞰，俯视
[同义] disregard, ignore, neglect
[反义] notice

▶▶▶ **eliminate** [ɪ'lɪmɪneɪt]

[释义] *v.* ①排除，消除，淘汰 ②不加考虑，忽视

[同义] discard, dispose of, exclude, reject

[反义] add

[同根] elimination [ɪˌlɪmɪ'neɪʃən] *n.* ①排除，除去，消除 ②忽视，略去

▶▶▶ **disintegrate** [dɪs'ɪntɪgreɪt]

[释义] *v.* 瓦解，(使)分解，(使)碎裂

[同义] break up, decay

[同根] integrate ['ɪntɪgreɪt] *v.* ①使成整体，使完整 ②使结合，使合并，使一体化

integration [ˌɪntɪ'greɪʃən] *n.* 结合，合而为一，整和，融合

integral ['ɪntɪgrəl] *a.* ①构成整体所需要的 ②完整的，整体的

integrity [ɪn'tegrɪtɪ] *n.* ①正直，诚实 ②完整，完全，完善

Reading Comprehension 2006.6

Passage 1

There are good reasons to be troubled by the **violence** that spreads throughout the media. Movies, television and video games are full of gunplay and **bloodshed**, and one might reasonably ask what's wrong with a society that **presents** videos of **domestic** violence as entertainment.

Most researchers agree that the causes of real-world violence are **complex**. A 1993 study by the U.S. **National Academy of Sciences** listed "biological, individual, family, **peer**, school, and **community** factors" as all playing their parts.

Viewing **abnormally** large amounts of violent television and video games may well **contribute to** violent behavior in certain individuals. The trouble comes when researchers **downplay uncertainties** in their studies or **overstate** the case for causality(因果关系). **Skeptics** were **dismayed** several years ago when a group of societies including the American Medical Association tried to end the debate by **issuing** a **joint statement**: "At this time, well over 1,000 studies…point **overwhelmingly** to a **causal connection** between media violence and **aggressive** behavior in some children."

Freedom-of-speech **advocates accused** the societies **of catering to** politicians, and even **disputed** the number of studies (most were review articles and essays, they said). When Jonathan Freedman, a social psychologist at the University of Toronto, reviewed the **literature**, he found only 200 or so studies of television watching and aggression. And when he **weeded out** "the most doubtful measures of aggression", only 28% supported a connection.

The **critical** point here is causality. The **alarmists** say they have proved that violent media cause. But the assumptions behind their observations need to be examined. When **labeling** game **as** violent or non-violent, should a hero eating a ghost really be **counted** as a violent event? And when experimenters record the time it takes game players to read "aggressive" or "non-aggressive" words from a list, can we be sure what they are actually measuring? The **intent** of the new Harvard Center on Media and Child Health to collect and

standardize studies of media violence in order to **compare** their **methodologies**, **assumptions** and conclusion is an important step in the right direction.

Another **appropriate** step would be to **tone down** the criticism until we know more. Several researchers write, speak and **testify** quite a lot on the threat **posed** by violence in the media. That is, of course, their privilege. But when doing so, they often **come out with** statements that the matter has now been settled, drawing criticism from colleagues. **In response**, the alarmists accuse critics and news reporters of being deceived the **entertainment industry**. Such **clashes** help neither science nor society.

文章词汇注释

▸▸▸ **violence** [ˈvaɪələns]
[释义] *n.* ①暴力，暴行 ②猛烈，强烈
[同义] force
[同根] violent [ˈvaɪələnt] *a.* ①猛烈的，激烈的 ②暴力引起的
violently [ˈvaɪələntlɪ] *ad.* 猛烈地，激烈地，极端地

▸▸▸ **bloodshed** [ˈblʌdʃed]
[释义] *n.* ①流血 ②杀戮
[同根] blood [blʌd] *n.* ①血，血液 ②血统，家族，门第 *v.* ①使出血，从…中抽血 ②使(新手)先取得初次经验

▸▸▸ **present** [prɪˈzent]
[释义] *v.* ①提供，介绍，呈献 ②赠送 ③提出，递交 ④呈现，表现
▸▸▸ [ˈprezənt] *n.* ①礼物，赠品 ②目前，现在 *a.* ①出席的，到场的 ②现在的，目前的
[同义] display, introduce, give
[同根] presentation [ˌprezenˈteɪʃən] *n.* ①介绍，呈现 ②陈述 ③赠送 ④表演

▸▸▸ **domestic** [dəˈmestɪk]
[释义] *a.* ①家的，家庭的 ②本国的，国内的，国产的 ③驯养的
[同根] domesticity [ˌdəʊmeˈstɪsɪtɪ] *n.* 家庭事务，家庭生活，对家庭生活的喜爱

▸▸▸ **complex** [ˈkɒmpleks]
[释义] *a.* ①复杂的 ②合成的，综合的 *n.* 综合物，综合性建筑，综合企业
[同义] complicated, involved, intricate, compound
[同根] complexity [kəmˈpleksɪtɪ] *n.* 复杂，复杂的事物，复杂性

▸▸▸ **National Academy of Science** 国家科学院

▸▸▸ **peer** [pɪə]
[释义] *n.* 同等地位的人，同事，同辈，同龄人 *v.* 仔细看，费力地看，凝视

▸▸▸ **community** [kəˈmjuːnɪtɪ]
[释义] *n.* ①（由同住于一地，一地区或一国的人所构成的）社会，社区 ②由同宗教，同种族，同职业或其他共同利益的人所构成的团体 ③共享，共有，共用

▸▸▸ **abnormally** [æbˈnɔːməlɪ]
[释义] *ad.* ①异常地，反常地 ②变态地

[同根] norm [nɔːm] *n.* 标准，规范，准则
normal [ˈnɔːməl] *a.* ①正常的，平常的，通常的 ②正规的，规范的
abnormal [æbˈnɔːməl] *a.* 反常的，变态的
normalize [ˈnɔːməlaɪz] *v.*(使)正常化，(使)标准化
normalization [ˌnɔːməlaɪˈzeɪʃən] *n.* 正常化，标准化

▶▶▶ **contribute to** 有助于，促成，是…的部分原因

▶▶▶ **downplay** [ˈdaʊnpleɪ]
[释义] *v.* 低估，对…轻描淡写，贬低

▶▶▶ **uncertainty** [ʌnˈsɜːtntɪ]
[释义] *n.* 不确定，不确定的事物
[同根] certain [ˈsɜːtən] *a.* ①确实的，无疑的 ②固定的，确定的
certainly [ˈsɜːtənlɪ] *ad.* 无疑地，必定，一定
certainty [ˈsɜːtəntɪ] *n.* ①确信，确实，确定性 ②必然的事，确定的事实
uncertain [ʌnˈsɜːtn] *a.* 不确定的，不可预测的，靠不住的

▶▶▶ **overstate** [ˌəʊvəˈsteɪt]
[释义] *v.* 过分强调，夸大
[同根] state [steɪt] *v.* 声明，陈述，规定 *n.* ①情形，状态 ②国家，政府，州
statement [ˈsteɪtmənt] *n.* 陈述，叙述，声明
overstatement [ˌəʊvəˈsteɪtmənt] *n.* 过分强调，夸大

▶▶▶ **skeptic** [ˈskeptɪk]
[释义] (=sceptic) *n.* 怀疑论者
[同根] skeptical [ˈskeptɪkəl] (=sceptical) *a.*(about) 惯于(或倾向于)怀疑的，表示怀疑的
skeptically [ˈskeptɪkəlɪ] (=sceptically) *ad.* 怀疑地
skepticism [ˈskeptɪsɪzəm] (=scepticism) *n.* ①怀疑态度 ②怀疑论

▶▶▶ **dismay** [dɪsˈmeɪ]
[释义] *v.* ①使惊恐，使惊愕 ②使失望，使绝望 *n.* ①惊恐，惊愕 ②失望，绝望
[同义] appall, horrify
[词组] to one's dismay 使某人沮丧的是

▶▶▶ **issue** [ˈɪsjuː]
[释义] *v.* ①发表，发布 ②流出，放出 ③发行(钞票等)，出版(书等)
n. ①问题，争议 ②流出，冒出 ③发行，出版 ④发行物，定期出版物的一期
[词组] at/in issue 待解决的，争议中的
raise an issue 引起争论
take issue with 对…持异议，不同意

▶▶▶ **joint statement** 联合声明

▶▶▶ **overwhelmingly** [ˌəʊvəˈwelmɪŋlɪ]
[释义] *ad.* 不可抵抗地，压倒地
[同根] overwhelm [ˈəʊvəwelm] *v.* ①制服，征服，压倒 ② 使受不了，使不知所措
overwhelming [ˌəʊvəˈwelmɪŋ] *a.* ①势不可挡的，压倒的 ②巨大的

▶▶▶ **causal connection** 因果关系

▶▶▶ **aggressive** [əˈgresɪv]
[释义] *a.* ①挑衅的，侵犯的，侵略的 ② 积极进取的
[同根] aggress [əˈgres] *v.* 侵略，侵犯，挑衅
aggressor [əˈgresə(r)] *n.* 侵略者，攻击者
aggression [əˈgreʃən] *n.* ①侵略，侵犯，挑衅 ②侵犯行为

▶▶▶ **advocate** [ˈædvəkɪt]
[释义] *n.* ①拥护者，提倡者 ②辩护人，律师 *v.* 拥护，提倡，主张
[同义] defender, supporter

[同根] advocation [ˌædvəˈkeɪʃən] n. 拥护，提倡，支持

▶▶▶ **accuse sb. of...** 因某事控告/谴责某人

▶▶▶ **cater to** 迎合…，提供…

▶▶▶ **dispute** [dɪˈspjuːt]

[释义] v. ①对表示异议，反对 ②争论，辩论 n. 争论，辩论，争端，纠纷

[同义] argue, debate

[词组] in/under dispute 在争论中，处于争议中

▶▶▶ **literature** [ˈlɪtərɪtʃə]

[释义] n. ①［总称］（关于某一学科或专题的）文献，图书资料 ②文学，文学作品

[同根] literary [ˈlɪtərərɪ] a. 文学(上)的，精通文学的，从事写作的

literacy [ˈlɪtərəsɪ] n. 识字，有文化，有读写能力

literate [ˈlɪtərɪt] n. 有读写能力的人 a. 有文化的，有读写能力的

literal [ˈlɪtərəl] a. ①逐字的 ②文字的，照字面的 ③只讲究实际的，无想象力的

literally [ˈlɪtərəlɪ] ad. ①确实地，真正地 ②简直 ③逐字地，照字面地

▶▶▶ **weed out** 清除，去掉

▶▶▶ **critical** [ˈkrɪtɪkəl]

[释义] a. ①决定性的，关键性的 ②吹毛求疵的 ③批评的，评判的

[同根] critic [ˈkrɪtɪk] n. ①批评家，评论家 ②吹毛求疵者

critique [krɪˈtiːk] n. ①（关于文艺作品、哲学思想的）评论文章 ②评论

criticize [ˈkrɪtɪsaɪz] v. ①批评，评判，责备，非难 ②评论，评价

criticism [ˈkrɪtɪsɪzəm] n. ①批评，评判，责备，非难 ②评论文章

critically [ˈkrɪtɪkəlɪ] ad. ①吹毛求疵地 ②批评地，评判地 ③决定性地，关键性地

▶▶▶ **alarmist** [əˈlɑːmɪst]

[释义] n. 轻事重报的人，危言耸听的人

[同根] alarm [əˈlɑːm] n. ①警报 ②惊慌，忧虑，担心 v. ①警告 ②使忧虑，使担心

alarming [əˈlɑːmɪŋ] a. 令人惊恐的，令人担忧的

alarmed [əˈlɑːmd] a. 警觉的，担心的

▶▶▶ **label...as...** 把…称为…，把…列为…，把…归类为…

▶▶▶ **count** [kaʊnt]

[释义] v. ①认为，算作 ②数，计算，计算在内 ③有价值，有重要意义 n. ①计数，计算 ②事项，问题

[同义] regard

[词组] be counted as 被算作…，被认为…

count against（被）认为对…不利

count for much (nothing, little) 很有(没有、很少）价值

count on/upon 指望，依赖

count out ①逐一数出 ②不包括

▶▶▶ **intent** [ɪnˈtent]

[释义] n. ①意图，目的 ②意思，含义

[同根] intend [ɪnˈtend] v. ①想要，打算 ②意指

intention [ɪnˈtenʃən] n. ①意图，目的 ②意思，含义

intentional [ɪnˈtenʃənəl] a. 有意的，故意的

▶▶▶ **standardize** [ˈstændədaɪz]

[释义] v. 使标准化，使符合标准

[同根] standard [ˈstændəd] n. 标准，水准 a. 标准的，模范的

standardization [ˌstændədaɪˈzeɪʃən] n. 标准化

▶▶▶ **compare** [kəmˈpeə]

[释义] v. ①（with）比较，对照 ②（to）

把…比作

[同根] comparison [kəm'pærɪsn] *n.* ①比较，对照 ②比拟，比喻

comparable ['kɒmpərəbəl] *a.* ①(with) 可比较的 ② (to) 比得上的

comparative [kəm'pærətɪv] *a.* ① 比较的，用比较方法的 ②相比较而言的，相对的

comparatively [kəm'pærətɪvlɪ] *ad.* 比较地，相比较而言地，相对地

▶▶▶ **methodology** [meθə'dɒlədʒɪ]

[释义] *n.* ①研究方法 ②方法论，方法学

[同根] method ['meθəd] *n.* 方法，办法，教学法

methodological [ˌmeθədə'lɒdʒɪkəl] *a.* 方法的，方法论的，方法学的，教学法的

▶▶▶ **assumption** [ə'sʌmpʃən]

[释义] *n.* 假定，臆断

[同根] assume [ə'sjuːm] *v.* ①假定，设想 ②担任，承担 ③呈现，具有，采取

assuming [ə'sjuːmɪŋ] *conj.* 假定，假如 *a.* 傲慢的，自负的

assumed [ə'sjuːmd] *a.* 假定的，假装的

assumptive [ə'sʌmptɪv] *a.* ①被视为理所当然的 ②自负的

▶▶▶ **appropriate** [ə'prəuprɪɪt]

[释义] *a.* 适合的，恰当的，相称的

▶▶▶ [ə'prəuprɪeɪt] *v.* ①挪用，占用 ②拨出（款项）

[同义] fitting, proper, suitable

[反义] inappropriate, unfit, unsuitable

[同根] appropriately [ə'prəuprɪɪtlɪ] *ad.* 适当地

appropriateness [ə'prəuprɪɪtnɪs] *n.* 恰当，适当

appropriable [ə'prəuprɪəbəl] *a.* 可供专用的，可供私用的

appropriation [əˌprəuprɪ'eɪʃən] *n.* ①拨付，拨发，拨款 ②占用，挪用

[词组] be appropriate to/for 适于，合乎

▶▶▶ **tone down** （使）缓和，（使）降低，（使）柔和

▶▶▶ **testify** ['testɪfaɪ]

[释义] *v.* ① (to) 表明，说明 ② (for, against, to) 作证，证明

[同根] test [test] *n.& v.* 测试，试验，检验

testimony ['testɪmənɪ] *n.* ① 证据，证明，证词 ②表明，说明

▶▶▶ **pose** [pəuz]

[释义] *v.* ①造成（困难等），提出（问题等），陈述（论点等）②假装，冒充 ③摆姿势

[词组] pose a threat on 对…造成威胁

pose a challenge 提出挑战

▶▶▶ **come out with** ①提出，说出 ②发表，出版

▶▶▶ **in response** 作为对…的答复，作为对…的反应

▶▶▶ **entertainment industry** 娱乐业

▶▶▶ **clash** [klæʃ]

[释义] *n.* ①冲突 ②不协调 ③（金属等的）刺耳的撞击声 *v.* ①发出刺耳的撞击 ②发生冲突 ③不协调，不一致

[同义] hit, collide, disagree, differ, conflict, contradict

选项词汇注释

▶▶▶ **be fond of** 喜爱，爱好

▶▶▶ **fairly** ['feəlɪ]
[释义] *ad.* ①相当地 ②公正地，公平地
[同根] fair [feə] *a.* ①公平的，公正的 ②金色的，淡色的 *ad.* 公平地，公正地 *n.* 美好的事物

▶▶▶ **reflection** [rɪ'flekʃən]
[释义] *n.* ①反映，表明，显示 ②映像 ③深思，考虑，反省
[同根] reflect [rɪ'flekt] *v.* ①反射(光、热、声等) ②反映 ③深思，考虑
reflective [rɪ'flektɪv] *a.* ①反射的，反映的 ②思考的，沉思的

▶▶▶ **exaggerate** [ɪg'zædʒəreɪt]
[释义] *v.* 夸大，夸张
[同义] overstate, overstress
[反义] understate
[同根] exaggeration [ɪgzædʒə'reɪʃən] *n.* 夸张，夸大

▶▶▶ **casual** ['kæʒuəl]
[释义] *a.* ①偶然的，碰巧的 ②非正式的，随便的 ③临时的，不定期的
[同根] casually ['kæʒuəlɪ] *ad.* 偶然地，随便地，临时地

▶▶▶ **underestimate** [ˌʌndə'estɪmeɪt]
[释义] *v.* 低估，看轻
[同根] estimate ['estɪmeɪt] *v.*& *n.* 估计，估价，评估
overestimate [ˌəuvə'estɪmeɪt] *v.* 过高估计

▶▶▶ **initiate** [ɪ'nɪʃɪeɪt]
[释义] *v.* ①发起，创始，开始 ②使初步了解 ③接纳(新成员)，让…加入 *n.* 新加入组织的人
[同义] begin, institute, introduce, launch
[同根] initiation [ɪˌnɪʃɪ'eɪʃən] *n.* 开始
initiative [ɪ'nɪʃɪətɪv] *n.* ①主动的行动，倡议 ②首创精神，进取心 ③主动权 *a.* 起始的，初步的
initiator [ɪ'nɪʃɪeɪtə] *n.* 创始人，发起人

▶▶▶ **assert** [ə'sɜːt]
[释义] *v.* ①肯定地说，断言 ②维护，坚持
[同义] affirm, declare, pronounce, state
[同根] assertion [ə'sɜːʃən] *n.* 主张，断言，声明
assertive [ə'sɜːtɪv] *a.* 断定的，过分自信的
assertively [ə'sɜːtɪvlɪ] *ad.* 断言地，独断地
[词组] assert oneself 坚持自己的权利

▶▶▶ **refute** [rɪ'fjuːt]
[释义] *v.* 驳斥，驳倒
[同根] refutation [refjuː'teɪʃən] *n.* 驳斥，反驳
refutal [rɪ'fjuːtəl] *n.*(=refutation)
refutable ['refjuːtəbəl] *a.* 可驳倒的

▶▶▶ **advance** [əd'vɑːns]
[释义] *v.* ①提出(论点、建议等) ②使向前移动，促进 ③提高(重要性、价格等) *n.* ①前进，进展 ②(数量、价格、价值等的)增长，增加 ③预先提供，预付
[同义] promote, progress, proceed, move forward
[反义] retreat
[同根] advanced [əd'vɑːnst] *a.* ①在前面的 ②先进的，高级的
advancement [əd'vɑːnsmənt] *n.* 前进，提升，提高

[词组] in advance 在前面，预先，事先
in advance of 在…的前面，在…之前

▸▸▸ **challenge** ['tʃælɪndʒ]
[释义] *v.* ①向…挑战，对…质疑 ②刺激，激发 ③需要，要求 *n.* 挑战，艰苦的任务，努力追求的目标
[同义] confront, question, defy, doubt, dispute
[同根] challenging ['tʃælɪndʒɪŋ] *a.* 挑战性的，引起兴趣的，令人深思的，挑逗的

▸▸▸ **definition** [ˌdefɪ'nɪʃən]
[释义] *n.* 定义，释义
[同根] define [dɪ'faɪn] *v.* ①下定义 ②详细说明，解释
definite ['defɪnɪt] *a.* 明确的，一定的
indefinite [ɪn'defɪnɪt] *a.* ①无定限的，无限期的 ②不明确的，含糊的 ③不确定的，未定的

▸▸▸ **misleading** [mɪs'liːdɪŋ]
[释义] *a.* 易误解的，易于误导的

Passage 2

You're in trouble if you have to buy your own **brand-name prescription drugs**. Over the past decade, prices **leaped** by more than double the **inflation rate**. Treatments for **chronic** conditions can easily **top** $2,000 a month—**no wonder** that one in four Americans can't afford to fill their prescriptions. The solution? A hearty chorus of "O Canada." North of the border, where price controls **reign**, those same brand-name drugs cost 50% to 80% less.

The Canadian **option** is fast becoming a political **wake-up call**. "If our neighbors can buy drugs at reasonable prices, why can't we?" Even to whisper that thought **provokes** anger. "Un-American!" And—the **propagandists**' trump card (王牌)—"**Wreck** our **brilliant** health-care system." Supersize drug prices, they **claim**, fund the research that **sparks** the next generation of wonder drugs. No sky-high drug price today, no cure for cancer tomorrow. So shut up and **pay up**.

Common sense tells you that's a false **alternation**. The reward for finding, say, a cancer cure is so huge that no one's going to hang it up. Nevertheless, if Canada-level pricing came to the United States, the industry's **profit margins** would drop and the pace of new drug development would slow. Here lies the American **dilemma**. Who is all this splendid medicine for? Should our **healthcare system** continue its drive toward the best of the best, even though rising numbers of patients can't afford it? Or should we direct our wealth toward letting everyone **in on** today's level of care? Measured by saved lives, the latter is almost certainly the better course.

To defend their profits, the drug companies have warned Canadian **wholesalers** and pharmacies (药房) not to sell to Americans by mail, and are **cutting back** supplies to those who dare.

Meanwhile, the **administration** is playing the fear card. Officials from the Food and Drug Administration will argue that Canadian drugs might be **fake**, mishandled, or even a **potential** threat to life.

Do bad drugs fly around the Internet? Sure—and the more we look, the more we'll find. But I haven't heard of any raging **epidemics** among the hundreds of thousands of people buying cross-border.

Most users of prescription drugs don't worry about costs a lot. They're **sheltered** by employer **insurance**, owing just a $20 co-pay. The financial **blows rain**, instead, on the uninsured, especially the chronically ill who need expensive drugs to live. This group will still include middle-income **seniors** on Medicare, who'll have to **dig** deeply **into their pockets** before getting much from the new drug benefit that starts in 2006.

文章词汇注释

▸▸▸ **brand-name** 名牌的，(尤指标有畅销商品的)商标的

▸▸▸ **prescription drug** 须医师处方才可买的药品

▸▸▸ **leap** [liːp]
[释义] *v.* ①高涨 ②跳，跳跃 *n.* ①骤变，激增 ②跳，跳跃
[词组] by leaps and bounds 非常迅速地

▸▸▸ **inflation rate** 通货膨胀率

▸▸▸ **chronic** [ˈkrɒnɪk]
[释义] *a.* ①(疾病)慢性的，(人)久病的 ②积习难改的 *n.* 慢性疾病患者
[反义] acute
[同根] chronical [ˈkrɒnɪkəl] *a.*(=chronic) chronically [ˈkrɒnɪkəlɪ] *ad.* ①慢性地 ②长期地
[词组] chronic conditions 慢性病

▸▸▸ **top** [tɒp]
[释义] *v.* ①超过，高过，胜过 ②居…之上，是…之冠，为…之首 *n.* 顶，顶端，山顶，顶部 *a.* 顶的，顶端的，最上面的

▸▸▸ **no/little/small/what wonder** 并不奇怪，不足为奇，难怪

▸▸▸ **reign** [reɪn]
[释义] *v.* 主宰，起支配作用 *n.* ①(君主的)统治，王权 ②主宰，支配

▸▸▸ **option** [ˈɒpʃən]
[释义] *n.* ①选择，选择权 ②可选择的东西

[同义] choice, alternative
[同根] optional ['ɒpʃənəl] *a.* 可选择的
optionally ['ɒpʃənəlɪ] *ad.* 随意地

▶▶▶ **wake-up call** 催醒电话

▶▶▶ **provoke** [prə'vəʊk]
[释义] *v.* ①激起，引起 ②对…挑衅，激怒
[同根] provoking [prə'vəʊkɪŋ] *a.* 恼人的，挑动的
provocative [prə'vɒkətɪv] *a.* ①挑衅的，煽动的 ②引起讨论的
provocation [prɒvə'keɪʃən] *n.* ①惹人恼火的事，激怒的原因 ②激怒，刺激

▶▶▶ **propagandist** [ˌprɒpə'gændɪst]
[释义] *n.* 宣传员 *a.* 宣传的
[同根] propaganda [ˌprɒpə'gændə] *n.* 宣传
propagandize [ˌprɒpə'gændaɪz] *v.* 宣传

▶▶▶ **wreck** [rek]
[释义] *v.* ①破坏，毁坏 ②造成(船舶等)失事，使遇难 *n.* ①(船舶等的)失事，遇难 ②破坏，毁坏
[同根] wreckage ['rekɪdʒ] *n.* ①失事，遭难 ②破坏，毁坏

▶▶▶ **brilliant** ['brɪljənt]
[释义] *a.* ①光辉的，辉煌的 ②卓越的，有才能的
[同根] brilliance ['brɪljəns] *n.* 光辉，显赫，卓越

▶▶▶ **claim** [kleɪm]
[释义] *v.* ①声称，断言 ②(对头衔、财产、名声等)提出要求 ③认领，声称有 *n.* ①声称，主张 ②要求，认领，索赔
[同义] demand，require
[词组] lay claim to 对…提出所有权要求，自以为

▶▶▶ **spark** [spɑːk]
[释义] *v.* ①激励，鼓舞 ②点燃，触发，发动 *n.* 火花，火星，余火
[词组] not a spark of 毫无，一点都不
strike sparks out of sb. 激发某人的聪明才智

▶▶▶ **pay up** 全部付清
▶▶▶ **common sense** 常识

▶▶▶ **alternation** [ˌɔːltɜː'neɪʃən]
[释义] *n.* 交替，轮流
[同根] alter ['ɔːltə] *v.* 改变
alternate [ɔː'tɜːnɪt] *v.* 交替，改变 *a.* 交替的
alternative [ɔː'tɜːnətɪv] *n.* ①可供选择的办法，事物 ②两者择一，取舍 *a.* 选择性的，二中择一的
alternatively [ɔː'tɜːnətɪvlɪ] *ad.* 作为选择，二者择一地

▶▶▶ **profit margin** 利润率

▶▶▶ **dilemma** [dɪ'lemə,daɪ-]
[释义] *n.*(进退两难的)窘境，困境
[词组] be in a dilemma 左右为难

▶▶▶ **healthcare system** 医疗保健体系
▶▶▶ **in on** 参加，参与
▶▶▶ **wholesaler** *n.* 批发商
▶▶▶ **cut back** 削减，缩减

▶▶▶ **administration** [ədmɪnɪs'treɪʃən]
[释义] *n.* ①政府，行政机关 ②行政，行政职责 ③管理，经营，支配
[同义] execution, management
[同根] administrate [əd'mɪnɪstreɪt] *v.* 管理，支配
administer [əd'mɪnɪstə] *v.* ①掌管，料理…的事务 ②实施，执行
administrative [əd'mɪnɪstrətɪv] *a.* 管理的，行政的，政府的

▶▶▶ **fake** [feɪk]
[释义] *n.* 假货 *a.* 假的 *v.* 伪造，赝造，捏造，假造

▶▶▶ **potential** [pəˈtenʃəl]
[释义] *a.* 潜在的，可能的 *n.* 潜能，潜力
[同根] potentially [pəˈtenʃəlɪ] *ad.* 潜在地，可能地
potentiality [pəˌtenʃɪˈælɪtɪ] *n.* ① 可能性 ② (用复数) 潜能，潜力

▶▶▶ **epidemic** [ˌepɪˈdemɪk]
[释义] *n.* ①流行病 ②(流行病的)流行，传播 *a.* (疾病) 流行性的 ②极为盛行的，流行极广的

▶▶▶ **shelter** [ˈʃeltə]
[释义] *v.* ①庇护，保护，掩蔽 ②为…提供避难所 ③躲避，避难 *n.* 掩蔽处，庇护所，避难所
[同义] defend, guard, protect, shield
[同根] sheltered [ˈʃeltəd] *a.* 受保护的，受庇护的
[词组] shelter oneself 掩护自己，为自己辩护

▶▶▶ **insurance** [ɪnˈʃʊərəns]
[释义] *n.* ①保险，保险单，保险费 ②预防措施，安全保证
[同根] insure [ɪnˈʃʊə] *v.* ① 给…保险 ②保证，确保
insurant [ɪnˈʃʊərənt] *n.* 投保人，被保险人
insured [ɪnˈʃʊəd] *n.* 被保险者，保户 *a.* 在保险范围以内的
uninsured [ˌʌnɪnˈʃʊəd] *a.* 未参加保险的

▶▶▶ **blow** [bləʊ]
[释义] *n.* 打击，负担

▶▶▶ **rain** [reɪn]
[释义] *v.* 如雨般降下，大量降下

▶▶▶ **senior** [ˈsiːnɪə]
[释义] *n.* 年长者 *a.* 年长的，资格较老的，地位较高的，高级的

▶▶▶ **dig into one's pocket** 花钱

选项词汇注释

▶▶▶ **rocket** [ˈrɒkɪt]
[释义] *v.* 迅速上升，猛涨 *n.* 火箭

▶▶▶ **curb** [kɜːb]
[释义] *v.* 控制，约束 *n.* ①控制，约束 ②（由路缘石砌成的街道或人行道的）路缘

▶▶▶ **soar** [sɔː]
[释义] *v.* ①猛增，剧增 ②高飞，升腾
[同义] ascend, leap, skyrocket
[同根] soaring [ˈsɔːrɪŋ] *a.* ①剧增的，高涨的 ②高飞的，翱翔的

▶▶▶ **argue for** 赞成…
▶▶▶ **bring about** 引起，致使，造成

▶▶▶ **indispensable** [ˌɪndɪˈspensəbəl]
[释义] *a.* (to, for) 必不可少的，绝对必要的
[同义] essential, necessary, required, vital
[反义] dispensable

▶▶▶ **priority** [praɪˈɒrɪtɪ]
[释义] *n.* ①优先考虑的事 ②优先，重点，优先权
[同根] prior [ˈpraɪə] *a.* ①在前的 ②较早的 ③优先的，更重要的
[词组] place/put high priority on 最优先考虑…
attach high priority to 最优先考虑…
give first priority to 最优先考虑…

▶▶▶ **maintain** [meɪnˈteɪn]

[释义] *v.* ①维持，保持 ②坚持，维护，主张 ③保养，维修 ④赡养，供给
[同义] keep, retain, sustain
[同根] maintenance ['meɪntɪnəns] *n.* ①维护，保持 ②维修 ③生活费用 ④扶养
maintainable [men'teɪnəbl] *a.* ①可维持的 ②主张的
maintainer [men'teɪnə] *n.* 养护工，维护人员

▸▸▸ **label...as...** 把…列为…，把…归类为…

▸▸▸ **attribute... to...** 把…归因于…

Passage 3

Age has its **privileges** in America, and one of the more **prominent** of them is the **senior citizen discount**. Anyone who has reached a certain age—in some cases as low as 55—**is automatically entitled to a dazzling array of price reductions** at nearly every level of **commercial** life. **Eligibility** is determined not by one's need but by the date on one's **birth certificate** Practically unheard of a generation ago, the discounts have become a **routine** part of many business—as common as color televisions in motel rooms and free coffee on airliners.

People with gray hair often are given the discounts without even asking for them; yet, millions of Americans above age 60 are healthy and solvent(有支付能力的). Businesses that would never dare offer discounts to college students or anyone under 30 freely offer them to older Americans. The practice is acceptable because of the widespread belief that "elderly" and "needy" are synonymous(同义的). Perhaps that once was true, but today elderly Americans as a group have a lower poverty rate than the rest of the population. **To be sure**, there is economic **diversity** within the elderly, and many older Americans are poor. But most of them aren't.

It is impossible to **determine** the **impact** of the discounts on individual companies. For many firms, they are a **stimulus** to **revenue**. But in other cases the discounts are given **at the expense**, directly or indirectly, **of** younger Americans. Moreover, they are a direct **irritant** in what some politicians and scholars see as a coming **conflict** between the generations.

Generational **tensions** are being **fueled** by continuing debate over Social Security benefits, which mostly **involves** a **transfer** of resources from the young to the old. Employment is another **sore** point. Buoyed (支持) by laws and court decisions, more and more older Americans are declining the retirement dinner **in favor of** staying on the job—thereby lessening employment and **promotion** opportunities for younger workers.

Far from a kind of **charity** they once were, senior citizen discounts have become a **formidable** economic privilege to a group with millions of members who don't need them.

It no longer **makes sense** to treat the elderly as a single group whose economic needs **deserve priority** over those of others. Senior citizen discounts only **enhance** the myth that older people can't take care of themselves and need special treatment; and they **threaten** the creation of a new myth, that the elderly are **ungrateful** and taking for themselves at the expense of children and other age groups. Senior citizen discounts are the **essence** of the very thing older Americans are **fighting against**—**discrimination** by age.

文章词汇注释

▸▸▸ **privilege** [ˈprɪvɪlɪdʒ]

[释义] *n.* ①特权，优惠，特免 ②特别待遇 *v.* (from) 给…特权 / 优惠，特许，特免

[同义] advantage, favor, freedom, grant, liberty, license

[同根] privileged [ˈprɪvɪlɪdʒd] *a.* 享有（或授予）特权的，特许的

underpriviledged [ʌndəˈprɪvɪlɪdʒd] *a.* 被剥夺基本权利的

▸▸▸ **prominent** [ˈprɒmɪnənt]

[释义] *a.* ①突出的，显著的 ②卓越的，杰出的 ③突起的

[同义] important, outstanding, celebrated, distinguished, eminent, famous

[反义] anonymous

[同根] prominence [ˈprɒmɪnəns] *n.* ①显著 ②突出 ③突出物

prominently [ˈprɒmɪnəntlɪ] *ad.* 卓越地，显眼

▸▸▸ **senior citizen** 老年人

▸▸▸ **discount** [ˈdɪskaʊnt]

[释义] *n.* 折扣（在本文内可理解为“优待”）*v.* 打折扣

▸▸▸ **automatically** [ɔːtəˈmætɪklɪ]

[释义] *ad.* ①自动地 ②机械地

[同根] automate [ˈɔːtəmeɪt] *v.* ①用自动化技术操作，用自动化技术经营（或管理）②使自动化

automatic [ˌɔːtəˈmætɪk] *a.* ①自动的 ②不经思索的，习惯性的 ③机械的

▸▸▸ **be entitled to...** 有资格享有…，有权利享有…

▸▸▸ **dazzling** [ˈdæzlɪŋ]

[释义] *a.* 令人眼花缭乱的，耀眼的

[同根] dazzle [ˈdæzəl] *v.* ①使眩目，耀（眼）②使惊奇，使赞叹不已，使倾倒 *n.* ①耀眼的光 ②令人赞叹的东西

dazzlingly [ˈdæzlɪŋlɪ] *ad.* 灿烂地，耀眼地

▸▸▸ **an array of** 一串，一系列

▶▶▶ **price reduction** 削价

▶▶▶ **commercial** [kə'mɜːʃəl]

[释义] *a.* 商业的，商务的 *n.*（广播、电视的）商业广告

[同根] commerce ['kɒmə(ː)s] *n.* 商业

commercially [kə'mɜːʃəlɪ] *ad.* 商业地

commercialize [kə'mɜːʃəlaɪz] *v.* 使商业化

commercialism [kə'mɜːʃəlɪzəm] *n.* 商业主义，商业精神

▶▶▶ **eligibility** [elɪdʒə'bɪlɪtɪ]

[释义] *n.* 有资格，合格

[同根] eligible ['elɪdʒəbəl] *a.* 有资格当选的，有条件被选中的，在法律上（或道德上）合格的

eligibly ['elɪdʒəblɪ] *ad.* 有资格当选地，有条件被选中地，合格地

▶▶▶ **birth certificate** 出生证明

▶▶▶ **routine** [ruː'tiːn]

[释义] *a.* 例行的，常规的，惯例的 *n.* 例行公事，惯例，惯常的程序，日常工作

[同义] custom, habit, schedule

[同根] routinely [ruː'tiːnlɪ] *ad.* 例行公事地，惯例地

▶▶▶ **to be sure** 确实，当然

▶▶▶ **diversity** [daɪ'vɜːsɪtɪ]

[释义] *n.* 差异，多样性

[同义] variety, difference

[同根] diverse [daɪ'vɜːs] *a.* 不同的，多样的

diversely [daɪ'vɜːslɪ] *ad.* 不同地，各色各样地

diversify [daɪ'vɜːsɪfaɪ] *v.* 使不同，使多样化

diversified [daɪ'vɜːsɪfaɪd] *a.* 多变化的，各种的

diversification [daɪvɜːsɪfɪ'keɪʃən] *n.* 变化，多样化

divert [daɪ'vɜːt] *v.* ①使转向，使改道 ②转移，转移…的注意力 ③使娱乐

diversion [daɪ'vɜːʃən] *n.* ①转移，转向 ②消遣，娱乐

divergent [daɪ'vɜːdʒənt] *a.* 有分歧的，不同的

▶▶▶ **determine** [dɪ'tɜːmɪn]

[释义] *v.* ①决定 ②下决心，决意，决心

[同根] determination [dɪˌtɜːmɪ'neɪʃən] *n.* ①坚定，果断，决断力 ②决心

determined [dɪ'tɜːmɪnd] *a.* 已下决心的，决意的

▶▶▶ **impact** ['ɪmpækt]

[释义] *n.* ①影响，作用 ②冲击，碰撞

[同义] influence, effect, crash, blow

[词组] give an impact to... 对…起冲击作用

▶▶▶ **make a strong/great/full impact on** 对…有巨大影响

▶▶▶ **stimulus** ['stɪmjʊləs]

[释义] *n.* 刺激（物），促进（因素），激励（物）

[同根] stimulate ['stɪmjʊleɪt] *v.* ①刺激，激励 ②促使，引起

stimulation [ˌstɪmjʊ'leɪʃən] *n.* 兴奋（作用），刺激（作用），激励（作用）

stimulative ['stɪmjʊlətɪv] *n.* 刺激物，促进因素，激励物 *a.* 刺激（性）的，激励（性）的，促进（性）的

▶▶▶ **revenue** ['revɪnjuː]

[释义] *n.* 财政收入，税收

[同义] earnings, income

▶▶▶ **at the expense of** 在损害…的情况下

▶▶▶ **irritant** ['ɪrɪtənt]

[释义] *n.* 刺激物，刺激剂 *a.* 有刺激（性）的，会引起发炎的

[同根] irritate ['ɪrɪteɪt] *v.* ①激怒，使急躁 ②刺激

irritation [ˌɪrɪ'teɪʃən] *n.* 愤怒，恼怒

▶▶▶ **conflict** ['kɒnflɪkt]
[释义] *n.* ① 冲突，抵触，争论 ②战斗，斗争
▶▶▶ [kən'flɪkt] *v.* ①抵触，冲突 ②战斗，斗争
[同义] clash, struggle, fight, battle
[同根] conflicting [kən'flɪktɪŋ] *a.* 相冲突的，不一致的，相矛盾的
[词组] be in conflict with... 与…相冲突

▶▶▶ **tension** ['tenʃən]
[释义] *n.* 紧张(状态)，不安
[反义] slack，relief
[同根] tense [tens] *a.* 紧张的，拉紧的

▶▶▶ **fuel** [fjʊəl]
[释义] *v.* ①激起，刺激 ②加燃料，供以燃料 *n.* ① 燃料 ②刺激因素
[同义] stimulate

▶▶▶ **involve** [ɪn'vɒlv]
[释义] *v.* ①涉及，包含，包括 ②使卷入，使陷入，拖累 ③使专注
[同义] contain, include, engage, absorb
[同根] involved [ɪn'vɒlvd] *a.* 有关的，牵扯在内的，参与的，受影响的
involvement [ɪn'vɒlvmənt] *n.* ①卷入，缠绕 ②复杂，混乱 ③牵连的事务，复杂的情况
[词组] be/become involved in 包含在…，与…有关，被卷入，专心地(做)
be/get involved with 涉及，给…缠住

▶▶▶ **transfer** [træns'fɜː]
[释义] *n.* ①转让，让与 ②调动 ③转移，迁移 *v.* ①转移(地方) ②调动 ③(工作)转让 ④转学，转乘
[同义] move, change
[同根] transferable [træns'fɜːrəbəl] *a.* 可转移的，可调动的

▶▶▶ **sore** [sɔː]
[释义] *a.* ①使人忧愁的，令人痛苦的 ②痛的，疼痛发炎的

▶▶▶ **in favor of** 赞成，支持，出于偏爱

▶▶▶ **promotion** [prə'məʊʃən]
[释义] *n.* ①提升，晋升 ②促进，发扬
[同根] promote [prə'məʊt] *v.* ①提升，晋升 ②促进，发扬
promotive [prə'məʊtɪv] *a.* 提升的，促进的
promotee [prəməʊ'tiː] *n.* ①被提升者 ②获晋级者
promoter [prə'məʊtə] *n.* 促进者，助长者

▶▶▶ **far from** 远远不，完全不

▶▶▶ **charity** ['tʃærɪtɪ]
[释义] *n.* ①施舍，施舍物 ②慈悲，慈善
[同根] charitable ['tʃærɪtəbəl] *a.* ①慈善的，施舍慷慨的 ②仁爱的，慈悲的
charitarian [ˌtʃærɪ'teərɪən] *n.* 慈善家

▶▶▶ **formidable** ['fɔːmɪdəbəl]
[释义] *a.* ①难对付的 ②可怕的，令人畏惧的 ③令人惊叹的
[同根] formidably ['fɔːmɪdəblɪ] *ad.* 可怕地，强大地，令人惊叹地

▶▶▶ **make sense** ①言之成理，合乎情理 ②讲得通，有意义

▶▶▶ **deserve** [dɪ'zɜːv]
[释义] *v.* 应受，值得，应得
[同根] deserved [dɪ'zɜːvd] *a.* 应得的，理所当然的
deserving [dɪ'zɜːvɪŋ] *a.* ①有功的，该受奖赏的 ②(of)值得的，该得的
[词组] deserve ill of 有罪于
deserve well of 有功于

▶▶▶ **priority** [praɪ'ɒrɪtɪ]
[释义] *n.* ①优先，重点，优先权 ②优先考虑的事 ③在先，居先
[同根] prior ['praɪə] *a.* ①先前的 ②较早的，在前的 ③优先的，更重要的

[词组] take/have priority over... 放在…之上优先考虑
place/put high priority on... 最优先考虑…
attach high priority to... 最优先考虑…
give first priority to... 最优先考虑…

▶▶▶ **enhance** [ɪn'hɑːns]
[释义] *v.* 增强,增进,提高(质量、价值、吸引力等),增加
[同义] better, improve, uplift, strengthen
[同根] enhancement [ɪn'hɑːnsmənt] *n.* 增进,增加
enhanced [ɪn'hɑːnst] *a.* 增强的,提高的,放大的

▶▶▶ **threaten** ['θretn]
[释义] *v.* ①预示(危险),似有发生或来临的可能 ②恐吓,威胁
[同根] threat [θret] *n.* ①恐吓,威胁 ②凶兆,征兆
threatening ['θretənɪŋ] *a.* 威胁的,凶兆的
threateningly ['θretənɪŋlɪ] *ad.* 威胁地,凶兆地

▶▶▶ **ungrateful** [ʌn'greɪtful]
[释义] *a.* 不领情的,讨人厌的
[同根] grateful ['greɪtful] *a.* (to) 感激的,表示感谢的

▶▶▶ **essence** ['esns]
[释义] *n.* ①本质,要素,精髓 ②本体
[同根] essential [ɪ'senʃəl] *a.* ①不可少的,必要的,重要的,根本的 ②本质的,实质的 ③提炼的,精华的 *n.* [*pl.*] ①本质,精华 ②要素,要点
essentially [ɪ'senʃəlɪ] *ad.* 本质上,本来,根本

▶▶▶ **fight against** 对抗,反抗

▶▶▶ **discrimination** [dɪˌskrɪmɪ'neɪʃən]
[释义] *n.* ①歧视,差别对待 ②辨别,区别
[同根] discriminate [dɪ'skrɪmɪneɪt] *v.* ① (against) 有差别地对待,歧视 ②区别,辨别
discriminative [dɪ'skrɪmɪnətɪv] *a.* ①区别的,差异的,形成差异的 ②有判别力的

选项词汇注释

▶▶▶ **commercial practice** 商务惯例,商业实务

▶▶▶ **live a decent life** 过体面的生活

▶▶▶ **boost** [buːst]
[释义] *v.* ①推动,提高,增强 ②举,抬,推 *n.* ①一举,一抬,一推 ②推动,促进,激励
[同义] hoist, lift, push
[同根] booster ['buːstə] *n.* 向上(或向前)推的人,热心的拥护者,积极的支持者
[词组] boost up 向上推,增强

▶▶▶ **assumption** [ə'sʌmpʃən]
[释义] *n.* 假定,臆断
[同义] supposition, presupposition, postulation
[同根] assume [ə'sjuːm] *v.* ①假定,假设 ②承担,担任 ③呈现,具有 ④假装
assumed [ə'sjuːmd] *a.* 假定的,假装的,装的
assuming [ə'sjuːmɪŋ] *conj.* 假定,假如 *a.* 傲慢的,自负的
assumptive [ə'sʌmptɪv] *a.* 假定的,设想的

▶▶▶ **lie behind** 是…的理由（或原因）

▶▶▶ **contribute** [kən'trɪbjuːt]
[释义] *v.* ①贡献 ②捐（款等），捐献 ③投（稿）
[同义] give, donate, devote, provide
[同根] contribution [ˌkɒntrɪ'bjuːʃən] *n.* 捐献，贡献
contributive [kən'trɪbjʊtɪv] *a.* 有助的，促成的
contributor [kən'trɪbjʊtə] *n.* ①捐款人，贡献者，投稿者 ②促成因素
contributory [kən'trɪbjʊtərɪ] *a.* 促成的，起一份作用的
[词组] contribute to 有助于，促成，是…的部分原因

▶▶▶ **financially** [faɪ'nænʃəlɪ]
[释义] *ad.* 财政上，金融上
[同根] finance [faɪ'næns, fɪ-] *n.* 财政，金融 *v.* ①供给…经费，负担经费 ②筹措资金
financial [faɪ'nænʃəl] *a.* 财政的，财务的，金融的
financier [faɪ'nænsɪə, fɪ-] *n.* 财政家，金融家

▶▶▶ **make up for** 补偿，弥补

▶▶▶ **inadequacy** [ɪn'ædɪkwəsɪ]
[释义] *n.* ①不足，不充分 ②不够格，无法胜任
[同根] adequate ['ædɪkwɪt] *a.* ①适当的，胜任的 ②足够的，能满足需要的
adequacy ['ædɪkwəsɪ] *n.* ① 适当，恰当 ②足够
inadequate [ɪn'ædɪkwɪt] *a.* 不充分的，不适当的，不够格的，无法胜任的

▶▶▶ **intensify** [ɪn'tensɪfaɪ]
[释义] *v.* 加剧，加强，增强，强化
[反义] reduce，lessen，diminish，alleviate
[同根] intense [ɪn'tens] *a.* ①强烈的，剧烈的，激烈的 ②热切的，热情的
intensive [ɪn'tensɪv] *a.* 加强的，集中的，深入细致的，密集的
intensity [ɪn'tensɪtɪ] *n.* ①强烈，剧烈 ②强度，亮度
intensification [ɪnˌtensɪfɪ'keɪʃən] *n.* 增强，强化，加剧，加紧
intensely [ɪn'tenslɪ] *ad.* 激烈地，热情地

▶▶▶ **adverse** ['ædvɜːs]
[释义] *a.* ①不利的 ②敌对的 ③相反的
[同义] unfavorable, contrary, hostile, opposite
[反义] favorable
[同根] adversity [əd'vɜːsɪtɪ] *n.* ①不幸，灾祸 ②逆境
adversary ['ædvəsərɪ] *n.* 敌手，对手

▶▶▶ **open up** ①开辟 ②打开，张开 ③开设，开办

▶▶▶ **prospect** ['prɒspekt]
[释义] *n.* ①前景，前途，期望，展望 ②景色，景象，视野 *v.* 勘探，勘察
[同根] prospection [prɒ'spekʃən] *n.* ①先见，预测，预见 ②勘测
prospective [prəs'pektɪv] *a.* 预期的，盼望的，未来的
prospecting [prəs'pektɪŋ] *n.* 勘探，探矿
prospector [prɒ'spektə(r)] *n.* 探勘者，采矿者
[词组] in prospect 期望中的，展望中的

▶▶▶ **reinforce** [ˌriːɪn'fɔːs]
[释义] *v.* 加强，增援，补充
[同义] fortify, intensify, strengthen
[同根] enforce [ɪn'fɔːs] *v.* ①实施，使生效 ②强迫，迫使，强加
reinforcement [ˌriːɪn'fɔːsmənt] *n.* 增援，加强，援军

▶▶▶ **take...for granted** 把…认为想当然

In 1854 my great-grandfather, Morris Marable, was sold on an **auction** block in Georgia for $500. For his white slave master, the sale was just "business as usual." But to Morris Marable and his **heirs**, slavery was a crime against our **humanity**. This **pattern** of human rights **violations** against **enslaved** African-Americans continued under **racial segregation** for nearly another century.

The **fundamental** problem of American **democracy** in the 21st century is the problem of "structural **racism**": the deep patterns of socio-economic inequality and **accumulated disadvantage** that are **coded** by race, and constantly **justified** in public speeches by both racist **stereotypes** and white indifference. Do Americans have the **capacity** and **vision** to remove these structural **barriers** that **deny** democratic rights and opportunities to millions of their fellow citizens?

This country has **previously witnessed** two great struggles to achieve a truly multicultural democracy.

The First Reconstruction (1865-1877) ended slavery and briefly gave black men **voting rights**, but gave no meaningful **compensation** for two centuries of unpaid labor. The promise of "40 acres and a mule（骡子）"was for most blacks a dream deferred（尚未实现的）.

The Second Reconstruction (1954-1968), or the modern **civil rights movement**, ended legal segregation in **public accommodations** and gave blacks voting rights. But these successes **paradoxically obscure** the **tremendous** human costs of historically accumulated disadvantage that remains central to black Americans' lives.

The **disproportionate** wealth that most whites enjoy today was first **constructed** from centuries of unpaid black labor. Many white **institutions**, including some leading universities, **insurance companies** and banks, profited from slavery. This pattern of white privilege and black inequality continues today.

Demanding reparations(赔偿）is not just about compensation for slavery and segregation. It is, more important, an educational campaign to **highlight** the **contemporary** reality of "racial **deficits**" of all kinds, the unequal conditions that impact blacks **regardless of** class. Structural racism's barriers include " **equity** inequity". The absence of black **capital formation** that is a direct consequence of America's history. One third of all black households actually have **negative net wealth**. In 1998 the typical black family's net wealth was $16,400, less than one fifth that of white families. Black families are denied home loans at twice the rate of whites.

Blacks remain the last hired and first fired during **recessions**. During the 1990-91 recession, African-Americans suffered disproportionately. At Coca Cola, 42 percent of employees who lost their jobs were blacks. At Sears, 54 percent were black. Blacks have **significantly** shorter **life spans**, in part due to racism in the health **establishment**. Blacks are **statistically** less likely than whites to be **referred** for kidney transplants or early-stage cancer surgery.

文章词汇注释

▶▶▶ **auction** [ˈɔːkʃən]

[释义] *n.*& *v.* 拍卖

▶▶▶ **heir** [eə]

[释义] *n.* 继承人，子嗣

[同根] heiress [ˈeərɪs] *n.* 女性继承人

heirless [ˈeəlɪs] *a.* 无继承人的，无后嗣的

[词组] heir at law 法定继承人

fall heir to 继承…

▶▶▶ **humanity** [hjʊ(ː)ˈmænɪtɪ]

[释义] *n.* 人性，人类

[同根] human [ˈhjuːmən] *n.* 人，人类 *a.* 人的，人类的

humanist [ˈhjuːmənɪst] *n.* 人道主义者，人文主义者

humanistic [ˌhjuːməˈnɪstɪk] *a.* 人道主义的，人文主义的

humanism [ˈhjuːmənɪzəm] *n.* 人道主义，人文主义

▶▶▶ **pattern** [ˈpætən]

[释义] *n.* 模式，式样，格调，图案

▶▶▶ **violation** [ˌvaɪəˈleɪʃən]

[释义] *n.* 侵犯（行为），违反（行为），违背（行为）

[同根] violate [ˈvaɪəleɪt] *v.* ①违反，违背 ②侵犯，妨碍

▶▶▶ **enslave** [ɪnˈsleɪv]

[释义] *v.* 使成为奴隶，奴役

[同根] slave [sleɪv] *n.* 奴隶 *v.* 奴隶般工作，苦干

enslavement [ɪnˈsleɪvmənt] *n.* 奴役，束缚，征服

▶▶▶ **racial segregation** 种族隔离

▶▶▶ **fundamental** [ˌfʌndəˈmentəl]

[释义] *a.* 基础的，基本的，根本的

[同根] fundament [ˈfʌndəmənt] *n.* 基础，基本原理

fundamentally [fʌndəˈmentəlɪ] *ad.* 基础地，根本地

▶▶▶ **democracy** [dɪˈmɒkrəsɪ]

[释义] *n.* ①民主 ②民主政体，民主国家 ③民主精神

[同根] democratic [ˌdeməˈkrætɪk] *a.* ①民主的 ②民众的

democrat ['deməkræt] *n.* ①民主人士 ② [D-] (美国) 民主党人
democratize [dɪ'mɒkrətaɪz] *v.* (使) 民主化

▶▶▶ **racism** ['reɪsɪzəm]
[释义] *n.* 种族主义，种族歧视
[同根] race [reɪs] *n.* ①种族，种族气质，种族特征 ②赛跑 *v.* 赛跑
racial ['reɪʃəl] *a.* 人种的，种族的，种族间的
racialist ['reɪʃəlɪst] *n.* 种族主义者

▶▶▶ **accumulate** [ə'kjuːmjʊleɪt]
[释义] *v.* ①积累，积聚 ②堆积
[同根] accumulation [əkjuːmjʊ'leɪʃən] *n.* ①堆积，积聚 ②累积物，聚积物
accumulative [ə'kjuːmjʊlətɪv] *a.* 积累而成的，累积的

▶▶▶ **disadvantage** [dɪsəd'vɑːntɪdʒ]
[释义] *n.* ①损失，损害，伤害 ②不利，不利条件 *v.* 使处于不利地位，损害，危害
[反义] advantage
[同根] disadvantaged [dɪsəd'vɑːntɪdʒ] *a.* ①处于不利地位的 ②贫穷的
disadvantageous [ˌdɪsædvɑːn'teɪdʒəs] *a.* ① (to) 不利的 ②诽谤的
[词组] at a disadvantage 处于不利地位
to the disadvantage of sb.(to sb.'s disadvantage) 对某人不利

▶▶▶ **code** [kəʊd]
[释义] *n.* 代码,代号,密码,编码 *v.* 把…编成代码，编码

▶▶▶ **justify** ['dʒʌstɪfaɪ]
[释义] *v.* ①证明…是正当的 ②为辩护，辩明
[反义] condemn
[同根] just [dʒʌst] *a.* ①公正的，合理的 ②正确的，有充分理由的 ③正直的，正义的
justice ['dʒʌstɪs] *n.* ①正义，正当，公平 ②司法
justifiable ['dʒʌstɪfaɪəbəl] *a.* 可证明为正当的，有道理的，有理由的
justification [dʒʌstɪfɪ'keɪʃən] *n.* ①证明为正当，辩护 ②正当的理由

▶▶▶ **stereotype** ['sterɪəʊtaɪp]
[释义] *n.* 陈规，老套，刻板模式 *v.* 使一成不变，使成为陈规，使变得刻板

▶▶▶ **capacity** [kə'pæsɪtɪ]
[释义] *n.* ①能力，接受力 ②最大容量，最大限度 ③（最大）生产量，生产力 ④容量，容积
[同根] capable ['keɪpəbəl] *a.* ①有能力的，能干的 ②有可能的，可以…的
capacious [kə'peɪʃəs] *a.* 容积大的
capability [ˌkeɪpə'bɪlɪtɪ] *n.* (实际) 能力，性能，接受力，潜力

▶▶▶ **vision** ['vɪʒən]
[释义] *n.* ①远见,洞察力 ②想象,幻想,幻影 ③视力，视觉
[同义] illusion, image, sight, eyesight
[同根] visible ['vɪzəbəl] *a.* 看得见的
visionary ['vɪʒənərɪ] *a.* ①不切实际的，空幻的 ②爱幻想的
visual ['vɪʒʊəl] *a.* ①视力的，视觉的 ②看得见的

▶▶▶ **barrier** ['bærɪə(r)]
[释义] *n.* ①障碍，隔阂，壁垒 ②防碍的因素，障碍物
[同义] barricade, fortification, obstruction
[同根] bar [bɑː] *n.* ①条，棒 ②酒吧间 ③障碍物 *v.* 禁止，阻挡，妨碍
barricade [ˌbærɪ'keɪd] *v.* 设路障 *n.* 路障

▶▶▶ **deny** [dɪ'naɪ]
[释义] *v.* ①拒绝,不给,不允许 ②否认，否定 ③背弃，摒弃

[同义] contradict, dispute, refute, reject
[反义] acknowledge, affirm, concede, confirm
[同根] denial [dɪ'naɪəl] *n.* ①否认，否定 ②否认某事或某事实的声明

▶▶▶ **previously** ['pri:vɪəslɪ]
[释义] *ad.* 先前，以前
[同义] before, earlier, formerly
[同根] previous ['pri:vɪəs] *a.* 在前的，早先的

▶▶▶ **witness** ['wɪtnɪs]
[释义] *v.* ①目击，注意到 ②为…证据，表明 *n.* 见证人，目击者
[词组] bear witness 作证，证明，表明
call... to witness 请…证明，传…做证人
give witness 作证

▶▶▶ **voting right** 选举权

▶▶▶ **compensation** [kɒmpen'seɪʃən]
[释义] *n.* ①补偿，赔偿 ②补偿(或赔偿)的款物
[同根] compensate ['kɒmpənseɪt] *v.* 补偿，弥补，抵消
compensative [kəm'pensətɪv] *a.* 偿还的，补充的

▶▶▶ **civil rights movement** 民权运动
▶▶▶ **public accommodation** 公共设施

▶▶▶ **paradoxically** [ˌpærə'dɒksɪkəlɪ]
[释义] *ad.* ①似矛盾(而可能)正确地 ②自相矛盾地
[同根] paradox ['pærədɒks] *n.* 似矛盾(而可能)正确的话，自相矛盾的话
paradoxical [ˌpærə'dɒksɪkəl] *a.* ①似矛盾(而可能)正确的 ②自相矛盾的

▶▶▶ **obscure** [əb'skjʊə]
[释义] *v.* ①使变模糊，使变暗，遮掩 ②使难解 *a.* ①模糊不清的 ②费解的，晦涩的 ③不出名的，不重要的
[同根] obscurity [əb'skjʊərɪtɪ] *n.* ①费解，晦涩 ②黑暗，昏暗

▶▶▶ **tremendous** [trɪ'mendəs]
[释义] *a.* ①极大的，巨大的 ②非常的，惊人的 ③〈口〉精彩的
[同根] tremendously [trɪ'mendəslɪ] *ad.* 极大地，非常地

▶▶▶ **disproportionate** [ˌdɪsprə'pɔ:ʃənɪt]
[释义] *a.* 不成比例的，不相称的，太多的
[同根] proportion [prə'pɔ:ʃən] *n.* ①比例，比 ②均衡，相称 *v.* 使成比例，使均衡
disproportion [ˌdɪsprə'pɔ:ʃən] *n.* 不成比例，不相称
proportionate [prə'pɔ:ʃənɪt] *a.* 相称的，成比例的，均衡的
disproportionately [ˌdɪsprə'pɔ:ʃənɪtlɪ] *ad.* 不成比例地，不均衡地

▶▶▶ **construct** [kən'strʌkt]
[释义] *v.* ①构成，建造 ②构想，创立
[同义] make, build, erect, create, set up
[反义] demolish，destroy，tear down，take apart
[同根] constructive [kən'strʌktɪv] *a.* ①建设性的 ②有帮助的，积极的，肯定的
construction [kən'strʌkʃən] *n.* ①建筑 ②建筑物

▶▶▶ **institution** [ˌɪnstɪ'tju:ʃən]
[释义] *n.* ①(教育、慈善、宗教等)公共机构 ②制度，习惯
[同根] institute ['ɪnstɪtju:t] *v.* ①建立，设立，制定 ②实行，开始，着手 *n.* ①学会，协会，学院，(大专)学校 ②[美](教师等的)短训班,[英]成人业余学校
institutional [ˌɪnstɪ'tju:ʃənəl] *a.* ①社会公共机构的 ②制度上的

▶▶▶ **insurance company** 保险公司

▶▶▶ **highlight** ['haɪlaɪt]

[释义] *v.* ①使显著，使突出 ②强调，使注意力集中于 *n.* 最精彩的部分，最重要的事件
[同义] emphasize, stress

▶▶▶ **contemporary** [kən'tempərərɪ]
[释义] *a.* ①当代的 ②同时代的 *n.* 同时代的人
[同根] temporary ['tempərərɪ] *a.* 暂时的，临时的，短暂的
temporarily ['tempərərɪlɪ] *ad.* 暂时地，临时地

▶▶▶ **deficit** ['defɪsɪt]
[释义] *n.* 逆差，赤字，不足额
[同根] deficiency [dɪ'fɪʃənsɪ] *n.* 缺乏，不足
deficient [dɪ'fɪʃənt] *a.* 缺乏的，不足的

▶▶▶ **regardless of** 不管，不顾

▶▶▶ **equity** ['ekwɪtɪ]
[释义] *n.* ①资产净值，财产价值 ②根据衡平法的权力 ③公平，公正

▶▶▶ **capital formation** 资本构成

▶▶▶ **negative** ['negətɪv]
[释义] *a.* ①负的 ②消极的 ③反面的，反对的 ④否定的，表示否认的
[反义] positive
[同根] negation [nɪ'geɪʃən] *n.* ①否定，否认，表示否认 ②反面，对立面

▶▶▶ **net wealth** 财产净值

▶▶▶ **recession** [rɪ'seʃən]
[释义] *n.* ①(经济的)衰退，衰退期 ②后退，撤回
[同根] recede [rɪ'siːd] *v.* ①后退 ②变得模糊 ③向后倾斜
recessive [rɪ'sesɪv] *a.* 后退的，有倒退倾向的
recessional [rɪ'seʃənəl] *a.* ①(经济的)衰退的，衰退期的 ②后退的，退回的

▶▶▶ **significantly** [sɪg'nɪfɪkəntlɪ]
[释义] *ad.* ①相当地，显著地 ②有重大意义地，重要地
[同根] signify ['sɪgnɪfaɪ] *v.* 表示…的意思，意味，预示
significance [sɪg'nɪfɪkəns] *n.* 意义，重要性
significant [sɪg'nɪfɪkənt] *a.* ①意义重大的，重要的 ②相当大的，相当多的

▶▶▶ **life span** 寿命

▶▶▶ **establishment** [ɪ'stæblɪʃmənt]
[释义] *n.* ①建立的机构(如军队、军事机构、行政机关、学校、医院、教会) ②建立，确立，制定
[同根] establish [ɪ'stæblɪʃ] *v.* ①建立，设立 ②证实，确定 ③确立，使被接受，使得到承认 ④制定，规定
established [ɪ'stæblɪʃt] *a.* ①已确立的，已建立的，已制定的 ②确定的，证实的

▶▶▶ **statistically** [stə'tɪstɪkəlɪ]
[释义] *ad.* 据统计，统计地
[同根] statistics [stə'tɪstɪks] *n.* ①统计，统计资料 ②统计学
statistical [stə'tɪstɪkəl] *a.* 统计的，统计学的
statistician [ˌstætɪs'tɪʃən] *n.* 统计员，统计学家

▶▶▶ **refer** [rɪ'fɜː]
[释义] *v.* ①嘱咐(病人)转诊于，叫…求助于 ②提到，谈到，指称 ③参考，查阅 ④询问，查询
[同根] reference ['refərəns] *n.* ①参考，参阅 ②提到，论及 ③引文(出处)，参考书目 ④证明书(人)，介绍(人)

选项词汇注释

transaction [træn'zækʃən]
[释义] *n.* ①交易，事务 ②办理，处理
[同义] business
[同根] transact [træn'zækt,-'sækt] *v.* 办理，交易，处理

conflict ['kɒnflɪkt]
[释义] *n.* ①冲突，争论，抵触 ②斗争，战斗 ③纠纷，争执 *v.* 冲突，争执，抵触
[同义] clash, struggle
[同根] conflicting [kən'flɪktɪŋ] *a.* 相冲突的，不一致的，相矛盾的
[词组] come into conflict with 和…冲突
in conflict with... 同…相冲突／有抵触／有矛盾

prejudice ['predʒʊdɪs]
[释义] *n.* ①偏见，歧视，反感 ② 先入之见，成见
[同义] bias
[同根] prejudiced ['predʒʊdɪst] *a.* 有先入之见的，有成见的
prejudicial [ˌpredʒʊ'dɪʃəl] *a.* 有成见的，有偏见的
[词组] without prejudice (to)（对…）没有不利，无损（于…）
in/to the prejudice (of) 不利于…，有损于…
prejudice against 对…的偏见

minority [maɪ'nɒrɪtɪ, mɪ-]
[释义] *n.* ①少数 ②少数党，少数派 *a.* 少数的，构成少数的
[反义] majority
[同根] minor ['maɪnə] *a.*（在数量、大小、程度等）较小的，较少的，较不重要的，次要的 *n.* 未成年人，不重要的人 *v.* 辅修

deliberately [dɪ'lɪbəreɪtlɪ]
[释义] *ad.* ①故意地，蓄意地 ②慎重地
[同根] deliberate [dɪ'lɪbəreɪt] *a.* ① 故意的，蓄意的 ②慎重的，深思熟虑的 *v.* ① (upon, over, about) 仔细考虑 ②商议
deliberation [dɪˌlɪbə'reɪʃən] *n.* ① 仔细考虑 ②商议

guarantee [ˌgærən'tiː]
[释义] *n.* ①保证 ②保证书，保证人，担保人 *v.* ①确保，保证 ②担保，为…作保
[同义] warrant, pledge, promise, assure, certify, secure

accompany [ə'kʌmpənɪ]
[释义] *v.* ①伴随 ②陪伴，陪同 ③给…伴奏
[同根] company ['kʌmpənɪ] *n.* ① 同伴，陪伴 ②公司 ③(一)群，(一)队，(一)伙
companion [kəm'pænjən] *n.* 同伴，共事者
companionship [kəm'pænjənʃɪp] *n.* 友谊，友情，交往

sizable ['saɪzəbəl]
[释义] *a.* 相当大的，相当可观的

derive [dɪ'raɪv]
[释义] *v.* ①取得，得到，形成 ②追溯…的起源（或来由），说明…的起源（或由来）
[同义] acquire, gain, get, obtain, receive
[同根] derivation [derɪ'veɪʃən] *n.* ①得到，溯源，推论 ②起源，由来
derivative [dɪ'rɪvətɪv] *a.* 被引申出的，被推论出的 *n.* 派生物，转成物
derivatively [dɪ'rɪvətɪvlɪ] *ad.* 衍生地

［词组］derive from 得自…，由…衍生而来

▶▶▶ **obstacle** [ˈɒbstəkəl]

［释义］*n.* 障碍（物），妨害的人

［同义］barrier, block, hindrance, obstruction

▶▶▶ **virtually** [ˈvɜːtʃʊəlɪ]

［释义］*ad.* 事实上，实质上

［同义］practically, nearly

［同根］virtual [ˈvɜːtʃʊəl] *a.* ①（用于名词前）几乎 ②实际上起作用的，事实上生效的 ③［计］虚拟的

▶▶▶ **reparation** [ˌrepəˈreɪʃən]

［释义］*n.* ①赔偿，补偿 ②修理，修补，整修

［同根］repair [rɪˈpeə] *n.*& *v.* ①修理，修补，整修 ②弥补，补救

reparable [ˈrepərəbəl] *a.* 可修理的，可修补的，可补救的

reparative [rɪˈpærətɪv] *a.* 修理的，修补的，补救的

▶▶▶ **ensure** [ɪnˈʃʊə]

［释义］*v.* ①保证，确保 ②担保，保证得到 ③使安全

［同义］guarantee, insure, protect, defend

［同根］insure [ɪnˈʃʊə] *v.* ①给…保险 ②保证，确保

insurance [ɪnˈʃʊərəns] *n.* ①保险，保险单，保险费 ②预防措施，安全保证

assure [əˈʃʊə] *v.* ①向…保证 ②使确信，使放心，保证给

assured [əˈʃʊəd] *a.* ①确定的，有保证的 ②自信的，自满的

assurance [əˈʃʊərəns] *n.* ①保证，表示保证（或鼓励、安慰）的话 ②把握，信心

Reading Comprehension 2006.12

Passage 1

It used to be that people were proud to work for the same company for the whole of their working lives. They'd get a gold watch at the end of their productive years and a dinner **featuring** speeches by their bosses praising their **loyalty**. But today's rich **capitalists** have regressed (倒退) to the "**survival of the fittest**" ideas and their loyalty extends not to their workers or even to their **stockholders** but only to themselves. Instead of **giving out** gold watches worth a hundred or so dollars for forty or so years of work, they **grab** tens and even hundreds of millions of dollars as they sell **for their own profit** the company they may have been with for only a few years.

The new rich selfishly **act on their own** to unfairly grab the wealth that the country as a whole has produced. The top 1 percent of the population now has wealth equal to the whole bottom 95 percent and they want more. Their selfishness is most **shamelessly** expressed in **downsizing** and outsourcing(将产品包给外公司做) because these business **maneuvers** don't act to create new jobs as the founders of new industries used to do, but only to **cut out** jobs while keeping the money value of what those jobs produced for themselves.

To keep the money machine working smoothly the rich have bought all the politicians **from the top down**. The president himself is **constantly** leaving Washington and the business of the nation because he is **summoned** to "**fundraising** dinners" where **fat cats** pay a thousand or so dollars a **plate** to **worm their way into** government not through service but through **donations** of vast amounts of money. Once on the inside they have both political parties busily **tearing up** all the regulations that protect the rest of us from the **greed** of the rich.

The middle class used to be loyal to the free **enterprise** system. In the past, the people of the middle class mostly thought they'd be rich themselves someday or have a good **shot** at becoming rich. But nowadays income is being **distributed** more and more unevenly and **corporate** loyalty is a thing of the

past. The middle class may also wake up to forget its loyalty to the so-called free enterprise system altogether and the government which governs only the rest of us while letting the corporations do what they please with our jobs. As things **stand**, if somebody doesn't wake up, the middle class **is on a path to** being downsized all the way to the bottom of society.

文章词汇注释

►►► **feature** [ˈfiːtʃə]

[释义] *v.* ①以…为特色 ②是…的特色 ③描绘，画…特征 *n.* ①特征，特点 ②面貌，相貌

[同义] characterize, property, quality, aspect

[同根] featured [ˈfiːtʃəd] *a.* ①被给予显著地位的，被作为号召物的 ②有…的面貌特征的

►►► **loyalty** [ˈlɒɪəltɪ]

[释义] *n.* 忠诚，忠实

[同义] faith

[同根] loyal [ˈlɒɪəl] *a.* 忠诚的，忠实的，忠贞的

►►► **capitalist** [ˈkæpɪtəlɪst]

[释义] *n.* 资本家，资本主义者 *a.* 资本主义的

[同根] capital [ˈkæpɪtəl] *n.* ①资本，资金，资产 ②首都，首府 ③大写字母

capitalism [ˈkæpɪtəlɪzəm] *n.* 资本主义

►►► **survival of the fittest** 适者生存

►►► **stockholder** [ˈstɒkhəʊldə]

[释义] *n.* 股票（或证券）持有人，股东

►►► **give out** ①分发 ②发出（光、热、声音等）③发表，公布

►►► **grab** [græb]

[释义] *v.* ①攫取，夺取 ②抓去，霸占 ③逮住，捕获

[同义] seize

[词组] grab hold of ①抓住，握住 ②掌握，控制 ③理解

have the grab on 对…处于优势

►►► **for one's own profit** 为了自己的利益

►►► **act on one's own** 按照自己的意愿行事

►►► **shamelessly** [ˈʃeɪmlɪslɪ]

[释义] *ad.* 无耻地，不知羞耻地

[同根] shame [ʃeɪm] *n.* ①羞耻，羞愧 ②耻辱，丢脸 ③带来耻辱的人（或事物）④憾事，倒霉的事 *v.* ①使感到羞耻 ②使蒙受羞辱，使丢脸 ③胜过，使相形见绌

shameless [ˈʃeɪmlɪs] *a.* 无耻的，不知羞耻的

►►► **downsize** [ˈdaʊnˌsaɪz]

[释义] *v.* ①裁员，缩编 ②以较小尺寸设计（或制造）

►►► **maneuver** [məˈnuːvə]

[释义] *n.* 策略，花招

►►► **cut out** ①裁减，减少 ②删去，割去，切去 ③戒除，停止，中断

►►► **from the top down** 从上到下

►►► **constantly** [ˈkɒnstəntlɪ]

[释义] *ad.* ①经常地，不断地 ②不变地，始终如一地

[同义] always

[同根] constant ['kɒnstənt] *a.* ①不断的，连续发生的 ②始终如一的，持久不变的 ③忠实的，忠诚的
constancy ['kɒnstənsɪ] *n.* ①不屈不挠，坚定不移 ②恒久不变的状态或性质

▶▶▶ **summon** ['sʌmən]

[释义] *v.* ①召集 ②召唤，号召 ③鼓起，振作

[同义] call

▶▶▶ **fundraising** 资金筹集（工作），募捐（活动）

▶▶▶ **fat cat** ①政治运动（或政党）的重要资助人 ②有才有势的人，大亨 ③自鸣得意的懒人

▶▶▶ **plate** [pleɪt]

[释义] *n.* ①（放募捐款的）奉献盘，捐款 ②盘子，一道菜

▶▶▶ **worm their way into** 潜入，钻入

▶▶▶ **donation** [dəʊ'neɪʃən]

[释义] *n.* ①捐赠，捐款 ②捐赠品

[同根] donate [dəʊ'neɪt] *v.* 捐赠，赠予

▶▶▶ **tear up** ①撕毁，取消（协议、契约等）②撕成碎片 ③拔起，拉起

▶▶▶ **greed** [gri:d]

[释义] *n.* 贪欲，贪婪

[同根] greedy ['gri:dɪ] *a.* ①贪婪的 ②贪吃的 ③渴望的

▶▶▶ **enterprise** ['entəpraɪz]

[释义] *n.* ①办企业，干事业 ②企（事）业单位，公司 ③艰巨复杂（或带冒险性）的计划，雄心勃勃的事业 ④事业心，进取心

[同义] undertaking, project, business, ambition

[同根] enterprising ['entəpraɪzɪŋ] *a.* 有事业心的，有进取心的
enterpriser ['entəpraɪzə] *n.* ①企业家，干事业的人 ②工商业投机家
entrepreneur [ˌɒntrəprə'nɜ:] *n.* ①企业家 ②（任何活动的）主办者，倡导者 ③中间商，承包者

▶▶▶ **shot** [ʃɒt]

[释义] *n.* 机会，可操胜算的赌注

[词组] have/take a shot at/for 尝试，试着去做

▶▶▶ **distribute** [dɪ'strɪbju:t]

[释义] *v.* ①分发，分配 ②散布，分布

[同根] distribution [ˌdɪstrɪ'bju:ʃən] *n.* ①销售 ②分配，分发，配给

▶▶▶ **corporate** ['kɔ:pərɪt]

[释义] *a.* ①团体的，共同的 ②公司的，法人的

[同根] corporation [ˌkɔ:pə'reɪʃən] *n.* 公司，企业

▶▶▶ **stand** [stænd]

[释义] *v.* ①保持不变，继续存在 ②处于特定状态（或地位、等级、境况、关系等）

▶▶▶ **be on a path to** 在通往…的路上

选项词汇注释

▶▶▶ **place a high value on...** 对某事予以高度评价

▶▶▶ **be strongly critical of** 严厉批评…

▶▶▶ **give assistance to...** 给某人以帮助

▶▶▶ **laid-off** *a.* 被解雇的，下岗的

▶▶▶ **maximize** ['mæksɪmaɪz]

[释义] v. ①使增加(或扩大)到最大限度 ②极为重视，充分利用

[反义] minimize

[同根] maximum ['mæksɪməm] n. 最大量，最大限度，最大值，极点 a. 最高的，最多的，最大极限的

maximal ['mæksɪməl] a. ①最大的，最高的 ②最全面的

▶▶▶ **at the expense of** 在损害…的情况下，以…为代价

▶▶▶ **transaction** [træn'zækʃən]

[释义] n. ①交易，事务 ②办理，处理 ③(学会等的)讨论，议事

[同义] business

[同根] transact [træn'zækt,-'sækt] v. 办理，交易，处理

▶▶▶ **sway** [sweɪ]

[释义] v. ①影响，支配(人、思想、情绪等) ②摇摆，摆动 n. ①摇摆，摆动 ②权势，势力，优势

[同义] affect, control, influence, swing

[词组] hold sway 占统治地位

▶▶▶ **host** [həʊst]

[释义] v. ①举办，主持 ②作东道主，招待 n. ①主人，东道主 ②旅店老板 ③(广播、电视的)节目主持人

[反义] guest

[同根] hostess ['həʊstɪs] n. ①女主人，女东道主 ②旅店女老板 ③(飞机、轮船、火车等的)女服务员，女乘务员

▶▶▶ **shrink** [ʃrɪŋk]

[释义] v. ①减少 ②收缩，缩小

[同义] retreat, withdraw

[反义] expand

[同根] shrinkage ['ʃrɪnkɪdʒ] n. 收缩，减少，缩小

[词组] shrink (back) from 由于…退缩，畏缩

Passage 2

This looks like the year that **hard-pressed tenants** in California will get relief—not just in the marketplace, where rents have **eased**, but from the state capital Sacramento.

Two significant tenant reforms **stand a good chance of passage**. One bill, which will give more time to tenants being evicted(逐出), will soon be **heading to** the governor's desk. The other, protecting **security deposits**, faces a vote in the Senate on Monday.

For more than a century, landlords in California have been able to force tenants out with only 30 days' notice. That will now double under SB 1403, which **got through** the Assembly recently. The new protection will **apply** only **to** renters who have been in an apartment for at least a year.

Even 60 days in a **tight** housing market won't be long enough for some families to find an apartment near where their kids go to school. But it will be an improvement in cities like San Jose, where renters rights groups **charge** that unscrupulous(不择手段的) landlords have **kicked out** tenants on short notice to **put up** rents.

The California Landlords Association argued that landlords shouldn't have to wait 60 days to get rid of problem tenants. But the bill gained support when a Japanese **real estate** investor **sent out** 30-day **eviction** notices to 550 families renting homes in Sacramento and Santa Rosa. The landlords **lobby** eventually dropped its opposition and instead **turned its forces against** AB 2330, **regarding** security deposits.

Sponsored by Assembly woman Carole Migden of San Francisco, the bill would **establish** a **procedure** and a timetable for tenants to get back security deposits.

Some landlords **view** security deposits **as** a free month's rent, theirs for the taking. In most cases, though, there are honest disputes over damages—what **constitutes** ordinary **wear and tear**.

AB 2330 would give a tenant the right to request a **walk-through** with the landlord and to make the repairs before moving out: **reputable** landlords already do this. It would increase the **penalty** for failing to return a deposit.

The original bill would have required the landlord to pay interest on the deposit. The landlords lobby protested that it would **involve** too much **paperwork** over too little money—less than $10 a year on a $1,000 deposit, at current rates. On Wednesday, the sponsor dropped the interest section to increase the chance of passage.

Even in its **amended** form, AB 2330 is, like SB 1403, **vitally** important for tenants and should be made state law.

文章词汇注释

▶▶▶ **hard-pressed** *a.* 处于困境的，面临困难的

▶▶▶ **tenant** ['tenənt]

[释义] *n.* ①承租人，房客，租户 ②居住者，占用者 *v.* 租借，居住于

[同义] resident

[同根] tenancy ['tenənsɪ] *n.* ①租用，租赁 ②任职

▶▶▶ **ease** [iːz]

[释义] *v.* ①减轻，解除 ②使变得安适，减轻…的痛苦（或负担）*n.* ①安适，悠闲 ②容易，不费力

[同义] lighten, reduce, comfort

[词组] at ease 安适，不拘束，自在

ill at ease 局促不安，不自在
take one's ease 休息，放心
ease off ①减少，减轻 ②松弛，缓和

►►► **stand a good chance of...** 大有…的希望，很有…的可能

►►► **passage** [ˈpæsɪdʒ]
[释义] *n.* ①(法案等的)通过，通过权 ②经过 ③通道，通路 ④(一)段，(一)节

►►► **head to** 朝…方向走去

►►► **security** [sɪˈkjʊərɪtɪ]
[释义] *n.* 安全，平安，安全感
[同义] safety
[同根] secure [sɪˈkjʊə] *v.* ①使安全，掩护，保卫 ②保证 *a.* 安全的，无危险的
insecure [ˌɪnsɪˈkjʊə] *a.* ①不安全的 ②有危险的，不可靠的
insecurity [ˌɪnsɪˈkjʊərɪtɪ] *n.* 不安全，不安全感

►►► **deposit** [dɪˈpɒzɪt]
[释义] *n.* ①保证金，押金，定金 ②存款 ③堆积，沉淀 *v.* ①放下，放置，寄存 ②把(钱)储存,存放(银行等) ③使沉积，使沉淀

►►► **get through** ①(使)(法案等)被(…)通过 ②(使)通过,进入 ③用电话(或无线电等)联系上 ④克服(障碍等)后到达目的地

►►► **apply to** ①适用于… ②应用于…

►►► **tight** [taɪt]
[释义] *a.*(市场)供不应求的，(商品)紧缺的，(钱)难以买到的

►►► **charge** [tʃɑːdʒ]
[释义] *n.* ①控诉，指控 ②费用，价钱，索价 ③责任，管理 *v.* ① (with) 控告，指责，(to, on, upon) 把…归咎于 ②要(价)，收(费) ③命令，使负责 ④装(满)，使饱含 ⑤充电
[同义] blame, accuse
[词组] in/take charge of... 负责…，经管…，在…掌管之下
make a charge against... 指控…
on a/the charge of 因…罪，因…嫌疑
under the charge of 在…看管(负责)之下
charge...with... 控告(某人)犯(某罪)

►►► **kick out** ①撵走，开除 ②声明(同子女等)脱离关系 ③踢(球)出界

►►► **put up** ①提高，增加(价格等) ②举起，抬起 ③建造，搭建 ④为…提供(膳)宿，得到(膳)宿

►►► **real estate** 房地产

►►► **send out** ①发送出(函件、货物等) ②派…出去 ③发出(声音等)，散发出(香味等)

►►► **eviction** [ɪˈvɪkʃən]
[释义] *n.* ①驱逐，逐出 ②追回(财产、产权等)
[同根] evict [ɪˈvɪkt] *v.* ①驱逐,逐出(佃户、房客等) ②(通过法律程序等)追回(财产、产权等)

►►► **lobby** [ˈlɒbɪ]
[释义] *n.* ①(常在议院走廊活动、企图说服议员支持某项活动的)院外活动集团 ②大厅，休息室 *v.* 游说议员，对(议员)进行疏通
[同根] lobbying [ˈlɒbɪɪŋ] *n.* 游说活动，疏通活动

►►► **turn one's forces against** 转而反对

►►► **regarding** [rɪˈgɑːdɪŋ]
[释义] *prep.* 关于

►►► **sponsor** [ˈspɒnsə]
[释义] *v.* ①(尤指议会中)支持(法案等)，倡议 ②发起，主办 ③资助，赞助 *n.* ①发起人，主办者 ②(法案等的)倡议者，提案人 ③保证人 ④赞助者

[同义] supporter
[同根] sponsorship ['spɒnsəʃɪp] *n.* 赞助，资助

▶▶▶ **establish** [ɪ'stæblɪʃ]
[释义] *v.* ①确立，确定，制定，规定 ②建立，设立，创立 ③证实，认可
[同义] settle, fix, found, organize, prove
[反义] destroy, ruin
[同根] establishment [ɪ'stæblɪʃmənt] *n.* ①建立，确立，制定 ②(包括雇员、设备、场地、货物等在内的)企业，建立的机构(如军队、军事机构、行政机关、学校、医院、教会)
[词组] establish sb. as... 任命(派)某人担任…

▶▶▶ **procedure** [prə'siːdʒə]
[释义] *n.* ①程序，手续，步骤 ②常规，办事惯例
[同义] course, step, way
[同根] proceed [prə'siːd] *v.* ①(尤指停顿或打断后)继续进行，继续做下去 ②进行，举行，开展 ③进而做，开始做
process [prə'ses] *n.* ①过程，进行 ②程序，步骤 *v.* 加工，处理
procession [prə'seʃən] *n.* ①行列，队伍 ②(队列的)行进 ③接续，连续

▶▶▶ **view...as...** 把…视作…

▶▶▶ **constitute** ['kɒnstɪtjuːt]
[释义] *v.* ①组成，构成，形成 ②制定(法律等) ③设立，建立
[同根] constitution [ˌkɒnstɪ'tjuːʃən] *n.* ①宪法，章程，法规 ②(事物的)构造，本性
constitutional [ˌkɒnstɪ'tjuːʃənəl] *a.* ①宪法的，章程的 ②本质的，基本的

▶▶▶ **wear and tear** 磨损，消耗，(喻)折磨

▶▶▶ **walk-through** 初排，排练

▶▶▶ **reputable** ['repjʊtəbl]
[释义] *a.* 声誉好的，著名的
[同义] honest, honorable, respectable
[反义] disreputable, infamous
[同根] repute [rɪ'pjuːt] *n.* 名誉，名声 *v.* 被认为，称为
reputation [ˌrepjuː'teɪʃən] *n.* 名誉，名声

▶▶▶ **penalty** ['penltɪ]
[释义] *n.* ①处罚，刑罚 ②罚款，罚金
[同义] punishment

▶▶▶ **involve** [ɪn'vɒlv]
[释义] *v.* ①涉及，包含，包括 ②使卷入，使陷入 ③使专注
[同义] contain, include, engage, absorb
[同根] involved [ɪn'vɒlvd] *a.* 有关的，牵扯在内的，参与的，受影响的
involvement [ɪn'vɒlvmənt] *n.* ①卷入，缠绕 ②复杂，混乱 ③牵连的事务，复杂的情况
[词组] be/become involved in 包含在…，与…有关，被卷入，专心地(做)
be/get involved with 涉及，给…缠住

▶▶▶ **paperwork** ['peɪpəwɜːk]
[释义] *n.* ①书面工作，伏案工作 ②文书工作 ③规划工作，设计工作

▶▶▶ **amend** [ə'mend]
[释义] *v.* ①修正(规则，提案等) ②改善，改进，改正
[同义] improve
[同根] amendment [ə'mendmənt] *n.* ①修正案，修正条款 ②改善，改正
amendable [ə'mendəbl] *a.* 可改进的，可修正的

▶▶▶ **vitally** ['vaɪtəlɪ]
[释义] *ad.* 极其紧要地，生死攸关地
[同根] vital ['vaɪtl] *a.* ①生死攸关的，重大的 ②生命的，生机的 ③至关重要的，所必需的 *n.* [*pl.*] ①要害

②命脉，命根子 ③核心，紧要处 ④(身体的)重要器官，(机器的)主要部件

vitality [vaɪ'tælɪtɪ] *n.* 活力，生命力

选项词汇注释

▶▶▶ **registration** [ˌredʒɪ'streɪʃən]

[释义] *n.* 注册，报到，登记

[同义] enrollment

[同根] register ['redʒɪstə] *v.* ①记录 ②登记，注册 ③提示 ④显出，露出(表情) *n.* ①记录 ②登记，注册 ③登记簿

registered ['redʒɪstəd] *a.* 已注册的，已登记的，记名的

▶▶▶ **appropriate** [ə'prəuprɪɪt]

[释义] *a.* 适合的，恰当的，相称的

▶▶▶ [ə'prəuprɪeɪt] *v.* ①挪用，占用 ②拨出(款项)

[同义] fitting, proper, suitable

[反义] inappropriate, unfit, unsuitable

[同根] appropriately [ə'prəuprɪɪtlɪ] *ad.* 适当地

appropriateness [ə'prəuprɪɪtnɪs] *n.* 恰当，适当

appropriable [ə'prəuprɪəbl] *a.* 可供专用的，可供私用的

appropriation [əˌprəuprɪ'eɪʃən] *n.* ①拨付，拨发，拨款 ②占用，挪用

[词组] be appropriate to/for 适于，合乎

▶▶▶ **on the pretext...** 以…为借口

▶▶▶ **lengthy** ['leŋθɪ]

[释义] *a.* ①长的，过长的，(讲话、文章等)冗长乏味的 ②(某些动物)身体长的

[同根] length [leŋθ] *n.* ①长，长度，距离 ②时间的长短，一段时间

lengthily ['leŋθɪlɪ] *ad.* 长，冗长地

▶▶▶ **pass through** ①通过，穿过 ②经历，遭受

Passage 3

Each summer, no matter how **pressing** my work schedule, I **take off** one day **exclusively** for my son. We call it dad-son day. This year our third stop was the amusement park, where he discovered that he was tall enough to ride one of the fastest roller coasters (过山车) in the world. We **blasted** through face-stretching turns and loops for ninety seconds. Then, as we **stepped off** the ride, he shrugged and, in a **distressingly** calm voice, remarked that it was not as exciting as other rides he'd been on. As I listened, I began to sense something seriously **out of balance**.

Throughout the season, I noticed similar events all around me. Parents seemed hard pressed to find new **thrills** for **indifferent** kids. Surrounded by ever-greater **stimulation**, their young faces were looking disappointed and bored.

Facing their children's complaints of "nothing to do", parents were **shelling out** large numbers of dollars for various forms of entertainment. In many cases the money seemed to do little more than buy **transient** relief from the terrible **moans** of their bored children. This set me **pondering** the obvious question:"How can it be so hard for kids to find something to do when there's never been such a range of stimulating entertainment **available** to them?"

What really worries me is the **intensity** of the stimulation. I watch my little daughter's face as she absorbs the powerful onslaught(冲击) of **arousing visuals** and bloody special effects in movies.

Why do children **immersed** in this much excitement seem **starved for** more? That was, I realized, the point. I discovered during my own **reckless adolescence** that what creates excitement is not going fast, but going faster. Thrills have less to do with speed than changes in speed.

I'm concerned about the **cumulative** effect of years at these levels of **feverish** activity. It is no mystery to me why many teenagers appear apathetic(麻木的) and **burned out**, with a "**been there**, **done that**"**air** of indifference toward much of life. As increasing numbers of friends' children are **prescribed medications**—stimulants to deal with **inattentiveness** at school or anti-**depressants** to help with the loss of interest and joy in their lives—I question the role of kids' boredom in some of the **diagnoses**.

My own work is focused on the chemical imbalances and biological factors related to behavioral and emotional disorders. These are **complex** problems. Yet I've been **reflecting** more and more on how the **pace of life** and the intensity of stimulation may be **contributing to** the rising rates of **psychiatric** problems among children and adolescents in our society.

文章词汇注释

►►► **pressing** [ˈpresɪŋ]
[释义] *a.* ①紧迫的，急迫的 ②热切的，坚持的
[同义] urgent

►►► **take off** ①休息，休假 ②脱下，拿掉 ③截断，切除 ④领走，出发

►►► **exclusively** [ɪkˈskluːsɪvlɪ]
[释义] *ad.* 仅仅，专门地，排除其他地，

单独地

[反义] inclusively

[同根] exclude [ɪk'sklu:d] *v.* 拒绝接纳，把…排除在外，排斥

exclusion [ɪk'sklu:ʒən] *n.* 排除，除外

exclusive [ɪk'sklu:sɪv] *a.* ①除外的，排外的 ②独有的，独享的 ③(新闻、报刊文章等)独家的 ④奢华的，高级的

blast [blɑ:st]

[释义] *v.* ①疾飞，飞驰 ②炸，爆炸 ③开枪，开炮 ④猛烈抨击 *n.* ①一阵(疾风)，狂风 ②爆炸，爆破 ③鼓风，送风

step off ①(从…上)走下来 ②齐步前进 ③用步子测量

distressingly [dɪ'stresɪŋlɪ]

[释义] *ad.* 使人沮丧地，令人痛苦地

[同根] distress [dɪ'stres] *v.* ①使痛苦，使悲伤 ②使精疲力尽，使紧张 *n.* ①(精神上的)痛苦，悲伤 ②贫困，困苦 ③不幸，灾难

distressing [dɪ'stresɪŋ] *a.* 使人痛苦的，令人苦恼的

out of balance ①失去平衡的 ②没法应付的，无准备的

thrill [θrɪl]

[释义] *n.* ①引起激动的事物，惊险读物(或电影、戏剧等) ②兴奋，激动 *v.*(使)非常兴奋,(使)非常激动,(使)紧张

[同根] thriller ['θrɪlə] *n.* ①引起激动的事物(或人) ②惊险读物、电影、戏剧

thrilling ['θrɪlɪŋ] *a.* 令人激动的，情节紧张的

thrillingly ['θrɪlɪŋlɪ] *ad.* 令人震颤地，令人激动地

thrillingness ['θrɪlɪŋnɪs] *n.* 兴奋，激动，紧张

indifferent [ɪn'dɪfərənt]

[释义] *a.* ①不关心的，冷淡的 ②平常的,不重要的 *n.* ①(对政治或宗教等)冷淡的人 ②漠不关心的行为

[同义] uncaring, uninterested, unconcerned, unexceptional

[同根] indifference [ɪn'dɪfərəns] *n.* ①冷淡，不关心 ②不重要

indifferently [ɪn'dɪferentlɪ] *ad.* 冷淡地，不关心地

stimulation [ˌstɪmjʊ'leɪʃən]

[释义] *n.* ①刺激(作用) ②激励，鼓舞

[同义] spur, inspiration

[同根] stimulus ['stɪmjʊləs] *n.* ①促进(因素) ②刺激(物)

stimulant ['stɪmjʊlənt] *n.* ①兴奋剂，刺激物 ②刺激，激励

stimulate ['stɪmjʊleɪt] *v.* 刺激，激励

stimulating ['stɪmjʊleɪtɪŋ] *a.* 使人兴奋的，激励的

shell out ①交(款)，付(款) ②送，给

transient ['trænzɪənt]

[释义] *a.* ①短暂的，无常的 ②临时的，暂住的

[同义] momentary，temporary

[反义] permanent

[同根] transience ['trænzɪəns,-sɪ-,-ʃəns, 'trɑ:n-] *n.* 短暂，转瞬即逝，无常

moan [məʊn]

[释义] *n.* ①不满，牢骚 ②呻吟声，呜咽声 *v.* ①呻吟，呜咽 ②抱怨，哀悼

[同义] complaint, groan

ponder ['pɒndə]

[释义] *v.* ①思索，考虑 ②衡量，估量

[同义] consider, contemplate

available [ə'veɪləbl]

[释义] *a.* ①可利用的 ②可获得的 ③可取得联系的，有空的

[同义] convenient, obtainable, ready, handy

[反义] unavailable
[同根] avail [ə'veɪl] *v.* 有用于，有助于 *n.*［一般用于否定句或疑问句中］效用，利益，帮助
availability [əˌveɪlə'bɪlɪtɪ] *n.* 利用（或获得）的可能性，有效性

▶▶▶ **intensity** [ɪn'tensɪtɪ]
[释义] *n.* ①强烈，剧烈 ②亮度，强度
[同根] intense [ɪn'tens] *a.* ①强烈的，激烈的 ②热切的，热情的
intensely [ɪn'tenslɪ] *ad.* ①激烈地，热切地 ②强烈地，集中地
intensive [ɪn'tensɪv] *a.* ①精深的，透彻的 ②强烈的
intension [ɪn'tenʃən] *n.* 紧张

▶▶▶ **arouse** [ə'raʊz]
[释义] *v.* ①使…兴奋，激起…的情欲 ②唤起，鼓起，引起

▶▶▶ **visual** ['vɪzjʊəl]
[释义] *n.* ①［常用复数］(电视、电影等的）画面，图像 ②广告图画 *a.* ①看得见的，真实的 ②视觉的，视力的
[同根] vision ['vɪʒən] *n.* ①想象，幻想 ②视力，视觉 ③洞察力，想象力 *v.* ①梦见，想象 ②显示
visionary ['vɪʒənərɪ] *a.* ①不切实际的，空幻的 ②爱幻想的
visible ['vɪzəbl] *a.* 看得见的

▶▶▶ **immerse** [ɪ'mɜːs]
[释义] *v.* ①（使）沉浸在，（使）专心于 ②（使）浸没
[同义] absorbed
[同根] immersed [ɪ'mɜːst] ①专心的 ②沉浸的，浸没的
immersion [ɪ'mɜːʃən] *n.* ①沉浸，浸没 ②专心，陷入
immersible [ɪ'mɜːsɪbl] *a.* 可浸入（或浸没）水中的
[词组] be immersed in 陷于…，专心于…

▶▶▶ **starve for** 迫切需要，渴望

▶▶▶ **reckless** ['reklɪs]
[释义] *a.* ①鲁莽的，轻率的 ②不顾虑的，不计后果的
[同义] impetuous, inconsiderate
[反义] careful
[同根] reck [rek] *v.* ①顾虑，介意 ②有关系，相干
recklessly ['reklɪslɪ] *ad.* ①不顾后果地，鲁莽地 ②不顾虑地，不介意地
[词组] be reckless of 不顾…的，对…不介意的

▶▶▶ **adolescence** [ˌædəʊ'lesəns]
[释义] *n.* 青春期
[同根] adolescent [ˌædəʊ'lesnt] *a.* 青春期的，青春的 *n.* 青少年

▶▶▶ **cumulative** ['kjuːmjʊlətɪv]
[释义] *a.* ①累积的，渐增的 ②（利息等）累计的
[同根] cumulate ['kjuːmjʊlɪt] *v.* ①积累，积聚 ②堆积 ③将合并，使合而为一
cumulation [ˌkjuːmjʊ'leɪʃən] *n.* 累积
cumulatively ['kjuːmjʊlətɪvlɪ] *ad.* 累积地，渐增地

▶▶▶ **feverish** ['fiːvərɪʃ]
[释义] *a.* ①极度兴奋的，狂热的 ②发烧的，发热的 ③不安定的，焦虑不安的
[同根] fever ['fiːvə] *n.* ①发热，发烧 ②激动不安，极度兴奋 ③（对某人或某事物）一时的狂热
feverishly ['fiːvərɪʃlɪ] *ad.* 极度兴奋地，狂热地

▶▶▶ **burned out** ①颓废的，筋疲力尽的 ②烧坏的，烧毁的 ③耗尽了的，用完的

▶▶▶ **been there, done that** 已经历过的，感觉没什么吸引人的

▶▶▶ **air** [eə] *n.* 样子，神态

▸▸▸ **prescribe** [prɪ'skraɪb]
[释义] *v.* ①(医生)开药，为…开药 ②指定，规定
[同根] prescription [prɪ'skrɪpʃən] *n.* ①处方，药方 ②开处方，开药方

▸▸▸ **medication** [ˌmedɪ'keɪʃən]
[释义] *n.* ①药物 ②药物治疗，敷药
[同义] medicine
[同根] medicate ['medɪkeɪt] *v.* ①用药物治疗 ②加药物于，敷药于
medicative ['medɪkətɪv] *a.* 有疗效的

▸▸▸ **inattentiveness** [ˌɪnə'tentɪvnɪs]
[释义] *n.* 不注意，漫不经心，疏忽
[同根] attend [ə'tend] *v.* ①注意，专心，留意 ②出席，参加 ③照顾，护理
attentive [ə'tentɪv] *a.* ①注意的，专心的，留心的 ②关心的，体贴的
attentiveness [ə'tentɪvnɪs] *n.* ①注意，专心，留心 ②关心，体贴

▸▸▸ **depressant** [dɪ'presənt]
[释义] *n.* 镇静剂 *a.* 有镇静作用的
[同根] depress [dɪ'pres] *v.* ①使沮丧，使消沉 ②使不景气，使萧条 ③按下，压下 ④削弱，抑制 ⑤减少，降低
depression [dɪ'preʃən] *n.* ①不景气，萧条(期) ②抑郁(症)，沮丧

▸▸▸ **diagnose** ['daɪəgnəuz]
[释义] *v.* ①诊断，对(病人)下诊断结论 ②判断，断定
[同义] analyze, deduce
[同根] diagnosis [ˌdaɪəg'nəusɪs] *n.* ①诊断(法)，诊断结论 ②调查分析，判断

▸▸▸ **complex** ['kɒmpleks]
[释义] *a.* ①复杂的 ②合成的，综合的 *n.* 综合物，综合性建筑，综合企业
[同义] complicated, involved, intricate, compound
[同根] complexity [kəm'pleksɪtɪ] *n.* 复杂，复杂的事物，复杂性

▸▸▸ **reflect** [rɪ'flekt]
[释义] *v.* ①深思，考虑 ②反映，表明，显示 ③反射（光、热、声等）
[同义] consider, contemplate, meditate, ponder
[同根] reflective [rɪ'flektɪv] *a.* ①思考的，沉思的 ②反映的 ③反射的，反照的
reflection [rɪ'flekʃən] *n.* ①深思，考虑 ②反射，反照，反响

▸▸▸ **pace of life** 生活节奏

▸▸▸ **contribute to** 有助于，促成，是…的部分原因

▸▸▸ **psychiatric** [ˌsaɪkɪ'ætrɪk]
[释义] *a.* ①精神病的 ②治疗精神病的
[同根] psychiatry [saɪ'kaɪətrɪ] *n.* 精神病学，精神病治疗
psychiatrist [saɪ'kaɪətrɪst] *n.* 精神科医生，精神病学家

选项词汇注释

▸▸▸ **be exposed to...** ①经常接触… ②遭受… ③暴露于…

▸▸▸ **have access to** ①可接近，可会见，可进入 ②可使用

▸▸▸ **facility** [fə'sɪlɪtɪ]
[释义] *n.* ①设施，设备，工具 ②容易，简易，便利 ③灵巧，熟练
[同根] facilitate [fə'sɪlɪteɪt] *v.* ①(不以人作主语)使容易，使便利 ②促进，助长 ③帮助，援助

▸▸▸ **challenging** ['tʃælɪndʒɪŋ]
[释义] *a.* 挑战性的，引起兴趣的，令

人深思的，挑逗的

[同根] challenge ['tʃælɪndʒ] *v.* ①向…挑战，对…质疑 ②刺激，激发 ③需要，要求 *n.* 挑战，艰苦的任务，努力追求的目标

▶▶▶ **recreation** [ˌrekrɪ'eɪʃ(ə)n]

[释义] *n.* 消遣，娱乐

▶▶▶ **sophisticated** [sə'fɪstɪkeɪtɪd]

[释义] *a.* ①复杂的，精密的 ②富有经验的，老练的

▶▶▶ **divert** [daɪ'vɜːt]

[释义] *v.* ①转移，转移…的注意力 ②使转向，使改道 ③使娱乐

[同义] detract, distract, amuse, entertain

[同根] diversion [daɪ'vɜːʃən] *n.* ①转移，转向 ②消遣，娱乐

diverse [daɪ'vɜːs] *a.* 不同的，多样的

diversely [daɪ'vɜːslɪ] *ad.* 不同地，各色各样地

diversify [daɪ'vɜːsɪfaɪ] *v.* 使不同，使多样化

diversified [daɪ'vɜːsɪfaɪd] *a.* 多变化的，各种的

diversification [daɪˌvɜːsɪfɪ'keɪʃən] *n.* 变化，多样化

divergent [daɪ'vɜːdʒənt] *a.* 有分歧的，不同的

[词组] divert from ①从…转移 ②使从…转向，使从…改道

▶▶▶ **temporary** ['tempərərɪ]

[释义] *a.* 暂时的，临时的，短暂的

[同义] momentary, transient

[反义] permanent

[同根] temporarily ['tempərərɪlɪ] *ad.* 暂时地，临时地

contemporary [kən'tempərərɪ] *a.* 当代的，同时代的

▶▶▶ **alleviate** [ə'liːvɪeɪt]

[释义] *v.* 减轻，缓解，缓和

[同义] relieve

[同根] alleviation [əˌliːvɪ'eɪʃən] *n.* ①减轻，缓解，缓和 ②缓和剂，解痛物

▶▶▶ **adjust** [ə'dʒʌst]

[释义] *v.* ①使适合，符合 ②调准，校正，调整 ③整理，安排

[同义] adapt

[同根] adjustment [ə'dʒʌstmənt] *n.* ①调整，调节 ②调节器

[词组] adjust to... 适应…

▶▶▶ **consult** [kən'sʌlt]

[释义] *v.* ①请教，咨询 ②(with) 商量，商议 ③查阅，查看

[同义] confer, discuss, talk over

[同根] consultant [kən'sʌltənt] *n.* 顾问，会诊医师，顾问医生

Passage 4

Intel chairman Andy Grove has decided to **cut the Gordian knot** of **controversy** surrounding **stem cell** research by simply writing a check.

The check, which he **pledged** last week, could be for as much as $5 million, depending on how many **donors** make gifts of between $50,000 and $500,000, which he has promised to match. It will be **made out** to the University of California-San Francisco (UCSF).

Thanks in part to such private donations, university research into uses for human stem cells—the cells at the earliest stages of development that can form any body part—will continue in California. With private financial support, the state will be less likely to lose talented scientists who would **be tempted to** leave the field or even leave the country as research dependent on federal money slows to a glacial(极其缓慢的) pace.

Hindered by limits President Bush placed on stem cell research a year ago, scientists are turning to laboratories that can **carry out** work without using federal money. This is awkward for universities, which must spend extra money building separate labs and keeping **rigorous** records proving no federal funds were involved. Grove's donation, a first step toward a $20 million target at UCSF, will **ease the burden**.

The president's decision a year ago to allow research on already existing stem cell lines **was portrayed as** a reasonable **compromise** between scientists' needs for cells to work with, and concerns that this kind of research could lead to **wholesale** creation and **destruction** of human embryos(胚胎), **cloned** infants and a general **contempt** for human life.

But Bush's effort to please both sides ended up pleasing neither. And it certainly didn't provide the basis for **cutting edge** research. Of the 78 existing stem cell lines which Bush said are all that science would ever need, only one is in this country (at the University of Wisconsin), and only five are ready for **distribution** to researchers. All were grown **in conjunction with** mouse cells, making future therapeutic(治疗的) uses unlikely.

The Bush **administration** seems **bent on** satisfying the small but **vocal** group of Americans who oppose stem cell research under any conditions. Fortunately, Grove and others are more interested in advancing scientific research that could benefit the large number of Americans who suffer from Parkinson's disease, nerve injuries, heart diseases and many other problems.

文章词汇注释

- **cut the Gordian knot** 快刀斩乱麻，以大刀阔斧的办法解决(困难、问题)
- **controversy** [ˈkɒntrəvɜːsɪ]

[释义] *n.*(尤指文字形式的)争论，辩论

[同义] argument, dispute, quarrel

[同根] controvert [ˈkɒntrəˌvɜːt, ˌkɒntrəˈvɜːt]

v. 争论，反驳

controversial [ˌkɒntrəˈvɜːʃəl] a. 引起争论的，有争议的

controversially [ˌkɒntrəˈvɜːʃəlɪ] ad. 引起争论地，有争议地

▶▶▶ **stem cell** 干细胞

▶▶▶ **pledge** [pledʒ]

[释义] v. ①许诺，保证，使发誓 ②抵押，典当 n. ①保证，誓言 ②抵押，抵押品

[同义] promise, devote

▶▶▶ **donor** [ˈdəʊnə]

[释义] n. 捐赠者，赠送人

▶▶▶ **make out** ①写出，开出 ②（勉强地）看出，辨认出 ③理解，了解

▶▶▶ **be tempted to** 受到诱惑去做

▶▶▶ **hinder** [ˈhɪndə]

[释义] v. 阻碍，妨碍，阻止

[同义] hold back, impede

▶▶▶ **carry out** ①完成，实现 ②贯彻，执行

▶▶▶ **rigorous** [ˈrɪgərəs]

[释义] a. ①严密的，缜密的 ②严格的，严厉的

[同义] hard, harsh, severe, strict

[同根] rigour [ˈrɪgə] n. ①严格，严厉 ②艰苦，严酷 ③严密，精确

▶▶▶ **rigid** [ˈrɪdʒɪd]

[释义] a. ①刚硬的，刚性的，坚固的，僵硬的 ②严格的

▶▶▶ **ease the burden** 缓解负担

▶▶▶ **be portrayed as** 被理解为，被描绘为

▶▶▶ **compromise** [ˈkɒmprəmaɪz]

[释义] n. ①妥协方案，折衷办法 ②妥协，和解 v. ①妥协，互让解决 ②连累，危及 a. 妥协的，折衷的

▶▶▶ **wholesale** [ˈhəʊlseɪl]

[释义] a. ①大规模的，不加区别的 ②批发的 n. ①批发，趸售 ②批发商，批发组织 ad. ①用批发方式，以批发价 ②大批地，大规模地

[反义] retail

[同根] wholesaler [ˈhəʊlseɪlə] n. 批发商

[词组] at/by wholesale ①用批发方式，以批发价 ②成批地，大规模地，大量地

▶▶▶ **destruction** [dɪˈstrʌkʃən]

[释义] n. 破坏，毁灭

[反义] construction, establishment

[同根] destruct [dɪˈstrʌkt] v. 破坏

destructive [dɪˈstrʌktɪv] a. 破坏（性）的

▶▶▶ **clone** [kləʊn]

[释义] n.& v. 无性繁殖，克隆

▶▶▶ **contempt** [kənˈtempt]

[释义] n. ①轻视，轻蔑 ②耻辱

[同义] scorn

[反义] esteem, honor, respect

[词组] bring into contempt 使蒙受耻辱，使丢尽面子

have/hold in contempt 认为…不屑一顾，轻视…

in contempt of 对…不屑一顾

▶▶▶ **cutting edge** 刀、斧头等工具锋利的刀刃，[喻]在科技领域或其他方面领先的技术或做法

▶▶▶ **distribution** [ˌdɪstrɪˈbjuːʃən]

[释义] n. ①分配，分发，配给 ②销售

[同根] distribute [dɪˈstrɪbjuːt] v. ①分发，分配 ②散布，分布

▶▶▶ **in conjunction with** 连同，与…共同

▶▶▶ **administration** [ədmɪnɪˈstreɪʃən]

[释义] n. ①政府，行政机关 ②行政，行政职责 ③管理，经营，支配

[同义] execution, management

[同根] administrate [ədˈmɪnɪstreɪt] v. 管理，支配

administer [ədˈmɪnɪstə] v. ①掌管，料理…的事务 ②实施，执行

administrative [əd'mɪnɪstrətɪv] *a.* 管理的，行政的，政府的

▶▶▶ **bent on...** 决意倾向…的，对…有强烈意向的

▶▶▶ **vocal** ['vəʊkl]

[释义] *a.* ①清晰而激烈地表达意见的，喜欢畅所欲言的 ②嗓音的，发声的 ③歌唱的 ④用语言表达的，说的 *n.* ①元音，浊音 ②声乐作品，声乐节目

[同义] outspoken, pronounced, spoken, verbal

[同根] vocality [vəʊ'kælətɪ] *n.* 声乐，声音

vocally ['vəʊklɪ] *ad.* 用声音，用口头

选项词汇注释

▶▶▶ **settle the dispute** 解决争议

▶▶▶ **expel...from...** 把…从…驱逐，赶走

▶▶▶ **for good** 永久地

▶▶▶ **put an end to** 使终止，毁掉，杀死

▶▶▶ **carry on** ①继续，进行 ②经营 ③喋喋不休地诉说

▶▶▶ **executive** [ɪg'zekjʊtɪv]

[释义] *n.* 执行者，管理人员 *a.* ①执行的，实行的，管理的 ②行政的

[同根] execute ['eksɪkju:t] *v.* ①实行，实施，执行，履行 ②处决（死）

execution [ˌeksɪ'kju:ʃən] *n.* 实行，完成，执行

executor [ɪg'zekjʊtə] *n.* 执行者

▶▶▶ **conduct** ['kɒndʌkt,-dəkt]

[释义] *v.* ①进行，处理，经营 ②引导，带领，牵引 ③表现 *n.* ①行为，品行 ②进行，经营 ③引导，领导，指导 ④指挥（乐队）⑤导电，导热

[同义] manage, direct, guide, lead

[同根] conduction [kən'dʌkʃ(ə)n] *n.* ①引流，输送，传播 ②传导，导电，传导性

conductor [kən'dʌktə(r)] *n.* ①指挥家，指导者 ②售票员 ③导体，导线

▶▶▶ **abandon** [ə'bændən]

[释义] *v.* 放弃，丢弃 *n.* 放任，放纵，无拘无束

[同义] quit, desert

[反义] conserve, maintain, retain

[同根] abandonment [ə'bændənmənt] *n.* 放弃，遗弃，抛弃

▶▶▶ **pinch** [pɪntʃ]

[释义] *v.* ①使紧缺，节制 ②捏，拧，夹 ③使疼痛，使苦恼 ④使收缩 *n.* ①捏，拧，夹 ②不舒服，苦恼 ③紧缺，紧迫 ④（一）撮，少量

[同义] press, squeeze

[词组] at/in a pinch 必要时，在紧急关头

▶▶▶ **amount to** ①相当于，等于 ②总计

▶▶▶ **promise** ['prɒmɪs]

[释义] *v.* 有…可能，有…希望，预示

[同根] promising ['prɒmɪsɪŋ] *a.* 有希望的，有前途的

▶▶▶ **opponent** [ə'pəʊnənt]

[释义] *n.* 对手，反对者

[同义] rival, adversary, combatant, competitor

[反义] ally

[同根] oppose [ə'pəʊz] *v.* ①反对，对抗 ②使对立，使对照，以…对抗

▶▶▶ **opposition** [ˌɒpə'zɪʃən]

[释义] *n.* ①反对，敌对，相反 ②抵抗

[同根] opposite [ˈɒpəzɪt] *a.* ①朝向…的，相对的，对面的 ②完全不同的，相反的 *n.* 相反的事物，反义词

Skimming and Scanning

Space Tourism

Make your **reservations** now. The space tourism industry is officially open for business, and tickets are going for a mere $20 million for a one-week stay in space. Despite **reluctance** from National Air and Space Administration (NASA), Russia made American businessman Dennis Tito the world's first space tourist. Tito flew into space **aboard** a Russian Soyuz rocket that arrived at the International Space Station (ISS) on April 30, 2001. The second space tourist, South African businessman Mark Shuttleworth, took off aboard the Russian Soyuz on April 25, 2002, also **bound for** the ISS.

Lance Bass of N Sync **was supposed to** be the third to make the $20 million trip, but he did not join the three-man crew as they **blasted off** on October 30, 2002, due to **lack of** payment. Probably the most **incredible aspect** of this **proposed** space tour was that NASA **approved of** it.

These trips are the beginning of what could be a profitable 21st century industry. There are already several space tourism companies planning to build **suborbital vehicles** and **orbital** cities within the next two decades. These companies have invested millions, believing that the space tourism industry is **on the verge of taking off**.

In 1997, NASA published a report concluding that selling trips into space to private citizens could be worth billions of dollars. A Japanese report supports these **findings**, and **projects** that space tourism could be a $10 billion per year industry within the next two decades. The only **obstacles** to **opening up** space to tourists are the space agencies, who are concerned with safety and the development of a **reliable**, reusable **launch vehicle**.

Space Accommodations

Russia's Mir space station was supposed to be the first **destination** for space tourists. But in March 2001, the Russian Aerospace Agency **brought** Mir **down** into the Pacific Ocean. As it turned out, bringing down Mir only **temporarily** delayed the first tourist trip into space.

The Mir **crash** did **cancel** plans for a new reality-based game show from NBC, which was going to be called Destination Mir. The Survivor-like TV show was **scheduled** to air in fall, 2001. Participants on the show were to **go through** training at Russia's cosmonaut(宇航员) training center, Star City. Each week, one of the participants would be **eliminated** from the show, with the winner receiving a trip to the Mir space station. The Mir crash has **ruled out** NBC's space plans for now. NASA is against beginning space tourism until the International Space Station is completed in 2006.

Russia is not alone in its interest in space tourism. There are several projects **underway** to **commercialize** space travel. Here are a few of the groups that might take tourists to space:

- Space Island Group is going to build a ring-shaped, rotating "commercial space infrastructure(基础结构)" that will **resemble** the Discovery spacecraft in the movie "2001: A Space **Odyssey**." Space Island says it will build its space city out of empty NASA **space-shuttle** fuel tanks (to start, it should take around 12 or so), and place it about 400 miles above Earth. The space city will **rotate** once per minute to create a **gravitational pull** one-third as strong as Earth's.
- According to their vision statement, Space Adventures plans to "fly tens of thousands of people in space over the next 10-15 years and beyond, around the moon, and back, from spaceports both on Earth and in space, to and from private space stations, and aboard dozens of different vehicles..."
- Even Hilton Hotels has shown interest in the space tourism industry and the possibility of building or co-funding a space hotel. However, the company did say that it believes such a space hotel is 15 to 20 years away.

Initially, space tourism will offer simple accommodations **at best**. For instance, if the International Space Station is used as a tourist attraction, guests won't find the **luxurious surroundings** of a hotel room on Earth. It has been designed for **conducting research**, not entertainment. However, the first generation of space hotels should offer tourists a much more comfortable

experience.

In regard to a concept for a space hotel initially planned by Space Island, such a hotel could offer guests every convenience they might find at a hotel on Earth, and some they might not. The small gravitational pull created by the rotating space city would allow space-tourists and **residents** to walk around and **function normally** within the structure. Everything from running water to a **recycling** plant to medical **facilities** would be possible. **Additionally**, space tourists would even be able to take space walks.

Many of these companies believe that they have to offer an extremely enjoyable experience in order for passengers to pay thousands, if not millions, of dollars to ride into space. So will space create another separation between the haves and have-nots?

The Most Expensive Vacation

Will space be an **exotic retreat** reserved for only the wealthy? Or will middle-class folks have a chance to take their families to space? Make no mistake about it, going to space will be the most expensive vacation you ever take. Prices right now are in the tens of millions of dollars. Currently, the only vehicles that can take you into space are the space shuttle and the Russian Soyuz, both of which are terribly inefficient. Each spacecraft requires millions of pounds of fuel to take off into space, which makes them expensive to **launch**. One pound of payload(有效载重) costs about $10,000 to put into Earth's orbit.

NASA and Lockheed Martin are currently developing a single-stage-to-orbit launch space plane, called the VentureStar, which could be launched for about a tenth of what the space shuttle costs to launch. If the VentureStar takes off, the number of people who could afford to take a trip into space would move into the millions.

In 1998, a **joint** report from NASA and the Space Transportation Association stated that improvements in technology could push **fares** for space travel as low as $50,000, and possible down to $20,000 or $10,000 a decade later. The report concluded that at a ticket price of $50,000, there could be 500,000 passengers flying into space each year. While still **leaving out** many people, these prices would open up space to a **tremendous** amount of traffic.

Since the beginning of the space race, the general public has said, "Isn't

that great—when do I get to go?" Well, our chance might be closer than ever. Within the next 20 years, space planes could be taking off for the moon at the same **frequency** as airplanes flying between New York and Los Angeles.

文章词汇注释

▶▶▶ **reservation** [ˌrezəˈveɪʃən]
[释义] *n.* ①预定 ②保留，保留意见 ③(公共)专用地，自然保护区
[同义] booking
[同根] reserve [rɪˈzɜːv] *v.* ①预订，订 ②保留，储备 *n.* ①(常作复数)储量，藏量 ②储备(物)，储备量
reserved [rɪˈzɜːvd] *a.* ①预订的 ②储备的，保留的 ③有所保留的，克制的 ④拘谨缄默的，矜持寡言的
reservior [ˈrezəvwɑː] *n.* ①贮水池，水库 ②贮藏处 ③贮备
[词组] make reservations 订座，订房间(等); 附保留条件
with reservations 有保留地，有条件地
without reservation 无保留地，无条件地

▶▶▶ **reluctance** [rɪˈlʌktəns]
[释义] *n.* 不情愿，勉强
[反义] willingness
[同根] reluctant [rɪˈlʌktənt] *a.* ①不情愿的，勉强的 ②难处理的，难驾驭的

▶▶▶ **aboard** [əˈbɔːd]
[释义] *prep.* 在(船、飞机、车)上，上(船、飞机、车) *ad.* 在(船、飞机、车)上，上(船、飞机、车)
[同根] board [bɔːd] *n.* ①甲板 ②木板 ③膳食费用
[词组] All aboard! 请上船(飞机、车)!
go/take aboard 上船(上飞机等)
Welcome aboard! 欢迎各位乘坐本飞机(本轮船)!

▶▶▶ **bound for** (人)动身到…去；(车、船)开往…，驶往…

▶▶▶ **be supposed to** 应该，被期望

▶▶▶ **blast off** 发射升空，点火起飞

▶▶▶ **lack of** 缺少，缺乏

▶▶▶ **incredible** [ɪnˈkredəbl]
[释义] *a.* 难以置信的
[反义] believable, credible
[同根] credit [ˈkredɪt] *v.* ①相信，信任 ②把…归给 *n.* ①相信，信用 ②声望，荣誉 ③贷方，银行存款
credible [ˈkredəbl,-ɪbl] *a.* 可信的，可靠的
incredibly [ɪnˈkredəblɪ] *ad.* 难以置信地

▶▶▶ **aspect** [ˈæspekt]
[释义] *n.* ①方面 ②样子，外表 ③面貌，神态
[同义] respect

▶▶▶ **propose** [prəˈpəuz]
[释义] *v.* ①提议，建议 ②推荐，提名 ③提议祝酒，提出为…干杯 ④打算，计划 ⑤求婚
[同义] suggest, recommend, advise
[同根] proposal [prəˈpəuzəl] *n.* ①提议，建议 ②计划，提案 ③求婚
proposition [ˌprɒpəˈzɪʃən] *n.* ①(详细的)提议，建议 ②论点，主张，论题

▶▶▶ **approve of** 同意，赞成

▶▶▶ **suborbital** [sʌb'ɔːbɪtl]
[释义] *a.*(卫星、火箭、航天器)不满轨道一圈的，亚轨道的

▶▶▶ **vehicle** ['viːɪkl]
[释义] *n.* 运载器，车辆，交通工具

▶▶▶ **orbital** ['ɔːbɪtl]
[释义] *a.* 轨道的 *n.* ①轨道 ②环城公路，环形道路
[同根] orbit ['ɔːbɪt] *n.* ①轨道 ②势力范围 ③生活常规 *v.* 进入轨道，沿轨道飞行，盘旋

▶▶▶ **on the verge of** 濒于…，接近于…

▶▶▶ **take off** ①快速发展 ②(飞机)起飞 ③脱掉

▶▶▶ **finding** ['faɪndɪŋ]
[释义] *n.* ① [*pl.*] 调查或研究的结果，结论 ②判决，裁决 ③测定，定位，探测
[同义] result, conclusion

▶▶▶ **project** [prə'dʒekt]
[释义] *v.* ①预计，估计，预测 ②设计，计划 ③投射，放映
▶▶▶ ['prɒdʒekt] *n.* ①项目，工程 ②计划，方案 ③科研项目，课题
[同义] estimate, predict
[同根] projecting [prəʊ'dʒektɪŋ] *a.* ①突出的，凸出的 ②创造性的
projection [prə'dʒekʃən] *n.* ①设计，规划 ②投射，发射，投影 ③凸出，凸出物
[词组] project sth. onto the screen 把…投射到屏幕上

▶▶▶ **obstacle** ['ɒbstəkl]
[释义] *n.* 障碍(物)，妨害的人
[同义] barrier, block, hindrance, obstruction
[词组] throw obstacles in sb.'s way 妨害，阻碍某人
obstacle race 障碍赛

▶▶▶ **open up...to...** 向…开放…

▶▶▶ **reliable** [rɪ'laɪəbl]
[释义] *a.* 可靠的，可信赖的
[同义] dependable, trustworthy
[反义] unreliable
[同根] rely [rɪ'laɪ] *v.* ①依赖，依靠 ②信赖，信任，指望
reliant [rɪ'laɪənt] *a.* ①信赖的，依赖的 ②有信心的，自力更生的
reliance [rɪ'laɪəns] *n.* ①依靠，依赖 ②信任，信赖 ③受信赖的人(或物)，可依靠的人(或物)
reliably [rɪ'laɪəblɪ] *ad.* 可靠地，信任地
reliability [rɪˌlaɪə'bɪlɪtɪ] *n.* 可靠性

▶▶▶ **launch vehicle** 运载火箭，用来将太空飞行器或卫星送入轨道或弹道的火箭

▶▶▶ **accommodation** [əˌkɒmə'deɪʃən]
[释义] *n.* ①[<英> ~,<美> ~ s] 住处，膳宿 ② [*pl.*] (船、车、飞机等处的)预定铺位 ③和解，适应
[同义] lodgings
[同根] accommodate [ə'kɒmədeɪt] *v.* ①向…提供住处(或膳宿) ②使适应，使符合一致 ③调和(分歧等) ④容纳
accommodating [ə'kɒmədeɪtɪŋ] *a.* ①乐于助人的，与人方便的 ②善于适应新环境的

▶▶▶ **destination** [ˌdestɪ'neɪʃən]
[释义] *n.* 目的地
[同根] destine ['destɪn] *v.*(for) 注定，预定
destined ['destɪnd] *a.* ①命中注定的，预定的 ② (for) 以…为目的地
destiny ['destɪnɪ] *n.* ①命运 ②天数，天命

▶▶▶ **bring down** 使落下，击落

temporarily ['tempərərɪlɪ]
[释义] *ad.* 暂时地，临时地
[同义] momentarily, transiently
[反义] eternally, perpetually, enduringly, lastingly, permanently
[同根] temporary ['tempərərɪ] *a.* 暂时的，临时的，短暂的
contemporary [kən'tempərərɪ] *a.* 当代的，同时代的

crash [kræʃ]
[释义] *n.* ①(飞机等的)坠毁,坠落,(车辆等的)猛撞 ②(撞击、坠地时发出的)哗啦声,碎裂声 ③失败,垮台,破产 *v.* ①坠毁，坠落，碰撞 ②使哗啦一声落下，哗啦一声砸碎 ③失败，垮台，破产

cancel ['kænsəl]
[释义] *v.* ①取消，把…作废 ②删去，略去
[同义] call off, erase, wipe out
[同根] cancellation [ˌkænsə'leɪʃən] *n.* 取消，删除
[词组] cancel out 抵偿，(相互)抵消

schedule ['ʃedju:l, 'skedʒjul]
[释义] *v.* ①将…列入时间表，排定(在某时间做某事) ②将…列入计划，为…规定进度 *n.* ①<美>时间表，日程表 ②议事日程 ③火车时刻表 ④目录，清单
[同根] scheduled ['ʃedju:ld] *a.* 预定的
[词组] according to schedule 按时间表，按照原定进度
ahead of schedule 提前
behind schedule 落后于计划或进度，迟于预定时间
on schedule 按时间表，准时

go through ①经历，遭受 ②检查，审查 ③完成(工作等) ④(法案等)被通过

eliminate [ɪ'lɪmɪneɪt]
[释义] *v.* ①淘汰，削减(人员) ②排除，消除 ③不加考虑，忽视
[同义] discard, exclude, reject
[反义] add
[同根] elimination [ɪˌlɪmɪ'neɪʃən] *n.* ①排除，除去，消除 ②忽视，略去

rule out ①排除，使…不可能 ②拒绝考虑

underway [ˌʌndə'weɪ]
[释义] *a.* ①正在进行(使用，工作)中的 ②[航空、航海]在航的，在旅途中的 *n.* ①正在进行(发展) ②在航

commercialize [kə'mɜ:ʃəlaɪz]
[释义] *v.* 使商业化，使商品化
[同根] commerce ['kɒmə(:)s] *n.* 商业，贸易
commercial [kə'mɜ:ʃəl] *a.* ①商业的 ②商品的 ③商业广告性的 *n.* 商业广告
commercially [kə'mɜ:ʃəlɪ] *ad.* 商业地
commercialism [kə'mɜ:ʃəlɪzəm] *n.* 商业主义，商业精神

resemble [rɪ'zembl]
[释义] *v.* 与…相像，类似
[同根] resemblance [rɪ'zembləns] *n.* 类似之处

Odyssey ['ɒdɪsɪ]
[释义] *n.* ①《奥德赛》(古希腊荷马所著史诗) ②[odyssey] 长期流浪，冒险旅行，智力(或精力)上的长期探索过程

space-shuttle 航天飞机，太空飞船

rotate [rəʊ'teɪt]
[释义] *v.* ①旋转，自转 ②(使)轮流，(使)轮换 ③轮作
[同义] circle, orbit
[同根] rotation [rəʊ'teɪʃən] *n.* ①旋转，转动 ②循环，交替 ③轮作

▶▶▶ **gravitational pull** 引力，重力

▶▶▶ **initially** [ɪ'nɪʃəlɪ]
[释义] *ad.* 最初，开头
[同义] originally, firstly, primarily
[同根] initial [ɪ'nɪʃəl] *a.* ①开始的，最初的 ②词首的 *n.* 首字母
initiate [ɪ'nɪʃɪeɪt] *v.* ①开始，创始 ②把(基础知识)传授给(某人) ③接纳(新成员)，让…加入 ④倡议，提出
initiative [ɪ'nɪʃətɪv] *n.* ①主动的行动，倡议，主动权 ②首创精神，进取心 *a.* 开始的，初步的，创始的
initiation [ɪˌnɪʃɪ'eɪʃən] *n.* ①开始，创始 ②入会，加入组织 ③指引，传授
initialize [ɪ'nɪʃəlaɪz] *v.* 初始化

▶▶▶ **at best** 最多，至多

▶▶▶ **luxurious** [lʌg'zjʊərɪəs]
[释义] *a.* 奢侈的，豪华的
[同义] extravagant, magnificent, splendid
[反义] simple, plain
[同根] luxury ['lʌkʃərɪ] *n.* ①奢侈，豪华 ②奢侈品
luxuriant [lʌg'zjʊərɪənt] *a.* ①奢华的 ②丰产的，丰富的，肥沃的
luxuriantly [lʌg'zjʊərɪəntlɪ] *ad.* ①奢华地 ②丰产地，丰富地

▶▶▶ **surroundings** [sə'raʊndɪŋz]
[释义] *n.* 环境，周围的事物
[同义] circumstances, environment, setting
[同根] surround [sə'raʊnd] *v.* ①环绕，围绕 ②包围

▶▶▶ **conduct research** 做研究，进行研究

▶▶▶ **in regard to** 关于，至于

▶▶▶ **resident** ['rezɪdənt]
[释义] *n.* ①居民，定居者 ②(旅馆的)旅客 ③住院医生 *a.* ①居住的，常驻的 ② [动] 不迁徙的
[同义] dweller, inhabitant
[同根] reside [rɪ'zaɪd] *v.* ①居住，定居 ②(in)(性质等)存在，在于
residence ['rezɪdəns] *n.* ①居住，定居 ②(合法)居住资格
residential [ˌrezɪ'denʃəl] *a.* ①居住的，住宅的 ②学生寄宿的，(须)住宿在住所的
residency ['rezɪdənsɪ] *n.* ①居住，定居 ②住院医生实习期

▶▶▶ **function** ['fʌŋkʃən]
[释义] *v.* ①工作，活动，运转 ②(as) 行使职责，起作用 *n.* ①官能 ②功能，作用，用途 ③职责，职务 ④重大聚会，宴会
[同义] move about, operate
[同根] functional ['fʌŋkʃənl] *a.* ①在起作用的 ②实用的，为实用而设计的 ③官能的，机能的
[词组] function as... 起…的作用

▶▶▶ **normally** ['nɔːməlɪ]
[释义] *ad.* 正常地，通常地
[同义] usually，regularly，ordinarily
[反义] abnormally，unusually，extraordinarily
[同根] normal ['nɔːməl] *a.* ①正常的，平常的，通常的 ②正规的，规范的 ③师范的
normalize ['nɔːməlaɪz] *v.*(使)正常化，(使)标准化
normalization [ˌnɔːməlaɪ'zeɪʃən] *n.* 正常化，标准化

▶▶▶ **recycle** [riː'saɪkl]
[释义] *v.* 使再循环，反复利用 *n.* 再循环，重复利用，再生
[同根] cycle ['saɪkl] *n.* ①循环，周而复始，周期 ②自行车，摩托车 *v.* ①(使)循环，做循环运动 ②骑自行车(或摩托车)

▶▶▶ **facility** [fə'sɪlɪtɪ]
[释义] *n.* ①[~ies]使工作便利的设施，

设备，工具或环境 ②容易，简易，便利 ③灵巧，熟练

[同根] facilitate [fə'sɪlɪteɪt] *v.* ①（不以人作主语）使容易，使便利 ②推动，促进 ③帮助，援助

facilitation [fəˌsɪlɪ'teɪʃən] *n.* 简易化，使人方便的东西

▶▶▶ **additionally** [ə'dɪʃənəlɪ]

[释义] *ad.* 此外，另外

[同义] further, besides, in addition

[同根] add [æd] *v.* ①增加，添加 ②计算…总和，加，加起来 ③补充说，又说

addition [ə'dɪʃən] *n.* ①加，加法 ②增加，增加物

additional [ə'dɪʃənl] *a.* ①另外的，额外的 ②附加的，补充的

▶▶▶ **exotic** [ɪg'zɒtɪk]

[释义] *a.* ①奇异的，异国情调的 ②外（国）来的，外国产（制造）的 *n.* ①外国人 ②外国事物 ③外来词

[同义] foreign, strange

[反义] indigenous, native

▶▶▶ **retreat** [rɪ'triːt]

[释义] *n.* 胜地，隐退处，修养地 *v.* ①撤退，（使）后退 ②退避，躲避 ③改变主意，退缩

[词组] retreat from 放弃，退出

▶▶▶ **currently** ['kʌrəntlɪ]

[释义] *ad.* ①现在，目前 ②普遍地，通常地

[同根] current ['kʌrənt] *n.* ①（空气，水等的）流，潮流，电流 ②趋势，倾向 *a.* ①现时的，当前的 ②流行的，流传的

currency ['kʌrənsɪ] *n.* ①流传，流通，传播 ②通货，货币

▶▶▶ **launch** [lɔːntʃ, lɑːntʃ]

[释义] *v.* ①发射，投射 ②使（船）下水 ③开始，着手进行，猛烈展开 *n.* ①发射 ②（船）下水

[同根] launcher ['lɔːntʃə, 'lɑːntʃə] *n.* ①发射者 ②创办者

launching ['lɔːntʃɪŋ, 'lɑːntʃɪŋ] *n.* ①下水 ②发射

[词组] launch out ①出航，乘船去 ②开始，着手

▶▶▶ **joint** [dʒɒɪnt]

[释义] *a.* ①联合的，共同的 ②接合的，连接的 ③共有的，共享的 *n.* ①接头，接缝 ②关节，节 *v.* 连接，接合

[词组] out of joint ①脱节的，脱臼的 ②混乱的，令人不满的

▶▶▶ **fare** [feə]

[释义] *n.* ①船费，车费，飞机票价 ②乘客 ③伙食，饮食 *v.* ①吃，进食 ②过活，生活，进展

[同义] charge, fee

▶▶▶ **leave out** ①排除，遗漏，省略 ②不理会，忽视

▶▶▶ **tremendous** [trɪ'mendəs]

[释义] *a.* ①极大的，巨大的 ②非常的，惊人的 ③ <口> 精彩的

[同根] tremendously [trɪ'mendəslɪ] *ad.* 极大地，非常地

▶▶▶ **frequency** ['friːkwənsɪ]

[释义] *n.* ①频率 ②频繁 ③次数，（脉搏的）每分钟搏动次数

[同根] frequent ['friːkwənt] *a.* ①时常发生的，频繁的 ②经常的

frequently ['friːkwəntlɪ] *ad.* 常常，频繁地

Reading in Depth

Section A

I've heard from and talked to many people who described how Mother Nature **simplified** their lives for them. They'd lost their home and many or all of their **possessions** through fires, floods, earthquakes, or some other disaster. Losing everything you own **under such circumstances** can be **distressing**, but the people I've heard from all **saw** their loss, **ultimately**, **as** a **blessing**.

"The fire saved us the **agony** of deciding what to keep and what to get rid of," one woman wrote. And once all those things were no longer there, she and her husband saw how they had **weighed** them **down** and **complicated** their lives.

"There was so much stuff we never used and that was just **taking up** space. We **vowed** when we **started over**, we'd replace only what we needed, and this time we'd do it right. We've kept our promise: we don't have much now, but what we have is exactly what we want."

Though we've never had a **catastrophic** loss such as that, Gibbs and I did have a **close call** shortly before we decided to simplify. At that time we lived in a fire **zone**. One night a **firestorm raged** through and destroyed over six hundred homes in our community. That tragedy gave us the opportunity to look **objectively** at the goods we'd **accumulated**.

We saw that there was so much we could get rid of and not only never miss, but **be better off** without. Having almost lost it all, we found it much easier to **let go of** the things we knew we'd never use again.

Obviously, there's a tremendous difference between getting rid of possessions and losing them through a natural disaster without **having a say in the matter**. And this is not to **minimize** the tragedy and pain such a loss can **generate**.

But you might think about how you would **approach** the **acquisition** process if you had it to do all over again. Look around your home and make a list of what you would replace.

Make another list of things you wouldn't acquire again no matter what, and in fact would be happy to **be rid of**.

When you're ready to start **unloading** some of your **stuff**, that list will be a good place to start.

文章词汇注释

▶▶▶ **simplify** ['sɪmplɪfaɪ]
[释义] *v.* 简化，精简，使简易
[反义] sophisticate
[同根] simplicity [sɪm'plɪsɪtɪ] *n.* ①简单，简易 ②质朴，朴素 ③纯朴，单纯
simplistic [sɪm'plɪstɪk] *a.* 过分简单化的，过分单纯化的

▶▶▶ **possession** [pə'zeʃən]
[释义] *n.* ①(常~s) 财产，所有物 ②拥有，所有权
[同根] possess [pə'zes] *v.* ①具有(品质等) ②拥有 ③懂得，掌握 ④(想法、感情等) 影响，控制，缠住
possessor [pə'zesə] *n.* 持有人，所有人
possessive [pə'zesɪv] *a.* 所有的，物主的，占有的

▶▶▶ **under such circumstances** 在这种情况下

▶▶▶ **distressing** [dɪ'stresɪŋ]
[释义] *a.* 使人痛苦的，令人苦恼的
[同根] distress [dɪ'stres] *v.* ①使痛苦，使悲伤 ②使精疲力尽，使紧张 *n.* ①(精神上的) 痛苦，悲伤 ②贫困，困苦 ③不幸，灾难
distressingly [dɪ'stresɪŋlɪ] *ad.* 使人痛苦地，令人苦恼地

▶▶▶ **see...as...** 把…看作…

▶▶▶ **ultimately** ['ʌltɪmətlɪ]
[释义] *ad.* 最后，最终，终于
[同义] at last, eventually
[同根] ultimate ['ʌltɪmɪt] *a.* ①最后的，最终的 ②极点的，终极的 *n.* ①最终的事物，基本事实 ②终点，结局

▶▶▶ **blessing** ['blesɪŋ]
[释义] *n.* ①上帝的赐福，神赐 ②幸事，喜事 ③祝福，祝愿
[反义] curse
[同根] bless [bles] *v.* ①保佑，保护 ②为…祈祷保佑 ③为…祝福，对…感激
blessed ['blesɪd] *a.* ①神圣的，受尊敬的 ②带来愉快的，使人舒服的 ③幸福的，幸运的 ④<口>该死的，该受诅咒的

▶▶▶ **agony** ['ægənɪ]
[释义] *n.* ①(极度的) 痛苦，创痛 ②(感情的) 爆发
[同义] distress, grief
[反义] comfort, consolation, relief
[同根] agonize ['ægənaɪz] *v.* ①(使) 感到极度痛苦，折磨 ②苦斗，力争

▶▶▶ **weigh...down** 压弯…，使…负重担，加重压于…

▶▶▶ **complicate** ['kɒmplɪkeɪt]
[释义] *v.* ①使复杂化，使错综 ②使混乱，使难懂
[同义] confuse, involve, mix up, complex
[反义] simplify
[同根] complicated ['kɒmplɪkeɪtɪd] *a.* ①错综的，复杂的 ②费解的，棘手的

▶▶▶ **take up** ①占去(地方、时间、注意力等) ②拿起，举起 ③吸收，溶解

▶▶▶ **vow** [vaʊ]
[释义] *v.* ①发誓，许愿 ②郑重宣告(或声明) *n.* ①誓言，誓约 ②郑重宣告(或声明)
[同义] assure, guarantee, pledge, swear

▶▶▶ **start over** 重新开始

▶▶▶ **catastrophic** [ˌkætə'strɒfɪk]
[释义] *a.* 悲惨的，灾难性的

[同根] catastrophe [kə'tæstrəfɪ] *n.* 大灾难，灾祸
catastrophically [kə'tæstrəfɪkəlɪ] *ad.* 悲惨地，灾难地

▶▶▶ **close call** <口> 侥幸的脱险，死里逃生

▶▶▶ **zone** [zəʊn]
[释义] *n.* ①地带，地区 ②区域，范围，界，层
[同义] area, district, division

▶▶▶ **firestorm** ['faɪəstɔːm]
[释义] *n.* ①风暴性大火 ②大爆发

▶▶▶ **rage** [reɪdʒ]
[释义] *v.* ①(风浪、火势等)肆虐 ②流行，盛行 ③发怒，发火，怒斥 *n.* ①(一阵)狂怒，(一阵)盛怒 ②(风浪、火势等)狂暴，凶猛，(疾病等)猖獗 ③风靡一时的事物，时尚
[词组] be (all) the rage 流行，风靡一时
fly into a rage 勃然大怒

▶▶▶ **objectively** [əb'dʒektɪvlɪ, ɒb-]
[释义] *ad.* 客观地
[反义] subjectively
[同根] object ['ɒbdʒɪkt] *n.* ①对象 ②目标，宗旨 ③ 物体，实物
[əb'dʒekt] *v.* ① (to) 反对，不赞成 ②抱反感，不喜欢 ③提出作为反对的理由
objective [əb'dʒektɪv] *a.* ①客观的，公正的 ②客观上存在的，真实的 ③目标的 *n.* ①目标，目的，任务 ②客观事实，实在事物
objectivity [ˌɒbdʒek'tɪvətɪ] *n.* ①客观(性) ②客观现实
objection [əb'dʒekʃ(ə)n] *n.* 反对(某人或某事)

▶▶▶ **accumulate** [ə'kjuːmjʊleɪt]
[释义] *v.* ①积累，积聚 ②堆积
[同根] accumulation [əˌkjuːmjʊ'leɪʃən] *n.* ①堆积，积聚 ②累积物，聚积物
accumulative [ə'kjuːmjʊlətɪv] *a.* 积累而成的，累积的

▶▶▶ **be better off** ①境况好起来，生活优裕起来 ②较自在，较幸福
▶▶▶ **let go of** 放弃，丢掉
▶▶▶ **have a say in the matter** 对此事有发言权

▶▶▶ **minimize** ['mɪnɪmaɪz]
[释义] *v.* ①使减少(或缩小)到最低限度 ②极度轻视(或贬低)
[反义] maximize
[同根] minimum ['mɪnɪməm] *n.* 最低限度，最少量，最低点 *a.* 最低的，最小的
minimal ['mɪnɪməl] *a.* 最小的，最低限度的

▶▶▶ **generate** ['dʒenəˌreɪt]
[释义] *v.* 产生，使发生
[同义] bring about, cause, create, originate
[同根] generation [ˌdʒenə'reɪʃən] *n.* ①产生，发生 ②一代，一代人
degenerate [dɪ'dʒenəreɪt] *v.* 衰退，堕落，恶化
degeneration [dɪˌdʒenə'reɪʃən] *n.* 退化，堕落，腐化，恶化

▶▶▶ **approach** [ə'prəʊtʃ]
[释义] *v.* ①(着手)处理，(开始)对付 ②接近，靠近 *n.* ①(处理问题的)方式，方法，态度 ②接近，靠近 ③途径，通路
[同义] come close to; way, method, means
[同根] approachable [ə'prəʊtʃəb(ə)l] *a.* ①可接近的 ②平易近人的，亲切的
[词组] approach to ①接近 ②近似，约等于
approach sb. on/about sth. 和某人接洽(商量、交涉)某事
at the approach of 在…快到的时候
make an approach to sth. 对…进行

探讨
make approaches to sb. 设法接近某人，想博得某人的好感

▸▸▸ **acquisition** [ˌækwɪ'zɪʃən]
[释义] *n.* ①取得，获得 ②获得物，增添的人(或物)
[同根] acquire [ə'kwaɪə] *v.*(尤指通过努力)获得，学到，开始具有
acquirement [ə'kwaɪəmənt] *n.* ①取得，获得，学到 ②(常作 ~s) 学到的东西，成就
acquisitive [ə'kwɪzɪtɪv] *a.* ①(对金钱、财务等)渴望得到的，贪婪的 ②能够获得并保存的

▸▸▸ **be rid of** 摆脱掉，免去…负担

▸▸▸ **unload** [ʌn'ləʊd]
[释义] *v.* ①摆脱，卸去，卸(货等) ②倾销，卖掉
[同根] load [ləʊd] *v.* ①装货，上客 ②(乘客等)进入，走上 ③装填弹药 *n.* ①负荷，负载 ②(一车、一船等的)装载量

▸▸▸ **stuff** [stʌf]
[释义] *n.* ①无用的东西，废物 ②原料，材料，素材 ③物品，货色，财产 *v.* ①塞满，填满，填充 ②狼吞虎咽，吃饱 *a.* 毛织品做的，呢绒做的
[同义] rubbish, material, substance, matter, fill
[同根] stuffed [stʌft] *a.* ①塞满了的 ②已经饱了的
stuffy ['stʌfɪ] *a.* ①(房间等)通风不良的，闷的 ②不通的，堵塞的
[词组] stuff up ①把…塞起来 ②(鼻腔因感冒)充满粘液
stuff...with... 把…塞入…
stuff oneself 吃得过饱

Section B

Passage One

In a purely biological **sense**, fear begins with the body's system for **reacting to** things that can harm us—the so-called **fight-or-flight response**. "An animal that can't **detect** danger can't stay alive," says Joseph LeDoux. Like animals, humans **evolved** with an **elaborate mechanism** for processing information about **potential** threats. At its core is **a cluster of** neurons(神经元) deep in the brain known as the amygdale(扁桃核).

LeDoux studies the way animals and humans respond to threats to understand how we form memories of significant events in our lives. The amygdale receives **input** from many parts of the brain, including regions responsible for **retrieving** memories. Using this information, the amygdale **appraises** a situation—I think this **charging** dog wants to bite me—and **triggers** a response by **radiating** nerve signals throughout the body. These signals produce the familiar signs of distress: trembling, **perspiration** and fast-moving feet, just to name three.

This fear mechanism is **critical** to the survival of all animals, but no one can **say for sure** whether beasts **other than** humans know they're afraid. That is, as LeDoux says, "if you put that system into a brain that has **consciousness**, then you get the feeling of fear."

Humans, says Edward M. Hallowell, have the ability to **call up** images of bad things that happened in the past and to **anticipate** future events. **Combine** these higher thought processes **with** our **hardwired** danger-detection systems, and you get a near-**universal** human phenomenon: worry.

That's not necessarily a bad thing, says Hallowell. "When used properly, worry is an incredible **device**," he says. After all, a little healthy worrying is okay if it leads to **constructive** action—like having a doctor look at that **weird** spot on your back.

Hallowell insists, though, that there's a right way to worry. "Never do it alone, get the facts and then make a plan," he says. Most of us have survived a **recession**, so we're familiar with the **belt-tightening strategies** needed to survive a **slump**.

Unfortunately, few of us have much experience dealing with the threat of terrorism, so it's been difficult to get facts about how we should respond. That's why Hallowell believes it was okay for people to **indulge** some extreme worries last fall by asking doctors for Cipro(抗炭疽菌的药物) and buying gas masks.

文章词汇注释

▶▶▶ **in a sense** 在某一方面，就某种意义来说

▶▶▶ **react to** 对…做出反应

▶▶▶ **fight-or-flight** 斗或逃

▶▶▶ **response** [rɪ'spɒns]

[释义] *n.* ①反应，响应 ②回答，答复

[同根] respond [rɪ'spɒnd] *v.* ①回答 ②(常与 to 连用)反应，回报 ③对…有反应

responsible [rɪ'spɒnsəbl] *a.* 有责任的，负责的

responsibility [rɪˌspɒnsə'bɪlɪtɪ] *n.* 责任，职责

▶▶▶ **detect** [dɪ'tekt]

[释义] *v.* ①发现，察觉，注意到 ②(常与 in 连用)侦察出，查明

[同义] discover, perceive

[反义] conceal, hide

[同根] detection [dɪ'tekʃən] *n.* ①觉察，发现，探明 ②侦察，查明

detective [dɪ'tektɪv] *a.* ①可发觉的，可看穿的 ②侦探(用)的 *n.* 侦探

▶▶▶ **evolve** [ɪ'vɒlv]

[释义] *v.* ①演变，发展，逐步形成 ②进化形成

[同义] develop, grow, progress

[同根] evolution [ˌiːvə'luːʃən] *n.* ①演变，演化，发展 ②逐步形成

evolutionary [ˌiːvə'luːʃənərɪ] *a.* 演变

的，演化的，逐步发展的
evolutional [ˌiːvəˈluːʃənəl] a.(=evolutionary)
evolutionist [ˌiːvəˈluːʃənɪst] n. 进化论者
evolutionism [ˌiːvəˈluːʃənɪzəm] n. 进化论

▶▶▶ **elaborate** [ɪˈlæbərət]
[释义] a. ①复杂的 ②精心制作的，精巧的 v. ①精心制作，详尽阐述 ②变得复杂
[反义] plain, rude, simple
[同根] elaboration [ɪˌlæbəˈreɪʃən] n. ①精心制作，详细阐述 ②精巧，细致

▶▶▶ **mechanism** [ˈmekənɪzəm]
[释义] n. ①机制，机理 ②办法，途径 ③机械装置
[同根] machine [məˈʃiːn] n. 机器，机械
mechanic [mɪˈkænɪk] n. 技工，机修工，机械师
mechanical [mɪˈkænɪkl] a. 机械的，机械制的，机械似的
mechanics [mɪˈkænɪks] n. ①(用作单数)机械学，力学 ②(用作复数)(机器等的)结构，构成

▶▶▶ **potential** [pəˈtenʃəl]
[释义] a. 潜在的，可能的 n. ①潜能，潜力 ②潜在性，可能性
[同义] hidden, possible, promising
[同根] potentially [pəˈtenʃəlɪ] ad. 潜在地，可能地

▶▶▶ **a cluster of** 一串，一束，一群

▶▶▶ **input** [ˈɪnpʊt]
[释义] n.& v. 输入
[反义] output

▶▶▶ **retrieve** [rɪˈtriːv]
[释义] v. ①重新得到，取回，找回 ②检索 ③挽回，补救 n.(=retrieval)
[同根] retrievable [rɪˈtriːvəbl] a. 可获取的，可挽救的
retrieval [rɪˈtriːvəl] n. ①取回，恢复 ②检索 ③挽救，拯救
[词组] beyond(或 past) retrieve/retrieval 无法补救地
retrieve...from... 拯救…(免于…)，(从…)救出…

▶▶▶ **appraise** [əˈpreɪz]
[释义] v. ①估量，估计，估价 ②评价
[同义] evaluate, estimate
[同根] appraisal [əˈpreɪzəl] n. ①估量，估计，估价 ②评价

▶▶▶ **charging** [ˈtʃɑːdʒɪŋ]
[释义] a. 扑过来的
[同根] charge [tʃɑːdʒ] v. ①冲锋，向前冲 ②指责，控告 ③索价，收费 ④管理，照管 n. ①指责，控告 ②费用，价钱 ③主管 ④充电 ⑤冲锋

▶▶▶ **trigger** [ˈtrɪgə]
[释义] v. ①引发，引起 ②扣扳机开(枪等)，触发，引爆 n. 扳机，引爆器，启动装置
[同义] start, cause, lead to

▶▶▶ **radiate** [ˈreɪdɪeɪt]
[释义] v. ①辐射，发散 ②呈辐射状发出
[同义] send out, issue, emit
[同根] radiation [ˌreɪdɪˈeɪʃən] n. ①辐射，放射 ②放射线，放射物
radiant [ˈreɪdjənt] a. ①发光的，辐射的 ②容光焕发的
radioactive [ˌreɪdɪəʊˈæktɪv] a. 放射性的，放射性引起的

▶▶▶ **perspiration** [ˌpɜːspəˈreɪʃən]
[释义] n. ①汗，汗水 ②出汗，流汗
[同根] perspire [pəˈspaɪə] v. ①出汗，流汗 ②分泌，渗出
perspiratory [pəˈspaɪərətərɪ] a. 汗的，

汗水的，引起出汗的

►►► **critical** ['krɪtɪkəl]

[释义] *a.* ①决定性的，关键性的 ②批评的，评判的 ③吹毛求疵的

[同根] critic ['krɪtɪk] *n.* ①批评家，评论家 ②吹毛求疵者

critique [krɪ'tiːk] *n.* ①(关于文艺作品、哲学思想的)评论文章 ②评论

criticize ['krɪtɪsaɪz] *v.* ①批评，评判，责备 ②评论，评价

criticism ['krɪtɪsɪzəm] *n.* ①批评，评判，责备 ②评论文章

critically ['krɪtɪkəlɪ] *ad.* ①批评地，评判地 ②吹毛求疵地 ③决定性地，关键性地

►►► **say for sure** 肯定地说，确切地说

►►► **other than** ①除了…，除…之外 ②与…不同，与…不同方式

►►► **consciousness** ['kɒnʃəsnɪs]

[释义] *n.* ①知觉，感觉，自觉 ②意识，觉悟

[反义] unconsciousness

[同根] subconsciousness [sʌb'kɒnʃəsnɪs] *n.* 潜意识

conscious ['kɒnʃəs] *a.* ①有意识的，自觉的，意识清醒的 ②故意的，存心的 ③有…意识的，注重…的 ④羞怯的，不自然的

unconscious [ʌn'kɒnʃəs] *a.* 失去知觉的，无意识的

subconscious [sʌb'kɒnʃəs] *a.* 下意识的

►►► **call up** ①想起 ②召集，动员 ③打电话给

►►► **anticipate** [æn'tɪsɪpeɪt]

[释义] *v.* 预期，期望，预料

[同义] expect, foresee

[同根] anticipation [ˌæntɪsɪ'peɪʃən] *n.* ①预期，预料，预感 ②预先采取的行动

►►► **combine...with...** 把…与…结合

►►► **hardwired** ['hɑːd'waɪəd]

[释义] *a.* ①[计]硬接线的 ②密切相关的

►►► **universal** [ˌjuːnɪ'vɜːsəl]

[释义] *a.* ①全体的，共同的，普遍的，一般的 ②宇宙的，全世界的 ③多才多艺的，知识广博的

[同义] general, cosmic

[反义] individual

[同根] universe ['juːnɪvɜːs] *n.* ①宇宙，天地万物 ②世界，全人类 ③(思想、活动等的)领域，体系，范围

►►► **device** [dɪ'vaɪs]

[释义] *n.* ①策略，手段，诡计 ②装置，设备，器械

►►► **constructive** [kən'strʌktɪv]

[释义] *a.* ①有帮助的，积极的，肯定的 ②建设性的

[同义] helpful, useful, worthwhile

[反义] destructive

[同根] construct [kən'strʌkt] *v.* ①构成，建造 ②构想，创立

construction [kən'strʌkʃən] *n.* ①建筑 ②建筑物

►►► **weird** [wɪəd]

[释义] *a.* ①古怪的，离奇的 ②怪诞的，神秘而可怕的

[同义] odd, peculiar, fantastic, mysterious

[同根] weirdness ['wɪədnɪs] *n.* 古怪，离奇

weirdly ['wɪədlɪ] *ad.* 古怪地

►►► **recession** [rɪ'seʃən]

[释义] *n.* ①(经济的)衰退，衰退期 ②后退，撤回

[同根] recede [rɪ'siːd] *v.* ①后退，衰退 ②变得模糊 ③向后倾斜

recessive [rɪ'sesɪv] *a.* 后退的，有倒

退倾向的
recessional [rɪ'seʃənl] *a.* ①(经济的)衰退的，衰退期的 ②后退的，退回的

▶▶▶ **belt-tightening** ['belt,taɪtənɪŋ]
[释义] *a.* 节约的，节省开支的 *n.* 强制性节约

▶▶▶ **strategy** ['strætɪdʒɪ]
[释义] *n.* 策略，战略，对策
[同义] tactics
[同根] strategic [strə'tiːdʒɪk] *a.* ①战略(上)的 ②关键的
strategically [strə'tiːdʒɪkəlɪ] *ad.* 战略上
strategics [strə'tiːdʒɪks] *n.* 兵法

▶▶▶ **slump** [slʌmp]
[释义] *n.& v.* ①(经济等)衰落，(物价等)下跌，降低，(健康、质量等)下降 ②(沉重或突然地)倒下，陷落

▶▶▶ **indulge** [ɪn'dʌldʒ]
[释义] *v.* ①沉溺于，怀有，抱有 ②纵容，放任
[同义] pamper, satisfy, spoil
[同根] indulgence [ɪn'dʌldʒ(ə)ns] *n.* ①沉溺，纵情 ②纵容，放任 ③嗜好
indulgent [ɪn'dʌldʒənt] *a.* 纵容的，放纵的
indulgently [ɪn'dʌldʒəntlɪ] *ad.* 纵容地，放纵地
[词组] indulge in... 沉溺于…，纵情于…

选项词汇注释

▶▶▶ **self-defense** 自卫

▶▶▶ **instinctive** [ɪn'stɪŋktɪv]
[释义] *a.* 本能的
[同根] instinct ['ɪnstɪŋkt] *n.* 本能，直觉
instinctively [ɪn'stɪŋktɪvlɪ] *ad.* 本能地

▶▶▶ **evaluate** [ɪ'væljʊeɪt]
[释义] *v.* ①对…评价，为…鉴定 ②评价，估计 ③求…的值，定…的价
[同义] estimate, assess, judge
[同根] evaluator [ɪ'væljʊeɪtə] *n.* 评价者，评估物
evaluable [ɪ'væljʊəbl] *a.* ①可估值的 ②可评价的
evaluation [ɪ,væljʊ'eɪʃən] *n.* 评价，估算
evaluative [ɪ'væljʊeɪtɪv] *a.*(可)评价的，(可)评估的

▶▶▶ **unpredictable** [,ʌnprɪ'dɪktəbl]
[释义] *a.* 不可预言的，不可预测的
[同根] predict [prɪ'dɪkt] *v.*(常与 that 连用)预言，预测，预示
predictable [prɪ'dɪktəbl] *a.* 可预言的，可预测的
predictive [prɪ'dɪktɪv] *a.* 预言性的，前兆的
prediction [prɪ'dɪkʃən] *n.* 预言，预料

▶▶▶ **be derived from** 源自于…

▶▶▶ **play a vital part in** 在…中起至关重要的作用
handle ['hændl] *v.* ①管理，处理，对付 ②触摸，搬运 *n.* 柄，把手，把柄
[词组] fly off the handle 大怒
give a handle (to sb.) 给某人以可趁之机

▶▶▶ **ridiculous** [rɪ'dɪkjʊləs]
[释义] *a.* 荒谬的，荒唐的，可笑的
[同义] foolish
[同根] ridicule ['rɪdɪkjuːl] *n.* ①嘲笑，戏弄 ②笑料，笑柄 *v.* 嘲笑，戏弄

ridiculously [rɪ'dɪkjʊləslɪ] *ad.* 荒谬地，可笑地

▶▶▶ **over-cautious** [ˌəʊvə'kɔːʃəs]

[释义] *a.* 过于谨慎的

[同根] caution ['kɔːʃən] *n.* ①小心，谨慎 ②警惕，警告 *v.* 警告

cautious ['kɔːʃəs] *a.* 十分小心的，谨慎的

cautiously ['kɔːʃəslɪ] *ad.* 慎重地

▶▶▶ **sensible** ['sensəbl]

[释义] *a.* ①明智的，明白事理的 ②知道的，意识到的 ③有判断力的，有知觉的

[同义] aware, conscious, advisable

[反义] insensible, numb, unaware, unconscious

[同根] sense [sens] *n.* ①官能，感官 ②感觉 ③观念，意识，见识，智慧 *v.* ①感到 ②了解，领悟 ③有感觉，有知觉

insensible [ɪn'sensəbl] *a.* ①无知觉的，麻木不仁的 ②没有意识到的，不易被察觉的

sensibly ['sensəblɪ] *ad.* ①到能感觉到的地步，显著地，明显地 ②明智地

Passage Two

Amitai Etzioni is not surprised by the latest **headings** about **scheming corporate** crooks(骗子). As a visiting professor at the Harvard Business School in 1989, he ended his work there **disgusted** with his students' **overwhelming lust** for money. "They're taught that profit is all that **matters**," he says. "Many schools don't even offer ethics(伦理学) courses at all."

Etzioni expressed his **frustration** about the interests of his graduate students. "**By and large**, I clearly had not found a way to help classes full of MBAs see that there is more to life than money, power, fame and **self-interest**," he wrote at the time. Today he still **takes the blame for** not educating these "business-leaders-**to-be**." "I really **feel like** I **failed** them," he says. "If I was a better teacher maybe I could have **reached** them."

Etzioni was a respected ethics expert when he arrived at Harvard. He hoped his work at the university would give him **insight** into how questions of **morality** could **be applied to** places where self-interest **flourished**. What he found wasn't encouraging. Those **would-be executives** had, says Etzioni, little interest in concepts of ethics and morality in the **boardroom**—and their professor was met with **blank stares** when he urged his students to see business in new and different ways.

Etzioni sees the experience at Harvard as an **eye-opening** one and says there's much about business schools that he'd like to change. "A lot of the **faculty** teaching business are **bad news** themselves," Etzioni says. From offering classes that teach students how to legally **manipulate contracts**, to **reinforcing** the **notion** of profit over **community interests**, Etzioni has seen a lot that's left him sharking his head. And because of what he's seen taught in business schools, he's not surprised by the latest **rash** of corporate **scandals**. "In many ways things have got a lot worse at business schools, I **suspect**," says Etzioni.

Etzioni is still teaching the **sociology** of right and wrong and still **calling for ethical** business leadership. "People with poor **motives** will always exist," he says. "Sometimes environments **constrain** those people and sometimes environments give those people opportunity." Etzioni says the **booming** economy of the last decade enabled those individuals with poor motives to get rich before getting in trouble. His hope now: that the cries for reform will provide more **fertile** soil for his **longstanding messages** about business ethics.

文章词汇注释

▶▶▶ **heading** [ˈhedɪŋ]

[释义] *n.* ①标题，题目 ②页首文字，信头 ③用作头部（或顶端）的东西

▶▶▶ **scheming** [ˈskiːmɪŋ]

[释义] *a.* 诡计多端的，狡诈的

[同根] scheme [skiːm] *v.* ①计划，设计 ②图谋，策划 *n.* ①计划，方案 ②阴谋 ③系统，体制 ④图表，草图

▶▶▶ **corporate** [ˈkɔːpərɪt]

[释义] *a.* ①团体的，公司的 ②社团的 ③全体的，共同的

[同根] corporation [ˌkɔːpəˈreɪʃən] *n.* ①法人，社团 ②公司，<美>股份有限公司

▶▶▶ **disgusted** [dɪsˈgʌstɪd]

[释义] *a.*(with/at) 厌恶的，憎恶的，愤慨的

[同根] disgust [dɪsˈgʌst] *v.* ①（使）作呕 ②使厌恶，使愤慨 *n.* 作呕，厌恶，嫌恶

disgustful [dɪsˈgʌstfʊl] *a.* 令人作呕的，使人讨厌的

disgusting [dɪsˈgʌstɪŋ] *a.* 令人厌恶的

disgustedly [dɪsˈgʌstɪdlɪ] *ad.* 厌恶地，愤慨地

▶▶▶ **overwhelming** [ˌəʊvəˈwelmɪŋ]

[释义] *a.* 势不可挡的，压倒的

[同根] overwhelm [ˌəʊvəˈwelm] *v.* ①征服，毁坏 ②压倒，淹没 ③使受不了，使不知所措

overwhelmingly [ˌəʊvəˈwelmɪŋlɪ] *ad.* 势不可挡地，压倒性地

▶▶▶ **lust** [lʌst]

[释义] *n.* ①渴望，欲望，热情 ②不良欲望，贪欲 ③爱好，愿望 *v.* 有强烈的欲望，渴望

[同义] desire, eagerness, enthusiasm

[同根] lustful [ˈlʌstfʊl] *a.* 贪欲的，渴望的，好色的

lusty [ˈlʌstɪ] *a.* ①健壮的，精力充沛的 ②贪欲的，好色的

[词组] lust for/after 渴望，贪求

▶▶▶ **matter** [ˈmætə]

[释义] *v.* 有关系，要紧

▶▶▶ **frustration** [frʌˈstreɪʃən]

[释义] *n.* ①挫折，失败，失望 ②挫败，

受挫

[同根] frustrate [frʌ'streɪt] *v.* ①挫败，破坏 ②使灰心，使沮丧

frustrated [frʌ'streɪtɪd, 'frʌ-] *a.* 失败的，失意的，泄气的

▸▸▸ **by and large** 大体上，总地说来

▸▸▸ **self-interest** [ˌself'ɪntərɪst]

[释义] *n.* 利己主义，私利

▸▸▸ **take the blame for** 承担…的责任，对…承担责任

▸▸▸ **to-be** [tə'biː]

[释义] *a.*(常附在名词后构成复合词)未来的

▸▸▸ **feel like** ①感觉好似 ②想要 ③摸上去如同

▸▸▸ **fail** [feɪl]

[释义] *v.* ①使失望，有负于 ②失败，不及格 ③衰退，变弱，失灵

[同义] disappoint, neglect, decline

▸▸▸ **reach** [riːtʃ]

[释义] *v.* 影响，打动，赢得

▸▸▸ **insight** ['ɪnsaɪt]

[释义] *n.* 深刻见解，洞察力，洞悉

[同义] perception, apprehension, clear understanding

[同根] insightful ['ɪnˌsaɪtful] *a.* 富有洞察力的，有深刻见解的

▸▸▸ **morality** [mɒ'rælɪtɪ]

[释义] *n.* ①道德，道德性 ②道德规范，道德观 ③(道德上的)教训，寓意

[反义] immorality

[同根] moral ['mɒrəl] *a.* ①道德(上)的 ②有道德的 ③以道德为依据的 *n.* ①(寓言、故事等引出的)寓意，教训 ② [*pl.*] 道德，品行

morally ['mɒrəlɪ] *ad.* ①品行端正地，纯洁地 ②道德上地，道义上地

▸▸▸ **be applied to** 运用于，应用于

▸▸▸ **flourish** ['flʌrɪʃ]

[释义] *v.* ①盛行，处于活跃时期 ②繁荣，兴旺，成功 ③炫耀，夸耀

[同义] bloom, develop

[反义] decay, decline

[同根] flourishing ['flʌrɪʃɪŋ] *a.* 繁盛的，欣欣向荣的，成功的

▸▸▸ **would-be** ['wʊdbiː]

[释义] *a.* ①想要(或将要)成为的，将来的 ②本来打算的，原想要的 ③自称的，假冒的 *n.* ①想要成为…的人 ②假冒者

▸▸▸ **executive** [ɪg'zekjʊtɪv]

[释义] *n.* 执行者，管理人员 *a.* ①执行的，实行的，管理的 ②行政的

[同根] execute ['eksɪkjuːt] *v.* 实行，实施，执行，完成，履行

execution [ˌeksɪ'kjuːʃən] *n.* 实行，执行，完成

executor [ɪg'zekjʊtə] *n.* 执行者

▸▸▸ **boardroom** ['bɔːdruːm]

[释义] *n.* 会议室

▸▸▸ **blank stare** 木然的凝视

▸▸▸ **eye-opening** ['aɪˌəʊpənɪŋ]

[释义] *a.* 使人大开眼界(或瞠目结舌、恍然大悟等)的，很有启发的

▸▸▸ **faculty** ['fækəltɪ]

[释义] *n.* ①全体教员 ②才能，技能，能力 ③(大学的)系，科

[同义] stuff; ability, aptitude, capacity

▸▸▸ **bad news** ①<美口>讨厌的人，添麻烦的人 ②坏消息

▸▸▸ **manipulate** [mə'nɪpjʊleɪt]

[释义] *v.* ①操纵，控制 ②(熟练地)操作，使用

[同义] conduct, handle, manage, maneuver, operate

[同根] manipulation [məˌnɪpjʊ'leɪʃən] n. 处理，操作，操纵，被操纵

▶▶▶ **contract** ['kɒntrækt]
[释义] n. ①契约，合同，承包(合同) ②婚约
▶▶▶ [kɒn'trækt] v. ①订立(合同) ②缔结，结成 ③与…订婚，结交(朋友等) ④缩小，紧缩
[同义] agreement, treaty, alliance; bargain, compress
[词组] make a contract with 与…签订合同

▶▶▶ **reinforce** [ˌriːɪn'fɔːs]
[释义] v. ①加强，增强，强化 ②增援，补充
[同义] fortify, intensify, strengthen
[同根] enforce [ɪn'fɔːs] v. ①实施，使生效 ②强迫，迫使，强加
reinforcement [ˌriːɪn'fɔːsmənt] n. 加强，增强，强化，增援

▶▶▶ **notion** ['nəʊʃən]
[释义] n. 概念，感知
[同义] belief, opinion, thought, view

▶▶▶ **community interests** 公共利益

▶▶▶ **rash** [ræʃ]
[释义] n. ①(短时间内)爆发的一连串(多指始料不及的坏事) ②皮疹 a. 轻率的，匆忙的，鲁莽的

▶▶▶ **scandal** ['skændl]
[释义] n. ①丑事，丑闻 ②流言蜚语 ③反感，愤慨
[同义] disgrace, humiliation, shame
[同根] scandalize ['skændəlaɪz] v. 诽谤
scandalous ['skændələs] a. 诽谤性的

▶▶▶ **suspect** [sə'spekt]
[释义] v. 怀疑，猜想，觉得会
▶▶▶ ['sʌspekt] n. 嫌疑犯
[同义] assume, guess, doubt, suppose
[同根] suspicion [sə'spɪʃən] n. 猜疑，怀疑
suspicious [sə'spɪʃəs] a. 可疑的，怀疑的

▶▶▶ **sociology** [ˌsəʊsɪ'ɒlədʒɪ]
[释义] n. 社会学
[同根] social ['səʊʃəl] a. ①社会的 ②爱交际的，社交的 ③群居的
society [sə'saɪətɪ] n. ①社会 ②会，社 ③交际，社交界，上流社会
sociologist [ˌsəʊsɪ'ɒlədʒɪst] n. 社会学家
sociological [ˌsəʊʃɪə'lɒdʒɪkəl] a. 社会学的，社会学上的

▶▶▶ **call for** ①要求，提倡，需要 ②去取，来取 ③规定

▶▶▶ **ethical** ['eθɪk(ə)l]
[释义] a. ①合乎道德的 ②伦理的，道德的
[同义] moral
[同根] ethic ['eθɪk] n. ①伦理，道德 ② [pl.] 伦理学
ethically ['eθɪk(ə)llɪ] ad. 伦理(学)上

▶▶▶ **motive** ['məʊtɪv]
[释义] n. 动机，目的 a. 发动的，运动的
[同义] stimulus, enthusiasm
[同根] motivate ['məʊtɪveɪt] v. ①(使)有动机，激起(行动) ②激发…的积极性
motivation [ˌməʊtɪ'veɪʃən] n. ①动力，诱因，刺激 ②提供动机，激发积极性

▶▶▶ **constrain** [kən'streɪn]
[释义] v. ①约束，限制 ②强迫，迫使 ③克制，抑制
[同义] limit, compel, force, oblige
[同根] constraint [kən'streɪnt] n. ①限制，约束 ②克制，抑制
[词组] constrain sb. to do sth. 强迫某人做某事
be constrained to do 被迫去做

constrain oneself 克制自己

▶▶▶ **booming** [ˈbuːmɪŋ]

[释义] *a.* 兴旺发达的，迅速发展的，繁荣昌盛的

[同义] thriving, flourishing

[反义] slumping

[同根] boom [buːm] *v.* ①迅速发展，繁荣 ②暴涨，激增 *n.*(价格等的)暴涨，(营业等的)激增，(经济、工商业等的)繁荣(期)，迅速发展，(城镇等的)兴起

▶▶▶ **fertile** [ˈfɜːtaɪl, ˈfɜːtɪl]

[释义] *a.* ①肥沃的，富饶的 ②能繁殖的 ③多产的，丰产的 ④(创造力或想象力)丰富的

[同义] productive, abundant, creative, fruitful

[反义] barren, sterile

[同根] fertilize [ˈfɜːtɪlaɪz] *v.* ①使肥沃，使多产 ②施肥于，使受精 ③使丰富，促进…的发展

fertilizer [ˈfɜːtɪˌlaɪzə] *n.* 肥料(尤指化学肥料)

▶▶▶ **longstanding** [ˌlɒŋˈstændɪŋ, ˌlɔːŋ-]

[释义] *a.*(已持续)长时间的，为时甚久的

▶▶▶ **message** [ˈmesɪdʒ]

[释义] *n.* ①要旨，中心思想 ②(故事、电影、戏剧等的)启示，寓意，教训，(文章中对社会或政治问题的)批判性观点

选项词汇注释

▶▶▶ **keen** [kiːn]

[释义] *a.* ①强烈的，浓烈的 ②热心的，渴望的 ③敏锐的，敏捷的

[同义] intense, acute, fine, bright, clever

[反义] slight, blunt, dull

[词组] be keen on 热衷于，对…着迷，喜爱

as keen as mustard 极为热心，极感兴趣

▶▶▶ **intense** [ɪnˈtens]

[释义] *a.* ①强烈的，剧烈的，激烈的 ②紧张的，认真的 ③热心的，热情的

[同根] intensify [ɪnˈtensɪfaɪ] *v.* 加强，增强，强化

intensity [ɪnˈtensətɪ] *n.* ①(思想、感情、活动等的)强烈，剧烈，紧张，极度 ②(电、热、光、声等的)强度，烈度

▶▶▶ **tactics** [ˈtæktɪks]

[释义] *n.* ①策略，手段 ②战术

[同义] strategy

[同根] tact [tækt] *n.* 圆通，乖巧，机敏，外交手腕

tactful [ˈtæktfʊl] *a.* 圆通的，乖巧的，机敏的

tactical [ˈtæktɪkəl] *a.* ①有策略的，手段高明的 ②战术的

▶▶▶ **alert** [əˈlɜːt]

[释义] *v.* 向…报警，使警惕

a. ①留神的，注意的 ②警觉的，警惕的 *n.* ①警觉(状态)，戒备(状态) ②警报

[同根] alertly [əˈlɜːtlɪ] *ad.* 提高警觉地，留意地

alertness [əˈlɜːtnɪs] *n.* 警戒，机敏

[词组] alert sb. to sth. 使某人警惕某物

on (the) alert 警戒着，随时准备着，密切注意着

alert to do 留心做

▸▸▸ **malpractice** [mæl'præktɪs]

[释义] *n.* ①不端行为，胡作非为 ②玩忽职守

▸▸▸ **meet the expectations of** 符合/达到…的期望

▸▸▸ **be of utmost importance** 是极为重要的

▸▸▸ **priority** [praɪ'ɒrɪtɪ]

[释义] *n.* ①优先考虑的事 ②在先，居先 ③优先，重点，优先权

[同根] prior ['praɪə] *a.* ①先前的 ②较早的，在前的 ③优先的，更重要的

[词组] place/put high priority on 最优先考虑…

attach high priority to 最优先考虑…

give first priority to 最优先考虑…

▸▸▸ **principle** ['prɪnsəpl]

[释义] *n.* ①基本信念，信条，道义，正直 ②原理，原则

[同义] belief, doctrine, rule, standard

[同根] principled ['prɪnsəpld] *a.* 原则性强的，有(道德)原则的

▸▸▸ **be attributed to** 归因于

▸▸▸ **tendency** ['tendənsɪ]

[释义] *n.* ①倾向，趋势 ②脾性，修养

[同义] bent, trend, leaning

[同根] tend [tend] *v.* ①倾向 ②走向，趋向 ③(~to)易于，往往会

[词组] have a tendency to/towards... 有…的倾向

▸▸▸ **stress...over...** 强调…比…重要

▸▸▸ **fierce competition** 激烈的竞争

▸▸▸ **moral corruption** 道德沦丧，道德腐化

▸▸▸ **gain the upper hand** 占上风，处于有利地位

▸▸▸ **contribute to** 有助于，促成，是…的部分原因

Skimming and Scanning

Seven Steps to a More Fulfilling Job

Many people today find themselves in **unfulfilling** work situations. In fact, one in four workers is dissatisfied with their **current** job, according to the "Plans for 2004" **survey**. Their career path may be **financially rewarding**, but it doesn't **meet** their emotional, social or **creative needs**. They're **stuck**, unhappy, and **have no idea** what to do about it, except move to another job.

Mary Lyn Miller, **veteran** career **consultant** and **founder** of the Life and Career **Clinic**, says that when most people are unhappy about their work, their first thought is to get a different job. Instead, Miller suggests looking at the possibility of a different life. Through her book, 8 *Myths of Making a Living*, as well as **workshops**, **seminars** and personal **coaching** and consulting, she has helped thousands of dissatisfied workers **reassess** life and work.

Like the way of Zen, which includes understanding of oneself as one really is, Miller encourages **job seekers** and those dissatisfied with work or life to examine their beliefs about work and recognize that "in many cases your beliefs are what brought you to where you are today." You may have been **raised** to think that women **were best at nurturing** and caring and, therefore, should be teachers and nurses. So that's what you did. Or, perhaps you were brought up to believe that you should do what your father did, so you have taken over the family business, or become a dentist "just like dad." If this sounds familiar, it's probably time to look at the new possibilities for your future.

Miller developed a 7-step **process** to help potential job seekers assess their current situation and beliefs, **identify** their real **passion**, and start on a journey that allows them to **pursue** their passion through work.

Step 1: Willingness to do something different

Breaking the cycle of doing what you have always done is one of the most difficult tasks for job seekers. Many find it difficult to steer away from a career path or make a change, even if it doesn't feel right. Miller urges job seekers to open their minds to other possibilities beyond what they are currently doing.

Step 2: **Commitment** to being who you are, not who or what someone wants you to be

Look at the gifts and talents you have and make a commitment to pursue those things that you love most. If you love the social **aspects** of your job, but are stuck inside an office or "**chained to** your desk" most of the time, **vow** to follow your **instinct** and **investigate alternative** careers and work that allow you more time to interact with others. Dawn worked as a manager for a large **retail** clothing store for several years. Though she had advanced within the company, she felt **frustrated** and longed to **be involved with** nature and the outdoors. She decided to go to school nights and weekends to pursue her true passion by earning her **master's degree** in **forestry**. She now works in the **biotech** forestry **division** of a major paper company.

Step 3: Self-definition

Miller suggests that once job seekers know who they are, they need to know how to sell themselves. "In the job market, you are a product. And just like a product, you must know the **features** and benefits that you have to offer a **potential client**, or employer." Examine the skills and knowledge that you have and identify how they can **apply to** your desired **occupation**. Your qualities will **exhibit** to employers why they should hire you over other **candidates**.

Step 4: **Attain** a level of self-honoring

Self-honoring or self-love may seem like an **odd** step for job hunters, but being able to accept yourself, without judgment, helps **eliminate insecurities** and will make you more **self-assured**. By accepting who you are—all your emotions, hopes and dreams, your personality, and your unique way of being-you'll **project** more **confidence** when networking and talking with potential employers. The power of self—honoring can help to break all the **falsehoods** you were **programmed** to believe those that made you feel that you were not good enough, or strong enough, or **intelligent** enough to do what you truly desire.

Step 5: **Vision**

Miller suggests that job seekers develop a vision that **embraces** the

answer to "What do I really want to do?" One should create a **solid** statement in a dozen or so sentences that describe in detail how they see their life related to work. For instance, the secretary who longs to be an actress describes a life that allows her to express her love of Shakespeare on stage. A **real estate agent**, attracted to his current job because he loves **fixing up** old homes, describes buying **properties** that need a little **tender** loving care to make them more **saleable**

Step 6: **Appropriate** risk

Some philosophers believe that the way to **enlightenment** comes through facing **obstacles** and difficulties. Once people discover their passion, many are too **scared** to do anything about it. Instead, they do nothing. With this step, job seekers should assess what they are willing to give up, or risk, **in pursuit of** their dream. For one working mom, that meant taking night classes to learn new computer-aided design skills, while still earning a salary and keeping her day job. For someone else, it may mean **quitting** his or her job, **taking out** loan and going back to school full time. You'll move one step closer to your **ideal** work life if you identify how much risk you are willing to take and the **sacrifices** you are willing to make.

Step 7: Action

Some teachers of philosophy describe action in this way, "If one wants to get to the top of a mountain, just sitting at the foot thinking about it will not bring one there. It is by making the effort of climbing up the mountain, **step by step**, that **eventually** the **summit** is reached." **All too often**, it is the lack of action that **ultimately holds** people **back** from attaining their ideals. Creating a plan and taking it one step at a time can lead to new and different job opportunities. Job-hunting tasks gain added meaning as you sense their importance in your **quest** for a more meaningful work life. The plan can include researching industries and occupations, talking to people who are in your desired area of work, taking classes, or accepting **volunteer** work in your **targeted** field.

Each of these steps will lead you on a journey to a happier and more rewarding work life. After all, it is the journey, not the destination, that is most important.

文章词汇注释

▶▶▶ **unfulfilling** [ˌʌnfʊl'fɪlɪŋ]

[释义] *a.*（工作、关系等）使人不满意的，令人不满足的

[同义] unrewarding, fruitless, unsatisafactory, difficult

[反义] satisfying

[同根] fulfill [fʊl'fɪl] *v.* ①满足，使满意 ②履行，实现，完成(计划等)

fulfillment [fʊl'fɪlmənt] *n.* ①满足 ②履行，实行，完成(计划等)

fulfilling [fʊl'fɪlɪŋ] *a.*（工作、关系等）使人满意的，令人满足的

▶▶▶ **current** ['kʌrənt]

[释义] *a.* ①现时的，当前的 ②流行的、流传的 *n.* ①(空气、水等的)流，潮流 ②电流 ③趋势，倾向

[同义] present, happening

[同根] currency ['kʌrənsɪ] *n.* ①流传，流通 ②传播通货，货币

currently ['kʌrəntlɪ] *ad.* ①普遍地，通常地 ②现在，当前

[词组] against the current 逆流而行，不同流俗

go current 流行，通用，流传，见信于世

go with the current 随波逐流

▶▶▶ **survey** ['sɜːveɪ]

[释义] *n.* 调查，检验，调查报告，民意测验

▶▶▶ [sɜː'veɪ] *v.* ①调查(收入、民意等)勘定，检验 ②测量，测绘

[同义] investigation, research, inquiry

▶▶▶ **career** [kə'rɪə]

[释义] *n.* ①职业，事业 ②生涯，经历

[同义] employment, occupation, profession, vocation

[词组] carve (out) a career for oneself 闯出一番事业，谋求发迹

chequered career 变幻无常的生涯，盛衰交错的生涯

in (the) full career 开足马力地，全速地

make a career 在事业上有所成就

▶▶▶ **financially** [faɪ'nænʃəlɪ]

[释义] *ad.* 财政上，金融上

[同根] finance [faɪ'næns, fɪ-] *n.* 财政，金融 *v.* ①供给…经费，负担经费 ②筹措资金

financial [faɪ'nænʃəl] *a.* 财政的，财务的，金融的

financier [faɪ'nænsɪə, fɪ-] *n.* 财政家，金融家

▶▶▶ **rewarding** [rɪ'wɔːdɪŋ]

[释义] *a.* ①给予报偿的，有益的，值得的 ②(作为)报答的

[同根] reward [rɪ'wɔːd] *n.* ①报酬，报答 ②酬金，奖品 *v.* ①报答，报尝 ②酬谢，奖励

rewardless [rɪ'wɔːdlɪs] *a.* 无报酬的，徒劳的

▶▶▶ **meet...needs** 满足…需要

▶▶▶ **creative** [kriː 'eɪtɪv]

[释义] *a.* 创造性的，创造的，有创造力的

[同义] original, imaginative, inventive, productive

[反义] unimaginative

[同根] create [krɪ'eɪt] *v.* ①创造，创作 ②引起，产生

creator [kriː'eɪtə(r)] *n.* ①创造者，创作者 ② [C-] 上帝，造物主

creation [krɪ'eɪʃən] *n.* ①创造，创造的作品 ②宇宙，天地万物

creativity [ˌkriːeɪ'tɪvətɪ] *n.* 创造力，

创造性

▶▶▶ **stuck** [stʌk]
[释义] *a.* ①被难住的，困住的，没法进行下去的 ②卡住的，无法移动的
[同义] trapped, caught, puzzled, stumped
[反义] loose
[词组] be stuck with sth. 不得不接受某事物，不得不应付某事物
be stuck on sb. 非常喜欢某人，被某人吸引
get stuck in 积极地开始做某事，急切地大干起来

▶▶▶ **have no idea** 不知道

▶▶▶ **veteran** ['vetərən]
[释义] *a.* 经验丰富的，老兵的 *n.* ①老手，富有经验的人 ②老兵 ③退伍军人

▶▶▶ **consultant** [kən'sʌltənt]
[释义] *n.* 顾问，提供专家意见的人
[同义] advisor, counselor
[同根] consult [kən'sʌlt] *v.* ① 请教，咨询 ②查阅(书籍等)以便寻得资料、参考意见等 ③考虑，顾及 ④商量，商议
consultation [ˌkɒnsəl'teɪʃən] *n.* ①请教，咨询，磋商 ②商量的会议
consultancy [kən'sʌltənsɪ] *n.* 顾问工作，顾问职业

▶▶▶ **founder** ['faʊndə]
[释义] *n.*(公司、组织、学校等的)创立者，创办者，创始人
[同义] creator, originator, initiator, organizer
[同根] found [faʊnd] *v.* 建立，创立

▶▶▶ **clinic** ['klɪnɪk]
[释义] *n.* 诊所，门诊部，咨询所
[同根] clinical ['klɪnɪkəl] *a.* 门诊的，临床的

▶▶▶ **workshop** ['wɜːkʃɒp]
[释义] *n.* ①研讨会，研习班 ②车间，工场

▶▶▶ **seminar** ['semɪnɑː]
[释义] *n.* 研讨会

▶▶▶ **coaching** [kəʊtʃɪŋ]
[释义] *n.* 辅导，指导
[同义] teaching, training
[同根] coach [kəʊtʃ] *v.* ① 训练，指导，辅导 ②当教练，当私人辅导员 *n.* ①教练，私人教师 ②辅导 ③长途公共汽车，四轮大马车

▶▶▶ **reassess** ['riːə'ses]
[释义] *v.* 再估价，再评价
[同义] re-evaluate, reconsider
[同根] assess [ə'ses] *v.* 估价，评价，评论
assessment [ə'sesmənt] *n.* 评价，估计
assessable [ə'sesəbl] *a.* 可估价的，可评价的

▶▶▶ **job seeker** 找工作的人

▶▶▶ **raise** [reɪz]
[释义] *v.* ①养育，栽培 ②提高，增加 ③抬高，举起 ④提出

▶▶▶ **be best at** 最擅长于…

▶▶▶ **nurture** ['nɜːtʃə]
[释义] *n.* 养育，培育，滋养
[同义] care for, look after, cultivate
[同根] nourish ['nʌrɪʃ] *v.* ①养育，滋养 ②培育，助长，支持，鼓励
nourishing ['nʌrɪʃɪŋ] *a.* 滋养的，富有营养的
nourishment ['nʌrɪʃmənt] *n.* 食物，营养品
nutrition [njuː'trɪʃən] *n.* ①营养，滋养 ②营养物，滋养物
nutritional [njuː'trɪʃənəl] *a.* 营养的，滋养的
nutritious [njuː'trɪʃəs] *a.* 有营养的，滋养的

▶▶▶ **process** ['prəuses]

[释义] *n.* ①程序，步骤，作用，方法 ②过程，进程 *v.* 加工，处理

[同根] procession [prəʊ'seʃən] *n.* ①（人、车、船等的）行列，队伍 ②接续，连续

processible ['prəusesəbl] *a.*(= processable) 适合加工（或处理）的，可加工（或处理）的

[词组] in process 在进行中

in process of time 随着时间的推移，渐渐

▶▶▶ **potential** [pə'tenʃəl]

[释义] *a.* 潜在的，可能的 *n.* ①潜能，潜力 ②潜在性，可能性

[同根] potentially [pə'tenʃəlɪ] *ad.* 潜在地，可能地

potentiality [pəˌtenʃɪ'ælɪtɪ] *n.* ①可能性 ② [*pl.*] 潜能，潜力

▶▶▶ **identify** [aɪ'dentɪfaɪ]

[释义] *v.* ①认出，识别，鉴定 ②认为…等同于

[同根] identification [aɪˌdentɪfɪ'keɪʃən] *n.* ①鉴定，验明，认出 ②身份证明

identical [aɪ'dentɪkəl] *a.* ①同一的，同样的 ②（完全）相同的，一模一样的

identically [aɪ'dentɪkəlɪ] *ad.* 同一地，相等地

▶▶▶ **passion** ['pæʃən]

[释义] *n.* ①激情，热情 ②（与理智相对）强烈感情 ③强烈的情欲，热恋对象

[同义] emotion, enthusiasm

[同根] passionate ['pæʃənɪt] *a.* 热情的，感情强烈的

passionful ['pæʃənful] *a.* 充满热情的

▶▶▶ **pursue** [pə'sju:]

[释义] *v.* ①以…为目标或目的，追求，继续，从事 ②追赶，追逐，追捕

[同根] pursuer [pə'sju:ə(r)] *n.* 追随者，追求者，研究者

pursuit [pə'sju:t] *n.* ①追求，追逐，追捕 ②职业，工作，消遣

▶▶▶ **steer** [stɪə]

[释义] *v.* ①指导，引导 ②驾驶，掌舵

[词组] steer clear of 绕开，避开

▶▶▶ **urge** [ɜ:dʒ]

[释义] *v.* ①催促，力劝 ②驱策，推动 *n.* 强烈欲望，迫切要求

[同根] urgent ['ɜ:dʒənt] *a.* 急迫的，紧急的

urgency ['ɜ:dʒənsɪ] *n.* 紧急，急迫

▶▶▶ **commitment** [kə'mɪtmənt]

[释义] *n.* ①信奉，支持 ②承诺，许诺，保证，承担的义务 ③献身参与，介入 ④托付，交托

[同义] dedication, obligation, devotion

[同根] commit [kə'mɪt] *v.* ①犯（罪），做（错事、坏事、傻事等）②把…托付给，把…提交 ③使承担义务，使做出保证

committed [kə'mɪtɪd] *a.* ①受委托的，承担义务的 ②忠诚的，忠于…的

▶▶▶ **aspect** ['æspekt]

[释义] *n.* ①方面 ②样子，外表，面貌，神态

▶▶▶ **be chained to sth.** 受到某物的束缚

▶▶▶ **vow** [vaʊ]

[释义] *v.* 立誓，起誓，发誓 *n.* 誓言，誓约

[词组] vow to do sth. 发誓要做某事

take/make a vow 起誓

under a vow of 发过誓要…的

▶▶▶ **instinct** ['ɪnstɪŋkt]

[释义] *n.* 本能，直觉

[同义] intuition, nature

[同根] instinctive [ɪn'stɪŋktɪv] *a.* 本能的

[词组] act on instinct 凭直觉行动

by instinct 出于本能

▶▶▶ **investigate** [ɪn'vestɪgeɪt]

[释义] *v.* 调查，研究

[同义] examine, look into, explore, probe

[同根] investigation [ɪnˌvestɪ'geɪʃən] *n.*(官方)调查，调查研究

investigator [ɪn'vestɪgeɪtə(r)] *n.* ①调查者，调查研究者 ②侦探，探员

▶▶▶ **alternative** [ɔːl'tɜːnətɪv]

[释义] *a.* 供选择的，二中择一的 *n.* ①二中择一，取舍 ②供选择的东西，供抉择的解决办法

[同义] other, another, substitute, choice, option

[同根] alter ['ɔːltə] *v.* 改变，变更

alternate ['ɔːltɜːnɪt] *v.* ①轮流，依次 ②交替，更迭

[ɔːl'tɜːnɪt] *a.* ①交替的，轮流的 ②间隔的

alternation [ˌɔːltɜː'neɪʃən] *n.* 交替，轮流，间隔

alternatively [ɔːl'tɜːnətɪvlɪ] *ad.* 或，非此即彼，如其不然

▶▶▶ **interact** [ˌɪntər'ækt]

[释义] *v.* 互相作用，互相影响

[同根] act [ækt] *n.* ①行为，举动 ②法案，法令 ③(戏剧的)幕 *v.* ①行动，采取行动，起作用 ②演戏，表演，③执行职务

interaction [ˌɪntər'ækʃən] *n.* 互相作用，互相影响

interactive [ˌɪntər'æktɪv] *a.* 相互影响的，相互作用的

▶▶▶ **retail** ['riːteɪl]

[释义] *n.* 零售 *a.* 零售的 *v.* 零售 *ad.* 以零售方式

[反义] wholesale

[同根] retailing ['riːteɪlɪŋ] *n.* 零售业

retailer [riː'teɪlə] *n.* 零售商

▶▶▶ **frustrate** [frʌs'treɪt]

[释义] *v.* 使受挫折，挫败，阻挠

[同义] defeat

[反义] accomplish, encourage, fulfill

[同根] frustration [frʌs'treɪʃən] *n.* 挫败，挫折，失败

▶▶▶ **be involved with** 涉及，专心于…，给…缠住

▶▶▶ **master's degree** 硕士学位

▶▶▶ **forestry** ['fɒrɪstrɪ]

[释义] *n.* ①森林学 ②森林业，森林地带

[同根] forest ['fɒrɪst] *n.* 森林，林区

▶▶▶ **biotech** ['baɪəʊtek]

[释义] *n.*（biotechnology 的缩写）生物技术，生物工程学

▶▶▶ **division** [dɪ'vɪʒən]

[释义] *n.* ①部门(部、处、科、系等) ②分，分开

[同根] divide [dɪ'vaɪd] *v.* ①分，划分，分开，隔开 ②除 ③使不和

dividend ['dɪvɪdend] *n.* ①红利，股息 ②回报，效益

divisive [dɪ'vaɪsɪv] *a.* 造成不和的，引起分裂的

▶▶▶ **self-definition** ['self ˌdefɪ'nɪʃən]

[释义] *n.*（对自身天性及基本素质的）自我界定

[同根] self-defining ['selfdɪ'faɪnɪŋ] *a.* 毋庸解释的，明显的

self-defined ['selfdɪ'faɪnd] *a.* 自行解释的，自我界定的

▶▶▶ **feature** ['fiːtʃə]

[释义] *n.* ①特征，特色 ②容貌，特写 *v.* ①描绘，画…特征 ②是…的特色 ③以…为特色

[同根] featured ['fiːtʃəd] *a.* 被给以显著地位的，被作为号召物的

▶▶▶ **potential** [pə'tenʃəl]

［释义］*a.* 潜在的，可能的 *n.* ①潜能，潜力 ②潜在性，可能性
［同义］possible, hidden, underlying; capability
［同根］potentially [pə'tenʃəlɪ] *ad.* 潜在地，可能地
potentiality [pəˌtenʃɪ'ælɪtɪ] *n.* ①可能性 ②［*pl.*］潜能，潜力
［词组］tap one's potential to the full 充分发挥某人的潜能

▶▶▶ **client** ['klaɪənt]
［释义］*n.* ①顾客，客户 ②委托人
［同义］customer, patron

▶▶▶ **apply to** 应用于…，适用于…

▶▶▶ **occupation** [ˌɒkjʊ'peɪʃən]
［释义］*n.* ①职业 ②占领，占据 ③居住 ④消遣
［同义］employment, work
［同根］occupy ['ɒkjʊpaɪ] *v.* ①占，占用，占领，占据 ②使忙碌，使从事 ③担任（职务）④住

▶▶▶ **exhibit** [ɪg'zɪbɪt]
［释义］*v.* ①显出，显示 ②展出，展览 *n.* 展览品
［同义］show, present
［同根］exhibition [ˌeksɪ'bɪʃən] *n.* ①展览，展览会，陈列品 ②表演，表明，表现，显示

▶▶▶ **candidate** ['kændɪdɪt]
［释义］*n.* ①候选人，候缺者，候补人 ②学位应考人，投考生
［同义］applicant

▶▶▶ **attain** [ə'teɪn]
［释义］*v.* ①达到，获得 ②到达
［同义］reach, gain, achieve, accomplish, fulfill
［反义］fail
［同根］attainment [ə'teɪnmənt] *n.* ①达到，获得 ②［常作 ~s］成就，造诣，才能

▶▶▶ **odd** [ɒd]
［释义］*a.* ①奇怪的，古怪的 ②奇数的，不成对的
［同义］bizarre, eccentric, queer, weird
［同根］oddity ['ɒdɪtɪ] *n.* ①奇异，古怪 ②怪异的行为，怪人，怪事
［词组］at odd times 有空的时候，偶尔

▶▶▶ **eliminate** [ɪ'lɪmɪneɪt]
［释义］*v.* ①排除，消除，淘汰 ②不加考虑，忽视
［同义］discard, dispose of, exclude, reject
［反义］add
［同根］elimination [ɪˌlɪmɪ'neɪʃən] *n.* ①排除，除去，消除 ②忽视，略去

▶▶▶ **insecurity** [ˌɪnsɪ'kjʊərɪtɪ]
［释义］*n.* 不安全，不安全感
［同根］secure [sɪ'kjʊə] *a.* 安全的，无危险的 *v.* ①使安全，保卫 ②保证
security [sɪ'kjʊərɪtɪ] *n.* 安全，平安，安全感
securely [sɪ'kjʊəlɪ] *ad.* 安全地

▶▶▶ **self-assured** ['selfə'ʃʊəd]
［释义］*a.* 自信的，自持的
［同义］self-confident
［同根］self-assurance ['selfə'ʃʊərəns] *n.* 自信，自恃

▶▶▶ **project** [prə'dʒekt]
［释义］*v.* ①生动地表现（思想、感情、品质、性格等）②预计，推断 ③突出，凸出 ④设计，计划 ⑤投射，放映

▶▶▶ ['prɒdʒekt] *n.* 项目，工程，计划，方案
［同义］throw, launch; scheme, task, assignment
［同根］projection [prə'dʒekʃən] *n.* ①设计，规划 ②推断，预测 ③投射，投影，放映
projecting [prəʊ'dʒektɪŋ] *a.* 突出的，

凸出的

►►► **confidence** ['kɒnfɪdəns]
[释义] *n.* 信心
[同根] confident ['kɒnfɪdənt] *a.* ① (in, of, that) 确信的，自信的 ②大胆的，过分自信的
confidential [kɒnfɪ'denʃəl] *a.* ① 秘密的，机密的 ②极受信任的，心腹的 ③易于信任他人的

►►► **falsehood** ['fɔːlshʊd]
[释义] *n.* 谬误，不真实，谎言，虚假

►►► **programme** ['prəʊgræm]
[释义] *v.*(=program) 编程 *n.* 程序

►►► **intelligent** [ɪn'telɪdʒənt]
[释义] *a.* 聪明的，伶俐的，有才智的，[计] 智能的
[同义] clever, bright, smart
[反义] stupid
[同根] intellect ['ɪntɪlekt] *n.* 智力，才智，理解力
intellectual [ˌɪntɪ'lektjʊəl] *a.* 知识的，智力的，用脑力的 *n.* 知识分子，脑力劳动者
intelligence [ɪn'telɪdʒəns] *n.* 智力，才智，聪明，智能

►►► **vision** ['vɪʒən]
[释义] *n.* ①想象，幻想 ②眼力，看法 ③视力，视觉 *v.* ①梦见，想象 ②显现 ③看，看见
[同根] visibility [ˌvɪzɪ'bɪlɪtɪ] *n.* 可见度，可见性
visible ['vɪzəbl] *a.* ①看得见的 ②明显的，显著的 *n.* 可见物
visional ['vɪʒənəl] *a.* ①视力的，视觉的 ②幻觉的
visionally ['vɪʒənəlɪ] *ad.* ① 视觉地 ②幻觉地

►►► **embrace** [ɪm'breɪs]
[释义] *v.*& *n.* ①包含 ②(欣然)接受，(乐意)利用，信奉 ③拥抱
[同义] accept, include, contain, clasp

►►► **solid** ['sɒlɪd]
[释义] *a.* ①有根据的，确实的，充分的 ②牢固的，坚固的 ③团结的，全体一致的 ④固体的，实心的 *n.* 固体
[同义] firm, strong, substantial
[词组] be /go solid against 全体一致反对，团结一致反对
be /go solid for 团结一致地赞成

►►► **real estate** 不动产，房地产

►►► **agent** ['eɪdʒənt]
[释义] *n.* ①代理人，代理商 ②执法官，政府特工人员
[同根] agency ['eɪdʒənsɪ] *n.* ①公众服务机构 ②(政府等的)专业行政部门，社，机构 ③代理行，经销处

►►► **fix up** ①修补，修理 ②安排 ③解决，商妥

►►► **property** ['prɒpətɪ]
[释义] *a.* ①房产，地产，房地产 ②所有物，财产
[同义] house, estate, possession

►►► **tender** ['tendə]
[释义] *a.* ①温柔的，体贴入微的，慈爱的 ②嫩的，软的
[同义] gentle, kind, affectionate
[反义] rough

►►► **saleable** ['seɪləbl]
[释义] *a.* 可出售的，适于销售的，易于出售的
[同根] sale [seɪl] *n.* ①出售，贩卖 ②大减价，贱卖

►►► **appropriate** [ə'prəʊprɪɪt]
[释义] *a.* 适当的，恰当的，相称的
►►► [ə'prəʊprɪeɪt] *v.* 拨给，拨出，挪用
[同义] suitable, proper, allocate
[同根] appropriable [ə'prəʊprɪəbl]

a. 可供专用的，可供私用的

appropriation [əˌprəuprɪ'eɪʃən] *n.* ①拨付，拨发，拨款 ②占用，挪用

▶▶▶ **enlightenment** [ɪn'laɪtnmənt]

[释义] *n.* 启迪，启蒙，教化

[同义] education, illumination, instruction

[同根] enlighten [ɪn'laɪtn] *v.* ①启发，启蒙，教导 ②教育，使获得教益

enlightened [ɪn'laɪt(ə)nd] *v.* 开明的，有知识的，摆脱偏见的，文明的

enlightening [ɪn'laɪtnɪŋ] *a.* 有启迪作用的，使人获得教益的

▶▶▶ **obstacle** ['ɒbstəkl]

[释义] *n.* 障碍（物），妨害的人

[同义] barrier, block, hindrance

▶▶▶ **scared** [skeəd]

[释义] *a.* 害怕的，感到惊恐的

[同义] frightened, afraid, terrified

[同根] scare [skeə] *v.* ①使惊恐，吓唬 ②受惊吓，感到害怕 *n.* 惊恐，惊吓

▶▶▶ **in pursuit of** 追求，寻求

▶▶▶ **quit** [kwɪt]

[释义] *v.* ①辞去，离开 ②停止，放弃

[同义] abandon, cease, depart, stop

▶▶▶ **take out** ①正式地获得…，（尤指从保险公司或法庭）得到… ②带（某人）出去（到饭馆、电影院、俱乐部等地）

▶▶▶ **ideal** [aɪ'dɪəl]

[释义] *a.* ①理想的，完美的 ②想象的，理想中的 *n.* 理想

[同义] perfectly

[同根] idealism [aɪ'dɪəlɪzm] *n.* 理想主义，唯心论

idealistic [aɪˌdɪə'lɪstɪk] *a.* 理想主义的，空想的，唯心主义者的

▶▶▶ **sacrifice** ['sækrɪfaɪs]

[释义] *n.* ①牺牲 ②供奉，献祭 ③祭品，供品 *v.* ①牺牲，献出 ②献祭，供奉

[同义] give up, forgo

▶▶▶ **step by step** 逐渐地，一步一步地

▶▶▶ **eventually** [ɪ'ventjuəlɪ]

[释义] *ad.* 最后，终于

[同义] finally, ultimately, in the end

[同根] eventual [ɪ'ventjuəl] *a.* 最后的

▶▶▶ **summit** ['sʌmɪt]

[释义] *n.* ①（山等的）最高点，峰顶 ②顶峰，极点 ③最高级会议

[同义] climax, peak

▶▶▶ **all too often** 时常

▶▶▶ **ultimately** ['ʌltɪmətlɪ]

[释义] *ad.* 最后，终于

[同义] last

[同根] ultimate ['ʌltɪmɪt] *a.* ①最后的，最终的 ②极点的，终极的 *n.* ①最终的事物，基本事实 ②终点，结局

▶▶▶ **hold back** ①阻碍（某人）发展、提高 ②阻挡，抑制 ③控制（感情）

▶▶▶ **quest** [kwest]

[释义] *n.*（长期的）寻求，探求

[同义] pursuit, search

[词组] quest for 对…的追求

▶▶▶ **volunteer** [vɒlən'tɪə(r)]

[释义] *a.* 志愿的，义务的，无偿的 *n.* 自愿者，志愿参加者 *v.*（常与 to 连用）自愿去做，主动请求去做

[同根] voluntary ['vɒləntərɪ; (*US*)-terɪ] *a.* 自愿的，自发的，志愿的

▶▶▶ **target** ['tɑːgɪt]

[释义] *v.* ①把…作为目标（对象），为…定指标 ②瞄准 *n.* ①目标，对象 ②靶子

[同义] aim, goal, object, point

[词组] hit a target 射中靶子，达到定额（指标）

miss the target 未射中靶子，未完成指标

▸▸▸ **destination** [ˌdestɪˈneɪʃən]
[释义] *n.* ①目的地，终点 ②目的，目标
[同义] goal, objective

[同根] destine [ˈdestɪn] *v.* ①注定 ②预定
destined [ˈdestɪnd] *a.* 命中注定的，预定的

Reading in Depth

Section A

Google is a world-famous company, with its **headquarters** in Mountain View, California. It was set up in a **Silicon Valley** garage in 1998, and inflated (膨胀) with the Internet **bubble**. Even when everything around it **collapsed** the company kept on inflating. Google's **search engine** is so widespread across the world that search became Google, and google became a verb. The world **fell in love with** the **effective**, **fascinatingly** fast technology.

Google **owes** much of its success **to** the **brilliance** of S. Brin and L. Page, but also to a series of fortunate events. It was Page who, at Stanford in 1996, **initiated** the **academic** project that eventually became Google's search engine. Brin, who had met Page at a student **orientation** a year earlier, joined the project **early on**. They were both Ph.D. candidates when they **devised** the search engine which was better than the rest and, without any **marketing**, spread by word of mouth from early **adopters** to, eventually, your grandmother.

Their **breakthrough**, simply put, was that when their search engine **crawled** the web, it did more than just look for word matches, it also tallied (统计) and **ranked a host of** other **critical** factors like how websites link to one another. That **delivered** far better results than anything else. Brin and Page meant to name their creation Googol (the mathematical term for the number 1 followed by 100 zeroes), but someone misspelled the word so it stuck as Google. They raised money from prescient (有先见之明的) professors and **venture capitalists**, and moved off campus to turn Google into business. Perhaps their biggest **stroke of luck** came early on when they tried to sell their technology to other search engines, but no one met their price, and they **built** it **up** on their own.

The next breakthrough came in 2000, when Google **figured out** how to make money with its invention. It had lots of users, but almost no one was paying. The solution **turned out to be advertising**, and it's not an **exaggeration** to say that Google is now **essentially** an advertising company, **given** that that's the source of nearly all its **revenue**. Today it is a **giant** advertising company, worth $100 billion.

文章词汇注释

▶▶▶ **headquarters** [ˈhedˌkwɔːtəz]
[释义] *n.* 司令部，指挥部，总部

▶▶▶ **Silicon Valley** 硅谷

▶▶▶ **bubble** [ˈbʌbl]
[释义] *n.* 泡沫，幻想的计划，泡影，骗局
[词组] blow bubbles ①吹肥皂泡 ②空谈，空想
prick the bubble ①戳破肥皂泡 ②揭破真面目
soap bubble ①肥皂泡 ②外表好看但不实在的事物

▶▶▶ **collapse** [kəˈlæps]
[释义] *v.* ①（系统、观点或组织）突然失败，崩溃，垮掉 ②倒塌 *n.* ①突然瓦解，崩溃，垮掉 ②突然失败
[同义] fail, fall down, break down

▶▶▶ **search engine** 搜索引擎

▶▶▶ **fall in love with** 与…相爱，爱上…

▶▶▶ **effective** [ɪˈfektɪv]
[释义] *a.* ①有效的，有作用的，有影响的 ② 给人深刻印象的 ③实际的，现行的
[同根] effect [ɪˈfekt] *v.* 产生，引起，实现，达到（目的等）*n.* ①结果，效果 ②印象，感触
effectively [ɪˈfektɪvlɪ] *ad.* 有效地，有力地

▶▶▶ **fascinatingly** [ˈfæsɪneɪtɪŋlɪ]
[释义] *ad.* 令人难以相信地，迷人地
[同根] fascinate [ˈfæsɪneɪt] *v.* 强烈地吸引，迷住
fascination [fæsɪˈneɪʃ(ə)n] *n.* ① 魔力，魅力 ②入迷，迷恋，强烈爱好
fascinating [ˈfæsɪneɪtɪŋ] *a.* 迷人的，有强大吸引力的

▶▶▶ **owe ... to ...** 把…归功于…

▶▶▶ **brilliance** [ˈbrɪljəns]
[释义] *n.* ①卓越，才华横溢 ②光辉，显赫
[同根] brilliant [ˈbrɪljənt] *a.* ①光辉的，辉煌的 ②卓越的，英明的，才华横溢的

▶▶▶ **initiate** [ɪˈnɪʃɪeɪt]
[释义] *v.* ①发起，开始，创始 ②使初步了解 ③接纳（新成员），让…加入
[同义] begin, institute, introduce, launch
[同根] initial [ɪˈnɪʃəl] *a.* 最初的，开始的 *n.* 首字母
initiation [ɪˌnɪʃɪˈeɪʃən] *n.* 开始，创始
initiative [ɪˈnɪʃɪətɪv] *n.* ①主动的行动，倡议 ②首创精神，进取心 ③主动权 *a.* 起始的，初步的
[词组] be initiated into 正式加入
initiate sb. into sth. 准许（介绍）某人加入某团体

▶▶▶ **academic** [ˌækəˈdemɪk]
[释义] *a.* ①学术的 ②教学的，教务的 ③学院的，大学的 ④纯理论的，学究式的
[同根] academy [əˈkædəmɪ] *n.* ①（高等）专科院校，研究院，学院 ②学会，学术团体
academician [əˌkædəˈmɪʃən] *n.* 学会会员，院士，学者

▶▶▶ **orientation** [ˌɔːrɪenˈteɪʃən]
[释义] *n.* ①（为熟悉新工作或活动的）培训，准备 ②目标，目的，兴趣 ③方向，方位
[同根] orient [ˈɔːrɪent] *v.* ①给…定向（位），以…为目的，重视 ②使适应，

使熟悉
['ɔːrɪənt] *n.*(the Orient) 东方，[总称] 东方国家
oriented ['ɔːrɪentɪd] *a.* 以…为方向(目的)的，面向…的
oriental [ˌɔːrɪ'entəl] *a.* 东方的，亚洲的 *n.* 东方人

▶▶▶ **early on** 在早期

▶▶▶ **devise** [dɪ'vaɪz]
[释义] *v.* 设计，发明，想出
[同义] plan, work out, invent, create, conceive

▶▶▶ **marketing** ['mɑːkɪtɪŋ]
[释义] *n.* ①商品销售业务，行销，买卖 ②市场学，销售学

▶▶▶ **adopter** [ə'dɒptə]
[释义] *n.* ①采纳者，接受者，接受器 ②养父母
[同根] adopt [ə'dɒpt] *v.* ①采取，采用，采纳 ②收养 ③挑选，选定(代表等)
adoption [ə'dɒpʃən] *n.* ①采用，采纳 ②收养
adoptive [ə'dɒptɪv] *a.* ①收养关系的 ②采用的
adoptable [ə'dɒptəbl] *a.* 可采纳的
adoptee [ə'dɒptiː] *n.* 被收养者，被立嗣者

▶▶▶ **breakthrough** ['breɪk'θruː]
[释义] *n.* ①突破性的发现，成就 ②突围，突破

▶▶▶ **crawl** [krɔːl]
[释义] *v.* ①在…上爬行，在…上蔓生 ②（汽车）缓慢移动，徐徐前行 *n.* ①缓慢移动，徐行 ②自由泳，爬泳
[同义] creep, move slowly

▶▶▶ **rank** [ræŋk]
[释义] *v.* 把…分等，给…评定等级 *n.* ①职衔，军衔 ②地位，社会阶层 ③排，行列
[同义] class, grade

▶▶▶ **a host of** 大量的，许多的

▶▶▶ **critical** ['krɪtɪkəl]
[释义] *a.* ①决定性的，关键性的，重大的 ②批评的，评判的 ③吹毛求疵的
[同根] critic ['krɪtɪk] *n.* ①批评家，评论家 ②吹毛求疵者
critique [krɪ'tiːk] *n.* ①(关于文艺作品、哲学思想的)评论文章 ②评论
criticize ['krɪtɪsaɪz] *v.* ①批评，评判，责备，非难 ② 评论，评价
criticism ['krɪtɪsɪzəm] *n.* ① 批 评，评判，责备，非难 ②评论文章
critically ['krɪtɪkəlɪ] *ad.* ①吹毛求疵地 ②批评地，评判地 ③决定性地，关键性地

▶▶▶ **deliver** [dɪ'lɪvə]
[释义] *v.* ①传递，投递，运送 ②发表，讲，宣布 ③排出，放出
[同根] delivery [dɪ'lɪvərɪ] *n.* ① 递 送，运送，传送② 讲演，表演
deliverer [dɪ'lɪvərə] *n.* 递送人
[词组] deliver (oneself) of 讲，表达
deliver over 交出，移交

▶▶▶ **venture** ['ventʃə]
[释义] *n.* 冒险，投机 *v.* ①冒险 ②敢于，胆敢
[同义] adventure, attempt, enterprise
[同根] adventure [əd'ventʃə] *n.* 冒险，冒险的经历 *v.* 冒险
venturesome ['ventʃəsəm] *a.* ① 冒险的，危险的 ②好冒险的，大胆的
venturous ['ventʃərəs] *a.* ①冒险的，危险的 ②好冒险的，大胆的

▶▶▶ **capitalist** ['kæpɪtəlɪst]
[释义] *n.* 资本家，资本主义者 *a.* 资本主义的
[同根] capital ['kæpɪtəl] *n.* ①资本，资

金，资产 ②首都，首府 ③大写字母
capitalism ['kæpɪtəlɪzəm] *n.* 资本主义

▶▶▶ **stroke of luck** 一桩意外的幸事 / 运气

▶▶▶ **build up** ①逐步建立，逐步形成 ②发展，增强，加强，增进

▶▶▶ **figure out** ①想出，计算出，解决 ②领会到，理解

▶▶▶ **turn out to be** 原来是，结果是，最后证明是

▶▶▶ **advertising** ['ædvətaɪzɪŋ]
[释义] *n.* 广告业，广告（总称）*a.* 广告的
[同根] advertise ['ædvətaɪz] *v.* 做广告，做…广告
advertisement [əd'vɜːtɪsmənt] *n.* 广告，做广告
advertiser ['ædvətaɪzə] *n.* 登广告者，广告客户

▶▶▶ **exaggeration** [ɪgˌzædʒə'reɪʃən]
[释义] *n.* ①夸张的言辞，夸大的事例 ②夸大，夸张，言过其实
[同根] exaggerate [ɪg'zædʒəreɪt] *v.* ①夸大，夸张 ②使过大，使增大
exaggerated [ɪg'zædʒəreɪtɪd] *a.* 夸张的，夸大的，言过其实的
exaggerative [ɪg'zædʒərətɪv] *a.* 夸张的，夸大的，言过其实的

▶▶▶ **essentially** [ɪ'senʃəlɪ]
[释义] *ad.* 本质上，实质上
[同义] basically, in essence, in effect
[同根] essence ['esəns] *n.* 本质，实质，要素
essential [ɪ'senʃəl] *a.* ①必不可少的，绝对必要的 ②本质的，基本的

▶▶▶ **given** ['gɪvn]
[释义] *prep.* 考虑到

▶▶▶ **revenue** ['revɪnjuː]
[释义] *n.* 财政收入，国家的收入，税收

▶▶▶ **giant** ['dʒaɪənt]
[释义] *a.* 巨大的，特大的 *n.* ①身材高大的人，巨人 ②兴旺的大公司 ③伟人，卓越人物
[同义] huge, enormous, gigantic

Section B

Passage One

You hear the **refrain** all the time: the U.S. economy looks good **statistically**, but it doesn't feel good. Why doesn't ever-greater wealth **promote** ever-greater happiness? It is a question that **dates** at least **to** the appearance in 1958 of The *Affluent*（富裕的）*Society* by John Kenneth Galbraith, who died recently at 97.

The *Affluent Society* is a modern **classic** because it helped define a new moment in the human condition. For most of history, "hunger, sickness, and cold" **threatened** nearly everyone, Galbraith wrote. "Poverty was found everywhere in that world. Obviously it is not of ours." After World War II, the **dread** of another **Great Depression gave way to** an economic **boom**. In the 1930s unemployment had **averaged** 18.2 percent; in the 1950s it was 4.5

percent.

To Galbraith, **materialism** had gone mad and would **breed discontent**. Through advertising, companies **conditioned** consumers to buy things they didn't really want or need. Because so much spending was **artificial**, it would be unfulfilling. Meanwhile, government spending that would make everyone **better off** was being cut down because people **instinctively**—and wrongly—**labeled** government only **as** "a necessary **evil**."

It's often said that only the rich are getting ahead; everyone else is standing still or falling behind. Well, there are many **undeserving** rich—**overpaid chief executives**, for instance. But over any meaningful period, most people's incomes are increasing. From 1995 to 2004, **inflation-adjusted** average family income rose 14.3 percent, to $43,200. People feel "**squeezed**" because their rising incomes often don't satisfy their rising wants for bigger homes, more health care, more education, and faster Internet connections.

The other great **frustration** is that it has not eliminated insecurity. People regard job **stability** as part of their standard of living. As **corporate layoffs** increased, that part has **eroded**. More workers fear they've become "the **disposable** American," as Louis Uchitelle **puts** it in his book by the same name.

Because so much **previous** suffering and social **conflict stemmed from** poverty, the arrival of widespread **affluence** suggested utopian (乌托邦式的) possibilities. **Up to a point**, affluence succeeds. There is much less physical **misery** than before. People are better off. Unfortunately, affluence also creates new complaints and **contradictions**.

Advanced societies need economic growth to satisfy the **multiplying** wants of their citizens. But the **quest for** growth **lets loose** new **anxieties** and economic conflicts that **disturb** the social order. Affluence **liberates** the **individual**, promising that everyone can choose a **unique** way to **self-fulfillment**. But the promise is so **extravagant** that it **predestines** many disappointments and sometimes **inspires** choices that have **anti-social consequences**, including family breakdown and obesity (肥胖症). Statistical **indicators** of happiness have not risen with incomes.

Should we be surprised? Not really. We've simply **reaffirmed** an old truth: the pursuit of affluence does not always end with happiness.

文章词汇注释

▶▶▶ **refrain** [rɪ'freɪn]
[释义] *n.* ①一再重复的话 / 想法 ②(歌曲中，尤指每小节末尾的）副歌，叠句 *v.* 克制，节制，忍住
[同根] refrainment [rɪ'freɪnmənt] *n.* 忍住，抑制，制止

▶▶▶ **statistically** [stə'tɪstɪkəlɪ]
[释义] *ad.* 据统计，统计地
[同根] statistics [stə'tɪstɪks] *n.* ① 统计，统计资料 ②统计学
statistical [stə'tɪstɪkəl] *a.* 统计的，统计学的
statistician [ˌstætɪs'tɪʃən] *n.* 统计员，统计学家

▶▶▶ **promote** [prə'məʊt]
[释义] *v.* ①促进，增进 ②(常与 to 连用）提升，晋升 ③宣传，推销
[同根] promotion [prə'məʊʃən] *n.* ①提升，晋级 ②促进，奖励 ③创设，举办
promotee [prəməʊ'tiː] *n.* 被提升者，被晋级者

▶▶▶ **date (back) to** 自…存在至今，追溯到…

▶▶▶ **classic** ['klæsɪk]
[释义] *n.* ①经典作品，文学名著 ②典范 *a.* ①经典的 ②极优秀的，第一流的 ③式样简朴的，传统式样的
[同义] masterpiece, model, typical, standard, traditional
[同根] class [klɑːs] *n.* ①班级 ②阶级，社会等级 ③种类 ④课 *v.* 把…分类（或分等级）
classical ['klæsɪkəl] *a.* ①（尤指艺术或科学）经典的，传统的，正统的 ②与古希腊、罗马有关的，古典的

▶▶▶ **threaten** ['θretn]
[释义] *v.* ①恐吓，威胁 ②预示（危险），似有发生或来临的可能
[同根] threat [θret] *n.* ① 恐吓，威胁 ②凶兆，征兆
threatening ['θretənɪŋ] *a.* 威胁的，凶兆的

▶▶▶ **dread** [dred]
[释义] *n.* 恐惧，害怕，担心 *v.* 忧虑，担心
[同义] fear, terror, fright, horror
[同根] dreadful ['dredfʊl] *a.* ①可怕的 ②非常糟糕的，极其令人讨厌的
dreadfully ['dredfʊlɪ] *ad.* ①非常，极其 ②糟糕地

▶▶▶ **Great Depression** 大萧条（20 世纪 30 年代的经济不景气）

▶▶▶ **give way to** 被（更新、更好或不同的事物）取代

▶▶▶ **boom** [buːm]
[释义] *n.* ①（经济等的）繁荣（期)，(营业额等的）激增 ②迅速发展（期）③隆隆声 *v.* ①激增，繁荣，迅速发展 ②发出隆隆声
[同义] advance, thrive, flourish
[反义] slump
[同根] booming ['buːmɪŋ] *a.* ① 激增的，兴旺发达的 ②隆隆作响的
boomy ['buːmɪ] *a.* ①经济繁荣的，景气的 ②隆隆作响的
[词组] baby boom（尤指二战后 1947~1961 年间美国的）生育高峰

▶▶▶ **average** ['ævərɪdʒ]
[释义] *v.* ①平均为，均分 ②求平均值 *n.* ①平均数，平均 ②平均标准，一般水平 *a.* ①平均的 ②普通的，平常的
[反义] maximum, minimum

[同根] averagely ['ævərɪdʒlɪ] *ad.* 平均地，一般地

[词组] above the average 在一般水平以上，在平均数以上

below the average 在一般水平以下，在平均数以下

on the average ①平均，按平均数计算 ②一般地说

▶▶▶ **materialism** [mə'tɪərɪəlɪzəm]

[释义] *n.* ①实利主义，物质主义 ②唯物主义，唯物论

[同根] material [mə'tɪərɪəl] *n.* ①料子，衣料，布料 ②材料，原料 ③素材 *a.* ①物质上的，非精神上的 ②物质的，实体的，有形的 ③重大并有显著影响的

materialistic [məˌtɪərɪə'lɪstɪk] *a.* 实利主义的，物质主义的

▶▶▶ **breed** [bri:d]

[释义] *v.* ①滋生，造成 ②(动物)产仔，繁殖 ③育种 ④教养，培育 *n.* ①种类，类型 ②品种，种族

[同根] breeding ['bri:dɪŋ] *n.* 饲养，教养

[词组] ill-bred 没有教养

well-bred 有教养

bred and born (=born and bred) 出身与教养

breed up 养育，教育，养成

▶▶▶ **discontent** ['dɪskən'tent]

[释义] *n.* 不满足，不满意 *v.* 使不愉快，使不满

[同义] dissatisfaction, unhappiness, displeasure

[反义] contentment

[同根] content [kən'tent] *v.* 使满意，使满足 *a.* 满意的，满足的

['kɒntent] *n.* ①(常作～s)内容，目录 ②(常作～s)所容纳的东西 ③容量，容积

discontented ['dɪskən'tentɪd] *a.* 不愉快的，不满的，不满足的

▶▶▶ **condition** [kən'dɪʃən]

[释义] *v.* ①(通过影响或训练)使习惯于，使适应 ②控制，制约，决定 ③使健康

[同义] train, get ready, get used to

[同根] conditioner [kən'dɪʃənə] *n.* 调节者，调节装置

conditioning [kən'dɪʃənɪŋ] *n.* 形成条件反射的过程，训练反应的过程

[词组] be in condition 身体很好

be out of condition 身体不适

be in good condition 完好无误

on condition that 条件是

on no condition 绝不要

▶▶▶ **artificial** [ˌɑ:tɪ'fɪʃəl]

[释义] *a.* ①人造的，假的 ②做作的，不自然的

[同义] false

[反义] natural

[同根] artificially [ˌɑ:tɪ'fɪʃəlɪ] *ad.* ①人工地，人造地，人为地 ②假地，虚伪地，矫揉造作地，不自然地 ③武断地，随意决定地

▶▶▶ **better off** 经济状况好的，富裕的

▶▶▶ **instinctively** [ɪn'stɪŋktɪvlɪ]

[释义] *ad.* 本能地

[同根] instinct ['ɪnstɪŋkt] *n.* 本能，直觉

instinctive [ɪn'stɪŋktɪv] *a.* 本能的

▶▶▶ **label... as...** 把…称为…，把…列为…，把…归类为…

▶▶▶ **evil** ['i:vl]

[释义] *n.* 罪恶，邪恶，恶行 *a.* ①邪恶的，危害他人的 ②非常讨厌的，令人极不舒服的 ③恶魔的，有害人魔力的

[同义] wickedness, sin, vice, wicked, sinful

[反义] good, pleasant

▶▶▶ **undeserving** ['ʌndɪ'zɜ:vɪŋ]

[释义] *a.* 不应得的，不值得的

[同根] deserve [dɪ'zɜːv] *v.* 应受，值得，应得

deserved [dɪ'zɜːvd] *a.* 应得的，当然的

deserving [dɪ'zɜːvɪŋ] *a.* ①有功的，该受奖赏的 ②值得的

deservedly [dɪ'zɜːvɪdlɪ] *ad.* 应得报酬地，当然地

▸▸▸ **overpaid** [əʊvə'peɪd]

[释义] *a.* 报酬过高的

▸▸▸ **chief** [tʃiːf]

[释义] *a.* ①等级最高的，为首的 ②最重要的，主要的 *n.* ①首领，领袖，长官 ②酋长，族长

[同义] principal, central

[反义] subordinate, subservient

▸▸▸ **executive** [ɪg'zekjʊtɪv]

[释义] *n.* 执行者，管理人员 *a.* ①执行的，实行的，管理的 ②行政的

[同义] administrative, managing

[同根] execute ['eksɪkjuːt] *v.* ①实行，实施，执行，履行 ②处决(死)

execution [ˌeksɪ'kjuːʃən] *n.* 实行，完成，执行

executor [ɪg'zekjʊtə] *n.* 执行者

▸▸▸ **inflation-adjusted** *a.* 因通货膨胀调整过的，适应了通货膨胀的

▸▸▸ **squeeze** [skwiːz]

[释义] *v.* ①紧缩资金，使…经济拮据 ②压，挤，捏，榨 ③压出，挤出，榨出(液体) *n.* ①拥挤，密集 ②紧捏，紧握 ③拮据，紧缩

▸▸▸ **frustration** [frʌs'treɪʃən]

[释义] *n.* 挫败，挫折

[同根] frustrate [frʌs'treɪt] *v.* ①挫败，破坏 ②使灰心，使沮丧

▸▸▸ **stability** [stə'bɪlɪtɪ]

[释义] *n.* 稳定，稳固

[同义] steadiness, firmness, permanence

[同根] stable ['steɪbl] *a.* 稳定的，坚固的

stabilize ['steɪbɪlaɪz] *v.* 使稳定、坚固、不动摇

▸▸▸ **corporate** ['kɔːpərɪt]

[释义] *a.* ①公司的，团体的 ②共同的，全体的

[同根] corporation [ˌkɔːpə'reɪʃən] *n.* 社团，法人，公司，企业，<美>有限公司

▸▸▸ **layoff** ['leɪˌɔːf]

[释义] *n.*(临时)解雇，关闭，停工期间

▸▸▸ **erode** [ɪ'rəʊd]

[释义] *v.* ①受侵蚀 ②侵蚀，腐蚀

[同义] wear down, corrode

[同根] erosion [ɪ'rəʊʒən] *n.* 腐蚀，侵蚀

erosible [ɪ'rəʊzəbl] *a.* 可侵蚀的，易蚀的

▸▸▸ **disposable** [dɪs'pəʊzəbl]

[释义] *a.* ①可任意处理(支配)的 ②用完即弃的，一次性的

[同根] dispose [dɪs'pəʊz] *v.* ①布置，排列，整理，配置 ②使有倾向，使想

disposal [dɪs'pəʊzəl] *n.* ①丢掉，清除 ②布置，排列，配置

disposed [dɪ'spəʊzd] *a.* 想要的,有…倾向的

disposition [dɪspə'zɪʃən] *n.* ①排列，部署 ②意向，倾向 ③性情，性格

▸▸▸ **put** [pʊt]

[释义] *v.* 说，表达

▸▸▸ **previous** ['priːvjəs]

[释义] *a.* 先前的，以前的 *ad.* 在前，在先，(to) 在…以前

[同义] preceding, former

[反义] subsequent

[同根] previously ['priːvjuːslɪ] *ad.* 以前，先前

▸▸▸ **conflict** ['kɒnflɪkt]

[释义] *n.* ①冲突，争论，抵触 ②斗争，战斗 ③纠纷，争执 *v.* 冲突，争执，抵触
[同义] clash, struggle
[同根] conflicting [kən'flɪktɪŋ] *a.* 相冲突的，不一致的，相矛盾的
[词组] come into conflict with 和…冲突
in conflict with... 同…相冲突 / 有抵触 / 有矛盾

▶▶▶ **stem from** 源于…，来自…，由…发生

▶▶▶ **affluence** ['æfluəns]
[释义] *n.* 富裕，富足
[同义] wealth, prosperity
[反义] poverty

▶▶▶ **up to a point** 在某种程度上

▶▶▶ **misery** ['mɪzərɪ]
[释义] *n.* ①痛苦，难受，苦难 ②极大的不幸，愁苦，悲苦
[同义] suffering, distress, gloom, depression
[反义] happiness
[同根] miserable ['mɪzərəbl] *a.* 痛苦的，悲惨的，可怜的

▶▶▶ **contradiction** [ˌkɒntrə'dɪkʃən]
[释义] *n.* ①矛盾，不一致 ②否认，反驳
[同义] denial, inconsistency
[反义] consistency
[同根] contradict [kɒntrə'dɪkt] *v.* ①反驳，否认…的真实性 ②与…发生矛盾
contradictory [ˌkɒntrə'dɪktərɪ] *a.* 矛盾的，相互对立的
contradictive [ˌkɒntrə'dɪktɪv] *a.* 矛盾的，对立的

▶▶▶ **multiplying** ['mʌltɪplaɪɪŋ]
[释义] *a.* 大大增加的
[同根] multiply ['mʌltɪplaɪ] *v.* ①（使）大大增加 ②乘，使相乘 ③繁殖，增殖
multiple ['mʌltɪpl] *a.* 复合的，多重的，复杂的，多样的

▶▶▶ **quest for** 追求，探索

▶▶▶ **let loose** 释放，放出，放任

▶▶▶ **anxiety** [æŋg'zaɪətɪ]
[释义] *n.* ①忧虑，焦虑，不安 ②忧虑的事
[同义] worry, nervousness
[反义] reassurance
[同根] anxious ['æŋkʃəs] *a.* ①忧虑的，焦虑的，不安的 ②令人忧虑的，令人担忧的 ③渴望的
anxiously ['æŋkʃəslɪ] *ad.* 忧虑地，焦虑地
[词组] feel no anxiety about 对…不愁，不着急
give anxiety to 使…担心
with great anxiety 非常担忧，十分焦急地

▶▶▶ **disturb** [dɪs'tɜːb]
[释义] *v.* ①打扰，扰乱，使骚动 ②妨碍，打断 ③使心神不安
[同义] bother, upset, worry
[同根] disturbance [dɪs'tɜːbəns] *n.* ①骚乱，混乱 ②扰乱，打扰 ③心神不安，烦恼

▶▶▶ **liberate** ['lɪbəreɪt]
[释义] *v.* 解放，释放
[同义] release, free, set free
[同根] liberation [ˌlɪbə'reɪʃən] *n.* 释放，解放

▶▶▶ **individual** [ˌɪndɪ'vɪdjuəl]
[释义] *n.* 人，个人 *a.* ①个人的，个体的，单独的 ②独特的，个性的
[反义] entire, general, whole
[同根] individualism [ɪndɪ'vɪdjuəlɪzəm] *n.* ①个人主义，利己主义 ②个性，独特性
individually [ɪndɪ'vɪdjuəlɪ] *ad.* 个别

地，逐一地

▶▶▶ **unique** [juː'niːk]
[释义] *a.* 唯一的，独特的
[同义] single, unparalleled, extraordinary
[反义] ordinary, common
[同根] uniqueness [juː'niːknɪs] *n.* 唯一，独特
uniquely [juː'niːklɪ] *ad.* 唯一地，独特地

▶▶▶ **self-fulfillment** [self-fʊl'fɪlmənt]
[释义] *n.* 自我实现

▶▶▶ **extravagant** [ɪks'trævəgənt]
[释义] *a.* ①过度的，过分的 ②奢侈的，浪费的
[同义] exaggerated, overstated, excessive
[反义] restrained, thrifty
[同根] extravagance [ɪk'strævəgəns] *n.* ①奢侈，铺张，浪费 ②过度，无节制
extravagantly [ɪks'trævəgəntlɪ] *ad.* 挥霍无度地，奢侈地

▶▶▶ **predestine** [prɪ(ː)'destɪn]
[释义] *v.* 预定，注定
[同义] destine, fate, doom
[同根] predestined [prɪ(ː)'destɪnd] *a.* （命中）注定的
predestination [priːdestɪ'neɪʃ(ə)n] *n.* 宿命论

▶▶▶ **inspire** [ɪn'spaɪə]
[释义] *v.* ①引起，促成 ②鼓舞，激励 ③ (in)(在…心中)激起，唤起(某种思想、情感) ④驱使，促使 ⑤赋予灵感
[同义] encourage, influence, prompt
[同根] inspiring [ɪn'spaɪərɪŋ] *a.* ①激发灵感的 ②鼓舞人心的
inspired [ɪn'spaɪəd] *a.* 在灵感支配下(写)的，凭灵感的
inspiration [ˌɪnspə'reɪʃən] *n.* ①灵感 ②鼓舞人心的人(或事物) ③妙计，好办法
inspirational [ˌɪnspə'reɪʃənəl] *a.* 鼓舞人心的，有鼓舞力量的
[词组] inspire confidence (hope, enthusiasm, distrust) in sb. 激发某人的信心(希望、热情、疑虑)

▶▶▶ **anti-social** *a.* 反社会的

▶▶▶ **consequence** ['kɒnsɪkwəns]
[释义] *n.* ①结果，后果 ②因果关系 ③推理，推论 ④重要，重大，显要，卓越
[同义] result, effect, outcome, importance, significance
[同根] consequent ['kɒnsɪkwənt] *a.* ①作为结果的，随之发生的 ②合理的，合乎逻辑的
consequently ['kɒnsɪkwəntlɪ] *ad.* 从而，因此
[词组] as a consequence 因而，结果
in consequence 因此，结果
in consequence of …的结果，因为…的缘故，由于
of consequence 有势力的，重要的
take the consequences 承担…的后果

▶▶▶ **indicator** ['ɪndɪkeɪtə]
[释义] *n.* ①指示物，指示者，指标 ②指示器，[化] 指示剂
[同根] indicate ['ɪndɪkeɪt] *v.* ①指出，显示 ②象征，暗示 ③简要地说明
indication [ˌɪndɪ'keɪʃən] *n.* ①指出，指示②迹象，暗示
indicative [ɪn'dɪkətɪv] *a.* (of)指示的，表明的，可表示的

▶▶▶ **reaffirm** ['riːə'fɜːm]
[释义] *v.* 重申，再次肯定
[同根] affirm [ə'fɜːm] *v.* ①断言，申明，确认 ②肯定，强化（感觉、信念等）
affirmative [ə'fɜːmətɪv] *a.* 肯定的，表示同意的

选项词汇注释

▶▶▶ **guarantee** [ˌgærən'tiː]

[释义] *v.* ①确保，保证 ②担保，为…作保 *n.* ①保证 ②保证书，保证人，担保人

[同义] warrant, pledge, promise, assure, certify, secure

▶▶▶ **considerably** [kən'sɪdərəbəlɪ]

[释义] *ad.* 相当大地，在很大程度上

[同义] significantly, greatly

[反义] slightly

[同根] consider [kən'sɪdə(r)] *v.* ① 考虑，思考 ②认为，以为

consideration [kənsɪdə'reɪʃ(ə)n] *n.* ①考虑 ②要考虑的事，动机，原因 ③考虑后得出的意见，成熟的意见 ④体贴，照顾，关心

considerable [kən'sɪdərəb(ə)l] *a.* 相当大（或多）的

considerate [kən'sɪdərɪt] *a.* ① 体贴的，体谅的 ②考虑周到的，周密的

considered [kən'sɪdəd] *a.* ①经慎重考虑的，经过熟思的 ②受尊敬的，受尊重的

considering [kən'sɪdərɪŋ] *prep.* 考虑到，就…来说

▶▶▶ **markedly** [mɑːktlɪ]

[释义] *ad.* 显著地，明显地

[同义] significantly, greatly

[反义] slightly

[同根] mark [mɑːk] *n.* ①符号，记号 ②标志，刻度 ③分数 ④痕迹，伤痕 *v.* ①做标记于 ②打分数 ③标示，标明

marked [mɑːkt] *a.* 显著的，明显的

remark [rɪ'mɑːk] *v.* ①评论，评述 ②注意 ③谈及 *n.* ①评论，意见 ②注意，留意

remarkable [rɪ'mɑːkəbl] *a.* ①不平常的 ②值得注意的 ③显著的

remarkably [rɪ'mɑːkəbəlɪ] *ad.* ① 显著地，引人注目地 ②非常地

▶▶▶ **distribution** [ˌdɪstrɪ'bjuːʃən]

[释义] *n.* ①分配，分发，配给 ②销售

[同根] distribute [dɪs'trɪbju(ː)t] *v.* ①分发，分配 ②散布，分布

▶▶▶ **utopian** [juː'təupjən]

[释义] *a.* 乌托邦的，理想化的

[同根] Utopia [juː'təupjə,-pɪə] *n.* 乌托邦（即想象中的完美世界）

▶▶▶ **say** [seɪ]

[释义] *n.*（参与）决定权，发言权，有发表意见的机会

[词组] have no say in sth. 对某事没有发言权

have a say in sth. 对某事有发言权

have not much say in sth. 对某事没有多大发言权

▶▶▶ **renewed** [rɪ'njuːd]

[释义] *a.* ①复兴的 ②更新的，重建的 ③重申的

Passage Two

The use of deferential（敬重的）language is **symbolic** of the **Confucian** ideal of the woman, which **dominates conservative gender norms** in Japan. This ideal presents a woman who **withdraws** quietly to the background,

subordinating her life and needs **to** those of her family and its male head. She is a **dutiful** daughter, wife, and mother, master of the **domestic** arts. The **typical refined** Japanese woman **excels in modesty** and **delicacy**; she "**treads** softly (谨言慎行) in the world," **elevating feminine** beauty and **grace** to an art form.

Nowadays, it is commonly observed that young women are not **conforming to** the feminine linguistic (语言的) ideal. They are using fewer of the very deferential "women's" forms, and even using the few strong forms that are known as "men's." This, of course, attracts considerable attention and has led to an **outcry** in the Japanese media against the defeminization of women's language. Indeed, we didn't hear about "men's language" until people began to respond to girls' **appropriation** of forms normally **reserved** for boys and men. There is considerable **sentiment** about the "**corruption**" of women's language—which of course is viewed as part of the loss of feminine ideals and **morality**—and this sentiment is **crystallized** by nationwide opinion polls that are regularly **carried out** by the media.

Yoshiko Matsumoto has argued that young women probably never used as many of the highly deferential forms as older women. This highly polite style is no doubt something that young women have been expected to "**grow into**"—after all, it is a sign not simply of femininity, but of **maturity** and refinement, and its use could be taken to indicate a change in the nature of one's social relations as well. One might well imagine little girls using **exceedingly** polite forms when **playing house** or **imitating** older women—**in a fashion analogous** to little girls' use of a **high-pitched** voice to do "teacher talk" or "mother talk" in role play.

The fact that young Japanese women are using less deferential language is a sure sign of change—of social change and of linguistic change. But it is most certainly not a sign of the "**masculization**" of girls. In some instances, it may be a sign that girls are **making** the same **claim to authority** as boys and men, but that is very different from saying that they are trying to be "masculine." Katsue Reynolds has argued that girls nowadays are using more **assertive** language **strategies** in order to be able to compete with boys in schools and out. Social change also brings not simply different positions for women and girls, but different relations to life stages, and **adolescent** girls are **participating** in new **subcultural** forms. Thus what may, to an older speaker, seem like "masculine" speech may seem to an adolescent like "liberated" or "**hip**" speech.

文章词汇注释

▶▶▶ **symbolic** [sɪm'bɒlɪk]
[释义] *a.* ①象征的，象征性的，作为象征的 ②符号的，使用符号的
[同义] representative, significant, typical
[同根] symbol ['sɪmbəl] *n.* 符号，记号，象征
symbolize ['sɪmbəlaɪz] *v.* 象征，用符号表现

▶▶▶ **Confucian** [kən'fjuːʃ(ə)n]
[释义] *a.* 孔子的，儒家的，儒学的，儒教的，孔子信徒的，儒士的 *n.* 儒家学者，儒士
[同根] Confucius [kən'fjuːʃɪəs] *n.* 孔子（公元前551-479年，中国春秋末期思想家、政治家、教育家、儒家的创始者）
Confucianism [kən'fjuːʃənɪzm] *n.* 孔子学说，儒学，儒教

▶▶▶ **dominate** ['dɒmɪneɪt]
[释义] *v.* ①支配，统治，占优势 ②俯临
[同义] command, control, lead, rule
[同根] domination [dɒmɪ'neɪʃən] *n.* 控制，统治，支配
dominance ['dɒmɪnəns] *n.* 优势，统治
dominant ['dɒmɪnənt] *a.* 占优势的，支配的，统治的

▶▶▶ **conservative** [kən'sɜːvətɪv]
[释义] *a.* ①不喜变化的，因循守旧的 ②（英国）保守党的 ③（式样、兴趣等）不时兴的，传统的 *n.* ①（英国）保守党的支持者，保守党党员 ②因循守旧者，保守者
[同义] preservation, protection
[反义] destruction
[同根] conserve [kən'sɜːv] *v.* ①保护，保存 ②节约（水、能源等）
conservation [ˌkɒnsə(ː)'veɪʃən] *n.* ①（动植物、森林等的）保护 ②保存，保护

▶▶▶ **gender** ['dʒendə]
[释义] *n.* 性别
[同义] sex

▶▶▶ **norm** [nɔːm]
[释义] *n.* 标准，规范，准则
[同根] normal ['nɔːməl] *a.* ①正常的，平常的，通常的 ②正规的，规范的
abnormal [æb'nɔːməl] *a.* 反常的，变态的
abnormally [æb'nɔːməlɪ] *ad.* ①异常地，反常地 ②变态地

▶▶▶ **withdraw** [wɪð'drɔː]
[释义] *v.* ①撤退，退出 ②撤消，撤回 ③取回，收回
[同义] extract, recede, retire, retreat
[同根] withdrawal [wɪð'drɔːəl] *n.* ①取回，收回 ②撤消，撤回 ③撤退，退出
withdrawn [wɪð'drɔːn] *a.* 缄默的，孤独的，偏僻的

▶▶▶ **subordinate sth. to sb./sth.** 使…处于次要地位，使…从属于…

▶▶▶ **dutiful** ['djuːtɪful]
[释义] *a.* ①孝顺的，服从的 ②尽职责的，守本分的
[同义] obedient, loyal, devoted

▶▶▶ **domestic** [də'mestɪk]
[释义] *a.* ①家的，家庭的 ②本国的，国内的，国产的 ③驯养的
[同根] domesticity [ˌdəumes'tɪsɪtɪ] *n.* 家庭事务，家庭生活，对家庭生活的喜爱

▶▶▶ **typical** ['tɪpɪkəl]
[释义] *a.* 典型的，象征性的
[同义] characteristic, distinctive, represen-

tative, symbolic

[同根] type [taɪp] *n.* ①类型 ②典型，模范 *v.* ①代表，表征 ②以打字机打出 ③验明（血型）

typically [ˈtɪpɪkəlɪ] *ad.* 代表性地，作为特色地

▶▶▶ **refined** [rɪˈfaɪnd]

[释义] *a.* ①优雅的，有教养的 ②精细的，精确的

[同义] graceful, polished, sophisticated, advanced

[反义] unrefined, vulgar

[同根] refine [rɪˈfaɪn] *v.* 提炼，[喻] 提炼，使变得完善（或精妙）

refinedly [rɪˈfaɪndlɪ] *ad.* ①精炼地 ②优雅地

refinement [rɪˈfaɪnmənt] *n.* ①（感情、趣味、举止、语言的）优雅，有教养 ②提炼，精炼

refinery [rɪˈfaɪnərɪ] *n.* 提炼厂，精炼厂

▶▶▶ **excel in** 在…方面胜过

▶▶▶ **modesty** [ˈmɒdɪstɪ]

[释义] *n.* ①谦虚，谦让 ②适中，适度 ③朴素，朴实

[反义] arrogance

[同根] modest [ˈmɒdɪst] *a.* ①谦虚的，谦让的 ②适中的，适度的 ③朴素的，朴实无华的

modestly [ˈmɒdɪstlɪ] *ad.* 谦虚地，适当地

▶▶▶ **delicacy** [ˈdelɪkəsɪ]

[释义] *n.* ①优美 ②精巧，精致，微妙 ③灵敏，精密

[同义] elegance, grace, charm, tact

[反义] awkwardness, inaccuracy

[同根] delicate [ˈdelɪkɪt] *a.* ①精巧的，精致的 ②病弱的，脆弱的 ③微妙的，棘手的 ④灵敏的，精密的

delicately [ˈdelɪkɪtlɪ] *ad.* 优美地，微妙地

▶▶▶ **tread** [tred]

[释义] *v.* 踏，行走，踩碎，践踏 *n.* 踏，步态，梯级，踏板

▶▶▶ **elevate** [ˈelɪveɪt]

[释义] *v.* ①提升…的职位，提高（嗓门、道德品质、文化修养、信心等）②提高，举起 ③使情绪高昂，使兴高采烈

[同义] boost, lift, raise

[反义] degrade

[同根] elevation [ˌelɪˈveɪʃən] *n.* ①提高，抬起，提升，晋级 ②高地，隆起高度，海拔 ③高尚，尊严，（情绪的）高昂

elevator [ˈelɪveɪtə] *n.* 电梯，升降机

▶▶▶ **feminine** [ˈfemɪnɪn]

[释义] *a.* ①女性的，妇女的 ②（名词或代词等）阴性的

[反义] musculine

[同根] feminism [ˈfemɪnɪzəm] *n.* 女权主义

feminist [ˈfemɪnɪst] *n.* 女权主义者

defeminization [diːˌfemənaɪˈzeɪʃən] *n.* 使失女性状态，去女性化

femininity [femɪˈnɪnɪtɪ] *n.* 妇女特质，柔弱性，温柔

▶▶▶ **grace** [greɪs]

[释义] *n.* 优美，雅致，优雅

[同义] elegance, refinement, beauty, decency

[反义] awkwardness

[同根] graceful [ˈgreɪsful] *a.* 优美的，优雅的，得体的

graceless [ˈgreɪslɪs] *a.* ①不优美的，不雅致的 ②粗俗的，粗野的

gracious [ˈgreɪʃəs] *a.* ①亲切的，和蔼的 ②慈善的，慈祥的

▶▶▶ **conform to** 遵守（法律、规定等），符合，与…一致

▸▸▸ **outcry** [ˈaʊtkraɪ]
[释义] *n.* 公众的强烈抗议/反对，呐喊

▸▸▸ **appropriation** [əˌprəʊprɪˈeɪʃən]
[释义] *n.* 挪用，占有，据为己有
[同根] appropriate [əˈprəʊprɪət] *a.* 适当的，合适的
[əˈprəʊprɪeɪt] *v.* ①拨出（款项）②据为己有，盗用，挪用

▸▸▸ **reserve** [rɪˈzɜːv]
[释义] *v.* ①保存 ②预定 ③储备，保留 *n.* ①（常作复数）储量，藏量 ②储备（物），储备量
[同义] set aside, keep, preserve, store
[同根] reservation [ˌrezəˈveɪʃən] *n.* ①预定，预约 ②保留，保留意见，异议 ③（公共）专用地，自然保护区
reserved [rɪˈzɜːvd] *a.* ①储备的 ②保留的，预定的 ③有所保留的，克制的 ④拘谨缄默的，矜持寡言的
reservior [ˈrezəvwɑː] *n.* ①贮水池，水库 ②贮藏处 ③贮备

▸▸▸ **sentiment** [ˈsentɪmənt]
[释义] *n.* ①感情，情绪 ②伤感情绪
[同义] feeling, emotion, response
[同根] sentimental [ˌsentɪˈmentl] *a.* ①多情的，充满柔情的 ②感伤的，感情脆弱的

▸▸▸ **corruption** [kəˈrʌpʃən]
[释义] *n.* ①堕落，腐败 ②讹误，不标准 ③贪污，受贿
[同义] dishonesty, bribery, fraud
[反义] honesty
[同根] corrupt [kəˈrʌpt] *v.* ①使道德败坏，使腐败 ②破坏（语言等）的本来面目 *a.* ①贪污受贿的，腐败的 ②有伤风化的，道德败坏的

▸▸▸ **morality** [mɒˈrælɪtɪ]
[释义] *n.* 道德，道义
[同根] moral [ˈmɒrəl] *a.* ①道德（上）的 ②合乎道德的，有道德的 *n.* ①教训，寓意 ②[*pl.*] 是非原则，道德，伦理
morally [ˈmɒrəlɪ] *ad.* 道德上，精神上

▸▸▸ **crystallize** [ˈkrɪstəlaɪz]
[释义] *v.* ①使（计划、思想等）明确化，具体化 ②（使）结晶
[同根] crystal [ˈkrɪstl] *n.* ①水晶 ②水晶玻璃 ③结晶体

▸▸▸ **carry out** ①开展，实现，完成，进行到底 ②贯彻，执行，落实

▸▸▸ **grow into** 成长为；变得成熟有经验

▸▸▸ **maturity** [məˈtjʊərətɪ]
[释义] *n.* ①成熟，完善，准备就绪 ②成熟期
[同根] mature [məˈtjʊə] *a.* ①熟的，成熟的 ②成年人的 *v.*（使）成熟
maturation [ˌmætjʊˈreɪʃən] *n.* ①（果实等的）成熟，（才能等的）熟练，（化学纤维的）老成；[生] 成熟，精子形 ② [医] 化脓

▸▸▸ **exceedingly** [ɪkˈsiːdɪŋlɪ]
[释义] *ad.* 非常，极其
[同义] very, exceptionally, remarkably, extremely
[同根] exceed [ɪkˈsiːd] *v.* 超过，越出，胜过
excess [ɪkˈses] *n.* ①过量，过份 ②超过，超出
excessive [ɪkˈsesɪv] *a.* 过分的，过度的，过多的
exceeding [ɪkˈsiːdɪŋ] *a.* ①超越的，胜过的 ②非常的，极度的

▸▸▸ **play house** 过家家

▸▸▸ **imitate** [ˈɪmɪteɪt]
[释义] *v.* 模仿，仿效
[同义] copy, duplicate
[同根] imitation [ɪmɪˈteɪʃən] *n.* ①模仿，仿效 ②仿制品，赝品

▶▶▶ **in a fashion** 勉强，马马虎虎，多少还…一点

▶▶▶ **analogous** [ə'næləgəs]
[释义] *a.* 类似的，相似的
[同义] similar, equivalent, parallel, corresponding
[反义] different
[同根] analogy [ə'nælədʒɪ] *n.* ①比喻，比拟，类比，类推 ②相似，类似
[词组] be analogous to/with 和…类似的，相似的

▶▶▶ **high-pitched** *a.* 声调高的

▶▶▶ **masculization** ['mæskjʊlɪnaɪzeɪʃən]
[释义] *n.* 男子化，具有男性特征
[同根] masculine ['mɑːskjʊlɪn] *a.* ① 男性的 ②男子气概的，精力充沛的 ③(女子)有男子气的
masculinize ['mæskjʊlɪˌnaɪz] *v.* 使男子化(尤指使女人具有男子特征)[生]使(雌性)雄性化
masculinist [mæskjʊlɪnɪst] *n.* ① 男权主义者，大男子主义者 ②装作男人样的女人，男子化的女人

▶▶▶ **make a claim to sth.** 提出要得到某物

▶▶▶ **authority** [ɔː'θɒrɪtɪ]
[释义] *n.* ①权力，管辖权 ②当权者，行政管理机构 ③（复数）官方，当局 ④学术权威，威信 ⑤权威，权威的典据
[同根] authorize/ise ['ɔːθəraɪz] *v.* ①授权，委托 ②批准，认可
authorized ['ɔːθəraɪzd] *a.* 经授权的，权威认可的，审定的
authoritative [ɔː'θɒrɪtətɪv] *a.* ①权威性的，可信的 ②官方的，当局的 ③专断的，命令式的
[词组] by the authority of ①得到…许可 ②根据…所授的权力
carry authority 有分量，有影响，有势力，有权威
have authority over 有权管理…
in authority 持有权力的地位
on good authority 有确实可靠的根据
on the authority of ①根据…所授的权力 ②得到…的许可 ③根据(某书或某人)

▶▶▶ **assertive** [ə'sɜːtɪv]
[释义] *a.* 断定的，过分自信的
[同义] forceful, confident, aggressive
[同根] assert [ə'sɜːt] *v.* ①肯定地说，断言 ②维护，坚持
assertion [ə'sɜːʃən] *n.* 主张，断言，声明
assertively [ə'sɜːtɪvlɪ] *ad.* 断言地，独断地

▶▶▶ **strategy** ['strætɪdʒɪ]
[释义] *n.* 策略，战略，对策
[同义] tactics
[同根] strategic [strə'tiːdʒɪk] *a.* ① 战略(上)的 ②关键的
strategically [strə'tiːdʒɪkəlɪ] *ad.* 战略上
strategics [strə'tiːdʒɪks] *n.* 兵法

▶▶▶ **adolescent** [ˌædəʊ'lesnt]
[释义] *a.* 青春期的，青春的 *n.* 青少年
[同根] adolescence [ˌædəʊ'lesəns] *n.* 青春期

▶▶▶ **participate in** 参加，参与

▶▶▶ **subcultural** [sʌb'kʌltʃə]
[释义] *a.* 亚文化群的，亚文化群的特殊文化模式的

▶▶▶ **hip** [hɪp]
[释义] *a.* 时髦派的，嬉皮士的，垮掉的一代的 *n.* 臀部 *int.* 喝彩声

选项词汇注释

▶▶▶ **contemporary** [kən'tempərərɪ]
[释义] *a.* ①当代的 ②同时代的 *n.* 同时代的人
[同根] temporary ['tempərərɪ] *a.* 暂时的，临时的，短暂的
temporarily ['tempərərɪlɪ] *ad.* 暂时地，临时地

▶▶▶ **stereotyped** ['sterɪəʊtaɪpt]
[释义] *a.* 已成陈规的，老一套的
[同根] stereotype ['stɪərɪəʊtaɪp] *n.* 成见，陈词滥调，陈规，刻板模式 *v.* 使一成不变，使成为陈规，使变得刻板

▶▶▶ **call for** 要求，呼吁

▶▶▶ **campaign** [kæm'peɪn]
[释义] *n.* ①(政治或商业性)运动，竞选运动 ②战役 *v.* 参加活动，从事活动，作战
[同义] drive, movement, battle

▶▶▶ **trend** [trend]
[释义] *n.* ①趋势，趋向 ②(海岸、河流、山脉等)走向，方向 ③时髦，时尚
[同义] tendency
[同根] trendy ['trendɪ] *a.* 流行的 *n.* 新潮人物，穿着时髦的人
trendily ['trendɪlɪ] *ad.* 时髦地

▶▶▶ **disapproval** [ˌdɪsə'pruːvəl]
[释义] *n.* 不赞成，不同意
[同义] disfavor, objection, opposition
[同根] approve [ə'pruːv] *v.* ①赞成，满意 ②批准，通过
disapprove [ˌdɪsə'pruːv] *v.* 不赞成，不同意

▶▶▶ **defiance** [dɪ'faɪəns]
[释义] *n.* 公然反抗，挑战，蔑视，挑衅
[同义] disabedience, challenge
[反义] compliance
[同根] defy [dɪ'faɪ] *v.* ①(公然)违抗，反抗 ②挑，激 ③使成为不可能
defiant [dɪ'faɪənt] *a.* 挑战的，挑衅的，目中无人的

▶▶▶ **inevitable** [ɪn'evɪtəbl]
[释义] *a.* ①无法避免的，必然(发生)的 ②照例必有的，惯常的
[同义] certain, doomed, fated, inescapable
[反义] avoidable, evitable
[同根] inevitability [ɪnˌevɪtə'bɪlətɪ] *n.* 必然性
inevitably [ɪn'evɪtəblɪ] *ad.* 不可避免地
[词组] bow to the inevitable 听天由命

Skimming and Scanning

Seven Ways to Save the World

Forget the old idea that conserving energy is a form of **self-denial**—riding bicycles, **dimming** the lights, and taking fewer showers. These days conservation is all about **efficiency**: getting the same—or better—results from just **a fraction of** the energy. When a **slump** in business travel forced Ulrich Romer to cut costs at his family-owned hotel in Germany, he replaced hundreds of the hotel's wasteful **light bulbs**, getting the same light for 80 percent less power. He bought a new **water boiler** with a digitally controlled **pump**, and wrapped **insulation** around the pipes. Spending about ∈100,000 on these and other improvements, he **slashed** his ∈90,000 fuel and power bill by ∈60,000. As a **bonus**, the hotel's lower energy needs have reduced its annual carbon **emissions** by more than 200 metric tons. "For us, saving energy has been very, very profitable," he says. "And most importantly, we're not giving up a single comfort for our guests."

Efficiency is also a great way to lower carbon emissions and help slow global warming. But the best **argument** for efficiency is its costor, more **precisely**, its **profitability**. That's because quickly growing energy demand requires **immense** investment in new supply, **not to mention** the **drain** of rising energy prices.

No wonder efficiency has moved to the top of the political **agenda**. On Jan. 10, the European Union **unveiled** a plan to cut energy use across the continent by 20 percent by 2020. Last March, China **imposed** a 20 percent increase in energy efficiency by 2020. Even George W. Bush, the Texas oilman, is expected to talk about energy **conservation** in his State of the Union speech this week.

The good news is that the world is full of **proven**, cheap ways to save energy. Here are the seven that could have the biggest **impact**:

Insulate

Space heating and cooling **eats up** 36 percent of all the world's energy.

There's **virtually** no limit to how much of that can be saved, as **prototype** "**zero-energy** homes" in Switzerland and Germany have shown. There's been a **surge** in new ways of keeping heat in and cold out (or vice versa). The most advanced insulation follows the law of increasing returns: if you add enough, you can **scale down** or even **eliminate** heating and air-conditioning equipment, lowering costs even before you start saving on **utility bills**. Studies have shown that green workplaces (ones that don't **constantly** need to have the heat or air-conditioner running) have higher worker productivity and lower sick rates.

Change Bulbs

Lighting eats up 20 percent of the world's electricity, or the **equivalent** of **roughly** 600,000 tons of coal a day. Forty percent of that powers old-fashioned **incandescent light bulbs**—a 19th-century technology that wastes most of the power it **consumes** on unwanted heat.

Compact fluorescent lamps, or CFLs, not only use 75 to 80 percent less electricity than incandescent bulbs to **generate** the same amount of light, but they also last 10 times longer. **Phasing** old bulbs **out** by 2030 would save the output of 650 power plants and avoid the **release** of 700 million tons of carbon into the atmosphere each year.

Comfort Zone

Water boilers, space heaters and air conditioners have been **notoriously** inefficient. The **heat pump** has **altered** that **equation**. It removes heat from the air outside or the ground below and uses it to supply heat to a building or its water supply. In the summer, the system can be **reversed** to cool buildings as well.

Most new **residential** buildings in Sweden are already heated with ground-source heat pumps. Such systems consume almost no **conventional** fuel at all. Several countries have used **subsidies** to **jump-start** the market, including Japan, where almost 1 million heat pumps have been installed in the past two years to heat water for showers and hot tubs.

Remake Factories

From steel mills to paper factories, industry eats up about a third of the world's energy. The opportunities to save are vast. In Ludwigshafen, German chemicals giant BASF runs an interconnected **complex** of more than 200 chemical factories, where heat produced by one chemical process is used to power the next. At the Ludwigshafen site alone, such recycling of heat and energy saves the company €200 million a year and almost half its CO2 emissions. Now BASF is doing the same for new plants in China. "Optimizing(优化) energy efficiency is a decisive competitive advantage," says BASF CEO Jurgen Hambrecht.

Green Driving

A quarter of the world's energy—including two thirds of the annual production of oil—is used for **transportation**. Some savings come **free of charge**: you can **boost** fuel efficiency by 6 percent simply by keeping your car's tires properly inflated(充气). Gasoline-electric hybrid(混合型的) models like the Toyota Prius improve **mileage** by a further 20 percent over conventional models.

A Better Fridge

More than half of all residential power goes into running **household appliances**, producing a fifth of the world's carbon emissions. And that's true even though manufacturers have already **hiked** the efficiency of refrigerators and other **white goods** by as much as 70 percent since the 1980s. According to an International Energy Agency study, if consumers chose those models that would save them the most money over the life of the **appliance**, they'd cut global residential power consumption (and their utility bills) by 43 percent.

Flexible Payment

Who says you have to pay for all your conservation investments? "Energy service **contractors**" will pay for retrofitting (翻新改造) **in return for** a share of the client's annual utility-bill savings. In Beijing, Shenwu **Thermal Energy** Technology Co. **specializes in** retrofitting China's steel **furnaces**. Shenwu puts up the **initial** investment to **install** a **heat exchanger** that **preheats** the air going into the furnace, slashing the client's fuel costs. Shenwu **pockets** a cut of those savings, so both Shenwu and the client profit.

If saving energy is so easy and profitable, why isn't everyone doing it? It has to do with psychology and a lack of information. Most of us **tend to** look at today's **price tag** more than tomorrow's **potential** savings. That holds double for the landlord or developer, who won't actually see a penny of the savings his investment in better insulation or a better heating system might generate. In many people's minds, conservation **is** still **associated with** self-denial. Many environmentalists still push that view.

Smart governments can help **push** the market in the right direction. The EU's 1994 law on labeling was such a success that it extended the same idea to entire buildings last year. To boost the market value of efficiency, all new buildings are required to have an "energy pass" **detailing** power and heating consumption. Countries like Japan and Germany have successively tightened building **codes**, requiring an increase in insulation levels but leaving it up to builders to decide how to meet them.

The most powerful **incentives**, of course, will come from the market itself. Over the past year, **sky-high** fuel prices have focused minds on efficiency like never before. Ever-increasing pressure to cut costs has finally forced more companies to do some math on their energy use.

Will it be enough? With global demand and emissions rising so fast, we may not have any choice but to try. Efficient technology is here now, proven and cheap. Compared with all other **options**, it's the biggest, easiest and most profitable **bang for the buck**.

文章词汇注释

▶▶▶ **self-denial** ['selfdɪ'naɪəl]
[释义] *n.* 自我牺牲，克己，无私

▶▶▶ **dim** [dɪm]
[释义] *v.* 使暗淡，使模糊，使失去光泽 *a.* ①昏暗的，暗淡的 ②不分明的，不清楚的，朦胧的，隐约的 ③（视力）差的，模糊不清的
[同义] faint, indistinct, pale, vague, weak
[反义] bright, light
[词组] dim out 变暗淡
take a dim view of 对…持悲观看法；对…持怀疑态度

▶▶▶ **efficiency** [ɪ'fɪʃənsɪ]
[释义] *n.* 效率，功效
[同义] competence, proficiency
[反义] inefficiency
[同根] effect [ɪ'fekt] *n.* ①结果 ②效力，作用，影响 ③感受，印象，外表，④实行，生效，起作用
efficient [ɪ'fɪʃənt] *a.* ①(直接)生效的 ②有效率的，能干的 ③能胜任的
effective [ɪ'fektɪv] *a.* ① 能产生(预期)结果的，有效的 ② 生效的，起作用的 ③给人深刻印象的，有力的 ④ 实际的，事实上的

▶▶▶ **a fraction of** 一小部分

▶▶▶ **slump** [slʌmp]
[释义] *n.* ①跌落，衰落，降低 ②（沉重或突然的）倒下，陷落 *v.* ①(物价等)下跌，（经济等）衰落，(健康、质量等)下降 ②（沉重或突然地）倒下，陷落，坍塌

▶▶▶ **light bulb** 电灯泡
▶▶▶ **water boiler** 热水锅炉

▶▶▶ **pump** [pʌmp]
[释义] *n.* ①泵，抽水（或气）机，唧筒 ②汽油加油泵 ③抽吸，抽运，泵

送 *v.* ①用泵抽吸，用泵抽运（水、气等）②用泵从…中抽水（或气等），用泵抽干（或抽空）

［词组］pump out 抽空

pump away at 努力干

▶▶▶ **insulation** [ɪnsjʊ'leɪʃ(ə)n]

［释义］*n.* ①绝缘体，绝缘材料 ②绝热，绝缘，隔离

［同根］insulate ['ɪnsjʊleɪt] *v.* ①隔离，使隔绝（以免受到影响）②使绝缘，使隔热，使隔音

insulator ['ɪnsjʊleɪtə] *n.* 绝缘体，绝热器

▶▶▶ **slash** [slæʃ]

［释义］*v.* ①大幅度削减，删减，砍削，砍除 ②(用刀、剑等)砍，砍击 ③鞭打，抽打，挥击 ④猛力移动，猛拉

［同根］slasher ['slæʃə] *n.* ①猛砍的人，乱砍乱伐者 ②动刀的人，剑手，好斗的人，恶棍

slashing ['slæʃɪŋ] *a.* ①猛烈的，凌厉的，毫不留情的 ②鲜明的，分明的

▶▶▶ **bonus** ['bəʊnəs]

［释义］*n.* ①意外收获，附带的好处 ②红利，奖金 ③额外给予的东西

［同义］award, premium

▶▶▶ **emission** [ɪ'mɪʃən]

［释义］*n.* ①发出物，散发物 ②（光、热、电波、声音、液体、气味等的）发出，散发

［同根］emit [ɪ'mɪt] *v.* 发出，散发（光、热、电、声音、液体、气味等），发射

▶▶▶ **argument** ['ɑːgjʊmənt]

［释义］*n.* ①理由，论据，论点 ②争论，争执，辩论 ③说理，论证

［同根］argue ['ɑːgjuː] *v.* ①提出理由，提供理由 ②争论，争吵，争执，辩论

argumentation [ɑːgjʊmen'teɪʃ(ə)n] *n.* ①争论，辩论 ②推论，论证

argumentative [ɑːgjʊ'mentətɪv] *a.* ①（很可能）引起争论的 ②好争论的，好争吵的

▶▶▶ **precisely** [prɪ'saɪslɪ]

［释义］*ad.* ①确切地，精确地 ②清晰地，明确地

［同根］precise [prɪ'saɪs] *a.* ①精确的，确切的 ②清晰的，明确的

precision [prɪ'sɪʒən] *n.* ①准确（性），精密度 ②明确性

▶▶▶ **profitability** [ˌprɒfɪtə'bɪlɪtɪ]

［释义］*n.* 收益性，利益率

［同根］profit ['prɒfɪt] *n.* ①利，利润，盈利 ②利益，益处 *v.* ①得益，利用 ②有益于，有利于

profiteer [ˌprɒfɪ'tɪə] *n.* 投机商，奸商

profitable ['prɒfɪtəbl] *a.* ①有利的，有赢利的 ②有益的，有用的

▶▶▶ **immense** [ɪ'mens]

［释义］*a.* ①广大的，巨大的 ②无限的，无边无际的

［同义］enormous, giant, great, huge, large, vast

［同根］immensely [ɪ'menslɪ] *ad.* ①极大地，广大地，无限地 ②非常，很

▶▶▶ **not to mention** 不必提及

▶▶▶ **drain** [dreɪn]

［释义］*n.* ①消耗，排水 ②排水沟，下水道 *v.* ①慢慢排去，(使)流光 ②消耗，渐渐耗尽

［同义］deprival, exhaust, use

［同根］drainage ['dreɪnɪdʒ] *n.* ①排水，排泄 ②排水装置，排水区域 ③排出物，消耗

［词组］drain away 使排出，流出

drain of 使逐渐失去，使耗尽

▶▶▶ **no wonder** 不足奇，难怪

▶▶▶ **agenda** [ə'dʒendə]

［释义］*n.* 议事日程

[同义] programme, schedule

►►► **unveil** [ʌn'veɪl]
[释义] v. ①向公众透露，揭示，揭露 ②揭去…的面纱，（举行揭幕仪式等时）揭开蒙在…上的布，揭去…上的覆盖物
[同义] disclose, expose, open, reveal, show, uncover
[同根] veil [veɪl] n. ①面纱，面罩 ②遮盖物，掩盖物，借口，托辞 v. ①以面纱遮掩，用幕（或幔等）分隔 ②遮盖，掩饰，隐蔽

►►► **impose** [ɪm'pəuz]
[释义] v. ①强制实行，把…强加给，迫使接受 ②征税 ③利用，欺骗 ④施加影响
[同根] imposing [ɪm'pəuzɪŋ] a. ① 给人印象深刻的，难忘的 ②雄伟的，（仪表）堂堂的
imposition [ˌɪmpə'zɪʃən] n. ①颁布，实施 ②强迫接受，过分的要求 ③欺诈 ④征税，负担
[词组] impose sth. on/upon sb. 使…接受…，把…强加于…

►►► **conservation** [ˌkɒnsɜː'veɪʃən]
[释义] n. ①保存，保护 ②森林（或其他自然资源）保护区
[同根] conserve [kən'sɜːv] v. ①保存，保护 ②使（能量等）守恒
conservancy [kən'sɜːvənsɪ] n. ①（自然资源）保护机构（或区）②（对自然资源的）管理，保护
conservative [kən'sɜːvətɪv] a. ① 保守的，传统的 ②稳当的，保险的 ③稳健派的 n. ①保守者，小心谨慎者 ②稳健派人 ③防腐剂

►►► **proven** ['pruːvən]
[释义] a. 已证明的，被证实的

►►► **impact** ['ɪmpækt]
[释义] n. ①影响 ②碰撞，冲击，冲突 ③效果
[ɪm'pækt] v. ①压紧，挤满，冲击 ②对…产生不良影响
[同义] influence; collision, crash, bump, clash, shock
[词组] have an impact on... 对…有影响

►►► **eat up** ①浪费掉，挥霍掉 ②吃光，用尽

►►► **virtually** ['vɜːtjuəlɪ]
[释义] ad. 事实上，实质上，差不多
[同义] practically, nearly
[同根] virtual ['vɜːtjuəl,-tʃuəl] a. ①（用于名词前）几乎 ②实际上起作用的，事实上生效的 ③［计］虚拟的

►►► **prototype** ['prəutətaɪp]
[释义] n. 原型，典型，样板，模范
[同根] type [taɪp] n. 类型，典型，模范

►►► **zero-energy** n. 零点能量

►►► **surge** [sɜːdʒ]
[释义] n. ①急速上升，激增 ②波涛般的事物，波涛般的汹涌奔腾 ③巨浪，波涛 ④（波涛的）汹涌，奔腾 v. ①浪涛般汹涌奔腾 ②猛冲，急剧上升，激增

►►► **scale down** 按比例逐步减少

►►► **eliminate** [ɪ'lɪmɪneɪt]
[释义] v. ①消除，排除，淘汰 ②不加考虑，忽视
[同义] discard, dispose of, exclude, reject
[反义] add
[同根] elimination [ɪˌlɪmɪ'neɪʃən] n. ①排除，除去，消除 ②忽视，略去

►►► **utility bill** 水电费

►►► **constantly** ['kɒnstəntlɪ]

[释义] *ad.* ①不断地 ②持久不变地 ③坚持不懈地
[同义] continuously, eternally, faithfully, invariably
[反义] occasionally, variably
[同根] constant ['kɒnstənt] *a.* ①不断的 ②始终如一的 ③忠实的，忠诚的 ④坚定不移的 *n.* ①不变的事物 ②常数，衡量
constancy ['kɒnstənsɪ] *n.* ①坚定不移，坚贞 ②忠诚 ③始终如一

▸▸▸ **equivalent** [ɪ'kwɪvələnt]
[释义] *n.* 相等物，等价物，意义相同的词（或符号、表达法等）*a.* ①相等的，相同的 ②等价的，等值的，等量的，等效的，同等重要的
[同义] equal, replacement, substitute
[同根] equivalence [ɪ'kwɪvələns] *n.* 相等，等价，等义，等效
[词组] be equivalent to 相等(当)于…，等(同)于…，与…等效

▸▸▸ **roughly** ['rʌflɪ]
[释义] *ad.* ①粗略地，大约 ②粗糙地 ③粗暴地
[反义] accurately
[同根] rough [rʌf] *n.* ①草样，草图 ②粗制品 ③粗人 *a.* ①粗糙的 ②未加工的 ③粗略的 ④粗野的
roughness ['rʌfnɪs] *n.* 粗糙，粗暴，粗糙程度

▸▸▸ **incandescent light bulb** 白炽灯泡

▸▸▸ **consume** [kən'sju:m]
[释义] *v.* ①消耗，消费 ②吃完，喝光
[反义] produce
[同根] consumption [kən'sʌmpʃən] *n.* ①消费，消耗 ②消费量
consumable [kən'sju:məbl] *a.* 可消费的
consumer [kən'sju:mə] *n.* 消费者，顾客，用户
consumptive [kən'sʌmptɪv] *a.* ①消费的 ②消耗(性)的，毁灭的

▸▸▸ **compact** ['kɒmpækt]
[释义] *a.* ①小巧的，袖珍的，紧凑的 ②紧密的 *n.* 契约，合同
▸▸▸ [kəm'pækt] *v.* 使紧密结合，把…压实(或塞紧)，使坚实

▸▸▸ **fluorescent lamp** 荧光灯(管)，日光灯(管)

▸▸▸ **generate** ['dʒenə,reɪt]
[释义] *v.* 使发生，产生
[同义] bring about, cause, create, originate
[同根] generation [,dʒenə'reɪʃən] *n.* ①产生，发生 ②一代，一代人
degenerate [dɪ'dʒenəreɪt] *v.* 衰退，堕落，恶化
degeneration [dɪdʒenə'reɪʃən] *n.* 退化，堕落，腐化，恶化

▸▸▸ **phase out** 逐步停止采用，逐步退出

▸▸▸ **release** [rɪ'li:s]
[释义] *n.* ①排放，放开 ②释放，解除 ③发行，发布 ④使人解脱的事物，排遣性的事物 *v.* ①释放，解放 ②放开，松开 ③排放 ④发布(新闻等)，公开发行(影片、唱片、音响盒带等)
[词组] release sb. from... 免除某人的…

▸▸▸ **comfort zone** 适宜室温(范围)

▸▸▸ **notoriously** [nəʊ'tɔ:rɪəslɪ]
[释义] *ad.* ①臭名远扬地 ②众人皆知地
[同义] disgracefully
[反义] reputably
[同根] notorious [nəʊ'tɔ:rɪəs] *a.* ①臭名远扬的，臭名昭彰的 ②众人皆知的

▸▸▸ **heat pump** 热泵

▸▸▸ **alter** ['ɔ:ltə]
[释义] *v.* 改变，变更
[同义] change, deviate, diversify, modify
[反义] conserve, preserve

[同根] alteration [ˌɔːltəˈreɪʃən] *n.* 改变，变更
alterative [ˈɔːltərətɪv] *a.* 引起改变的，有助于改变的

▶▶▶ **equation** [ɪˈkweɪʃ(ə)n]
[释义] *n.* ①相等，等同，平衡 ②等式，方程式
[同根] equate [ɪˈkweɪt] *v.* ①使相等，使均衡 ②用符号表示…的关系，用方程式列出
equational [ɪˈkweɪʃ(ə)nl] *a.* ①等式的，方程式的 ②相等的，均衡的

▶▶▶ **reverse** [rɪˈvɜːs]
[释义] *v.* ①颠倒，翻转，(使)倒退 ②改变…的次序或地位 ③废除，取消 *n.* ①相反，反面，背面 ②倒退 ③失败，挫折 *a.* 相反的，颠倒的
[同根] reversal [rɪˈvɜːsəl] *n.* 反转，倒退，废弃
reversible [rɪˈvɜːsəbl] *a.* 可反转、倒退、废弃的，两面都可用的

▶▶▶ **residential** [ˌrezɪˈdenʃəl]
[释义] ①住宅的，居住的 ②学生寄宿的，(须)住宿在住所的
[同根] reside [rɪˈzaɪd] *v.* ①居住，定居 ②(in)(性质等)存在于，在于
residence [ˈrezɪdəns] *n.* ①住，居留 ②住宅，住处

▶▶▶ **conventional** [kənˈvenʃənl]
[释义] *a.* ①常规的，通常的，传统的 ②受俗套束缚的，按习惯办事的，陈旧的 ③协定的，会议的
[同义] custom, tradition, contract, congress
[同根] convention [kənˈvenʃən] *n.* ①惯例，准则，习俗 ②会议，大会 ③传统手法，惯用手法
conventionalist [kənˈvenʃənəlɪst] *n.* ①墨守成规者 ②参加大会的人
[词组] break away from convention 打破常规
by convention 按照惯例

▶▶▶ **subsidy** [ˈsʌbsɪdɪ]
[释义] *n.* 补助，补贴，津贴
[同根] subsidiary [səbˈsɪdjərɪ] *a.* 辅助的，次要的，附设的 *n.* 子公司，附属机构

▶▶▶ **jump-start** *v.* 助推起动（汽车的发动机），用助推起动法起动（汽车）

▶▶▶ **complex** [ˈkɒmpleks]
[释义] *n.* ①联合企业 ②综合体，集合体 ③(心)情结 *a.* ①复杂的，难懂的 ②由部件组成的，组合的
[同根] complexity [kəmˈpleksɪtɪ] *n.* ①复杂(性)，错综(性) ②错综复杂的事物

▶▶▶ **green** [griːn]
[释义] *a.* 反对环境污染的，主张环境保护和维持生态平衡的

▶▶▶ **transportation** [ˌtrænspɔːˈteɪʃən]
[释义] *n.* 运输，运送
[同根] transport [trænsˈpɔːt] *v.* ①搬运，传送，运输 *n.* ①搬运，传送，运输 ②运输工具，交通工具
transporter [trænˈspɔːtə] *n.* 运输者
transportable [trænsˈpɔːtəbl,trænz-, trɑːn-] *a.* 可运输的，可搬运的

▶▶▶ **free of charge** 免费

▶▶▶ **boost** [buːst]
[释义] *v.*& *n.* ①提高，增强，推动，促进 ②举，抬，推
[同义] increase, enhance, improve, hoist, lift, push
[同根] booster [ˈbuːstə] *n.* 向上（或向前）推的人，热心的拥护者，积极的支持者
[词组] boost up 向上推，增强

▶▶▶ **mileage** [ˈmaɪlɪdʒ]
[释义] *n.* 英里数，里程

household appliances 家用电器

hike [haɪk]

[释义] *v.* ①〈美口〉(尤指急剧地) 提高,抬高,增加 (数量、数额) ② (猛地) 提,拉,举 ③长途徒步旅行 *n.* 长途步行,徒步旅行,远足

white goods (通常为白色的) 大型家用电器 (如冰箱、洗衣机、电炉等)

appliance [ə'plaɪəns]

[释义] *n.*(用于特定目的的) 器具,器械,装置

[同义] device, instrument, utensil

[同根] apply [ə'plaɪ] *v.* ①涂,敷 ②应用,使用,运用 ③使 (自己) 致力于,使 (注意力等) 专注于 ④申请,请求

applied [ə'plaɪd] *a.* 应用的,实用的

applicant ['æplɪkənt] *n.* 申请人

application [ˌæplɪ'keɪʃən] *n.* ①申请,请求,申请表,申请书 ②应用,实施 ③用法,用途 ④敷用,施用 ⑤勤奋,专注

flexible ['fleksəbl]

[释义] *a.* ①灵活的 ②易弯的,有弹性的 ③柔韧的,柔顺的

[同义] adaptable, bendable, elastic

[反义] inflexible, rigid

[同根] flexibility [ˌfleksə'bɪlɪtɪ] *n.* ①柔韧性 ②机动性,适应性

inflexible [ɪn'fleksəbl] *a.* ①不可弯曲的,僵硬的 ②坚定的,固执的 ③不可变更的

contractor [kən'træktə]

[释义] *n.* 订约人,承包人

[同根] contract [kən'trækt] *v.* ① (使) 缩小 ②感染 (疾病) ③签约,订合同 ④与…订婚

['kɒntrækt] *n.* ①契约,合同 ②婚约

contraction [kən'trækʃən] *n.* ①收缩 ②缩写式

contracted [kən'træktɪd] *a.* ①收缩了的 ②已定约的,契约的

contractive [kən'træktɪv] *a.* 收缩的,有收缩性的

in return for 作为(对…的)报答(或回报);作为(对…的)交换

thermal energy 热能

specialize in 擅长于,专攻

furnace ['fɜːnɪs]

[释义] *n.* 熔炉,高炉,炉子

initial [ɪ'nɪʃəl]

[释义] *a.* 开始的,最初的 *n.* 首字母

[同义] beginning, primary

[同根] initiate [ɪ'nɪʃɪeɪt] *v.* ①开始,发动 ②使入门,启蒙 ③正式介绍,引进

initialize [ɪ'nɪʃəlaɪz] *v.* 预置 (初始状态),初始化

initialization [ɪˌnɪʃəlaɪ'zeɪʃən] *n.* 预置,定初值,初始化

initially [ɪ'nɪʃəlɪ] *ad.* 最初,开头

[词组] take the initial step toward... 采取走向…的第一步

install [ɪn'stɔːl]

[释义] *v.* ①安装,安置 ②任命,使正式就职

[同根] installment [ɪn'stɔːlmənt] *n.* ①分期付款,分期交付 ② (小说的) 一章,一集

installation [ˌɪnstə'leɪʃən] *n.* ①就职,就任 ②安装,装置 ③安装的设备

heat exchanger 热交换器

preheat [priː'hiːt]

[释义] *v.* 预热

pocket ['pɒkɪt]

[释义] *v.* ①压抑,压制,忍受,承受 ②把…藏起,把…置之一旁 ③把…放入衣袋,把…放好 *n.* ①衣袋,口袋,袋子,兜 ②钱袋,钱包,钱,财力

[同根] out of pocket 赔钱,白花了钱的

burn a hole in one's pocket 急于花掉
line one's pocket(s) 为自己牟利，为自己中饱私囊
pocket allowance 零花钱

▶▶▶ **tend to** 容易，往往

▶▶▶ **price tag** 价格标签

▶▶▶ **potential** [pə'tenʃəl]
[释义] *a.* 潜在的，可能的 *n.* ①潜力，潜能 ②潜在性，可能性
[同根] potentially [pə'tenʃəlɪ] *ad.* 潜在地

▶▶▶ **be associated with** 与…有关

▶▶▶ **push** [pʊʃ]
[释义] *v.* 推行，推进，把…进行到底

▶▶▶ **detail** ['di:teɪl, dɪ'teɪl]
[释义] *v.* ①详述，细说 ②列举 *n.* 细节，详情
[词组] go into details 详述，逐一细说
in detail 详细地

▶▶▶ **code** [kəʊd]
[释义] *n.* ①准则，规范 ②代码，代号密码，电码 ③法典，法规 *v.* ①把…编成密码 ②为…编码（或编号）
[同义] regulations, rules
[词组] break a code 识破密码
bar code 条型码

▶▶▶ **incentive** [ɪn'sentɪv]
[释义] *n.* 刺激，动机，鼓励 *a.* 刺激（性）的，鼓励（性）的
[同义] encouragement, inducement, motive, stimulus

▶▶▶ **sky-high** *a.* 极高的，高昂的

▶▶▶ **option** ['ɒpʃən]
[释义] *n.* ①可选择的东西 ②选择 ③任选项 ④任意
[同根] optional ['ɒpʃənəl] *a.* 任选的，随意的，非强制的
[词组] have no option but to (do) 除了…以外没有别的办法
at one's option 随意

▶▶▶ **bang for the buck** 花钱换得的价值

选项词汇注释

▶▶▶ **sacrifice** ['sækrɪfaɪs]
[释义] *v.* ①牺牲，献出 ②献祭，供奉 *n.* ①供奉，献祭 ②祭品，供品
[同义] give up, forgo

▶▶▶ **diversify** [daɪ'vɜ:sɪfaɪ]
[释义] *v.* 使多样化，使不同
[同根] diverse [daɪ'vɜ:s] *a.* 不同的，多样的
diversified [daɪ'vɜ:sɪfaɪd] *a.* 多变化的，各种的
diversification [daɪvɜ:sɪfɪ'keɪʃən] *n.* 变化，多样化
divert [daɪ'vɜ:t] *v.* ①使转向，使改道 ②转移，转移…的注意力 ③使娱乐
diversion [daɪ'vɜ:ʃən] *n.* ①转移，转向 ②消遣，娱乐
divergent [daɪ'vɜ:dʒənt] *a.* 有分歧的，不同的

▶▶▶ **convert** [kən'vɜ:t]
[释义] *v.* ①转变，使转变，转换… ②使…改变信仰
[同义] switch, transform
[同根] conversion [kən'vɜ:ʃən] *n.* ①转变，变换 ②改变信仰，皈依
convertible [kən'vɜ:təbl] *a.* 可改变的，自由兑换的

▶▶▶ **upgrade** [ˈʌpgreɪd]

[释义] v. ①提高（产品等）的质量，提高（产品等）的价格 ②提高品级，使升级，提高，提升 n. 升级，上升

[反义] degrade

[同根] grade [greɪd] n. ①等级，级别，年级 ②分数，成绩 v. 分级，分类，评分

[词组] on the upgrade 上升的，增强的，改进的，欣欣向荣的

▶▶▶ **implement** [ˈɪmplɪmənt]

[释义] v. 实施，执行，贯彻，实现 n. 工具，器具

[同义] carry out, complete; apparatus, appliance

[同根] implementation [ˌɪmplɪmenˈteɪʃən] n. ①执行，履行，落实 ②供给工具

▶▶▶ **cut down on** 削减…，减少…

▶▶▶ **derive from** ①得自…，由…来 ②从…衍生

Reading in Depth

Section A

Men, these days, are **embracing fatherhood** with the **round-the-clock involvement** their partners have always dreamed of—**handling** night feedings, packing lunches and **bandaging** knees. But unlike women, many find they're **negotiating** their new roles with little support or information. "Men in my generation (aged 25-40) have a fear of becoming dads because we have no **role models**." Says Jon Smith, a writer. They often find themselves excluded from mothers' support networks, and are **eyed** warily (警觉地) on the playground.

The **challenge** is particularly evident in the work-place. There, men are still expected to be **breadwinners** climbing the **corporate ladder**; traditionally-minded bosses are often **unsympathetic** to family needs. In Denmark most new fathers only take two weeks of paternity leave (父亲的陪产假)—even though they are allowed 34 days. As much as if not more so than women, fathers struggle to be taken seriously when they request flexible arrangements.

Though Wilfried-Fritz Maring, 54, a data-bank and Internet specialist with German firm FIZ Karlsruhe, feels that the time he spends with his daughter **outweighs** any disadvantages, he admits, "With my decision to work from home I **dismissed** any opportunity for promotion."

Mind-sets (思维定势) are changing gradually. When Maring had a daughter, the company equipped him with a home office and allowed him to choose a job that could be performed from there. Danish telecom company TDC initiated an **internal campaign** last year to encourage dads to take paternity leave: 97 percent now do. "When an employee goes on paternity leave and is with his kids, he gets a new kind of training: in how to **keep cool** under stress," says spokesperson Christine Elberg Holm. For a new generation of dads, kids may **come before** the company—but it's a **shift** that benefits both.

文章词汇注释

embrace [ɪm'breɪs]
[释义] *v.*& *n.* ①(欣然)接受，(乐意)利用，信奉 ②拥抱 ③包含
[同义] include, contain, accept, clasp

fatherhood ['fɑːðəhʊd]
[释义] *n.* 父亲的身份，父亲的资格，父性

round-the-clock *a.* 不停的，不分昼夜的

involvement [ɪn'vɒlvmənt]
[释义] *n.* ①卷入，牵连 ②复杂，混乱 ③牵连的事务，复杂的情况
[同义] engagement
[同根] involve [ɪn'vɒlv] *v.* ①(in)包含，包括，需要 ②(in, with)使卷入，使陷入，涉及 ③影响，与…直接有关 ④专心于，忙于
involved [ɪn'vɒlvd] *a.* ①有关的，牵扯在内的 ②混乱的，复杂的

handle ['hændl]
[释义] *v.* ①对付，处理 ②用手触摸或握住 ③操纵，管理 ④指示，实行 *n.* 柄，把手，把柄

bandage ['bændɪdʒ]
[释义] *v.* 用绷带包扎 *n.*（用以包扎伤口等的）绷带
[同根] band [bænd] *n.* ①群，伙，帮，队 ②管乐队，伴舞乐队 ③箍，带 ④条纹，嵌条，镶边 *v.* ①使聚集成群，把…联合起来 ②用带绑扎，给…装上箍 ③用条纹（或嵌条）装饰，给…镶边

negotiate [nɪ'gəʊʃɪeɪt]
[释义] *v.* ①做成，办妥，解决，对付 ②(与某人)商议，谈判，磋商 ③顺利通过，成功地越过
[同根] negotiation [nɪˌgəʊʃɪ'eɪʃən] *n.* 谈判，协商，洽谈
negotiable [nɪ'gəʊʃjəbl] *a.* 可通过谈判解决的

role model(供人仿效的)角色模型，行为榜样

eye [aɪ]
[释义] *v.* ①看，审视，注视，密切注意 ②考虑，期待 ③在…上打孔眼 *n.* ①眼睛，眼球，虹膜，眼眶，眼圈 ②视力，眼力，鉴赏力 ③目光，看 ④注意，监督，关注
[词组] catch sb.'s eye 醒目，显眼，引人注意
have an eye for 有判断力
keep one's eyes open（常与 for 连用）时刻提防
open sb.'s eyes to 使人认清
see eye to eye（常与 with 连用）意见一致
shut one's eyes to 拒绝注意

challenge ['tʃælɪndʒ]
[释义] *n.* ①挑战 ②要求，鞭策 ③怀疑，质询 *v.* ①向…挑战 ②刺激，激励 ③对…怀疑，对…质询
[同义] defiance, demand
[同根] challenging ['tʃælɪndʒɪŋ] *a.* ①挑战性的，苛求的 ②引起兴趣的 ③有迷惑力的
challenger ['tʃælɪndʒə] *n.* ①挑战者 ②挑战性(或需要全力以赴)的事务

breadwinner ['bredwɪnə(r)]
[释义] *n.* 养家活口的人，负担家计的人

corporate ladder 公司里职位的等级、升迁的制度

▶▶▶ **unsympathetic** [ˌʌnsɪmpəˈθetɪk]
[释义] a. ①无同情心的，冷淡的，无情的 ②抱有反感的
[反义] compassionate, merciful
[同根] sympathetic [ˌsɪmpəˈθetɪk]
a. ①同情的，有同情心的 ②赞同的，支持的 ③合意的，和谐的
sympathy [ˈsɪmpəθɪ] n. ①同情，同情心 ②一致，同感，赞同
sympathize [ˈsɪmpəθaɪz] v. 同情，表示同情，同感

▶▶▶ **outweigh** [aʊtˈweɪ]
[释义] v. ①比…(在重要性、影响上)重要，胜过 ②比…(在重量上)重，在重量上超过
[同根] weigh [weɪ] v. ①称…重量，称 ②权衡，考虑 n. ①重量，分量，体重 ②砝码 ③负担，重压 ④重要(性)

▶▶▶ **dismiss** [dɪsˈmɪs]
[释义] v. ①不考虑，摒弃 ②使退去，让离开 ③解雇，开除(学生、工人等)

▶▶▶ **internal** [ɪnˈtɜːnl]
[释义] a. ①国内的，内部的 ②体内的，内服的
[同义] inner, inside, interior
[反义] external

▶▶▶ **campaign** [kæmˈpeɪn]
[释义] n. ①运动，竞选运动 ②战役
v. ①参加运动 ②作战

▶▶▶ **keep cool** 保持冷静

▶▶▶ **come before** 位于…之前或之上，比…重要

▶▶▶ **shift** [ʃɪft]
[释义] n. ①变换，更易 ②轮班 ③办法，手段 ④排挡，排挡杆 v. ①替换，转移，改变 ②变换（排挡）
[同义] alter, change, substitute

Section B

Passage One

Like most people, I've **long** understood that I will be judged by my **occupation**, that my profession is a **gauge** people use to see how smart or talented I am. Recently, however, I was disappointed to see that it also decides how I'm treated as a person.

Last year I left a professional position as a small-town reporter and took a job **waiting** tables. As someone paid to serve food to people, I had customers say and do things to me I **suspect** they'd never say or do to their most **casual acquaintances**. One night a man talking on his cell phone **waved** me **away**, then beckoned (示意) me back with his finger a minute later, complaining he was ready to order and asking where I'd been.

I had waited tables during summers in college and was treated like a peon (勤杂工) by plenty of people. But at 19 years old, I believed I **deserved inferior** treatment from professional adults. Besides, people responded to me differently after I told them I was in college. Customers would joke that one day I'd be sitting at their table, waiting to be served.

Once I graduated I took a job at a community newspaper. From my first day, I heard a respectful tone from everyone who called me. I **assumed** this was the way the professional world worked—**cordially**.

I soon found out differently. I sat several feet away from an advertising sales **representative** with a similar name. Our calls would often get mixed up and someone asking for Kristen would be **transferred** to Christie. The mistake was immediately evident. Perhaps it was because money was involved, but people used a tone with Kristen that they never used with me.

My job title made people treat me with **courtesy**. So it was a shock to return to the restaurant industry.

It's no secret that there's a lot to **put up with** when waiting tables, and fortunately, much of it can be easily forgotten when you pocket the tips. The service industry, by **definition**, exists to **cater to** others' needs. Still, it seemed that many of my customers didn't get the difference between server and servant.

I'm now applying to graduate school, which means someday I'll return to a profession where people need to be nice to me in order to get what they want. I think I'll take them to dinner first, and see how they treat someone whose only job is to serve them.

文章词汇注释

long [lɒŋ]

[释义] *ad.* 长期地，始终 *a.* 长的，长期的，高的 *v.* 渴望，热望

occupation [ˌɒkjʊ'peɪʃən]

[释义] *n.* ①职业 ②占领，占据 ③居住 ④消遣

[同义] employment, work

[同根] occupy ['ɒkjʊpaɪ] *v.* ①占，占用，占领，占据 ②使忙碌，使从事 ③担任（职务）④住

gauge [geɪdʒ]

[释义] *n.* ①测量仪器，测量仪表 ②标准规格，标准量度 ③估计（或判断）方法 ④大小，容量，程度，范围 *v.* ①量，测，精确地测量 ②测定，估计，判定

[同义] appraise, assessment, estimate, judgement, measure, rate, size up

wait [weɪt]

[释义] *v.* ①服侍，侍候 ②等候，等待 ③期待，延缓

[词组] wait upon/on 服侍，招待

wait at table 侍候人家吃饭

wait and see 等着瞧吧，等等看

wait for (up) 等待，等候

suspect [səs'pekt]

[释义] *v.* ①推测，认为 ②怀疑（某人有罪等），对…有疑问

[同义] think, suppose
[同根] suspicious [səs'pɪʃəs] *a.* ①多疑的，疑心的 ②可疑的，容易引起怀疑的

▶▶▶ **casual** ['kæʒjuəl]
[释义] *a.* ①偶然的，碰巧的 ②随便的，无计划的，非正式的 ③临时的，不定期的
[同义] accidental, chance

▶▶▶ **acquaintance** [ə'kweɪntəns]
[释义] *n.* ①相识的人，熟人 ②认识，相知，了解
[同根] acquaint [ə'kweɪnt] *v.* 使认识，介绍，使了解
acquaintanceship [ə'kweɪntənsʃɪp] *n.* 相识，认识，了解，交往关系
[词组] a nodding acquaintance ①点头之交 ②肤浅的知识，皮毛
a speaking acquaintance 见了面谈几句的朋友，泛泛之交
make the acquaintance of sb. 结识某人

▶▶▶ **wave away/off** 挥手使…离去，挥手告别，谢绝，拒绝

▶▶▶ **deserve** [dɪ'zɜːv]
[释义] *v.* 应受，值得，应得
[同根] deserved [dɪ'zɜːvd] *a.* 应得的，理所当然的
deserving [dɪ'zɜːvɪŋ] *a.* ①有功的，该受奖赏的 ②(of) 值得的，该得的
[词组] rightly deserve 完全应得（惩罚）
deserve ill of 有罪于
deserve well of 有功于

▶▶▶ **inferior** [ɪn'fɪərɪə]
[释义] *a.* ①(to)（地位、等级等）低等的，下级的，低于…的 ②(to)（质量等）差的，次于…的
[同义] lower, secondary, subordinate, worse
[反义] superior
[同根] inferiority [ɪn,fɪərɪ'ɒrɪtɪ] *n.* 次等，劣等，下级

▶▶▶ **assume** [ə'sjuːm]
[释义] *v.* ①假定，设想 ②担任，承担，③呈现，具有，采取
[同义] suppose, presume, suspect
[同根] assuming [ə'suːmɪŋ] *conj.* 假定，假如 *a.* 傲慢的，自负的
assumed [ə'sjuːmd] *a.* 假定的，假装的
assumption [ə'sʌmpʃən] *n.* ①假定，臆断 ②担任，承担
assumptive [ə'sʌmptɪv] *a.* ①被视为理所当然的 ②自负的

▶▶▶ **cordially** ['kɔːdɪəlɪ]
[释义] *ad.* ①热情友好地，热诚地 ②真心地，由衷地
[同根] cordial ['kɔːdɪəl;(*US*) 'kɔːrdʒəl] *a.* ①热情友好的，热诚的 ②真心的，衷心的
cordiality [,kɔːdɪ'ælətɪ] *n.* ①热情友好，热诚，真挚 ②热情友好的举动，热情友好的话

▶▶▶ **representative** [,reprɪ'zentətɪv]
[释义] *n.* 代表，代理人 *a.* 代表的，代理的
[同根] present ['prezənt]
[释义] *n.* ①赠品，礼物 ②现在 *a.* ①现在的 ②出席的
[prɪ'zent] *v.* ①介绍，引见 ②赠送 ③提供，递交
represent [,riːprɪ'zent] *v.* ①代表，表示 ②表述，描绘，形象地表现 ③典型地反映
representation [,reprɪzen'teɪʃən] *n.* ①表示，表述，表现 ②代表

▶▶▶ **transfer** [træns'fɜː]
[释义] *v.* ①转移（地方）②调动 ③（工作）转让 ③转学，转乘 *n.* ①迁移，转移 ②调动 ③转让，让与
[同义] move, change

[同根] transferable [træns'fɜːrəbəl] *a.* 可转移的，可调动的

▶▶▶ **courtesy** ['kɜːtəsɪ]
[释义] *n.* ①谦恭有礼，殷勤，礼貌的举止（或言辞）②好意，恩惠，帮助 *a.* 出于礼节的，殷勤的，优待的
[同根] courteous ['kɜːtɪəs] *a.* 谦恭有礼的，殷勤的
courteously ['kɜːtɪəslɪ] *ad.* 谦恭有礼地，殷勤地
[词组] by courtesy of 蒙…的好意；蒙…允许

▶▶▶ **put up with** 忍受，容忍

▶▶▶ **definition** [ˌdefɪ'nɪʃən]
[释义] *n.* ①定义，解说，阐明 ②限定 ③明确
[同义] explanation, interpretation
[同根] define [dɪ'faɪn] *v.* ①解释，给…下定义 ②限定，规定，立界限，立范围
definite ['defɪnɪt] *a.* ①明确的，明白的 ②肯定的，无疑的 ③限定的
definitely ['defɪnɪtlɪ] *ad.* ①明确地 ②的确，一定，一点也不错
[词组] give a definition 下定义

▶▶▶ **cater to** ①迎合 ②提供

选项词汇注释

▶▶▶ **manual** ['mænjʊəl]
[释义] *a.* 体力的，手工的，用手操纵的 *n.* 手册，说明书，指南
[反义] automatic
[同根] manually ['mænjʊəlɪ] *ad.* 用手地，手工地

▶▶▶ **embarrassed** [ɪm'bærəst]
[释义] *a.* 窘迫的，尴尬的
[同根] embarrass [ɪm'bærəs] *v.* ①使困窘，使局促不安 ②阻碍，麻烦
embarrassment [ɪm'bærəsmənt] *n.* 困窘，阻碍
embarrassing [ɪm'bærəsɪŋ] *a.* 使人尴尬的，令人为难的

▶▶▶ **be destined to** 一定会…

▶▶▶ **rough** [rʌf]
[释义] *a.* ①粗野的 ②粗糙的，粗略的
[同义] coarse, tough, crude, cruel
[反义] gentle
[同根] roughly ['rʌflɪ] *ad.* ①大约，概略地 ②粗暴地，粗鲁地 ③粗糙地
roughness ['rʌfnɪs] *n.* ①粗糙，粗糙之处，不平滑 ②粗鲁 ③粗略
roughen ['rʌfən] *v.* 变粗

▶▶▶ **look on...as...** 把…看待为…

▶▶▶ **generosity** [ˌdʒenə'rɒsɪtɪ]
[释义] *n.* 慷慨，宽大
[同根] generous ['dʒenərəs] *a.* ①充分的，大量的 ②慷慨的，有雅量的

▶▶▶ **generously** ['dʒenərəslɪ]
[释义] *ad.* ①充分地 ②慷慨地

▶▶▶ **arouse sb's sympathy for** 引起某人对…的同情

▶▶▶ **humble** ['hʌmbl]
[释义] *a.* ①低下的，卑微的 ②谦逊的，虚心的 ③微不足道，无特别之处的 *v.* ①降低…地位 ②使谦逊，低声下气，羞辱
[同义] low, modest, unimportant, insignificant
[同根] humbleness ['hʌmblnɪs] *n.* ①谦逊 ②粗鄙 ③卑贱
[词组] humble sb's pride ①压某人的气焰 ②使某人丢脸

Passage Two

What's **hot** for 2007 among the very rich? A $7.3 million diamond ring. A trip to Tanzania to hunt wild animals. Oh, and income inequality.

Sure, some **leftish** billionaires like George Soros have been **railing against** income inequality for years. But increasingly, **centrist** and **right-wing** billionaires are starting to worry about income inequality and the fate of the middle class.

In December, Mortimer Zuckerman wrote a **column** in *U.S. News & World Report*, which he owns. "Our nation's core **bargain** with the middle class is **disintegrating**." Lamented(哀叹) the 117th-richest man in America. "Most of our economic gains have gone to people at the very top of the income ladder. Average income for a household of people of working age, by contrast, has fallen five years **in a row**." He noted that "Tens of millions of Americans live in fear that a major health problem can reduce them to **bankruptcy**."

Wilbur Ross Jr. has **echoed** Zuckerman's anger over the bitter struggles faced by middle-class Americans. "It's an **outrage** that any American's **life expectancy** should be shortened simply because the company they worked for went bankrupt and ended **health-care coverage**," said the former chairman of the International Steel Group.

What's happening? The very rich are just as **trendy** as you and I, and can be so **when it comes to** politics and policy. **Given** the recent change of control in Congress, the **popularity** of measures like increasing the **minimum wage**, and efforts by California's governor to offer **universal** health care, these guys don't need their own personal weathermen to know which way the wind blows.

It's possible that plutocrats (有钱有势的人) are expressing **solidarity** with the struggling middle class as part of an effort to insulate themselves from confiscatory (没收性的) tax policies. But the **prospect** that income inequality will lead to higher taxes on the wealthy doesn't keep plutocrats up at night. They can **live with** that.

No, what they fear was that the political challenges of **sustaining** support for global economic integration will be more difficult in the United States because of what has happened to the **distribution** of income and economic **insecurity**.

In other words, if middle-class Americans continue to struggle financially as the **ultrawealthy** grow ever wealthier, it will be increasingly

difficult to **maintain** political support for the free flow of goods, services, and **capital** across borders. And when the United States places **obstacles** in the way of foreign investors and foreign goods, it's likely to encourage **reciprocal** action abroad. For people who buy and sell companies, or who **allocate** capital to markets all around the world, that's the real **nightmare**.

文章词汇注释

►►► **hot** [hɒt,hɑt]

[释义] *a.* ①轰动一时的，极风行的，热门的，时髦的 ②热的，灼热的，烫的，（使人）感到热的 ③辣的，辛辣的 ④热情的，热烈的，热切的

[词组] get hot ①变热 ②激动起来 ③接近
get hot under the collar 生气，想争论
not so hot 不太突出；不如预期的好
be hot on ①热衷于…，精通… ②对…非常严厉，非常苛刻

►►► **leftish** ['leftɪʃ]

[释义] *a.*（政治观点上）有点左倾的

►►► **rail against** 咒骂，责备，抱怨

►►► **centrist** ['sentrɪst]

[释义] *a.* 中间路线的，温和派的 *n.* 在政治上走中间道路的人，中立派议员，温和派

►►► **right-wing** ['raɪtwɪŋ]

[释义] *a.* 右翼的，右派的

►►► **column** ['kɒləm]

[释义] *n.* ①栏，专栏文章 ②柱，支柱，圆柱，纪念柱 ③（军队、舰船、飞机等的）纵队

[同根] columnist ['kɒləmnɪst] *n.* 专栏作家

►►► **bargain** ['bɑːgɪn]

[释义] *n.* ①协议，协定 ②协议的条件 ③交易 ④特价商品，减价出售的商品，便宜的东西 *v.* 讲价，讨价还价，谈判，讲条件

[同根] bargainer ['bɑːgɪnə(r)] *n.* 议价者，讨价还价者

[词组] That's a bargain. [口] 就这么决定了！一言为定！
A bargain is a bargain. [谚] 买卖一言为定；达成的协议不可撕毁。
make/ conclude/settle a bargain 成交，达成协议
bargain for 准备，预料
bargain on 依靠；信赖
a good（bad）bargain 一笔上算（不上算）的交易

►►► **disintegrate** [dɪs'ɪntɪgreɪt]

[释义] *v.* 瓦解，（使）分解，（使）碎裂

[同义] break up, decay

[同根] disintegration [dɪsˌɪntɪ'greɪʃən] *n.* ①瓦解，崩溃 ②分裂，分解
integrate ['ɪntɪgreɪt] *v.* ①使成整体，使完整 ②使结合，使合并，使一体化
integration [ˌɪntɪ'greɪʃən] *n.* 结合，合而为一，整合，融合
integral ['ɪntɪgrəl] *a.* ①构成整体所需要的 ②完整的，整体的
integrity [ɪn'tegrɪtɪ] *n.* ①正直，诚实 ②完整，完全，完善

►►► **in a row** 连续，成一排

►►► **bankruptcy** ['bæŋkrʌptsɪ]

[释义] *n.* ①破产，破产事件 ②彻底失

败，（名誉等的）彻底丧失

[同根] bankrupt ['bæŋkrʌpt] *a.* ①破产的，关于破产的 ②已彻底失败的，枯竭的③彻底缺乏的 *n.*（尤指经法院宣告的）破产者，无偿还能力的人

▶▶▶ **echo** ['ekəʊ]

[释义] *v.* ①重复（他人的话、思想等），随声附和 ②反射（声音），发出…的回声 *n.* ①回声，回音，反响 ②应声虫，附和者

[同义] repeat, reiterate, rebound, reverberate

▶▶▶ **outrage** ['aʊtreɪdʒ]

[释义] *n.* 侮辱，愤怒，暴行 *v.* 凌辱，引起…义愤，强奸

[同义] indignation, rage, fury

▶▶▶ **life expectancy** 寿命

▶▶▶ **health-care** *n.* 医疗保健

▶▶▶ **coverage** ['kʌvərɪdʒ]

[释义] *n.* ①保险总额，保证金 ②覆盖范围，所包括的范围（程度、区域、数额）③新闻报道

[同根] cover ['kʌvə] *v.* ①报道，采访 ②包括，涉及

▶▶▶ **trendy** ['trendɪ]

[释义] *a.* 流行的，赶时髦的 *n.* 新潮人物，穿着时髦的人

[同义] popular, fashionable, in, stylish

[同根] trend [trend] *n.* ①趋势，趋向 ②（海岸、河流、山脉等）走向，方向 ③时髦，时尚

▶▶▶ **when it comes to** 当谈到

▶▶▶ **given (that)** 考虑到，假如

▶▶▶ **popularity** [ˌpɒpjʊ'lærɪtɪ]

[释义] *n.* ①普及，流行，大众化 ②声望

[反义] unpopularity

[同根] popular ['pɒpjʊlə] *a.* 通俗的，流行的，受欢迎的

popularly ['pɒpjʊləlɪ] *ad.* 流行地，通俗地，大众地

popularize ['pɒpjʊləraɪz] *v.* 普及，推广

▶▶▶ **minimum wage** 最低工资

▶▶▶ **universal** [ˌjuːnɪ'vɜːsəl]

[释义] *a.* ①普遍的，全体的 ②通用的 ③宇宙的，世界的

[同义] worldwide, common, entire

[同根] universe ['juːnɪvɜːs] *n.* 宇宙，世界，万物

▶▶▶ **solidarity** [sɒlɪ'dærɪtɪ]

[释义] *n.* 团结一致，共同一致，休戚相关，关联

[同根] solid ['sɒlɪd] *a.* ①固体的，实心的 ②牢固的，结实的 ③真实的，可靠的 ④一致的，团结的

solidarize ['sɒlɪdəraɪz] *v.* 团结一致

▶▶▶ **prospect** ['prɒspekt]

[释义] *n.* ①前景，前途 ②期望 ③景色 *v.* 寻找，勘探

[同根] prospective [prəs'pektɪv] *a.* 预期的，盼望中的，未来的，即将发生的

[词组] in prospect ①可期待 ②有希望 ③在考虑中

open up prospects (for) 为…开辟前景

prospect for 勘探

▶▶▶ **live with** ①承认，容忍，忍受（不愉快的事）②和…住在一起，与…同居

▶▶▶ **sustain** [səs'teɪn]

[释义] *v.* ①维持，支持 ②支撑，承受（压力或重量），承担（费用等）③支援，救济

[同根] sustained [səs'teɪnd] *a.* 持久的，维持的

sustainable [sə'steɪnəbl] *a.* ①能保持的，可持续的，能维持的 ②支撑得住的，能承受的

sustaining [səs'teɪnɪŋ] *a.* 用以支撑

(或支持、保持、维持、供养等)的
sustainment [səs'teɪnmənt] *n.* 支持，维持

▶▶▶ **distribution** [ˌdɪstrɪ'bjuːʃən]
[释义] *n.* ①分配，分发，配给 ②销售
[同根] distribute [dɪs'trɪbju(ː)t] *v.* ①分发，分配 ②散布，分布

▶▶▶ **insecurity** [ˌɪnsɪ'kjuərɪtɪ]
[释义] *n.* 不安全，不安全感，风险
[同义] unsafety, unsteadiness, instability, danger
[同根] secure [sɪ'kjuə] *a.* ①安全的 ②安心的，有把握的 ③牢固的，牢靠的 *v.* ①使安全，保卫 ②保证，为(借款等)作保 ③束牢，关紧
security [sɪ'kjuərɪtɪ] *n.* ①安全，安全感 ②保证，担保

▶▶▶ **ultrawealthy** ['ʌltrə 'welθɪ]
[释义] *a.* 超级富有的

▶▶▶ **maintain** [meɪn'teɪn]
[释义] *v.* ①维持，保持 ②坚持，维护，主张 ③保养，维修 ④赡养，供给
[同义] keep, retain, sustain
[同根] maintenance ['meɪntɪnəns] *n.* ①维护，保持 ②维修 ③生活费用 ④扶养
maintainable [men'teɪnəbl] *a.* ①可维持的 ②主张的
maintainer [men'teɪnə] 养护工，维护人员

▶▶▶ **capital** ['kæpɪtəl]
[释义] *n.* ①资本，资金 ②首都，首府 ③大写字母 *a.* 首都的；重要的；死罪的；大写的
[同根] capitalize [kə'pɪtəlaɪz] *v.* ①变成资本 ②以大写字母写

▶▶▶ **obstacle** ['ɒbstəkl]
[释义] *n.* 障碍（物），妨害的人
[同义] barrier, block, hindrance, obstruction

▶▶▶ **reciprocal** [rɪ'sɪprək(ə)l]
[释义] *a.* ①互惠的，对等的，相互补偿的 ②相互的，交互的，有来有往的 ③相同的，相等的
[同根] reciprocate [rɪ'sɪprəkeɪt] *v.* ①往复，来回 ②酬答，报答
reciprocation [rɪˌsɪprə'keɪʃən] *n.* ①互换，互给，交换 ②酬答，报答

▶▶▶ **allocate** ['æləukeɪt]
[释义] *v.* 分配，配置，分派，把…拨给
[同义] distribute, assign
[同根] allocation [ˌæləu'keɪʃən] *n.* ①分配，配给，配置 ②配给物，配给量

▶▶▶ **nightmare** ['naɪtmeə(r)]
[释义] *n.* 梦魇，恶梦，可怕的事物

选项词汇注释

▶▶▶ **lamentation** [ˌlæmen'teɪʃən]
[释义] *n.* 悲叹，哀悼

▶▶▶ **make a bargain** 达成，协议成交

▶▶▶ **fashion-conscious** *a.* 有时尚意识的，注重时尚的

▶▶▶ **sensitive** ['sensɪtɪv]
[释义] *a.* ①敏感的，有感觉的 ②易受伤害的，易受影响的 ③神经质的，过敏的 ④(软片等)易感光的
[同义] subtle, susceptive, impressible
[同根] sensitivity ['sensɪ'tɪvɪtɪ] *n.* ①灵敏度，敏感性，过敏性 ②应激性
sensitively ['sensɪtɪvlɪ] *ad.* ①易感知地 ②神经过敏地
[词组] be sensitive to 对…敏感，易感

受…

▶▶▶ **contribute** [kən'trɪbjuːt]

[释义] *v.* ①捐献，捐助 ②是…的原因之一，有助于 ③投稿 ④增加，增进

[同义] donate, give, provide

[同根] contribution [ˌkɒntrɪ'bjuːʃən] *n.* ①捐款，捐资 ②贡献，促成作用 ③稿件

contributor [kən'trɪbjʊtə] *n.* ①贡献者，捐助者 ②投稿者 ③促成物

contributive [kən'trɪbjʊtɪv] *a.* ①捐赠的 ②贡献的 ③ (to) 有助于…的，起作用的

[词组] contribute to 捐献于，有助于

▶▶▶ **soar** [sɔː, sɒr]

[释义] *v.* ①猛增，剧增 ②高飞，升腾

[同义] ascend, leap, skyrocket

[同根] soaring ['sɔːrɪŋ,'sɒər-] *a.* ①剧增的，高涨的 ②高飞的，翱翔的

▶▶▶ **beyond control** 无法控制

▶▶▶ **make great efforts to...** 尽最大努力…

▶▶▶ **barrier** ['bærɪə]

[释义] *n.* ①栅栏，障碍物 ②关卡，屏障 ③障碍 ④界线 *v.* 以屏障隔开（隔绝）

▶▶▶ **in return** 作为报答、回报

Skimming and Scanning

What Will the World Be Like in Fifty Years?

This week some top scientists, including Nobel Prize winners, gave their **vision** of how the world will look in 2056, from gas-powered cars to extraordinary health advances, John Ingham reports on what the world's finest **minds** believe our futures will be.

For those of us lucky enough to live that long, 2056 will be a world of almost **perpetual** youth, where **obesity** is a remote memory and robots become our **companions**.

We will be **rubbing shoulders with aliens** and **colonizing** outer space. Better still, our **descendants** might at last live in a world **at peace with** itself.

The **prediction** is that we will have found a source of **inexhaustible**, safe, green energy, and that science will have **killed off** religion. If they are right we will have removed two of the main causes of war—our dependence on oil and religious **prejudice**.

Will we really, as today's scientists **claim**, be able to live for ever or at least cheat the **ageing** process so that the average person lives to 150?

Of course, all these predictions **come with** a scientific health warning. Harvard professor Steven Pinker says, "This is an invitation to look foolish, as with the predictions of **domed** cities and nuclear-powered **vacuum cleaners** that were made 50 year ago."

Living longer

Anthony Atala, director of the Wake Forest Institute in North Carolina, believes **failing** organs will be repaired by **injecting** cells into the body. They will naturally go straight to the injury and help heal it. A system of injections without needles could also slow the ageing process by using the same process to "**tune**" cells.

Bruce Lahn, professor of human **genetics** at the University of Chicago, **anticipates** the ability to produce "unlimited supplies" of **transplantable** human

organs without the needed a new organ, such as kidney, the surgeon would **contact** a commercial organ producer, give him the patient's **immunological profile** and would then be sent a kidney with the correct **tissue** type.

These organs would **be** entirely **composed of** human cells, grown by introducing them into animal **hosts**, and allowing them to develop into and organ **in place of** the animal's own. But Prof. Lahn believes that farmed brains would be "**off limits**". He says, "Very few people would want to have their brains replaced by someone else's and we probably don't want to put a human brain in an animal body."

Richard Miller, a professor at the University of Michigan, thinks scientist could develop "**authentic** anti-ageing drugs" by **working out** how cells in larger animals such as whales and human **resist** many forms of injuries. He says, "It is now **routine**, in laboratory **mammals**, to **extend lifespan** by about 40%. **Turning on** the same protective systems in people should, by 2056, create the first class of 100-year-olds who are as **vigorous** and **productive** as today's people in their 60s."

Aliens

Colin Pillinger, professor of planetary sciences at the Open University, says, "I **fancy** that at least we will be able to show that life did start to **evolve** on Mars well as Earth." Within 50 years he hopes scientists will prove that alien life came here in Martian meteorites（陨石）.

Chris McKay, a planetary scientist at NASA's Ames Research Center, believes that in 50 years we may find evidence of alien life in ancient **permanent** frost of Mars or on other planers.

He adds, "There is even a chance we will find alien life forms here on Earth. It might be as different as English is to Chinese.

Princeton professor Freeman Dyson thinks it "likely" that life from outer space will be discovered before 2056 because the tools for finding it, such as **optical** and radio **detection** and **data processing**, are improving.

He says, "As soon as the first evidence is found, we will know what to look for and additional discoveries are likely to follow quickly. Such discoveries are likely to have revolutionary consequences for biology, astronomy and philosophy. They may change the way we look at ourselves and our place in the universe.

Colonies in space

Richard Gott, professor of astrophysics at Princeton, hopes man will set

up a **self-sufficient** colony on Mars, which would be a "**life insurance policy** against whatever **catastrophes**, natural or otherwise, might occur on Earth.

"The real space race is whether we will colonize off Earth onto other worlds before money for the space programme runs out."

Spinal injuries

Ellen Heber-Katz, a professor at the Wistar Institute in Philadelphia, **foresees** cures for injuries causing **paralysis** such as the one that **afflicted** Superman star Christopher Reeve.

She says, "I believe that the day is not far off when we will be able to **prescribe** drugs that cause severed（断裂的）spinal cords to heal, hearts to **regenerate** and lost limbs to regrow.

"People will come to expect that injured or **diseased** organs are meant to be repaired from within, in much the same way that we fix an **appliance** or automobile: by replacing the damaged part with a manufacturer-**certified** new part." She predicts that within 5 to 10 years fingers and toes will be regrown and limbs will start to be regrown a few years later. Repairs to the nervous system will start with **optic nerves** and, in time, the spinal cord. "Within 50 years whole body replacement will be routine," Prof. Heber-Katz adds.

Obesity

Sydney Brenner, senior **distinguished** fellow of the Crick-Jacobs Center in California, won the 2002 Nobel Prize for Medicine and says that if there is a global disaster some humans will survive—and evolution will favour small people with bodies large enough to support the required amount of brain power. "Obesity," he says, "will have been solved."

Robots

Rodney Brooks, professor of **robotics** at MIT, says the problems of developing **artificial intelligence** for robots will be at least partly **overcome**. As a result, "the possibilities for robots working with people will open up **immensely**".

Energy

Bill Joy, green technology expert in California, says, "The most significant **breakthrough** would be to have an inexhaustible source of safe, green energy that is **substantially** cheaper than any existing energy source."

Ideally, such a source would be safe **in that** it could not be made into weapons and would not make **hazardous** or **toxic** waste or carbon dioxide, the main greenhouse gas **blamed for** global warming.

Society

Geoffrey Miller, evolutionary psychologist at the University of New Mexico, says, "The US will follow the UK in realizing that religion is not a prerequisite (前提) for ordinary human **decency**.

"Thus, science will kill religion—not by reason **challenging** faith but by offering a more practical, **universal** and **rewarding moral framework** for human **interaction**."

He also predicts that "**absurdly** wasteful" **displays** of wealth will become **unfashionable** while the importance of **close-knit** communities and families will become clearer.

These there changes, he says, will help make us all "brighter, wiser, happier and kinder".

文章词汇注释

▸▸▸ **vision** [ˈvɪʒən]

[释义] *n.* ①看法，目光，眼力 ②幻想，想象 ③视力，视觉 ④看，看见 *v.* ①梦见，想象 ②显现

[同义] opinion

[同根] visional [ˈvɪʒənəl] *a.* ①视力的，视觉的 ②幻觉的

visionless [ˈvɪʒənlɪs] *a.* 无视觉的，瞎的

visible [ˈvɪzəbl] *a.* ①看得见的 ②明显的，显著的 *n.* 可见物

visibility [ˌvɪzɪˈbɪlɪtɪ] *n.* 可见度，可见性

[词组] beyond one's vision 在视野之外，看不见的

have vision of 想象到，幻想

see visions 见幻象，能预卜未来，做先知

tunnel vision 狭隘的视野，井蛙之见

▸▸▸ **mind** [maɪnd]

[释义] *n.* ①有才智的人 ②头脑 ③智力，知识 ④心情 *v.* ①记住 ②注意，留心 ③提醒 ④介意，反对

[词组] bring/call to one's mind 想起，回忆起

cast one's mind back 想起往事，追忆

change/alter one's mind 改变想法或主意，变卦

change sb.'s mind 使某人改变主意

come to/into sb.'s mind 浮现在某人的脑海中

Great minds think alike. [谚] 英雄所见略同。

have a great/good mind to 非常想…，极有意…

have in mind ①记得，记住 ②想到，

考虑到，打算

have no mind to do sth. 不想做某事

▶▶▶ **perpetual** [pə'petjʊə]

[释义] *a.* ①永恒的，永久的，长期的 ②无休止的，没完没了的

[同义] endless, eternal, lasting, permanent

[反义] temporary

[同根] perpetually [pə'petjʊəlɪ] *ad.* 永恒地，终身地

▶▶▶ **obesity** [əʊ'bɪsɪtɪ]

[释义] *n.*（过度）肥胖，肥胖症

[同根] obese [əʊ'bi:s] *a.* 肥胖的，肥大的

▶▶▶ **companion** [kəm'pænjən]

[释义] *n.* ①同伴，伴侣 ②成对（副、双）的东西之一 *v.* ①陪伴，与…为伴 ②结伴，交往

[同根] company ['kʌmpənɪ] *n.* ①公司，商号 ②陪伴，交往 ③一群人 ④同伴（们），朋友（们）*a.* ①待客的 ②公司的

companionable [kəm'pænjənəbl] *a.* 友善的，好交际的

companionship [kəm'pænjənʃɪp] *n.* ①伴侣关系 ②交际，交往

▶▶▶ **rub shoulders with sb.** 与某人在社交上或职业上来往

▶▶▶ **alien** ['eɪljən]

[释义] *n.* ①外星人 ②其它种族(或社会)集团的人，外人 ③外国人 *a.* ①外国的，陌生的 ②性质不同的，异己的

[同根] alienate ['eɪljəneɪt] *v.* ①离间，使疏远 ②转移（财产的）所有权 ③使转移，使转向

alienation [ˌeɪlɪə'neɪʃən] *n.* ①离间，疏远 ②（财产的）转让，(所有权的) 让渡

▶▶▶ **colonize** ['kɒlənaɪz]

[释义] *v.* ①在…开拓殖民地，移（民）于殖民地 ②使聚居 移植于，移生于

[同根] colony ['kɒlənɪ] *n.* ①殖民地 ②侨民，侨民区

colonist ['kɒlənɪst] *n.* ①殖民者，移住民，殖民地居民

▶▶▶ **descendant** [dɪ'send(ə)nt]

[释义] *n.* 后裔，后代，子孙

[同根] descend [dɪ'send] *v.* ①下来，下降 ②下倾，下斜 ③递减

descent [dɪ'sent] *n.* ①下降，下倾 ②遗传，派生 ③血统，世系 ④衰落，堕落

▶▶▶ **at peace with** 与…和平相处

▶▶▶ **prediction** [prɪ'dɪkʃən]

[释义] *n.* ①预言，预料 ②预言的事物，预报的事物

[同义] forecast, foreseeing, foretelling, anticipation

[同根] predict [prɪ'dɪkt] *v.* 预言，预料，预报

predictable [prɪ'dɪktəbəl] *a.* 可预言的

predictive [prɪ'dɪktɪv] *a.* 预言性的，有预报价值的

▶▶▶ **inexhaustible** [ˌɪnɪg'zɔ:stəbl]

[释义] *a.* ①用不完的，无穷无尽的 ②不会疲劳的，不倦的

[同根] exhaust [ɪg'zɔ:st] *v.* ①用尽，耗尽 ②使筋疲力尽 ③排气 *n.* ①排气 ②排气装置

exhausting [ɪg'zɔ:stɪŋ] *a.* ①用尽的 ②令人疲乏不堪的

exhausted [ɪg'zɔ:stɪd] *a.* ①耗尽的 ②疲惫的

exhaustion [ɪg'zɔ:stʃən] *n.* ①耗尽枯竭 ②筋疲力尽 ③详尽无遗的论述

exhaustible [ɪg'zɔ:stəbl] *a.* 可耗尽的，用得尽的

exhaustive [ɪg'zɔ:stɪv] *a.* ①无遗漏的 ②彻底的，详尽的

▶▶▶ **kill off** ①灭绝，杀光 ②破坏（计划

等）③使（热情）完全消失

▶▶▶ **prejudice** ['predʒudɪs]

[释义] *n.* ①偏见，歧视，反感 ②先入之见，成见

[同义] bias

[同根] prejudiced ['predʒudɪst] *a.* 有先入之见的，有成见的

prejudicial [ˌpredʒu'dɪʃəl] *a.* 有成见的，有偏见的

[词组] without prejudice (to)（对…）没有不利，无损（于…）

prejudice against 对…的偏见

▶▶▶ **claim** [kleɪm]

[释义] *v.* ①声称，宣称 ②（根据权利）要求，认领 *n.* ①要求，认领 ②根据合约索要的赔款 ③要求权，债权人

[同义] demand, require

[同根] disclaim [dɪs'kleɪm] *v.* 放弃，弃权，拒绝

claimant ['kleɪmənt] *n.*（根据权利）提出要求者，原告

▶▶▶ **age** [eɪdʒ]

[释义] *v.* ①变老，变旧 ②变陈，成熟

▶▶▶ **come with** 随同…而来，与…一同供应

▶▶▶ **domed** [dəumd]

[释义] *a.* 圆屋顶的，圆盖状的，圆顶的，半球形的

[同根] dome [dəum] *n.* ①圆屋顶，穹顶 ②苍穹，半球形物

▶▶▶ **vacuum cleaner** 真空吸尘器

▶▶▶ **failing** ['feɪlɪŋ]

[释义] *a.* ①衰退（或减弱）中的 ②失败的 *n.* ①失败 ②缺点，弱点

[同根] fail [feɪl] *v.* ①使失望，辜负 ②不及格 ③（健康、视力等）衰退 ④忽略，疏忽

▶▶▶ **inject** [ɪn'dʒekt]

[释义] *v.* ①注射，注入 ②插进（话），加进

[同义] insert, fill

[同根] injectant [ɪn'dʒektənt] *n.* 注入物

injection [ɪn'dʒekʃən] *n.* ①注射，注射剂 ②（人造卫星、宇宙飞船等的）射入轨道

injector [ɪn'dʒektə] *n.* 注射器

[词组] inject...into... ①把…注入… ②给…增添…

▶▶▶ **tune** [tjuːn]

[释义] *v.* ①调整，调节，使协调 ②为（乐器）调音（或定弦）③使建立无线联系 *n.* 曲调，和谐，调子

[词组] in tune (with) 合调，和谐，和睦

keep...in tune 使…保持正常状态

out of tune 不合调，走调

tune in 收听…，收看…，调准收音机的波长，调准电视机的频道，调入

▶▶▶ **genetics** [dʒɪ'netɪks]

[释义] *n.* 遗传学

[同根] gene [dʒiːn] *n.*（遗传）因子，（遗传）基因

genetic [dʒɪ'netɪk] *a.* 基因的，遗传的

▶▶▶ **anticipate** [æn'tɪsɪpeɪt]

[释义] *v.* 预期，期望，预料

[同义] expect, foresee

[同根] anticipation [ˌæntɪsɪ'peɪʃn] *n.* ①预期，预料，预感 ②预先采取的行动

▶▶▶ **transplantable** [træns'plɑːntəbl]

[释义] *a.* 可移植的，可移种的

[同根] transplant [træns'plɑːnt] *v.* 移植，移种 *n.* [医] 移植

▶▶▶ **contact** [kən'tækt]

[释义] *v.* ①联系 ②接触

▶▶▶ ['kɒntækt] *n.* ①接触 ②联系

[词组] be in / out of contact with 和…（脱离）接触，有（失去）联系

bring into contact with 使接触，使与…联系
come into / in contact with 接触，碰上
have / make contact with 接触到，和…有联系
lose contact with 和…失去联系

▶▶▶ **immunological profile** 免疫数据图表，免疫因子水平断面

▶▶▶ **tissue** ['tɪsjuː]
[释义] *n.* ①［生］组织 ②薄的织物 ③面巾纸，卫生纸

▶▶▶ **be composed of** 由…组成

▶▶▶ **host** [həʊst]
[释义] *n.* ①［生］宿主，受体 ②主人，东道主 ③（广播、电视节目的）主持人 *v.* ①作主人，作东道主，举办 ②（作为主人）招待，接待 ③（口）作…的主持人，主持

▶▶▶ **in place of** 代替，取代，交换
▶▶▶ **off limits** 禁止进入的，禁止使用的

▶▶▶ **authentic** [ɔː'θentɪk]
[释义] *a.* ①真的，真正的 ②可靠的，可信的
[同义] actual, factual, genuine, real, true
[反义] false, fictitious
[同根] authenticity [ˌɔːθen'tɪsɪtɪ] *n.* 可靠性，真实性

▶▶▶ **work out** ①找到解答，通过工作或努力完成，解决 ②作出，制定出

▶▶▶ **resist** [rɪ'zɪst]
[释义] *v.* ①耐得住，未受…的损害或影响 ②抵抗，对抗
[同根] resistance [rɪ'zɪstəns] *n.* ①抵抗，抵抗力 ②阻力 ③敌对，反对
resistant [rɪ'zɪstənt] *a.* ①（~ to）抵抗的，反抗的 ②抗…的，耐…的，防…的

▶▶▶ **routine** [ruː'tiːn]
[释义] *a.* 例行的，常规的，惯例的 *n.* 例行公事，惯例，惯常的程序，日常工作
[同义] regular, habitual,custom, habit, schedule
[同根] routinely [ruː'tiːn] *ad.* 例行公事地，惯例地

▶▶▶ **mammal** ['mæməl]
[释义] *n.* 哺乳动物

▶▶▶ **extend** [ɪk'stend]
[释义] *v.* ①延长，使延伸 ②扩展，展开 ③给予，提供
[同义] lengthen
[反义] decrease
[同根] extension [ɪks'tenʃən] *n.* ①延长，伸展 ②（电话）分机
extensive [ɪks'tensɪv] *a.* 广大的，广阔的，广泛的
extensively [ɪks'tensɪvlɪ] *ad.* 广泛地

▶▶▶ **lifespan** ['laɪfspæn]
[释义] *n.*（动植物的）寿命，预期生命期限，（物的）预期使用期限

▶▶▶ **turn on** ①旋开，打开 ②使…变得兴奋 ③开始

▶▶▶ **vigorous** ['vɪgərəs]
[释义] *a.* ①体力旺盛的，精力充沛的 ②强健的，茁壮的 ③强劲的
[同义] active, dynamic, energetic, healthy
[同根] vigour ['vɪgə] *n.* [亦作 vigor] ①活力 ②精力，体力，力量
vigorously ['vɪgərəslɪ] *ad.* 精神旺盛地

▶▶▶ **productive** [prə'dʌktɪv]
[释义] *a.* ①有生产能力的，（尤指）多产的 ②有成效的，富饶的 ③有生产力的
[同根] produce [prə'djuːs] *v.* ①生产，制造，创作 ②提出，出示
['prɒdjuːs] *n.* 农产品

production [prə'dʌkʃən] *n.* ①生产 ②作品，（研究）成果
product ['prɒdəkt] *n.* 产品，产物
productivity [ˌprɒdʌk'tɪvɪtɪ] *n.* 生产力

▸▸▸ **alien** ['eɪljən]
[释义] *n.* 外国人，侨民，外地人，外族人，外来种族 *a.* 外国的，相异的，外来的，与…格格不入的，与…不相容的

▸▸▸ **fancy** ['fænsɪ]
[释义] *v.* ①设想，想象 ②想要，喜欢 *a.* ①别致的，花哨的 ②需要高度技巧的 ③最高档的，精选的 ④想象出来的，异想天开的 *n.* ①想象力 ②设想，幻想 ③爱好，迷恋 ④鉴赏力，审美力
[同义] imagine, dream, love
[同根] fantasy ['fæntəsɪ, 'fæntəzɪ] *n.* ①想象，幻想 ②想象的产物
fantastic [fæn'tæstɪk] *a.* ①只存在于想象中的 ②奇异的，古怪的 ③异想天开的，荒诞的 ④极大的，难以相信的

▸▸▸ **evolve** [ɪ'vɒlv]
[释义] *v.* （使）进化，（使）发展，（使）进展
[同根] evolution [ˌi:və'lu:ʃən, ˌevə-] *n.* ①进化，演变 ②进展，发展
evolutionary [ˌi:və'lu:ʃənərɪ] *a.* 进化的
evolutionism [ˌi:və'lu:ʃənɪzəm] *n.* 进化论
evolutionist [ˌi:və'lju:ʃənɪst] *n.* 进化论者

▸▸▸ **permanent** ['pɜ:mənənt]
[释义] ①永久（性）的，永恒的，永远的 ②长期不变的，固定（性）的，常在的
[同义] lasting, endless, eternal, unceasing
[反义] impermanent, temporary
[同根] permanence ['pɜ:mənəns] *n.* 永久，持久
permanency ['pɜ:mənənsɪ] *n.* ①永久 ②恒久的人（物、地位）
permanently ['pɜ: mənəntlɪ] *ad.* 永存地，不变地

▸▸▸ **optical** ['ɒptɪkəl]
[释义] *a.* ①光学的，光的 ②眼的，视力的，视觉的
[同根] optic ['ɒptɪk] *a.* 眼的，视觉的，光学上的 *n.* 光学仪器
optics ['ɒptɪks] *n.* 光学
optician ['ɒptɪʃən] *n.* 光学仪器商，眼镜商，光学仪器制造者
opticist ['ɒptɪsɪst] *n.* 光学物理学家

▸▸▸ **detection** [dɪ'tekʃən]
[释义] *n.* ①探测，侦查 ②察觉，发觉
[同根] detect [dɪ'tekt] *v.* ①探测，侦查 ②察觉，发觉
detective [dɪ'tektɪv] *n.* 侦探 *a.* 侦探的，探测的

▸▸▸ **data processing** 数据处理

▸▸▸ **self-sufficient** ['selfsə'fɪʃənt]
[释义] *a.* ①自给自足的 ②过于自信的，妄自尊大的
[同根] sufficient [sə'fɪʃənt] *a.* ①足够的，充分的 ②有能力的，够资格的，能胜任的
sufficiency [sə'fɪʃənsɪ] *n.* ①（财富等的）充足，足量 ②自满，自负
sufficiently [sə'fɪʃəntlɪ] *ad.* 十分地，充分地
[词组] be sufficient for 足够满足…的需要

▸▸▸ **life insurance policy** 人寿保险保单

▸▸▸ **catastrophe** [kə'tæstrəfɪ]
[释义] *n.* 大灾难，大祸
[同义] calamity, disaster, misfortune, tragedy
[同根] catastrophic [ˌkætə'strɒfɪk] *a.* 悲惨的，灾难的

▶▶▶ **spinal** ['spaɪnl]
[释义] *a.* ①［解］脊的，脊柱的，脊髓的 ②棘的，针（棘）状突的 *n.* 脊髓麻醉，脊髓麻醉剂

▶▶▶ **foresee** [fɔː'siː]
[释义] *v.* 预见，预知
[同义] forecast, foretell, predict

▶▶▶ **paralysis** [pə'rælɪsɪs]
[释义] *n.* 瘫痪症，麻痹症
[同根] paralyze ['pærəlaɪz] *v.* ①使瘫痪，使麻痹 ②使丧失作用 ③使惊愕

▶▶▶ **afflict** [ə'flɪkt]
[释义] *v.* 使痛苦，使苦恼，折磨
[同根] affliction [ə'flɪkʃən] *n.* 苦恼，折磨，苦事，苦恼的事由
afflictive [ə'flɪktɪv] *a.* 使人苦恼的，折磨人的

▶▶▶ **prescribe** [prɪs'kraɪb]
[释义] *v.* ①开（药），为…开（处方）②规定，指定
[同根] prescription [prɪ'skrɪpʃən] *n.* ①规定，指定（如条例、指示、命令、法令等）②处方，药方，处方上开的药
[词组] prescribe for 为…开处方

▶▶▶ **regenerate** [rɪ'dʒenərɪt]
[释义] *v.* ①使恢复，重新产生 ②使（精神上）重生 ③革新，重新成长出
[同根] generate ['dʒenəˌreɪt] *v.* 使发生，产生
generation [ˌdʒenə'reɪʃən] *n.* ①产生，发生 ②一代，一代人
degenerate [dɪ'dʒenəreɪt] *v.* 衰退，堕落，恶化
degeneration [dɪdʒenə'reɪʃən] *n.* 退化，堕落，腐化，恶化

▶▶▶ **diseased** [dɪ'ziːzd]
[释义] *a.* ①有病的，害病的 ②不正常的，不健全的
[同义] ill, sick
[反义] health
[同根] disease [dɪ'ziːz] *n.* ①疾病 ②（精神、道德的）不健全 ③（社会制度等的）弊病

▶▶▶ **appliance** [ə'plaɪəns]
[释义] *n.*（用于特定目的的）器具，器械，装置
[同根] apply [ə'plaɪ]
[释义] *v.* ①运用，使用，应用 ②涂，敷 ③使(自己)致力于，使(注意力等)专注于 ④申请，请求
applied [ə'plaɪd] *a.* 应用的，实用的
applicant ['æplɪkənt] *n.* 申请人
application [ˌæplɪ'keɪʃən] *n.* ①申请，请求，申请表，申请书 ②应用，实施 ③用法，用途 ④敷用，施用 ⑤勤奋，专注
applicable ['æplɪkəbl] *a.* 可适用的，可应用的

▶▶▶ **certified** ['sɜːtɪfaɪd]
[释义] *a.* ①证明合格的 ②持有证件的
[同义] affirmed, confirmed, guaranteed, testified
[同根] certify ['sɜːtɪfaɪ] *v.* ①担保，(银行）在（支票）正面签署保证付款 ②证明，证实
certificate [sə'tɪfɪkɪt] *n.* ①证（明）书 ②凭证，单据 ②证明
certification [ˌsɜːtɪfɪ'keɪʃən] *n.* 证明，证书
certificated [sə'tɪfɪkɪt] *a.* 领有证书的，合格的

▶▶▶ **optic nerve** 视觉神经

▶▶▶ **distinguished** [dɪs'tɪŋgwɪʃt]
[释义] *a.* ①著名的，杰出的 ②高贵的，地位高的
[同义] famous, celebrated, outstanding, great, noted
[同根] distinguish [dɪs'tɪŋgwɪʃ] *v.* ①区

分，辨别 ②辨别出，认出，发现 ③使区别于它物 ④（~ oneself) 使杰出，使著名

▶▶▶ **robotics** [rəʊ'bɒtɪks]

[释义] *n.* 机器人技术

[同根] robot ['rəʊbɒt, 'rɒbət] *n.* 机器人，遥控设备
robotic [rəʊ'bɒtɪk] *a.* 自动的，机器人的

▶▶▶ **artificial intelligence** 人工智能

▶▶▶ **overcome** [ˌəʊvə'kʌm]

[释义] *v.* ①克服 ②胜过，战胜，征服 ③压倒，使受不了

[同义] conquer, overwhelm, defeat, prevail over

▶▶▶ **immensely** [ɪ'menslɪ]

[释义] *ad.* ①极大地，广大地，无限地 ②非常，很

[同义] enormously

[同根] immense [ɪ'mens] *a.* ①广大的，巨大的 ②无限的，无边无际的

▶▶▶ **breakthrough** ['breɪk'θruː]

[释义] *n.* ①突破，突围 ②突破性的发现，成就

▶▶▶ **substantially** [səb'stænʃəlɪ]

[释义] *ad.* ①大大地，大体上，相当多地，相当可观地 ②实质上

[同义] fundamentally, essentially, considerably

[同根] substance ['sʌbstəns] *n.* ① 物质 ②实质，主旨 ③牢固，坚实
substantial [səb'stænʃəl] *a.* ①坚固的，坚实的 ②大的，相当可观的 ③实质的，真实的

▶▶▶ **ideally** [aɪ'dɪəlɪ]

[释义] *ad.* ①在思想上，在观念上 ②理想地，完美地 ③作为理想的做法

[同义] theoretically, perfectly

[同根] ideal [aɪ'dɪəl] *a.* ①理想的，完美的 ②想象的，理想中的 *n.* 理想
idealistic [aɪˌdɪə'lɪstɪk] *a.* 理想主义（者）的，空想（家）的
idealism [aɪ'dɪəlɪzm] *n.* 理想主义，唯心论

▶▶▶ **in that** 既然，因为

▶▶▶ **hazardous** ['hæzədəs]

[释义] *a.* ①有危险的，冒险的 ②碰巧的，运气的

[同根] hazard ['hæzəd] *n.* 危险，危险物 *v.* 冒…的危险，使遭危险

▶▶▶ **toxic** ['tɒksɪk]

[释义] *a.* 有毒的，中毒的

[同义] poisonous

[同根] toxicant ['tɒksɪkənt] *n.* 有毒物，毒药
toxicide ['tɒksɪsaɪd] =toxicidum *n.* 解毒药（剂），消毒药
toxicity [tɒk'sɪsɪtɪ] *n.* 毒性

[词组] toxic waste 有毒废物
toxic article 毒害品

▶▶▶ **blamed for** 因…受责备

▶▶▶ **decency** ['diːsnsɪ]

[释义] *n.* ①体面，高雅 ② [*pl.*] 礼貌，规矩 ③适合，得体

[同根] decent ['diːsnt] *a.* ① 合宜的，得体的 ②高雅的，正经的，正派的 ③尚可的
decently ['diːsntlɪ] *ad.* 合宜地，正派地

▶▶▶ **challenge** ['tʃælɪndʒ]

[释义] *v.* ①向…挑战，对…怀疑，对…质询 ②刺激，激励 *n.* ①挑战，要求决斗 ②要求，需要 ③怀疑

[同根] challenging ['tʃælɪndʒɪŋ] *a.* ①挑战性的 ②令人深思的 ③有迷惑力的
challenger ['tʃælɪndʒə] *n.* ①挑战者 ②提出挑战（或需要全力以赴）的事务

[词组] beyond challenge 无与伦比，无可非议
rise to the challenge 接受挑战，迎战；迎着困难

universal [ˌjuːnɪˈvɜːsəl]
[释义] *a.* ①通用的，普遍的，全体的 ②宇宙的，世界的
[同义] common; worldwide, entire
[同根] universe [ˈjuːnɪvɜːs] *n.* 宇宙，世界，万物

reward [rɪˈwɔːd]
[释义] *v.* ①报答，给…应有的报应 ②酬谢，奖励 *n.* ①报答，报偿，报应 ②酬金，奖品
[同根] rewarding [rɪˈwɔːdɪŋ] *a.* ①值得的，有意义的 ②（作为）报答的，答谢的 ③给予报偿的，有益的
rewardful [rɪˈwɔːdfʊl] *a.* 有报酬的，有酬劳的
rewardless [rɪˈwɔːdlɪs] *a.* 无报酬的，徒劳的
[词组] as a reward for 作为（对某事的）报酬
give/offer a reward to sb. for sth. 为某事而给某人报酬
in reward of 为酬答…，为奖励…
reward sb. (with...) for sth. 为某事（而以…）报答某人

moral framework 道德观点，道德准则

interaction [ˌɪntərˈækʃən]
[释义] *n.* 互相作用，互相影响
[同根] interact [ˌɪntərˈækt] *v.* ①互相作用，互相影响 ②幕间休息，幕间演出
interactive [ˌɪntərˈæktɪv] *a.* 相互影响的，相互作用的

absurdly [əbˈsɜːdlɪ]
[释义] *ad.* 荒谬地，愚蠢地
[同义] ridiculous
[同根] absurd [əbˈsɜːd] *a.* 荒谬的，荒唐的，滑稽可笑的，愚蠢的
absurdity [əbˈsɜːdɪtɪ] *n.* 荒谬，荒唐，荒诞

display [dɪˈspleɪ]
[释义] *n.* ①展览，陈列，显示 ②显示器 *v.* 陈列，展览，显示
[词组] on display 正在展览中

unfashionable [ʌnˈfæʃənəbl]
[释义] *a.* 不流行的，不时髦的
[同根] fashion [ˈfæʃən] *n.* ①方式，样子 ②（服饰等的）流行款式，(谈吐、行为等的）时尚，时兴 ③上流社会，名人，名流 ④种类 *v.* ①（手工）制作，形成 ②使适应，使适合 ③改变，改革
fashionable [ˈfæʃənəbl] *a.* 流行的，符合时尚的

close-knit *a.* 组织严密的，紧密的，志同道合的，意气相投的

选项词汇注释

extraordinary [ɪksˈtrɔːdɪnərɪ]
[释义] *a.* ①非凡的，惊人的 ②非常奇怪的，特别的
[同根] ordinary [ˈɔːdɪnərɪ] *a.* 平常的，普通的，平凡的

invite trouble 引起麻烦，招致祸患

donate [dəʊˈneɪt]
[释义] *v.* 捐赠，赠予
[同根] donation [dəʊˈneɪʃən] *n.* 捐赠品，捐款，贡献
donative [ˈdəʊnətɪv] *a.* 捐赠的，赠予的 *n.* 捐赠物，捐款

donator [dəʊ'neɪtə] *n.* 捐赠者
[词组] donate...to... 把…捐赠给…

▶▶▶ **scary** ['skeərɪ]
[释义] *a.* ①引起惊慌的，吓人的 ②易受惊的；胆怯的 ③惊恐的
[同义] frightening, terrifying, intimidating
[同根] scare [skeə] *v.* ①使惊恐，使害怕 ②吓走，吓跑 ③受惊吓 *n.* 惊恐，恐慌，恐惧

▶▶▶ **relieved** [rɪ'li:vd]
[释义] *a.* 宽心的，宽慰的，表示宽慰的
[同根] relieve [rɪ'li:v] *v.* ①缓解，减轻，解除 ②救济，救援 ③接替，替下
relief [rɪ'li:f] *n.* ①缓解，减轻，解除 ②宽心，宽慰 ③救济，解救
relieving [rɪ'li:vɪŋ] *a.* 救助的，救援的

▶▶▶ **vitality** [vaɪ'tælɪtɪ]
[释义] *n.* ①活力，生命力 ②生动性
[同义] energy, vogor, power
[同根] vital ['vaɪtl] *a.* ①生死攸关的，重大的 ②生命的，生机的 ③至关重要的，所必需的 *n.* [*pl.*] ①要害 ②命脉，命根子 ③核心，紧要处 ④（身体的）重要器官，（机器的）主要部件

▶▶▶ **ample** ['æmpl]
[释义] *a.* ①充足的，丰富的 ②大的，广大的
[同义] abundant
[同根] amplify ['æmplɪfaɪ] *v.* ① 放大（声音等），增强 ②扩大，详述，进一步阐述
amplification [ˌæmplɪfɪ'keɪʃən] *n.* ①放大，扩大 ②详述

▶▶▶ **dynamic** [daɪ'næmɪk]
[释义] *a.* ①有活力的，强有力的 ②力的，力学的 ③动力的，动态的 *n.* ①动力，动力学 ②活力，（喻）动力
[同根] dynamics [daɪ'næmɪks] *n.* ①力学，动力学 ②动力 ③动态

▶▶▶ **intelligence** [ɪn'telɪdʒəns]
[释义] *n.* ①智力，才智 ②［计］智能 ③（关于敌国的）情报
[同根] intelligent [ɪn'telɪdʒənt] *n.* ①有才智的，理解力强的 ②了解的，熟悉的
intelligible [ɪn'telɪdʒəbl] *a.* 可理解的，明白易懂的
intelligibility [ɪn'telɪdʒəblɪtɪ] *n.* 可理解性，可理解之事物
intelligibly [ɪn'telɪdʒəblɪ] *ad.* 易理解地

Reading in Depth

Section A

If movie trailers (预告片) **are supposed to** cause a **reaction**, the **preview** for "United 93" more than succeeds. **Featuring** no famous actors, it begins with images of a beautiful morning and passengers **boarding** an airplane. It takes you a minute to realize what the movie's even about. That's when a plane hits the World Trade Center. the effect is visceral(震撼心灵的). When the trailer played before "Inside Man" last week at a Hollywood theater, audience members began **calling out**, "Too soon!" In New York City, the response was even more **dramatic**. The Loews Theater in Manhattan **took the rare step of**

pulling the trailer from its screens after several complaints.

"United 93" is the first **feature film** to deal **explicitly** with the events of September 11, 2001, and is certain to **ignite** an **emotional debate**. Is it too soon? Should the film have been made at all? **More to the point**, will anyone want to see it? Other 9/11 projects are **on the way** as the fifth **anniversary** of the attacks approaches, most **notably** Oliver Stone's "World Trade Center". But as the **forerunner**, "United 93" will **take most of the heat**, whether it **deserves** it or not.

The real United 93 **crashed** in a Pennsylvania field after 40 passengers and crew **fought back against** the terrorists. Writer-director Paul Greengrass has **gone to great lengths** to be respectful in his **depiction** of what occurred, **proceeding** with the film only after **securing** the **approval** of every **victim**'s family. "Was I surprised at the agreement? Yes. Very. Usually there're one or two families who're more **reluctant**," Greengrass writes in an e-mail. "I was surprised at the extraordinary way the United 93 families have welcomed us into their lives and shared their experiences with us." Carole O'Hare, a family member, says, "They were very open and honest with us, and they made us a part of this whole project." *Universal*, which is **releasing** the film, plans to donate 10% of its opening weekend **gross** to the Flight 93 National Memorial Fund. That hasn't stopped criticism that the studio is **exploiting** a national tragedy. O'Hare thinks that's unfair. "This story has to be told to **honor** the passengers and crew for what they did," she says. "But more than that, it raises awareness. Our ports aren't secure. Our **borders** aren't secure. Our airlines still aren't secure, and this is what happens when you're not secure. That's the **message** I want people to hear."

文章词汇注释

►►► **be supposed to** ①被期望或要求，应该 ②（用于否定句中）不被许可

►►► **reaction** [riː'ækʃən]

[释义] *n.* ①反应 ②看法，态度 ③反动，对抗 ④（化学）反应，作用，反作用力

[同根] react [rɪ'ækt] *v.* ①做出反应 ②影响，起作用 ③反抗，反对 ④起反作用

interaction [ˌɪntər'ækʃən] *n.* 互动，互相作用，互相影响

interact [ˌɪntər'ækt] *v.* 互相作用，互相影响

interactive [ˌɪntər'æktɪv] *a.* 相互影响的，相互作用的

►►► **preview** ['priː'vjuː]

[释义] *n.* ①预告片 ②预演，试映 ③预看，预习，审看 *v.* ①预看，预习 ②预演，

试演

[同根] view [vjuː] *n.* ①看法，观点 ②观看 ③风景画，风景照片 ④视野，视力 *v.* 观察，观看

interview [ˈɪntəvjuː] *n.* ①采访，会见 ②面试，面谈 *v.* 访问，接见，会见

review [rɪˈvjuː] *n.* ①回顾 ②复习 ③评论 *v.* ①回顾 ②复习 ③审查 ④评论

▸▸▸ **feature** [ˈfiːtʃə]

[释义] *v.* ①担任主角，由…主演 ②给…以显著地位 ③是…的特色，以…为特色 *n.* ①特征，特色 ②面貌，相貌 ③特别吸引人的东西 ④（报纸、杂志的）特写

[同根] featured [ˈfiːtʃəd] *a.* 被给以显著地位的；被作为号召物的

featureless [ˈfiːtʃəlɪs] *a.* 无特色的，平淡无味的，平凡的

[词组] make a feature of ①以…为特色 ②以…为号召 ③给以显要位置

▸▸▸ **board** [bɔːd]

[释义] *v.* ①上飞机（船、火车、公共汽车等）②收费供…膳宿；膳宿 ③ (up, over) 用木板覆盖（或封闭）*n.* ①木板 ②牌子；黑板；纸板 ③委员会；董事会；局，部

[同根] aboard [əˈbɔːd] *ad.* 在船（飞机、车）上，上船（飞机、车）*prep.* 在（船、飞机、车）上，上（船、飞机、车）

[词组] board of the company 公司董事会

on board 在飞机上，在轮船上

▸▸▸ **call out** ①叫喊，大声说 ②召唤…行动，命令…行动 ③下令（工人）罢工 ④引出，引起

▸▸▸ **dramatic** [drəˈmætɪk]

[释义] *a.* ①戏剧般的，戏剧性的，激动人心的 ②戏剧的，剧本的，演剧的 ③引人注目的，动人的

[同根] drama [ˈdrɑːmə] *n.* ①戏剧，戏剧作品 ②一连串戏剧性的事件

dramatically [drəˈmætɪkəlɪ] *ad.* ①鲜明地，显著地 ②戏剧性地

▸▸▸ **take the step of...** 采取…措施

▸▸▸ **feature film** 故事片；正片

▸▸▸ **explicitly** [ɪksˈplɪsɪtlɪ]

[释义] *ad.* 明确地，明白地

[同根] explicit [ɪksˈplɪsɪt] *a.* ①明确的，详述的，不含糊的 ②直言的，坦率的 ③显然的，容易观察到的 ④须直接付款的，货币的

explicate [ˈekspIɪkeɪt] *v.* ①详细解释，说明，辨明 ②引申，阐述

▸▸▸ **ignite** [ɪgˈnaɪt]

[释义] *v.* ①激起，使激动 ②点燃，使燃烧 ③使灼烧，使发光

[同根] ignition [ɪgˈnɪʃən] *n.* ①着火 ②燃烧 ③ [the ~] 点火开关，发火装置

igniter = ignitor [ɪgˈnaɪtə(r)] *n.* ①点火者；引火物 ②点火器；引爆装置

▸▸▸ **emotional debate** 情绪激动的辩论

▸▸▸ **more to the point** 更确切地说，更简要地说

▸▸▸ **on the way** ①在进行中 ②来到，接近

▸▸▸ **anniversary** [ˌænɪˈvɜːsərɪ]

[释义] *n.* 周年纪念（日）*a.* 周年的，周年纪念的

[同根] annual [ˈænjuəl] *a.* 每年的，一年一次的 *n.* ①一年生植物 ②年刊，年鉴

▸▸▸ **notably** [ˈnəutbəlɪ]

[释义] *ad.* ①值得注意地；显著地 ②著名地，显要地 ③可觉察地

[同根] note [nəut] *n.* ①笔记，记录，备忘录 ②注释，评论，按语 ③便条，短笺 ④纸币，票据

notable [ˈnəutəbl] *a.* ①著名的，显要的 ②值得注意的；显著的 ③可觉察的，有相当分量的 *n.* ①名人，显

要的人物 ②值得注意的事物

notablty [ˌnəutəˈbɪlɪtɪ] *n.* ①显著 ②显要的人物，名人

▶▶▶ **forerunner** [ˈfɔːˌrʌnə]

[释义] ①前驱；先行者；先导 ②预兆，征兆 ③先人，祖先

[同根] forerun [fɔːˈrʌn] *v.* ①预示，预报 ②抢在…之前；占…之先，为…之先驱 ③超越

▶▶▶ **take most of the heat** 成为最热点，成为关注的焦点

▶▶▶ **deserve** [dɪˈzɜːv]

[释义] *v.* 值得，应得，应受（赏、罚等）

[同根] deserved [dɪˈzɜːvd] *a.* ①该奖 / 罚的 ②理所当然的

deserving [dɪˈzɜːvɪŋ] *a.* ①该奖 / 罚的 ②有功劳的，有功绩的 ③值得…的

▶▶▶ **crash** [kræʃ]

[释义] *v.* ①（飞机）坠毁，（使）车辆猛撞 ②擅自闯入，无票进入 *n.* ①碰撞，坠落 ②撞击声，爆裂声 ③失败，垮台

[词组] with a crash 轰隆（或哗啦、咔嚓）一声

▶▶▶ **fight back against** 奋起反抗

▶▶▶ **go to great lengths** 竭尽全力

▶▶▶ **depiction** [dɪˈpɪkʃən]

[释义] *n.* ①描述，描写 ②描绘，雕出

[同根] depict [dɪˈpɪkt] *v.* ①描述，描写 ②描绘，雕出

depicture [dɪˈpɪktʃə] *v.* ①描绘，描写，描述 ②想象 *n.* 描绘；描述

▶▶▶ **proceed** [prəˈsiːd]

[释义] *v.* ①（停顿后）继续进行，继续前进 ②进行，开展 ③进而做，开始做

[同义] advance, go ahead, go forward, progress

[反义] recede

[同根] proceeding [prəˈsiːdɪŋ] *n.* ①行动；进程；做法 ② [*pl.*]（会议等）议项；会议录

procession [prəˈseʃən] *n.* ①（人、车、船等的）行列，队伍 ②连续 ③列队行进

processive [prəuˈsesɪv] *a.* 前进的，进行的，向前的

[词组] proceed with 继续做，继续进行

proceed against 对（某人）依法起诉，向法庭控告（某人、某企业等）

proceed from ①出于，来自 ②发生于

proceed on/upon 按照…行事，遵照…进行

▶▶▶ **secure** [sɪˈkjuə]

[释义] *v.* ①保证获得 ②使安全，保护 *a.* ①安全的 ②安心的 ③有把握的

[同义] guarantee, make safe

[同根] security [sɪˈkjuərɪtɪ] *n.* ①安全 ②保护物 ③保证 ④确信，把握

[词组] be secure of 对…有把握，确信

feel secure about / as to 对…（觉得）放心

secure (sth.) against / from 使（某物）免遭

▶▶▶ **approval** [əˈpruːvəl]

[释义] *n.* ①同意，赞成 ②通过，批准，认可

[同义] admission, agreement

[反义] disapproval

[同根] approve [əˈpruːv] *v.* ①批准，核准，对…表示认可 ②赞成，同意

approved [əˈpruːvd] *a.* 经核准的，被认可的

[词组] for sb.'s approval 求某人指正

have sb.'s approval 得到某人的赞同

with approval of 经…的批准

on approval（商品）供试用的，包退包换的

▶▶▶ **victim** [ˈvɪktɪm]

[释义] n. ①受害者，罹难者 ②受骗者，牺牲品
[同根] victimize ['vɪktɪmaɪz] v. ①使牺牲，使受害，使受骗 ②开除，惩处 ③毁坏（庄稼等）
victimless ['vɪktɪmlɪs] a.（犯罪行为等）无受害人的，不侵害他人的
[词组] be an easy victim of... 被…轻易摆布
a victim of war 战争受害者
flood victims 水灾难民
a victim of poverty 受穷的人

▸▸▸ **reluctant** [rɪ'lʌktənt]
[释义] a. 不情愿的；勉强的
[同根] reluct [rɪ'lʌkt] ①不愿意，表示勉强 ② (against) 向…做斗争 / 反抗 ③ (at) 对…造反
reluctance [rɪ'lʌktəns] n. ①不情愿，勉强 ②［电］磁阻
reluctantly [rɪ'lʌktəntlɪ] ad. 不情愿地，勉强地

▸▸▸ **release** [rɪ'liːs]
[释义] n. & v. ①发行，发布，发表 ②解除，免除 ③释放，解放
[同根] releaser [rɪ'liːsə(r)] n. ①释放者 ②排气装置
releasable [rɪ'liːsəbl] a. ①能释放的 ②可免除的
[词组] release sb. from... 免除某人的…

▸▸▸ **gross** [grəʊs]
[释义] n. ①总额，总量 ②多数，大多数 v. 赚得总收入或毛利 a. ①总的，毛的 ②恶劣的，严重的 ③粗俗的，下流的

▸▸▸ **exploit** [ɪks'plɒɪt]
[释义] v. ①自私地利用，剥削 ②利用或开发（天然资源）
[同义] take advantage of, adventure
[同根] exploiter [ɪks'plɒɪtə] n. 开拓者，开发者
exploitee [ˌeksplɒɪ'tiː] n. 被剥削者，被榨取者
exploitation [ˌeksplɒɪ'teɪʃən] n. ①开发，利用 ②剥削，榨取
exploitable [ɪks'plɒɪtəbl] a. ①可开发的，可利用的 ②可剥削的
exploitative [ɪks'plɒɪtətɪv] a. ①开发的 ②剥削的

▸▸▸ **honor** ['ɒnə]
[释义] v. ①向…表示敬意 ②给…以荣誉 ③尊敬，尊重 n. ①荣誉，光荣 ②名誉，信用 ③崇敬，敬意
[反义] dishonor
[同根] honorable ['ɒnərəbl] a. ①荣誉的，光荣的 ②可尊敬的 ③名誉好的，体面的
[词组] do honor to ①向…表示敬意，尊敬地对待 ②使增光，给…带荣誉
in honor of 为了向…表示敬意，为庆祝，为纪念
on / upon one's honor 以名誉担保

▸▸▸ **border** ['bɔːdə]
[释义] n. ①边界，国界 ②边，边沿 v. ①与…接壤 ②接近
[同义] boundary, edge, frontier
[同根] borderline ['bɔːdəlaɪn] n. 边界线
[词组] on the border of ①在…的边界上 ②将要 ③接近于，濒临于
within borders 在境内
over the border 越过国境
border on ①与…接壤 ②类似

▸▸▸ **message** ['mesɪdʒ]
[释义] n. ①启示，教训，(先知的) 预言，要旨，寓言 ②消息；通讯 ③音信，口信 ④情报，电报，通报 ⑤信息
[词组] get the message［口］明白，领会
leave a message 留个话

选项词汇注释

▶▶▶ **cause a reaction** 引起反应，引起反响 | **to raise the awareness** 提高…意识

Section B

Passage One

Imagine waking up and finding the value of your **assets** has been **halved**. No, you're not an investor in one of those **hedge funds** that failed completely. With the dollar **slumping** to a 26-year low against the pound, already-expensive London has become quite **unaffordable**. A coffee at Starbucks, just as unavoidable in England as it is in the United States, runs about $8.

The once **all-powerful** dollar isn't doing a Titanic against just the pound. It is sitting at a record low against the euro and at a 30-year low against the Canadian dollar. Even the Argentine peso and Brazilian real are **thriving** against the dollar.

The weak dollar is a source of **humiliation**, for a nation's **self-esteem rests** in part **on** the strength of its **currency**. It's also a **potential** economic problem, since a declining dollar makes imported food more expensive and **exerts** upward **pressure on** interest rates. And yet there are substantial sectors of the **vast** U.S. economy—from giant companies like Coca-Cola to **mom-and-pop** restaurant operators in Miami—for which the weak dollar is most excellent news.

Many Europeans may **view** the U.S. **as** an **arrogant** superpower that has become **hostile** to foreigners. But nothing makes people think more warmly of the U.S. than a weak dollar. Through April, the total number of visitors from abroad was up 6.8 percent from last year. Should the trend continue, the number of tourists this year will finally top the 2000 peak? Many Europeans now apparently view the U.S. the way many Americans view Mexico—as a cheap place to **vacation**, shop and party, all while ignoring the fact that the poorer locals can't afford to join the **merrymaking**.

The money tourists spend helps decrease our **chronic** trade **deficit**. So do exports, which thanks in part to the weak dollar, soared 11 percent between May 2006 and May 2007. For the first five months of 2007, the trade deficit actually fell 7 percent from 2006.

If you own shares in large American corporations, you're a winner in

the weak-dollar gamble. Last week Coca-Cola's stock **bubbled** to a five-year high after it reported a fantastic quarter. Foreign sales accounted for 65 percent of Coke's **beverage** business. Other American companies profiting from this trend include McDonald's and IBM.

American tourists, however, shouldn't expect any relief soon. The dollar lost strength the way many marriages **break up**—slowly, and then all at once. And currencies don't **turn on a dime**. So if you want to avoid the pain **inflicted** by the increasingly **pathetic** dollar, cancel that summer vacation to England and look to New England. There, the dollar is still treated with a little respect.

文章词汇注释

►►► **asset** ['æset]

[释义] *n.* ① [*pl.*] 资产，财产 ②有利条件；有用的资源，宝贵的人(物) ③优点，益处

►►► **halve** [hɑːv]

[释义] *v.* ①（把…）减半 ②对半分，二等分 ③对半分享 / 分担

[同根] halver ['hɑːvə] ①对半分者；合伙人 ②一半数量

►►► **hedge funds** 套头资金，投机性投资公司，有限合伙投机资金

►►► **slump** [slʌmp]

[释义] *v.* ①下跌，跌落，（使）衰落 ②（使）倒下，陷落，坍塌 ③垂头弯腰地走

[同根] slumpflation 通货膨胀下的经济衰退

►►► **unaffordable** [ˌʌnə'fɔːdəb(ə)l]

[释义] *a.* ①花费不起的，担负不起的 ②经受不住的

[同根] afford [ə'fɔːd] *v.* ①花费得起 ②经受得住 ③抽得出(时间) ④给与，提供

affordable [ə'fɔːdəbl] *a.* ①花费得起的，担负得起的 ②经受得住的

►►► **all-powerful** ['ɔːl 'pauəful]

[释义] *a.* 最强大的；全能的；有无上权力的

►►► **thriving** [θraɪvɪŋ]

[释义] *a.* 兴旺的，繁荣的，旺盛的

[同义] flourishing, booming, prosperous, successful

[反义] failing

[同根] thrive [θraɪv] *v.* ①兴旺；旺盛 ②茁壮生长，茂盛生长

thriven ['θrɪvən] *a.* 茁壮生长的；兴旺发达的；成功的

►►► **humiliation** [hjuːˌmɪlɪ'eɪʃən]

[释义] *n.* 屈辱，耻辱，丢脸，蒙耻

[同义] disgrace, shame, dishonor, degradation

[同根] humiliate [hjʊ(ː)'mɪlɪeɪt] *v.* 使蒙耻，羞辱，使丢脸

humiliating [hjuː'mɪlɪeɪtɪŋ] *a.* 使蒙受耻辱的，丢脸的

humiliator [hjuː'mɪlɪeɪtə(r)] *n.* 羞辱人者

►►► **self-esteem** ['selfɪs'tiːm]

[释义] ①自重，自尊（心）②自负，自大

[同根] esteem [ɪs'tiːm] *n.* ①尊重，敬重 ②<古>看法，评价 ③<古>价值，名声 *v.* ①尊重，敬重 ②把…看作，认为 ③估计…的价值；评价

[词组] raise/build (up)/boost sb's self-esteem 增强自尊

▶▶▶ **rest on** 依赖，仰赖

▶▶▶ **currency** ['kʌrənsɪ]

[释义] *n.* ①通货，货币 ②流传，流通

[同根] current ['kʌrənt] *a.* ①现时的，当前的 ②流行的，流传的 *n.* ①（空气等的）流，电流 ②趋势，倾向，潮流

▶▶▶ **potential** [pə'tenʃəl]

[释义] *a.* 潜在的，可能的 *n.* ①潜力，潜能 ②潜在性，可能性

[同义] possible, probable, likely, would-be; promise, capability, possibility, ability

[同根] potentially [pə'tenʃəlɪ] *ad.* 潜在地

▶▶▶ **exert pressure on...** 对…施加压力

▶▶▶ **vast** [vɑːst]

[释义] *a.* ①巨大的，广大的，极多的 ②广阔的，辽阔的 ③巨额的

[同义] huge, enormous, gigantic

[同根] vastly ['vɑːstlɪ] *a.* 许多，巨大地，巨额地

vastness ['vɑːstnɪs] *n.* 巨大

▶▶▶ **mom-and-pop** *n.* 夫妻经营的、家庭经营的小零售店 / 小摊等

▶▶▶ **view...as** 把…看作…

▶▶▶ **arrogant** ['ærəgənt]

[释义] *a.* 傲慢的，自大的

[同义] conceited, overconfident, selfimportant

[反义] humble

[同根] arrogance ['ærəgəns] =arrogancy *n.* 傲慢；自大

▶▶▶ **hostile** ['hɒstaɪl]

[释义] *a.* ①敌对的，怀敌意的，不友善的 ②敌人的，敌方的

[同义] unfriendly, unkind

[同根] hostility [hɒs'tɪlɪtɪ] *n.* ①敌意，对抗 ②愤怒，反抗 ③战争状态 / 行动，战斗

▶▶▶ **vacation** [və'keɪʃən]

[释义] *v.* 度假 *n.* ①（一年中定期的）休假；假期 ②<美>休息天，节日 ③辞去；空出

[同根] vacationer [və'keɪʃənə(r)] = holidaymaker *n.* 度假者，休假者

vacationland [və'keɪʃənlænd] *n.*<美>度假胜地

▶▶▶ **merrymaking** ['merɪmeɪkɪŋ]

[释义] *n.* ①狂欢，欢庆活动 ②尽情欢乐；寻欢作乐 *v.* 狂欢的；寻欢作乐的；欢乐的

[同根] merrymake ['merɪˌmeɪk] *v.* 尽情欢乐；寻欢作乐；举行欢庆活动

merrymaker ['merɪˌmeɪkə(r)] *n.* 寻欢作乐的人，嬉戏者

▶▶▶ **chronic** ['krɒnɪk]

[释义] = chronical *a.* ①长期的，不止息的 ②积习难改的，有痼癖的 ③（疾病）慢性的，（人）久病的 *n.* 慢性疾病人

[同根] chronicity [krə'nɪsɪtɪ] *n.* ①长期性 ②慢性

chronically ['krɒnɪkəlɪ] *ad.* ①慢性地 ②长期地

[词组] chronic conditions 慢性病

▶▶▶ **deficit** ['defɪsɪt]

[释义] *n.* ①赤字；逆差；亏损 ②缺乏；不足之数额 ③落后；失利

[同根] deficient [dɪ'fɪʃənt] *a.* ①有缺

点的；有缺陷的 ②缺乏的，不足的
deficiency [dɪ'fɪʃənsɪ] *n.* ① 缺 陷，缺点 ②缺乏，不足

▶▶▶ **bubble** ['bʌbl]
[释义] *v.* 沸腾，出现，升到水面，洋溢,不可抑制 ②起泡或冒泡 *n.* 泡沫，幻想

▶▶▶ **beverage** ['bevərɪdʒ]
[释义] *n.* 饮料（如茶、咖啡、啤酒、牛奶等）

▶▶▶ **break up** 破碎，打碎，分裂

▶▶▶ **turn on a dime** 大起大落，发生大的变化

▶▶▶ **inflict** [ɪn'flɪkt]
[释义] *v.* ①使遭受（苦痛、损伤等）；予以（打击）② (on / upon) 处罚，加刑
[同根] infliction [ɪn'flɪkʃən] *n.* ①施加 ②施加的（痛苦、负担、惩罚等）
inflictive [ɪn'flɪktɪv] *a.* ①起打击作用的，使人难过的 ②施加刑罚的
[词组] inflict on 予以（打击等），使…受痛苦

▶▶▶ **pathetic** [pə'θetɪk]
[释义] *a.* ①可怜的，悲惨的 ②不足的，微弱的 ③情感的，激起情感的
[同根] pathetics [pə'θetɪks] *n.* ①怜悯，悲怆 ②情感研究
pathetically [pə'θetɪkəlɪ] *ad.* 哀婉动人地，可怜地，情绪上地

选项词汇注释

▶▶▶ **plunge** [plʌndʒ]
[释义] *v.* ①使骤然下降，猛跌 ②把…投入，插入，刺进 ③ (into, in) 使突然陷入，遭受 ④（专注地）开始从事
[同义] fall，drop，plummet，sink
[反义] soar

▶▶▶ **feel contemptuous of** 蔑视…

▶▶▶ **be sympathetic with** 同情…

▶▶▶ **on the decline** 走下坡路，在衰退中

▶▶▶ **treasure** ['treʒə]
[释义] *n.* ①财宝,珠宝,金银 *v.* ①珍惜，珍重 ②（常与 up 连用）珍藏
[同义] wealth, jewels, fortune; cherish, value

▶▶▶ **all the more** 更加

▶▶▶ **in the short term** 短期内

▶▶▶ **margin** ['mɑːdʒɪn]
[释义] *n.* ①差距，范围 ②边缘 ③空白页边 *v.* ①加边于 ②作页边注释
[同义] border, edge
[同根] marginal ['mɑːdʒɪnəl] *a.* ① 边缘的，边界的 ②临界的，勉强够格的 ③最低限度的，少量的
marginalize ['mɑːdʒɪnəlaɪz] *v.* 使处于社会边缘，使脱离社会发展进程，忽视，排斥
[词组] by a large margin 以极大的优势，以极大的票数之差
by a narrow margin 比分相差不大地，以微弱多数
by a...margin 以…之差

Passage Two

In the college-admissions wars, we parents are the true fighters. We are pushing our kids to get good grades, take SAT **preparatory** courses and build resumes so they can get into the college of our first choice. I've twice been to the wars, and as I **survey** the battlefield, something different is happening. We see our kids' college background as a prize **demonstrating** how well we've raised them. But we can't **acknowledge** that our obsession(痴迷) is more about us than them. So we've **contrived** various **justifications** that turn out to be half-truths, **prejudices** or **myths**. It actually doesn't matter much whether Aaron and Nicole go to Stanford.

We have a **full-blown prestige panic**, we worry that there won't be enough prizes to **go around**. Fearful parents **urge** their children to **apply to** more schools than ever. **Underlying** the hysteria (歇斯底里) is the belief that **scarce elite** degrees must be highly valuable. Their graduates must enjoy more success because they get a better education and develop better contacts. All that is **plausible**—and mostly wrong. We haven't found any **convincing** evidence that **selectivity** or **prestige** matters. Selective schools don't **systematically employ** better **instructional** approaches than less selective schools. On two measures—professors' feedback and the number of essay exams—selective schools do slightly worse.

By some studies, selective schools do **enhance** their graduates' lifetime earnings. The gain is **reckoned** at 2-4% for every 100-point increase in a school's average SAT scores. But even this advantage is probably a **statistical** fluke (偶然). A well-known study examined students who got into highly selective schools and then went elsewhere. They earned just as much as graduates from higher-status schools.

Kids count more than their colleges. Getting into Yale may **signify** intelligence, talent and ambition. But it's not the only **indicator** and, **paradoxically**, its significance is declining. The reason: so many similar people go elsewhere. Getting into college isn't life's only competition. In the next competition—the job market and graduate school—the results may change. **Old-boy networks** are **breaking down**. Princeton economist Alan Krueger studied admissions to one top Ph.D. program. High scores on the GRE helped explain who got in, degrees of prestigious universities didn't.

So, parents, **lighten up**. The **stakes** have been vastly **exaggerated**. **Up to a point**, we can **rationalize** our **pushiness**. America is a competitive society; our kids need to adjust to that. But too much pushiness can be **destructive**.

The very ambition we **impose on** our children may get some into Harvard but may also **set them up for** disappointment. One study found that, other things being equal, graduates of highly selective schools experienced more job dissatisfaction. They may have **been** so **conditioned to** being on top that anything less disappoints.

文章词汇注释

▶▶▶ **preparatory** [prɪ'pærətərɪ]

[释义] *a.* ①预科的，准备性的，预备的 ②引导性的，作为开始的

[同根] prepare [prɪ'peə] *v.* ①预备，准备 ②筹备，筹划

preparation [ˌprepə'reɪʃən] *n.* ① 准备（状态），预备（状态）②准备工作，预备性学习 ③筹备，筹划

preparative [prɪ'pærətɪv] *a.* = preparatory *n.* 预备，准备的事物

▶▶▶ **survey** [səː'veɪ]

[释义] *v.* ① 调查 ②测量，测绘 ③俯视，环视 ④全面考察，概括论述 *n.* ①调查，民意测验 ② 测量，测绘 ③俯视，环视 ④全面考察，概况

[同义] study, examine, investigate

[词组] make a survey of 测量，勘察，对…作全面的调查 / 观察

▶▶▶ **demonstrate** ['demənstreɪt]

[释义] *v.* ①表示，表明 ②论证，证明 ③示范，表演 ④示威

[同义] display, exhibit, express

[同根] demonstration [demən'streɪʃ(ə)n] *n.* ①表示，表明 ②论证，证明 ③示范，表演 ④示威

demonstrative [dɪ'mɒnstrətɪv] *a.* ①论证的，证实的，令人信服的 ②说明的

▶▶▶ **acknowledge** [ək'nɒlɪdʒ]

[释义] *v.* ①承认 ②告知（信件、礼物）等的收到，确认（收悉）③答谢，报偿 ④对…做出反应，理会

[同根] acknowledgement [ək'nɒlɪdʒmənt] *n.* ①承认，确认 ②对（收到信件等的）确认通知，回音 ③答谢的表示，作者的致谢，鸣谢

acknowledged [ək'nɒlɪdʒɪd] *a.* 公认的，得到普遍承认的

▶▶▶ **contrive** [kən'traɪv]

[释义] *v.* ①想出，设计 ②谋划，策划 ③设法做到

[同义] conspire, devise, invent, scheme

[同根] contrivance [kən'traɪvəns] *n.* ①发明，发明才能 ②想出的办法，发明物

▶▶▶ **justification** [dʒʌstɪfɪ'keɪʃən]

[释义] *n.* ①正当的理由 ②辩护，辩解

[同根] just [dʒʌst] *a.* ①公正的，合理的 ②正确的，有充分理由的 ③正直的，正义的

justify ['dʒʌstɪfaɪ] *v.* ①证明…是正当的，为…辩护 ②证明…无罪 ③证明有资格

justified ['dʒʌstɪfaɪd] *a.* 合理的，证明是正当的

justifiable ['dʒʌstɪfaɪəbl] *a.* 可证明为正当的，有道理的，有理由的

▶▶▶ **prejudice** ['predʒʊdɪs]

[释义] *n.* ①成见，偏见 ②损害，伤害 *v.* ①使抱偏见 ②伤害，不利于

[同义] bias, discrimination

[同根] prejudiced ['predʒʊdɪst] *a.* 有成见的，有偏见的
prejudicial [ˌpredʒʊ'dɪʃəl] *a.* ①引起偏见的，有成见的 ②有害的，不利的

▶▶▶ **myth** [mɪθ]
[释义] *n.* ①虚构的信念 / 观点 / 理论 ②神话 ③神话式的人物（或事物）
[同义] fable, legend, fiction
[同根] mythical ['mɪθɪkə l] *a.* ①神话的，只存在于神话中的 ②神话般的 ③虚构的

▶▶▶ **full-blown** [fʊl'bləʊn]
[释义] *a.* ①充分发展的，全面的 ②(花)盛开的 ③完全成熟的，完善的

▶▶▶ **prestige** [pres'tiːʒ]
[释义] *n.* ①威信，声望 ②影响力，吸引力 *a.* ①有影响力的，令人羡慕的 ②有威信的
[同根] prestigious [ˌpres'tiːdʒəs] *a.* 有声望的，受尊敬的

▶▶▶ **panic** ['pænɪk]
[释义] *n.* ①惊慌，恐慌 ②经济恐慌 ③慌乱 *a.* ①有恐慌引起的；慌乱的 ②毫无理由的，极度的 ③应急的 *v.* ①使恐慌 ②惊慌失措

▶▶▶ **go around** ①满足需要 ②四处走动，四处旅行 ③围住 ④习惯于(做某事)

▶▶▶ **urge** [ɜːdʒ]
[释义] *v.* ①力劝，催促 ②驱策，推动 *n.* 强烈欲望，迫切要求
[同根] urgent ['ɜːdʒənt] *a.* 急迫的，紧急的
urgency ['ɜːdʒənsɪ] *n.* 紧急，急迫

▶▶▶ **apply to** 适应于，向…申请

▶▶▶ **underlie** [ˌʌndə'laɪ]
[释义] *v.* 位于…之下，引起，构成…的基础（或起因）
[同根] underlying ['ʌndə'laɪɪŋ] *a.* ①潜在的，在下面的 ②位于某物之下的 ③根本的

▶▶▶ **scarce** [skeəs]
[释义] *a.* ①难得的，稀有的 ②缺乏的，不足的，供不应求的
[同义] lack, deficient, insufficient
[反义] adequate, sufficient, abundant, enough
[同根] scarcity ['skeəsɪtɪ] *n.* 缺乏，不足，供不应求，荒歉(时期)
scarcely ['skeəslɪ] *ad.* ①几乎不，简直没有 ②刚刚，才

▶▶▶ **elite** [eɪ'liːt, ɪ'liːt]
[释义] *n.* ①［总称］出类拔萃的人(集团)，精英 ②［总称］上层人士，掌权人物，实力集团

▶▶▶ **plausible** ['plɔːzəbl]
[释义] *a.* ①貌似合理的，似乎真实的 ②能言善辩的，花言巧语的
[同根] plausibility [ˌplɔːzə'bɪlətɪ] *n.* ①似乎真实，貌似合理 ②能言善辩，花言巧语
plausibly ['plɔːzəblɪ] *ad.* 似真地

▶▶▶ **convincing** [kən'vɪnsɪŋ]
[释义] *a.* ①令人信服的，有说服力的 ②有论据（或证据）证实的
[同义] persuasive, believable, credible, forceful
[反义] unconvincing
[同根] convince [kən'vɪns] *v.* ①使确信，使信服，说服 ②使认错 / 罪
convinced [kən'vɪnst] *a.* ①确信的，信服的 ②有坚定信仰的

▶▶▶ **selectivity** [sɪlektɪvɪtɪ]
[释义] *n.* ①精选 ②选择性，选择能力
[同根] select [sɪ'lekt] *v.* 选择，挑选 *a.* 精选的
selection [sɪ'lekʃən] *n.* 选择，挑选
selective [sɪ'lektɪv] *a.* 选择的，选择

性的
selectively [sɪ'lektɪvlɪ] *ad.* 选择地，选择性地

▸▸▸ **prestige** [pre'sti:dʒ]
[释义] *n.* 声望；威望；威信
[同义] esteem, stature, reputation
[同根] prestigious [ˌpres'ti:dʒəs] *a.* 享有声望的，声望很高的

▸▸▸ **systematically** [sɪstə'mætɪkəlɪ]
[释义] *ad.* ①有计划有步骤地 ②有条理地 ③有系统地
[同根] system ['sɪstəm] *n.* ①系统 ②体系，制度，方法，体制 ③秩序，规律
systematic [ˌsɪstɪ'mætɪk] *a.* ①有系统的，成体系的 ②有计划有步骤的

▸▸▸ **employ** [ɪm'plɒɪ]
[释义] ①使（采、利）用，雇用 ②使忙于，使从事于

▸▸▸ **instructional** [ɪn'strʌkʃənəl]
[释义] *a.* ①教学的，教学用的 ②有教育内容的
[同根] instruct [ɪn'strʌkt] *v.* ①教，讲授 ②指示，吩咐 ③通知，告知
instruction [ɪn'strʌkʃən] *n.* ①教学，教育 ②教诲 ③命令 ④用法说明
instructive [ɪn'strʌktɪv] *a.* ①有教育意义的 ②增进知识的

▸▸▸ **enhance** [ɪn'hɑ:ns]
[释义] *v.* 提高（质量、价值、吸引力等），增强，增进，增加
[同义] better, improve, uplift, strengthen
[同根] enhanced [ɪn'hɑ:nst] *a.* 增强的，提高的，放大的
enhancement [ɪn'hɑ:nsmənt] *n.* 增进，增加，提高

▸▸▸ **reckon** ['rekən]
[释义] *v.* ①料想，指望 ②（被动）被认为是，被看作是 ③计算，想，认为 ④ (on) 依赖
[同义] compute, count, estimate, suppose, figure
[同根] reckoning ['rekənɪŋ] *n.* ①计算，估算，估计 ②算总账，清算
[词组] reckon for ①对…负责 ②说明理由 ③考虑到
reckon in 计入，将…算在内
reckon on 指望，依赖
reckon with sb./ sth. ①重视，认真对付 ②把…考虑进去
reckon without sb./ sth. 未考虑到，不把…算在内

▸▸▸ **statistical** [stə'tɪstɪkəl]
[释义] *a.* 统计的，统计学的
[同根] statistics [stə'tɪstɪks] *n.* ①统计，统计资料 ②统计学
statistician [ˌstætɪs'tɪʃən] *n.* 统计员，统计学家

▸▸▸ **signify** ['sɪgnɪfaɪ]
[释义] *v.* ①表示，表明 ②表示…的意思 ③意味着，预示着
[同义] mean, count
[同根] sign [saɪn] *n.* ①标记，符号，手势 ②指示牌 ③足迹，痕迹 ④征兆，迹象 *v.* ①签名（于），署名（于），签署 ②做手势，示意
signal ['sɪgnl] *n.* 信号 *v.* 发信号，用信号通知
significance [sɪg'nɪfɪkəns] *n.* 意义，重要性
significant [sɪg'nɪfɪkənt] *a.* 有意义的，重大的，重要的

▸▸▸ **indicator** ['ɪndɪkeɪtə]
[释义] *n.* ①指标，指示物，指示者 ②指示器，[化] 指示剂
[同根] indicate ['ɪndɪkeɪt] *v.* ①指出，显示 ②象征，暗示 ③简要地说明
indication [ˌɪndɪ'keɪʃən] *n.* ①指出，指示 ②迹象，暗示
indicative [ɪn'dɪkətɪv] *a.*(~ of) 指

示的，表明的，可表示的

▶▶▶ **paradoxically** [ˌpærəˈdɒksɪkəlɪ]

[释义] *ad.* ①自相矛盾地 ②似矛盾（而可能）正确地 ③反常地，有悖常理地

[同根] paradox [ˈpærədɒks] *n.* ①似矛盾（而可能）正确的话，自相矛盾的话 ②怪人，怪事 ③悖论，逆说

paradoxical [ˌpærəˈdɒksɪkəl] *a.* ①似矛盾（而可能）正确的 ②自相矛盾的 ③悖理的，反常的

▶▶▶ **old-boy network** 校友关系网

▶▶▶ **break down** ①瓦解，崩溃 ②毁掉 ③失败 ④克服，征服

▶▶▶ **lighten up** 愉快起来，高兴起来，面露喜色

▶▶▶ **stake** [steɪk]

[释义] *n.* ①赌注，赌金 ②股份，股本 ③桩，支柱

[同义] bet, gamble, risk, stick

[词组] at stake 成败难料，有风险

▶▶▶ **exaggerate** [ɪgˈzædʒəreɪt]

[释义] *v.* ①夸大，夸张 ②使增大，使扩大，使过大

[同义] overstate, magnify

[反义] understate

[同根] exaggeration [ɪgˌzædʒəˈreɪʃən] *n.* ①夸张，夸大 ②夸大的事例，夸张的言辞

exaggerative [ɪgˈzædʒərətɪv] *a.* 夸张的，小题大做的，言过其实的

exaggerated [ɪgˈzædʒəreɪtɪd] *a.* 夸张的，夸大的，言过其实的

exaggerator [ɪgˈzædʒəreɪtə] *n.* 夸张者，言过其实者

▶▶▶ **up to a point** 在一定程度上，部分地

▶▶▶ **rationalize** [ˈræʃənəlaɪz]

[释义] *v.* ①合理地解释，自圆其说 ②使合理化

[同根] ration [ˈræʃən] *v.* 配给，分发 *n.* 定量，配给量

rational [ˈræʃənl] *a.* ①理性的，理智的 ②基于理性的，合理的 ③神志健全的

rationality [ˌræʃəˈnælɪtɪ] *n.* 合理性，合理意见

rationalization [ˌræʃənəlaɪˈzeɪʃən] *n.* 合理化，理性化

▶▶▶ **pushiness** [pʊʃɪnɪs]

[释义] *n.* ①热心过头，固执己见，一意孤行 ②粗鲁，莽撞

[同根] pushy [ˈpʊʃɪ] *a.* ①热心过头的，固执己见的，一意孤行的 ②粗鲁的，莽撞的

▶▶▶ **destructive** [dɪsˈtrʌktɪv]

[释义] *a.* ①破坏（性）的，毁灭（性）的 ②消极的，没有帮助的，非建设性的

[同义] devastating, damaging

[反义] constructive

[同根] destruction [dɪsˈtrʌkʃən] *n.* ①破坏，消灭 ②破坏物，毁灭的原因（或手段）

destructional [dɪˈstrʌkʃənəl] *a.* 破坏的，由破坏因素造成的

▶▶▶ **impose on** ①把…强加于… ②征（税），加（负担、惩罚等）于…

▶▶▶ **set sb. up for** 使某人面临…，使某人为…做好准备

▶▶▶ **be conditioned to** 适应…的，习惯于…的

选项词汇注释

▸▸▸ **have the final say in...** 对…有决定权，对…最后说了算

▸▸▸ **carry out** ①进行，执行，实行 ②完成，实现

▸▸▸ **make an application** 提出申请，提出请求

▸▸▸ **enroll** [ɪn'rəʊl]

[释义] *v.* ①招收，吸收（成员），（使）入学，入伍，入会 ②登记，注册

[同根] enrollment [ɪn'rəʊlmənt] *n.* ①登记，注册 ②入伍，入会，入学

▸▸▸ **guarantee** [ˌgærən'tiː]

[释义] *v.* ①保证，确保 ②担保，为…作保 *n.* ①保证，担保 ②保证人 ③担保品，抵押品

[同义] promise, assure, certify, secure

[词组] under guarantee 在保修期内

▸▸▸ **sustain** [səs'teɪn]

[释义] *v.* ①保持 ②支援，救济 ③支持 ④支撑，承受（压力、重量），承担（费用等）

[同义] maintain, keep

[同根] sustained [səs'teɪnd] *a.* 持久的，维持的

sustainable [sə'steɪnəbl] *a.* ①能保持的，可持续的 ②支撑得住的，能承受的

sustaining [səs'teɪnɪŋ] *a.* 用以支撑（或支持，保持、维持、供养等）的

sustainment [səs'teɪnmənt] *n.* 支持，维持

▸▸▸ **institution** [ˌɪnstɪ'tjuːʃən]

[释义] *n.* ①（教育、慈善、宗教性质的）社会公共机构 ②习俗，制度 ③建立，设立，制定

[同根] institute ['ɪnstɪtjuːt] *n.* ①学会，学社，协会，组织，机构 ②（大专）学校，学院，研究所 *v.* ①建立，设立，组织（学会等），制定（规则等）②开始，着手

institutional [ˌɪnstɪ'tjuːʃənəl] *a.* ①社会公共机构的，（慈善、宗教等）社会事业机构的 ②具有公共机构特征的

▸▸▸ **overemphasize** [ˌəʊvər 'emfəsaɪz]

[释义] *v.* 过于强调，过于着重

[同义] exaggerate，overstate，stress

[同根] overemphasis [ˌəʊvər 'emfəsɪs] *n.* 过于强调；（对音调、重音等的）过分着重

Skimming and Scanning

Supersize Surprise

Ask anyone why there is an **obesity epidemic** and they will tell you that it's all down to eating too much and burning too few **calories**. That explanation **appeals to** common sense and has **dominated** efforts to get to the root of the obesity epidemic and **reverse** it. Yet obesity researchers are increasingly **dissatisfied** with it. Many now believe that something else must have changed in our environment to precipitate (促成) such **dramatic** rises in obesity over the past 40 years or so. Nobody is saying that the "big two"—reduced physical activity and increased **availability** of food—are not important **contributors** to the epidemic, but they cannot explain it all.

Earlier this year a **review** paper by 20 obesity experts **set out** the 7 most **plausible alternative** explanations for the epidemic. Here they are.

1. Not enough sleep

It is widely believed that sleep is for the brain, not the body. Could a shortage of shut-eye also be helping to make us fat?

Several **large-scale** studies suggest there may be a link. People who sleep less than 7 hours a night tend to have a higher body **mass index** than people who sleep more, according to data gathered by the US National Health and **Nutrition** Examination **Survey**. Similarly, the US Nurses' Health Study, which **tracked** 68,000 women for 16 years, found that those who slept an average of 5 hours a night gained more weight during the study period than women who slept 6 hours, who **in turn** gained more than whose who slept 7.

It's well known that obesity **impairs** sleep, so perhaps people get fat first and sleep less afterwards. But the nurses' study suggests that it can work in the other direction too: sleep loss may precipitate weight gain.

Although getting figures is difficult, it appears that we really are sleeping less. In 1960 people in the US slept an average of 8.5 hours per night. A 2002

poll by the National Sleep Foundation suggests that the average has fallen to under 7 hours, and the decline is mirrored by the increase in obesity.

2. Climate control

We humans, like all warm-blooded animals, can keep our **core** body temperatures pretty much **constant regardless of** what's going on in the world around us. We do this by **altering** our metabolic(新陈代谢的) rate, **shivering** or **sweating**. Keeping warm and staying cool take energy unless we are in the "thermo-**neutral** zone", which is increasingly where we choose to live and work.

There is no **denying** that ambient temperatures(环境温度) have changed in the past few decades. Between 1970 and 2000, the average British home warmed from a **chilly** 13C to 18C. In the US, the changes have been at the other end of the thermometer as the proportion of homes with air conditioning rose from 23% to 47% between 1978 and 1997. In the southern states—where obesity rates tend to be highest —the number of houses with air conditioning has shot up to 71% from 37% in 1978.

Could air conditioning in summer and heating in winter really **make a difference** to our weight?

Sadly, there is some evidence that it does—at least **with regard to** heating. Studies show that in comfortable temperatures we use less energy.

3. Less smoking

Bad news: smokers really do tend to be thinner than the rest of us, and quitting really does **pack** on the pounds, though no one is sure why. It probably **has something to do with** the fact that nicotine is an **appetite suppressant** and appears to up your metabolic rate.

Katherine Flegal and colleagues at the US National Center for Health Statistics in Hyattsville, Maryland, have **calculated** that people kicking the habit have been responsible for a small but significant **portion** of the US epidemic of fatness. From data collected around 1991 by the US National Health and Nutrition Examination Survey, they **worked out** that people who had quit in the previous decade were much more likely to be overweight than smokers and people who had never smoked. Among men, for example, nearly half of quitters were overweight compared with 37% of non-smokers and only 28%of smokers.

4. Genetic effects

Your chances of becoming fat may be set, at least in part, before you were even born. Children of obese mothers are much more likely to become obese themselves later in life. **Offspring** of mice fed a high-fat diet during **pregnancy** are much more likely to become fat than the offspring of **identical** mice fed a normal diet. **Intriguingly**, the effect **persists** for two or three generations. Grandchildren of mice fed a high-fat diet grow up fat even if their own mother is fed normally-so your fate may have been **sealed** even before you were **conceived**.

5. A little older…

Some groups of people just happen to be fatter than others. Surveys carried out by the US national center for health statistics found that adults aged 40 to 79 were around three times as likely to be obese as younger people. Non-white females also tend to fall at the fatter end of the **spectrum**: Mexican-American women are 30% more likely than white women to be obese and black women have twice the risk.

In the US, these groups account for an increasing percentage of the population. Between 1970 and 2000 the US population aged 35 to 44 grew by 43%. The **proportion** of Hispanic-Americans also grew, from under 5% to 12.5% of the population, while the proportion of black Americans increased from 11% to12.3%. These changes may account in part for the increased **prevalence** of obesity.

6. Mature mums

Mothers around the world are getting older. In the UK, the **mean** age for having a first child is 27.3, compared with 23.7 in 1970. Mean age at first birth in the US has also increased, rising from 21.4 in 1970 to 24.9 in 2000.

This would be neither here nor there if it weren't for the **observation** that having an older mother seems to be an independent risk factor for obesity. Results from the US national heart, lung and blood institute's study found that the **odds** of a child being obese increase 14% for every five extra years of their mother's age, though why this should be so is not entirely clear.

Michael Symonds at the University of Nottingham, UK, found that first-born children have more fat than younger ones. As family size decreases, firstborns account for a greater **share** of the population. In 1964, British women **gave birth to** an average of 2.95 children; by 2005 that **figure** had fallen to 1.79. In the US in1976, 9.6% of woman in their 40s had only one child; in 2004 it was 17.4%. This **combination** of older mothers and more single children could be contributing to the obesity epidemic.

7. Like marrying like

Just as people **pair off** according to looks, so they do for size. **Lean** people are more likely to marry lean and fat more likely to marry fat. **On its own**, like marrying like cannot account for any increase in obesity. But combined with others—particularly the fact that obesity is partly genetic, and that heavier people have more children—it **amplifies** the increase from other causes.

文章词汇注释

►►► **supersize** ['sjuːpəsaɪz]

[释义] *a.* 超大型

[同根] superstar ['sjuːpəˌstɑː] *n.* 超级明星（演员、音乐师等）
superpower ['sjuːpəˌpaʊə] *n.* 超级大国
superabundance [ˌsjuːpərə'bʌndəns] *n.* 多余，剩余，过多

►►► **obesity** [əʊ'biːsətɪ]

[释义] *n.* 肥胖；过胖

[同根] obese [əʊ'biːs] *a.* 极为肥胖的；臃肿的；虚胖的；病态肥胖的

►►► **epidemic** [ˌepɪ'demɪk]

[释义] *n.* ①流行病 ②（迅速的）泛滥，蔓延 *a.* 传染性的；流行的

[同义] prevalent, infectious, contagious, catching, widespread

►►► **calorie** ['kælərɪ]

[释义] *n.* ①大卡，千卡（食物所产生的能量单位）②卡路里，卡（热量单位）

►►► **appeal** [ə'piːl]

[释义] *n.* ①呼吁，恳求 ②感染力，吸引力 ③上诉；申诉 ④启发；打动 *vi.* ① 呼吁 ②有吸引力 *vt. & vi.* 上诉

[同义] ask, entreat, plead, implore, beg

[词组] appeal to ①向…呼吁；向…请求；恳求 ②向…投诉 ③诉诸武力，求助于 ④对…有吸引力
appeal for 呼吁

►►► **dominate** ['dɒmɪneɪt]

[释义] *vt. & vi.* ①控制，支配，影响 ②在…中占首要地位 ③俯视，高耸于 *vt.* 耸立于，俯临

[同义] reign, prevail, overlook, overtop, command

[同根] domination [ˌdɒmɪ'neɪʃən] *n.* 支配，统治，控制；优势
dominant ['dɒmɪnənt] *a.* ①占优势的，支配的 ②高耸的；占首位的 ③（遗传性状）优势的，显性的

▶▶▶ **reverse** [rɪ'vɜːs]

[释义] *vt.* & *vi.* ①(使)反转;(使)颠倒;(使)翻转 ②推翻,取消 ③使倒退,逆转 *a.* ①相反的,颠倒的 ②背面的 *n.* ①相反 ②钱币的反面(背面) ③失败,挫败 ④倒挡

[同义] contrary, opposite, invert, turnaround

[反义] obverse, forward

[同根] converse [kən'vɜːs] *vi.* 交谈,谈话

['kɒnvɜːs] *a.* 相反的,逆的 *n.* 逻辑上的事物;反面说法

[词组] in (或 into) reverse (机动车辆)倒档(为了倒车)

reverse (one's) field 向相反方向运动;在相反的方向转动或推进

▶▶▶ **dissatisfied** [dɪs'sætɪsˌfaɪd]

[释义] *a.* 感到不满的,不满意的,不高兴的

[同根] satisfy ['sætɪsfaɪ] *vt.* & *vi.* 使满意;满足 *vt.* ①向(某人)证实;使确信 ②符合,达到(要求、规定、标准等)

satisfied ['sætɪsˌfaɪd] *a.* ① 满意的;满足的 ② 确信的;信服的

satisfactory [ˌsætɪs'fæktərɪ] *a.* 令人满意的,符合要求的

▶▶▶ **dramatic** [drə'mætɪk]

[释义] *a.* ①戏剧的,剧本的 ②戏剧性的,激动人心的 ③引人注目的 ④(变化、事情等)突然的;巨大的

[同义] spectacular, striking

▶▶▶ **availability** [əˌveɪlə'bɪlɪtɪ]

[释义] *n.* ①有效;有益;可利用性 ②可得到的东西(或人);可得性

[同根] available [ə'veɪləbl] *a.* ①可用的,在手边的;(for, to) 可利用的 ② 可得到的,可买到的 ③有空的,可与之联系的

avail [ə'veɪl] *vi.* ①有用;(against) 有益,有帮助 *vt.* 有用于;有益于 *n.* 效用;利益;帮助

▶▶▶ **contributor** [kən'trɪbjuːtə]

[释义] *n.* ①捐款人;捐助人 ②促成因素 ③投稿者;撰稿者

[同义] helper, supporter, giver, benefactor, patron

[同根] contribute [kən'trɪbjuːt]

vt. & *vi.* 捐献,捐助,贡献出,捐赠

vi. ①起促成作用 ②是…的原因之一

vt. 增加;增进;添加(到某物)

contribution [ˌkɒntrɪ'bjuːʃən] *n.* ①捐助物,贡献 ②捐赠;捐助;(尤指)捐款 ③定期缴款

[词组] contribute to 捐献于,有助于

▶▶▶ **review** [rɪ'vjuː]

[释义] *n.* ①再检查;复审 ②批评,评论 ③评论杂志(文章) ④阅兵 ⑤复习,温习 *vt.* ①再检查,复审 ②批评,评论 ③回顾,回忆 ④检阅 ⑤复习,温习 *vi.* ① 写评论,写书评 ②复习功课,温习功课

▶▶▶ **set out** ①陈述,阐明 ② 动身,起程 ③开始 ④摆放

[词组] set about ①着手(开始)做某事 ②考虑;留意

set against ①使敌视 ②使抵消

set aside ①留出,拨出(时间、金钱等) ② 把…置于一旁,不理会

set off ①动身,出发 ②使爆炸

set on ①攻击,袭击 ②开始,着手

▶▶▶ **plausible** ['plɔːzəbl]

[释义] *a.* ①貌似真实的,貌似有理的 ②貌似可信的;花言巧语的

[同义] probable, likely, reasonable, sensible, sound

[反义] actual, genuine, implausible

[同根] plausibly ['plɔːzəblɪ] *ad.* 貌似有理地

plausibility [ˌplɔːzəˈbɪlɪtɪ] *n.* ①貌似有理，貌似真实 ②貌似可信；可信性

▶▶▶ **alternative** [ɔːlˈtəːnətɪv]

[释义] *a.* ①两者(或若干)中择一的；非此即彼的 ②替代的；供选择的 ③不接受世俗准则的；非传统的；非主流的

[同义] option, alternate, choice, replacement, substitute

[同根] alter [ˈɔːltə] *vt.* ①改变 ②修改 ③[俚]阉割，去势 *vi.* 改变，变样

alternate [ɔːlˈtəːnɪt] *a.* ①(两个)交替的，轮流的 ②间隔的 ③供选择的；供替换的 *n.* ①[美]代理人；代替者；候补者 *vt.* (with) 使交替，使轮流 *vi.* (with, between) 交替，轮流

▶▶▶ **large-scale** [ˈlɑːdʒˈskeɪl]

[释义] *a.* ①大规模的；大范围的 ②(地图等)大比例尺的

▶▶▶ **mass index** 质量指标

▶▶▶ **nutrition** [njuːˈtrɪʃən]

[释义] *n.* ①营养，滋养 ②营养物，滋养物，食物 ③营养学

[同根] nutritious [njuːˈtrɪʃəs] *a.* 有营养的，滋养的

malnutrition [ˌmælnjuːˈtrɪʃən] *n.* 营养失调

▶▶▶ **survey** [səːˈveɪ]

[释义] *n.* ①调查；调查报告；民意调查(测验) ②全面的考察；概观，概论 *vt.* ①俯视，眺望，环视 ②全面考察(或研究)；概括论述 ③测量，勘测，测绘 ④审视，调查，向…作调查

▶▶▶ **track** [træk]

[释义] *vt.* ①(to)跟踪；追踪 ②沿着(道路)走 ③走过，通过 *n.* ①行踪；足迹 ②小径，小道 ③铁轨，轨道

[同义] path, course, trail

[词组] keep track of sth. 跟上…的进展；保持与…的联系

lose track of sth. 跟不上…的进展；失去与…的联系

▶▶▶ **in turn** 依次；轮到

[词组] take turns 轮流

▶▶▶ **impair** [ɪmˈpeə]

[释义] *vt.* ①削弱，减少 ②损害，损伤

[同义] spoil, damage, destroy, harm, hurt

[同根] impairment [ɪmˈpeəmənt] *n.* 损伤

▶▶▶ **poll** [pəul]

[释义] *n.* ①民意测验 ②投票，选举 ③投票数；投票结果 *vt.* ①对…进行民意测验 ②(候选人等)获得(若干票数) ③使(地区，群体等)投票

▶▶▶ **core** [kɔː]

[释义] *n.* ①果核，果心 ②核心，精髓，要义 ③中心部分 *vt.* ①挖去…的果核 ②取…的岩芯样品 ③用砂芯铸

▶▶▶ **constant** [ˈkɒnstənt]

[释义] *a.* ①固定的，不变的 ②不停的，持续的 *n.* ①常数，衡量 ②不变的事物

[同义] changeless, invariant, steady, unvarying, ceaseless, incessant

[同根] constancy [ˈkɒnstənsɪ] *n.* ①坚定，坚贞；坚决 ②忠实，忠诚 ③恒久不变

▶▶▶ **regardless of** 不管，不顾

▶▶▶ **shiver** [ˈʃɪvə]

[释义] *vi.* ①(with) 发抖，打颤 ②发出颤声 *vt.* ①打碎，粉碎 *n.* ①颤抖 ②寒颤 ③碎片

[同义] shake, frission, chill, shudder, thrill,tingle, throb, quake, quaver, tremble

▶▶▶ **sweat** [swet]

[释义] *vi.* ①出汗 ②(物体表面)结水珠，附上水汽 ③焦虑，烦恼；懊恼 ④(away) 辛苦工作 *n.* ①汗，汗水 ②(在物体表面凝结成的)水珠，水汽 ③[口]焦急，不安，神经紧张 *vt.* ①使出汗；出汗弄湿 ②(使)渗出，(使)流出；榨出 ③使干苦活

▶▶▶ **neutral** ['nju:trəl]

[释义] *a.* ①中立的；②不确定的，模糊的 ③非彩色的，略带灰色的 *n.* ①中立者，中立国 ②非彩色

[同义] impersonal, inert, independent, indifferent, unprejudiced

[反义] positive

[同根] neutrality [nju:'trælɪtɪ] *n.* ①中立；中立地位 ②中性

▶▶▶ **deny** [dɪ'naɪ]

[释义] *vt.* ① (v-ing+that) 否定，否认 ②拒绝给予；拒绝…的要求 ③(与 oneself 连用)节制；戒绝

[同义] refuse, abnegate, refute, reject, renounce

[反义] acknowledge, affirm, concede, confirm, admit, allow, grant

[同根] denial [dɪ'naɪəl] *n.* ①否认，否定 ②拒绝；拒绝承认；背弃；脱离关系 ③自制，节制

[词组] deny oneself 克己

there is no denying sth. 无可否认

▶▶▶ **chilly** ['tʃɪlɪ]

[释义] *a.* ①冷飕飕的；冷得使人不舒服的 ②怕冷的 ③冷淡的，不友好的

[同根] chill [tʃɪl] *n.* ①寒冷，寒气 ②风寒，寒颤 ③扫兴，寒心 ④(态度的)冷淡 *vt.* ①使变冷，使感到冷 ②使打寒颤 ③使扫兴，使沮丧

▶▶▶ **make a difference** 有影响，起(重要)作用

▶▶▶ **with regard to** 关于…，对于…

▶▶▶ **pack** [pæk]

[释义] *n.* ①包；捆；包裹；背包 ②[美](of)一包(盒，箱，袋) ③(of)(猎犬，野兽，飞机，舰艇等的)一群；一队 *vt.* ①(up)(装(箱)；给(某人)将(某物)装入行李 ②将…挤(塞，装)入；挤(塞，装)满 ③捆扎；包装

▶▶▶ **have something to do with** 与…有关

▶▶▶ **appetite** ['æpɪtaɪt]

[释义] *n.* ①欲望，强烈欲望 ②胃口，食欲

[同义] appetizing ['æpɪtaɪzɪŋ] *a.* ①开胃的；刺激食欲的 ②令人喜爱的

appetizer ['æpɪtaɪzə] *n.* ①(餐前的)开胃小吃 ②吊胃口的东西

[词组] have an appetite for ①有食欲 ②对…有欲望

▶▶▶ **suppressant** [sə'presnt]

[释义] *n.* (对人体功能的)遏抑剂

[同根] suppress [sə'pres] *vt.* ①镇压，平定；压制 ②查禁；废止；封锁 ③抑制，忍住 ④隐瞒，藏匿

suppression [sə'preʃən] *n.* ①压制；镇压；禁止 ②抑制；阻止；忍住；隐瞒

impress [ɪm'pres] *vt.* ①给…极深的印象；使感动 ②使铭记，铭刻 ③印，压印；盖(印)于

▶▶▶ **calculate** ['kælkjʊleɪt]

[释义] *vt. & vi.* ①计算，估计，核算 *vt.* 预测；推测

[同义] cipher, work out, compute, estimate, reckon, suppose, think

[同根] calculation [ˌkælkjə'leɪʃən] *n.* ①计算，计算(的结果) ②推断；预测，估计 ③盘算，深思熟虑，慎重的计划 ④自私的打算；算计

calculator ['kælkjʊleɪtə] *n.* 计算器

▶▶▶ **portion** ['pɔ:ʃən]

[释义] *n.* ① (of) (一) 部分 ② (食物等的) 一份，一客 ③一份遗产 (或赠予的财产) *vt.* ① (out) 把…分成多份；分配 ②给…一份嫁妆 (或遗产)
[同义] part, dose

▶▶▶ **work out** ①想出；制订出；产生出 ②解决；确定 ③理解，弄懂；知道

▶▶▶ **genetic** [dʒɪ'netɪk]
[释义] *a.* 遗传 (学) 的
[同根] gene [dʒi:n] *n.* 基因，遗传因子

▶▶▶ **offspring** ['ɒfsprɪŋ]
[释义] *n.* ①子女，子孙，后代 ② (动物的) 崽
[同义] progeny, descendant

▶▶▶ **pregnancy** ['pregnənsɪ]
[释义] *n.* 怀孕；妊娠
[同义] significant, fertile, full, productive
[同根] pregnant ['pregnənt] *a.* ①怀孕的，怀胎的 ②意味深长的，含蓄的

▶▶▶ **identical** [aɪ'dentɪkəl]
[释义] *a.* ①同一的 ② (to,with) 完全相同的，完全相似的 ③ (双胞) 一卵的，同卵的；同源的
[同义] duplicate, same, alike
[同根] identify [aɪ'dentɪfaɪ]
[释义] *vt.* ① (as) 确认；识别；鉴定，验明 ② (with) 视…(与…) 为同一事物 ③(with) 使参与；使合作 *vi.* (with) (与…) 认同；一致；感同身受
identity [aɪ'dentɪtɪ] *n.* ①身份；本身；本体 ②同一人；同一物 ③同一 (性)；相同 (处)，一致 (处) ④个性，特性

▶▶▶ **intriguingly** [ɪn'tri:gɪŋlɪ]
[释义] *ad.* 有趣地；有魅力地
[同根] intrigue [ɪn'tri:g] *n.* ①阴谋策划 ②阴谋，诡计；密谋 ③私通 ④ (尤指复杂的) 情节；结构 *vi.* ① (with, against) 耍阴谋，施诡计 ② (with) 私通 *vt.* ①耍阴谋，施诡计 ②激起…的好奇心 (或兴趣) ③使困惑；使迷惑

▶▶▶ **persist** [pə'sɪst]
[释义] *vi.* ① (in,with) 坚持；固执 ② 持续；存留 *vt.* 坚持说，反复说
[同义] persevere, hang on, endure, last, prevail, stay
[同根] persistence [pə'sɪstəns] *n.* ①坚持；固执 ② 持续；持久
persistent [pə'sɪstənt] *a.* ①坚持不懈的；固执的 ②持续的，持久的 ③反复的，不断的

▶▶▶ **seal** [si:l]
[释义] *n.* ①印章，图章，印信 ②封 (印)；封印纸 *vt.* ① (up) 封，密封 ②盖章，盖印于 ③ (以盖章的方式) 保证；确认；批准

▶▶▶ **conceive** [kən'si:v]
[释义] *vt.* & *vi.* ①想出（主意、计划等）；构想，设想 ②怀孕
[同义] believe, think, consider, imagine
[同根] conception [kən'sepʃən] *n.* ①概念，观念；想法 ②设想；构想；概念的形成 ③怀孕；胚胎 ④开始，创始
concept ['kɒnsept] *n.* 概念，观念，思想

▶▶▶ **spectrum** ['spektrəm]
[释义] *n.* ①光谱 ②声谱；波谱；频谱 ③范围，系列

▶▶▶ **proportion** [prə'pɔ:ʃən]
[释义] *n.* ①均衡；相称，协调 ②一物与他物在数量、大小等方面的关系；比例；倍数关系 ③部分；份儿；份额
[同根] proportionate [prə'pɔ:ʃənɪt] *a.* (to) 成比例的；均衡的，相称的

▶▶▶ **prevalence** ['prevələns]
[释义] *n.* ①流行，盛行；普遍，广泛 ② (疾病等的) 流行程度
[同根] prevail [prɪ'veɪl] *vi.* ① (over, against) 胜过，战胜，优胜 ② (among, in) 流行，

盛行；普遍

prevalent ['prevələnt] *a.* ① (among, in) 流行的，盛行的；普遍的 ②优势的

▸▸▸ mean [mi:n]

[释义] *a.* ① (about,over,with) 吝啬的，小气的 ② (to) 卑鄙的，心地不好的 ③卑贱的；鄙陋的 *vt.* ①(言词等)表示…的意思 ②意指，意谓 ③意欲，意图，打算

▸▸▸ observation [ˌɒbzə'veɪʃən]

[释义] *n.* ①观察；观测；观察力 ②(观察后发表的)言论，意见 ③察觉；注意,监视 ④观察(或观测)资料(或报告)

[同根] observe [əb'zə:v] *vt.* ① (that) 看到，注意到 ②观察，观测；监视 ③遵守，奉行 ④说；评述，评论 *vi.* ①注意；观察 ② (on, upon) 说；评述，评论

observer [əb'zə:və] *n.* ①观测者；观察员 ②遵守者，奉行者

▸▸▸ odds [ɒds]

[释义] *n.* ① (on,against, that) 机会，可能性；成功的可能性 ②投注赔率，赌注差额 ③不和，相争

[词组] at odds with 不和

▸▸▸ share [ʃeə]

[释义] *n.* ① (in, of) 一份，份儿；(分担的)一部分 ② (in) 股份；股票 ③市场占有率 *vt.* ① (out,among,between) 均分；分摊；分配 ② (out, among, between) 分享；分担；共有；共同使用

▸▸▸ give birth to 产生，出生

▸▸▸ figure ['fɪgə]

[释义] *n.* ①外形；体形；人影 ②体态；风姿 ③人物；名人 ④数字 *vt.* ①计算 ② (that) 认为；估计；料到 ③描绘；描述 *vi.* ① (as, in) 出现；露头角；扮演角色 ②做算术，计算

[词组] figure out ①算出；想出 ②理解

▸▸▸ combination [ˌkɒmbɪ'neɪʃən]

[释义] *n.* ①结合(体)；联合(体) ②(有共同目的的)团体；联盟 ③连衫裤 ④(打开密码锁的)对号密码；密码锁

[同根] combine [kəm'baɪn] *vt.* ① (with) 使结合；使联合 ②兼有，兼备 ③ (with) 使化合 *vi.* ① (against) 结合；联合 ② (with) 化合

▸▸▸ pair off 成双，结对

▸▸▸ lean [li:n]

[释义] *vi.* ①倾斜 ②倾身，屈身 ③ (on, upon, against) 倚，靠 *vt.* ①使倾斜 ② (on, upon, against) 把…靠在(某种东西上) *n.* 倾斜，倾向 *a.* ①(肉)无脂肪的，精瘦的 ②(人或动物)瘦的 ③贫瘠的；贫乏的；收益差的

▸▸▸ on its own 就其本身而言

▸▸▸ amplify ['æmplɪfaɪ]

[释义] *vt.* ①放大，扩大 ②增强 *vt. & vi.* 详述，进一步叙述，阐发（故事、事情、陈述等）

[同义] multiply, enlarge, lengthen, prolong, intensify

[同根] ample ['æmpl] *a.* ①足够的；丰裕的 ②大量的，丰富的，丰满的；硕大的

amplification [ˌæmpləfɪ'keɪʃən] *n.* ①扩大 ②发挥，详述 ③<物>振幅；放大率

选项词汇注释

combat ['kɒmbət]
[释义] vt. 与…战斗，反对，打击
n. (with, between, against) 战斗，格斗，反对 vi. (with, against) 战斗，搏斗
[同根] combatant ['kɒmbətənt] n. 战斗人员，斗士；战士 a. ①战斗的；好斗的 ②准备参加战斗的

▸▸▸ inclined [ɪn'klaɪnd]
[释义] a. ①倾向的 ②倾斜的 ③可能的，趋向于…的
[同义] prepared, bent
[反义] disinclined, horizontal
[同根] inclination [ˌɪnklɪ'neɪʃən]
n. ① (for, to, toward) (性格上的) 倾向；意向；爱好 ②趋势 ③倾斜；屈身；点头

▸▸▸ vigor ['vɪgə]
[释义] n. ①体力；精力；活力 ②(动，植物的) 强健，茁壮 ③(语言等的) 气势；力度；魄力
[同义] energy, vitality
[同根] vigorous ['vɪgərəs] a. ①精力充沛的；健壮的 ②强有力的

▸▸▸ enhance [ɪn'hɑːns]
[释义] vt. 提高，增加 (价值，品质，吸引力等)
[同义] heighten, raise, better, enrich, improve, uplift

▸▸▸ susceptible [sə'septəbl]
[释义] a. ①易被感动的，易动感情的；多情的 ② (to) 易受…影响的 ③ (to) 敏感的，过敏的 ④ (of,to) 容许…的；可以有…的
[同根] suspect [səs'pekt] vt. ①疑有，察觉 ②怀疑 ③ (of) 怀疑 (某人犯有过错) ④猜想；料想 vi. 怀疑 n. 嫌疑犯；可疑分子
suspicion [səs'pɪʃən] n. 怀疑
suspicious [səs'pɪʃəs] a. ① (of) 猜疑的，多疑的 ②可疑的

▸▸▸ accelerate [æk'seləreɪt]
[释义] vt. ①使增速 ②促进；促使…早日发生 ③使加速 vi. 加快；增长；增加
[同根] acceleration [ækˌselə'reɪʃən]
n. 加速；促进

▸▸▸ minority [maɪ'nɔːrɪtɪ]
[释义] n. 少数；少数民族
[反义] majority
[同根] minor ['maɪnə] a. ①较小的，较少的 ②不重要的，次要的 ③(疾病，手术等) 不严重的，无生命危险的

Reading in Depth
Section A

One of the major producers of **athletic footwear**, with 2002 sales of over $10 billion, is a company called Nike, with **corporate headquarters** in Beaverton, Oregon. Forbes magazine **identified** Nike's president, Philip Knight, as the 53rd-richest man in the world in 2004. But Nike has not

always been a large multimillion-dollar organization. In fact, Knight started the company by selling shoes from the back of his car at **track meets**.

In the late 1950s Philip Knight was a middle-distance runner on the University of Oregon track team, coached by Bill Bowerman. One of the top track **coaches** in the U.S., Bowerman was also known for experimenting with the design of running shoes in an attempt to make them lighter and more **shock-absorbent**. After attending Oregon, Knight moved on to do graduate work at Stanford University; his MBA thesis was on marketing athletic shoes. Once he received his degree, Knight traveled to Japan to contact the Onitsuka Tiger Company, a **manufacturer** of athletic shoes. Knight **convinced** the company's officials of the **potential** for its product in the U.S. In 1963 he received his first **shipment** of Tiger shoes, 200 pairs in total.

In 1964, Knight and Bowerman contributed $500 each to from Blue Ribbon Sports, the **predecessor** of Nike. In the first few years, Knight **distributed** shoes out of his car at local track meets. The first employees hired by Knight were former college athletes. The company did not have the money to hire "experts", and there was no established athletic footwear industry in North America from which to **recruit** those knowledgeable in the field. In its early years the organization operated in an unconventional manner that characterized its **innovative** and **entrepreneurial** approach to the industry. Communication was informal; people discussed ideas and issues in the hallways, on a run, or over a beer. There was little task **differentiation**. There were no job descriptions, **rigid** reporting systems, or detailed rules and regulations. The team spirit and shared values of the athletes on Bowerman's teams **carried over** and provided the basis for the **collegial** style of management that characterized the early years of Nikes.

文章词汇注释

▶▶▶ **athletic** [æθ'letɪk]

[释义] *a.* ①运动的，体育的；运动员的 ②体格健壮的；行动敏捷的；活跃的

[同根] athlete ['æθliːt] *n.* ①运动员，体育家 ②身强力壮的人

▶▶▶ **footwear** ['fʊtweə]

[释义] *n.*（总称）鞋类

▶▶▶ **corporate** ['kɔːpərɪt]

[释义] *a.* 社团的，法人的；公司的；共同的

[同义] connected, collective
[词组] corporate assets 社团资产
corporate culture 社团文化

▶▶▶ **headquarters** ['hed'kwɔ:təz]
[释义] *n.* ①(公司，机关等的)总部，总公司，总局 ②(军，警的)司令部，总署；司令部(全体指挥)人员

▶▶▶ **identify** [aɪ'dentɪfaɪ]
[释义] *vt.* ①认出，识别 ②支持，同情 ③确认；认出；鉴定 ④找到；发现 ⑤显示；说明身份 *vt.& vi.* 等同于；有关联
[同义] tell, tag, label, distinguish, recognize
[同根] identity [aɪ'dentɪtɪ] *n.* ①身份 ②个性，特性 ③同一性，一致性
identity crisis 身份认同危机
identification [aɪˌdentɪfɪ'keɪʃən] ①鉴定，验明，认出，辨认 ②身份证明 ③认同 ④确认，确定；强烈的同情感（或谅解、支持）；密切关联，紧密联系
ID Card=Identification Card 身份证
[词组] identify … with… 把…认作…，把…等同于…

▶▶▶ **track meet** 田径运动会

▶▶▶ **coach** [kəʊtʃ]
[释义] *n.* 教练，指导；长途客运汽车；(铁路)旅客车厢 *vt. & vi.* 训练；辅导
[同义] teacher, tutor, instructor, trainer; carriage

▶▶▶ **absorbent** [əb'sɔ:bənt]
[释义] *a.* 能吸收的 *n.* 吸收剂
[同义] thirsty, digestive, receptive, assimilative
[同根] absorb [əb'sɔ:b] *vt.* ①吸收（液体、气体等)；吸收（热、光、能等) ②把…并入，同化，吞并 ③吸引…的注意力，使全神贯注
absorbing [əb'sɔ:bɪŋ] 吸引人的，非常有趣的，引人入胜的

▶▶▶ **manufacturer** [ˌmænjʊ'fæktʃərə]
[释义] *n.* 制造商，制造厂，制造者，生产商
[同义] producer, maker, contractor
[同根] manufacture [ˌmænjʊ'fæktʃə] *vt.* ①制造 ②捏造 *n.* ①制造 ②制造品，产品

▶▶▶ **convince** [kən'vɪns]
[释义] *vt.* (of) 使确信，使信服；说服
[同义] convert, persuade, pledge, promise

▶▶▶ **potential** [pə'tenʃəl]
[释义] *n.* ①潜力 ②潜在性 ③电位；电势；电压 *a.* 潜在的，有可能的
[同义] promising, possible, hidden, conceivable, likely
[同根] potentiality [pəˌtenʃɪ'ælɪtɪ] *n.* (用复数)潜能，潜力，可能性
potentially [pə'tenʃəlɪ] *ad.* 潜在地
[词组] tap the potential 挖掘潜力
[同义] forerunner, leader, antecedent, forefather, parent
[反义] successor

▶▶▶ **predecessor** ['pri:dɪsesə]
[释义] *n.* ①(被取代的)原有事物，前身 ②前任，前辈
[同义] scatter, spread, allot, disperse, dispense
[反义] assemble, collect, withdraw, gather
[同根] distribution [dɪstrɪ'bju:ʃən] *n.* ①分发，分配 ②散布，分布 ③（商品）运销，经销，分销

▶▶▶ **shipment** ['ʃɪpmənt]
[释义] *n.* ①船运，水运，运输，运送，装运 ②(从海路、陆路或空运的)一批货物；运输的货物
[同义] transmission, cargo, delivery, load, freight

▶▶▶ **distribute** [dɪs'trɪbju:t]

[释义] *vt.* ①分销 ②分配，分给 ③散发，散播

▶▶▶ **recruit** [ˌrɪ'kruːt]

[释义] *vt.* ①招聘 ②吸收某人为新成员 ③动员…（提供帮助）；（通过招募）组成，组建 *vt. & vi.* ①招募，征募（新兵），吸收（新成员）②恢复健康，恢复体力 *n.* ①新兵，新警员 ②（机构中的）新成员

[同义] enroll, draft, sign, enlist, muster

[同根] recruitment [rɪ'kruːtmənt] ①征募新兵 ②补充

▶▶▶ **innovative** ['ɪnəʊveɪtɪv]

[释义] *a.* ①新发明的，有改革精神的 ②乐于引进新观念的

[同义] revolutionary, creative

[同根] innovate ['ɪnəˌveɪt] *vi.* 改革，创新 *vt.* 引入（新事物、思想或方法）

innovation [ˌɪnəʊ'veɪʃən] *n.* ① 改革，革新，创新 ②新观念，新方法，新发明

▶▶▶ **entrepreneurial** [ˌɒntrəprə'nəːrɪəl]

[释义] *a.* 创业的，具有企业精神的

[同根] entrepreneur [ˌɒntrəprə'nəː] *n.* ①〈法〉创业者，企业家（尤指涉及财务风险的）② 主办人

entrepreneurship [ˌɒntrəprə'nəːshɪp] *n.* 企业家（主办人等）的身份（地位、职权、能力）

▶▶▶ **differentiation** [ˌdɪfəˌrenʃɪ'eɪʃən]

[释义] *n.* 区别；分化；变异

[同义] difference, distinction, selection

[同根] differentiate [ˌdɪfə'renʃɪeɪt] *vt.& vi.* 区分，区别，辨别 *vi.* 区别对待 *vt.* 构成…间差别的特征

differentiate between good and evil 分清善恶

differentiate one variety from the other 将一种类别与其他区分开来

▶▶▶ **rigid** ['rɪdʒɪd]

[释义] *a.* ①严格的；死板的；不变的 ② 刚硬的；僵硬的；不弯曲的 ③（规则、方法等）死板的；教条的

[同义] adamant, strict, unchanging, stiff, unbending

[同根] rigidity [rɪ'dʒɪdɪtɪ] *n.* 坚硬；严格；刚直；死板

▶▶▶ **carry over** ① 持续下去 ② 推迟；延期

[词组] carry away 冲走

carry off 夺去

carry on 继续

carry through 坚持到底

carry weight 有份量（说话）

carry out 贯彻，执行

▶▶▶ **collegial** [kə'liːdʒɪəl]

[释义] *a.* 大学（学生）的，大学的组织的

Section B

Passage One

Sustainable development is applied to just about everything from energy to clean water and economic growth, and as a result it has become difficult to question either the basic **assumptions** behind it or the way the concept is put to use. This is especially true in agriculture, where sustainable development is often taken as the sole measure of progress without a proper appreciation of

historical and cultural **perspectives**

To start with, it is important to remember that the nature of agriculture has changed markedly throughout history, and will continue to do so. **Medieval** agriculture in northern Europe fed, clothed and **sheltered** a **predominantly** rural society with a much lower population **density** than it is today. It **had minimal effect on biodiversity**, and any pollution it caused was typically **localized**. **In terms of** energy use and the nutrients（营养成分）**captured** in the product it was relatively **inefficient**.

Contrast this with farming since the start of the industrial revolution. Competition from overseas led farmers to specialize and increase yields. Throughout this period food became cheaper, safe and more reliable. However, these changes have also led to habitat（栖息地）loss and to **diminishing** biodiversity.

What's more, demand for animal products in developing countries is growing so fast that meeting it will require an extra 300 million tons of grain a year by 2050.Yet the growth of cities and industry is reducing the amount of water **available** for agriculture in many regions.

All this means that agriculture in the 21st century will have to be very different from how it was in the 20th. This will require **radical** thinking. For example, we need to move away from the idea that traditional practices are inevitably more sustainable than new ones. We also need to **abandon** the notion that agriculture can be "zero impact". The key will be to abandon the rather simple and **static** measures of sustainability, which centre on the need to maintain production without increasing damage.

Instead we need a more **dynamic** interpretation, one that looks at the pros and cons（正反两方面）of all the various way land is used. There are many different ways to measure agricultural performance besides food yield: energy use, environmental costs, water purity, carbon footprint and biodiversity. It is clear, for example, that the carbon of transporting tomatoes from Spain to the UK is less than that of producing them in the UK with additional heating and lighting. But we do not know whether lower carbon footprints will always be better for biodiversity.

What is crucial is recognizing that sustainable agriculture is not just about sustainable food production.

文章词汇注释

sustainable [sə'steɪnəbl]
[释义] *a.* ① 可持续的 ②不破坏生态平衡的，合理利用的
[同义] defensible, endurable
[同根] sustain [sə'steɪn] *vt.* ① 承受，支撑 ② 维持 ③ 长期保持，使稳定持续 ④ 经受，遭受，蒙受
[词组] sustainable development 可持续发展

assumption [ə'sʌmpʃən]
[释义] *n.* ① 假定，臆断，假设 ②（责任的）承担；担任；（权力的）获得
[同义] expectation, proposition, conclusion, speculation
[同根] assume [ə'sjuːm] *vt.* ① 假设，臆断，猜想 ② 假装 ③ 承担，担任，就职
assume responsibility 承担责任

perspective [pə'spektɪv]
[释义] *n.* ① 观点，想法 ② 远景 ③ 前途；希望
[词组] in (或 out of) perspective 关系（不）恰当的（地）

medieval [medɪ'iːvəl]
[释义] *a.* 中世纪的（约公元 1000 到 1450）
[反义] modern, ancient

shelter ['ʃeltə]
[释义] *vt.* 掩蔽；庇护，保护 *vi.* 躲避，避难 *n.* ① 遮蔽；保护 ② 避难所 ③ 居所；住处
[同义] *vt.* harbor, screen, guard, cover, shield, hide *n.* shield, harbor, sanctuary, protection, dwelling, refuge
[同根] sheltered ['ʃeltəd] *a.* ① 受庇护的，受掩护的 ②（尤指为病弱者）提供食宿的，提供抚养方便的
[词组] sheltering effect

predominantly [prɪ'dɒmɪnəntlɪ]
[释义] *ad.* 占主导地位地；占优势地；显著地
[同根] predominant [prɪ'dɒmɪnənt] *a.* ① 占优势的；占主导地位的；主导的 ② 显著的；明显的；盛行的
predominate [prɪ'dɒməˌneɪt] *vi.* 占支配地位 *vt.* 在…中占优势

density ['densɪtɪ]
[释义] *n.* ① 密集，稠密 ②〈物〉〈化〉密度（固体、液体或气体单位体积的质量）
[同义] thickness, denseness, cohesiveness, solidness, mass
[同根] dense [dens] *a.* ① 密集的，稠密的，浓密的 ② 密度大的 ③ 愚笨的

minimal ['mɪnɪməl]
[释义] *a.* ①〈正式〉最小的；极少的 ② 极小的
[反义] maximal
[同根] minimum ['mɪnɪməm] *n.* ① 最低限度，最小量 ② 极小量 *a.* 最低的，最小的

have an effect on 对…有影响

biodiversity [ˌbaɪəudaɪ'vəːsətɪ]
[释义] *n.* 生物多类状态，生物多样性
[同根] diverse [daɪ'vɜːs] *a.* ①（形式、种类、性质等）不同的，相异的 ②各式各样的，多变化的
diversity [dɪ'vɜːsɪtɪ] *n.* ① 多样化；多样性 ② 分歧

localize ['ləukəlaɪz]
[释义] *vt.* ①使局部化 ②使具地方色彩

[同根] local [ˈləʊkəl] *a.* ① 地方性的；当地的，本地的 ② 乡土的，狭隘的 ③ 局部的 *n.* ① 当地居民，本地人 ② (报纸上的) 本地新闻；地方性节目 ③ 慢车

▸▸▸ in terms of 就…而言，从…方面说来
[同义] as regards, as to, as for, as far as… be concerned

▸▸▸ capture [ˈkæptʃə]
[释义] *vt.* ① 夺得；赢得；争得 ② 俘获；俘虏；捕获 ③ 夺取，占领
[同义] catch, arrest, seize, apprehend, imprison, enslave, occupy
[反义] release

▸▸▸ inefficient [ˌɪnɪˈfɪʃənt]
[释义] *a.* 无效率的，不称职的
[同义] incompetent, incapable, unskillful, unable, unfit, inept
[反义] efficient, capable, skillful, competent
[同根] efficient [ɪˈfɪʃənt] *a.* 有能力的，效率高的

▸▸▸ diminish [dɪˈmɪnɪʃ]
[释义] *vt. & vi.* ① (使) 减少；缩小 ② 减弱…的权势
[同义] curtail, reduce, decrease, lessen
[反义] increase, raise, magnify, enlarge

▸▸▸ available [əˈveɪləbl]
[释义] *a.* ① 可用的，可得到的，可获得的 ② 可会见的 ③ 有空的
[同义] obtainable, convenient, ready, at hand, handy, accessible
[反义] unavailable
[同根] avail [əˈveɪl] *n.* 效用，利益 *vt. & vi.* 有用于，有益于，有助于
[词组] avail someone nothing of little (或) (no) avail to little ① (古)(行动) 无助于 ② 几乎（或根本）无效的 ③ 几乎（或根本）毫无作用；无助
avail (oneself) of 利用

▸▸▸ radical [ˈrædɪkəl]
[释义] *a.* ① 激进的，激进派的，极端的 ② 根本的，基本的；彻底的，完全的 ③ 全新的；不同凡响的
[同义] extreme, utmost, fundamental, fanatic
[反义] superficial, partial, conservative
[同根] eradicate [ɪˈrædɪˌkeɪt] *vt.* 摧毁，完全根除，消灭，杜绝 *n.* ① 摧毁，根除 ② 根除者；褪色灵

▸▸▸ abandon [əˈbændən]
[释义] *vt.* ① 放弃 ②离弃，丢弃 ③遗弃，抛弃 *n.* 放任；纵情
[同义] quit, forsake, withdraw, cease, discard, evacuate
[反义] maintain, conserve, retain
[同根] abandonment [əˈbændəndmənt] *n.* 放弃；抛弃；遗弃；放任

▸▸▸ static [ˈstætɪk]
[释义] *a.* ① 不变化的，静态的 ② 静电的 ③ (力) 静力的 *n.* ① 天电（干扰）② 静电 ③ 静力学
[同义] inert, sluggish, dormant, inactive, still
[反义] dynamic

▸▸▸ dynamic [daɪˈnæmɪk]
[释义] *a.* ① 有活力的 ② 不断变化的 ③ 动力的，动态的 ④ 充满活力的；精力充沛的 *n.* ①（人或事物）相互作用的方式，动态 ② 力学；动力学 ③ 动力
[同义] lively, energetic, spirited, animated
[同根] dynamism [ˈdaɪnəmɪzəm] *n.* (人的) 活力，精力，劲头，魄力

选项词汇注释

▶▶▶ **impact** [ˈɪmpækt]

[释义] *n.* ① 冲击，撞击，碰撞 ②影响；作用 *vt.* ①压紧；挤满 ②冲击，撞击，碰撞 ③ 对…产生影响

[同义] affect, bear on, influence, shock, crash

[词组] have impact on 对…产生影响

▶▶▶ **result in** 导致

▶▶▶ **shrink** [ʃrɪŋk]

[释义] *vi.* ① 收缩，缩短，皱缩 ② 退缩，畏怯 ③ 变小，变少，变瘦 ④ (from) 回避，退避 *vt.* ①使收缩，使皱缩 ② 使缩小，使变瘦 *n.* 收缩，畏缩

[同义] reduce, contract, dwindle, retreat, withdraw, wither

[反义] expand, stretch

▶▶▶ **kept pace with** 跟上

▶▶▶ **remind** [rɪˈmaɪnd]

[释义] *vt.* (of, that, about) 提醒；使想起，使记

[同义] cue, prompt

▶▶▶ **urge** [əːdʒ]

[释义] *vt.* ① 催促；怂恿 ② (on,that) 极力主张；强烈要求 ③ 推进；驱策 *vi.* 极力主张；强烈要求 *n.* ①强烈的欲望；迫切的要求 ② 推动力

[同义] impulse, inspire, agitate, force, prompt, provoke, spur

Passage Two

The percentage of **immigrants** (including those **unlawfully** present) in the United States has been **creeping** upward for years. At 12.6 percent, it is now higher than at any point since the mid1920s.

We **are not about to** go back to the days when Congress openly worried about **inferior** races polluting America's bloodstream. But once again we are wondering whether we have too many of the wrong sort newcomers. Their loudest **critics** argue that the new wave of immigrants cannot, and indeed do not want to, **fit in** as previous generations did.

We now know that these **racist** views were wrong. In time, Italians, Romanians and members of other so-called inferior races became exemplary Americans and contributed greatly, in ways too numerous to detail, to the building of this **magnificent** nation. There is no reason why these new immigrants should not have the same success.

Although children of Mexican immigrants do better, in terms of educational and professional **attainment**, than their parents UCLA sociologist Edward Telles has found that the gains don't continue. Indeed, the fourth generation **is marginally worse off** than the third James Jackson, of the University of Michigan, has found a similar trend among black Caribbean immigrants, Tells fears that Mexican-Americans may be fated to follow in the footsteps of American blacks-that large parts of the community may become mired (陷 入) in a seemingly permanent state of poverty and underachievement. Like African-Americans, Mexican-Americans are increasingly relegated to (降 入)**segregated**, substandard schools, and their **dropout rate** is the highest for any ethnic group in the country.

We have learned much about the foolish idea of excluding people on the **presumption** of the ethnic/racial inferiority. But what we have not yet learned is how to make the process of Americanization work for all. I am not talking about requiring people to learn English or to adopt American ways; those things happen pretty much on their own, but as arguments about immigration **hear up** the **campaign trail**, we also ought to ask some broader question about assimilation, about how to ensure that people, once outsiders, don't forever remain marginalized within these shores.

That is a much larger question than what should happen with undocumented workers, or how best to **secure** the border, and it is one that affects not only newcomers but groups that have been here for generations. It will **have more impact on** our future than where we decide to set the **admissions bar** for the latest wave of would-be Americans. And it would be nice if we finally got the answer right.

文章词汇注释

▶▶▶ **immigrant** [ˈɪmɪgrənt]
[释义] *n.* 移民
[同义] foreigner, pilgrim, stranger
[反义] emigrant
[同根] migrate [maɪˈgreɪt] *vi.* 迁移；移往
migration [maɪˈgreɪʃən] *n.* 迁移；移居；迁徙
migratory [ˈmaɪgrəˌtɔːrɪ] *a.* ① 迁移的；有迁居习惯（或特色）的 ② 流浪的 ③ <医> 游走性的
migrant [ˈmaɪgrənt] *n.* 移居者，移民；候鸟，迁移动物
migrant worker 民工
emigrate [ˈemɪgreɪt] *vt.* 移居国外

▶▶▶ **unlawfully** [ʌnˈlɔːfəlɪ]
[释义] *ad.* 非法地，不正当地
[同根] unlawful [ʌnˈlɔːfəl] *a.* ① 非法的；违法的；不合法的 ② 私生的
lawful [ˈlɔːfəl] *a.* 合法的，法定的，

依法的

lawless ['lɔːlɪs] *a.* ①(国家、地方)没有法律的，法纪所不及的 ② 失去法律控制的；无法无天的

[词组] at (或 in) law 依法，与法律有关

be a law onto oneself (行为) 反复无常，一意孤行

law and order 治安，法律与秩序

go to law 诉诸法律

▸▸▸ creep [kriːp]

[释义] *vi.* ①缓慢地行进 ② 爬行，匍匐 *vt. & vi.* ① 谄媚；巴结；拍马屁 ② 非常缓慢地行进

[词组] give sb. the creeps (非正式) 使人毛骨悚然；使人起鸡皮疙瘩

make one's flesh creep 毛骨悚然；起鸡皮疙瘩

▸▸▸ be about to 即将做某事

▸▸▸ inferior [ɪn'fɪərɪə]

[释义] *a.* ① 低等的，较低的 ② 劣等的，较差的 *n.* ① 部下，下属 ② 不如别人的人；级别 (或地位) 低的人

[同义] subordinate, secondary, lower, worse, lesser

[反义] superior, superordinate

[词组] be inferior to 劣于…

▸▸▸ critic ['krɪtɪk]

[释义] *n.* ① 批评家，评论家 ②爱挑剔的人

[同根] criticize ['krɪtɪsaɪz] *vt.* ① (for) 批评；批判；苛求；非难 ② 评论；评价 *vi.* ① 批评；非难 ②评论；评价

criticism ['krɪtɪˌsɪzəm] *n.* ① 批评；评论 ②苛求，挑剔，指责 ③ 考证

critical ['krɪtɪkəl] *a.* ① 紧要的，关键性的，危急的 ② 批评的，批判的，评论性的 ③ (of) 吹毛求疵的，爱挑剔的 ④ 必不可少的；紧缺而必须的

▸▸▸ fit in ①融入 ②找时间做

▸▸▸ racist ['reɪsɪst]

[释义] *n.* 种族主义者

[同根] racial ['reɪʃəl] *a.* ① 人种的，种族的 ② 种族之间的

racism ['reɪsɪzəm] *n.* 种族主义；种族歧视；人种偏见

▸▸▸ magnificent [mæg'nɪfɪsnt]

[词根] *a.* ① 壮丽的，宏伟的，宏大的 ② 豪华的；华丽的，华贵的 ③ 极美的；很动人的

[词根] magnificence [mæg'nɪfɪsns] *n.* ① 壮丽；美妙 ② 高尚；庄严

▸▸▸ attainment [ə'teɪnmənt]

[释义] *n.* ① (of) 达到；获得；到达 ② 成就；学识，才能

[同义] achievement, accomplishment, acquisition, acquirement

[反义] failure

[词根] attain [ə'teɪn] *vt.* ①达到；获得 ② 到达 *vi.* ① (to) 达到；获得 ② (to) 到达 *n.* 成就，造诣

▸▸▸ marginally ['mɑːdʒɪnəlɪ]

[释义] *ad.* ① 在栏外，在页边；在边缘 ② 少量地；最低限度地

[同根] margin ['mɑːdʒɪn] *n.* ① 边，边沿，边缘 ② 页边空白；栏外 ③ 极限，限度 ④ (时间，花费上保留的) 余地，余裕 *vt.* ①加边于；成为…的边 ② 加旁注于

marginal ['mɑːdʒɪnəl] *a.* ① 页边的，栏外的 ② 边缘的；边境的 ③ 临界的；最低限度的 ④ 微小的；不重要的

marginalize ['mɑːdʒɪnəlaɪz] *vt.* 使局限于社会边缘；使脱离主流

▸▸▸ be worse off 处境较坏，情况恶化

▸▸▸ segregate ['segrɪgeɪt]

[释义] *vt.* 分离；在…实行种族隔离 *a.* 被隔离的

[反义] desegregate, integrate, mix, mingle

[同根] segregation [ˌsegrɪ'geɪʃən]

n. ① (into) 隔离；分开 ② 种族隔离

▶▶▶ **dropout rate** 失学率

▶▶▶ **presumption** [prɪ'zʌmpʃən]

[释义] n. ① 推测 ② 冒昧；放肆 ③ 推测的理由（或根据）

[同义] precondition, assumption

[同根] presume [prɪ'zju:m] vt. ① (to-v) 擅自（做）；冒昧（做）② 假定，认为 ③ 推定，意味着 vi. ①擅自行为，放肆 ② 设想；相信

presumable [prɪ'zju:məbl] a. 可推测的；可能有的；似真的

▶▶▶ **heat up** 加热

▶▶▶ **campaign** [kæm'peɪn]

[释义] n. ①运动 ② 战役 vi. 参加（发起）运动，参加竞选

[同义] movement, effort, crusade

▶▶▶ **trail** [treɪl]

[释义] n. ① 痕迹；踪迹 ②（荒野中踏成的）小道 ③拖曳物，尾部；拖裾；蔓 vt. ① 拖，曳 ② (to) 跟踪；追猎 vi. ① (along，behind) 拖在或跟在（…的后面）② 拖沓行走 ③ 拖曳；垂下

▶▶▶ **assimilation** [əˌsɪmɪˌleɪʃən]

[释义] n. ①（食物等的）吸收 ② 同化作用

[同义] absorption, acculturation

[反义] dissimilation

[同根] assimilate [ə'sɪmɪleɪt] vt. ① 消化吸收（食物）② 吸收（知识等）；理解 ③ (to, into) 使（民族、语音）同化

assimilative [ə'sɪmɪleɪtɪv] a. 同化的；有同化力的

▶▶▶ **secure** [sɪ'kjʊə]

[释义] vt. ① 弄到，获得 ② (from, against) 使安全；掩护；保卫 vi. (against) 获得安全；变得安全 a. ① (from, against) 安全的，无危险的 ② (about) 安心的，无忧虑的 ③ (of) 有把握的，确定无疑的

▶▶▶ **have impact on** 对…有影响

▶▶▶ **admission** [əd'mɪʃən]

[释义] n. ① (to, into)（学校，会场，俱乐部等的）进入许可，加入许可 ② 入场费；入场券，门票 ③ (of, that) 承认，坦白 ④ 任用，录用

[同根] admit [əd'mɪt] vt. ① (v-ing+that) 承认 ②（into, to) 准许进入；准许…进入（或加入）③ 容许；可容纳

vi. ① (to) 承认 ② (of) 容许，有余地 ③ (to) 通向

admittance [əd'mɪtəns] n. 进入；入场许可

admitted [əd'mɪtɪd] a. ① 公认的，明白的 ②（对坏事）自认的

admittedly [əd'mɪtɪdlɪ] ad. 一般公认地；明白地；无可否认地

▶▶▶ **bar** [bɑ:]

[释义] n. ① 障碍，限制 ② 棒，条；(长方或椭圆形的）条状物 ③杠，代表军阶的横杠 vt. ① 闩住 ② 封锁；阻塞；阻拦 ③ 终止；禁止 ④ 对…不予考虑；排斥

选项词汇注释

corruption [kə'rʌpʃən]

[释义] n. ① 堕落；腐化；贪污；贿赂 ②（语词的）讹用，讹误 ③ 腐坏，腐烂

[同根] corrupt [kə'rʌpt] *a.* ① 腐败的，贪污的 ② 堕落的，邪恶的 *vt.* ① 使腐败，使堕落；贿赂，收买 ② 讹用(词语)；窜改(原稿) *vi.* ① 堕落；腐化 ② 腐坏，腐烂

▶▶▶ **dynamic** [daɪ'næmɪk]

[释义] *a.* ① 有活力的，强有力的 ② 不断变化的 ③ 动力的，动态的 ④ 充满活力的；精力充沛的

[同义] lively, energetic, active, forceful, strong, spirited, animated

[同根] dynamism ['daɪnəmɪzəm] *n.* (人的)活力，精力，劲头，魄力

▶▶▶ **predecessor** ['priːdɪsesə]

[释义] *n.* ① (被取代的)原有事物，前身 ② 前任，前辈

[同义] forerunner, leader, antecedent, forefather, parent

[反义] successor

▶▶▶ **community** [kə'mjuːnɪtɪ]

[释义] *n.* ① 社区，共同社会 ② (一般)社会，公众 ③ (财产等的)共有；(利害等的)一致

[同义] colony, district, society, town

▶▶▶ **underachieve** [ˌʌndərə'tʃiːv]

[释义] *vi.* 学习成绩不良；学习成绩低于智力测验水平

[同根] underdeveloped [ˌʌndədɪ'veləpt] *a.* ① 发展不完全的 ② 发育不良的 ③ (国家)不发达的

▶▶▶ **rid** [rɪd]

[释义] *vt.* (of) 使免除；使摆脱；从…清除

[同义] do away with, clear, free

▶▶▶ **complex** ['kɒmpleks]

[释义] *n.* ① (about) 情结，情丝 ② 复合物，综合体 *a.* ① 复杂的，错综复杂的 ② 由各种部分所构成的，复合的，合成的

[同义] composite, complicated, confused, involved, leaning, mixed

[反义] brief, plain, simple

▶▶▶ **urge** [əːdʒ]

[释义] *vt.* ① 催促；力劝；激励；怂恿 ② (on, that) 极力主张；强烈要求 *vi.* 极力主张；强烈要求 *n.* 强烈的欲望；冲动；迫切的要求 ② 推动力

[同义] inspire, agitate, prompt, provoke, spur

▶▶▶ **document** ['dɒkjʊmənt]

[释义] *n.* 公文，文件 *vt.* 证明；记录，记载

[同义] text, file, certificate, paper

▶▶▶ **fit into** 融入

Skimming and Scanning

Helicopter Moms vs. Free-Range Kids

Would you let your fourth-grader ride public transportation without an adult? Probably not. Still, when Lenore Skenazy, a **columnist** for the *New York Sun*, wrote about letting her son take the subway alone to get back to "Long story short :my son got home from a department store on the Upper East Side, she didn't expect to get hit with a wave of criticism from readers.

"Long story short: My son got home, **overjoyed** with independence," Skenazy wrote on April 4 in the *New York Sun*. "Long story longer: Half the people I've told this **episode** to now want to turn on in for child **abuse**. As if keeping kids under lock and key and cell phone and careful watch is the right way to **rear** kids. It's not. It's debilitating (使虚弱)—for us and for them."

Online message boards were soon full of people both **applauding** and **condemning** Skenazy's decision to let her son go it alone. She **wound up** defending herself on CNN (**accompanied** by her son) and on popular **blogs** like the *Huffington Post* where her follow-up piece was **ironically** headlined "More From America's Worst Mom."

The episode has **ignited** another one of those debates that divides parents into **vocal** opposing camps. Are modern parents needlessly overprotective, or is the world a more complicated and dangerous place than it was when previous generations were allowed to **wander** about **unsupervised**?

From the "she's an irresponsible mother" camp came: "Shame on you for being so careless about his safety," in comments on the *Huffington Post*. And there was this from a mother of four: "How would you have felt if he didn't come home?" But Skenazy got a lot of support, too, with women and men writing in with stories about how they were allowed to take trips all by themselves at seven or eight. She also got **heaps of** praise for **bucking** the "helicopter parent" trend: "Good for this Mom," one commenter wrote on the

Huffington Post. "This is a much-needed reality check."

Last week, encouraged by all the attention, Skenazy started her own blog—*Free Range*, kids—promoting the idea that modern children need some of the same independence that her generation had. In the good old days nine-year-old **baby boomers** rode their bikes to school, walked to the store, took buses—and even subways—all by themselves. Her blog, she says, is **dedicated** to **sensible** parenting. "At Free Range Kids, we believe in safe kids. We believe in car seats and safety belts. We do NOT believe that every time school-age children go outside, they need a security guard."

So why are some parents so nervous about letting their children out of their sight? Are cities and towns less safe and kids more **vulnerable** to crimes like child **kidnap** and sexual abuse than they were in previous generations?

Not exactly. New York City, for instance, is safer than it's ever been; it's **ranked** 36th in crime among all American cities. Nationwide, stringer kidnaps are extremely **rare**; there's a one-in-a-million chance a child will be taken by a stranger, according to the Justice Department. And 90 percent of sexual abuse cases are committed by someone the child knows. **Mortality rates** from all causes, including diseases and accidents, for American children are lower now than they were 25 years ago. According to Child Trends, a nonprofit research group, between 1980 and 2003 death rates dropped by 44 percent for children aged 5 to 14 and 32 percent for teens aged 15 to 19.

Then there's the whole question of whether modern parents are more watchful and nervous about safety than previous generations. Yes, some are. Part of the problem is that with wall to wall Internet and **cable** news, every missing child case gets so much airtime that it's not surprising even normal parental anxiety can be **amplified**. And many middle-class parents have **gotten used to** managing their children's time and **shuttling** them to various **enriching** activities, so the idea of letting them out on their own can seem like a risk. Back in 1972, when many of today's parents were kids, 87 percent of children who lived within a mile of school walked or biked every day. But today, the Centers for Disease Control report that only 13 percent of children bike, walk or otherwise themselves to school.

The extra supervision is both a city and a **suburb phenomenon**. Parents are worried about crime, and they are worried about kids getting caught in traffic in a city that's not used to **pedestrians**. On the other hand, there are still plenty of kids whose parents give them a lot of independence, by choice or by necessity. The After School Alliance finds that more than 14 million kids aged 5 to 17 are responsible for taking care of themselves after school. Only 6.5 million kids **participate in** organized programs. "Many children who have working parents have to take the subway or bus to get to school. Many do this by themselves because they have no other way to get to the schools," says Dr. Richard Gallagher, director of the Parenting Institute at the New York University Child Study Center.

For those parents who wonder how and when they should start allowing their kids more freedom, there's no **clear-cut** answer. Child experts discourage a one-size-fits-all approach to parenting. What's right for Skenazy's nine-year-old could be **inappropriate** for another one. It all depends on developmental issue, **maturity**, and the psychological and emotional makeup of that child. Several factors must be **taken into account**, says Gallagher. "The ability to follow parent guidelines, the child's level of comfort in handling such situations, and a child's general judgment should be weighed."

Gallagher agrees with Skenazy that many nine-year-olds are ready for independence like taking public transportation alone. "At certain times of the day, on certain **routes**, the subways are generally safe for these children, especially if they have grown up in the city and have been taught how to be safe, how to obtain help if they are concerned for their safety, and how to avoid unsafe situations by being watchful and on their toes."

But even with more traffic and fewer sidewalks, modern parents do have one advantage their parents didn't: the cell phone. Being able to check in with a child anytime goes a long way toward **relieving** parental anxiety and may help parents loosen their control a little sooner. Skenazy got a lot of criticism because she didn't give her kid her cell phone because she thought he'd lose it and wanted him to learn to go it alone without depending on mom—a major principle of free-range parenting. But most parents are more than happy to use cell phones to **keep track of** their kids.

And for those who like the idea of free-range kids but still struggle with their inner helicopter parent, there may be a middle way. A new generation of GPS cell phones with tracking software make it easier than ever to follow a child's every movement via the Internet—without seeming to **interfere** or

hover. Of course, when they go to college, they might start **objecting to** being **monitored** as they're on parole (假释).

文章词汇注释

columnist ['kɒləmnɪst]
[释义] *n.* 专栏作家；专栏编辑
[同根] column ['kɒləm] *n.* ① 圆柱 ② (of) 圆柱状物 ③ (报纸的) 栏，段 ④ (士兵的) 纵队；(船舰，车辆等的) 纵列

overjoyed ['əʊvə'dʒɒɪd]
[释义] *a.* 狂喜的，极度高兴的
[同义] delighted, ecstatic, elated, jubilant

episode ['epɪsəʊd]
[释义] *n.* ① (整个事情中的) 一个事件 ② (文艺作品中的) 插曲，片断；(连载小说中的) 一节

abuse [ə'bjuːz]
[释义] *n.* & *vt.* ① 虐待；伤害 ② 滥用，妄用 ③ 辱骂
[同义] maltreatment, insult, ill-use, injure
[同根] abnormal [æb'nɔːməl] *a.* ① 不正常的，反常的；不规则的 ② 异乎寻常的，例外的 ③ 变态的；畸形的

rear [rɪə]
[释义] *vt.* ① (on) 抚养，培养 ② 饲养 ③ 竖起，举起 ④ 使 (马等) 用后腿直立起来 *vi.* ① 高耸 ② (up) (马等) 用后腿直立 ③ (up, over) 暴跳 *n.* ① 后部，后面；背后，背面 ② 后方；(部队，舰队等的) 后尾 ③ 臀部 *a.* ① 后面的，后部的，背后的 ② 后方的；殿后的

applaud [ə'plɔːd]
[释义] *vt.* ① 向…鼓掌；向…喝彩 ② 称赞；赞成 *vi.* 鼓掌欢迎；喝彩
[同义] spat, acclaim, approve, cheer, clap, hail, praise
[反义] boo, hiss
[同根] applause [ə'plɔːz] *n.* ① 鼓掌欢迎，喝彩 ② 称赞，嘉许

condemn [kən'dem]
[释义] *vt.* ① (as) 责难，责备，谴责 ② (to) 宣告…有罪，判…刑 ③ (to) 迫使…处于 (不幸的状态)；使某人注定要
[同义] criticize, denounce, disapprove, doom, reproach
[反义] excuse, forgive, grant, pardon, praise
[同根] condemnation [ˌkɒndem'neɪʃən] *n.* ① (of) 谴责 ②宣告有罪 ③ 谴责 (或定罪) 的理由
condemnatory [kən'demnəˌtɔːrɪ] *a.* 谴责的；非难的

wind up 使结束

accompany [ə'kʌmpənɪ]
[释义] *vt.* ① 陪同，伴随 ② 随着…发生，伴有 ③ 使附有 *vi.* 伴奏，伴唱
[同义] attach to, come with, go with, play along, follow, company
[反义] leave

blog [blɒg]
[释义] *n.* 博客；网络电子日志
[同义] diary, journal

ironically [aɪ'rɒnɪklɪ]
[释义] *ad.* 说反话地；讽刺地
[同根] irony ['aɪərənɪ] *n.* ① 反语；冷嘲；讽刺 ② 具有讽刺意味的事；出

乎意料的结果；嘲讽的话
ironical [aɪ'rɒnɪkəl] *a.* 讽刺的

▶▶▶ **ignite** [ɪg'naɪt]
[释义] *vt.* ① 点燃，使燃烧 ② 使灼热；使发光 ③ 激起；使激动 *vi.* 着火，发火，开始燃烧
[同义] erupt, kindle, light, stoke
[反义] snuff out, blow out, extinguish, quench
[同根] ignition [ɪg'nɪʃən] *n.* ① 着火；燃烧 ② 点火，发火；点火开关，发火装置

▶▶▶ **wander** ['wɒndə]
[释义] *vi.* ① (about, off, over, through) 漫游；闲逛；流浪；徘徊 ② 迷路 ③ (from, off) 离开正道；离题 *vt.* 漫游于，徘徊于 *n.* 漫游；徘徊
[同义] roll, tramp, cast, rove, range, drift, roam, stray, ramble

▶▶▶ **unsupervised** [ˌʌn 'sju:pəvaɪzd]
[释义] *a.* 无人监督的，无人管理的
[同根] supervise ['sju:pəvaɪz] *vt.* 监督；管理；指导
supervisor [ˌsju:pə'vaɪzə] *n.* ① 监督人；管理人；指导者 ②(某些学校的)督学
supervisory [ˌsju:pə'vaɪzərɪ] *a.* ① 管理(员)的 ② 监督(人)的
supervision [ˌsju:pə'vɪʒən] *n.* 管理；监督

▶▶▶ **heap** [hi:p]
[释义] *n.* (of) (一) 堆，堆积 ② (of) 大量，许多 *vt.* ① 堆积；积聚 ② (with, on) 装满 ③ (on, upon) 大量地给予
[词组] heaps of 大量

▶▶▶ **buck** [bʌk]
[释义] *vt.* (at, against) 强烈反抗，反对

▶▶▶ **baby boomer** 婴儿潮时代 (baby boom) 出生的人；生育高峰期出生的人(在二战之后的1946至1964年间)

▶▶▶ **dedicated** ['dedɪˌkeɪtɪd]
[释义] *a.* 专注的；献身的；有奉献精神的
[同根] dedication [ˌdedɪ'keɪʃən] *n.* ① 奉献，供奉 ② 献堂典礼；揭幕仪式 ③ (to) 专心致力，献身 ④ 献辞，题辞
dedicate ['dedɪkeɪt] *vt.* ① (to) 以…奉献，以…供奉 ② 为(建筑物等)举行落成典礼 ③ (to) 献(身)；把(时间、精力等)用于

▶▶▶ **sensible** ['sensəbl]
[释义] *a.* ① 明智的；合情理的 ② (of) 意识到的，察觉到的 ③ 可注意到的，明显的
[同义] reasonable, thoughtful, judicious, rational, realistic, wise
[反义] absurd, insensible
[同根] sensibility [ˌsensɪ'bɪlɪtɪ] *n.* ① (to) 感觉(力) ② (to) 敏感，善感 ③ 鉴赏力；识别力 ④ 感情

▶▶▶ **vulnerable** ['vʌlnərəbl]
[释义] *a.* ① 易受伤的 ② 易受责难的
[同义] tender, defenseless, susceptible, unprotected
[反义] invulnerable
[同根] vulnerability [ˌvʌlnərə'bɪlɪtɪ] *n.* ① 易受伤 ② 易受责难；弱点

▶▶▶ **kidnap** ['kɪdnæp]
[释义] *vt.* ① 诱拐(小孩等) ② 绑架；劫持
[同义] snatch, abduct, carry off
[同根] kidnapper ['kɪdnæpə] *n.* 绑票者；拐子
kidnapee [kɪdnæ'pi:] *n.* 被绑架的人

▶▶▶ **rank** [ræŋk]
[释义] *vt.* ① 排列，把…排成行 ② 把…分等；把…评级 ③ 等级高于 *n.* ① 等级；地位，身份 ② 社会阶层；军阶，

军衔
[同义] place, order, group, class, rate

▶▶▶ **rare** [reə]
[释义] *a.* ①. 稀有的，罕见的 ② 杰出的，珍贵的 ③ 稀薄的，稀疏的
[同义] infrequent, peculiar, scarce, sparse, unusual
[反义] dense, ordinary
[同根] rarity ['reərətɪ] *n.* ① 稀有，罕见 ② 珍奇，珍贵，优异 ③ 稀薄；稀疏 ④ 稀罕之物，珍品；罕见的人

▶▶▶ **mortality** [mɔː'tælɪtɪ]
[释义] *n.* ① 必死性 ② 死亡数；死亡率 ③ (事业等的) 失败次数；失败率 ④ 人类
[同根] mortal ['mɔːtl] *a.* ① 会死的；死的；临死的 ② 人的，凡人的 ③ 致死的，致命的 *n.* 人，凡人
[词组] mortality rate 死亡率

▶▶▶ **cable** ['keɪbl]
[释义] *n.* ①缆；索；钢索 ② 电缆 ③ 越洋电报 *vt.* ① 给…拍越洋电报 ② (用缆绳等) 缚住

▶▶▶ **amplify** ['æmplɪfaɪ]
[释义] *vt.* ① 放大，扩大 ② 增强
vt. & *vi.* 详述，进一步叙述，阐发（故事、事情、陈述等）
[同义] multiply, boost, enlarge, lengthen, prolong, intensify
[同根] ample ['æmpl] *a.* ① 足够的；丰裕的 ② 大量的，丰富的
amplification [ˌæmpləfɪ'keɪʃən]
n. ① 扩大 ② 发挥，详述 ③ <物> 振幅；放大率

▶▶▶ **get used to doing** 习惯于做某事

▶▶▶ **shuttle** ['ʃʌtl]
[释义] *vt.* ① 短程穿梭般运送 ② 使穿梭般来回移动 *vi.* 短程穿梭般往返
n. (织机的) 梭，梭子
[词组] shuttle bus 班车

▶▶▶ **enrich** [ɪn'rɪtʃ]
[释义] *vt.* ① 使富裕 ② 使丰富 ③ 使 (土壤) 肥沃 ④ 装饰 ⑤ 增进 (食品的) 营养价值
[同义] better, enhance, improve, uplift
[反义] deprive, impoverish
[同根] enrichment [ɪn'rɪtʃmənt] *n.* ① 致富；丰富 ② 添加肥料 ③ 增强食品营养
enriched [ɪn'rɪtʃt] *a.* 浓缩的，富集的，强化的

▶▶▶ **suburb** ['sʌbəːb]
[释义] *n.* ① (城市周围的) 近郊住宅区 (或村，镇) ② 郊区 ③ 边缘，外围
[同根] subtitle ['sʌbˌtaɪtl] *n.* 副标题
subtropics ['sʌb'trɒpɪks] *n.* 亚热带，副热带
subheading ['sʌbˌhedɪŋ] *n.* 副标题
subordinate [sə'bɔːdənɪt] *a.* ① (to) 下级的 ② (to) 次要的；隶属的 ③ 从属的 *n.* 部下，部属；下级职员

▶▶▶ **phenomenon** [fɪ'nɒmɪnən]
[释义] *n.* ① 现象 ② 稀有的事，奇迹 ③ 非凡的人，杰出的人才

▶▶▶ **pedestrian** [pɪ'destrɪən]
[释义] *n.* 步行者，行人 *a.* ① 徒步的，步行的 ② 行人的，人行的

▶▶▶ **participate** [pɑː'tɪsɪpeɪt]
[释义] *vi.* ① (in) 参加，参与 ② (in, with) 分享，分担 ③ (of) 含有，带有
[同义] enter, contribute, enter into, join in, partake, take part in
[同根] participation [pɑːˌtɪsɪ'peɪʃən] *n.* ①参加 ② 分享
participant [pɑː'tɪsɪpənt] *n.* 参与者
participatory [pɑː'tɪsɪpəˌtərɪ] *a.* 参与的
[词组] participate in 参加

▶▶▶ **clear-cut** [ˈklɪəˈkʌt]
[释义] *a.* ① 轮廓清晰的 ② 明确的，清楚的
[同义] distinct, trenchant, clear

▶▶▶ **inappropriate** [ˌɪnəˈprəʊprɪɪt]
[释义] *a.* 不适当的
[同义] incorrect, incompatible, improper, unfitting, unsuitable

▶▶▶ **maturity** [məˈtjʊərɪtɪ]
[释义] *n.* ① 成熟；完善 ②（支票等的）到期
[同义] adulthood
[反义] immaturity
[同根] mature [məˈtjʊə] *a.* ① 成熟的；酿熟的 ② 成年人的 ③ 稳重的，周到的 *vi.* ① 变成熟；长成；酿成 ②（票据等）到期 *vt.* ① 使成熟；使长成 ② 慎重作出；使完善

▶▶▶ **take into account** 考虑在内

▶▶▶ **route** [ruːt]
[释义] *n.* ① 路；航线 ②（报纸，邮件等的）递送区域（或路线）；（商品推销员的）固定推销路线 *vt.* ① (through, by way of) 按规定路线发送 ② 给…定路线；安排…的程序
[同义] itinerary, road, circuit, course, path

▶▶▶ **relieve** [rɪˈliːv]
[释义] *vt.* ① 缓和，减轻；解除 ② 调剂，使不单调乏味
[同义] alleviate, take over, exempt, remedy
[反义] intensify

▶▶▶ **keep track of** 记录，跟上…的进展

▶▶▶ **interfere** [ˌɪntəˈfɪə]
[释义] *vi.* ① 干预；调停 ② 妨碍 ③ (with) 干涉；介入
[同义] interpose, intercede, interrupt, intervene, intrude, meddle
[同根] interference [ˌɪntəˈfɪərəns] *n.* ① 干预；介入 ② 阻碍，（无线电信号的）干扰

▶▶▶ **hover** [ˈhʌvə]
[释义] *vi.* ①（鸟等）盘旋；（直升飞机）停留在空中 ② 徘徊；停留 ③ (between) 犹豫，彷徨 *n.* 盘旋；徘徊，犹豫
[同义] vibrate, linger, levitate, brood, falter, float, hesitate

▶▶▶ **object** [ˈɒbdʒɪkt]
[释义] *vi.* (to) 反对 *vt.* (that) 反对说 *n.* ① 物体 ② (of) 对象；目标 ③ 目的，宗旨
[词组] object to 反对

▶▶▶ **monitor** [ˈmɒnɪtə]
[释义] *vt.* 监控；监听；监测；监视 *vi.* 监控；监听；监测；监视 *n.* ①（学校的）班长，级长 ② 告诫物，起提醒作用的东西
[同义] superviser, announcer, recorder, reporter

选项词汇注释

▶▶▶ **exceptional** [ɪkˈsepʃənl]
[释义] *a.* ① 例外的；异常的；特殊的 ② 优秀的；卓越的
[同义] prodigious, surpassing, extraordinary, remarkable, unusual
[反义] common, ordinary
[同根] exception [ɪkˈsepʃən] *n.* ① (to) 例外；例外的人（或事物）② 除外；

除去，被除去 ③ 异议

▶▶▶ **hinder** ['hɪndə]

[释义] *vt.* (from) 妨碍；阻碍 *vi.* 起阻碍作用；成为障碍 *a.* 后面的，后部的；在后的

[同义] embarrass, handicap, hamper, check, curb, impede, restrain, retard

[同根] hinderance ['hɪndrəns] *n.* ① 妨碍，障碍 ② 障碍物，阻碍物

▶▶▶ **caution** ['kɔːʃən]

[释义] *n.* ① 小心，谨慎 ② 警告，告诫 *vt.* (about,against,for) 警告，告诫，使小心

[同义] carefulness, precaution, admonishment, alertness

[反义] incaution

[同根] cautious ['kɔːʃəs] *a.* (about, of, with) 十分小心的，谨慎的

▶▶▶ **exposure** [ɪks'pəuʒə]

[释义] *n.* ① (to) 暴露；暴晒 ② (of) 揭露，揭发 ③ (商品等的) 陈列 ④ 曝光；曝光时间；(照相) 底片 ⑤ (住家等的) 朝向，方位

[同根] expose [ɪk'spəuz] *vt.* ① (to) 使暴露于；使接触到 ② (to) 揭露，揭发 ③ 使 (胶片，胶卷) 曝光

impose [ɪm'pəuz] *vt.* ① (on, upon) 征 (税)；加 (负担等) 于 ② (on, upon) 把…强加于

compose [kəm'pəuz] *vt.* ① 作 (诗，曲等)；构 (图) ② 使安定，使平静，使镇静 ③调停 (纠纷等)

▶▶▶ **on the rise** 上升

Reading in Depth

Section A

There is nothing new about TV and fashion magazines giving girls unhealthy ideas about how thin they need to be in order to be considered beautiful. What is surprising is the method psychologists at the University of Texas have **come up with** to keep girls from developing eating **disorders**. Their main weapon against super skinny (role) models: a brand of civil **disobedience dubbed** "body activism."

Since 2001, more than 1,000 high school and college students in the U.S. have **participated in** the Body Project, which works by getting girls to understand how they have been buying into the **notion** that you have to be thin to be happy or successful. After critiquing (评 论) the so-called thin ideal by writing essays and role-playing with their **peers**, participants are directed to come up with and **execute** small, nonviolent acts. They include **slipping** notes saying "Love your body the way it is" into dieting books at stores like Borders and writing letters to Mattel, makers of the impossibly **proportioned** Barbie doll.

According to a study in the latest issue of the *Journal of Consulting and*

Clinical Psychology, the risk of developing eating disorders was reduced 61% among Body Project participants. And they continued to **exhibit** positive body-image attitudes as long as three years after completing the program, which consists of four one-hour **sessions**. Such lasting effects may be due to girls' realizing not only how they were being influenced but also who was benefiting from the societal pressure to be thin. "These people who **promote** the perfect body really don't care about you at all," says Kelsey Hertel, a high school junior and Body Project **veteran** in Eugene, Oregon. "They purposefully make you feel like less of a person so you'll buy their stuff and they'll make money."

文章词汇注释

▸▸▸ **come up with** 提出，想出

▸▸▸ **disorder** [dɪs'ɔːdə]

[释义] *n.* ① 混乱，无秩序 ② 骚乱，动乱 ③ 不符合司法程序的行为 ④ 紊乱，失调；不适，小病 *vt.* ①使混乱；扰乱 ② 使紊乱，使失调；使不适

[同根] disorderly [dɪs'ɔːdəlɪ] *a.* ① 混乱的，杂乱的，无秩序的 ② 目无法纪的；骚动的 *ad.* 杂乱地，无秩序地

▸▸▸ **disobedience** [ˌdɪsə'biːdjəns]

[释义] *n.* 不服从，违反，违抗

[同义] mischief, misbehavior, naughtiness, playfulness

[反义] obedience

[同根] disobey [ˌdɪsə'beɪ] *vt.* & *vi.* 不服从，违抗；违反

▸▸▸ **dub** [dʌb]

[释义] *vt.* 给…起绰号，把…称为；配音，复制，转录磁带

[同义] name, nickname, title, label, tag

▸▸▸ **participate** [pɑː'tɪsɪpeɪt]

[释义] *vi.* ① (in) 参加，参与 ② (in, with) 分享，分担 ③ (of) 含有，带有

[同义] enter, contribute, enter into, join in, partake, take part in

[同根] participation [pɑːˌtɪsɪ'peɪʃən] *n.* ①参加 ② 分享

participant [pɑː'tɪsɪpənt] *n.* 参与者

participatory [pɑː'tɪsɪpəˌtərɪ] *a.* 参与的

[词组] participate in 参加

▸▸▸ **notion** ['nəʊʃən]

[释义] *n.* 概念，意念；看法

[同义] belief, impression, opinion, concept

▸▸▸ **peer** [pɪə]

[释义] *n.* 同辈；同龄人；身分(或地位)相同的人 *vi.* 凝视；盯着看，端详，仔细看

[同义] counterpart, equal, equivalent, peep, peek

▸▸▸ **execute** ['eksɪkjuːt]

[释义] *vt.* 执行，实现，使生效；处决；成功地完成

[同义] accomplish, put into effect, carry out, complete

[同根] executive [ɪg'zekjʊtɪv] *a.* 执行

的，实施的

execution [ˌeksɪˈkjuːʃən] *n.* ① (of) 实行；执行 ② 处死刑；死刑 ③ 制作；技巧；手法

proportion [prəˈpɔːʃən]

[释义] *v.* & *n.* 均衡，相称，协调；比例；部分，份儿，份额

[同义] ratio, share, measure, percentage, balance, portion

[词组] in proportion 成比例，匀称 out of proportion 不成比例

consult [kənˈsʌlt]

[释义] *v.* 请教，咨询；查阅

[同义] discuss, talk with, confer

[同根] consultant [kənˈsʌltənt] *n.* 会诊医师，顾问

consultation [ˌkɒnsəlˈteɪʃən] *n.* 商量，商议

exhibit [ɪgˈzɪbɪt]

[释义] *vt.* ① 展示，陈列 ② 表示，显出 ③ (在法庭上) 提出 (证据；证件，物证) *vi.* 举办展示会；展出产品 (或作品等) *n.* ① 展示品，陈列品 ② 证据，证件，物证

[同根] exhibition [ˌeksɪˈbɪʃən] *n.* ① (of) 展览；展览会，展示会 ② 展览品，陈列品 ③ (of) 表现；显示

session [ˈseʃən]

[释义] *n.* (进行某活动连续的) 一段时间；(尤指法庭、议会等) 开庭，开会；学年，学期

[同义] period, spell; congress, conference; semester, term

promote [prəˈməʊt]

[释义] *vt.* ① (to) 晋升 ② (to) 使 (学生) 升级 ③促进；发扬；引起

[同义] advance, boost, elevate, push, enhance

[反义] degrade, demote, relegate, break

[同根] promotion [prəˈməʊʃən] *n.* ①提升，晋级 ② (to) 促进，增进；发扬；提倡 ③ (企业等的) 发起，创建 ④ (商品等的) 促销，推销

promotional [prəˈməʊʃənəl] *a.* 晋升的；促销的

promoter [prəˈməʊtə] *n.* ① 促进者；助长者；起促进作用的事物 ② (公司等的) 发起人，创办人；推销商

veteran [ˈvetərən]

[释义] *n.* 经验丰富的人；老兵，退伍军人

[同义] sophisticated, practiced, experienced, worldly-wise

Section B

Passage One

For hundreds of millions of years, turtles (海 龟) have struggled out of the sea to lay their eggs on sandy beaches, long before there were nature **documentaries** to celebrate them, or GPS satellites and **marine** biologists to **track** them, or volunteers to hand-carry the hatchlings (幼龟) down to the water's edge **lest** they become **disoriented** by headlights and **crawl** towards a motel **parking lot** instead. A **formidable** wall of **bureaucracy** has been **erected** to protect their **prime** nesting on the Atlantic coastlines. With all

that attention paid to them, you'd think these creatures would at least have the **gratitude** not to go **extinct**.

But Nature is **indifferent** to human **notions** of fairness, and a report by the Fish and Wildlife Service showed a worrisome drop in the populations of several **species** of North Atlantic turtles, **notably** loggerheads, which can grow to as much as 400 pounds. The South Florida nesting population, the largest, has declined by 50% in the last decade, according to Elizabeth Griffin, a marine biologist with the environmental group Oceana. The figures **prompted** Oceana to **petition** the government to **upgrade** the level of protection for the North Atlantic loggerheads from "threatened" to "endangered"—meaning they are in danger of disappearing without additional help.

Which raises the obvious question: what else do these turtles want from us, anyway? It turns out, according to Griffin, that while we have done a good job of protecting the turtles for the weeks they spend on land (as egg-laying females, as eggs and as hatchlings), we have neglected the years spend in the ocean. "The threat is from commercial fishing," says Griffin. Trawlers (which drag large nets through the water and along the ocean floor) and long line fishers (which can **deploy** thousands of **hooks** on lines that can **stretch** for miles) **take a heavy toll on** turtles.

Of course, like every other environmental issue today, this is playing out against the background of global warming and human **interference** with natural ecosystems. The narrow **strips** of beach on which the turtles lay their eggs are being **squeezed** on one side by development and on the other by the threat of rising sea levels as the oceans warm. **Ultimately** we must **get a handle on** those issues as well, or a creature that **outlived** the dinosaurs (恐龙) will meet its end at the hands of humans, leaving our **descendants** to wonder how creature so ugly could have won so much **affection**.

文章词汇注释

▶▶▶ **documentary** [ˌdɒkjʊ'mentərɪ]

[释义] *n.* 纪录片 *a.* ① 文件的，文书的 ②（电影、电视、广播节目，摄影）纪实的

[同根] document ['dɒkjʊmənt] *n.* 公文，文件，文献，文档 *vt.* 证明；记录，

记载
[词组] cultural documentary 文献(影片),科教片,纪录片
televised documentary 电视纪录片

▶▶▶ **marine** [mə'riːn]
[释义] *a.* 海的,海军的 *n.* 水兵;海军陆战队士兵

▶▶▶ **track** [træk]
[释义] *n.* 踪迹,足迹;小路;跑道;轨道 *vt.* 跟踪,追踪
[词组] in one's tracks (非正式)就地,当场;突然
keep (或 lose) track of 保持(或失去)与…的联系
make tracks (for) (非正式)离开(去某地)
off the track 出轨;离题

▶▶▶ **lest** [lest]
[释义] *conj.* 惟恐;免得

▶▶▶ **disoriented** [dɪs'ɔːrɪentɪd]
[释义] *a.* 分不清方向或目标的,无判断力的
[同根] disorient [dɪs'ɔːrɪent] *vt.* 使迷失方向;使迷惑,使混乱

▶▶▶ **crawl** [krɔːl]
[释义] *vi.* ①爬,爬行 ②徐缓而行 ③巴结,奉承 *n.* 缓慢的爬行;自由式游泳

▶▶▶ **parking lot** 停车场

▶▶▶ **formidable** ['fɔːmɪdəbl]
[释义] *a.* 可怕的,令人畏惧的;令人惊叹(钦佩)的;难以克服(对付)的
[同义] difficult, hard, rough, rugged, tough

▶▶▶ **bureaucracy** [bjuə'rɒkrəsɪ]
[释义] *n.* 政府机构;官僚主义,官僚作风
[同根] bureau ['bjuərəu] *n.* 局,办事处,分社(复数 bureaus 或 bureaux)
bureaucratic [ˌbjuərəu'krætɪk] *a.* 官僚的,官僚主义的
bureaucrat [ˌbjuərəu'kræt] *n.* 官僚,官僚主义者

▶▶▶ **erect** [ɪ'rekt]
[释义] *vt.* 使直立 *a.* 竖立的,直立的,挺立的
[同义] raise, upright, tumid, straight, vertical

▶▶▶ **prime** [praɪm]
[释义] *a.* 首要的;主要的;基本的
n. 全盛时期 *vt.* 使准备好事先向…提供情况
[同义] *a.* principal, primary, earliest
n. in full bloom, peak, culmination
vt. get ready for, notify
[词组] prime time 黄金时间
a prime number 质数,素数
a matter of prime importance 头等重要的事情
prime cost 原价,成本
prime morning 黎明

▶▶▶ **gratitude** ['grætɪtjuːd]
[释义] *n.* 感激,感谢
[同义] appreciation, thankfulness
[词组] express one's gratitude to sb. for sth. 为某事对某人表示感谢
devoid of all gratitude 忘恩负义
in token of one's gratitude 藉表谢意

▶▶▶ **extinct** [ɪks'tɪŋkt]
[释义] *a.* ① 灭绝的,绝种的 ② 消逝的,破灭的 ③(法令等)过时的;失效的 *vt.* [古] 使熄灭;使灭绝;消灭
[同义] inactive, dead, gone, obsolete, past, nonexistent
[同根] extinction [ɪks'tɪŋkʃən] *n.* 灭绝,销声匿迹

▶▶▶ **indifferent** [ɪn'dɪfrənt]

[释义] *a.* 不关心的，冷淡的；中立的；较差的，平庸的
[同义] apathetic, immaterial; commonplace, fare, mediocre, middle, moderate
[同根] indifference [ɪn'dɪfərəns] *n.* 冷漠，不关心，不在乎
[词组] be indifferent to 对…不关心
be indifferent about 对…不感兴趣

▶▶▶ **notion** ['nəʊʃən]
[释义] *n.*. 概念，意念；看法；意图，打算
[同义] idea, view, opinion, thought, sentiment, concept

▶▶▶ **species** ['spiːʃiːz]
[释义] *n.* 物种，种；种类；类型
[同义] class, group, kind, sort, type, variety
[词组] accessory species 次要种；辅助树种
accompanying species 伴生种
absorbing species 吸附品种
adventitious species 侵入种，外来种

▶▶▶ **notably** ['nəʊtəblɪ]
[释义] *ad.* 显而易见地，明显地
[同义] remarkably, apparently, especially, in particular

▶▶▶ **prompt** [prɒmpt]
[释义] *vt.* 促使，推动，引起；为（发言者）提示 *a.* 立刻的，迅速的 [商] 当场交付的，即期付款的
[同义] motivate, suggest; time-saving, straightaway, immediate

▶▶▶ **petition** [pɪ'tɪʃən]
[释义] *vt & vi.* 向…请愿，祈求 *n.* 请愿，呈请；请愿书；诉状
[词组] petition sb. for sth. 为某事向某人请愿
petition sb. to do sth. 祈求某人做某事
petition for sth. 请求得到某物

▶▶▶ **upgrade** [ˌʌp'greɪd]
[释义] *vt.* 提升，使升级，改进 *n.* 向上的斜坡
[词组] on the upgrade 提升中，改进中

▶▶▶ **deploy** [dɪ'plɒɪ]
[释义] *vt.* ①（尤指军事行动）使展开；施展；部署 ② 有效地利用；调动
[同根] deployment [dɪ'plɒɪmənt] *n.* 部署；调度

▶▶▶ **hook** [hʊk]
[释义] *n.* ① 挂钩；鱼钩 ② 钩拳
vt. & vi. 钩住，吊住，挂住 *vt.* ① 弯成钩形 ② 钓（鱼）*vi.* 打曲线球；踢弧线球
[词组] hook up ① 装配或接通（机械）② 装置电源：把机械和某种能源连接起来

▶▶▶ **stretch** [stretʃ]
[释义] *vt. & vi.* ① 伸展 ② 延伸 *n.* ① 伸展，延伸，延续 ② 一段时间 ③ 一片 *vt.* ① 拉长；拽宽 ② 有弹性（或弹力）③ 拉紧；拉直；绷紧
[词组] at full stretch 尽量伸展（身体部位）
at a stretch 不停地，连续地
by no（或 not by any）stretch of the imagination 怎么想象也不是

▶▶▶ **take a heavy toll on** 对…造成严重威胁

▶▶▶ **interference** [ˌɪntə'fɪərəns]
[释义] *n.* ① 干涉；干预；介入 ② 阻碍，（无线电信号的）干扰
[同义] intervention, disturbance, crossing
[反义] non-interference
[同根] interfere [ˌɪntə'fɪə] *vi.* ① 调停 ② 妨碍 ③ 干涉；干预；介入
interfere with 干预，妨碍，干涉

▶▶▶ **strip** [strɪp]
[释义] *n.* ① 狭长的一块（材料、土地等）② 脱衣；脱衣舞表演 ③（足球队员

的)运动服 *vi.* 脱光衣服 *vt.* ① 剥去，脱去 ② 剥夺，夺走

►►► **squeeze** [skwiːz]

[释义] *vt.* & *vi.* 挤，榨，捏 *vt.* ① 榨取，挤出 ②（使）挤入；挤过；塞入 ③ 向…勒索（或榨取）；逼迫…给 *n.* ① 挤，榨，捏 ②拥挤，积压

[词组] squeeze off 连发：扣板机发出子弹

squeeze through/by 险胜，幸存：勉强经过，通过，取胜或生存

put the squeeze on (非正式) 对…施加压力

squeeze one's eyes shut 紧闭双目

►►► **ultimately** [ˈʌltəmɪtlɪ]

[释义] *ad.* ① 最后；最终 ② 最基本地；根本上

[同义] afterwards, eventually, terminally, conclusively

[同根] ultimate [ˈʌltɪmɪt] *a.* ① 最后的，最终的 ② 基本的，根本的

►►► **handle** [ˈhændl]

[释义] *n.* 手柄，把手 *vi.* ① 易于操作 ②驾驶，操纵 *vt.* ① 处理，应付，对待 ② 拿，触，摸 ③ 买；卖

[词组] get a handle on 理解，控制，开窍

►►► **outlive** [aʊtˈlɪv]

[释义] *vt.* 比(某人)长寿；活到(某事)已被遗忘

[同义] survive

[同根] outnumber [aʊtˈnʌmbə] *vt.* 数量多于；比…多

outgrow [aʊtˈgrəʊ] *vt.* ① 长(发展)得超过(某物)的范围；长(发展)得不能再要(某物) ② 长得比…快；生长速度超过

outachieve [ˌaʊtəˈtʃiːv] *vt.* 在成就上超过，胜过

outdo [aʊtˈduː] *vt.* 胜过

outsize [ˈaʊtˌsaɪz] *a.* 特大的

outwit [aʊtˈwɪt] *vt.* 以智取胜，以计击败

outlaw [ˈaʊtlɔː] *n.* 歹徒，亡命之徒 *vt.* 宣布…为不合法

►►► **descendant** [dɪˈsendənt]

[释义] *n.* ① 后代，后裔 ②（由过去类似物发展来的）派生物

[同义] offspring, progeny, posterity, successor, heir

[反义] ascendant, forefather, ancestor

[同根] descend [dɪˈsend] *vt.* & *vi.* ① 下来；下去；下降 ② 下斜；下倾 ③ 夜晚、黑暗、情绪等降临；来临

ascend [əˈsend] *vt.* & *vi.* 上升，攀登

►►► **affection** [əˈfekʃən]

[释义] *n.*①喜爱，爱②[心] 感情③病

[同义] admiration

[同根] affect [əˈfekt] *vt.* ① 影响 ② 感动 ③ 假装 ④（疾病）侵袭，感染

effect [ɪˈfekt] *n.* ① 结果，效果，影响 ② 感受，印象

选项词汇注释

▶▶▶ **die out** 灭绝

▶▶▶ **reproduction** [ˌriːprəˈdʌkʃən]

[释义] *n.* ① 再生；再制造 ② 生殖；繁育 ③ 复制，复写

[同根] reproduce [ˌriːprəˈdjuːs] *vt.* ① 繁殖，生殖 ② 复制；翻拍；复写；再上演 ③ 再生产；再生长（器官）*vi.* ① 繁殖，生殖 ② 被复制

reproductive [ˌriːprəˈdʌktɪv] *a.* ① 再生的；再现的 ② 复制的 ③ 生殖的

reproducer [ˌriːprəˈdjuːsə] *n.* 再生器，复制机

[同义] replica, replication, breeding

▶▶▶ **constitute** [ˈkɒnstɪtjuːt]

[释义] *vt.* ① 构成，组成 ② 设立（机构等）；制定（法律等）③ 指定，任命，选派…的

[同义] represent, institute, compose, establish

[同根] constitutive [ˈkɒnstəˌtjuːtɪv] *a.* ① 有创制权的；制定的 ② 本质的；基本的 ③ 构成分子的

constitution [ˌkɒnstɪˈtjuːʃən] *n.* ① 宪法；章程，法规 ② 体质，体格 ③（事物的）构造，组成（方式）

▶▶▶ **contamination** [kənˌtæmɪˈneɪʃən]

[释义] *n.* ① 污染，弄脏 ② 玷污 ③ 致污物

[同义] pollution

[同根] contaminate [kənˈtæmɪneɪt] *vt.* ① 弄脏；污染；毒害 ② 使受毒气影响；使受放射性污染 ③ 使不纯，使变得低劣

contaminative [kənˈtæmɪneɪtɪv] *a.* 污损的

▶▶▶ **hatch** [hætʃ]

[释义] *vt.* ① 孵出 ② (out,up) 策划 *vi.* ①（蛋）孵化 ② (out)（小鸡等）出壳 *n.* ①（蛋的）孵化 ②（小鸡等的）一窝

[同根] hatchling [ˈhætʃlɪŋ] *n.* 人工孵化出之鱼苗或小鸟

▶▶▶ **adapt** [əˈdæpt]

[释义] *vt.* ① (to) 使适应，使适合 ② (for) 改编，改写 ③ (for) 改建，改造 *vi.* (to) 适应

[同根] adaptable [əˈdæptəbl] *a.* ① 能适应新环境的；适应性强的 ② 适合的 ③ 可改编（或改写）的

adaptation [ˌædæpˈteɪʃən] *n.* ① 适应，适合 ② 改编，改写；改写本 ③ 适应性的变化，适应作用

adaptability [əˌdæptəˈbɪlɪtɪ] *n.* ① 顺应性，通融性 ② 可改造（或改编、改写）性

[词组] adapt to 适应，适合

Passage Two

There are few more **sobering** online activities than entering data into college-tuition **calculators** and **gasping** as the web **spits** back a six-figure sum. But economists say families about to **go into debt** to fund four years of partying, as well as studying, can **console** themselves with the knowledge

that college is an investment that, unlike many bank stocks, should **yield** huge **dividends**.

A 2008 study by two Harvard economists notes that the "labor-market **premium** to skill"—or the amount college graduates earned that's greater than what high-school graduate earned—decreased for much of the 20th century, but has come back with a vengeance (报复性地) since the 1980s. In 2005, the typical full-time year-round U.S. worker with a four-year college degree earned $50,900, 62% more than the $31,500 earned by a worker with only a high-school **diploma**.

There's no question that going to college is a smart economic choice. But a look at the strange **variations** in tuition **reveals** that the choice about which college to attend doesn't come down merely to dollars and cents. Does going to Columbia University (tuition, room and **board** $49,260 in 2007-08) yield a 40% greater return than attending the University of Colorado at Boulder as an out-of-state student ($35,542)? Probably not. Does being an out-of-state student at the University of Colorado at Boulder yield twice the amount of income as being an in-state student ($17,380) there? Not likely.

No, in this **consumerist** age, most buyers aren't evaluating college as an investment, but rather as a consumer product—like a car or clothes or a house. And with such **purchases**, price is only one of many crucial factors to consider.

As with automobiles, consumers in today's college marketplace have vast choices, and people search for the one that gives them the most comfort and satisfaction **in line with** their **budgets**. This **accounts for** the willingness of people to pay more for different types of experiences (such as attending a private liberal-arts college or going to an out-of-state public school that has a great marine-biology program). And just as two auto purchasers might spend an equal amount of money on very different cars, college students (or, more accurately, their parents) often show a willingness to pay **essentially** the same price for vastly different products. So which is it? Is college an investment product like a stock or a consumer product like a car? In keeping with the automotive world's hottest consumer trend, maybe it's best to characterize it as a hybrid (混合动力汽车); an expensive consumer product that, over time, will pay rich dividends.

文章词汇注释

▸▸▸ **sobering** ['səubərɪŋ]

[释义] *a.* 使清醒的，使冷静的

[同根] sober ['səubə] *a.* ① 头脑清醒的 ② 冷静的；严肃的 ③ 素净的；淡素的 *vt. & vi.* (使)冷静，(使)清醒

[词组] as sober as a judge 非常清醒

▸▸▸ **calculator** ['kælkjuleɪtə]

[释义] *n.* 计算器

[同义] computer

[同根] calculate ['kælkjuleɪt] *vt. & vi.* ① 计算，估计，核算 ② 打算，旨在 *vt.* 预测；推测

calculation [ˌkælkjə'leɪʃən] *n.* ① 计算，计算(的结果) ② 推断；预测，估计 ③ 盘算，深思熟虑，慎重的计划

▸▸▸ **gasp** [gɑːsp]

[释义] *vi.* ① 喘气 ② 很想要，渴望 *vt.* 喘着气说出 *n.* 喘气

▸▸▸ **spit** [spɪt]

[释义] *vt. & vi.* ① 吐痰；吐出 ②劈啪作响；爆出火花 *n.* ① 口水，唾沫 ② 吐唾沫，吐痰

▸▸▸ **go into debt** 欠债

▸▸▸ **console** [kən'səul]

[释义] *vt.* 安慰，慰问 *n.*（机器、电子设备等的）控制台，操纵台，仪表板

[同义] solace, sympathize, cheer, comfort

[反义] afflict, torture, torment

[同根] consolation *n.* ① 安慰，慰问 ② 起安慰作用的人(或事物)

▸▸▸ **yield** [jiːld]

[释义] *vt. & vi.* ① 生产，出产，带来 ② 屈服，放弃；不再反对，让出

[同义] furnish, bear, produce; relinquish, surrender

[词组] yield to 屈服，屈从

▸▸▸ **dividend** ['dɪvɪdend]

[释义] *n.* ① 红利，股息 ② 被除数 ③（足球彩票的）彩金

[同义] plus, bonus, extra

▸▸▸ **premium** ['priːmɪəm]

[释义] *n.* ① 保险费 ② 奖；奖金 ③ 额外费用；附加费 *a.* 高昂的；优质的

[词组] put/place a premium on 高度评价，高度重视

at a premium 非常宝贵的：因稀缺而比寻常更为有价值的

▸▸▸ **diploma** [dɪ'pləumə]

[释义] *n.* ① 毕业文凭，学位证书，执照 ② 文凭课程

▸▸▸ **variation** [ˌveərɪ'eɪʃən]

[释义] *n.* ① 变动(的程度)；(数量、水平等的）变化，变更，变异 ② 变奏(曲) ③ 变种，变体

[同义] abnormality, diversion, variety, adaptation

[同根] vary ['veərɪ] *vi.* 变化；有不同，相异

variety [və'raɪətɪ] *n.* 品种，种类

variable ['veərɪəbl] *a.* 变化的，变化无常的 *n.* 可变因素；变量

varied ['veərɪd] *a.* 多变的，不同的

variant ['veərɪənt] *n.* ①变种；变型 ②(词等的)变体；异读

▸▸▸ **reveal** [rɪ'viːl]

[释义] *vt.* ① 显示；露出 ② 泄露；透露

[同义] disclose, demonstrate, exhibit, present, manifest

[反义] conceal

[同根] revealing [rɪ'viːlɪŋ] *a.* ① 暴露部分身体的 ②暴露真相的 ③ 展现或显

示(某物)的，显露的

revelation [ˌrevəˈleɪʃən] *n.* ① 显露 ② 暴露出来的事

▶▶▶ **board** [bɔːd]

[释义] *n.* ①(包饭的)伙食 ② 板，牌子，黑板 ③ 纸板，木板 ④ 委员会，董事会 *vt. & vi.* 搭伙(并寄宿)，收费供膳食(及住宿)

▶▶▶ **consumerist** [kənˈsjuːmərɪst]

[释义] *n.* 用户至上主义者；主张消费主义的人

[同根] consume [kənˈsjuːm] *vt.* ① 消耗，消费，耗尽(燃料、能量、时间等)

consumer [kənˈsjuːmə] *n.* 消费者，顾客，用户

consumption [kənˈsʌmpʃən] *n.* 消费，消耗；消费(耗)量

▶▶▶ **purchase** [ˈpəːtʃəs]

[释义] *n.* ① 购买，购置 ② 买到的东西 ③ 握紧；抓牢；蹬稳 *vt.* 购买

[同义] shop, buy, obtain, procure

▶▶▶ **in line with** 跟…一致，符合，按照

▶▶▶ **budget** [ˈbʌdʒɪt]

[释义] *n.* ① 预算 ② 政府的年度预算 *vt. & vi.* ① 把……编入预算 ② 谨慎花钱 *a.* 价格低廉的；花钱少的

[同义] schedule, ration, allowance

[词组] on a budget 花钱不多

▶▶▶ **account** [əˈkaunt]

[释义] *n.* ① 账，账户 ②描述，描写；叙述；报道 ③ 帐目

[词组] account for ① 说明(解释)…原因，证明 ② 对…负有责任 ③ 占…比例

▶▶▶ **essentially** [ɪˈsenʃəlɪ]

[释义] *ad.* 实质上；本来

[同根] essence [ˈesns] *n.* ① (of) 本质，实质；要素；本体 ② 精髓，精华 ③ 香精；香料，精油

essential [ɪˈsenʃəl] *a.* ① (to, or) 必要的，不可缺的 ② 本质的，实质的；基本的 ③ 提炼的，精华的 *n.* 要素，要点；必需品

选项词汇注释

▶▶▶ **socialize** [ˈsəuʃəlaɪz]

[释义] *vt.* ① 使适于社会生活 ② 使符合群体生活之需要 ③ 社会主义化 *vi.* ① 参与社交 ② 交际

[同根] sociable [ˈsəuʃəbl] *a.* ① 好交际的；善交际的 ② 社交性的，交际的 ③ 友善的，和蔼可亲的 *n.* 社交聚会，联谊会

▶▶▶ **startling** [ˈstɑːtlɪŋ]

[释义] *a.* 令人吃惊的

[同根] startle [ˈstɑːtl] *vt.* 使惊吓；使吓一跳；使惊奇 *vi.* 惊吓；惊跳；惊奇 *n.* 惊吓；惊跳；吃惊

[词组] give sb. a startle 吓某人

▶▶▶ **virtually** [ˈvəːtjuəlɪ]

[释义] *ad.* 实际上，事实上，差不多

[同义] literally, almost, nearly

[同根] virtual [ˈvəːtjuəl] *a.* ① 事实上的，实际上的，实质上的 ② 虚的；虚拟的

virtualization 虚拟化

▶▶▶ **prospect** [ˈprɒspekt]

[释义] *n.* ① (of) 指望；预期；盼望的事物 ②(成功的)可能性；前景，前途 ③ 景象，景色；视野 *vt.* 勘探；勘察 *vi.* ① (for) 找矿，勘探 ②(指矿)有(开采)希望

[同义] expectation, outlook, view, aspect,

panorama
[反义] retrospect
[同根] prospective [prə'spektɪv] *a.* 预期的，盼望中的；未来的；即将发生的

▸▸▸ **facility** [fə'sɪlɪtɪ]
[释义] *n.* ① 能力 ② 设备，设施 ③（学习、做事的）天资，才能，天赋
[同根] facilitate [fə'sɪlɪteɪt] *vt.* ① 使便利，减轻…的困难 ② 促进；促使

▸▸▸ **institution** [ˌɪnstɪ'tjuːʃən]
[释义] *n.* ① 惯例，习俗，制度，（由来已久的）风俗习惯 ②建立，制定，设立
[同根] institute ['ɪnstɪtjuːt] *vt.* ① 建立，制定 *n.* ① 协会，学会；学院，研究院 ②（教育、专业等）机构，机构建筑
institutional [ˌɪnstɪ'tjuːʃənəl] *a.* ① 由来已久的，习以为常的 ② 公共机构的 ③慈善机构的

Skimming and Scanning

Bosses Say "Yes" to Home Work

Rising costs of office space, time lost to stressful **commuting**, and a slow recognition that workers have lives beyond the office—all are strong arguments for letting staff work from home.

For the small business, there are additional benefits too—staff are more productive, and happier, enabling firms to keep their headcounts (员工数) and their **recruitment** costs to a **minimum**. It can also provide competitive advantage, especially when small businesses want to attract new staff but don't have the budget to offer huge salaries.

While company managers have known about the benefits for a long time, many have done little about it, **sceptical** of whether they could trust their employees to work to full **capacity** without **supervision**, or concerned about the additional expenses teleworking policies might **incur** as staff start charging their home phone bills to the business.

Yet this is now changing. When communications provider Inter-Tel researched the use of remote working solutions among small-and medium-sized UK businesses in April this year, it found that 28% more companies claimed to have introduced flexible working practices than a year ago.

The UK network of Business Links confirms that it too has seen a growing interest in remote working solutions from small businesses seeking its advice, and claims that as many as 60-70% of the businesses that come through its doors now offer some form of remote working support to their workforces.

Technology advances, including the widespread **availability** of broadband, are making the introduction of remote working a piece of cake.

"If systems are set up properly, staff can **have access to** all the resources they have in the office wherever they have an Internet connection," says

Andy Poulton, e-business advisor at Business Link for Berkshire and Wiltshire. "There are some very exciting developments which have enabled this."

One is the availability of broadband everywhere, which now covers almost all of the country (BT claims that, by July, 99.8% of its exchanges will be broadband enabled, with **alternative** plans in place for even the most remote exchanges). "This is the enabler," Poulton says.

Yet while broadband has come down in price too, those service providers targeting the business market warn against consumer services masquerading (伪装) as business-friendly broadband.

"Broadband is available for as little as £15 a month, but many businesses fail to appreciate the hidden costs of such a service," says Neil Stephenson, sales and marketing director at Onyx Internet, an Internet service provider based in the north-east of England. "Providers offering broadband for rock-bottom prices are **notorious** for poor service, with regular breakdowns and heavily congested (拥堵的) networks. It is always **advisable** for businesses to look beyond the price **tag** and look for a business-only provider that can offer more **reliability**, with good support." Such services don't cost too much—quality services can be found for upwards of £30 a month.

The benefits of broadband to the occasional home worker are that they can access email in real time, and **take full advantage of** services such as Internet-based backup or even Internet-based phone services.

Internet-based telecoms, or VoIP (Voice over IP) to give it its technical title, is an interesting tool to any business supporting remote working. Not necessarily because of the promise of free or reduced price phone calls (which experts point out is misleading for the average business), but because of the **sophisticated** voice services that can be exploited by the remote worker—**facilities** such as voicemail and call forwarding, which provide a **continuity** of the company image for customers and business partners.

By law, companies must "consider seriously" requests to work flexibly made by a parent with a child under the age of six, or a **disabled** child under 18. It was the need to **accommodate** employees with young children that **motivated accountancy** firm Wright Vigar to begin promoting teleworking recently. The company, which needed to **upgrade** its IT infrastructure (基础设施) to provide **connectivity** with a new, second office, decided to introduce

support for remote working at the same time.

Marketing director Jack O'Hern explains that the company has a relatively young workforce, many of whom are parents: "One of the triggers was when one of our tax managers returned from **maternity leave**. She was intending to work part time, but could only manage one day a week in the office due to childcare. By offering her the ability to work from home, we have doubled her capacity—now she works a day a week from home, and a day in the office. This is great for her, and for us as we **retain** someone highly qualified."

For Wright Vigar, which has now equipped all of its fee-earners to be able to work at maximum productivity when away from the offices (whether that's from home, or while on the road), this **strategy** is not just about saving on commute time or cutting them loose from the office, but enabling them to work more flexible hours that fit around their home life.

O'Hern says, "Although most of our work is client-based and must fit around this, we can't see any reason why a parent can't be on hand to deal with something important at home, if they have the ability to complete a project later in the day."

Supporting this new way of working came with a price, though. Although the firm was updating its systems anyway, the company spent 10-15% more per user to equip them with a laptop rather than a PC, and about the same to upgrade to a server that would enable remote staff to connect to the company networks and access all their usual resources.

Although Wright Vigar hasn't yet **quantified** the business benefits, it claims that, **in addition to** being able to retain key staff with young families, it is able to save fee-earners a **substantial** amount of "dead" time in their working days.

That staff can do this without needing a fixed telephone line provides even more efficiency savings. "With Wi-Fi (fast, wireless internet connections) **popping up** all over the place, even on trains, our fee-earners can be productive as they travel, and between meetings, instead of having to kill time at the shops," he adds.

The company will also be able to avoid the expense of having to relocate staff to temporary offices for several weeks when it begins **disruptive** office **renovations** soon.

Financial recruitment specialist Lynne Hargreaves knows exactly how much her firm has saved by adopting a teleworking strategy, which has involved **handing** her company's data management **over** to a remote hosting company, Datanet, so it can be **accessible** by all the company's **consultants** over broadband Internet connections.

It has enabled the company to **dispense with** its business **premises** altogether, following the realisation that it just didn't need them any more. "The main motivation behind adopting home working was to increase my own productivity, as a single mum to an 11-year-old," says Hargreaves. "But I soon realised that, as most of our business is done on the phone, email and at off-site meetings, we didn't need our offices at all. We're now saving £16,000 a year on rent, plus the cost of **utilities**, not to mention what would have been spent on commuting."

文章词汇注释

▸▸▸ **commute** [kə'mju:t]

[释义] *vi* ① (between,from,to)（购用月票或季票）通勤 ② 替代；代偿 *vt.* ① 减轻（刑罚等）② (for, into) 用…交换（或代替）；交换 ③ (into) 改变，使变成 *n.* 通勤

[同根] commuter [kə'mju:tə] *n.* 经常乘公交车辆往返者

▸▸▸ **recruitment** [rɪ'kru:tmənt]

[释义] ① 征募新兵 ② 补充

[同根] recruit [ˌrɪ'kru:t] *vt.* ① 招聘；吸引（新成员）② 吸收某人为新成员 ③ 动员…（提供帮助）；（通过招募）组成，组建 *vt. & vi.* ① 招募 ② 恢复健康，恢复体力 *n.* ① 新兵，新警员 ②（机构中的）新成员

▸▸▸ **minimum** ['mɪnɪməm]

[释义] *n.* ① 最低限度，最小量 ② 极小量 *a.* 最低的，最小的

[反义] maximum

[同根] minimal ['mɪnɪməl] *a.* ①〈正式〉最小的；极少的 ② 极小的

minimize ['mɪnəmaɪz] *vt.* ① 使减到最少，使缩到最小 ② 低估，小看，极度轻视

▸▸▸ **skeptical** ['skeptɪkəl]

[释义] *a.* ① (about,of) 怀疑的，多疑的 ② 怀疑论的 ③ 怀疑宗教教条的

[同义] doubting, questioning, disbelieving, unbelieving

[同根] skeptic ['skeptɪk] *n.* ① 对一切都持怀疑态度的人 ② 无神论者 ③ 怀疑论者，不可知论者

▸▸▸ **capacity** [kə'pæsɪtɪ]

[释义] *n.* ① (for) 能力，才能 ② 容量，容积 ③ 能量，生产力

[同义] capability, fitness, intelligence, power, function

[反义] incapacity

▸▸▸ **supervision** [ˌsju:pə'vɪʒən]

[释义] *n.* 管理；监督

[同根] supervise ['sju:pəvaɪz] *vt.* 监督；管理；指导 *vi.* 监督；管理；指导
supervisor [ˌsju:pə'vaɪzə] *n.* ① 监督人；管理人；指导者 ②（某些学校的）督学
supervisory [ˌsju:pə'vaɪzərɪ] *a.* ① 管理（员）的 ② 监督（人）的

▸▸▸ incur [ɪn'kə:]

[释义] *vt.* 招致，惹起，带来；遭受

[同根] incurrence [ɪn'kʌrəns] *n.* 遭遇不幸
occur [ə'kə:] *vi.* ① 发生 ② 出现；存在；被发现 ③ (to) 被想起，被想到，浮现
recur [rɪ'kə:] *vi.* ① 再发生，复发 ② (to)（往事等）再现，重新忆起 ③ (to)（问题等）被重新提出，重提 ④ (to) 诉诸依赖，采用

▸▸▸ availability [əˌveɪlə'bɪlɪtɪ]

[释义] *n.* ①有效；有益 ②可得到的东西（或人）；可得性

[同根] available [ə'veɪləbl] *a.* ① (for, to) 可用的，在手边的；可利用的 ② 可得到的，可买到的
avail [ə'veɪl] *vi.* (against) 有用；有益，有帮助 *vt.* ①有用于；有益于；有助于

▸▸▸ access ['ækses]

[释义] *n.* ① (to) 接近，进入；接近的机会，进入的权利；使用 ② (to) 通道，入口，门路 *vt.* [电脑] 取出（资料）；使用；接近

[同根] accessible [æk'sesəbl] *a.* ① 可（或易）接近的 ② (to) 可（或易）得到的；可（或易）使用的 ③ (to) 易受影响的，易感受的

[词组] have access to 能够获得

▸▸▸ alternative [ɔ:l'tə:nətɪv]

[释义] *a.* ① 两者（或若干）中择一的；非此即彼的 ②替代的；供选择的

[同义] option, alternate, choice, replacement, substitute

[同根] alter ['ɔ:ltə] *vt.* ① 改变 ② 修改 ③ [俚] 阉割，去势 *vi.* 改变，变样
alternate [ɔ:l'tə:nɪt] *a.* ①（两个）交替的，轮流的 ②间隔的 *n.* ① [美] 代理人；代替者；候补者 *vt.* (with) 使交替，使轮流 *vi.* (with, between) 交替，轮流

▸▸▸ notorious [nəʊ'tɔ:rɪəs]

[释义] *a.* (for) 恶名昭彰的，声名狼藉的

[同义] celebrated, popular, renowned, well-known

[同根] notoriety [ˌnəʊtə'raɪətɪ] *n.* 恶名昭彰；声名狼藉

▸▸▸ advisable [əd'vaɪzəbl]

[释义] *a.* 可取的；适当的；明智的

[反义] inadvisable, unadvisable

[同根] advisably [əd'vaɪzəblɪ] *ad.* 适当地

▸▸▸ tag [tæg]

[释义] *n.* 牌子，标签，货签 *vt.* ① 给…加标签 ② (on,onto) 添加，附加

▸▸▸ reliability [rɪˌlaɪə'bɪlɪtɪ]

[释义] *n.* 可靠；可信赖性；可靠程度

[同根] reliable [rɪ'laɪəbl] *a.* 可信赖的；可靠的；确实的

▸▸▸ take full advantage of 充分利用

▸▸▸ sophisticated [sə'fɪstɪˌkeɪtɪd]

[释义] *a.* ① 复杂的，精密的 ② 老于世故的 ③ 富有经验的；精通的

[同义] advanced, urbane

[反义] unsophisticated, naive

[同根] sophistication [səˌfɪstɪkeɪʃən] *n.* ①老于世故 ②有教养 ③（科技产品的）复杂；精密 ④老练 ⑤搀假；窜改

▸▸▸ facility [fə'sɪlɪtɪ]

[释义] *n.* ① 能力 ② 设备，设施 ③（机

器等的）特别装置；（服务等的）特色 ④（学习、做事的）天资，才能，天赋

[同根] facilitate [fə'sɪlɪteɪt] *vt.* ① 使便利，减轻…的困难 ② 促进；促使

▶▶▶ continuity [ˌkɒntɪ'nju:ɪtɪ]

[释义] *n.* ① (in,between) 连续性；持续性；连贯性 ② (of) 一连串，一系列

[同义] continuous [kən'tɪnjʊəs] *a.* 连续的，不断的

continual [kən'tɪnjʊəl] *a.* ① 多次重复的，频频的 ② 不间断的，连续的

continuum [kən'tɪnjʊəm] *n.* 连续，连续体

▶▶▶ disabled [dɪs'eɪbld]

[释义] *a.* 残废的；有缺陷的

[同义] handicapped

[同根] disability [dɪsə'bɪlɪtɪ] *n.* ① 无能；无力 ② 残疾，残障 ③ 无行为能力；无资格

▶▶▶ accommodate [ə'kɒmədeɪt]

[释义] *vt.* ① 照顾到，考虑到 ② 能容纳；能提供…膳宿 ③（飞机等）可搭载

[同义] suit, fit, adapt, hold, reconcile, conform, oblige, supply

[同根] accommodation [əˌkɒmə'deɪʃn] *n.* ① 适应；调节 ② 调和；和解 ③ 乐于助人 ④ 方便；方便设施

▶▶▶ motivate ['məʊtɪˌveɪt]

[释义] *vt.* 给…动机；刺激；激发

[同义] actuate, propel, move, prompt, incite

[同根] motivated ['məʊtɪveɪtɪd] *a.* ① 有动机的，有目的的 ② 有积极性的

motivation [ˌməʊtɪ'veɪʃən] *n.* ① 刺激；推动 ② 积极性；干劲 ③ 行动方式

▶▶▶ accountancy [ə'kaʊntənsɪ]

[释义] *n.* 会计工作（或职位）；会计学

[同根] accountant [ə'kaʊntənt] *n.* 会计师；会计人员

▶▶▶ upgrade ['ʌpgreɪd]

[释义] *vt.* ① 使升级；提高；提升 ② 以高档货的价格出售(低档货)；提高…的价格 *n.* ①上坡 ② 升级；提高品级（或标准）*ad.* 往山上，上坡

▶▶▶ connectivity [kəˈnektɪvɪˌtɪ]

[释义] *n.*（网络）连接；连线（不同型的电脑可以互相通信，互用程序）

▶▶▶ maternity leave 产假

▶▶▶ retain [rɪ'teɪn]

[释义] *vt.* ① 保留，保持 ② 留住；挡住，拦住 ③ 记住

[同义] continue, maintain, save, preserve

[反义] abandon

▶▶▶ strategy ['strætɪdʒɪ]

[释义] *n.* ① (for, to-v) 策略，计谋；对策 ②战略；战略学

[同义] scheme, intrigue, management, manipulation, tactics, planning

[同根] strategic [strə'ti:dʒɪk] *a.* 关键的；战略上的

▶▶▶ quantify ['kwɒntɪfaɪ]

[释义] *vt.* ① 为…定量；以数量表示 ② 使量化

[同根] quantity ['kwɒntɪtɪ] *n.* ①量，数量，分量 ② 大量，大宗

quantifiable ['kwɒntɪfaɪəbl] *a.* 可以计量的

▶▶▶ in addition to 除外

▶▶▶ substantial [səb'stænʃəl]

[释义] *a.* ① 多的；大的；大量的；丰盛的 ② 真实的，实在的 ③ 坚固的，结实的 ④ 内容充实的

[同根] substance ['sʌbstəns] *n.* ①物质 ② 实质；本质 ③ 本旨

▶▶▶ pop up 突然弹出的东西

▶▶▶ **disruptive** [dɪs'rʌptɪv]

[释义] *a.* 分裂性的，破裂的

[同根] disrupt [dɪs'rʌpt] *vt.* ① 使分裂，使瓦解 ② 使混乱，使中断 *a.* 破裂的，中断的

disruption [dɪs'rʌpʃən] *n.* 分裂；崩溃；瓦解

interrupt [ˌɪntə'rʌpt] *vt.* ① 打断（讲话或讲话人）② 中断；遮断；阻碍 *vi.* ① 打断 ② 打扰

bankrupt ['bæŋkrʌpt] *a.* ① 破产的；有关破产的 ② 已完全失败的，枯竭了的 ③ (of, in) 彻底缺乏的，丧失…的 *vt.* ①使破产；使赤贫 ② 使枯竭

erupt [ɪ'rʌpt] *vi.* 喷出；爆发

▶▶▶ **renovation** [ˌrenə'veɪʃən]

[释义] *n.* 更新；修理；恢复活力

[同义] redevelopment, restoration

[同根] renovate ['renəˌveɪt] *vt.* ① 更新；重做 ② 修理；改善 ③恢复

▶▶▶ **hand over** 转手

▶▶▶ **accessible** [æk'sesəbl]

[释义] *a.* ① 可（或易）接近的；可（或易）进入的 ② (to) 可（或易）得到的；可（或易）使用的 ③ (to) 易受影响的，易感受的

▶▶▶ **consultant** [kən'sʌltənt]

[释义] *n.* ①顾问 ② 会诊医生，顾问医生 ③咨询者

[同义] adviser, advisor

[同根] consult [kən'sʌlt] *vt.* ① 与…商量 ② 找（医生）看病；请教 ③ 查阅（词典、参考书等）*vi.* ① (with) 商议，磋商 ② (for) 当顾问

consultation [ˌkɒnsəl'teɪʃən] ① (with) 咨询；商议；诊察 ② (on, about)（磋商）会议；会诊

▶▶▶ **dispense** [dɪs'pens]

[释义] *vi.* (with) 免除；省掉 *vt.* ① (to) 分配，分发；施给 ② 执行，施行；管理

[同义] administer, deal, allot, distribute, give out, grant, issue

▶▶▶ **premise** ['premɪs]

[释义] *n.* ① 房屋及其地基；经营场地 ② 假定，假设；前提 ③（契约书的）缘起（缘起中述及的）财产 *vt.* ① 提出…为前提 ② 预述（条件等）；引导（论述等）*vi.* 提出前提

[同义] premises, assumption, preface

▶▶▶ **utility** [juː'tɪlɪtɪ]

[释义] *n.* ① 公用事业 ② 效用，实用，功利 ③ 有用之物 *a.* ① 有多种用途的；通用的 ② 实用的 ③ 公用事业的

[同义] usefulness

[反义] inutility, uselessness, unusefulness

[同根] utilize ['juːtɪlaɪz] *vt.* 利用

选项词汇注释

▶▶▶ **initially** [ɪ'nɪʃəlɪ]

[释义] *ad.* 最初；开头

[同根] initial [ɪ'nɪʃəl] *a.* ① 开始的，最初的 ② 在字开头的 *n.* ①（字的）起首字母 ②（姓名或组织名称等的）首字母 *vt.* ① 签（或印）姓名的首字母于 ② 草签

initiate [ɪ'nɪʃɪeɪt] *vt.* ① 开始；创始；开始实施 ② (in, into) 把初步知识传授给；使初步了解 ③ (into)（通过正

式或秘密仪式）接纳（新成员）
initiative [ɪ'nɪʃətɪv] *n.* ①主动的行动；倡议 ②首创精神；进取心 ③主动权 *a.* 开始的；初步的；创始的

▶▶▶ **prospective** [prə'spektɪv]

[**释义**] *a.* 预期的，盼望中的；未来的；即将发生的

[**同义**] coming, due, eventual, future, potential

[**反义**] retrospective

[**同根**] prospect ['prɒspekt] *n.* ① (of) 指望；预期；盼望的事物 ②（成功的）可能性；前景，前途 ③景象，景色；视野 *vt.* 勘探；勘察 *vi.* ① (for) 找矿，勘探 ②（指矿）有（开采）希望
perspective [pə'spektɪv] *n.* ①透视图法，远近画法 ② (on) 看法，观点 ③洞察力，眼力 ④远景；展望，前途

Reading in Depth

Section A

Many countries have made it illegal to chat into a hand-held mobile phone while driving. But the latest research further **confirms** that the danger **lies** less **in** what a motorist's hands do when he takes a call than in what the conversation does to his brain. Even using a "hands-free" **device** can **divert** a driver's attention to an **alarming** extent.

Melina Kunar of the University of Warwick, and Todd Horowitz of the Harvard Medical School ran **a series of** experiments in which two groups of volunteers had to pay attention and respond to a series of moving tasks on a computer screen that were **reckoned equivalent** in difficulty to driving. One group was left **undistracted** while the other had to **engage in** a conversation using a speakerphone. As Kunar and Horowitz report, those who were making the equivalent of a hands-free call had an average reaction time 212 milliseconds slower than those who were not. That, they **calculate**, would add 5.7 metres to the braking distance of a car travelling at 100kph. They also found that the group using the hands-free **kit** made 83% more errors in their tasks than those who were not talking.

To try to understand more about why this was, they tried two further tests. In one members of a group were asked simply to repeat words spoken by the caller. In the other, they had to think of a word that began with the last letter of the word they had just heard. Those only repeating words performed the same as those with no distraction, but those with the more complicated task showed even worse reaction times—an average of 480 milliseconds extra delay. This shows that when people have to consider

the information they hear carefully, it can **impair** their driving ability significantly.

Punishing people for using hand-held **gadgets** while driving is difficult enough, even though they can be seen from outside the car. Persuading people to **switch** their phones off altogether when they get **behind the wheel** might be the only answer. Who knows, they might even come to enjoy not having to take calls.

文章词汇注释

▶▶▶ **confirm** [kən'fəːm]

[释义] *vt.* ① (that, wh-) 证实；确定 ② 坚定；加强 ③ 批准，确认

[同义] corroborate, sustain, support, affirm, reassert, substantiate, verify

[同根] confirmation [ˌkɒnfə'meɪʃən] *n.* 确定；确证；批准

confirmable [kən'fəːməbəl] *a.* 可确定的；可证实的

▶▶▶ **lie in**（问题、事情等）在于

▶▶▶ **device** [dɪ'vaɪs]

[释义] *n.* ① 设备，仪器，装置 ② 手段；谋略；诡计 ③ (贵族用) 纹章，图案

[同义] gimmick, instrument, plan, scheme, tool, trick

▶▶▶ **divert** [daɪ'vəːt]

[释义] *vt.* ① (from)转移；使分心 ② (from, to) 使转向；使改道 ③ 逗…开心，娱乐 *vi.* 转向；转移

[同义] deviate, distract, entertain, tickle

[同根] diversion [daɪ'vəːʒən] *n.* ① 转向，转移；转换 ② 分散注意力 ③ 分散注意力的东西

revert [rɪ'vəːt] *vi.* ① 回复；复旧 ② 重提；重想 *vt.* (to) 使回复原状；使恢复原来的做法

▶▶▶ **alarming** [ə'lɑːmɪŋ]

[释义] *a.* 惊人的；令人担忧的；告急的

▶▶▶ **a series of** 一系列

▶▶▶ **reckon** ['rekən]

[释义] *vt.* ① 计算，数 ② 测算，测量 ③ (as, among, with) 认为，把…看作 *vi.* ① 计算，数 ② 估计；判断 ③ 觉得，猜想

[词组] a day of reckoning 算帐的日子

▶▶▶ **equivalent** [ɪ'kwɪvələnt]

[释义] *a.* ① (to) 相等的，相同的 ② (to) 等价的，等值的；等量的；等效的 ③ 同意义的 *n.* ① (of, to) 相等物；等价物 ② (of,for) 同义字

[同根] equivalence [ɪ'kwɪvələns] *n.* 相等；等值；等效；等义

▶▶▶ **undistracted** ['ʌndɪs'træktɪd]

[释义] *a.* 未分心的

[反义] concentrated, focused, attentive

[同根] distract [dɪ'strækt] *vt.* ① (from) 转移，分散，岔开 ② (from) 使分心；使转向 ③ 困扰；使错乱；使苦恼

distraction [dɪ'strækʃən] *n.* ① 分心，注意力分散 ② 困惑；焦躁不安 ③分散注意的事物

distractive [dɪs'træktɪv] *a.* 分散注意

力的

▶▶▶ **engage** [ɪn'geɪdʒ]

[释义] *vi.* ① (in, upon) 从事，参加 ② (with) 啮合，接合 ③ (with) 交战，交手 *vt.* ① 吸引；占用（时间、精力等）②雇，聘 ③ 预订（房间、座位等）④使从事，使忙于

▶▶▶ **calculate** ['kælkjʊleɪt]

[释义] *vt. & vi.* ① 计算，估计，核算 ② 打算，旨在 *vt.* 预测；推测

[同义] cipher, work out, figure, estimate, reckon, suppose

[同根] calculation [ˌkælkjə'leɪʃən] *n.* ① 计算，计算（的结果）② 推断；预测，估计

calculator ['kælkjʊleɪtə] *n.* 计算器

▶▶▶ **kit** [kɪt]

[释义] *n.* ① 成套工具（或物件等）② 工具箱 ③（运动等用的）服装，用品；（士兵的）个人装备

▶▶▶ **impair** [ɪm'peə]

[释义] *vt.* ①削弱；减少 ② 损害，损伤

[同义] spoil, damage, destroy, weaken

[同根] impairment [ɪm'peəmənt] *n.* 损伤

▶▶▶ **gadget** ['gædʒɪt]

[释义] *n.* 小机件；（小巧的）器具；小玩意儿

[同义] convenience, implement, instrument, utensil

▶▶▶ **switch** [swɪtʃ]

[释义] *vt.* ① (on,off) 打开（或关掉）…的开关 ② (to, over) 使转换；为…转接（电话）③ 使转轨 ④ 改变；转移；调动 *vi.* ① 转轨 ② (to) 改变；转移 ③ (on, off) 打开（或关掉）开关 *n.* ① 开关，电键 ② 变更，转换

▶▶▶ **behind the wheel** 在驾驶

选项词汇注释

reveal [rɪ'viːl]

[释义] *vt.* ① 显示；露出 ② 泄露，透露

[同义] open, display, demonstrate, exhibit, present, manifest

[反义] conceal

[同根] revealing [rɪ'viːlɪŋ] *a.* ① 暴露部分身体的，袒胸露肩的 ② 揭露（事实等）的，暴露真相的

revelation [ˌrevə'leɪʃən] *n.* ① 显露，泄露 ② 被揭露的事，暴露出来的事

Section B

Passage One

There is nothing like the suggestion of a cancer risk to **scare** a parent, especially one of the over-educated, eco-conscious type. So you can imagine the reaction when a recent USA Today investigation of air quality around the nation's schools **singled out** those in the smugly（自鸣得意的）green village

of Berkeley, Calif, as being among the worst in the country. The city's public high school, as well as a number of daycare centers, preschools, elementary and middle schools, fell in the lowest 10%. Industrial pollution in our town had **supposedly** turned students into living science experiments breathing in a laboratory's worth of heavy metals like manganese, chromium and nickel each day. This is a city that requires school cafeterias to serve **organic** meals. Great, I thought, organic lunch, **toxic** campus.

Since December, when the report came out, the mayor, neighborhood activists（活跃分子）and various parent-teacher associations have engaged in a fierce battle over its **validity**: over the guilt of the steel-**cast**ing factory on the western edge of town, over union jobs **versus** children's health and over what, if anything, ought to be done. With all sides presenting their own experts armed with conflicting scientific studies, whom should parents believe? Is there truly a threat here, we asked one another as we dropped off our kids, and if so, how great is it? And how does it compare with the other, seemingly **perpetual** health scares we **confront**, like **panic** over lead in **synthetic athletic** fields? Rather than just another **weird episode** in the town that brought you protesting environmentalists, this latest drama is a **trial** for how today's parents **perceive** risk, how we try to keep our kids safe—whether it's possible to keep them safe—in what feels like an increasingly threatening world. It raises the question of what, in our time, "safe" could even mean.

"There's no way around the **uncertainty**," says Kimberly Thompson, president of Kid Risk, a nonprofit group that studies children's health. "That means your choices can matter, but it also means you aren't going to know if they do." A 2004 report in the journal Pediatrics explained that nervous parents have more to fear from fire, car accidents and drowning than from toxic chemical **exposure**. To which I say: Well, obviously. But such concrete **hazards** are **beside the point**. It's the dangers parents can't—and may never—**quantify** that occur all of sudden. That's why I've **rid** my cupboard **of** microwave food packed in bags **coated** with a **potential** cancer-causing substance, but although I've lived blocks from a major fault line(地质断层) for more than 12 years, I still haven't **bolted** our bookcases to the living room wall.

文章词汇注释

▶▶▶ **scare** [skeə]

[释义] *vt.* ① 惊吓，使恐惧 ② (away, off) 把…吓跑 ③ (out,up) 把…吓出来 *vi.* (at) 受惊 *n.* ① 惊恐；惊吓 ② 大恐慌 *a.* 骇人的；用以吓唬人的

[同义] panic, fright, daunt, dash, horrify, terrify, dash

[同根] scary ['skeərɪ] *a.* ① 引起惊慌的 ② 胆小的；提心吊胆的

▶▶▶ **single out** 挑出

▶▶▶ **supposedly** [sə'pəʊzdlɪ]

[释义] *ad.* 根据推测；据称；大概，可能

[同根] suppose [sə'pəʊz] *vt.* ① (that) 猜想，以为 ② 期望；认为必须，认为应该 ③ 必须以…为前提 *vi.* 猜想，料想

supposed [sə'pəʊzd] *a.* 假定的；想像上的；被信以为真的

supposition [ˌsʌpə'zɪʃən] *n.* ① 想像；假定 ② 看法；见解

▶▶▶ **organic** [ɔː'gænɪk]

[同根] *a.* ① 器官的 ② 有机体的，生物的 ③ 有机的 ④ 构成整体所必需的

[同根] organism ['ɔːgənɪzəm] *n.* ① 生物，有机体 ② 机体，有机组织

organically [ɔː'gænɪkəlɪ] *ad.* ① 有机耕作地 ② 施有机肥地

▶▶▶ **toxic** ['tɒksɪk]

[释义] *a.* ① 毒 (性) 的，有毒的 ② 中毒的

[同义] deadly, malignant, noxious, poisonous

[反义] nontoxic, atoxic

▶▶▶ **validity** [væ'lɪdɪtɪ]

[释义] *n.* ① 正当；正确；确实 ② 有效性；效力；合法性

[同根] valid ['vælɪd] *a.* ① 有根据的；确凿的；令人信服的 ② 合法的；有效的；经正当手续的

invalid ['ɪnvəlɪd] *a.* ① 病弱的，有病的 ② 供病人用的 *n.* 残疾者；伤残退役军人

validate ['vælɪdeɪt] *vt.* ① 使有效；使生效 ② 承认…为正当；确认；证实

▶▶▶ **cast** [kɑːst]

[释义] *vt.* ①投，掷，抛，扔，撒 ②(at, on) 投射 (光、影、视线等) ③ 脱落；蜕 (皮)；丢弃 *vi.* ① 投；抛垂钓鱼钩 (或钓饵) ② 把几个数字加起来，计算 *n.* ①投；掷；抛 ②撒网；垂钓 ③班底，演员阵容

▶▶▶ **perpetual** [pə'petjʊəl]

[释义] *a.* ① 永久的；长期的 ② 无休止的；连续不断的 ③ 无限期的；终身的 *n.* 四季开花的蔷薇；多年生植物

[同义] incessant, unremitting, continuous, permanent, unceasing

[反义] transient, temporary

[同根] perpetually [pə'petʃʊəlɪ] *ad.* ①永恒地 ②终身地 ③不断地

▶▶▶ **confront** [kən'frʌnt]

[释义] *vt.* ① 迎面遇到；面临；遭遇 ② 勇敢地面对；正视；对抗 ③ (with) 使面对 ④ 比较；对照

[同义] present, encounter, oppose

[反义] avoid

[同根] confrontation [ˌkɒnfrʌn'teɪʃən] *n.* ① 对质；比较 ② 对抗

confrontational [ˌkɒnfrʌn'teɪʃənəl] *a.* 对抗的；对抗性的

▶▶▶ **panic** ['pænɪk]

[释义] *n.* ① 恐慌，惊慌 ② (经济) 大恐慌 *a.* ① 恐慌的；起于恐慌的 ② 毫

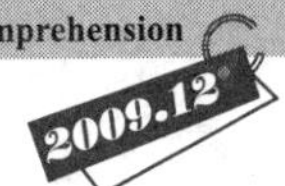

无理由的；极度的 ③ 应急的 *vt.* ①使恐慌 ② 使大笑；使喝彩 *vi.* (at, over) 十分惊慌

[同义] scare, alarm, dread, fear, fright, phobia, terror

[同根] panicky ['pænɪkɪ] *a.* 惊恐的；易惊恐的

▶▶▶ **synthetic** [sɪn'θetɪk]

[释义] *a.* ① 综合(性)的 ② 合成的，人造的 ③ 假想的；虚伪的 *n.* 合成物；合成纤维

[同义] artificial, man-made

[反义] analytic

[同根] synthetically [sɪn'θetɪkəlɪ] *ad.* ① 综合地 ② 以合成方法

▶▶▶ **athletic** [æθ'letɪk]

[释义] *a.* ①运动的，体育的 ② 体格健壮的；行动敏捷的

[同根] athlete ['æθli:t] *n.* ① 运动员，体育家 ② 身强力壮的人

▶▶▶ **weird** [wɪəd]

[释义] *a.* ① 怪似的；怪诞的；神秘的 ② 超自然的 ③ 奇特的；不可思议的

[同义] unearthly, creepy, fantastic, peculiar, strange

[同根] weirdness ['wɪədnɪs] *n.* ① 离奇；不可思议 ② 怪诞；神秘

▶▶▶ **episode** ['epɪsəʊd]

[释义] *n.* ①(整个事情中的)一个事件 ②(文艺作品中的)插曲，片断；(连载小说中的)一节 ③(电视等的)连续剧的一出(或一集)

▶▶▶ **trial** ['traɪəl]

[释义] *n.* ① 试；试用；试验 ② 考验；磨炼；艰苦 ③审问，审判 ④ 尝试，努力 *a.* ① 试验的；试制的 ② 审讯的；审判的

▶▶▶ **perceive** [pə'si:v]

[释义] *vt.* ① (that) 察觉；感知 ② (that, wh-) 意识到；理解

[同义] comprehend, distinguish, experience, recognize, sense

[同根] perception [pə'sepʃən] *n.* ① 感知，感觉；察觉 ② (of) 认识，观念；看法 ③ 感知能力；洞察力
perceptive [pə'septɪv] *a.* ① 知觉的；感知的 ② 理解的；敏锐的

▶▶▶ **uncertainty** [ʌn'sə:tntɪ]

[释义] *n.* ① 不确定；不确信 ② 不确定的事物；难以预料的事物

[同义] doubt, incertitude

[反义] certainty

[同根] uncertain [ʌn'sə:tn] *a.* ① 不明确的；不确定的 ② (of, about, wh-) (人对…)不能确信，不确知 ③ 无常的，靠不住的

▶▶▶ **exposure** [ɪks'pəʊʒə]

[释义] *n.* ① (to) 暴露；暴晒 ② (of) 揭露，揭发 ③(商品等的)陈列 ④ 曝光；曝光时间；(照相)底片

[同根] expose [ɪk'spəʊz] *vt.* ① (to) 使暴露于；使接触到 ② (to) 揭露，揭发 ③ 使(胶片，胶卷)曝光
impose [ɪm'pəʊz] *vt.* ① (on, upon) 征(税)；加(负担等)于 ② (on, upon) 把…强加于 *vi.* ① (on, upon) 占便宜；打扰 ② (on, upon) 欺骗
compose [kəm'pəʊz] *vt.* ① 作(诗，曲等)；构(图) ② 使安定，使平静，使镇静 ③调停(纠纷等) *vi.* 作诗，作曲，构图

▶▶▶ **hazard** ['hæzəd]

[释义] *n.* ① (to) 危险；危害物；危险之源 ② 机会；偶然的事 *vt.* ① 冒险作出；尝试；大胆提出 ② 使冒险；冒…的危险

[同义] jeopardy, peril, venture, adventure, risk

[反义] safety, security

[同根] hazardous ['hæzədəs] *a.* 有危险的；冒险的

[词组] health hazard 健康威胁

▶▶▶ beside the point 离题，不中肯，不相干的

▶▶▶ quantify ['kwɒntɪfaɪ]

[释义] *vt.* ① 为…定量；以数量表示 ② 使量化

[同根] quantity ['kwɒntɪtɪ] *n.* ①量，数量，分量 ② 大量，大宗

quantifiable ['kwɒntɪfaɪəbl] *a.* 可以计量的

▶▶▶ rid [rɪd]

[释义] *vt.* (of) 使免除；使摆脱；从…清除

[同义] do away with, clear, free

▶▶▶ coat [kəʊt]

[释义] *vt.* ① (with,in) 涂在…上；覆盖…的表面 ② 给…穿上外套

▶▶▶ potential [pə'tenʃəl]

[释义] *a.* (for) 潜在的，可能的 *n.* 可能性；潜力，潜能

[同根] potentiality [pəˌtenʃɪ'ælɪtɪ] *n.* ① 潜在性，(发展的) 可能性 ② 潜力

potentially [pə'tenʃəlɪ] *ad.* 潜在地；可能地

▶▶▶ bolt [bəʊlt]

[释义] *vt.* ① 闩上，插上 ② 将…用螺栓拴紧 ③ (down) 吞吃，匆忙咽下 ④ 脱口说出 *vi.* ①冲出；逃走；快速移动 ② 狼吞虎咽 ③ 闩住；用螺栓固定 *n.* ① 闩，门栓 ② 螺栓 ③ 闪电，电光

选项词汇注释

contented [kən'tentɪd]

[释义] *a.* (with) 满足的；知足的；满意的

[同义] delighted, pleased, satisfied, happy

[反义] discontented

▶▶▶ surroundings [sə'raʊndɪŋz]

[释义] *n.* 环境；周围的事物；周围的情况

[同义] environment, milieu

[同根] surround [sə'raʊnd] *vt.* ① (with, by) 围，围绕；圈住 ② (with, by) 使垂手可得，大量供给 ③ 包围，围困 *n.* 围绕物

▶▶▶ sensitive [sensɪtɪv]

[释义] *a.* ① (to) 敏感的；易受伤害的 ② (to, about) 神经过敏的；易怒的 ③ 灵敏的，灵敏度高的

[同根] sensitivity [ˌsensɪ'tɪvɪtɪ] *n.* ① 容易感受的性质 ② 敏感性；感受性 ③ 感光度

▶▶▶ in the face of 面对

▶▶▶ relieve [rɪ'liːv]

[释义] *vt.* ① 缓和，减轻；解除 ②调剂，使不单调乏味 ③ 救济；救援；解围

[同义] alleviate, allay, ease, salvage

[反义] intensify

▶▶▶ convince [kən'vɪns]

[释义] *vt.* (of) 使确信，使信服；说服

[同义] convert, guarantee, persuade, pledge, promise

▶▶▶ pose [pəʊz]

[释义] *vt.* ①使摆好姿势 ②提出 ③造成 *vi.* 摆姿势 *n.* ① 姿势，姿态 ②装

模作样，伪装

[词组] pose threat to 对…构成威胁

▶▶▶ **aware** [ə'weə]

[释义] *a.* ① (of, that, wh-) 知道的，察觉的 ② (与副词连用) 有…方面知识 (或意识) 的

[同义] mindful, witting, conscious, realizing

[反义] ignorant, unaware

[同根] awareness [ə'weənɪs] *n.* 察觉；觉悟；意识

Passage Two

health care bills, long **emergency**-room waits and the inability to find a primary care **physician** just **scratch** the surface of the problems that patients face daily.

Primary care should be the **backbone** of any health care system. Countries with appropriate primary care resources score highly **when it comes to** health outcomes and cost. The U.S. takes the opposite approach by emphasizing the specialist rather than the primary care physician.

A recent study analyzed the providers who treat Medicare beneficiaries (老年医保受惠人). The **startling** finding was that the average Medicare patient saw a total of seven doctors—two primary care physicians and five specialists—in a given year. Contrary to popular belief, the more physicians taking care of you don't **guarantee** better care. Actually, increasing **fragmentation** of care results in a **corresponding** rise in cost and medical errors.

How did we let primary care **slip** so far? The key is how doctors are paid. Most physicians are paid whenever they perform a medical service. The more a physician does, **regardless of** quality or outcome, the better he's reimbursed (返还费用). Moreover, the amount a physician receives **leans** heavily toward medical or surgical **procedures**. A specialist who performs a procedure in a 30-minute visit can be paid three times more than a primary care physician using that same 30 minutes to discuss a patient's disease. **Combine** this fact with **annual** government threats to **indiscriminately** cut reimbursements, physicians are faced with no choice but to increase quantity to **boost** income.

Primary care physicians who refuse to **compromise** quality are either driven out of business or to cash-only practices, further **contributing to** the **decline** of primary care.

Medical students are not blind to this **scenario**. They see how heavily the reimbursement **deck** is **stacked** against primary care. The recent numbers show that since 1997, newly graduated U.S. medical students who choose primary care as a career have declined by 50%. This trend results in emergency rooms being **overwhelmed** with patients without regular doctors.

How do we fix this problem?

It starts with reforming the physician reimbursement system. Remove the pressure for primary care physicians to **squeeze** in more patients per hour, and reward them for optimally (最佳地) managing their diseases and practicing evidence-based medicine. Make primary care more attractive to medical students by **forgiving** student loans for those who choose primary care as a career and **reconciling** the **marked** difference between specialist and primary care physician salaries.

We're at a point where primary care is needed more than ever. Within a few years, the first wave of the 76 million **Baby Boomers** will become **eligible** for medicare. Patients older than 85, who need **chronic** care most, will rise by 50% this decade.

Who will be there to treat them?

文章词汇注释

▸▸▸ **cripple** [ˈkrɪpl]

[释义] *vt.* ① 损坏；严重削弱；使陷入瘫痪 ② 使成跛子；使残废 *n.* 跛子；残废的人

[同义] lame, damage, disable, injure, weaken

▸▸▸ **emergency** [ɪˈməːdʒənsɪ]

[释义] *n.* 紧急情况；突然事件；非常时刻

[同根] emergent [ɪˈməːdʒənt] *a.* 突现的；意外的；紧急的

emergence [ɪˈməːdʒəns] *n.* 出现；浮现；露头

▸▸▸ **physician** [fɪˈzɪʃən]

[释义] *n.* ① 医师 ② 内科医生 ③ 治疗者

[同义] doctor, surgeon

▸▸▸ **scratch** [skrætʃ]

[释义] *vt.* ① 抓；搔 ② 擦；刮 ③ (off, out) 勾掉；删去；取消 ④ 潦草地涂写；乱划 *vi.* ① 抓；搔 ② 作刮擦声 *n.* ① 抓痕；擦伤 ② 刮擦声 ③ 乱涂；乱划 *a.* ① 碰巧的，偶然的 ② 凑合的，匆匆组成的 ③ 打草稿用的

[同根] scratchy [ˈskrætʃɪ] *a.* ① 潦草的；信手而写的 ② 会沙沙作响的 ③ 凑合的 ④ 痒的

[词组] start from scratch 从零开始，从头做起，白手起家

▸▸▸ **backbone** [ˈbækˌbəʊn]

[释义] *n.* ① 骨干，支柱，主力，中坚，基础 ② 脊骨，脊柱 ③ 脊骨状物；(船的) 龙骨；<美> 书脊 ④ 骨气；毅力

▶▶▶ **when it comes to** 当谈论到…，涉及到

▶▶▶ **startling** ['stɑːtlɪŋ]
[同义] *a.* 令人吃惊的
[同根] startle ['stɑːtl] *vt.* 使惊吓；使吓一跳；使惊奇 *vi.* 惊吓；惊跳；惊奇 *n.* 惊吓；惊跳；吃惊

▶▶▶ **guarantee** [gærən'tiː]
[释义] *n.* ① (that) 保证；商品保证；保证书 ②担保品，抵押品 ③ 保证人；被保证人 *vt.* ① (to-v, that) 保证；担保 ② (against, from) 保障，保证…免受损失 (或伤害等)
[同义] warrant, ensure, insure, endorse, pledge, promise, underwrite

▶▶▶ **fragmentation** [ˌfrægmən'teɪʃən]
[释义] *n.* 分裂；破碎
[同义] atomization
[同根] fragment ['frægmənt] *n.* ① 碎片，破片；断片 ② (文艺作品等的) 未完成部分 *vt.* 使成碎片 *vi.* 成碎片
fragmental [fræg'mentl] *a.* ① 片断的；零碎的 ② 不完全的
fragmentary ['frægməntərɪ] *a.* ① 碎片的，零碎的 ② 不全的；不连续的

▶▶▶ **corresponding** [ˌkɒrɪ'spɒndɪŋ]
[释义] *a.* ①符合的；一致的；相同的 ② 对应的；相当的
[同义] comparable, like, in proportion to
[同根] correspond [ˌkɒrɪs'pɒnd] *vi.* ① (to, with) 符合，一致 ② (to) 相当，相应 ③ (with) 通信
correspondence [ˌkɒrɪ'spɒndəns] *n.* ① (with, to, between) 一致；符合 ② (between) 相当；类似；相似处 ③ (with, between) 通信，通信联系 ④ (总称) 信件
correspondent [ˌkɒrɪ'spɒndənt] *n.* ① 对应物 ② 通讯记者；特派员 *a.* (with) 符合的，一致的
correspondingly [ˌkɒrɪs'pɒndɪŋlɪ] *ad.* 相应地；相同地；相关地

▶▶▶ **slip** [slɪp]
[同义] *vi.* ① 滑动，滑行 ② 滑跤，失足 ③ 滑落，滑掉；松脱 ④ 溜；悄悄走；(时间) 不知不觉地过去 ⑤ 疏忽 *vt.* ① 使滑动；使滑行 ② 错过；被…忽略 ③ 摆脱，挣脱 ④无意中讲出；泄漏 *n.* ① 滑动；滑跤；失足 ②溜，溜走；不告而别 ③ (of, in) 疏忽；错误
[词组] a slip of tongue 口误

▶▶▶ **regardless of** 不管，不顾

▶▶▶ **lean** [liːn]
[释义] *vi.* ① 倾斜 ② 倾身，屈身 ③ (on, upon, against) 倚，靠 ④ (on, upon) 依赖，依靠 *vt.* ① 使倾斜 ② (on, upon, against) 把…靠在 (某种东西上) *n.* 倾斜，倾向 *a.* ① (肉) 无脂肪的，精瘦的 ② (人或动物) 瘦的 ③ 贫瘠的

▶▶▶ **procedure** [prə'siːdʒə]
[释义] *n.* ① 程序；手续；步骤 ② 常规；传统的做法
[同义] operation, routine, method, plan, policy
[同根] procedural [prəʊ'siːdʒərəl] *a.* 程序的

▶▶▶ **combine** [kəm'baɪn]
[释义] *vt.* ① (with) 使结合；使联合 ② 兼有，兼备 ③ (with) 使化合 *vi.* ① (against) 结合；联合 ② (with) 化合
[同义] compound, aggregate, conflate, couple, unite
[反义] depart
[同根] combination [ˌkɒmbɪ'neɪʃən] *n.* ① 结合 (体)；联合 (体) ② (有共同目的的) 团体；联盟
combined [kəm'baɪnd] *a.* 联合的；

相加的

▶▶▶ **annual** [ˈænjʊəl]

[释义] *a.* ①一年的；一年一次的 ②每年的；全年的 ③[植]一年生的 *n.* ①年刊，年鉴 ②一年生植物

[同根] biannual [baɪˈænjʊəl] *a.* 每年两次的；每半年的

semiannual [ˌsemɪˈænjʊəl] *a.* 每半年的；一年两次的

▶▶▶ **indiscriminately** [ɪndɪˈskrɪmɪnɪtlɪ]

[释义] *ad.* 不加区别地；不加选择地

[同根] discriminate [dɪˈskrɪmɪneɪt] *vt.* ①(from)区别，辨别 ②使有区别，区别于 *vi.* ①(between)区别，辨别 ②(against, in favor of)有差别地对待

discrimination [dɪˌskrɪmɪˈneɪʃən] *n.* ①辨别，区别 ②识别力，辨别力 ③(against)不公平待遇，歧视

indiscriminate [ˌɪndɪsˈkrɪmɪnɪt] *a.* ①不加区别的；不分皂白的 ②杂乱无章的 ③任意的

▶▶▶ **boost** [buːst]

[释义] *vt.* ①举，抬；推 ②推动；促进；为…作宣传 ③提高；增加 *n.* ①一举 ②推动；帮助；促进 ③提高；增加

[同义] encourage, promote, advance, further, hoist, thrust

▶▶▶ **compromise** [ˈkɒmprəmaɪz]

[释义] *n.* ①(between)妥协，和解 ②妥协方案，折衷办法；折衷物 ③(of)连累，危及 ④(of)(原则等的)放弃 *vt.* ①互让解决(分歧等) ②连累，危及 ③放弃(原则等)；泄露(秘密等) *vi.* (on)妥协，让步

[同义] concede, settle, yield

▶▶▶ **contribute to** 有助于，贡献于

▶▶▶ **decline** [dɪˈklaɪn]

[释义] *vi.* ①下降，下跌；减少；衰退，衰落 ②婉拒，谢绝 *vt.* (to-v)婉拒，谢绝 *n.* ①下降；减少 ②衰退，衰落

[同义] decay, worsen, decrease, weaken, slump

[反义] accept, improve, meliorate

▶▶▶ **scenario** [sɪˈnɑːrɪəʊ]

[释义] *n.* ①情节；剧本 ②事态；局面 ③方案

[同义] plot, scheme, plan, situation

▶▶▶ **deck** [dek]

[释义] *n.* ①(船的)舱面，甲板 ②(公车，汽车等的)底板，层 ③(纸牌的)一副 *vt.* ①(out,in,with)装饰，打扮 ②给(船)铺装甲板

▶▶▶ **stack** [stæk]

[释义] *vt.* ①(up)把…叠成堆 ②(with)堆放 *vt.* ③把…支成三角枪架 *vi.* ①(up, against)比较 *n.* ①干草堆，稻草堆，麦秆堆 ②(of)(整齐的)一堆，一叠 ③(of)大量，许多

▶▶▶ **overwhelm** [ˌəʊvəˈhwelm]

[释义] *vt.* ①战胜；征服；压倒 ②覆盖；淹没 ③(by,with)使受不了；使不知所措

[同义] overpower, overtake, deluge, submerge, vanquish

[同根] overwhelming [ˈəʊvəˈhwelmɪŋ] *a.* 压倒的；势不可挡的

overwhelmingly [ˌəʊvəˈhwelmɪŋlɪ] *ad.* 压倒地；无法抵抗地

[词组] an overwhelming majority 压倒多数

▶▶▶ **squeeze** [skwiːz]

[释义] *vt.* & *vi.* 挤，榨，捏 *vt.* ①榨取，挤出 ②(使)挤入；挤过；塞入 ③向…勒索(或榨取)，逼迫…给 *n.* ①挤，榨，捏 ②亲切的拥抱或握手 ③拥挤，积压

[词组] squeeze off 连发；扣板机发出子弹

squeeze through/by 险胜，幸存；勉强

经过，通过，取胜或生存
put the squeeze on (非正式) 对…施加压力
squeeze one's eyes shut 紧闭双目

▸▸▸ **forgive** [fə'gɪv]
[释义] *vt.* ① (for) 原谅，宽恕 ② 豁免
[同义] absolve, excuse, pardon, quit
[反义] punish

▸▸▸ **reconcile** ['rekənsaɪl]
[释义] *vt.* ① (with) 使和解，使和好 ② 调停，调解 ③ (with) 调和；使一致
[同义] accommodate, patch up, submit
[同根] reconciliation [rekənˌsɪlɪ'eɪʃən] *n.* ① (between, of, with) 和解，和好 ② 调解，调停 ③ (between, of, with) 和谐，一致 ④ 甘愿，顺从
reconciliatory [ˌrekən'sɪlɪətərɪ] *a.* 和解的，调停的；调和的，一致的

▸▸▸ **marked** [mɑːkt]
[释义] *a.* ① 有记号的 ② 显著的 ③ 受注意的；有名的
[同义] pronounced, apparent, decided, evident, noted, noticeable, plain
[反义] unmarked
[同根] mark [mɑːk] *n.* ① 痕迹；污点；斑疤 ② 记号；符号；标记 ③ 分数；成绩 *vt.* ① 做记号于；留痕迹于；标明 ② 标志；表示…的特征 ③ 记下，录下 ④ 给(试卷等)打分数

▸▸▸ **baby boomer** 婴儿潮时代 (baby boom) 出生的人；生育高峰期出生的人(在二战之后的 1946 至 1964 年间)

▸▸▸ **eligible** ['elɪdʒəbl]
[释义] *a.* ① (for,to-v) 有资格当选的；法律上合格的 ② (尤指婚姻等) 合适的，合意的 *n.* 合格者，合适的人

▸▸▸ **chronic** ['krɒnɪk]
[释义] *a.* ① (病) 慢性的；(人) 久病的 ② 长期的，不断的 ③ 惯常的，习惯性的
[反义] acute
[同根] chronically ['krɒnɪklɪ] *ad.* ① 慢性地 ② 长期地
chronicle ['krɒnɪkl] *n.* ① 编年史，年代记，历史 ② 记事，叙述

选项词汇注释

▸▸▸ **shrink** [ʃrɪŋk]
[释义] *vi.* ① 收缩，缩短，皱缩 ② (from) 回避，退避 *n.* 收缩，畏缩
[同义] reduce, contract, dwindle, retreat, withdraw, wither
[反义] expand, stretch

▸▸▸ **diagnostic** [ˌdaɪəg'nɒstɪk]
[释义] *a.* 诊断的；特征的
[同义] symptomatic
[同根] diagnose ['daɪəgnəuz] *vt.* 诊断
diagnosis [ˌdaɪəg'nəusɪs] *n.* ① (of) 诊断；诊断结果；诊断书 ② (of) 调查分析，判断；判断结论

▸▸▸ **expertise** [ˌekspəː'tiːz]
[释义] *n.* ①专门知识；专门技术 ② 专家鉴定

▸▸▸ **at the expense of** 以…为代价

▸▸▸ **current** ['kəːrənt]
[释义] *a.* ① 现时的，当前的；现行的 ② 通用的，流行的 *n.* ① 流动，水流，气流 ② 电流
[同义] present, prevalent, flowing
[同根] currency ['kəːrənsɪ] *n.* ①通货，

货币 ② 通用，流通

▶▶▶ **tedious** ['tiːdɪəs]

[释义] *a.* 冗长乏味的；使人厌烦的

[同义] tiresome, uninteresting, wearisome, monotonous

▶▶▶ **tuition** [tjuː'ɪʃən]

[释义] *n.* ① 学费 ② 讲授，教学；教诲

Vocabulary 2005.12

41. It seems somewhat ______ to expect anyone to drive 3 hours just for a 20-minute meeting.

A) eccentric B) impossible
C) absurd D) unique

▶▶▶ **somewhat** ['sʌm(h)wɒt]
[释义] *ad.* 稍微，有点，有些
[同义] to some extent, to some degree, rather
[同根] somehow ['sʌmhaʊ] *ad.* ①以某种手段或方式，设法地 ②为某种理由，反正
[词组] somewhat of 稍稍，有一点

▶▶▶ **eccentric** [ɪk'sentrɪk]
[释义] *a.* 荒谬的，荒唐的 *n.* 行为古怪的人
[同义] abnormal, irregular, odd
[反义] common, general, normal, ordinary
[同根] eccentricity [eksen'trɪsɪtɪ] *n.* 古怪
eccentrically [ɪk'sentrɪklɪ] *ad.* 反常地

▶▶▶ **absurd** [əb'sɜːd]
[释义] *a.* 荒谬的，荒唐的，滑稽可笑的，愚蠢的
[同义] foolish, ridiculous, unbelievable
[反义] rational, reasonable, sensible
[同根] absurdity [əb'sɜːdɪtɪ] *n.* 荒谬，荒唐，荒诞
absurdly [əb'sɜːdlɪ] *ad.* 荒谬地，愚蠢地

▶▶▶ **unique** [juː'niːk]
[释义] *a.* 唯一的，独特的
[同义] single, unparalleled, extraordinary
[反义] ordinary, common
[同根] uniqueness [juː'niːknɪs] *n.* 唯一，独特
uniquely [juː'niːklɪ] *ad.* 唯一地，独特地

42. This area of the park has been specially ______ for children, but accompanying adults are also welcome.

A) inaugurated B) designated
C) entitled D) delegated

▶▶▶ **accompanying** [ə'kʌmpənɪŋ]
[释义] *a.* 陪伴的
[同根] accompany [ə'kʌmpənɪ] *v.* ①陪伴，陪同 ②伴随 ③给…伴奏
company ['kʌmpənɪ] *n.* 公司，陪伴，（一）群，（一）队，（一）伙，连，连队
companion [kəm'pænɪən] *n.* 同伴，共事者

▶▶▶ **inaugurate** [ɪ'nɔːgjʊreɪt]
[释义] *v.* ①为…举行就职典礼，使…正式就任 ②为…举行开幕式，为…举行落成仪式 ③开始，开展
[同义] admit, begin, initiate, launch
[同根] inauguration [ɪˌnɔːgjʊ'reɪʃən] *n.* 就职典礼，开幕式，落成

▶▶▶ **designate** ['dezɪgneɪt]
[释义] *v.* ①标出，指明，指定 ②把…定名为 ③指派，选派
[同义] appoint, allocate, name, nominate
[同根] designation [ˌdezɪg'neɪʃən]

n. ①标出，指明，指定 ②任命，委派

▶▶▶ **entitle** [ɪn'taɪtəl]

[释义] *v.* ① (to) 给予…权利或资格，使…有资格（做某事）②给…题名，给…称号

[同义] license

[反义] deprive

[同根] title ['taɪtəl] *n.* ①名称，标题 ②头衔，称号 ③权益，权利 *v.* 赋予头衔，加标题于

entitled [ɪn'taɪtld] *a.* 有资格的

entitlement [ɪn'taɪtlmənt] *n.* 权利

[词组] be entitled 叫做…，称为…，题目是…

be entitled to sth. 对…享有权利，有（做某事）的资格（权利）

▶▶▶ **delegate** ['delɪgeɪt]

[释义] *v.* ①委派（或选举）…为代表 ②授（权），把…委托给别人

▶▶▶ ['delɪgɪt] *n.* 代表，代表团成员

[同义] appoint, assign, authorize, representative

[同根] delegation [ˌdelɪ'geɪʃən] *n.* ①代表团 ②授权，委托

43. The girl's face ______ with embarrassment during the interview when she couldn't answer the tough question.

A) beamed　　B) dazzled

C) radiated　　D) flushed

▶▶▶ **embarrassment** [ɪm'bærəsmənt]

[释义] *n.* 困窘，局促不安

[同根] embarrass [ɪm'bærəs] *v.* ①使困窘，使局促不安 ②阻碍，妨碍

embarrassing [ɪm'bærəsɪŋ] *a.* 令人为难的，令人尴尬的

▶▶▶ **interview** ['ɪntəvjuː]

[释义] *n.& v.* ①面试 ②接见，会见，采访

[同根] view [vjuː] *n.* ①景色 ②观点，见解 ③风景，眼界 *v.* ①观察，观看 ②认为

preview ['priːvjuː] *n.& v.* ①预看，预习 ②预演，预映，试映 ③预告，预告片

review [rɪ'vjuː] *n.* ①复习，温习 ②细察，审核 ③回顾，检讨 ④评论

▶▶▶ **beam** [biːm]

[释义] *v.* ①发出光与热，放射 ②高兴地微笑 ③发送，传送 *n.* ①（光线的）束，柱，电波 ②梁，桁条，横梁 ③高兴的表情或微笑

[同义] glow, shine, shaft, transmit

▶▶▶ **dazzle** ['dæzəl]

[释义] *v.* ①使惊奇，使赞叹不已，使倾倒 ②使眩目，耀（眼）*n.* ①耀眼的光 ②令人赞叹的东西

[同义] flash, glare

[同根] daze [deɪz] *v.* 使茫然，发昏，使晕眩 *n.* 迷惑，眼花缭乱

▶▶▶ **radiate** ['reɪdɪeɪt]

[释义] *v.* ①辐射，发散 ②呈辐射状发出

[同义] send out, issue, emit

[同根] radiation [ˌreɪdɪ'eɪʃən] *n.* ①发光，发热，辐射，放射 ②放射线，放射物

radiant ['reɪdɪənt] *a.* ①发光的 ②辐射的 ③容光焕发的

radioactive ['reɪdɪəʊ'æktɪv] *a.* 放射性的，放射性引起的

▶▶▶ **flush** [flʌʃ]

[释义] *v.* ①（脸）发红，（使）脸红 ②（被冲）洗，清除 ③赶出 *n.* 脸红，潮红

[同义] blush, redden

44. Slavery was ______ in Canada in 1833, and Canadian authorities encouraged

the slaves, who escaped from America, to settle on its vast virgin land.

A) diluted B) dissipated
C) abolished D) resigned

▸▸▸ authority [ɔːˈθɒrɪtɪ]

[释义] *n.* ①[*pl.*] 官方,当局 ②当权者,行政管理机构 ③权力,管辖权 ④学术权威,威信 ⑤权威,权威的典据

[同根] authorize/ise [ˈɔːθəraɪz] *v.* ①授权,委托 ②批准,认可
authorized [ˈɔːθəraɪzd] *a.* 经授权的,权威认可的,审定的
authoritative [ɔːˈθɒrɪtətɪv] *a.* ①权威性的,可信的 ②官方的,当局的 ③专断的,命令式的

[词组] by the authority of ①得到…许可 ②根据…所授的权力
carry authority 有分量,有影响,有势力,有权威
have authority over 有权管理…
in authority 持有权力的地位
on good authority 有确实可靠的根据
on the authority of ①根据…所授的权力 ②得到…的许可 ③根据(某书或某人)

▸▸▸ virgin [ˈvɜːdʒɪn]

[释义] *a.* 未经开发的,未经使用的 *n.* 处女,未婚女子

[同义] fresh, original, pure, firsthand

[同根] virginal [ˈvɜːdʒɪnəl] *a.* 处女的,童贞的

▸▸▸ dilute [daɪˈluːt, dɪˈl-]

[释义] *v.* 稀释,冲淡 *a.* 稀释的,冲淡的

[同根] dilution [daɪˈluːʃən, dɪˈl-] *n.* 稀释,稀释法,冲淡物

▸▸▸ dissipate [ˈdɪsɪpeɪt]

[释义] *v.* ①使消散,使消失 ②浪费,挥霍

[同义] dispel, disperse, scatter, waste

[反义] accumulate

[同根] dissipation [ˌdɪsɪˈpeɪʃən] *n.* 消散,分散,浪费,放荡,狂饮
dissipated [ˈdɪsɪpeɪtɪd] *a.* 放荡的,浪荡的

▸▸▸ abolish [əˈbɒlɪʃ]

[释义] *v.* 彻底废除,废止

[同义] cancel, destroy, exterminate

[反义] establish

[同根] abolition [æbəˈlɪʃən] *n.* 废除,废除奴隶制度
abolitionist [æbəˈlɪʃənɪst] *n.* 废除主义者,废奴主义者

▸▸▸ resign [rɪˈzaɪn]

[释义] *v.* ①辞去,辞职 ②委托,交给 ③听任,顺从

[同义] abandon, quit, surrender, yield

[同根] resignation [ˌrezɪgˈneɪʃən] *n.* ①辞职,放弃,辞呈 ②听任,顺从
resigned [rɪˈzaɪnd] *a.* 顺从的,听天由命的
resignedly [ˈrezɪgnɪdlɪ] *ad.* 听从地,服从地

[词组] resign sb./oneself to sb./sth. 委托,交给
resign oneself to sth./be resigned to sth. 听任,顺从

45. Unfortunately, the new edition of dictionary is ______ in all major bookshops.

A) out of reach B) out of stock
C) out of business D) out of season

▸▸▸ edition [ɪˈdɪʃən]

[释义] *n.* 版本,版

[同根] edit [ˈedɪt] *v.* ①编辑,校订 ②编选,选辑 ③剪辑(影片、录音等) ④主编(报刊等)
editor [ˈedɪtə] *n.* 编辑,编辑器,编者
editorial [edɪˈtɔːrɪəl] *a.* ①编辑的,编者的 ②社论的 *n.*(报刊的)社论,评论

▶▶▶ **out of reach** 拿不到的，够不到的

▶▶▶ **out of stock** 无现货或存货的

▶▶▶ **out of business** 停止经商的，停止做原来的工作的

▶▶▶ **out of season**（指食物）已过盛产季节的，不当令的

46.The hands on my alarm clock are ______, so I can see what time it is in the dark.

A) exotic　B) gorgeous
C) luminous　D) spectacular

▶▶▶ **exotic** [ɪg'zɒtɪk]

[释义] *a.* ①奇异的，外(国)来的，异国情调的 ②样式奇特的 *n.* 外国人，外国事物，外来词

[同义] foreign, strange, vivid

[反义] indigenous, native

▶▶▶ **gorgeous** ['gɔːdʒəs]

[释义] *a.* ①华丽的，绚丽的 ②令人十分愉快的，极好的

[同义] dazzling, glorious, splendid

[同根] gorgeousness ['gɔːdʒəsnɪs] *n.* 华美，辉煌

gorgeously ['gɔːdʒəslɪ] *ad.* 华美地，辉煌地

▶▶▶ **luminous** ['luːmɪnəs]

[释义] *a.* 夜光的，发光的，发亮的

[同义] beaming, glowing, radiant, shining

[反义] dark, dim

[同根] luminously ['luːmɪnəslɪ] *ad.* 发光地，发亮地

illuminate [ɪ'luːmɪneɪt] *v.* ① 照明，照亮 ②阐明，解释，启发

spectacular[spek'tækjʊlə] *a.* 壮观的，引人注目的 *n.* 奇观，引人入胜的演出

[同义] dramatic, sensational

[同根] spectacle ['spektəkəl] *n.* ① [*pl.*]

[释义] 眼镜 ②景象，壮观 ③(大规模)演出场面

spectator [spek'teɪtə,'spekteɪtə] *n.* 观众(尤指比赛或表演的)

47.Psychologists have done extensive studies on how well patients ______ with doctors' orders.

A) comply　B) correspond
C) interfere　D) interact

▶▶▶ **psychologist** [psaɪ'kɒlədʒɪst]

[释义] *n.* 心理学者

[同根] psychology [saɪ'kɒlədʒɪ] *n.* 心理学，心理状态

psychological [ˌsaɪkə'lɒdʒɪkəl] *a.* 心理学的，心理的

psychologically [ˌpsaɪkə'lɒdʒɪkəlɪ] *ad.* 心理上地，心理学地

▶▶▶ **extensive** [ɪk'stensɪv]

[释义] *a.* 广泛的，广大的，广阔的，大量的

[同义] spacious, comprehensive

[反义] intensive

[同根] extend [ɪk'stend] *v.* ① 扩展，展开 ②延长，使延伸 ③给予，提供

extension [ɪks'tenʃən] *n.* ① 延长，伸展 ②（电话）分机

extensively [ɪks'tensɪvlɪ] *ad.* 广泛地

▶▶▶ **comply** [kəm'plaɪ]

[释义] *v.*(with) 顺从，答应，遵守

[同义] assent, conform, obey, submit

[反义] deny, refuse, reject

[同根] compliance [kəm'plaɪəns] *n.* 依从，顺从，遵守

compliant [kəm'plaɪənt] *a.* 顺从的

[词组] comply with 遵守

▶▶▶ **correspond** [kɒrɪs'pɒnd]

[释义] *v.* ① (to, with) 相符合，相称 ② (to) 相当，相类似 ③ (with) 通信

[同义] agree, communicate with, harmonize, resemble

[同根] corresponding [ˌkɒrɪ'spɒndɪŋ]
a. ①相应的 ②符合的，一致的
correspondence [ˌkɒrɪ'spɒndəns]
n. ①符合，一致 ②相当，类似 ③通信(联系)，信函
correspondent [ˌkɒrɪ'spɒndənt] n. 通信者，通讯员，记者 a. 符合的，一致的

[词组] correspond to 相等（于），与…相当，相似
correspond with ①与…调和，符合 ②与…通信

▶▶▶ **interfere** [ˌɪntə'fɪə]

[释义] v. ① (with) 妨碍，冲突 ② (with, in) 介入，干涉，扰乱

[同义] interrupt, intervene, intrude, meddle

[反义] help，assist，aid

[同根] interference [ˌɪntə'fɪərəns]
n. ①阻碍，冲突 ②介入，干涉

[词组] interfere in 干涉，干预
interfere with 妨碍，干扰

▶▶▶ **interact** [ˌɪntər'ækt]

[释义] v. 互相作用，互相影响

[同根] act [ækt] n. ①行为，举动 ②法案，法令 ③(戏剧的)幕 v. ①行动，采取行动，起作用 ②演戏，表演 ③执行职务
interaction [ˌɪntər'ækʃən] n. 互相作用，互相影响
interactive [ˌɪntər'æktɪv] a. 相互影响的，相互作用的
interactively [ˌɪntər'æktɪvlɪ] ad. 相互影响地，相互作用地

48.In today's class, the students were asked to ______ their mistakes on the exam paper and put in their possible corrections.

A) cancel　　B) omit
C) extinguish　　D) erase

▶▶▶ **cancel** ['kænsəl]

[释义] v. ①取消 ②删去，略去 ③把…作废

[同义] call off, wipe out

[同根] cancellation [kænsə'leɪʃən]
n. 取消

[词组] cancel out 抵偿，(相互)抵消

▶▶▶ **omit** [əʊ'mɪt]

[释义] v. ①省略，排除　②疏忽，遗漏，忘记

[同义] leave out, miss, neglect, skip

▶▶▶ **extinguish** [ɪk'stɪŋgwɪʃ]

[释义] v. ①熄灭，扑灭(火等) ②使消亡，使破灭

[同义] crush, put out, quench, suppress

[反义] kindle, light

[同根] extinguisher [ɪk'stɪŋgwɪʃə(r)]
n. 灭火器
extinction [ɪk'stɪŋkʃən] n. 扑灭，消灭，熄灭，绝种
extinct [ɪk'stɪŋkt] a. 熄灭的，灭绝的，耗尽的

▶▶▶ **erase** [ɪ'reɪz]

[释义] v. 擦掉，抹去，消除

[同义] cross off, wipe out

[同根] eraser [ɪ'reɪzə] n. 擦除器，橡皮
erasure [ɪ'reɪʒə] n. 擦除，抹掉

49.The government's policies will come under close ______ in the weeks before the election.

A) appreciation　　B) specification
C) scrutiny　　D) apprehension

▶▶▶ **appreciation** [əˌpriːʃɪ'eɪʃən]

[释义] n. ①重视，赏识 ②感谢，感激 ③欣赏，鉴赏 ④估价，评价

[同根] appreciate [ə'priːʃɪeɪt] v. ①感激，赏识 ②(充分)意识到 ③对…做正确评价
appreciable [ə'priːʃɪəbəl] a. ①可估

计的 ②相当可观的

appreciative [ə'pri:ʃɪətɪv] *a.* ①有欣赏力的 ②表示赞赏的，感激的

▶▶▶ **specification** [ˌspesɪfɪ'keɪʃən]

[释义] *n.* ①具体指定，详细说明 ②[常作～s] 规格，工程设计(书)，详细计划(书)，说明书

[同根] specify ['spesɪfaɪ] *v.* 具体指定，详细说明

specific [spɪ'sɪfɪk] *a.* ①明确的，具体的 ②特定的，特有的

specifically [spɪ'sɪfɪkəlɪ] *ad.* 特定地，明确地，特殊地

▶▶▶ **scrutiny** ['skru:tɪnɪ]

[释义] *n.* 详细审查，仔细观察

[同义] surveillance

[反义] neglect

[同根] scrutinize ['skrʊtɪnaɪz] *v.* 细察，详审

▶▶▶ **apprehension** [ˌæprɪ'henʃən]

[释义] *n.* ①忧虑，担心 ②理解，领悟，看法 ③逮捕，拘押

[同根] apprehend [ˌæprɪ'hend] *v.* ①对…担心 ②理解，领会 ③逮捕，拘押

apprehensive [ˌæprɪ'hensɪv] *a.* ①忧虑的，担心的 ②善于领会的，聪颖的 ③ (of) 知晓的

apprehensible [ˌæprɪ'hensəbəl] *a.* 可理解的，可领会的

50. Police and villagers unanimously ______ the forest fire to thunder and lightning.

A) ascribed　　B) approached

C) confirmed　　D) confined

▶▶▶ **unanimously** [ju:'nænɪməslɪ]

[释义] *ad.* 全体一致地，无异议地

[同根] unanimous [ju:'nænɪməs] *a.* 全体一致的，一致同意的

unanimity [ju:nə'nɪmɪtɪ] *n.* 全体一致，无异议

▶▶▶ **ascribe...to...** ①把…归因于 ②把…归属于

▶▶▶ **approach** [ə'prəʊtʃ]

[释义] *v.* ①接近，靠近 ②(着手)处理，(开始)对付 *n.* ①(处理问题的)方式，方法，态度 ②接近，靠近 ③途径，通路

[同义] come close to; way, method, means

[同根] approachable [ə'prəʊtʃəb(ə)l] *a.* ①可接近的 ②平易近人的，亲切的

[词组] approach to ①接近 ②近似，约等于

approach sb. on/about sth. 和某人接洽(商量、交涉)某事

at the approach of 在…快到的时候

make an approach to sth. 对…进行探讨

make approaches to sb. 设法接近某人，想博得某人的好感

▶▶▶ **confirm** [kən'fɜ:m]

[释义] *v.* ①证实，肯定 ②进一步确定，确认 ③ (that) 坚持认为

[同义] verify, prove, strengthen

[同根] confirmation [kɒnfə'meɪʃ(ə)n] *n.* ①证实，证明 ②批准，确认

confirmatory [kən'fɜ:mətərɪ] *a.*(用于)证实的

confirmative [kən'fɜ:mətɪv] *a.*(=confirmatory)

▶▶▶ **confine** [kən'faɪn]

[释义] *v.* ①限制 ②禁闭

[同义] restrain, imprison, surround

[同根] confinement [kən'faɪnmənt] *n.* ①(被)限制，②(被)禁闭

confined [kən'faɪnd] *a.* 被限制的，狭窄的

51. In some remote places there are still very poor people who can't afford to live in ______ conditions.

A) gracious　　B) decent

C) honorable　　D) positive

▶▶▶ **remote** [rɪ'məʊt]

[释义] *a.* ①遥远的，偏僻的 ②微弱的 ③遥控的

[同义] distant, isolated

[同根] remoteness [rɪ'məʊtnɪs] *n.* 远离，遥远

remotely [rɪ'məʊtlɪ] *ad.* 遥远地，偏僻地

▶▶▶ **gracious** ['greɪʃəs]

[释义] *a.* ①亲切的，和蔼的 ②优美的，雅致的

[同根] grace [greɪs] *n.* 优美，雅致，优雅

graceful ['greɪsful] *a.* 优雅的，优美的

graceless ['greɪslɪs] *a.* 不知礼的，粗俗的

gracefully ['greɪsfulɪ] *ad.* 优雅地，优美地

gracelessly ['greɪslɪslɪ] *ad.* 不知礼地，粗俗地

▶▶▶ **decent** ['di:snt]

[释义] *a.* ①过得去的，尚可的 ②合宜的，得体的 ③正派的

[同义] adequate，correct，fit，proper, respectable, right, suitable

[反义] coarse, indecent, vulgar

[同根] decency ['di:snsɪ] *n.* ①适合，得体 ② [*pl.*] 礼貌，规矩

decently ['di:sntlɪ] *ad.* 合宜地，正派地

▶▶▶ **honorable** ['ɒnərəbəl]

[释义] *a.* 可敬的，荣誉的，光荣的

[反义] dishonorable

[同根] honor ['ɒnə] *n.* ①尊敬，敬意 ②荣誉，光荣 *v.* 尊敬，给以荣誉

honorary ['ɒnərərɪ] *a.* 荣誉的，名誉的，(债务的) 道义上的

honorably ['ɒnərəblɪ] *ad.* 值得尊敬地，体面地

▶▶▶ **positive** ['pɒzətɪv]

[释义] *a.* ①确定的，肯定的 ②有把握的，确信的 ③积极的，实际而有建设性的 ④ [数] 正的，[电] 阳的

[同义] assured, convinced, definite

[反义] negative

[同根] positiveness ['pɒzətɪvnɪs] *n.* 肯定，正面

positively ['pɒzɪtɪvlɪ] *ad.* 肯定地，积极地

52.Since our knowledge is ______, none of us can exclude the possibility of being wrong.

A) controlled　　B) restrained

C) finite　　D) delicate

▶▶▶ **exclude** [ɪk'sklu:d]

[释义] *v.* 拒绝接纳，把…排除在外，排斥

[反义] include

[同根] exclusion [ɪk'sklu:ʒən] *n.* 排除，除外

exclusive [ɪk'sklu:sɪv] *a.* ①除外的，排外的 ②独有的，独享的 ③ (新闻、报刊文章等) 独家的 ④奢华的，高级的

exclusively [ɪk'sklu:sɪvlɪ] *ad.* 仅仅，专门地，排除其他地，单独地

▶▶▶ **restrain** [rɪ'streɪn]

[释义] *v.* 抑制，制止

[同义] confine, inhibit, restrict, suppress

[反义] impel

[同根] restraint [rɪ'streɪnt] *n.* 抑制，制止，克制

restrained [rɪ'streɪnd] *a.* 受限制的，拘谨的，有限的

▶▶▶ **finite** ['faɪnaɪt]

[释义] *a.* 有限的，有限制的

[同义] limited

[同根] infinite ['ɪnfɪnɪt] *a.* ①无限的，无穷的 ②极大的，巨大的

definite ['defɪnɪt] a. 明确的，一定的
indefinite [ɪn'defɪnɪt] a. ①无限定的，无限期的 ②不明确的，含糊的 ③不确定的，未定的

▶▶▶ **delicate** ['delɪkɪt]
[释义] a. ①精巧的，精致的 ②病弱的，脆弱的 ③微妙的，棘手的 ④灵敏的，精密的
[同义] fragile, frail, mild, sensitive
[反义] coarse, crude, gross, rude
[同根] delicacy ['delɪkəsɪ] n. ①精巧，精致，优美 ②微妙 ③灵敏，精密
delicately ['delɪkɪtlɪ] ad. 优美地，微妙地

53. You shouldn't ______ your father's instructions. Anyway he is an experienced teacher.
A) deduce B) deliberate
C) defy D) denounce

▶▶▶ **deduce** [dɪ'djuːs]
[释义] v. 推论，推断，演绎
[同根] deduction [dɪ'dʌkʃən] n. ① 推论，演绎 ②减除，扣除，减除额
deductive [dɪ'dʌktɪv] a. 推论的，演绎的
induce [ɪn'djʊs] v. ①劝诱，促使 ②导致，引起

▶▶▶ **deliberate** [dɪ'lɪbəreɪt]
[释义] v.(upon, over, about) 仔细考虑，商议 a. ①故意的，蓄意的 ②慎重的，深思熟虑的
[同义] consider, meditate, ponder, reflect
[同根] deliberation [dɪˌlɪbə'reɪʃən] n. ①熟思，商议，慎重考虑 ②从容
deliberately [dɪ'lɪbəreɪtlɪ] ad. ①故意地 ②深思熟虑地

▶▶▶ **defy** [dɪ'faɪ]
[释义] v. ①(公然)违抗，反抗 ②挑，激 ③使成为不可能
[同义] challenge, confront, disobey, disregard, ignore, resist
[同根] defiance [dɪ'faɪəns] n. 公然反抗，挑战，蔑视，挑衅
defiant [dɪ'faɪənt] a. 挑战的，挑衅的，目中无人的

▶▶▶ **denounce** [dɪ'naʊns]
[释义] v. ①谴责，指责 ②告发
[同义] criticize, accuse, blame, censure
[同根] denunciation [dɪnʌnsɪ'eɪʃ(ə)n] n. ①谴责，指责 ②告发
announce [ə'naʊns] v. 宣布，通告
announcement [ə'naʊnsmənt] n. 宣告，发表，公告
pronounce [prə'naʊns] v. ①宣称，宣布 ②断言，声明 ③发音，发出声音
pronouncement [prə'naʊnsmənt] n. 公告，文告，声明
pronunciation [prəˌnʌnsɪ'eɪʃən] n. 发音，读法，发音方式

54. The company management attempted to ______ information that was not favorable to them, but it was all in vain.
A) suppress B) supplement
C) concentrate D) plug

▶▶▶ **attempt to** 尝试，企图

▶▶▶ **favorable** ['feɪvərəbəl]
[释义] a. ①有利的 ②赞许的，赞成的
[反义] adverse, unfavorable
[同根] favor ['feɪvə] n. ①恩惠，善行 ②喜爱，好感 ③赞同，支持 ④优惠 v. ①支持，赞成 ②偏爱，喜爱 ③有利于，有助于
favorite ['feɪvərɪt] n. ①最受喜爱的人(或物) ②心腹，幸运儿 a. 最受喜爱的
favorably ['feɪvərəblɪ] ad. 赞成地，有利地

▶▶▶ **in vain** 徒劳，毫无收益

▶▶▶ **suppress** [sə'pres]
[释义] *v.* ①禁止披露，查禁 ②压制，镇压 ③抑制(感情等)
[同义] inhibit, repress, restrain
[同根] suppression [sə'preʃən] *n.* ①禁止披露，查禁 ②压制，镇压 ③抑制(感情等)
suppressive [sə'presɪv] *a.* 抑制的，镇压的

▶▶▶ **supplement** ['sʌplɪment]
[释义] *v.* 增补，补充
▶▶▶ ['sʌplɪmənt] *n.* ①增补(物)，补充(物) ②(书籍的)补遗，补编 ③附录，(报刊的)增刊，副刊
[同根] supplementary [ˌsʌplɪ'mentərɪ] *a.* 增补的，补充的，附加的

▶▶▶ **plug** [plʌg]
[释义] *v.* ①把…堵住，堵塞 ②用…塞住 *n.* 塞子，插头，插销

55.It is my hope that everyone in this class should ______ their errors before it is too late.
A) refute B) exclude
C) expel D) rectify

▶▶▶ **refute** [rɪ'fjuːt]
[释义] *v.* 驳倒，反驳
[同义] argue, contradict, dispute
[同根] refutation [refjuː'teɪʃ(ə)n] *n.* 驳斥，驳倒

▶▶▶ **expel** [ɪk'spel]
[释义] *v.* ①把…除名，把…开除 ②驱逐，赶走 ③排出，喷出
[同义] banish, discharge, dismiss, dispose of, eject, eliminate, remove
[词组] expel from 从…驱逐，赶走

▶▶▶ **rectify** ['rektɪfaɪ]
[释义] *v.* ①纠正，改正，修订 ②调正，校正
[同义] adjust, amend, regulate, remedy
[同根] rectification [ˌrektɪfɪ'keɪʃən] *n.* 纠正，改正，修正，校正

56.The boy's foolish question ______ his mother who was busy with housework and had no interest in talking.
A) intrigued B) fascinated
C) irritated D)stimulated

▶▶▶ **intrigue** [ɪn'triːg]
[释义] *v.* ①耍阴谋，施诡计 ②激起…的好奇心(或兴趣)，迷住 *n.* 阴谋，诡计，密谋

▶▶▶ **fascinate** ['fæsɪneɪt]
[释义] *v.* 强烈地吸引，迷住
[同义] attract, captivate, charm, enchant
[同根] fascination [fæsɪ'neɪʃ(ə)n] *n.* ①魔力，魅力 ②入迷，迷恋，强烈爱好
fascinating ['fæsɪneɪtɪŋ] *a.* 迷人的，醉人的
fascinatingly ['fæsɪneɪtɪŋlɪ] *ad.* 迷人地，醉人地

▶▶▶ **irritate** ['ɪrɪteɪt]
[释义] *v.* ①使恼怒，使烦躁 ②使过敏，使难受
[同义] annoy, infuriate, pain, provoke
[反义] appease, calm
[同根] irritation [ˌɪrɪ'teɪʃən] *n.* 愤怒，刺激
irritant ['ɪrɪtənt] *n.* 刺激物 *a.* 有刺激性的
irritable ['ɪrɪtəbəl] *a.* 易怒的，急躁的
irritably ['ɪrɪtəblɪ] *ad.* 性急地，暴躁地

▶▶▶ **stimulate** ['stɪmjʊleɪt]
[释义] *v.* ①刺激，使兴奋，激励 ②促使
[同义] activate, motivate, spur, stir
[反义] discourage
[同根] stimulus ['stɪmjʊləs] *n.* ①刺激物，促进因素 ②刺激，刺激

stimuli ['stɪmjʊlaɪ] (stimulus 的复数)
stimulant ['stɪmjʊlənt] *n.* ①兴奋剂，刺激物 ②刺激，激励
stimulation [ˌstɪmjʊ'leɪʃən] *n.* 激励，鼓舞，刺激

57.Millions of people around the world have some type of physical, mental, or emotional ______ that severely limits their abilities to manage their daily activities.

A) scandal B) misfortune
C) deficit D) handicap

▸▸▸scandal ['skændəl]
[释义] *n.* ①丑事，丑闻 ②流言蜚语 ③反感，愤慨
[同义] disgrace, humiliation, shame
[同根] scandalize ['skændəlaɪz] *v.* 诽谤
scandalous ['skændələs] *a.* 诽谤性的

▸▸▸misfortune [mɪs'fɔːtʃən]
[释义] *n.* 不幸，灾祸
[同义] calamity, catastrophe, disaster, tragedy
[反义] fortune
[同根] fortune ['fɔːtʃən] *n.* ①运气，命运 ②财富，大量财产
fortunate ['fɔːtʃənɪt] *a.* 幸运的，幸福的
unfortunate [ʌn'fɔːtʃənɪt] *a.* 不幸的，不吉利的
fortunately ['fɔːtʃənətlɪ] *ad.* 幸运地
unfortunately [ʌn'fɔːtʃənətlɪ] *ad.* 不幸地

▸▸▸deficit ['defɪsɪt]
[释义] *n.* ①赤字，逆差 ②不足，缺陷
[反义] surplus
[同根] deficiency [dɪ'fɪʃənsɪ] *n.* ①缺乏，不足 ②缺点，缺陷
deficient [dɪ'fɪʃənt] *a.* ①不足的，缺乏的 ②不完美的，有缺陷的

▸▸▸handicap ['hændɪkæp]
[释义] *n.* ①(身体或智力方面的)缺陷 ②障碍，不利条件 *v.* 妨碍，使不利
[同义] burden, disadvantage, hindrance
[同根] handicapped ['hændɪkæpt] *a.* 有生理缺陷的，智力低下的

58.It is believed that the feeding patterns parents ______ on their children can determine their adolescent and adult eating habits.

A) compel B) impose
C) evoke D) necessitate

▸▸▸adolescent [ˌædə'lesnt]
[释义] *a.* 青春期的，青春的 *n.* 青少年
[同根] adolescence [ˌædə'lesəns] *n.* 青春期

▸▸▸compel [kəm'pel]
[释义] *v.* 强迫，迫使
[同义] force, require
[同根] compulsion [kəm'pʌlʃ(ə)n] *n.* ①强制力，强迫力 ②（被）强制，（被）强迫
compulsive [kəm'pʌlsɪv] *a.* 强制的，强迫的
compulsory [kəm'pʌlsərɪ] *a.* ①必须做的，义务的 ②强制的，强迫的
compulsively [kəm'pʌlsɪvlɪ] *ad.* 强制地，强迫性地
compulsorily [kəm'pʌlsərɪlɪ] *ad.* 强迫地，必须做地

▸▸▸impose [ɪm'pəʊz]
[释义] *v.* ①把…强加于 ②征（税），加（负担、惩罚等）于 ③利用，欺骗
[同义] charge, force, tax
[反义] free, liberate
[同根] imposition [ˌɪmpə'zɪʃən] *n.* ①(税的）征收，(负担、惩罚等）给予 ②强加 ③利用，欺骗
imposing [ɪm'pəʊzɪŋ] *a.* 使人难忘的，

壮丽的，气势雄伟的

imposingly [ɪm'pəʊzɪŋlɪ] *ad.* 使人难忘地，壮丽地，气势雄伟地

[词组] impose on ①征（税），加（负担、惩罚等）于… ②把…强加于…

▶▶▶ **evoke** [ɪ'vəʊk]

[释义] *v.* 唤起，引起，使人想起

[同义] bring forth, induce, prompt, summon

▶▶▶ **necessitate** [nɪ'sesɪteɪt]

[释义] *v.* 使成为必要，需要

[同根] necessity [nɪ'sesɪtɪ] *n.* 必要性，需要，必需品

necessary ['nesɪsərɪ] *a.* ①必要的，必需的 ②必然的

necessarily ['nesɪsərɪlɪ] *ad.* ①必要地，必需地 ②必定，必然地

59.If the value-added tax were done away with, it would act as a ______ to consumption.

A) progression　　B) prime

C) stability　　D) stimulus

▶▶▶ **value-added tax**（商品）增值税

▶▶▶ **do away with** 废除，除去

▶▶▶ **act as** 担任，充任

▶▶▶ **consumption** [kən'sʌmpʃən]

[释义] *n.* ①消费，消费（量），消耗 ②挥霍

[反义] production, conservation, preservation, saving

[同根] consume [kən'sju:m] *v.* ①消耗，花费 ②[常用被动语态]使全神贯注，使着迷

consumer [kən'sju:mə] *n.* 消费者，顾客，用户

consuming [kən'sju:mɪŋ] *a.* ①消费的，消耗的 ②使人全神贯注的

▶▶▶ **progression** [prə'greʃən]

[释义] *n.* ①前进，进展 ②（行为、动作、事件等的）接续，连续

[同义] progress

[同根] progress ['prəʊgres] *n.& v.* ①进步，发展 ②前进，进行

progressive [prə'gresɪv] *a.* 前进的，进步的

progressively [prə'gresɪvlɪ] *ad.* 日益发展地，日益前进地

▶▶▶ **prime** [praɪm]

[释义] *n.* ①最佳部分，最完美的状态 ②最初部分 ③青春 *a.* ①主要的，最重要的 ②最好的，第一流的 ③根本的

[同根] primary ['praɪmərɪ] *a.* ①第一位的，基本的，主要的 ②初步的，初级的

primitive ['prɪmɪtɪv] *a.* 原始的，远古的

primarily ['praɪmərɪlɪ] *ad.* 首先，主要地，根本上

▶▶▶ **stability** [stə'bɪlɪtɪ]

[释义] *n.* 稳定，稳固

[同根] stable ['steɪbəl] *a.* 稳定的，坚固的

stabilize ['steɪbɪlaɪz] *v.* 使稳定，坚固，不动摇

▶▶▶ **stimulus** ['stɪmjʊləs]

[释义] *n.* ①刺激物，促进因素 ②刺激，激励

[同义] incentive

60.The bride and groom promised to ______ each other through sickness and health.

A) nourish　　B) nominate

C) roster　　D) cherish

▶▶▶ **bride** [braɪd]

[释义] *n.* 新娘

▶▶▶ **groom** [grʊm, gru:m]

[释义] *n.* ①新郎 ②马夫

▶▶▶ **nourish** [ˈnʌrɪʃ]
[释义] *v.* ①养育，滋养 ②培育，助长 ③支持，鼓励
[同义] feed, maintain, nurse, nurture
[同根] nourishing [ˈnʌrɪʃɪŋ] *a.* 滋养的，富有营养的
nourishment [ˈnʌrɪʃmənt] *n.* 食物，营养品，营养状况
nutrition [njuːˈtrɪʃən] *n.* ①营养，滋养 ②营养物，滋养物
nutritional [njuːˈtrɪʃənəl] *a.* 营养的，滋养的
nutritious [njuːˈtrɪʃəs] *a.* 有营养的，滋养的

▶▶▶ **nominate** [ˈnɒmɪneɪt]
[释义] *v.* 提名，任命
[同义] designate, appoint, propose
[同根] nomination [nɒmɪˈneɪʃən] *n.* 提名，任命
nominee [nɒmɪˈniː] *n.* 被提名的人，被任命者

▶▶▶ **roster** [ˈrəustə]
[释义] *v.* 把列入名单中（或登记表中） *n.* 名簿，花名册，登记表

▶▶▶ **cherish** [ˈtʃerɪʃ]
[释义] *v.* ①珍爱，珍视 ②爱护，抚育 ③抱有，怀有（希望、想法、感情等）
[同义] adore, treasure, worship
[反义] disregard, ignore, neglect

61.They're going to build a big office block on that ______ piece of land.

A) void　　B) vacant
C) blank　　D) shallow

▶▶▶ **void** [vɒɪd]
[释义] *a.* ①空的，空荡荡的 ②缺乏的
[同义] bare, blank, empty, vacant

▶▶▶ **vacant** [ˈveɪkənt]
[释义] *a.* ①空着的，未使用的，未被占用的 ②空的，空白的 ③（职位、工作等）空缺的 ④心灵空虚的，神情茫然的
[同义] empty, barren, unoccupied
[同根] vacate [vəˈkeɪt] *v.* 搬出，迁出，腾出，空出
vacancy [ˈveɪkənsɪ] *n.* 空，空白，空缺，空闲，空虚
vacantly [ˈveɪkəntlɪ] *ad.* 空缺地，茫然若失地

▶▶▶ **blank** [blæŋk]
[释义] *a.* ①空白的 ②没有表情的 *n.* 空白，表格

▶▶▶ **shallow** [ˈʃæləu]
[释义] *a.* 浅的，浅薄的，肤浅的
[同义] superficial
[反义] deep

62.Without any hesitation, she took off her shoes,______ up her skirt and splashed across the stream.

A) tucked　　B) revolved
C) twisted　　D) curled

▶▶▶ **splash** [splæʃ]
[释义] *v.* ①溅泼着水（泥浆等）行（路） ②溅，泼，溅湿

▶▶▶ **tuck** [tʌk]
[释义] *v.* ①把（衬衫、餐巾等的）边塞到下面（或里面） ②把…塞好
[同义] bend, fold, gather
[词组] tuck away 把（钱等）藏起来
tuck in ①给…盖好被子 ②把…夹入，把…藏入

▶▶▶ **revolve** [rɪˈvɒlv]
[释义] *v.* ①旋转 ②考虑 ③（与 around 连用）以…为中心
[同义] circle

▶▶▶ **twist** [twɪst]

[释义] v. ①拧，绞，搓，捻 ②曲解（某人的话）③使呈螺旋形 n. ①一扭，扭曲，盘旋 ②螺旋状
[同义] curve, circle, rotate

▸▸▸ **curl** [kɜːl]
[释义] v. ①（变）卷，（使）卷曲，扭曲 ②(烟)缭绕，盘绕 n. ①(一绺)卷发 ②卷曲
[同义] twist
[同根] curly ['kɜːlɪ] a. 卷曲的，卷毛的，弯曲的，(木材)有皱状纹理的
[词组] curl up 蜷曲

63. Very few people could understand his lecture because the subject was very _____.
A) faint　　B) obscure
C) gloomy　　D) indefinite

▸▸▸ **faint** [feɪnt]
[释义] a. ①(指觉察到的东西)微弱的，模糊的 ②虚弱的，衰弱的，(指人)昏晕的 v. ①(因失血、受惊等)昏晕，昏倒 ②衰弱，委顿 n. 昏厥，不省人事
[同义] dim, weak, vague, indistinct
[反义] intense, loud, strong
[同根] faintness [feɪntnɪs] n. 微弱，模糊，衰弱
faintly ['feɪntlɪ] ad. 微弱地，朦胧地，模糊地

▸▸▸ **obscure** [əb'skjʊə]
[释义] a. ①费解的，晦涩的 ②模糊不清的 ③不出名的，不重要的 v. ①使难解，使变模糊 ②使变暗，遮掩
[同义] dim, faint, indefinite, vague
[反义] clear, obvious, evident, apparent, explicit, distinct, eminent
[同根] obscurity [əb'skjʊərɪtɪ] n. ①模糊，晦涩 ②黑暗，昏暗

▸▸▸ **gloomy** ['gluːmɪ]
[释义] a. ①令人沮丧的，令人失望的 ②黑暗的，昏暗的 ③沮丧的，愁容满面的
[同义] dark, dim, dismal, dreary
[反义] delightful, gay, jolly
[同根] gloom [gluːm] n. ①昏暗，阴暗 ②忧郁，沮丧
gloomily ['gluːmɪlɪ] ad. ①黑暗地 ②沮丧地

▸▸▸ **indefinite** [ɪn'defɪnɪt]
[释义] a. ①无定限的，无限期的 ②不明确的，含糊的 ③不确定的
[同义] broad, confused, general, indistinct, obscure, vague
[同根] define [dɪ'faɪn] v. ①下定义 ②详细说明
definition [ˌdefɪ'nɪʃən] n. ①定义，释义 ②解释
definite ['defɪnɪt] a. 明确的，一定的
definitely ['defɪnɪtlɪ] ad. 明确地，干脆地

64. Professor Smith explained the movement of light _____ that of water.
A) by analogy with B) by virtue of
C) in line with　　D) in terms of

▸▸▸ **by analogy with** 用类推法，根据…类推
▸▸▸ **by virtue of** 因为，由于
▸▸▸ **in line with** 与…一致
▸▸▸ **in terms of** 根据，按照，就…而言

65. Tom is bankrupt now. He is desperate because all his efforts _____ failure.
A) tumbled to　　B) hinged upon
C) inflicted on　　D) culminated in

▸▸▸ **bankrupt** ['bæŋkrʌpt]
[释义] a. 破产了的 n. 破产者 v. 使破产

▸▸▸ **desperate** ['despərɪt]
[释义] a. ①绝望的，没希望的 ②（因绝望而）不顾一切的，胆大妄为的

③孤注一掷的，拼死的

[同义] frantic, mad, reckless, wild

[反义] desirous, hopeful

[同根] desperation [ˌdespəˈreɪʃən] n. 绝望

desperately [ˈdespərɪtlɪ] ad. 绝望地，失望地

[词组] be desperate for 极想

▶▶▶ **tumble to** 领悟，了解

▶▶▶ **hinge upon** 以…而定

▶▶▶ **inflict on** 予以（打击等），使…受痛苦

▶▶▶ **culminate in** ①以…告终 ②以…为顶点，高潮

66. While fashion is thought of usually ______ clothing, it is important to realize that it covers a much wider domain.

A) in relation to　B) in proportion to

C) by means of　D) on behalf of

▶▶▶ **domain** [dəʊˈmeɪn]

[释义] n. ①（活动、思想等）领域，范围 ②领地，势力范围

[同义] field, realm, sphere

▶▶▶ **in relation to** 关于，有关

▶▶▶ **in proportion to** 按…的比例，与…成比例

▶▶▶ **by means of** 借助于

▶▶▶ **on/in behalf of** ①代表… ②为了…的利益，为了

67. The meaning of the sentence is ______; you can interpret it in several ways.

A) skeptical　B) intelligible

C) ambiguous　D) exclusive

▶▶▶ **interpret** [ɪnˈtɜːprɪt]

[释义] v. ①解释，说明 ②口译

[同义] clarify, explain

[同根] interpretation [ɪnˌtɜːprɪˈteɪʃən] n. ①口译，传译 ②解释，阐明

interpreter [ɪnˈtɜːprɪtə] n. 译员，口译者

[词组] interpret...as... 把…解释为…，理解为…

▶▶▶ **skeptical** [ˈskeptɪkəl]

[释义] (=sceptical) a.(about) 惯于（或倾向于）怀疑的，表示怀疑的

[同义] incredulous, doubtful

[反义] trustful

[同根] skeptically [ˈskeptɪkəlɪ] (=sceptically) ad. 怀疑地

skepticism [ˈskeptɪsɪzəm] (=scepticism) n. ①怀疑态度 ②怀疑论

skeptic [ˈskeptɪk] (=sceptic) n. 怀疑论者

▶▶▶ **intelligible** [ɪnˈtelɪdʒəbəl]

[释义] a. 可理解的，明白易懂的

[同根] intelligence [ɪnˈtelɪdʒəns] n. ①有才智的，理解力强的 ②了解的，熟悉的

intelligence [ɪnˈtelɪdʒəns] n. ①智力，才智，智慧 ②［计］智能 ③（关于敌国的）情报

intelligibility [ɪnˈtelɪdʒəbɪlɪtɪ] n. 可理解性，可理解之事物

intelligibly [ɪnˈtelɪdʒəblɪ] ad. 易理解地

▶▶▶ **ambiguous** [ˌæmˈbɪgjʊəs]

[释义] a. ①可作多种解释的，引起歧义的，模棱两可的 ②含糊不清的，不明确的

[同义] indefinite

[反义] clear, definite, distinct，unambiguous

[同根] ambiguity [ˌæmbɪˈgjuːɪtɪ] n. 意义含糊

ambiguously [ˌæmˈbɪgjʊəslɪ] ad. 含糊不清地，引起歧义地

▶▶▶ **exclusive** [ɪkˈskluːsɪv]

[释义] a. ①排斥的，排外的 ②独有的，独享的 ③（新闻、报刊文章等）独

家的 ④奢华的，高级的

[同义] single, sole, expensive

[反义] inclusive

[同根] exclude [ɪk'sklu:d] *v.* 拒绝接纳，把…排除在外，排斥

exclusion [ɪk'sklu:ʒən] *n.* 排除，除外

exclusively [ɪk'sklu:sɪvlɪ] *ad.* 排外地，专有地

68.Cancer is a group of diseases in which there is uncontrolled and disordered growth of ______ cells.

A) irrelevant B) inferior

C) controversial D) abnormal

▶▶▶ **disorder** [dɪs'ɔ:də]

[释义] *v.* 使失调，使紊乱 *n.* ①混乱，无秩序 ②骚动，骚乱 ③身心不适，疾病

[同义] confusion, disturbance

[同根] order ['ɔ:də] *n.* ①次序，顺序 ②有规律的状况 ③秩序，会议规则 ④命令 ⑤定购，订单 *v.* ①命令 ②定购 ③安排，指导

disorderly [dɪs'ɔ:dəlɪ] *ad.* 混乱的

▶▶▶ **cell** [sel]

[释义] *n.* ①细胞 ②单元 ③蜂房，(尤指监狱或寺院的)单人房间 ④电池

▶▶▶ **irrelevant** [ɪ'relɪvənt]

[释义] *a.* 不相关的，不切题的

[同义] inappropriate, unfitting

[同根] relevance ['relɪvənt] *n.* 中肯，切题

relevant ['relɪvənt] *a.* 有关的，中肯的，切题的

irrelevantly [ɪ'relɪvəntlɪ] *ad.* 不相关地，不切题地

▶▶▶ **inferior** [ɪn'fɪərɪə]

[释义] *a.* ①(to)(地位、等级等)低等的，下级的，低于…的 ②(to)(质量等)差的，次的，次于…的

[同义] lower, secondary, subordinate, worse

[反义] superior

[同根] inferiority [ɪn,fɪərɪ'ɒrɪtɪ] *n.* 次等，下等，自卑

▶▶▶ **controversial** [,kɒntrə'vɜ:ʃəl]

[释义] *a.* 引起争论的，有争议的

[同根] controversy ['kɒntrəvɜ:sɪ] *n.* 论争，辩论，论战

controversially [,kɒntrə'vɜ:ʃəlɪ] *ad.* 引起争论地，有争议地

▶▶▶ **abnormal** [æb'nɔ:məl]

[释义] *a.* 反常的，异常的

[同义] eccentric, insane, irregular, odd

[反义] normal, regular, usual

[同根] normal ['nɔ:məl] *a.* 正常的，正规的，标准的

normally ['nɔ:məlɪ] *ad.* 正常地，通常地

69.At that time, the economy was still undergoing a ______, and job offers were hard to get.

A) concession B) supervision

C) recession D) deviation

▶▶▶ **undergo** [,ʌndə'gəʊ]

[释义] *v.* 经历，遭受，忍受

[同义] encounter, endure, experience, suffer

▶▶▶ **concession** [kən'seʃən]

[释义] *n.* ①让步 ②特许，特许权

[同根] concede [kən'si:d] *v.* ①(不情愿地)承认，承认…为真(或正确)让步，认输 ②(在结果确定前)承认失败

concessive [kən'sesɪv] *a.* 有妥协性的，让步的，让步性的

▶▶▶ **supervision** [,su:pə'vɪʒən]

[释义] *n.* 监督，管理

[同根] supervisor ['su:pəvaɪzə] *n.* 监督人，管理人，检查员

supervise ['su:pəvaɪz] *v.* 监督，管理，指导

supervisory [ˌsu:pə'vaɪzərɪ] *a.* 管理的，监督的

▶▶▶ **recession** [rɪ'seʃən]

[释义] *n.* ①(经济的)衰退，衰退期 ②后退，退回

[同义] withdrawal

[同根] recede [rɪ'si:d] *v.* ①退，退去，远去 ②向后倾斜，缩进

recessive [rɪ'sesɪv] *a.* 后退的，退回的，有倒退倾向的

▶▶▶ **deviation** [ˌdi:vɪ'eɪʃən]

[释义] *n.* 背离，偏离

[同义] leave, departure

[同根] deviate ['di:vɪeɪt] *v.*(from) 背离，偏离

deviant ['di:vɪənt] *a.* 偏常的，不正常的(道德与社会标准观念不符合惯例的) *n.* 偏常者，不正常者

70.I could hear nothing but the roar of the airplane engines which _______ all other sounds.

A) overturned B) drowned

C) deafened D) smoothed

▶▶▶ **roar** [rɔ:]

[释义] *n.*& *v.* 咆哮，吼叫，怒号，轰鸣，喧闹

▶▶▶ **overturn** [ˌəʊvə'tɜ:n]

[释义] *v.* ①(使)翻转，(使)倾覆，使倒下 ②颠覆，推翻

▶▶▶ **drown** [draʊn]

[释义] *v.* ①淹没 ②溺死，淹死

▶▶▶ **deafen** ['defn]

[释义] *v.* ①闹声太大使不易听清楚 ②使聋，变聋

[同根] deaf [def] *a.* ①聋的 ②不愿意听的

▶▶▶ **smooth** [smu:ð]

[释义] *v.* ①使光滑，使平滑 ②使平整 ③使顺利 ④消除，使平静 *a.* ①平滑的 ②平稳的 ③顺利的 ④圆滑的

[同义] even, flat, level

[反义] rough, unsteady

[同根] smoothness ['smu:ðnɪs] *n.* ①平滑 ②平坦

smoothen ['smu:ðən] *v.* ①使平滑 ②使平整 ③使顺利 ④使平静

smoothly ['smu:ðlɪ] *ad.* ①顺利地 ②平滑地 ③平稳地 ④圆滑地

[词组] smooth down/out/over/away 使光滑，使平滑，使顺利，使平静

smooth the path/way ①铺平道路 ②使…顺利

Answer Key

41-45 CBDCB	46-50 CADCA	51-55 BCCAD
56-60 CDBDD	61-65 BABAD	66-70 ACDCB

Vocabulary 2006.6

41.Because of the ______ of the ideas, the book was in wide circulation both at home and abroad.

A) originality　　B) subjectivity

C) generality　　D) ambiguity

►►► **circulation** [ˌsɜːkjʊ'leɪʃən]

[释义] *n.* ①(书报等的)发行，发行量,(图书的)流通量 ②(货币等的)流通

[同根] circulate ['sɜːkjʊleɪt] *v.* ①发行，销售 ②(使)环行,(使)环流,(使)循环 ③流通

circulative ['sɜːkjʊleɪtɪv] *a.* ①循环的，促进循环的 ②流通的

circulatory [ˌsɜːkjʊ'leɪtərɪ] *a.*(血液等)循环的

►►► **originality** [ˌərɪdʒɪ'nælɪtɪ]

[释义] *n.* 创意，新奇

[同根] origin ['ɒrɪdʒɪn] *n.* ①起源，由来 ②出身，血统

originate [ə'rɪdʒɪneɪt] *v.* ①发源，发起 ②创作，发明

original [ə'rɪdʒənəl] *a.* ①最初的，原来的 ②独创的，新颖的

originally [ə'rɪdʒənəlɪ] *ad.* 最初，原先

►►► **subjectivity** [ˌsʌbdʒek'tɪvətɪ]

[释义] *n.* 主观性，主观

[同根] subject ['sʌbdʒɪkt] *n.* ①主题，题目 ②(事物的)经受者,(动作的)对象 ③科目，学科

[səb'dʒekt] *v.* ①使臣服，使服从 ②使经受，使遭受 *a.* ①臣服的，服从的 ②易受…的，常受…的 ③由…决定的，取决于…的

subjective [sʌb'dʒektɪv] *a.* 主观(上)的，个人的

subjectively [sʌb'dʒektɪvlɪ] *ad.* 主观地

►►► **generality** [ˌdʒenə'rælɪtɪ]

[释义] *n.* 一般性，普遍性，通(用)性

[同根] general ['dʒenərəl] *a.* ①一般的，普通的 ②笼统的，大体的 ③全体的，总的，普遍的 *n.* 将军

generalize ['dʒenərəlaɪz] *v.* ①归纳出，概括出 ②推广，普及

generalization [ˌdʒenərəlaɪ'zeɪʃən] *n.* 概括，归纳，普遍化

generally ['dʒenərəlɪ] *ad.* 大体，通常，一般地

►►► **ambiguity** [ˌæmbɪ'gjuːɪtɪ]

[释义] *n.* 含糊，不明确，歧义，模棱两可

[同义] obscurity

[同根] ambiguous [ˌæm'bɪgjʊəs] *a.* ①含糊不清的，不明确的 ②引起歧义的，模棱两可的

ambiguously [ˌæm'bɪgjʊəslɪ] *ad.* 含糊不清地，引起歧义地

42.With its own parliament and currency and a common ______ for peace, the European Union declared itself—in official languages—open for business.

A) inspiration　　B) assimilation

C) intuition　　D) aspiration

▶▶▶ **currency** ['kʌrənsɪ]

[释义] *n.* ①通货，货币 ②流通，通行

[同根] current ['kʌrənt] *a.* ① 现时的，当前的 ②流行的，流传的 *n.* ①(空气、水等的)流，潮流 ②电流 ③趋势，倾向

currently ['kʌrəntlɪ] *ad.* ①普遍地，通常地 ②现在，当前

▶▶▶ **inspiration** [ˌɪnspə'reɪʃən]

[释义] *n.* ①灵感 ②鼓舞人心的人(或事物)

[同根] inspire [ɪn'spaɪə] *v.* ①(在心中)激起，唤起(某种思想、情感) ②赋予灵感③鼓舞，激励 ④驱使，促使 ⑤引起，促成

inspiring [ɪn'spaɪərɪŋ] *a.* ①启发灵感的 ②鼓舞人心的

inspired [ɪn'spaɪəd] *a.* 得到灵感的，凭灵感的

inspirational [ˌɪnspə'reɪʃənəl] *a.* 鼓舞人心的

▶▶▶ **assimilation** [əˌsɪmɪ'leɪʃən]

[释义] *n.* ①吸收 ② [生理学] 同化作用

[同根] assimilate [ə'sɪmɪleɪt] *v.* ①吸收，消化 ②同化

assimilative [ə'sɪmɪlətɪv] *a.* ①吸收的，促进吸收的 ②同化的，促进同化的

▶▶▶ **intuition** [ˌɪntju:'ɪʃən]

[释义] *n.* 直觉

[同根] intuitive [ɪn'tju:ɪtɪv] *a.* 直觉的

intuitively [ɪn'tju:ɪtɪvlɪ] *ad.* 直觉地

▶▶▶ **aspiration** [ˌæspə'reɪʃən]

[释义] *n.* ①强烈的愿望，志向，抱负 *a.* 渴望达到的目的

[同根] aspire [ə'spaɪə] *v.* (to, for, after) 渴望，追求，有志于

aspiring [ə'spaɪərɪŋ] *a.* 有志气的，有抱负的，向上的

43.America has now adopted more ______ European-style inspection systems and the incidence of food poisoning is falling.

A) discrete　　B) solemn

C) rigorous　　D) autonomous

▶▶▶ **adopt** [ə'dɒpt]

[释义] *v.* ①采取，采用，采纳 ②收养 ③挑选，选定(代表等)

[反义] reject

[同根] adopted [ə'dɒptɪd] *a.* ①被收养的 ②被采用的

adoption [ə'dɒpʃən] *n.* ①采用，采纳 ②收养

adoptive [ə'dɒptɪv] *a.* ①收养关系的 ②采用的

adoptable [ə'dɒptəbəl] *a.* 可采纳的

adopter [ə'dɒptə] *n.* ①养父母 ②采纳者，接受器

adoptee [ə'dɒpti:] *n.* 被收养者，被立嗣者

▶▶▶ **incidence** ['ɪnsɪdəns]

[释义] *n.* ①发生，影响，发生(或影响)方式 ②发生率

[同根] incident ['ɪnsɪdənt] *n.* ①发生的事，事情 ②(尤指国际政治中的)事件，事变

incidental [ˌɪnsɪ'dentəl] . ①附属的，随带的 ②偶然的，容易发生的

incidentally [ɪnsɪ'dentəlɪ] *ad.* 顺便地，附带地，偶然地

▶▶▶ **discrete** [dɪ'skri:t]

[释义] *a.* 互不连接的，分离的，不相关联的，个别的

[同根] discretely [dɪ'skri:tlɪ] *ad.* 分离地，互不连接地

▶▶▶ **solemn** ['sɒləm]

[释义] *a.* ①严重的，庄严的 ②隆重的，郑重的 ③严肃的，认真的

[同根] solemnity [sə'lemnɪtɪ] *n.* 庄严，

严肃
solemnify [sə'lemnɪfaɪ] *v.* 使庄严，使严肃，使隆重
solemnly ['sɒləmlɪ] *ad.* 严肃地，庄严地

▶▶▶ rigorous ['rɪgərəs]
[释义] *a.* ①严格的，严厉的 ②严密的，缜密的
[同义] hard, harsh, rigid, severe, strict
[同根] rigour ['rɪgə] *n.* 严格，严厉，严密
rigorously ['rɪgərəslɪ] *ad.* 严厉地，严格地，严密地
rigorousness ['rɪgərəsnɪs] *n.* 严厉，严格，严密

▶▶▶ autonomous [ɔː'tɒnəməs]
[释义] *a.* 自治的
[同根] autonomic [ˌɔːtə'nɒmɪk] *a.* 自治的
autonomy [ɔː'tɒnəmɪ] *n.* 自治

44. Mainstream pro-market economists all agree that competition is an ______ spur to efficiency and innovation.
A) extravagant　B) exquisite
C) intermittent　D) indispensable

▶▶▶ spur [spɜː]
[释义] *n.& v.* 激励，鞭策，鼓舞，促进
[同义] provoke, urge, encourage
[词组] spur on 鞭策…，激励…
on the spur of the moment 一时冲动之下，不加思索地

▶▶▶ efficiency [ɪ'fɪʃənsɪ]
[释义] *n.* 效率，功效
[同义] competence, proficiency
[反义] inefficiency
[同根] effect [ɪ'fekt] *n.* ①结果 ②效力，作用，影响 ③感受，印象，外表 ④实行，生效，起作用
efficient [ɪ'fɪʃənt] *a.* ①(直接)生效的 ②有效率的，能干的 ③能胜任的
efficiently [ɪ'fɪʃəntlɪ] *ad.* 有效率地，有效地
effective [ɪ'fektɪv] *a.* ①能产生(预期)结果的，有效的，起作用的 ②给人深刻印象的，显著的

▶▶▶ innovation [ˌɪnə'veɪʃən]
[释义] *n.* ①革新，改革 ②新方法，新奇事物
[同义] introduce，change，modernize
[同根] innovate ['ɪnəveɪt] *v.* ① (in, on, upon) 革新，改革，创新 ②创立，创始，引入
innovative ['ɪnəveɪtɪv] *a.* 革新的，新颖的，富有革新精神的

▶▶▶ extravagant [ɪks'trævəgənt]
[释义] *a.* ①奢侈的，浪费的 ②过度的，过分的
[同根] extravagance [ɪk'strævəgəns] *n.* ①奢侈，铺张，浪费 ②过度，无节制
extravagantly [ɪk'strævəgəntlɪ] *ad.* 挥霍无度地，奢侈地

▶▶▶ exquisite ['ekskwɪzɪt]
[释义] *a.* 精美的，纤美的，精致的，制作精良的
[同义] appealing，attractive，beautiful，charming，delicate
[同根] exquisitely ['ekskwɪzɪtlɪ] *ad.* 精美地，精致地

▶▶▶ intermittent [ˌɪntə'mɪtənt]
[释义] *a.* 间歇的，断断续续的
[同义] discontinuous
[反义] continued, continuous
[同根] intermit [ˌɪntə'mɪt] *v.* 中断，间断，暂停
intermittence [ˌɪntə'mɪtəns] *n.* 间断，间歇，间歇性，周期性
intermittently [ˌɪntɜː'mɪtəntlɪ] *ad.* 间歇地，断断续续地

▶▶▶ **indispensable** [ˌɪndɪ'spensəbəl]
[释义] *a.* (to,for) 必不可少的，绝对必要的
[同义] essential，necessary，needed，required，vital
[反义] dispensable
[同根] indispensably [ˌɪndɪ'spensəblɪ] *ad.* 必不可少地，必需地
dispensable [dɪ'spensəbəl] *a.* 不是必要的，可有可无的

45.In the late 19th century, Jules Verne, the master of science fiction, foresaw many of the technological wonders that are ______ today.
A) transient B) commonplace
C) implicit D) elementary

▶▶▶ **foresee** [fɔː'siː]
[释义] *v.* 预见，预知
[同义] anticipate, forecast, foretell, predict
[同根] foreseeable [fɔː'siːbəl] *a.* 可预知的，能预测的
foreseeingly [fɔː'siːɪŋlɪ] *ad.* 有预见地，深谋远虑地

▶▶▶ **transient** ['trænzɪənt]
[释义] *a.* ①短暂的，无常的 ②临时的，暂住的
[同义] momentary，temporary
[反义] permanent
[同根] transience ['trænzɪəns,-ʃəns] *n.* 短暂，转瞬即逝，无常

▶▶▶ **commonplace** ['kɒmənpleɪs]
[释义] *a.* 平凡的，普通的 *n.* 寻常的事物，常见的事物
[同根] common ['kɒmən] *a.* ①公共的，共有的，共同(做)的，(影响)公众的 ②普通的，一般的，通常的，日常的

▶▶▶ **implicit** [ɪm'plɪsɪt]
[释义] *a.* ①不言明的，含蓄的 ②(in) 内含的，固有的
[同根] imply [ɪm'plaɪ] *v.* ①意味，包含，含有…的意思 ②暗示，暗指
implicative [ɪm'plɪkeɪtɪv,'ɪmplɪkeɪtɪv] *a.* ①含蓄的，暗示的 ②(有)牵连的
implication [ˌɪmplɪ'keɪʃən] *n.* ①含意，含蓄 ②牵连，涉及 ③暗示，暗指
implicitly [ɪm'plɪsɪtlɪ] *ad.* 含蓄地，暗中地

▶▶▶ **elementary** [ˌelɪ'mentərɪ]
[释义] *a.* 初等的，基础的
[同义] basic, fundamental, introductory, primary
[反义] advanced
[同根] element ['elɪmənt] *n.* 要素，元素，成分
elemental [ˌelɪ'mentəl] *a.* 基本的，原理的
elementarily [ˌelɪ'mentərɪlɪ] *ad.* 初等地，基础地

46.I was so ______ when I used the automatic checkout lane in the supermarket for the first time.
A) immersed B) assaulted
C) thrilled D) dedicated

▶▶▶ **checkout** ['tʃekaʊt]
[释义] *n.* 结账处

▶▶▶ **immersed** [ɪ'mɜːst]
[释义] *a.* ①专心的 ②沉浸的，浸没的
[同义] absorb, engage, occupy, submerge
[同根] immerse [ɪ'mɜːs] *v.* ①使沉浸在，使专心于 ②使浸没
immersion [ɪ'mɜːʃən] *n.* ①沉浸，浸没 ②专心，陷入
immersible [ɪ'mɜːsɪbəl] *a.* 可浸入(或浸没)水中的
[词组] be immersed in 陷于…，专心于…

▶▶▶ **assault** [ə'sɔːlt]

[释义] v. 攻击，袭击 n.(武力或口头上的)攻击，袭击
[同义] attack
[同根] assaultable [əˈsɔːltəbəl] a. 可攻击的，可袭击的
assaultive [əˈsɔːltɪv] a. 狂暴的，想行凶的

▶▶▶ **thrill** [θrɪl]
[释义] v.(使)非常兴奋，(使)非常激动，(使)紧张 n. 兴奋，激动，紧张感
[同义] excite
[同根] thriller [ˈθrɪlə] n. ①引起激动的事物(或人)②惊险读物、电影、戏剧
thrilling [ˈθrɪlɪŋ] a. 令人激动的，情节紧张的
thrillingly [ˈθrɪlɪŋlɪ] ad. 令人颤动地，令人激动地
thrillingness [ˈθrɪlɪŋnɪs] n. 兴奋，激动，紧张

▶▶▶ **dedicate** [ˈdedɪkeɪt]
[释义] v. ①以…奉献②把(自己、一生等)献给，把(时间、精力等)用于
[同根] dedicated [ˈdedɪkeɪtɪd] a. 献身的，一心一意的
dedication [ˌdedɪˈkeɪʃən] n. 奉献，奉献精神
[词组] be dedicated to doing sth. 献身于…，奉献于…
dedicate...to... 把…奉献于…

47.His arm was ______ from the shark's mouth and reattached but the boy, who nearly died, remained in a delicate condition.
A) retrieved B) retained
C) repelled D) restored

▶▶▶ **delicate** [ˈdelɪkɪt]
[释义] a. ①纤弱的，虚弱的②细致的，灵巧的③精美的，雅致的
[同义] fragile, frail
[同根] delicacy [ˈdelɪkəsɪ] n. ①纤弱，娇弱②灵巧，细致③精美，雅致
delicately [ˈdelɪkɪtlɪ] ad. ①纤弱地，娇弱地②精美地，雅致地

▶▶▶ **retrieve** [rɪˈtriːv]
[释义] v. ①重新得到，取回，找回②解救，挽回，补救③检索
[同根] retrievable [rɪˈtriːvəbəl] a. 可获取的，可挽救的
retrieval [rɪˈtriːvəl] n. ①取回，恢复②挽救，拯救
[词组] beyond (past) retrieval 无法补救地
retrieve...from 拯救…(免于),(从…)救出

▶▶▶ **retain** [rɪˈteɪn]
[释义] v. ①保持，保留②挡住③记住
[同义] hold, keep, maintain, preserve, save
[反义] abandon
[同根] retainment [rɪˈteɪnmənt] n. 保持，保留

▶▶▶ **repel** [rɪˈpel]
[释义] v. ①击退，驱逐②使厌恶
[同义] drive back, repulse
[同根] repellent [rɪˈpelənt] a. ①令人厌恶的②击退的，排斥的 n. 驱虫剂
repellence [rɪˈpeləns] n. 厌恶，憎恶，反感

▶▶▶ **restore** [rɪˈstɔː]
[释义] v. ①恢复，修复，康复②归还，交还，使复位
[同根] restorative [rɪˈstɒrətɪv] a. 恢复的，恢复健康的 n. 能恢复健康和体力的食品、药品
restoration [ˌrestəˈreɪʃən] n. ①恢复，康复，复位②修复，重建

48.Bill Gates and Walt Disney are two people America has ______ to be the

Greatest American.

A) appointed B) appeased

C) nicknamed D) nominated

▶▶▶ **appease** [ə'piːz]

[释义] v. ①缓和，抚慰，平息 ②满足，缓解

[同义] calm, ease

[同根] appeasement [ə'piːzmənt] n. ①缓和，抚慰，平息 ②满足，缓解

▶▶▶ **nickname** ['nɪkneɪm]

[释义] v. 给…取绰号,给…起浑名 n. 诨号，绰号，昵称

▶▶▶ **nominate** ['nɒmɪneɪt]

[释义] v. ①提名 ②指定，任命，提议

[同根] nomination [nɒmɪ'neɪʃən] n. ①提名，任命 ②提名权，任命权

nominative ['nɒmɪnətɪv] a. 被提名的，被任命的

nominator ['nɒmɪneɪtə] n. 提名者，任命者

49. The ______ majority of citizen tend to believe the death penalty will help decrease the crime rate.

A) overflowing B) overwhelming

C) prevalent D) premium

▶▶▶ **tend to** 容易，往往

▶▶▶ **death penalty** 死刑

▶▶▶ **overflowing** [ˌəʊvə'fləʊɪŋ]

[释义] a. 溢出的，过剩的，满出的 n. 溢出，过剩，满出

▶▶▶ **overwhelming** [ˌəʊvə'welmɪŋ]

[释义] a. 势不可挡的，压倒的

[同根] overwhelm [ˌəʊvə'welm] v. ①征服，制服 ②压倒，淹没

overwhelmingly [ˌəʊvə'welmɪŋlɪ] ad. 势不可挡地，压倒性地

▶▶▶ **prevalent** ['prevələnt]

[释义] a. 流行的，普遍的

[同义] common, current, customary, fashionable, general, popular, universal, usual

[同根] prevail [prɪ'veɪl] v. 流行，盛行

prevailing [prɪ'veɪlɪŋ] a. ①流行的，盛行的 ②优势的，主要的

prevalence ['prevələns] n. 流行，盛行，普遍

prevalently ['prevələntlɪ] ad. 流行地，盛行地

▶▶▶ **premium** ['prɪmɪəm]

[释义] a. ①高级的，优质的 ②售价高的 n. ①奖金，奖品 ②额外补贴，津贴，酬金

[词组] at a premium ①以高价 ②非常稀罕的，十分需要的

put/offer/place/set a premium on ①高度评价，高度重视 ②刺激，促进

50. We will also see a ______ increase in the number of television per household, as small TV displays are added to clocks, coffee makers and smoke detectors.

A) startling B) surpassing

C) suppressing D) stacking

▶▶▶ **display** [dɪ'spleɪ]

[释义] n. 显示器,陈列,展览,显示 v. 陈列，展览，显示

▶▶▶ **coffee maker** 咖啡壶

▶▶▶ **smoke detector** 烟尘探测器，烟雾报警器

▶▶▶ **startle** ['stɑːtəl]

[释义] v. 使惊愕，震惊 n. 惊愕

[同根] startling ['stɑːtlɪŋ] a. 令人吃惊的

▶▶▶ **surpass** [sɜː'pɑːs]

[释义] v. ①超过，优于，多于 ②超过…的界限，非…所能办到(或理解)

[同根] surpassing [sɜː'pɑːsɪŋ] a. 卓越的，无与伦比的

surpassingly [sɜːˈpɑːsɪŋlɪ] *ad.* 卓越地，超群地

▶▶▶ **suppress** [səˈpres]

[释义] *v.* ①压制，镇压 ②抑制(感情等)，忍住

[同义] repress, restrain, restrict

[同根] press [pres] *n.*& *v.* 压，按

suppression [səˈpreʃən] *n.* ①镇压，压制，禁止②抑制，阻止

suppressive [səˈpresɪv] *a.* 抑制的，镇压的，起抑制作用的

suppressible [səˈpresɪbəl] *a.* 能压制的，能禁止的，能隐藏的

▶▶▶ **stack** [stæk]

[释义] *v.* 把…叠成堆，把…堆成垛，堆放于 *n.* 整齐的一堆(一垛)，堆，垛

[词组] stack up (把…)堆起，(把…)叠起

51. The advance of globalization is challenging some of our most ______ values and ideas, including our idea of what constitutes "home".

A) enriched　　B) enlightened

C) cherished　　D) chartered

▶▶▶ **globalization** [ˌgləubəlaɪˈzeɪʃən,-lɪˈz-]

[释义] *n.* 全球化，全球性

[同根] globe [gləub] *n.* ①地球，世界 ②球体，地球仪

global [ˈgləubəl] *a.* 球形的，全球的，全世界的

globalize [ˈgləubəlaɪz] *v.* 使全球化

▶▶▶ **challenge** [ˈtʃælɪndʒ]

[释义] *v.* ①向…挑战，对…质疑 ②刺激，激发 ③需要，要求 *n.* 挑战，艰苦的任务，努力追求的目标

[同义] confront, question, defy, doubt, dispute

[同根] challenging [ˈtʃælɪndʒɪŋ] *a.* 挑战性的，引起兴趣的，令人深思的，挑逗的

▶▶▶ **constitute** [ˈkɒnstɪtjuːt]

[释义] *v.* ①组成，构成，形成 ②制定(法律等)③设立，建立

[同根] constitution [ˌkɒnstɪˈtjuːʃən] *n.* ①宪法，章程，法规 ②(事物的)构造，本性

constitutional [ˌkɒnstɪˈtjuːʃənəl] *a.* ①宪法的，章程的 ②本质的，基本的

▶▶▶ **enrich** [ɪnˈrɪtʃ]

[释义] *v.* ①使富裕，使富有 ②充实，使丰富

[同根] enrichment [ɪnˈrɪtʃmənt] *n.* 致富，富裕，丰富

▶▶▶ **enlighten** [ɪnˈlaɪtn]

[释义] *v.* 启发，启迪，开导，使摆脱偏见(或迷信)

[同根] enlightened [ɪnˈlaɪt(ə)nd] *a.* 开明的，有知识的，使摆脱偏见(或迷信)的，文明的

enlightening [ɪnˈlaɪtnɪŋ] *a.* 有启迪作用的，使人增进知识(或获得教益)的

enlightenment [ɪnˈlaɪtnmənt] *n.* 启迪，启蒙，教导，开明

▶▶▶ **cherish** [ˈtʃerɪʃ]

[释义] *v.* ①珍爱，珍视 ②抱有，怀有(希望、想法、感情等)③爱护，抚育

[同义] protect, treasure, worship

[反义] disregard, ignore, neglect

▶▶▶ **charter** [ˈtʃɑːtə]

[释义] *v.* ①租，包(飞机、公共汽车等)②特许设立(公司等)，发执照给 ③给予…特权，准许 *n.* ①特权，豁免权 ②宪章，共同纲领 ③(政府对成立自治市镇、公司企业或大学等的)特许状，(社团对成立分会等的)许可证

[同根] chartered [ˈtʃɑːtəd] *a.* ①特许的，

持有特许状的 ②包租的，租赁的

52.Researchers have discovered that ______ with animals in an active way may lower a person's blood pressure.

A) interacting B) integrating

C) migrating D) merging

▶▶▶ **blood pressure** 血压

▶▶▶ **interact** [ˌɪntər'ækt]

[释义] *v.* 互相作用，互相影响

[同根] interactive [ˌɪntər'æktɪv] *a.* 相互影响的，相互作用的

interaction [ˌɪntər'ækʃən] *n.* 互动，互相作用，互相影响

interactively [ˌɪntər'æktɪvlɪ] *ad.* 相互影响地，相互作用地

▶▶▶ **integrate** ['ɪntɪgreɪt]

[释义] *v.* ①使结合，使合并，使一体化 ②使成整体，使完整

[反义] disintegrate

[同根] integration [ˌɪntɪ'greɪʃən] *n.* 结合，合而为一，整合，融合

disintegrate [dɪs'ɪntɪgreɪt] *v.* 瓦解，(使)分解，(使)碎裂

▶▶▶ **migrate** [maɪ'greɪt, 'maɪgreɪt]

[释义] *v.* ①迁移，移居(尤指移居国外) ②(候鸟等)迁徙，移栖

[同根] migrator [maɪ'greɪtə] *n.* 候鸟，移居者

migrant ['maɪgrənt] *n.* 候鸟，移居者

migration [maɪ'greɪʃən] *n.* 移民，移往，移动

migratory ['maɪgrətərɪ, maɪ'greɪtərɪ] *a.* 迁移的，流浪的

▶▶▶ **merge** [mɜːdʒ]

[释义] *v.* ①使(企业、团体等)合并 ②结合，联合，合为一体

[同义] combine, join, mingle, mix

[同根] mergence ['mɜːdʒəns] *n.* 合并，结合，联合

merger ['mɜːdʒə] *n.*(企业、团体等)合并

53.The Beatles, the most famous British band of the 1960s, traveled worldwide for many years, ______ cultural barriers.

A) transporting B) transplanting

C) transferring D) transcending

▶▶▶ **transport** [ˌtrænspɔːt]

[释义] *v.* ①搬运，传送，运输 *n.* 搬运，传送，运输 ②运输工具，交通工具

[同根] transportable [træn'spɔːtəbl, trænz-, trɑːn-] *a.* 可运输的，可搬运的

transportation [ˌtrænspɔː'teɪʃən] *n.* 运输，运送

transporter [træn'spɔːtə] *n.* 运输者

▶▶▶ **transplant** [træn'splɑːnt]

[释义] *v.* 移植，移种 *n.* [医] 移植

▶▶▶ **transfer** [træns'fɜː]

[释义] *v.* ①转移(地方) ②调动 ③(工作)转让 ④转学，转乘 *n.* ①迁移，转移 ②调动 ③转让，让与

[同义] move, change

[同根] transferable [træns'fɜːrəb(ə)l] *a.* 可转移的，可调动的

▶▶▶ **transcend** [træn'send]

[释义] *v.* ①超出，超越(经验、理性、信念等)的范围 ②胜过，优于

[同根] transcendence [træn'sendəns] *n.* 卓越，超越

transcendent [træn'sendənt] *a.* 卓越的，超越的，杰出的

transcendental [trænsen'dentəl] *a.* 卓越的，超越一般常识(经验、信念等)的

54.In his last years, Henry suffered from a disease that slowly ______ him of much of his sight.

A) relieved B) jeopardized

C) deprived D) eliminated

▶▶▶ **relieve** [rɪ'liːv]
[释义] v. ①减轻，缓解，解除 ②援救，救济
[同义] ease
[反义] intensify
[同根] relief [rɪ'liːf] n. ①(痛苦等的)减轻 ②(债务等的)免除 ③救济 ④调剂 ⑤安慰
relievable [rɪ'liːvəbəl] a. 可减轻的，可缓解的，可解除的，可解脱的
relieved [rɪ'liːvd] a. 宽心的，宽慰的，表示宽慰的
relievedly [rɪ'liːvdlɪ] ad. 宽心地，宽慰地，表示宽慰地
[词组] relieve sb. of... ①解除某人的(负担等) ②减轻某人的(痛苦等) ③解除某人(职务)

▶▶▶ **jeopardize** ['dʒepədaɪz]
[释义]] v. 危及，损害
[同义] endanger, hazard, imperil
[同根] jeopardy ['dʒepədɪ] n. 危 险，冒险
jeopardous ['dʒepədəs] a. 危险的，冒险的
jeopardously ['dʒepədəslɪ] ad. 危险地，冒险地

▶▶▶ **deprive** [dɪ'praɪv]
[释义] v. 剥夺，使丧失
[同根] deprived [dɪ'praɪvd] a.(尤指儿童)被剥夺的，贫困的
deprival [dɪ'praɪvəl] n. 剥夺
deprivable [dɪ'praɪvəbəl] a. 可剥夺的
deprivation [ˌdeprɪ'veɪʃən] n. 剥夺，丧失
[词组] deprive sb. of... 剥夺某人的…，使某人丧失…

▶▶▶ **eliminate** [ɪ'lɪmɪneɪt]
[释义] v. ①排除，消除，淘汰 ②不加考虑，忽视
[同义] discard, dispose of, exclude, reject
[反义] add
[同根] elimination [ɪˌlɪmɪ'neɪʃən] n. ①排除，除去，消除 ②忽视，略去

55.Weight lifting or any other sports that builds up your muscles can make bones become denser and less ______ to injury.
A) attached B) prone
C) immune D) reconciled

▶▶▶ **weight lifting**[体]举重
▶▶▶ **build up** 增强，加强，增进
▶▶▶ **be attached to** 喜爱…，依恋…
▶▶▶ **be prone to** 易于…的，很可能…的
▶▶▶ **be immune to** 对…有免疫力的，不受…影响的
▶▶▶ **be reconciled to** 顺从于…，甘心于…，安心于…

56.He has ______ to museums hundreds of his paintings as well as his entire personal collection of modern art.
A) ascribed B) attributed
C) designated D) donated

▶▶▶ **ascribe** [ə'skraɪb]
[释义] v. ① (to) 把…归因于 ②把…归属于
[同义] attribute
[同根] ascribable [ə'skraɪbəbəl] a. 可归因于…的
ascription [ə'skrɪpʃən] n.(成败等的)归因，归属
[词组] ascribe...to... 把…归因于…

▶▶▶ **attribute** [ə'trɪbjuːt]
[释义] v. (to) 把…归因于…，认为…系某人所为，认为是…的属性 n. ①属性，特质 ②标志，象征
[同义] ascribe
[同根] attribution [ˌætrɪ'bjuːʃən] n. 归因，归属

attributable [ə'trɪbjʊtəbəl] *a.* 可归(因)于…的

attributive [ə'trɪbjʊtɪv] *a.* ①归属的，属性的 ②定语的

[词组] attribute sth. to... 把…归功于…，认为某事物是…的属性

▸▸▸ **designate** ['dezɪgneɪt]

[释义] *v.* ①把…定名为，把…叫做 ②指派，选派

[同义] appoint, indicate

[同根] designation [ˌdezɪg'neɪʃən] *n.* ①标示，指定，表明 ②称号，名称，命名

designator ['dezɪgneɪtə] *n.* 指示者，指定者

▸▸▸ **donate** [dəʊ'neɪt]

[释义] *v.* 捐赠，赠予

[同根] donation [dəʊ'neɪʃən] *n.* 捐赠品，捐款，贡献

donative ['dəʊnətɪv] *a.* 捐赠的，赠与的 *n.* 捐赠物，捐款

donator [dəʊ'neɪtə] *n.* 捐赠者

[词组] donate...to... 把…捐赠给…

57.Erik's website contains ______ photographs and hundreds of articles and short videos from his trip around the globe.

A) prosperous B) gorgeous

C) spacious D) simultaneous

▸▸▸ **prosperous** ['prɒspərəs]

[释义] *a.* ①繁荣的，昌盛的，成功的，富足的 ②有利的，吉利的，幸运的

[同义] affluent, flourishing, successful, wealthy

[同根] prosper ['prɒspə] *v.* ①成功，兴隆，昌盛 ②使昌盛，使繁荣

prosperity [prɒ'sperɪtɪ] *n.* ①繁荣，昌盛，成功，富足 ②茂盛，茁壮成长

prosperously ['prɒspərəslɪ] *ad.* 繁荣地，幸运地

▸▸▸ **gorgeous** ['gɔːdʒəs]

[释义] *a.* ①绚丽的，华丽的 ②令人十分愉快的

[同根] gorgeously ['gɔːdʒəslɪ] *ad.* 华丽地，辉煌地

▸▸▸ **simultaneous** [ˌsɪməl'teɪnɪəs]

[释义] *a.* 同时发生的，同时存在的，同步的

[同根] simultaneity [ˌsɪməltə'nɪətɪ] *n.* 同时发生，同时

simultaneously [sɪməl'teɪnɪəslɪ] *ad.* 同时地，同步地

▸▸▸ **spacious** ['speɪʃəs]

[释义] *a.* 宽广的，宽敞的

[同义] capacious, expansive, extensive, vast, widespread

[同根] space [speɪs] *n.* ①空间 ②场地，空地 ③太空，外层空间

spaciously ['speɪʃəslɪ] *ad.* 宽广地，宽敞地

spaceless ['speɪslɪs] *a.* 无限的，无穷的，无止境的

58.Optimism is a ______ shown to be associated with good physical health, less depression and longer life.

A) trail B) trait

C) trace D) track

▸▸▸ **optimism** ['ɒptɪmɪzəm]

[释义] *n.* 乐观，乐观主义

[同根] optimistic [ˌɒptɪ'mɪstɪk] *a.* 乐观的，乐观主义的

optimist ['ɒptɪmɪst] *n.* 乐天派，乐观者，乐观主义者

optimistical [ˌɒptɪ'mɪstɪkəl] *a.* 乐观的，乐观主义的

optimistically [ˌɒptɪ'mɪstɪkəlɪ] *ad.* 乐观地，乐天地

▶▶▶ **be associated with** 与…有关，与…联系在一起

▶▶▶ **depression** [dɪˈpreʃən]

[释义] *n.* ①抑郁，沮丧 ②不景气，萧条(期)

[同根] depress [dɪˈpres] *v.* ①使沮丧，使忧愁 ②使不景气，使萧条 ③压下，降低

depressive [dɪˈpresɪv] *a.* 令人抑郁的，令人沮丧的，压抑的

depressed [dɪˈprest] *a.* 沮丧的，抑郁的，消沉的

depressing [dɪˈpresɪŋ] *a.* 令人抑郁的，令人沮丧的

▶▶▶ **trail** [treɪl]

[释义] *n.* 踪迹，痕迹，足迹 *v.* 跟踪，追踪，追猎

[同义] trace，track

[词组] in trail 成一列纵队地

off the trail ①失去线索 ②离题

trail off 逐渐消失

▶▶▶ **trait** [treɪt]

[释义] *n.* ①特点，特性，特征 ②一点，少许，微量

[同义] characteristic，feature，quality

▶▶▶ **trace** [treɪs]

[释义] *n.* 痕迹，踪迹，足迹，遗迹 *v.* 追踪，跟踪

[同义] track，trail

[词组] trace back to 追溯到，追究到，追查到

trace out 探寻踪迹

▶▶▶ **track** [træk]

[释义] *n.* 足迹，踪迹，(飞机、轮船等的)航迹，车辙 *v.* 追踪，跟踪

[同义] trace，trail

[词组] on the right track 循着正确的路线，正确地

on the wrong track 循着错误的路线，错误地

track down 跟踪找到，追捕到，追查到，搜寻到

59. The institution has a highly effective program which helps first-year students make a successful ______ into college life.

A) transformation　B) transmission

C) transition　D) transaction

▶▶▶ **institution** [ˌɪnstɪˈtjuːʃən]

[释义] *n.* ①(教育、慈善、宗教性质的)社会公共机构 ②习俗，制度 ③建立，设立，制定

[同根] institute [ˈɪnstɪtjuːt] *n.* ①学会，学社，协会，组织，机构 ②(大专)学校，学院，研究所 *v.* ①建立，设立，组织(学会等)，制定(规则等) ②开始，着手

institutional [ˌɪnstɪˈtjuːʃənəl] *a.* ①社会公共机构的，(慈善、宗教等)社会事业机构的 ②具有公共机构特征的

institutionally [ˌɪnstɪˈtjuːʃənəlɪ] *ad.* ①社会公共机构地 ②制度上地

▶▶▶ **transformation** [ˌtrænsfəˈmeɪʃən]

[释义] *n.* ①变化，转变，改革 ②变形，变质

[同根] transform [trænsˈfɔːm] *v.* ①(使)变形，(使)改观 ②改造，改善，改革

transformative [trænsˈfɔːmətɪv] *a.* 有改革能力的，变化的，变形的

transformer [trænsˈfɔːmə(r)] *n.* [电] 变压器，促使变化的人

▶▶▶ **transmission** [trænzˈmɪʃən]

[释义] *n.* ①传送，输送，传达 ②传染，传播

[同根] transmit [trænzˈmɪt] *v.* ①传送，输送，传递，传达 ②传染，传播

transmissive [trænzˈmɪsɪv] *a.* ①传送

的，输送的 ②传染的，传播的
transmissible [trænz'mɪsəbəl] *a.* ①可传送的，可输送的 ②可传播的
transmitter [trænz'mɪtə] *n.* 传送者，传递者，传输者

▶▶▶ **transition** [træn'zɪʃən]
[释义] *n.* ①过渡，过渡时期 ②转变，变迁，变革
[同义] change, conversion, transfer, transformation
[同根] transit ['trænsɪt] *v.* ①转变，变迁，过渡 ②运送，使通过
transitive ['trænsɪtɪv] *a.* 过渡的，变迁的
transistor [træn'zɪstə] *n.* [电子] 晶体管

▶▶▶ **transaction** [træn'zækʃən]
[释义] *n.* ①(一笔)交易，业务 ②办理，处理
[同义] business
[同根] transact [træn'zækt] *v.* 办理，交易，处理，商议

60.Philosophers believe that desire, hatred and envy are "negative emotions" which ______ the mind and lead it into a pursuit of power and possessions.
A) distort B) reinforce
C) exert D) scramble

▶▶▶ **envy** ['envɪ]
[释义] *n.& v.* 羡慕，嫉妒
[同根] envious ['envɪəs] *a.* 嫉妒的，羡慕的
enviable ['envɪəbəl] *a.* 值得羡慕的，引起嫉妒的
enviably ['envɪəblɪ] *ad.* 被人羡慕地，妒忌地

▶▶▶ **negative** ['negətɪv]
[释义] *a.* ①消极的，反面的，反对的 ② 否定的，表示否认的
[反义] positive
[同根] negation [nɪ'geɪʃən] *n.* ①否定，否认，表示否认 ②反面，对立面

▶▶▶ **pursuit** [pə'sju:t]
[释义] *n.* ①追逐，追捕，追求，寻找 ②从事 ③事务 ④娱乐，爱好
[同根] pursue [pə'sju:] *v.* ①追赶，追随，追求 ②从事，忙于
[词组] in pursuit of 追求，寻求

▶▶▶ **possession** [pə'zeʃən]
[释义] *n.* ①拥有，所有权，所有物 ②财产(常~s)
[同根] possess [pə'zes] *v.* ①具有(品质等) ②拥有 ③懂得，掌握 ④(想法、感情等)影响，控制，缠住，迷住
possessor [pə'zesə] *n.* 持有人，所有人
possessive [pə'zesɪv] *a.* 所有的，物主的，占有的 *n.* 所有格

▶▶▶ **distort** [dɪ'stɔ:t]
[释义] *v.* ①扭曲，使变形 ②歪曲，曲解
[同根] distortion [dɪ'stɔ:ʃən] *n.* 扭曲，变形，曲解
distorted [dɪ'stɔ:tɪd] *a.* 扭歪的，变形的，受到曲解的
distortedly [dɪ'stɔ:tɪdlɪ] *ad.* 歪曲地，变形地

▶▶▶ **reinforce** [ˌri:ɪn'fɔ:s]
[释义] *v.* ①加强，增援，增强 ②补充，充实，增进
[同义] fortify, intensify, strengthen
[同根] force [fɔ:s] *n.* ①力量，武力，暴力 ②说服力，感染力 ③有影响的人或事 物，军事力量 *v.* ①强迫，迫使 ②(用武力)夺取
reinforcement [ˌri:ɪn'fɔ:smənt] *n.* 加强，增强，加固，强化，增援

▶▶▶ **exert** [ɪg'zɜ:t]
[释义] *v.* ①运用，发挥，施加 ②用(力)，尽(力)

[同义] employ, put forth, utilize
[同根] exertion [ɪg'zɜːʃən] *n.* 发挥，运用，努力
[词组] exert pressure on... 对…施加压力

▶▶▶ **scramble** ['skræmbəl]
[释义] *v.* ①爬，攀登 ②乱糟糟地收起，匆促拼凑成 *n.* 爬行，攀登
[同根] scramb [skræm] *v.* 用指甲(或爪子)抓

61.The term "glass ceiling" was first used by the Wall Street Journal to describe the apparent barriers that prevent women from reaching the top of the corporate ______.

A) seniority B) superiority
C) height D) hierarchy

▶▶▶ **glass ceiling** 在公司企业和机关团体中，限制女性晋升到某一职位以上的障碍

▶▶▶ **apparent** [ə'pærənt]
[释义] *a.* ①明显的，显而易见的，明白的 ②表面上的，外观上的，貌似的
[同根] apparently [ə'pærəntlɪ] *ad.* ①显然地，明显地 ②表面上地，外观上地

▶▶▶ **barrier** ['bærɪə(r)]
[释义] *n.* ①障碍，隔阂，壁垒 ②防碍的因素，障碍物
[同义] barricade, fortification, obstruction
[同根] bar [bɑː(r)] *n.* ①条，棒 ②酒吧间 ③障碍物 *v.* 禁止，阻挡，妨碍
barricade [ˌbærɪ'keɪd] *v.* 设路障 *n.* 路障

▶▶▶ **corporate** ['kɔːpərɪt]
[释义] *a.* 公司的，团体的

▶▶▶ **seniority** [siːnɪ'ɒrɪtɪ]
[释义] *n.* ①年长，年高 ②资深，职位高
[同根] senior ['siːnɪə] *a.* ①较年长的，年高的 ②资格较老的，地位(或等级)较高的，高级的

▶▶▶ **superiority** [suːpɪərɪ'ɒrɪtɪ]
[释义] *n.* 优势，优越性，优等，上等
[反义] inferiority
[同根] super ['suːpə] ①上等的，特级的 ②特大的，威力巨大的 *ad.* 非常，过分地 *n.* 〈口〉特级品，超级市场
superior [suː'pɪərɪə(r)] *a.* ①(在职位、地位、等级等方面)较高的，上级的 ②(在质量等方面)较好的，优良的 ③有优越感的，高傲的
superb [suː'pɜːb] *a.* 质量极高的，华丽的，极好的
supreme [suː'priːm] *a.* 至高的，最高的，极度的，极大的

▶▶▶ **hierarchy** ['haɪərɑːkɪ]
[释义] *n.* ①等级制度，等级森严的组织 ②等级体系

62.Various efforts have been made over the centuries to predict earthquakes, including observing lights in the sky and ______ animal behavior.

A) abnormal B) exotic
C) absurd D) erroneous

▶▶▶ **various** ['vɛrɪəs]
[释义] *a.* 不同的，各种各样的，多方面的
[同根] vary ['veərɪ] *v.* 改变，变化
varied ['veərɪd] *a.* 各式各样的，有变化的
variety [və'raɪətɪ] *n.* ①变化，多样性 ②品种，种类
variable ['veərɪəbəl] *a.* 可变的，不定的，易变的
variation [ˌveərɪ'eɪʃən] *n.* 变更，变化，变异，变种
variability [ˌveərɪə'bɪlɪtɪ] *n.* ①多样性，变化 ②变化性，可变性

▶▶▶ **predict** [prɪ'dɪkt]
[释义] *v.*(常与 that 连用)预言，预测，

预示

[同义] forecast, foresee, foretell, anticipate

[同根] predictable [prɪ'dɪktəbəl] *a.* 可预言的，可预测的

predictive [prɪ'dɪktɪv] *a.* 预言性的，前兆的

prediction [prɪ'dɪkʃən] *n.* 预言，预料

▶▶▶ **abnormal** [æb'nɔːməl]

[释义] *a.* 反常的，变态的

[同义] eccentric, insane, irregular, odd, monstrous, unnatural

[反义] normal，regular，usual

[同根] normal ['nɔːməl] *n.* 正规，常态 *a.* ①正常的 ②正规的，标准的

abnormality [ˌæbnɔː'mælɪtɪ] *n.* ①畸形，异常性 ②变态

▶▶▶ **exotic** [ɪg'zɒtɪk]

[释义] *a.* ①外(国)来的，从(国)外引进的 ②奇异的，异国情调的，外国气派(或风味的) *n.* 舶来品，外来品种

[同义] foreign，strange

[反义] indigenous，native

▶▶▶ **absurd** [əb'sɜːd]

[释义] *a.* 荒谬的，荒唐的

[同义] foolish, ridiculous, rational

[反义] reasonable, sensible

[同根] absurdly [əb'sɜːdlɪ] *ad.* 荒谬地，愚蠢地

absurdity [əb'sɜːdɪtɪ] *n.* 荒谬，谬论

▶▶▶ **erroneous** [ɪ'rəunɪəs]

[释义] *a.* 错误的，不正确的

[同义] false, incorrect, mistaken, untrue, wrong

[反义] correct，true

[同根] error ['erə] *n.* ①错误，谬误，差错 ②过失，罪过

erroneously [ɪ'rəunɪəslɪ] *ad.* 错误地，不正确地

63. Around 80 percent of the ______ characteristics of most white Britons has been passed down from a few thousand Ice Age hunters.

A) intelligible　　B) random

C) spontaneous　　D) genetic

▶▶▶ **characteristic** [ˌkærɪktə'rɪstɪk]

[释义] *n.* 特性，特征，特色 *a.* 独特的，典型的

[同根] character ['kærɪktə] *n.* ①(事物的)性质，特性 ②(人的)品质，性格 ③(小说、戏剧等的)人物，角色 ④(书写或印刷)符号，(汉)字

characterize ['kærɪktəraɪz] *v.* ①以…为特征，成为…的特征 ②描绘(人或物)的特征，叙述

characterization [ˌkærɪktəraɪ'zeɪʃən] *n.* ①(对人或物)特性描述 ②人物塑造，性格描写

[词组] be characterized by... …的特点在于，…的特点是

be characterized as... 被描绘为…，被称为…

▶▶▶ **pass down** ①把…往下传，把…递下去 ②沿着…向前走

▶▶▶ **intelligible** [ɪn'telɪdʒəbəl]

[释义] *a.* 可理解的，明白易懂的

[同根] intelligence [ɪn'telɪdʒəns] *n.* ①有才智的，理解力强的 ②了解的，熟悉的

intelligence [ɪn'telɪdʒəns] *n.* ①智力，才智，智慧 ②[计] 智能 ③(关于敌国的)情报

intelligibility [ɪn'telɪdʒəbɪlɪtɪ] *n.* 可理解性，可理解之事物

intelligibly [ɪn'telɪdʒəblɪ] *ad.* 易理解地

▶▶▶ **random** ['rændəm]

[释义] *a.* 胡乱的，任意的，任意选取的 *n.* 随机过程，任意行为 *ad.* 胡乱地，

任意地，规格不一地

[词组] at random 随便地，胡乱地，漫无目的地

▶▶▶ **spontaneous** [spɒn'teɪnɪəs]

[释义] *a.* ①自发的，无意识的 ②自然的，天真率直的

[同根] spontaneity [ˌspɒntə'niːɪtɪ] *n.* 自发性

spontaneously [spɒn'teɪnɪəslɪ] *ad.* 自然地，本能地，自发地

▶▶▶ **genetic** [dʒɪ'netɪk]

[释义] *a.* 基因的，遗传的

[同根] gene [dʒiːn] *n.* [遗传] 因子，[遗传]基因

genetically [dʒɪ'netɪk] *ad.* 基因上，遗传地

64.Picasso gained popularity in the mid-20th century, which was ______ of a new attitude towards modern art.

A) informative B) indicative

C) exclusive D) expressive

▶▶▶ **popularity** [ˌpɒpjʊ'lærɪtɪ]

[释义] *n.* ①声望，讨人喜欢的特点 ②普及，流行，大众化

[反义] unpopularity

[同根] popular ['pɒpjʊlə] *a.* 通俗的，流行的，受欢迎的

popularly ['pɒpjʊləlɪ] *ad.* 流行地，通俗地，大众地

popularize ['pɒpjʊləraɪz] *v.* 普及，推广

▶▶▶ **informative** [ɪn'fɔːmətɪv]

[释义] *a.* 提供消息的，增进知识的

[同根] inform [ɪn'fɔːm] *v.*(~ of/about) 通知，告诉，获悉

informed [ɪn'fɔːmd] *a.* ①有知识的，见闻广的 ②了解情况的，有情报（或资料）根据的

information [ˌɪnfə'meɪʃən] *n.* ①通知，报告 ②消息，情报，资料

informing [ɪn'fɔːmɪŋ] *a.* ①提供情报的 ②增长见闻的

▶▶▶ **indicative** [ɪn'dɪkətɪv]

[释义] *a.*(~ of) 指示的，表明的，可表示的

[同根] indicate ['ɪndɪkeɪt] *v.* ①指示，指出 ②表明，显示

indication [ˌɪndɪ'keɪʃən] *n.* 迹象，表明，指示

▶▶▶ **exclusive** [ɪk'skluːsɪv]

[释义] *a.* ①排斥的，排外的 ②独有的，独享的 ③(新闻、报刊文章等)独家的

[反义] inclusive

[同根] include [ɪn'kluːd] *v.* ①包括，包含 ②列为…的一部分，把…算入

inclusive [ɪn'kluːsɪv] *a.* 包含的，包括的

exclude [ɪk'skluːd] *v.* 拒绝接纳，把…排除在外，排斥

exclusion [ɪk'skluːʒən] *n.* 排除，除外，被排除在外的事物

exclusively [ɪk'skluːsɪvlɪ] *a.* 仅仅，专门地，排除其他地，单独地

▶▶▶ **expressive** [ɪk'spresɪv]

[释义] *a.* ① (of) (有关)表现的，表达的②富于表现力的

[同根] express [ɪk'spres] *v.* ①用言语表达，陈述 ②表示，表露，表达 *n.* 快送，快递，快汇

expression [ɪk'spreʃən] *n.* ①表达，陈述 ②表示，表露，表达

65.The country was an island that enjoyed civilized living for a thousand years or more with little ______ from the outside world.

A) disturbance B) discrimination

C) irritation D) irregularity

▶▶▶ **civilized** ['sɪvɪlaɪzd]

[释义] *a.* 文明的，开化的
[同根] civilize [ˈsɪvɪlaɪz] *v.* ①使开化 ②教化，熏陶
civilization [ˌsɪvɪlaɪˈzeɪʃən,-lɪˈz-] *n.* ①文明，文明阶段，文明世界 ②开化(过程)，教化(过程)

▶▶▶ **disturbance** [dɪˈstɜːbəns]
[释义] *n.* ①扰乱，打扰，滋扰 ②骚乱，混乱
[同根] disturb [dɪˈstɜːb] *v.* ①打扰，滋扰，使骚动 ②搞乱，妨碍，打乱
disturbed [dɪˈstɜːbd] *a.* ①心理不正常的 ②烦恼不安的
disturbing [dɪˈstɜːbɪŋ] *a.* 引起烦恼的，令人不安的，引起恐慌的
disturbingly [dɪˈstɜːbɪŋlɪ] *ad.* 令人不安地，引起烦恼地

▶▶▶ **discrimination** [dɪˌskrɪmɪˈneɪʃən]
[释义] *n.* ①差别对待，歧视 ②辨别，区别
[同根] discriminate [dɪˈskrɪmɪneɪt] *v.* ①有差别地对待，歧视 ②区别，辨别
discriminating [dɪˈskrɪmɪneɪtɪŋ] *a.* 识别的，有差别的，有识别力的
discriminative [dɪˈskrɪmɪnətɪv] *a.* ①区别的，差异的，形成差异的 ②有判别力的
discriminatively [dɪˈskrɪmɪnətɪvlɪ] *ad.* 有区别地，特殊地

▶▶▶ **irritation** [ˌɪrɪˈteɪʃən]
[释义] *n.* ①恼怒，生气 ②刺激物，恼人事
[同根] irritate [ˈɪrɪteɪt] *v.* ①使恼怒，使烦躁 ②使过敏，使难受
irritated [ˈɪrɪteɪtɪd] *a.* 恼怒的，生气的
irritating [ˈɪrɪteɪtɪŋ] *a.* 使人不愉快的，使人烦恼的
irritatingly [ˈɪrɪteɪtɪŋlɪ] *ad.* 恼人地，愤怒地

▶▶▶ **irregularity** [ɪˌregjʊˈlærɪtɪ]
[释义] *n.* 不规则，无规律，参差不齐
[反义] regularity
[同根] regular [ˈregjʊlə] *a.* ①规则的，有规律的 ②定期的，固定的 ③经常的
regularly [ˈregjʊləlɪ] *ad.* 有规律地，有规则地
regularity [ˌregjʊˈlærɪtɪ] *n.* 规律性，规则性，整齐，匀称
irregular [ɪˈregjʊlə] *a.* 不规则的，无规律的
irregularly [ɪˈregjʊləlɪ] *ad.* 不规则地

66.Fashion designers are rarely concerned with vital things like warmth, comfort and ______.

A) stability　　B) capability
C) durability　　D) availability

▶▶▶ **fashion designer** 时装设计师
▶▶▶ **be concerned with** 关心…

▶▶▶ **stability** [stəˈbɪlɪtɪ]
[释义] *n.* 稳定，稳固，稳定性
[同根] stable [ˈsteɪbəl] *a.* 稳定的，坚固的

▶▶▶ **capability** [ˌkeɪpəˈbɪlɪtɪ]
[释义] *n.* ①(实际)能力，性能，接受力 ②潜力
[同根] capable [ˈkeɪpəbəl] *a.* ①有能力的，能干的 ②有可能的，可以…的
capacious [kəˈpeɪʃəs] *a.* 容积大的
capacity [kəˈpæsɪtɪ] *n.* ①能力，接受力 ②最大容量，最大限度 ③(最大)生产量，生产力 ④容量，容积

▶▶▶ **durability** [ˌdjʊərəˈbɪlɪtɪ]
[释义] *n.* 耐久性，耐用性
[同根] durable [ˈdjʊərəbəl] *a.* ①耐久的 ②持久的
durably [ˈdjʊərəblɪ] *ad.* ①耐久地 ②持久地

▶▶▶ **availability** [əˌveɪlə'bɪlɪtɪ]
[释义] *n.* 利用(或获得)的可能性，有效性
[同根] avail [ə'veɪl] *v.* 有用于，有助于 *n.* [一般用于否定句或疑问句中] 效用，利益，帮助
available [ə'veɪləbəl] *a.* ① 可得到的，可取得联系的 ② 现成可使用的，在手边的，可利用的
availably [ə'veɪləblɪ] *ad.* 可得到地，可利用地

67.Back in the days when people traveled by horse and carriage, Karl Benz ______ the world with his extraordinary three-wheeled motor vehicle.
A) inhibited B) extinguished
C) quenched D) stunned

▶▶▶ **motor vehicle** 机动车辆

▶▶▶ **inhibit** [ɪn'hɪbɪt]
[释义] *v.* ①抑制，约束 ② [化] [医] 抑制
[同根] inhibiting [ɪn'hɪbɪtɪŋ] *a.* 起抑制作用的，起约束作用的
inhibition [ˌɪnhɪ'bɪʃən] *n.* 禁止，阻止，压抑
inhibitory [ɪn'hɪbɪtərɪ] *a.* 禁止的，抑制的

▶▶▶ **extinguish** [ɪk'stɪŋgwɪʃ]
[释义] *v.* ①熄灭，扑灭(火等) ②使消灭，使破灭 ③压制，压抑
[同义] put out，quench
[反义] light
[同根] extinguisher [ɪk'stɪŋgwɪʃə(r)] *n.* 熄灭者，灭火器
extinguishment [ɪk'stɪŋgwɪʃmənt] *n.* ①消灭，扑灭 ②破灭

▶▶▶ **quench** [kwentʃ]
[释义] *v.* ①消灭，扑灭，猝息 ②消除，抑制，减弱
[同义] extinguish，put out

▶▶▶ **stun** [stʌn]
[释义] *v.* 使目瞪口呆或震惊
[同义] shock，surprise
[同根] stunning ['stʌnɪŋ] *a.* ①令人震惊的 ②绝妙的，极好的
stunningly ['stʌnɪŋlɪ] *ad.* ①绝妙地，极好地 ②令人震惊地

68.If we continue to ignore the issue of global warming, we will almost certainly suffer the ______ effects of climatic changes world wide.
A) dubious B) drastic
C) trivial D) toxic

▶▶▶ **ignore** [ɪg'nɔː]
[释义] *v.* 不理睬，忽视
[同义] disregard, overlook
[同根] ignorance ['ɪgnərəns] *n.* ①无知，愚昧 ② (of，about) 不知
ignorant ['ɪgnərənt] *a.* 无知的，愚昧的

▶▶▶ **issue** ['ɪsjuː]
[释义] *n.* ①问题，争议 ②流出，冒出 ③发行，出版 ④发行物，定期出版物的一期 *v.* ①流出，放出 ②发行(钞票等)，发布(命令)，出版(书等) ③发给，配给
[同义] problem, question, debate
[词组] at issue 待解决，争议中
take issue 对…持异议，不同意

▶▶▶ **climatic change** 气候变化

▶▶▶ **dubious** ['djuːbɪəs]
[释义] *a.* ①引起怀疑的，不确定的，含糊的，暧昧的 ②有问题的，靠不住的
[同义] doubtful，questionable，uncertain
[同根] dubitable ['djuːbɪtəbəl] *a.* 怀疑的，不确定的

dubitation [djuːbɪ'teɪʃən] *n.* 怀疑，疑惑，犹豫

▶▶▶ **drastic** ['dræstɪk]

[释义] *a.* ①严厉的，极端的 ②激烈的，猛烈的

[同根] drastically ['dræstɪkəlɪ] *ad.* 激烈地，彻底地

▶▶▶ **trivial** ['trɪvəl]

[释义] *a.* 琐碎的，不重要的

[反义] important

[同根] trivialist ['trɪvɪəlɪst] *n.* 对琐事感兴趣者，婆婆妈妈的人

trivialize ['trɪvɪəlaɪz] *v.* 使琐碎

triviality [trɪvɪ'ælɪtɪ] *n.* 琐事

trivially ['trɪvɪəlɪ] *ad.* 琐细地，平凡地

▶▶▶ **toxic** ['tɒksɪk]

[释义] *a.* 有毒的，因中毒引起的

[同义] noxious, poisonous

[同根] toxicant ['tɒksɪkənt] *n.* 有毒物，毒药

69.According to the theory of evolution all living species are modified ______ of earlier species.

A) descendants B) dependants

C) defendants D) developments

▶▶▶ **modify** ['mɒdɪfaɪ]

[释义] *v.* ①改造，改变，修改 ②缓和，减轻，降低

[同根] modification [ˌmɒdɪfɪ'keɪʃən] *n.* ①修改，改造，改变 ②缓和，减轻，降低

modifier ['mɒdɪfaɪə] *n.* 修改者，改造者，改变者

modifiable ['mɒdɪfaɪəbəl] *a.* 可修改的，可更改的，可改变的

modificative ['mɒdɪfɪkeɪtɪv] *a.* 修改的，更改的

▶▶▶ **descendant** [dɪ'send(ə)nt]

[释义] *n.* 后裔，后代，子孙

[同根] descend [dɪ'send] *v.* ①下来，下降 ②下倾，下斜 ③递减

descent [dɪ'sent] *n.* ①下降，下倾 ②遗传，派生 ③血统，世系 ④衰落 ⑤堕落

▶▶▶ **dependant** [dɪ'pendənt]

[释义] *n.* 受抚养者，受抚养的家属

▶▶▶ **defendant** [dɪ'fendənt]

[释义] *n.* [律] 被告 *a.* 作辩护的，处于被告地位的

[同根] defend [dɪ'fend] *v.* ①防护，防卫 ②辩护

defence [dɪ'fens] *n.* ①防御，防卫，保护 ②防御物，防务，防御能力

defenceless [dɪ'fenslɪs] *a.* 无防御的，无保护的，不能自卫的，无助的

defender [dɪ'fendə] *n.* 防卫者，守卫者，防御者

70.The panda is an endangered species, which means that it is very likely to become ______ without adequate protection.

A) intact B) insane

C) extinct D) exempt

▶▶▶ **endangered** [ɪn'deɪndʒəd]

[释义] *a.* 有灭绝危险的，将要绝种的

[同根] endanger [ɪn'deɪndʒə] *v.* 危及

▶▶▶ **species** ['spiːʃiːz]

[释义] *n.* [单复同] 物种，种，类

[同义] class, kind, sort, type

▶▶▶ **intact** [ɪn'tækt]

[释义] *a.* 完整无缺的，未受损伤的

[同义] complete, unchanged, uninjured, untouched

[同根] tact [tækt] *n.*（处事、言语等）圆通，乖巧，机敏

tactful ['tæktful] *a.* 圆通的，乖巧的，机敏的

[词组] keep sth. intact 使某物保持原样

▶▶▶ **insane** [ɪn'seɪn]

[释义] *a.* ①患精神病的，精神错乱的，失常的 ②极蠢的，荒唐的

[同义] mad

[反义] sane

[同根] sane [seɪn] *a.* ①健全的 ②明智的，稳健的

insanity [ɪn'sænɪtɪ] *n.* ①极端的愚蠢(行为)，荒唐(事) ②精神错乱，精神病，疯狂

▶▶▶ **extinct** [ɪk'stɪŋkt]

[释义] *a.* ①灭绝的，绝种的 ②(火等)熄火了的

[同根] extinction [ɪk'stɪŋkʃən]

n. ①(生物等的)灭绝，消亡，绝种 ②熄灭，消灭

extinctive [ɪk'stɪŋktɪv] *a.* 使熄灭的，使消灭的，使灭绝的

▶▶▶ **exempt** [ɪg'zempt]

[释义] *a.* 被免除(义务、责任等)的，被豁免的 *v.* (from) 免除，豁免 *n.* 被免除(义务、责任)的人，免税人

[同根] exemption [ɪg'zempʃən] *n.* ①解除，免除，豁免 ②免税，免税额

[词组] exempt from sth. 被免去…，被豁免…，免付…

Answer Key

41-45	ADCBD	46-50	CDCBA	51-55	CADCB
56-60	DBBCA	61-65	DADDA	66-70	CDBAC

41. Online schools, which ______ the needs of different people, have emerged as an increasingly popular education alternative.

A) stir up　B) consent to
C) switch on　D) cater to

▶▶▶ **alternative** [ɔːl'tɜːnətɪv]
[释义] *n.* ①可供选择的办法，事物 ②两者择一，取舍 *a.* 选择性的，二中择一的
[同根] alter ['ɔːltə] *v.* 改变
alternate ['ɔːltəneɪt] *v.* 交替，改变
[ɔːl'tɜːnɪt] *a.* 交替的
alternation [ˌɔːltə'neɪʃən] *n.* 交替，轮流

▶▶▶ **stir up** 激起，鼓动，煽动
▶▶▶ **consent to** 同意，答应，许可
▶▶▶ **switch on** 接通
▶▶▶ **cater to** 迎合…，提供…

42. From science to Shakespeare, excellent television and video programs are available ______ to teachers.

A) in abundance　B) in operation
C) in store　D) in stock

▶▶▶ **in abundance** 大量，丰富，充足，充裕
▶▶▶ **in operation** 运转着，生效
▶▶▶ **in store** 存储着；预备着
[反义] out of store

▶▶▶ **in stock** 有现货，有库存
[反义] out of stock

43. AIDS is a global problem that demands a unified, worldwide solution, which is not only the responsibility of nations in which AIDS is most ______.

A) vigorous　B) relevant
C) prevalent　D) rigorous

▶▶▶ **vigorous** ['vɪgərəs]
[释义] *a.* 精力旺盛的，有力的，健壮的
[同义] active, dynamic, energetic, healthy
[同根] vigour ['vɪgə] *n.* [亦作 vigor] 活力，精力，体力，力量

▶▶▶ **relevant** ['reləvənt]
[释义] *a.* ①有关的 ②中肯的，切题的
[同义] appropriate, fitting
[同根] relevance ['reləvəns] *n.* 中肯，切题
irrelevant [ɪ'reləvənt] *a.* 不相关的，不切题的
[词组] be relevant to... 和…有关

▶▶▶ **prevalent** ['prevələnt]
[释义] *a.* 流行的，普遍的
[同义] common, current, universal, customary, fashionable, general, popular
[同根] prevail [prɪ'veɪl] *v.* 流行，盛行
prevailing [prɪ'veɪlɪŋ] *a.* ①流行的，盛行的 ②优势的，主要的
prevalence ['prevələns] *n.* 流行，盛行，普遍
prevalently ['prevələntlɪ] *ad.* 流行地，

盛行地

▶▶▶ **rigorous** ['rɪɡərəs]

[释义] *a.* ①严密的，缜密的 ②严格的，严厉的

[同义] hard, harsh, severe, strict

[同根] rigour ['rɪɡə] *n.* ①严格，严厉 ②艰苦，严酷 ③严密，精确

rigid ['rɪdʒɪd] *a.* ①刚硬的，刚性的，坚固的，僵硬的 ②严格的

44. This kind of songbird sleeps much less during its annual ______, but that doesn't seem to affect its flying.

A) emigration　　B) migration

C) conveyance　　D) transference

▶▶▶ **emigration** [ˌemɪ'ɡreɪʃən]

[释义] *n.* 移民出境，侨居，[总称] 移民

[同根] emigrate ['emɪɡreɪt] *v.* 自本国移居他国

emigrant ['emɪɡrənt] *n.* 移居外国者，移民

immigrate ['ɪmɪɡreɪt] *v.*（从外国）移入，作为移民定居

immigrant ['ɪmɪɡrənt] *n.*（外来）移民，侨民 *a.* 移入的，迁入的

immigration [ˌɪmɪ'ɡreɪʃən] *n.* ①移民局的检查 ②移居 ③<美>[总称]（外来的）移民

▶▶▶ **migration** [maɪ'ɡreɪʃən]

[释义] *n.* ①（候鸟等）迁移，移居 ②移民群，移栖群

[同根] migrate [maɪ'ɡreɪt, 'maɪɡreɪt] *v.* ①迁移，移居（尤指移居国外）②迁徙，移栖

migrant ['maɪɡrənt] *n.* 移居者，候鸟 *a.* 迁移的，移居的

▶▶▶ **conveyance** [kən'veɪəns]

[释义] *n.* 运送，载送，输送

[同根] convey [kən'veɪ] *v.* ①运送，输送 ②表达，传达 ③传送，传导，传播

conveyancer [kən'veɪənsə] *n.* 运送者，表达者

▶▶▶ **transference** ['trænsfərəns]

[释义] *n.* ①转移，传递，传输 ②调任，调动

[同根] transfer [træns'fɜː] *n.* ①迁移，转移，移交，转让，转运 ②调任，调动 *v.* ①搬，转运，使转移 ②改变，转变，转化

transferee [ˌtrænsfɜː'riː] *n.* 被调动者，被迁移者

transferable [træns'fɜːrəb(ə)l] *a.* 可转移的，可转换的，可传递的

45. When the Italian poet Dante was ______ from his home in Florence, he decided to walk from Italy to Paris to search for the real meaning of life.

A) exiled　　B) expired

C) exempted　　D) exerted

▶▶▶ **exile** ['eksaɪl, 'eɡz-]

[释义] *v.* 流放，放逐，使流亡 *n.* ①流放，放逐，流亡 ②被流放者，流亡国外者

[同义] banish, deport, exclude, expel

[词组] exile oneself 离乡，流亡

▶▶▶ **expire** [ɪk'spaɪə, eks-]

[释义] *v.* ①期满，（期限）终止 ②断气，死亡

[同义] cease, end

[同根] expiration [ˌekspɪ'reɪʃən] *n.* ①满期 ②呼出，呼气

expiratory [ɪk'spaɪərətərɪ] *a.* 吐气的，呼气的

▶▶▶ **exempt** [ɪɡ'zempt]

[释义] *a.* 被免除（义务、责任等）的，被豁免的 *v.* (from) 免除，豁免 *n.* 被免除（义务、责任）的人，免税人

[同根] exemption [ɪɡ'zempʃən] *n.* ①解除，免除，豁免 ②免税，免税额

[词组] exempt from sth. 被免去…，被豁免…，免付…

▸▸▸ **exert** [ɪɡ'zɜːt]
[释义] v. ①运用，发挥，施加 ②用(力)，尽(力)
[同义] employ, put forth, utilize
[同根] exertion [ɪɡ'zɜːʃən] n. 发挥，运用，实施，努力
[词组] exert pressure on... 对…施加压力

46.After the earthquake, a world divided by ______ and religious disputes suddenly faced its common humanity in this shocking disaster.

A) epidemic B) strategic
C) ethnic D) pathetic

▸▸▸ **humanity** [hjuː'mænɪtɪ]
[释义] n. 人性，人类
[同根] human ['hjuːmən] n. 人，人类 a. 人的，人类的
humanist ['hjuːmənɪst] n. 人道主义者，人文主义者
humanistic [ˌhjuːmə'nɪstɪk] a. 人道主义的，人文主义的
humanism ['hjuːmənɪzəm] n. 人道主义，人文主义

▸▸▸ **epidemic** [ˌepɪ'demɪk]
[释义] a. ①(疾病)流行性的 ②极为盛行的，流行极广的 n. ①流行病 ②(流行病的)流行，传播

▸▸▸ **strategic** [strə'tiːdʒɪk]
[释义] a. ①战略的，战略上的 ②关键性的，对全局有重大意义的
[同根] strategy ['strætɪdʒɪ] n. ①兵法，军事学 ②战略，策略，计谋
strategics [strə'tiːdʒɪks] n. 兵法
strategically [strə'tiːdʒɪkəlɪ] ad. 战略上

▸▸▸ **ethnic** ['eθnɪk]
[释义] a. ①种族的 ②异教徒的 ③外国人的，异族的
[同义] racial

▸▸▸ **pathetic** [pə'θetɪk]
[释义] a. ①可怜的，可悲的 ②情感的 ③不足的，微弱的
[同义] distressing, miserable
[同根] pathetics [pə'θetɪks] n. 怜悯，哀婉，悲怆
pathetically [pə'θetɪkəlɪ] ad. 可怜地，可悲地

47.Habits acquired in youth—notably smoking and drinking—may increase the risk of ______ diseases in a person's later life.

A) cyclical B) chronic
C) critical D) consecutive

▸▸▸ **cyclical** ['sɪklɪkəl]
[释义] a. 轮转的，循环的
[同根] cycle ['saɪkl] n. ①周期，循环 ②整个系列，整套 ③一段时间，时代 v. ①(使)循环 ②骑自行车，骑三轮车，骑摩托车

▸▸▸ **chronic** ['krɒnɪk]
[释义] a. ①(疾病)慢性的，(人)久病的 ②积习难改的 n. 患慢性疾病的人
[反义] acute
[同根] chronical ['krɒnɪkəl] a.(=chronic)
chronically ['krɒnɪkəlɪ] ad. ①慢性地 ②长期地
[词组] chronic conditions 慢性病

▸▸▸ **critical** ['krɪtɪkəl]
[释义] a. ①决定性的，关键性的 ②吹毛求疵的 ③批评的，评判的
[同根] critic ['krɪtɪk] n. ①批评家，评论家 ②吹毛求疵者
critique [krɪ'tiːk] n. ①(关于文艺作品、哲学思想的)评论文章 ②评论

criticize ['krɪtɪsaɪz] v. ①批评，评判，责备，非难 ② 评论，评价
criticism ['krɪtɪsɪzəm] n. ① 批 评，评判，责备，非难 ②评论文章

▶▶▶ **consecutive** [kən'sekjʊtɪv]
[释义] a. 连续的
[同义] continuous, successive

48.The developing nations want rich countries to help shoulder the cost of ______ forests.
A) constructing B) conserving
C) upgrading D) updating

▶▶▶ **shoulder** ['ʃəʊldə]
[释义] v. 承担，担负
[同义] take on, assume

▶▶▶ **construct** [kən'strʌkt]
[释义] v. ①制造，建造，构造 ②创立
[同义] build, erect
[反义] destruction, wreck
[同根] construction [kən'strʌkʃən] n. ①建设，修筑 ②建筑物，构造物
constructive [kən'strʌktɪv] a. 建 设性的

▶▶▶ **conserve** [kən'sɜːv]
[释义] v. ①保护 ②保存，保藏
[同义] keep, preserve, protect, save
[同根] conservation [ˌkɒnsɜː'veɪʃən] n. 保存，保持
conservatism [kən'sɜːvətɪzəm] n. 保守主义，守旧性
conservative [kən'sɜːvətɪv] a. 保守的，守旧的 n. 保守派

▶▶▶ **upgrade** [ʌp'greɪd]
[释义] v. 提升，使升级 n. 升级，提升
[反义] degrade
[同根] grade [greɪd] n. ①等级，级别，年级 ②分数，成绩 v. 分级，分类，评分
[词组] on the upgrade 有进步，有进展

▶▶▶ **update** [ʌp'deɪt]
[释义] v. ①更新，使现代化 ②为提供最新信息 n. ①更新，修改 ②新的信息 ③(最)新版，(最)新型

49.Psychologists suggest that children who are shy are more ______ to develop depression and anxiety later in life.
A) engaged B) eligible
C) prospective D) prone

▶▶▶ **eligible** ['elɪdʒəbl]
[释义] a. 有资格当选的，有条件被选中的，在法律上(或道德上)合格的
[同根] eligibility [ˌelɪdʒə'bɪlətɪ] n. 有资格，合格
eligibly ['elɪdʒəblɪ] ad. 有资格当选地，有条件被选中地，合格地

▶▶▶ **prospective** [prə'spektɪv]
[释义] a. 预期的，盼望的，未来的
[同根] prospect ['prɒspekt] n. ①前景，前途，期望，展望 ②景色，景象，视野 v. 勘探，勘察
prospection [prəʊ'spekʃən] n. ①先见，预测，预见 ②勘测
prospecting [prə'spektɪŋ] n. 勘探，探矿
prospector [prɒ'spektə(r)] n. 探勘者，采矿者

▶▶▶ **prone** [prəʊn]
[释义] a. 易于…的，倾向于…的
[词组] be prone to 易于…的，很可能…的

50.In the study, researchers succeeded in determining how coffee ______ different areas of the brain in 15 volunteers.
A) motivated B) activated
C) illuminated D) integrated

▶▶▶ **motivate** ['məʊtɪveɪt]

[释义] v. ①(使)有动机，激起(行动)②激发…的积极性
[同根] motivation [ˌməʊtɪ'veɪʃən] n. ①提供动机，激发积极性②动力，诱因，刺激
motivator ['məʊtɪveɪtə(r)] n. 激起行为(或行动)的人(或事物)，促进因素，激发因素
motivational [ˌməʊtɪ'veɪʃənəl] a. 动机的，有关动机的
motivated ['məʊtɪveɪtɪd] a. 有目的的，有动机的

▶▶▶ **activate** ['æktɪveɪt]
[释义] v. ①使活动起来，使开始起作用 ②有活力，激活
[同根] action ['ækʃən] n. ①行动，动作，作用，行为 ②诉讼 ③战斗
active ['æktɪv] a. 积极的，活跃的，活动的
activity [æk'tɪvɪtɪ] n. ①活动 ②(某一领域内的)特殊活动
activist ['æktɪvɪst] n. 激进主义者，行动主义分子

▶▶▶ **illuminate** [ɪ'lju:mɪneɪt]
[释义] v. ①照明，照亮 ②阐明，解释，启发
[同义] brighten, clarify, explain, illustrate
[同根] illumination [ɪˌlju:mɪ'neɪʃən] n. ①照明，照亮 ②阐明，解释，启发
luminous ['lju:mɪnəs] a. 夜光的，发光的，发亮的

▶▶▶ **integrate** ['ɪntɪgreɪt]
[释义] v. ①使结合，使合并，使一体化 ②使成整体，使完整
[反义] disintegrate
[同根] integration [ˌɪntɪ'greɪʃən] n. 结合，整合，融合
disintegrate [dɪs'ɪntɪgreɪt] v. 瓦解，(使)分解，(使)碎裂

51.Grey whales have long been ______ in the north Atlantic and hunting was an important cause for that.

A) deprived B) detained
C) extinct D) extinguished

▶▶▶ **deprive** [dɪ'praɪv]
[释义] v. 剥夺，使丧失
[同根] deprived [dɪ'praɪvd] a.(尤指儿童)被剥夺的，贫困的
deprival [dɪ'praɪvəl] n. 剥夺
deprivable [dɪ'praɪvəbl] a. 可剥夺的
deprivation [ˌdeprɪ'veɪʃən] n. 剥夺，丧失
[词组] deprive sb.of... 剥夺某人的…，使某人丧失…

▶▶▶ **detain** [dɪ'teɪn]
[释义] v. ①留住，耽搁 ②拘留，扣留
[同义] delay, hold up
[同根] detainer [dɪ'teɪnə(r)] n. 挽留者
detainee [ˌdi:teɪ'ni:] n. 被拘留者

▶▶▶ **extinct** [ɪk'stɪŋkt]
[释义] a. ①灭绝的，绝种的 ②(火等)熄火了的
[同根] extinction [ɪk'stɪŋkʃən] n. ①(生物等的)灭绝，消亡，绝种 ②熄灭，消灭
extinctive [ɪk'stɪŋktɪv] a. 使熄灭的，使消灭的，使灭绝的

▶▶▶ **extinguish** [ɪk'stɪŋgwɪʃ]
[释义] v. ①熄灭，扑灭(火等)②使消亡，使破灭
[同义] crush, put out, quench, suppress
[反义] kindle, light
[同根] extinguisher [ɪk'stɪŋgwɪʃə(r)] n. 灭火器
extinct [ɪk'stɪŋkt] a. 熄灭的，灭绝的，耗尽的
extinction [ɪk'stɪŋkʃən] n. 扑灭，消灭，熄灭，绝种

52.Initially, the scientists and engineers seemed ______ by the variety of responses people can make to a poem.

A) depressed　　B) embarrassed

C) bewildered　　D) reinforced

▶▶▶ **initially** [ɪ'nɪʃəlɪ]

[释义] *ad.* 最初，开头，首先

[同根] initial [ɪ'nɪʃəl] *a.* 最初的，开始的 *n.* 首字母

initialize [ɪ'nɪʃəlaɪz] *v.* 初始化

initialization [ɪˌnɪʃəlaɪ'zeɪʃən] *n.* [计]初始化

▶▶▶ **embarrass** [ɪm'bærəs]

[释义] *v.* ①使困窘，使局促不安 ②阻碍，妨碍

[同根] embarrassment [ɪm'bærəsmənt] *n.* 困窘，局促不安

embarrassing [ɪm'bærəsɪŋ] *a.* 令人为难的，令人尴尬的

▶▶▶ **bewilder** [bɪ'wɪldə]

[释义] *v.* 使迷惑，使糊涂，难住

[同义] confound, confuse, perplex, puzzle

[同根] bewilderment [bɪ'wɪldəmənt] *n.* ①困惑，昏乱②混乱，杂乱

bewildering [bɪ'wɪldərɪŋ] *a.* 令人困惑的，使人昏乱的

bewildered [bɪ'wɪldəd] *a.* 困惑的，不知所措的

▶▶▶ **reinforce** [ˌriːɪn'fɔːs]

[释义] *v.* ①加强，增援，增强 ②补充，充实，增进

[同义] fortify, intensify, strengthen

[同根] reinforcement [ˌriːɪn'fɔːsmənt] *n.* 加强，增强，加固，强化，增援

53.He was given major responsibility for operating the remote manipulator to ______the newly launched satellite.

A) retrieve　　B) retreat

C) embody　　D) embrace

▶▶▶ **manipulator** [mə'nɪpjʊleɪtə]

[释义] *n.* 操纵器，操纵者，操作者

[同根] manipulate [mə'nɪpjʊleɪt] *v.* ①操纵，控制 ②(熟练地)操作，使用

manipulation [məˌnɪpjʊ'leɪʃən] *n.* ①(熟练地)操作，使用 ②操纵，控制

manipulative [mə'nɪpjʊlətɪv] *a.* 操作的，操纵的，控制的

manipulatory [mə'nɪpjʊlətərɪ] *a.* 操作的，操纵的，控制的

▶▶▶ **launch** [lɔːntʃ, lɑːntʃ]

[释义] *n.* ①发射 ②(船)下水 *v.* ①发射，投射 ②使(船)下水 ③开始，着手进行，猛烈展开

[词组] launch out ①出航，乘船去 ②开始，着手

▶▶▶ **retrieve** [rɪ'triːv]

[释义] *v.* ①收回，取回，重新得到 ②挽回，补救 ③检索

[同义] fetch, regain, restore, recover

[同根] retrieval [rɪ'triːvəl] *n.* ①取回，重获 ②恢复，补救，挽救 ③检索

▶▶▶ **retreat** [rɪ'triːt]

[释义] *v.* ①撤退，退却 ②退避，躲避 *n.* ①撤退，退却 ②退避，躲避，静居，修养

[同义] fall back, retire, reverse, withdraw

[反义] advance

▶▶▶ **embody** [ɪm'bɒdɪ]

[释义] *v.* ①使具体化，具体表现，体现 ②收录，编入，包括，包含

[同义] contain, cover, include, take in

▶▶▶ **embrace** [ɪm'breɪs]

[释义] *v.&n.* ①(欣然)接受，(乐意)利用，信奉 ②拥抱 ③包含

[同义] include, contain, accept, clasp

54.They are trying to______the risk as much as they can by making a more thorough investigation of the market.

A) summarize B) minimize
C) harmonize D) jeopardize

▶▶▶ **minimize** [ˈmɪnɪmaɪz]
[释义] *v.* ①使减少(或缩小)到最低限度 ②极度轻视(或贬低),小看
[反义] maximize
[同根] minimum [ˈmɪnɪməm] *n.* 最低限度,最少量,最低点 *a.* 最低的,最小的
minimal [ˈmɪnɪməl] *a.* 最小的,最低限度的

▶▶▶ **harmonize** [ˈhɑːmənaɪz]
[释义] *v.* 使融洽,使和谐
[同根] harmony [ˈhɑːmənɪ] *n.* 和谐,融洽
harmonious [hɑːˈməʊnɪəs] *a.* ①和睦的,融洽的 ②和谐的,协调的
harmoniously [hɑːˈməʊnɪəslɪ] *ad.* ①和睦地,融洽地 ②和谐地,协调地

▶▶▶ **jeopardize** [ˈdʒepədaɪz]
[释义] *v.* 危及,损害
[同义] endanger, hazard, imperil
[同根] jeopardy [ˈdʒepədɪ] *n.* 危险,风险,危难
jeopardous [ˈdʒepədəs] *a.* 危险的,冒险的
jeopardously [ˈdʒepədəslɪ] *ad.* 危险地,冒险地

55. Foreign students are facing unprecedented delays, as visa applications receive closer ______ than ever.
A) scrutiny B) scanning
C) appraisal D) retention

▶▶▶ **unprecedented** [ʌnˈpresɪdəntɪd]
[释义] *a.* 无先例的,空前的
[同义] exceptional, extraordinary, unduplicated
[同根] precede [priːˈsiːd] *v.* (在时间、位置、顺序上)领先(于),在前,居先,先于
precedence [ˈpresɪdəns] *n.* ①居前,领先 ②优先,优先权,优先地位
precedent [ˈpresɪdənt] *n.* 先例,前例;惯例
precedented [ˈpresɪdentɪd] *a.* 有先例的,有前例可援的

▶▶▶ **application** [ˌæplɪˈkeɪʃən]
[释义] *n.* ①请求,申请 ②应用
[同根] apply [əˈplaɪ] *v.* ①应用,使用,运用,实行 ②适用 ③申请
appliance [əˈplaɪəns] *n.* ①(用于特定目的的)器具 ②器械,装置
applied [əˈplaɪd] *a.* 应用的,实用的
applicant [ˈæplɪkənt] *n.* 申请者,请求者
applicable [ˈæplɪkəbl] *a.* 可适用的,可应用的

▶▶▶ **scrutiny** [ˈskruːtɪnɪ]
[释义] *n.* 详细审查,仔细观察
[同义] surveillance
[反义] neglect
[同根] scrutinize [ˈskruːtɪnaɪz] *v.* 细察,详审

▶▶▶ **scan** [skæn]
[释义] *v.* ①细看,审视 ②浏览,快读 ③扫描 *n.* ①细看,审视 ②浏览 ③扫描 ④眼界,视野
[同义] examine, inspect, study

▶▶▶ **appraisal** [əˈpreɪzəl]
[释义] *n.* ①估量,估计,估价 ②评价
[同义] evaluation, estimate
[同根] appraise [əˈpreɪz] *v.* ①估量,估计,估价 ②评价

▶▶▶ **retention** [rɪˈtenʃən]
[释义] *n.* 保留,保持
[同根] retain [rɪˈteɪn] *v.* 保持,保留
retentive [rɪˈtentɪv] *a.* 有保持力的

56. Is it possible to stop drug ______ in the country within a very short time?

A) contemplation B) compulsion

C) adoption D) addiction

▶▶▶ **contemplation** [ˌkɒntemˈpleɪʃən]

［释义］*n.* ①沉思 ②凝视

［同义］ponder, speculate

［同根］contemplate [ˈkɒntempleɪt] *v.* ①盘算，计议 ②思量，对…周密考虑 ③注视，凝视

contemplative [ˈkɒntempleɪtɪv] *a.* 沉思的，深思熟虑的

▶▶▶ **compulsion** [kəmˈpʌlʃ(ə)n]

［释义］*n.* ①强制力，强迫力 ②（被）强制，（被）强迫

［同根］compel [kəmˈpel] *v.* 强迫，迫使

compulsive [kəmˈpʌlsɪv] *a.* 强制的，强迫的

compulsory [kəmˈpʌlsərɪ] *a.* ①必须做的，义务的 ②强制的，强迫的

compulsively [kəmˈpʌlsɪvlɪ] *ad.* 强制地，强迫性地

compulsorily [kəmˈpʌlsərɪlɪ] *ad.* 强迫地，必须做地

▶▶▶ **adoption** [əˈdɒpʃən]

［释义］*n.* ①采用，采纳 ②收养

［同根］adopt [əˈdɒpt] *v.* ①收养 ②采取，采用，采纳

adopted [əˈdɒptɪd] *a.* ①被收养的 ②被采用的

adoptive [əˈdɒptɪv] *a.* ①收养关系的 ②采用的

adoptable [əˈdɒptəbl] *a.* 可采纳的

▶▶▶ **addiction** [əˈdɪkʃən]

［释义］*n.* ①入迷，嗜好 ②瘾

［同根］addict [əˈdɪkt] *v.* 使沉溺，使上瘾 *n.* 入迷的人，有瘾的人

addicted [əˈdɪktɪd] *a.* 入了迷的

addictive [əˈdɪktɪv] *a.*（使人）上瘾的，（使人）入迷的

57. F. W. Woolworth was the first businessman to erect a true skyscraper to ______ himself, and in 1929, Al Smith, a former governor of New York, sought to outreach him.

A) commemorate B) exaggerate

C) portray D) proclaim

▶▶▶ **erect** [ɪˈrekt]

［释义］*v.* ①建造，建立 ②使竖立，使直立 *a.* 直立的，竖起的，垂直的

［同义］build, construct

［反义］destroy, ruin

［同根］erection [ɪˈrekʃən] *n.* ①竖立，建设，建立 ②安装，装配

▶▶▶ **commemorate** [kəˈmeməreɪt]

［释义］*v.* 纪念，庆祝

［同义］celebrate, honor

［同根］commemoration [kəˌmeməˈreɪʃən] *n.* 纪念，纪念会

commemorative [kəˈmemərətɪv] *a.* 纪念的

commemoratory [kəˈmemərətərɪ] *a.* 纪念的

▶▶▶ **exaggerate** [ɪgˈzædʒəreɪt]

［释义］*v.* ①夸大，夸张 ②使过大，使增大

［同根］exaggerated [ɪgˈzædʒəreɪtɪd] *a.* 夸张的，夸大的，言过其实的

exaggerative [ɪgˈzædʒərətɪv] *a.* 夸张的，夸大的，言过其实的

exaggeration [ɪgˌzædʒəˈreɪʃən] *n.* ①夸大，夸张 ②夸张的言辞，夸大的事例

▶▶▶ **portray** [pɔːˈtreɪ]

［释义］*v.* ①描写，描绘 ②扮演，饰演

［同义］depict, describe, illustrate, represent

［同根］portrayal [pɔːˈtreɪəl] *n.* ①描绘，描写 ②肖像，人像

portrait [ˈpɔːtrɪt] *n.* ①肖像，人像 ②描绘，描写

▶▶▶ **proclaim** [prə'kleɪm]
[释义] v. ①宣告，宣布，声明 ②显示
[同义] announce, declare
[同根] claim [kleɪm] v. ①声称，宣称 ②(根据权利)要求，认领 n. ①(根据权利提出)要求，认领 ②根据合约所要求的赔款 ③要求权，债权人
proclamation [ˌprɒklə'meɪʃən] n. 宣布

58.Our research confirmed the ______ that when children have many different caregivers important aspects of their development are liable to be overlooked.
A) syndrome B) synthesis
C) hierarchy D) hypothesis

▶▶▶ **confirm** [kən'fɜːm]
[释义] v. ① 证实,肯定 ② 进一步确定,确认 ③加强，坚定(信念等)
[同义] verify, prove, strengthen
[同根] confirmation [ˌkɒnfə'meɪʃən] n. 证明，证实

▶▶▶ **caregiver** n. 给予照顾的人，照管的人

▶▶▶ **aspect** ['æspekt]
[释义] n. ①方面 ②样子，外表，面貌，神态

▶▶▶ **be liable to do sth.** ①会…的，有…倾向的 ②有…责任的，有…义务的 ③有…危险的，可能遭受…的

▶▶▶ **overlook** [ˌəʊvə'lʊk]
[释义] v. ①忽视，忽略 ②俯瞰，俯视
[同义] disregard, ignore, neglect
[反义] notice

▶▶▶ **syndrome** ['sɪndrəʊm]
[释义] n. ①综合症，综合症状 ②(表明行为、看法、情绪等的)一组表现或特征，同时发生或存在的一组事物

▶▶▶ **synthesis** ['sɪnθɪsɪs]
[释义] n. ①综合 ②合成
[同根] synthesize ['sɪnθɪsaɪz] v. ①综合 ②合成
synthetic [sɪn'θetɪk] a. ①综合的 ②合成的，人工制造的
synthetically [sɪn'θetɪkəlɪ] ad. ①综合地 ②合成地，人工制造地 ③合题地 ④模拟地

▶▶▶ **hierarchy** ['haɪərɑːkɪ]
[释义] n. ①等级制度，等级森严的组织 ②等级体系

▶▶▶ **hypothesis** [haɪ'pɒθɪsɪs]
[释义] n. ①假设，假说 ②(无根据的)猜测，揣测
[同义] assumption
[同根] hypothesize [haɪ'pɒθɪsaɪz] v. 假设，假定
hypothetical [ˌhaɪpəʊ'θetɪkəl] a. ①假设的，假定的 ②爱猜想的

59.If you are late for the appointment, you might ______ the interviewer and lose your chance of being accepted.
A) intimidate B) intrigue
C) irritate D) irrigate

▶▶▶ **intimidate** [ɪn'tɪmɪdeɪt]
[释义] v. 恐吓，威胁
[同义] frighten, harass, threaten
[同根] timid ['tɪmɪd] a. ①胆小的，害怕的，犹豫不决的 ②羞怯的，害羞的
intimidation [ɪnˌtɪmɪ'deɪʃən] n. 胁迫
intimidator [ɪn'tɪmɪdeɪtə] n. 威吓者，胁迫者
intimidatory [ɪn'tɪmɪdeɪtərɪ] a. 恐吓的，威胁的

▶▶▶ **intrigue** [ɪn'triːg]
[释义] v. ①耍阴谋，施诡计 ②激起…的好奇心(或兴趣)，迷住 n. 阴谋，诡计，密谋

▶▶▶ **irritate** ['ɪrɪteɪt]

[释义] v. ①使恼怒，使烦躁 ②使过敏，使难受

[同义] annoy, infuriate, pain, provoke

[反义] appease, calm

[同根] irritation [ˌɪrɪ'teɪʃən] n. 愤怒，刺激

irritant ['ɪrɪtənt] n. 刺激物 a. 有刺激性的

irritable ['ɪrɪtəbl] a. 易怒的，急躁的

irritably ['ɪrɪtəblɪ] ad. 性急地，暴躁地

▶▶▶ **irrigate** ['ɪrɪgeɪt]

[释义] v. ①灌溉 ②冲洗(伤口等) ③使清新，滋润

[同根] irrigation [ˌɪrɪ'geɪʃən] n. ①灌溉 ②冲洗法

irrigator ['ɪrɪgeɪtə] n. ①灌溉者，灌溉设备 ②冲洗器

irrigative ['ɪrɪgeɪtɪv] a. 灌溉的，冲洗的

60. To label their produce as organic, farmers have to obtain a certificate showing that no ______ chemicals have been used to kill pests on the farm for two years.

A) tragic B) toxic

C) notorious D) nominal

▶▶▶ **label...as...** 把…称为，把…列为，把…归类为

▶▶▶ **produce** ['prɒdju:s]

[释义] n. 农产品

▶▶▶ [prə'dju:s] v. ①生产，制造，创作 ②提出，出示

▶▶▶ **certificate** [sə'tɪfɪkeɪt]

[释义] n. ①证(明)书 ②凭证，单据 ③证明 v. 授证书给…

[同根] certify ['sɜ:tɪfaɪ] v. ①证明，证实 ②发证书(或执照)给 ③担保，(银行)在(支票)正面签署保证付款

certified ['sɜ:tɪfaɪd] a. ①证明合格的 ②持有证件的

certificated [sə'tɪfɪkeɪtɪd] a. 领有证书的，合格的

certification [ˌsɜ:tɪfɪ'keɪʃən] n. 证明，证书

▶▶▶ **tragic** ['trædʒɪk]

[释义] a. 悲惨的，悲剧的 n.(文艺作品或生活中的)悲剧因素，悲剧风格

[同义] catastrophic, disastrous

[反义] comic

[同根] tragedy ['trædʒɪdɪ] n. ①惨案，灾难 ②悲剧作品 ③(一出)悲剧

▶▶▶ **toxic** ['tɒksɪk]

[释义] a. 有毒的，因中毒引起的

[同义] noxious, poisonous

[同根] toxicant ['tɒksɪkənt] n. 有毒物，毒药

▶▶▶ **notorious** [nəʊ'tɔ:rɪəs]

[释义] a. ①臭名昭著的，声名狼藉的 ②著名的，众所周知的

[同义] celebrated, popular, famous

[同根] notoriety [ˌnəʊtə'raɪətɪ] n. ①臭名 ②声名狼藉 ③远扬的名声

notoriously [nəʊ'tɔ:rɪəslɪ] ad. ①臭名昭著地，声名狼藉地 ②著名地，众所周知地

▶▶▶ **nominal** ['nɒmɪnl]

[释义] a. ①名义上的，有名无实的 ②(金额、租金)微不足道的 ③名字的，提名的

[反义] practical, real, veritable

[同根] nominate ['nɒmɪneɪt] v. 提名，任命

nomination [ˌnɒmɪ'neɪʃən] n. 提名，任命

nominee [ˌnɒmɪ'ni:] n. 被提名的人，被任命者

61.Children's idea of a magic kingdom is often dancers in animal ______ as they have often seen in Disneyland.

A) cushions B) skeletons

C) ornaments D) costumes

▶▶▶ **cushion** [ˈkʊʃ(ə)n] *n.* ①垫子，坐垫，靠垫 ②功用或形状像垫子的东西 *v.* ①缓和，减轻(压力) ②保护…免于艰苦，压制 ③装垫子，给…安上垫子

[同义] lessen, reduce, soften

▶▶▶ **skeleton** [ˈskelɪtən]

[释义] *n.* ①骨骼，骸骨 ②骨瘦如柴的人或动物 ③(建筑物的)骨架，框架 ④梗概，提要，轮廓 *a.* ①骨骼的，骨骼般的 ②梗概的，提要的，轮廓的 ③骨瘦如柴的

▶▶▶ **ornament** [ˈɔːnəmənt]

[释义] *n.* ①装饰品，点缀品 ②装饰，点缀 *v.* 装饰，点缀，美化

[同义] decoration

[同根] ornamentation [ˌɔːnəmenˈteɪʃən] *n.* 装饰，装饰品

ornamental [ˌɔːnəˈmentl] *a.* 装饰的，装饰用的

▶▶▶ **costume** [ˈkɒstjuːm,-ˈtjuːm]

[释义] *n.* ①(特定场合穿的)成套服装 ②服装，服装样式 ③戏装 *v.* ①为…提供服装，给…设计服装 ②给…穿上服装

[同义] dress, suit

[同根] costumer [ˈkɒstjuːmə(r)] *n.* 服装制作人，服装供应商

62. The parents of Lindsay, 13, an ______ tennis player who spends eight hours a day on the court, admit that a regular school is not an option for their daughter.

A) equivalent B) elite

C) exotic D) esthetic

▶▶▶ **option** [ˈɒpʃən] *n.* ①选择，选择权 ②可选择的东西

[同义] choice, alternative

[同根] optional [ˈɒpʃənəl] *a.* 可选择的

▶▶▶ **equivalent** [ɪˈkwɪvələnt]

[释义] *a.* ①相等的，相同的 ②等价的，等值的，等效的 *n.* 等价物，相等物

[同义] equal, rival, substitute

[反义] different

[同根] equivalence [ɪˈkwɪvələns] *n.* 相等，等价，等值，等效

▶▶▶ **elite** [eɪˈliːt]

[释义] *a.* 杰出的，卓越的，精锐的 *n.* ①[总称]出类拔萃的人(集团)，精英 ②[总称]上层人士，掌权人物，实力集团

▶▶▶ **exotic** [ɪgˈzɒtɪk]

[释义] *a.* ①奇异的，外(国)来的，异国情调的 ②样式奇特的 *n.* ①外国人 ②外国事物，外来词

▶▶▶ **esthetic** [iːsˈθetɪk]

[释义] (=aesthetic) *a.* ①美学的，美感的 ②美的，艺术的 ③审美的 *n.* ①美学，审美观 ②唯美主义者

[同根] esthetics [iːsˈθetɪks] (=aesthetics) *n.* ①美学，美学理论 ②审美学

estheticism [iːsˈθetɪsɪzəm] (=aestheticism) *n.* ①唯美主义 ②美感 ③审美，审美能力

63.Ever since the first nuclear power stations were built, doubts have ______ about their safety.

A) suspended B) survived

C) lingered D) preserved

▶▶▶ **suspend** [səˈspend]

[释义] *v.* ①吊，悬，挂 ②延缓，暂缓执行 ③暂停，中止 ④使有悬念

[同义] halt, hang

[同根] suspense [sə'spens] *n.* 焦虑，悬疑，担心，悬念
suspenseful [sə'spensful] *a.* 悬疑的，令人紧张的
suspensible [sə'spensəbl] *a.* 可悬吊的，可中止的，可悬浮的
suspension [sə'spenʃən] *n.* ①吊，悬，挂 ②暂停，中止
suspensive [sə'spensɪv] *a.*（使）挂心的，（产生）悬念的

▸▸▸ **linger** ['lɪŋgə]
[释义] *v.* ①继续存留 ②（因不愿离开而）继续逗留，留恋徘徊 ③磨蹭，拖延
[同义] stroll, loiter
[同根] lingering ['lɪŋgərɪŋ] *a.* 延迟的，逗留不去的
[词组] linger on（习俗）历久犹存，（人）苟延残喘

▸▸▸ **preserve** [prɪ'zɜːv]
[释义] *v.* ①保存，保留 ②保养，维护 ③保持，维持 ④保藏，防止…腐败
[同义] conserve
[同根] preservation [ˌprezə'veɪʃən] *n.* ①保存，保养，维护 ②保持，维持 ③贮藏，防腐
preservative [prɪ'zɜːvətɪv] *a.* ①保护性的 ②有助于保存的 *n.* 防腐剂

64. The cycles of the sun and moon are simple but ______ forces which have shaped human lives since the beginning.
A) gigantic B) maximum
C) sensational D) frantic

▸▸▸ **gigantic** [dʒaɪ'gæntɪk]
[释义] *a.* ①巨大的，庞大的 ②巨人的，巨人似的
[同义] enormous, huge, immense
[反义] diminutive, little, small
[同根] gigantically [dʒaɪ'gæntɪklɪ] *ad.* 巨大地，庞大地

▸▸▸ **sensational** [sen'seɪʃənəl]
[释义] *a.* 使人激动的，轰动的，耸人听闻的
[同义] exciting, glorious, magnificent, marvelous
[同根] sensation [sen'seɪʃən] *n.* ①（感官的）感觉能力 ②感觉，知觉 ③引起轰动的事件（或人物）
sensationalism [sen'seɪʃənəlɪz(ə)m] *n.* 追求轰动效应，故意耸人听闻
sensationally [sen'seɪʃənəlɪ] *ad.* 轰动地，耸人听闻地

▸▸▸ **frantic** ['fræntɪk]
[释义] *a.* ①（因喜悦、愤怒）发狂似的 ②紧张纷乱的，狂暴的
[同义] excited, wild
[同根] frantically ['fræntɪklɪ] *ad.* ①（因喜悦、愤怒）发狂似地 ②紧张纷乱地，狂暴地

65. Ancient Greek gymnastics training programs were considered to be an ______ part of the children's education.
A) infinite B) intact
C) inclusive D) integral

▸▸▸ **infinite** ['ɪnfɪnɪt]
[释义] *a.* ①无限的，无穷的 ②极大的，巨大的
[同根] finite ['faɪnaɪt] *a.* 有限的，有限制的
definite ['defɪnɪt] *a.* 明确的，一定的

▸▸▸ **intact** [ɪn'tækt]
[释义] *a.* 完整无缺的，未受损伤的
[同义] complete, unchanged, uninjured, untouched
[同根] tact [tækt] *n.*（处事、言语等）圆通，乖巧，机敏
tactful ['tæktful] *a.* 圆通的，乖巧的，

机敏的

[词组] keep sth. intact 使某物保持原样

▸▸▸ **inclusive** [ɪn'klu:sɪv]

[释义] *a.* 包含的，包括的

[反义] exclusive

[同根] include [ɪn'klu:d] *v.* ①包括，包含 ②列为…的一部分，把…算入

exclude [ɪk'sklu:d] *v.* 拒绝接纳，把…排除在外，排斥

exclusive [ɪk'sklu:sɪv] *a.* ①排斥的，排外的 ②独有的，独享的 ③(新闻、报刊文章等)独家的

exclusion [ɪk'sklu:ʒən] *n.* 排除，除外，被排除在外的事物

exclusively [ɪk'sklu:sɪvlɪ] *a.* 仅仅，专门地，排除其他地，单独地

▸▸▸ **integral** ['ɪntɪgrəl]

[释义] *a.* ①构成整体所需要的 ②完整的，整体的

[同根] integrate ['ɪntɪgreɪt] *v.* ①使成整体，使完整 ②使结合，使合并，使一体化

integration [ˌɪntɪ'greɪʃən] *n.* 结合，整和，融合

integrity [ɪn'tegrɪtɪ] *n.* ①正直，诚实 ②完整，完全，完整性

66. An effort was launched recently to create the first computer ______ of the entire human brain.

A) simulation B) saturation

C) repression D) repetition

▸▸▸ **simulation** [ˌsɪmjʊ'leɪʃən]

[释义] *n.* ①模仿，模拟 ②假装，冒充

[同义] imitation

[同根] simulate ['sɪmjʊleɪt] *v.* ①模仿，模拟 ②假装，冒充

▸▸▸ **saturation** [ˌsætʃə'reɪʃən]

[释义] *n.* ①饱和(状态) ②浸润，浸透 ③饱和度

[同根] saturate ['sætʃəreɪt] *v.* 使饱和，浸透，使充满

saturated ['sætʃəreɪtɪd] *a.* ①饱和的 ②渗透的 ③深颜色的

▸▸▸ **repression** [rɪ'preʃən]

[释义] *n.* ①抑制，压制，镇压 ②压抑

[同根] repress [rɪ'pres] *v.* ①抑制，压制，约束 ②镇压，平息

repressive [rɪ'presɪv] *a.* ①抑制的，压制的，镇压的 ②压抑的

67. Researchers have found that happiness doesn't appear to be anyone's ______: the capacity for joy is a talent you develop largely for yourself.

A) hostage B) domain

C) heritage D) disposal

▸▸▸ **hostage** ['hɒstɪdʒ]

[释义] *n.* ①人质，被扣为人质的状态 ②抵押品，担保物

[同根] host [həʊst] *n.* ①主人，东道主 ②旅店老板 ③(广播、电视的)节目主持人 *v.* ①作东道主，招待，款待 ②主持

hostess ['həʊstɪs] *n.* ①女主人，女东道主 ②旅店女老板 ③(飞机、轮船、火车等的)女服务员，女乘务员

▸▸▸ **domain** [dəʊ'meɪn]

[释义] *n.* ①(活动、思想等)领域，范围 ②领地，势力范围

[同义] field, realm, sphere

[同根] dominate ['dɒmɪneɪt] *v.* ①支配，统治，控制 ②在…中占首要地位

dominant ['dɒmɪnənt] *a.* 占优势的，支配的，统治的

domination [ˌdɒmɪ'neɪʃən] *n.* 控制，统治，支配

dominance ['dɒmɪnəns] *n.* 优势，支配或统治地位，最高权力

▸▸▸ **heritage** ['herɪtɪdʒ]

[释义] n. ①遗产，继承财产 ②继承物，传统 ③命中注定的东西，命运

[同根] inherit [ɪn'herɪt] v. ①继承 ②经遗传而得 ③获得，领受

▶▶▶ **disposal** [dɪ'spəuzəl]

[释义] n. ①处理，处置 ②布置，安排

[同义] settlement, administration, arrangement

[同根] dispose [dɪ'spəuz] v. ① 处 理，处置 ②部署 ③布置，安排 ④除去

disposition [ˌdɪspə'zɪʃən] n. ①性情，性格 ②意向，倾向 ③排列，部署

[词组] at one's disposal 随某人自由处理，由某人随意支配

put sth. at sb.'s disposal 把某物交某人自由处理

68. In the face of the disaster, the world has united to aid millions of ______ people trying to piece their lives back together.

A) vulnerable　　B) fragile

C) susceptible　　D) primitive

▶▶▶ **piece together** 拼凑起来，凑集

▶▶▶ **vulnerable** ['vʌlnərəbəl]

[释义] a. 易受伤害的，易受攻击的，脆弱的

[同义] defenseless, exposed, sensitive, unprotected

[同根] vulnerability [ˌvʌlnərə'bɪlətɪ] n. 弱点

[词组] be vulnerable to 易受…伤害的

▶▶▶ **fragile** ['frædʒaɪl]

[释义] a. ①虚弱的，脆弱的 ②易损坏的，易碎的

[同义] breakable, delicate, frail, slight

[反义] solid, strong, sturdy, tough

[同根] fragility [frə'dʒɪlɪtɪ] n. 脆弱，虚弱

▶▶▶ **susceptible** [sə'septəbl]

[释义] a. ①易受感动的，多情的 ②易受影响的 ③敏感的，过敏的 ④可受…影响的，容许…的

[同义] yielding

[反义] immune

[同根] susceptibility [səˌseptə'bɪlɪtɪ] n. ①易受感动性，多情 ②易受影响的气质 ③敏感性，过敏性

susceptive [sə'septɪv] a. ①有接受力的 ②易受感动的，敏感的

▶▶▶ **primitive** ['prɪmɪtɪv]

[释义] a. 原始的，远古的

69. This clearly shows that crops and weeds have quite a number of ______ in common.

A) tracks　　B) traces

C) trails　　D) traits

▶▶▶ **track** [træk]

[释义] n. 足迹，踪迹，（飞机、轮船等的）航迹，车辙 v. 追踪，跟踪

[同义] trace，trail

[词组] on the right/wrong track 循着正确的 / 错误的路线，正确地 / 错误地

track down 跟踪找到，追捕到，追查到，搜寻到

▶▶▶ **trace** [treɪs]

[释义] n. 痕迹，踪迹，足迹，遗迹 v. 追踪，跟踪

[同义] track，trail

[词组] trace back to 追溯到，追究到，追查到

trace out 探寻踪迹

▶▶▶ **trail** [treɪl]

[释义] n. 踪迹，痕迹，足迹 v. 跟踪，追踪，追猎

[同义] trace，track

[词组] in trail 成一列纵队地

off the trail ①失去线索 ②离题

trail off 逐渐消失

▶▶▶ **trait** [treɪt]

[释义] *n.* ①特点，特性 ②一点，少许，微量

[同义] characteristic，feature，quality

70. We want our children to have more than job skills: we want their lives to be ______ and their perspectives to be broadened.

A) envisaged　　B) exceeded

C) enriched　　D) excelled

▶▶▶ **perspective** [pəˈspektɪv]

[释义] *n.* ①(观察问题的)视角，观点，想法 ②远景，景观 ③(对事物的)合理观察，洞察力

[同义] view，outlook

▶▶▶ **envisage** [ɪnˈvɪzɪdʒ]

[释义] *v.* ①想象，设想 ②正视，面对

[同义] conceive

[同根] envisagement [ɪnˈvɪzɪdʒmənt] *n.* ①想象，设想 ②正视，面对

▶▶▶ **exceed** [ɪkˈsiːd]

[释义] *v.* ①超越，胜过 ②越出

[同根] excess [ɪkˈses, ˈekses] *n.* ①超越，超过 ②过度，过多 ③无节制，无度 *a.* 过度的，过多的，额外的

exceeding [ɪkˈsiːdɪŋ] *a.* 非常的，极度的，超越的，胜过的

excessive [ɪkˈsesɪv] *a.* 过多的，过分的，极度的

excessively [ɪkˈsesɪvlɪ] *ad.* 过多地，过分地，极度地

exceedingly [ɪkˈsiːdɪŋlɪ] *ad.* 非常，极其

▶▶▶ **enrich** [ɪnˈrɪtʃ]

[释义] *v.* ①使富足，使肥沃 ②充实，使丰富

[同义] better, enhance, improve, uplift

▶▶▶ **excel** [ɪkˈsel]

[释义] *v.* 胜过，优于

[同义] exceed, surpass

[同根] excellence [ˈeksələns] *n.* ①优秀，卓越 ②优点，美德

excellent [ˈeksələnt] *a.* 卓越的，优秀的，非凡的

Answer Key

41-45	DACBA	46-50	CBBDB	51-55	CCABA
56-60	DADCB	61-65	DBCAD	66-70	ACADC

Error Correction

2005.12

Every week hundreds of CVs(简历) land on our desks. We've seen it all: CVs printed on pink paper, CVs that are 10 pages long and CVs with silly mistakes in the first paragraph. A good CV is your **passport** to an **interview** and, **ultimately**, to the job you want.

Initial impressions are vital, and a badly presented CV could mean **rejection**, **regardless of** what's in it. Here are a few ways to avoid **ending up** on the reject pile. Print your CV on good-quality white paper.

CVs with flowery backgrounds or pink paper will **stand out** for all the wrong reasons. Get someone to check for spelling and grammatical errors, because a spell-checker will not pick up every mistake. CVs with errors will be rejected—it shows that you don't pay attention to detail. **Restrict** your self to one or two pages, and list any **publications** or **referees** on a separate sheet. If you are sending your CV electronically, check the **formatting** by sending it to yourself first. Keep the format simple.

Do not send a photo unless **specifically** requested. If you have to send on, make sure it is one taken in a **professional** setting, rather than a holiday snap. Getting the **presentation** right is just the first step. What about the content? The rule here is to keep it factual and truthful—**exaggerations** usually **get found out**. And remember to **tailor** your CV to each different job.

文章词汇注释

▶▶▶ **passport** [ˈpɑːspɔːt]

[释义] *n.* ①(使人获得某物或达到某一目的的)保障，手段 ②护照 *v.* 使有护照，使有通行证

▶▶▶ **interview** [ˈɪntəvjuː]

[释义] *n.*&*v.* ①面试 ②接见，会见 ③采访

[同根] view [vjuː] *n.* ①景色，风景 ②观点，见解 *v.* 观察，观看

interviewee [ɪntəvjuːˈiː] *n.* 被接见者，被采访者

interviewer [ˈɪntəvjuːə(r)] *n.* 接见者，采访者

[词组] have an interview with sb. 会见某人
job interviews (对申请工作者的)口头审查

▶▶▶ **ultimately** [ˈʌltɪmətlɪ]
[释义] *ad.* 最后，终于
[同义] last
[同根] ultimate [ˈʌltɪmɪt] *a.* ①最后的，最终的 ②极点的，终极的 *n.* ①最终的事物，基本事实 ②终点，结局

▶▶▶ **initial** [ɪˈnɪʃəl]
[释义] *a.* 最初的，开始的 *n.* 首字母
[同根] initialize [ɪˈnɪʃəlaɪz] *v.* 初始化
initialization [ɪˌnɪʃəlaɪˈzeɪʃən] *n.* [计] 初始化
initially [ɪˈnɪʃəlɪ] *ad.* 最初，开头，首先

▶▶▶ **rejection** [rɪˈdʒekʃən]
[释义] *n.* 拒绝，被拒绝的事物
[同根] reject [rɪˈdʒekt] *v.* ①拒绝 ②丢弃 *n.* 被拒绝的人，被拒货品，不合格品

▶▶▶ **regardless of** 不管，不顾
▶▶▶ **end up** ①结束，告终 ②竖起，直立
▶▶▶ **stand out** 清晰地显出，引人注目

▶▶▶ **restrict** [rɪˈstrɪkt]
[释义] *v.* 限制，限定，约束
[同根] restriction [rɪˈstrɪkʃən] *n.* ①限制，约束，规定 ②约束因素
restricted [rɪˈstrɪktɪd] *a.* 受限制的，有限的
restrictive [rɪˈstrɪktɪv] *a.* 限制（性）的，约束（性）的
restrictively [rɪˈstrɪktɪvlɪ] *ad.* 限制性地
[词组] restrict...to... 把…限制在…

▶▶▶ **publication** [ˌpʌblɪˈkeɪʃən]
[释义] *n.* ①出版物 ②出版，发行 ③公布，发表
[同根] publish [ˈpʌblɪʃ] *v.* ①出版，发行 ②（在书、杂志等上）刊登，登载，发表 ③公布
publisher [ˈpʌblɪʃə] *n.* 出版者，出版商，出版社，发行人
publishing [ˈpʌblɪʃɪŋ] *n.* 出版业

▶▶▶ **referee** [ˌrefəˈriː]
[释义] *n.* ①(提供证明、推荐等文书的)证明人，介绍人 ②仲裁人，调停人 ③裁判员 *v.* ①当裁判 ②审阅，鉴定
[同根] refer [rɪˈfɜː] *v.* ①提到，谈到 ②参考，查阅 ③询问，查询 ④提交…仲裁(或处理)
reference [ˈrefərəns] *n.* ①参考，参阅 ②提到，论及 ③引文(出处)，参考书目 ④证明书(人)，介绍(人)

▶▶▶ **format** [ˈfɔːmæt]
[释义] *n.* ①版式，格式 ②安排，程序，形式 *v.* ①为…安排版式 ②使格式化

▶▶▶ **specifically** [spɪˈsɪfɪkəlɪ]
[释义] *ad.* 特定地，明确地，具体地
[同根] specification [ˌspesɪfɪˈkeɪʃən] *n.* ①规格，规范 ②明确说明 ③(产品的)说明书
specify [ˈspesɪfaɪ] *v.* 具体指定，详细指明，明确说明
specific [spɪˈsɪfɪk] *a.* 明确的，确切的，具体的
specifiable [ˈspesɪfaɪəbl] *a.* 可具体指明的，能详细说明的

▶▶▶ **professional** [prəˈfeʃənəl]
[释义] *a.* ①职业性的，非业余性的 ②职业的，从事特定专业的 *n.* ①以特定职业谋生的人 ②专业人员，内行，专家
[同根] profession [prəˈfeʃən] *n.* ①（尤指需要专门知识或特殊训练的）职业 ②同业，同行
professionally [prəˈfeʃənlɪ] *ad.* 专业地，内行地

►►► **snap** [snæp]

[释义] *n.* 快照 *v.* ①咔嚓一声(关上或打开) ②给…拍快照 *a.* 仓促的，突然的

►►► **presentation** [ˌprezen'teɪʃən]

[释义] *n.* ①呈现(或表现、显示)的事物，图像，表象，外观 ②赠送，授予 ③提供，递交 ④表演，上演

[同根] present ['prezənt] *n.* ① 赠品，礼物 ②现在 *a.* ①现在的 ②出席的 [prɪ'zent] *v.* ①介绍，引见 ②赠送 ③提供，递交

►►► **exaggeration** [ɪgˌzædʒə'reɪʃən]

[释义] *n.* ①夸大，夸张，言过其实 ②夸张的言辞，夸大的事例

[同根] exaggerate [ɪg'zædʒəreɪt] *v.* ①夸大，夸张 ②使过大，使增大

exaggerated [ɪg'zædʒəreɪtɪd] *a.* 夸张的，夸大的，言过其实的

exaggerative [ɪg'zædʒərətɪv] *a.* 夸张的，夸大的，言过其实的

►►► **get found out** 被查出，受到惩罚

►►► **tailor...to...** 使…适应…的需要

Until recently, **dyslexia** and other reading problems were a mystery to most teachers and parents. As a result, too many kids passed through school without mastering the printed page. Some were treated as mentally **deficient**, many were left **functionally** illiterate（文盲的）, unable to ever meet their **potential**. But in the last several years, there's been a **revolution** in which we've learned about reading and dyslexic. Scientists are using a variety of new **imaging techniques** to watch the brain at work. Their experiments have shown that reading disorders are most likely the result of what is, **in effect**, faulty **wiring** in the brain-not laziness, stupidity or a poor home environment. There's also **convincing evidence** that dyslexia is largely **inherited**. It is now considered a **chronic** problem for some kids, not just a "**phase**". Scientists have also **discarded** another old **stereotype** that almost all dyslexics are boys. Studies **indicate** that many girls are affected as well and not getting help.

At the same time, educational researchers have **come up with innovative** teaching **strategies** for kids who are having trouble learning to read. New screening tests are **identifying** children **at risk** before they get discouraged by years of **frustration** and failure. And educators are trying to **get the message to** parents that they should be **on the alert** for the first signs of potential problems.

It's an **urgent mission**. Mass **literacy** is a **relatively** new social goal. A hundred years ago people didn't need to be good readers in order to **earn a living**. But in the **Information Age**, no one can get by without knowing how to read well and understand increasingly **complex** material.

文章词汇注释

▶▶▶ **dyslexia** [dɪs'leksɪə]
[释义] *n.* [医] 诵读困难

▶▶▶ **deficient** [dɪ'fɪʃənt]
[释义] *a.* ①有缺陷的，有缺点的 ②缺乏的，不足的
[同根] deficiency [dɪ'fɪʃənsɪ] *n.* ① 缺

乏，不足 ②缺陷

deficiently [dɪ'fɪʃəntlɪ] *ad.* ①缺乏地 ②有缺陷地

defect [dɪ'fekt] *n.* ①缺点 ②不足

defective [dɪ'fektɪv] *a.* 有缺点的，有缺陷的，有毛病的

defectively [dɪ'fektɪvlɪ] *ad.* 有缺点地，有缺陷地

▶▶▶ **functionally** ['fʌŋkʃənlɪ]

[释义] *ad.* 官能地，在功能上地

[同根] function ['fʌŋkʃən] *n.* ①官能，功能，作用，用途 ②职责，职务 *v.* ①工作，活动，运行 ②行使职责

functional ['fʌŋkʃənəl] *a.* ①有功能的，在起作用的 ②实用的，为实用而设计的

▶▶▶ **potential** [pə'tenʃəl]

[释义] *a.* 潜在的，可能的 *n.* ①潜能，潜力 ②潜在性，可能性

[同义] possible, hidden, underlying, ability, capability

[同根] potentially [pə'tenʃəlɪ] *ad.* 潜在地，可能地

potentiality [pəˌtenʃɪ'ælɪtɪ] *n.* ①可能性 ② [*pl.*] 潜能，潜力

[词组] tap one's potential to the full 充分发挥潜能

▶▶▶ **revolution** [ˌrevə'lu:ʃən]

[释义] *n.* 突破性进展，大变革

[同根] revolutionary [ˌrevə'lu:ʃənərɪ] *a.* 大变革的，突破性的，完全创新的

▶▶▶ **imaging technique** 成像技术

▶▶▶ **in effect** 实质上，实际上

▶▶▶ **wiring** ['waɪərɪŋ]

[释义] *n.* 线路，配线

▶▶▶ **convincing** [kən'vɪnsɪŋ]

[释义] *a.* 令人信服的，有说服力的

[同根] convince [kən'vɪns] *v.* 使确信，使信服

conviction [kən'vɪkʃən] *n.* 深信，确信

convincible [kən'vɪnsəbəl] *a.* 可被说服的

convinced [kən'vɪnst] *a.* 确信的，深信的

convincingly [kən'vɪnsɪŋlɪ] *ad.* 令人信服地，有说服力地

▶▶▶ **evidence** ['evɪdəns]

[释义] *n.* ①证据，根据，迹象 ②明显，显著

[同根] evident ['evɪdənt] *a.* 明显的，显然的

evidently ['evɪdəntlɪ] *ad.* 明显地，显然

▶▶▶ **inherit** [ɪn'herɪt]

[释义] *v.* ①经遗传而得 ②继承（传统、遗产、权利等）

[同根] inherited [ɪn'herɪtɪd] *a.* ①遗传的 ②通过继承得到的

inheritable [ɪn'herɪtəbəl] *a.* ①可遗传的 ②可继承的

inheritance [ɪn'herɪtəns] *n.* ①继承，继承权 ②遗传

▶▶▶ **chronic** ['krɒnɪk]

[释义] *a.* ①长期的，不止息的 ②积习难改的，有癌癖的 ③(疾病)慢性的，(人）久病的 *n.* 慢性疾病人

[同根] chronical ['krɒnɪkəl] *a.*(=chronic)

chronically ['krɒnɪkəlɪ] *ad.* ①慢性地 ②长期地

▶▶▶ **phase** [feɪz]

[释义] *n.* ①阶段，时期 ②面，方面

▶▶▶ **discard** [dɪ'skɑ:d]

[释义] *v.* 放弃，丢弃，抛弃

▶▶▶ ['dɪskɑ:d] *n.* ①抛弃，丢弃，被抛弃的人(物)②废品，废料

[同义] cast off, dispose of, get rid of, reject, throw away

[反义] adopt

[同根] discardable [dɪ'skɑ:dəbəl] *a.* 可废弃的

[词组] into the discard ①成为无用之物 ②被遗忘

throw sth. into the discard 放弃某事

▶▶▶ **stereotype** ['sterɪətaɪp]

[释义] *n.* 成见，陈词滥调，陈规，刻板模式 *v.* 使一成不变，使成为陈规，使变得刻板

[同根] stereotyped ['sterɪətaɪpt] *a.* 已成陈规的，老一套的

▶▶▶ **indicate** ['ɪndɪkeɪt]

[释义] *v.* ①指出，显示 ②象征，暗示 ③简要地说明

[同义] show, suggest, reveal, denote, imply

[同根] indication [ˌɪndɪ'keɪʃən] *n.* 迹象，表明，指示

indicative [ɪn'dɪkətɪv] *a.*(~ of) 指示的，表明的，可表示的

indicator ['ɪndɪkeɪtə] *n.* 指示物，指示者，指标

▶▶▶ **come up with** 想出（计划、回答）

▶▶▶ **innovative** ['ɪnəveɪtɪv]

[释义] *a.* 创新的，革新的

[同根] innovate ['ɪnəveɪt] *v.* ① (in, on, upon) 改革，创新 ②创立，创始，引入

innovation [ˌɪnə'veɪʃən] *n.* ①革新，改革 ②新方法，新奇事物

innovator ['ɪnəveɪtə(r)] *n.* 改革者，革新者

▶▶▶ **strategy** ['strætɪdʒɪ]

[释义] *n.* 策略，战略，对策

[同义] tactics

[同根] strategic [strə'ti:dʒɪk] *a.* 战略(上)的 ②关键的

strategically [strə'ti:dʒɪkəlɪ] *ad.* 战略上

strategics [strə'ti:dʒɪks] *n.* 兵法

▶▶▶ **identify** [aɪ'dentɪfaɪ]

[释义] *v.* ①识别，认出，鉴定 ②认为…等同于

[同根] identification [aɪˌdentɪfɪ'keɪʃən] *n.* ①鉴定，验明，认出 ②身份证明

identical [aɪ'dentɪkəl] *a.* ①同一的，同样的 ②（完全）相同的，一模一样的

identically [aɪ'dentɪkəlɪ] *ad.* 同一地，相等地

▶▶▶ **at risk** 在危险中，有危险

▶▶▶ **frustration** [frʌs'treɪʃən]

[释义] *n.* 挫败，挫折

[同根] frustrate [frʌs'treɪt] *v.* ①挫败，破坏 ②使灰心，使沮丧

▶▶▶ **get the message to sb.** 告诉某人，让某人明白

▶▶▶ **on the alert** 密切注意着，警戒着，防备着，随时准备着

▶▶▶ **urgent** ['ɜ:dʒənt]

[释义] *a.* 急迫的，紧急的

[同根] urge [ɜ:dʒ] *n.* 强烈欲望，迫切要求 *v.* ①催促，力劝 ②驱策，推动

urgency ['ɜ:dʒənsɪ] *n.* 紧急，急迫

urgently ['ɜ:dʒəntlɪ] *ad.* 迫切地，急切地

▶▶▶ **mission** ['mɪʃən]

[释义] *n.* ①使命，任务 ②使团，代表团

▶▶▶ **literacy** ['lɪtərəsɪ]

[释义] *n.* 识字，有读写能力

[反义] illiteracy

[同根] literate ['lɪtərɪt] *a.* ①有读写能力的，有文化修养的 ②熟练的，通晓的

illiterate [ɪ'lɪtərɪt] *a.* 不识字的，没受教育的 *n.* 文盲

▶▶▶ **relatively** ['relətɪvlɪ]

[释义] *ad.* ①比较地 ②相对地 ③相关地

[同根] relate [rɪ'leɪt] *v.* ①讲述，叙述

②使相互关联，联系

relation [rɪ'leɪʃən] *n.* ①（事物间的）关系，联系 ②[常作～s]（国家、团体、人民等之间的）关系、往来 ③亲属关系，亲戚

relative ['relətɪv] *a.* ①比较的，相对的 ②有关的，相关的 *n.* 亲戚，亲属

relativity [ˌrelə'tɪvətɪ] *n.* 相关（性），相对论

relationship [rɪ'leɪʃənʃɪp] *n.* 关 系，联系

▶▶▶ **earn a living** 谋生

▶▶▶ **Information Age** 信息时代

▶▶▶ **complex** ['kɒmpleks]

[释义] *a.* ①复杂的 ②合成的，综合的 *n.* 综合物，综合性建筑，综合企业

[同义] complicated, intricate

[反义] simple, uncomplicated, brief

[同根] complexity [kəm'pleksɪtɪ] *n.* 复杂，复杂的事物，复杂性

Error Correction

2006.12

The most important starting point for improving the understanding of science is undoubtedly an adequate scientific education at school. Public attitudes towards science **owe** much **to** the way science is taught in these **institutions**. Today, school is where most people **come into contact with** a formal **instruction** and explanation of science for the first time, at least in a **systematic** way. It is at this point that the **foundations** are **laid for** an interest in science. What is taught (and how) in this first **encounter** will largely determine an individual's view of the subject in adult life.

Understanding the **origin** of the **negative** attitudes towards science may help us to **modify** them. Most education systems **neglect exploration**, understanding and **reflection**. Teachers in schools **tend to present** science as a collection of facts, often in more detail than necessary. As a result, children **memorize** processes such as mathematical **formulas periodic table**, only to forget them shortly afterwards. The task of learning facts and **concepts**, one at a time, makes learning **laborious**, boring and inefficient. Such a purely **empirical approach**, which consists of observation and **description**, is also, **in a sense**, unscientific or incomplete. There is therefore a need for resources and methods of teaching that **facilitate** a deep understanding of science in an enjoyable way. Science should not only be "fun" in the same way as playing a video game, but "hard fun"—a deep feeling of connection made possible only by imaginative engagement.

文章词汇注释

▸▸▸ **owe...to...** 应该把…归因于，归功于…

▸▸▸ **institution** [ˌɪnstɪ'tjuːʃən]
[释义] *n.* ①(教育、慈善、宗教等的)公共社会机构 ②创立，设立，制定风俗、习惯 ③制度
[同根] institute ['ɪnstɪtjuːt] *v.* ①实行，开始，着手 ②建立，设立，制定 *n.* ①学会，协会 ②学院，(大专)

学校

►►► **come into contact with** ①接触… ②遭遇…

►►► **instruction** [ɪn'strʌkʃən]
[释义] *n.* ①教育，讲授，教学 ②教诲，教导 ③用法说明
[同根] instruct [ɪn'strʌkt] *v.* ①教，讲授，训练，指导 ②命令，指示
instructor [ɪn'strʌktə] *n.* 教员，教练，指导者
instructive [ɪn'strʌktɪv] *a.* 有启发的，有教育意义的

►►► **systematic** [ˌsɪstɪ'mætɪk]
[释义] *a.* ①有系统的，系统化的 ②(做事)有条理的，有计划有步骤的
[同根] system ['sɪstəm] *n.* ①系统 ②制度，体制 ③秩序，条理

►►► **lay foundations for** 为…打下基础

►►► **encounter** [ɪn'kaʊntə]
[释义] *n.* ①相遇，邂逅，遭遇 ②冲突，交战，遭遇战 *v.* ①意外地遇见，偶然碰到 ②遭到，受到
[同义] meet, come acoss

►►► **origin** ['ɒrɪdʒɪn]
[释义] *n.* ①起源，由来 ②出身，血统
[同义] start, source, birth
[同根] originate [ə'rɪdʒɪneɪt] *v.* ①发源，发起，发生 ②创作，发明
original [ə'rɪdʒənəl] *a.* ①最初的，原来的 ②独创的，新颖的 *n.* [the ~] 原作，原文，原件
originally [ə'rɪdʒənəlɪ] *ad.* 最初，原先

►►► **negative** ['negətɪv]
[释义] *a.* ①消极的，反面的，反对的 ②否定的，表示否认的
[反义] positive
[同根] negation [nɪ'geɪʃən] *n.* ①否定，否认，表示否认 ②反面，对立面

►►► **modify** ['mɒdɪfaɪ]
[释义] *v.* ①改变，更改，修改 ②缓和，减轻
[同义] reform, improve
[同根] modification [ˌmɒdɪfɪ'keɪʃən] *n.* ①更改，修改，修正 ②变体，变型
modified ['mɒdɪfaɪd] *a.* ①改良的，改进的 ②修正的

►►► **neglect** [nɪ'glekt]
[释义] *v.&n.* ①忽视，忽略 ②疏忽，玩忽
[同根] negligent ['neglɪdʒənt] *a.* 疏忽的，粗心大意的，随便的
negligence ['neglɪdʒəns] *n.* ①疏忽(行为) ②随便，不修边幅
negligible ['neglɪdʒəbl] *a.* 可以忽略的，微不足道的

►►► **exploration** [ˌeksplɔː'reɪʃən]
[释义] *n.* ①探究，探索，钻研 ②勘探，探测
[同义] investigate
[同根] explore [ɪk'splɔː] *v.* ①探索，调查研究 ②探测，考察，勘察
exploratory [ɪk'splɔːrətərɪ] *a.* ①(有关)勘探、探险、探测的 ②(有关)探索、探究、考察的

►►► **reflection** [rɪ'flekʃən]
[释义] *n.* ①深思，考虑，反省 ②反映，表明，显示 ③映像
[同根] reflect [rɪ'flekt] *v.* ①反射(光，热，声等) ②反映 ③深思，考虑
reflective [rɪ'flektɪv] *a.* ①反射的，反映的 ②思考的，沉思的

►►► **tend to** 容易，往往

►►► **present** [prɪ'zent]
[释义] *v.* ①介绍，陈述，提出 ②呈现，出示 ③引见 ④给，赠送 ⑤上演
►►► ['prezənt] *n.* ①礼物 ②现在 *a.* 现在的，出席的
[同根] presentation [ˌprezen'teɪʃən]

n. ①介绍 ②陈述 ③赠送，表演

▶▶▶ **memorize** [ˈmeməraɪz]

[释义] *v.* 记住，熟记

[同义] remember

[同根] memory [ˈmemərɪ] *n.* 记忆，记忆力

memorization [ˌmeməraɪˈzeɪʃən] *n.* 记住，默记

▶▶▶ **formula** [ˈfɔːmjʊlə]

[释义] *n.* ①公式，方程式，分子式 ②规则 ③客套语 *a.* ①根据公式的 ②俗套的

[同根] formulate [ˈfɔːmjʊleɪt] *v.* ①用公式表示 ②明确地表达 ③作简洁陈述，阐明

formulation [ˌfɔːmjʊˈleɪʃən] *n.* ①公式化的表述 ②系统的表达 ③规划，构想

▶▶▶ **periodic table** (元素)周期表

▶▶▶ **concept** [ˈkɒnsept]

[释义] *n.* 概念，观念，思想

[同义] conception, design, idea

[同根] conceive [kənˈsiːv] *v.* ①认为 ②(of)构想出，设想 ③怀孕，怀(胎)

conception [kənˈsepʃən] *n.* ①思想，观念，概念 ②构想，设想

▶▶▶ **laborious** [ləˈbɔːrɪəs]

[释义] *a.*(指工作)艰苦的，费力的，(指人)勤劳的

[同根] labour [ˈleɪbə(r)] *n.* ①劳动，工作 ②努力 ③劳工，工人 ④(Labour)英国(或英联邦国家的)工党 *v.* ①工作，劳动，努力 ②费力地前进 ③详细地做，详细说明或讨论

labourer [ˈleɪbərə] *n.* 体力劳动者，工人

▶▶▶ **empirical** [emˈpɪrɪkəl]

[释义] *a.* 完全根据经验的，经验主义的，[化]实验式

▶▶▶ **approach** [əˈprəʊtʃ]

[释义] *n.* ①(处理问题的)方式、方法、态度 ②途径，通路 *v.* ①接近，靠近 ②(着手)处理，(开始)对付

[同义] way, method, means

[同根] approachable [əˈprəʊtʃəbəl] *a.* ①可接近的 ②平易近人的，亲切的

[词组] at the approach of... 在…快到的时候

be approaching (to)... 与…差不多，大致相等

make an approach to... 对…进行探讨

approach sb. on/about sth. 和某人接洽(商量、交涉)某事

approach to... ①接近 ②近似，约等于

▶▶▶ **description** [dɪˈskrɪpʃən]

[释义] *n.* 描写，描述

[同根] describe [dɪˈskraɪb] *v.* 描写，描述，形容

descriptive [dɪˈskrɪptɪv] *a.* 描述的，起描述作用的

▶▶▶ **in a sense** 就某种意义来说，在某一方面

▶▶▶ **facilitate** [fəˈsɪlɪteɪt]

[释义] *v.* ①促进，助长 ②(不以人作主语)使容易，使便利 ③帮助，援助

[同根] facility [fəˈsɪlɪtɪ] *n.* ①(常作复数)设施，设备，工具 ②容易，简易，便利 ③灵巧，熟练

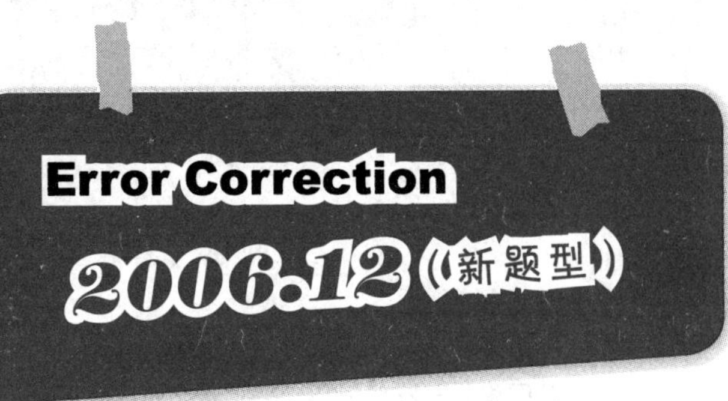

The National **Endowment** for the Art recently **released** the results of its "Reading at Risk" **survey**, which described the movement of the American public away from books and literature and toward television and **electronic media**. According to the survey, "Reading is **on the decline** in every region, within every **ethnic** group, and at every educational level."

The day when the NEA report released, the U.S. House, in a **tie vote**, **upheld** the government's right to obtain bookstore and library records under a **provision** of the *USA Patriot Act*. The House **proposal** would have **barred** the federal government from demanding library records, reading lists, book customer lists and other material in terrorism and **intelligence investigations**.

These two events are completely unrelated, yet they **echo** each other in the message they send about the place of books and reading in American culture. At the heart of the NEA survey is the belief that our **democratic** system depends on leaders who can think critically, **analyze** texts and write clearly. All of these are skills **promoted** by reading and discussing books and literature. At the same time, through a provision of the *Patriot Act*, the leaders of our country are **unconsciously** sending the message that reading may be connected to **undesirable** activities that might **undermine** our system of government rather than helping democracy flourish.

Our culture's decline in reading began well before the existence of the *Patriot Act*. During the 1980s' culture wars, school systems across the country pulled some books from library shelves because their content was **deemed** by parents and teachers to be **inappropriate**. Now what started in schools across the country is **playing** itself **out** on a national stage and is possibly **having an impact on** the reading habits of the American public.

文章词汇注释

▶▶▶ **endowment** [ɪn'daʊmənt]
[释义] *n.* ①资助，捐赠 ②捐款，捐赠的财物 ③天资，禀赋
[同义] contribution
[同根] endow [ɪn'daʊ] *v.* ①资助，捐赠，向…捐钱(或物) ② (with) 给予，赋予，认为…具有某种特质

▶▶▶ **release** [rɪ'liːs]
[释义] *v.* ①发布(新闻等)，公开发行(影片、唱片等) ②放开，松开 ③释放，解放 ④排放 *n.* ①排放，放开 ②释放，解除 ③发行，发布 ④使人解脱的事物，排遣性的事物
[词组] release sb. from... 免除某人的…

▶▶▶ **survey** [sɜː'veɪ]
[释义] *n.&v.* ①调查(民意、收入等) ②测量，测勘 ③全面考察(研究)，概况，概述
[同义] review, study, examination, investigation
[词组] make/take a survey of 对…作全面的调查，测量，勘察

▶▶▶ **electronic media** [总称](作为舆论媒介的)电视和电台广播(业)

▶▶▶ **on the decline** 在衰退中，在下降

▶▶▶ **ethnic** ['eθnɪk]
[释义] *a.* ①种族的 ②异教徒的 ③外国人的，异族的
[同义] racial
[词组] ethnic group 族群(指同一文化的种族或民族群体)

▶▶▶ **tie vote** 票数均等

▶▶▶ **uphold** [ʌp'həʊld]
[释义] *v.* ①维护，支持并鼓励 ②举起，高举 ③赞成，认可
[同义] maintain, confirm
[反义] subvert
[同根] upholder [ʌp'həʊldə] *n.* ①支持者，赞成者，拥护者 ②支撑物

▶▶▶ **provision** [prə'vɪʒən]
[释义] *n.* ①条款，规定 ②供应，提供 ③预备，准备
[同根] provide [prə'vaɪd] *v.* ①(决定、法律等的)规定 ②供应，供给，提供 ③准备好，预先准备

▶▶▶ **patriot** ['peɪtrɪət, 'pæt-]
[释义] *n.* 爱国者，爱国主义者
[反义] traitor
[同根] patriotic [ˌpætrɪ'ɒtɪk, ˌpeɪtrɪ-] *a.* 爱国的，有爱国心的，显示爱国精神的
patriotism ['pætrɪətɪzəm, 'peɪ-] *n.* 爱国主义，爱国心，爱国精神

▶▶▶ **proposal** [prə'pəʊzəl]
[释义] *n.* ①提案，提议，建议，计划 ②(建议等的)提出
[同义] project, scheme, suggestion, offer
[同根] propose [prə'pəʊz] *v.* ①提议，建议 ②推荐，提名 ③提议祝酒，提出为…干杯 ④打算，计划
proposition [ˌprɒpə'zɪʃən] *n.* ①(详细的)提议，建议，议案 ②论点，主张，论题

▶▶▶ **bar** [bɑː]
[释义] *v.* (from)禁止，阻挡，妨碍 *n.* ①条，棒 ②酒吧 ③障碍物
[同义] ban, forbid, prohibit
[同根] barrier ['bærɪə] *n.* ①障碍，隔阂，壁垒 ②妨碍的因素，障碍物
barricade [ˌbærɪ'keɪd] *v.* 设路障 *n.* 路障

▶▶▶ **intelligence investigations** 情报调查

▶▶▶ **echo** [ˈekəʊ]

[释义] *v.* ①重复…的话（或观点等）②发出回声，发出回响 *n.* ①回声，回音 ②应声虫，附和者 ③重复，仿效 ④共鸣

[同义] duplicate, imitate, repeat

▶▶▶ **democratic** [ˌdeməˈkrætɪk]

[释义] *a.* ①民主的，民主政体的 ②有民主精神的

[同根] democrat [ˈdeməkræt] *n.* ①民主主义者，民主人士 ②民主党人
democracy [dɪˈmɒkrəsɪ] *n.* 民主，民主精神，民主主义
democratically [ˌdeməˈkrætɪkəlɪ] *ad.* 民主地，民主主义地

▶▶▶ **analyze** [ˈænəlaɪz]

[释义] *v.* 分析，分解

[同根] analysis [əˈnælɪsɪs] *n.* 分析，分解
analyst [ˈænəlɪst] *n.* 分析者
analytical [ˌænəˈlɪtɪkəl] *a.*(=analytic) 分析的，分解的
analytically [ˌænəˈlɪtɪkəlɪ] *d.* 分析地，分析法地

▶▶▶ **promote** [prəˈməʊt]

[释义] *v.* ①促进，增进 ②宣传，推销 ③（常与 to 连用）提升，晋升

[同根] promotion [prəˈməʊʃən] *n.* ①提升，晋级 ②促进，推动 ③创设，举办

▶▶▶ **unconsciously** [ʌnˈkɒnʃəslɪ]

[释义] *ad.* 无意识地，失去知觉地

[反义] consciously

[同根] conscious [ˈkɒnʃəs] *a.* ①有意识的，自觉的，意识清醒的 ②故意的，存心的 ③有…意识的，注重…的
consciousness [ˈkɒnʃəsnɪs] *n.* ①知觉，感觉，自觉 ②意识，觉悟
unconscious [ʌnˈkɒnʃəs] *a.* 失去知觉的，无意识的
subconscious [sʌbˈkɒnʃəs] *a.* 下意识的
subconsciousness [sʌbˈkɒnʃəsnɪs] *n.* 潜意识

▶▶▶ **undesirable** [ˌʌndɪˈzaɪərəbl]

[释义] *a.* 不合需要的，不受欢迎的，令人不快的

[同根] desire [dɪˈzaɪə] *n.* ①愿望，欲望 ②要求，请求 ③向往的东西（事情）④肉欲，情欲 *v.* ①想要，意欲，希望 ②要求，请求
desirable [dɪˈzaɪərəbl] *a.* 值得要的，合意的，令人想要的，悦人心意的

▶▶▶ **undermine** [ˌʌndəˈmaɪn]

[释义] *v.* ①暗中破坏，逐渐削弱 ②侵蚀…的基础 ③在下面挖矿或挖隧道

▶▶▶ **deem** [diːm]

[释义] *v.* 认为，以为，视为，相信

[同义] assume, believe, consider, regard

[词组] be deemed to be 被认为是…

▶▶▶ **inappropriate** [ˌɪnəˈprəʊprɪɪt]

[释义] *a.* 不适当的，不恰当的，不相称的

[同义] improper, unfitting, unsuitable

[反义] appropriate

[同根] appropriate [əˈprəʊprɪɪt] *a.* 适合的，恰当的，相称的

[əˈprəʊprɪeɪt] *v.* ①挪用，占用 ②拨出（款项）
appropriately [əˈprəʊprɪɪtlɪ] *ad.* 适当地

▶▶▶ **play out** ①演出，把（戏）演完，把（比赛）进行到底 ②履行，完成 ③（使）筋疲力尽，（使）耗尽

▶▶▶ **have an impact on...** 对…有影响

Historically, humans get serious about avoiding **disasters** only after one has just **struck** them. By that **logic**, 2006 should have been a breakthrough year for **rational** behavior. With the memory of 9/11 still fresh in their minds, Americans watched **hurricane** Katrina, the most expensive disaster in U.S. history, on **live** TV. Anyone who didn't know it before should have learned that bad things can happen. And they are made much worse by our **willful** blindness to risk as much as our **reluctance** to work together before everything **goes to hell**.

Granted, some amount of delusion (错觉) is probably part of the human condition. In A.D. 63, Pompeii was seriously damaged by an earthquake, and the locals immediately went to work rebuilding, in the same spot—until they were buried altogether by a **volcano eruption** 16 years later. But a **review** of the past year in disaster history suggests that modern Americans are particularly bad at protecting themselves from **guaranteed** threats. We know more than we ever did about the dangers we face. But it turns out that in times of crisis, our greatest enemy is rarely the storm, the quake or the **surge** itself. More often, it is ourselves.

So what has happened in the year that followed the disaster on the Gulf Coast? In New Orleans, the Army Corps of Engineers has worked day and night to rebuild the flood walls. They have got the walls to where they were before Katrina, **more or less**. That's not enough, we can now say with confidence. But it may be all that can be expected from one year of hustle (忙碌).

Meanwhile, New Orleans officials have **crafted** a plan to use buses and trains to **evacuate** the sick and **the disabled**. The city estimates that 15,000 people will need a ride out. However, state officials have not yet determined where these people will be taken. The **negotiations** with neighboring **communities** are **ongoing** and difficult.

文章词汇注释

▶▶▶ **disaster** [dɪ'zɑːstə]
[释义] *n.* ①天灾，灾难 ②不幸，祸患
[同义] casualty, misfortune, accident, tragedy
[同根] disastrous [dɪ'zɑːstrəs] *a.* ①损失惨重的 ②悲伤的

▶▶▶ **strike** [straɪk]
[释义] *v.* ①侵袭，袭击 ②打，撞击，冲击 ③罢工 ④打动 ⑤划燃 *n.* 罢工，打击，殴打
[词组] be on strike 举行罢工
be struck with (by) ①为…所袭击；为…所侵袭 ②为…所触动 (感动)
It strikes me that 我觉得…，我的印象是…

▶▶▶ **logic** ['lɒdʒɪk]
[释义] *n.* 逻辑，逻辑学，逻辑性
[同义] reason, sense, judgement
[同根] logical ['lɒdʒɪkəl] *a.* 合乎逻辑的，合理的

▶▶▶ **rational** ['ræʃənl]
[释义] *a.* ①理性的，理智的，明事理的 ②基于理性的，合理的
[反义] irrational, unreasonable
[同根] ration ['ræʃən] *n.* 定量，配给量，定量配给 *v.* 配以供应，定量供应
irrational [ɪ'ræʃənəl] *a.* 无理性的，不合理的
rationality [ˌræʃə'nælɪtɪ] *n.* 合理性，理性观点 (或行动、信仰)

▶▶▶ **hurricane** ['hʌrɪkən, -kɪn]
[释义] *n.* 飓风

▶▶▶ **live** [laɪv]
[释义] *a.* (电视或广播) 现场直播的，实况转播的 *ad.* 以现场直播方式

▶▶▶ **willful** ['wɪlfʊl]
[释义] *ad.* 任性的，故意的
[同义] deliberate, intentional, conscious

▶▶▶ **reluctance** [rɪ'lʌktəns]
[释义] *n.* 不愿，勉强
[同义] unwillingness
[反义] keenness
[同根] reluctant [rɪɪ'lʌktənt] *a.* 不愿的，勉强的

▶▶▶ **go to hell** 见鬼去吧，管它呢

▶▶▶ **granted** 不错，我承认 (用来表示承认某人所说是事实)
[同根] grant [grɑːnt] *v.* ①准予，准许 ②承认 *n.* ①授予物，拨款 ②财产转让 ③补助金，助学金
[词组] take ... for granted 认为…理所当然
granted / granting that... 假定，就算…

▶▶▶ **volcano** [vɒl'keɪnəʊ]
[释义] *n.* 火山
[同根] volcanic [vɒl'kænɪk] *a.* ①火山(性) 的，有火山的，多火山的 ②火山似的，猛烈的，爆发的

▶▶▶ **eruption** [ɪ'rʌpʃən]
[释义] *n.* ① (火山) 爆发,喷发 ② (搏斗、暴力事件、噪音等的) 突然发生，爆发
[同义] outbreak, explosion
[同根] erupt [ɪ'rʌpt] *v.* ① (火山) 爆发，喷发 ② (搏斗、暴力事件、噪音等的) 突然发生，爆发

▶▶▶ **review** [rɪ'vjuː]
[释义] *v.&n.* ①回顾，评论 ②复习，审查
[同义] assess, consider, evaluate, survey, examine
[同根] view [vjuː] *n.* ①景色 ②观点，见解 ③风景，眼界 *v.* 观看，认为

interview ['ɪntəvjuː] n.&v. ①采访，接见，会见 ②面试

preview ['priː'vjuː] n.& v. 预习，预演，预映，预展

[词组] be under review 在检查中，在审查中

come under review ①开始受审查 ②开始被考虑

in review ①回顾 ②检查中

▶▶▶ **guarantee** [ˌgærən'tiː]

[释义] v. ①确保，保证 ②许诺 ③担保，为…担保 n. ①保证，保证书 ③抵押品

[同义] certify, promise

[词组] under guarantee 在保修期内

▶▶▶ **surge** [sɜːdʒ]

[释义] n. ①巨浪，波涛 ②波涛般的事物 ③（波涛的）汹涌，奔腾 v. ①浪涛般汹涌奔腾 ②猛冲，急剧上升，激增

▶▶▶ **more or less** ①大约，几乎 ②或多或少

▶▶▶ **craft** [krɑːft]

[释义] v. 精心制作，精心制定 n. ①小船 ②（尤指传统的手工）工艺，手艺③（尤指需要特殊技能的）行业，职业 ④诡计，手腕

[同义] make, create, vessel; expertise, profession

[词组] by craft 用诡计（手腕）

with craft 有技巧地，巧妙地

▶▶▶ **evacuate** [ɪ'vækjueɪt]

[释义] v. ①疏散，撤离，转移 ②使空，抽空 ③排空，排泄

[同义] withdraw, remove, empty

[同根] vacuum ['vækjuəm] n. 真空，真空吸尘器 a. 真空的，产生真空的，利用真空的 v. 用真空吸尘器打扫

evacuation [ɪˌvækju'eɪʃən] n. ①撤离，撤出，转移，疏散 ②撤空，清除 ③排泄，排泄物

▶▶▶ **the disabled** 伤残人士

▶▶▶ **negotiation** [nɪˌgəuʃɪ'eɪʃən]

[释义] n. ①谈判，协商 ②（票据的）转让，流通

[同义] settlement

[同根] negotiate [nɪ'gəuʃɪeɪt] v. ①（与某人）商议，谈判，磋商，买卖 ②让渡（支票、债券等）③通过，越过

negotiable [nɪ'gəuʃjəbl] a. 可通过谈判解决的

▶▶▶ **community** [kə'mjuːnɪtɪ]

[释义] n. ①社区，社会 ②由同宗教，同种族，同职业或其他共同利益的人所构成的团体 ③共享，共有，共用

[同义] resident, dweller, occupant, inhabitant, society, colony

[词组] community of goods 财产的公有

community of interest(s) 利害的一致，利害相通

▶▶▶ **ongoing** ['ɒngəuɪŋ]

[释义] a. 正在进行的

选项词汇注释

▶▶▶ **evident** ['evɪdənt]

[释义] a. 明显的，显然的

[同义] obvious, plain, clear

[反义] unclear

[同根] evidence ['evɪdəns] n. ①证据，根据，迹象 ②明显，显著

evidently ['evɪdəntlɪ] ad. 明显地，显然

►►► **visual** [ˈvɪzjʊəl]

[释义] *a.* ①视力的，视觉的 ②看得见的，可被看见的 ③光学的 *n.*（电影、电视等的）画面，图象

[同根] visually [ˈvɪzjʊəlɪ] *ad.* 在视觉上地，视力地

visualize [ˈvɪzjʊəlaɪz, ˈvɪʒ-] *v.* ①使形象化，想象，设想 ②使成为看得见

►►► **vivid** [ˈvɪvɪd]

[释义] *a.* ①活泼的，生动的 ②鲜艳的，鲜亮的 ③栩栩如生的，逼真的

[同义] bright, brilliant, colorful

[反义] dull

[同根] vividly [ˈvɪvɪdlɪ] *ad.* 生动地，鲜明地

►►► **rejection** [rɪˈdʒekʃən]

[释义] *n.* ①拒绝，抵制 ②否决，否认 ③丢弃，除去

[同义] refusal, denial

[反义] acceptance

[同根] reject [rɪˈdʒekt] *v.* ①拒绝，抵制，驳回 ②否决，否认 ③丢弃，除去

►►► **denial** [dɪˈnaɪəl]

[释义] *n.* ①否认 ②拒绝，拒绝给予

[同义] rejection, dissent, defiance

[反义] agreement, permission

[同根] deny [dɪˈnaɪ] *v.* ①否认，否定 ②背弃，摒弃 ③拒绝，不给，不允许

►►► **decline** [dɪˈklaɪn]

[释义] *n.* ①衰退，衰落 ②下降，减少 ③倾斜 *v.* ①拒绝，谢绝 ②下降，减少 ③衰退，衰落 ④倾斜

[同义] refuse, reject, sink, fall, weaken

[反义] accept, agree, flourish

[同根] declination [ˌdeklɪˈneɪʃən] *n.* ①下倾，倾斜 ②拒绝，婉言谢绝 ③衰退，衰落

[词组] on the decline 走下坡路，在衰退中

the decline of life 晚年，暮年

►►► **revise** [rɪˈvaɪz]

[释义] *v.* ①修改，修正，改正 ②修订，校订，订正

[同义] amend, correct

[同根] revision [rɪˈvɪʒən] *n.* ①修改，修正，改正 ②修订，校订，订正

►►► **retrieve** [rɪˈtriːv]

[释义] *v.* ①收回，取回，重新得到 ②挽回，补救 ③检索

[同义] fetch, regain, restore, recover

[同根] retrieval [rɪˈtriːvəl] *n.* 取回，恢复，补救，重获，挽救

►►► **reminder** [rɪˈmaɪndə]

[释义] *n.* ①提醒者(物)，令人回忆的东西，纪念品 ②提(暗)示，信号，通知

[同根] remind [rɪˈmaɪnd] *v.*(of, that, how) 使想(记)起，提醒

►►► **concept** [ˈkɒnsept]

[释义] *n.* 概念，观念，思想

[同义] idea, notion, opinion, thought

[同根] conception [kənˈsepʃən] *n.* 思想，观念，概念

►►► **prospect** [ˈprɒspekt]

[释义] [常作~s] (成功、得益等的)可能性，机会，(经济、地位等的)前景，前途 ②将要发生的事，期望中的事

[同义] hope, possibility, outlook, likelihood, view, vision

[同根] prospective [prəsˈpektɪv] *a.* 预期的，盼望中的，即将发生的

►►► **prevailing** [prɪˈveɪlɪŋ]

[释义] *a.* ①流行的，盛行的 ②优势的，主要的，有力的

[同义] current, popular, dominant, principal

[同根] prevail [prɪˈveɪl] *v.* ①流行，盛行 ② (over, against) 占优势，占上风

prevalence ['prevələns] *n.* 流行，盛行，普及，广泛
prevalent ['prevələnt] *a.* 流行的，盛行的，普遍的

▶▶▶ **merely** ['mɪəlɪ]
[释义] *ad.* 仅仅，只，不过
[同义] barely, only, purely, simply
[同根] mere [mɪə] *a.* ①仅仅的，只不过的 ②纯粹的

▶▶▶ **incidentally** [ɪnsɪ'dentəlɪ]
[释义] *ad.* 顺便地，附带地，偶然地
[同根] incidence ['ɪnsɪdəns] *n.* ①发生，影响，发生（或影响）方式 ②发生率
incident ['ɪnsɪdənt] *n.* ①发生的事，事情 ②（尤指国际政治中的）事件，事变
incidental [ˌɪnsɪ'dentl] *a.* ①附属的，随带的 ②偶然的，容易发生的

▶▶▶ **accidentally** ['æksɪdəntlɪ]
[释义] *ad.* 偶然地，意外地
[同义] by chance, by accident, unintentionally
[反义] on purpose
[同根] accident ['æksɪdənt] *n.* ①意外事故，横祸 ②偶发事件
accidental [ˌæksɪ'dentl] *a.* 意外的，非主要的，附属的

▶▶▶ **spur** [spɜː]
[释义] *n.&v.* 激励，鞭策，鼓舞，促进
[同义] provoke, urge, encourage
[词组] spur on 鞭策…，激励…
on the spur of the moment 一时冲动之下，不加思索地

▶▶▶ **surf** [sɜːf]
[释义] *n.* 海浪 *v.* 作冲浪运动

▶▶▶ **splash** [splæʃ]
[释义] *v.* ①溅泼着水（或泥浆等）行（路）②溅，泼，溅湿 *n.* 溅，飞溅，斑点
[词组] make a splash ①发出泼溅声 ②引起哄动，摆排场，炫耀

▶▶▶ **ensue** [ɪn'sjuː]
[释义] *v.* 跟着发生，接踵而来，因而产生
[同义] result, follow, proceed

▶▶▶ **trace** [treɪs]
[释义] *n.* 痕迹，踪迹，足迹，遗迹 *v.* 追踪，跟踪
[同义] track, trail
[词组] trace back to 追溯到，追究到，追查到
trace out 探寻踪迹

▶▶▶ **occur** [ə'kɜː]
[释义] *v.* ①发生 ②(to) 想起，想到
[同义] happen, take place
[同根] occurrence [ə'kʌrəns] *n.* ①事件，发生的事情 ②发生，出现
occurrent [ə'kʌrənt] *a.* ①正在发生的 ②偶然发生的
occurring [ə'kɜːrɪŋ] *n.* 事变，事件，事故

▶▶▶ **conclusive** [kən'kluːsɪv]
[释义] *a.* 决定性的，结论性的，确定性的，有说服力的
[同根] conclude [kən'kluːd] *v.* ①作出结论，推断，断定 ②缔结，议定 ③结束
conclusion [kən'kluːʒən] *n.* ①结论 ②缔结 ③结束

▶▶▶ **exile** ['eksaɪl, 'egz-]
[释义] *v.* 流放，放逐，使流亡 *n.* 流放，放逐，流亡
[同义] banish, deport, exclude, expel

▶▶▶ **dismiss** [dɪs'mɪs]
[释义] *v.* ①不再考虑，拒绝考虑 ②解散，使（或让）离开 ③开除，解职 ④驳回，不受理
[同义] reject, discharge, expel
[反义] employ

[同根] dismissal [dɪs'mɪsəl] *n.* ①不再考虑，不予理会 ②解散，遣散 ③开除，解职 ④驳回诉讼，撤回诉讼

displace [dɪs'pleɪs]

[释义] *v.* ①移动…的位置 ②取代(某人的)位置

[同根] replace [riː'pleɪs] *v.* 取代，代替

displacement [dɪs'pleɪsmənt] *n.* 移位，取代，撤换

replacement [rɪ'pleɪsmənt] *n.* 代替，替换

trail [treɪl]

[释义] *n.* 踪迹，痕迹，足迹 *v.* 跟踪，追踪，追猎

[同义] trace, track

[词组] in trail 成一列纵队地

off the trail ①失去线索 ②离题

trail off 逐渐消失

track [træk]

[释义] *n.* 足迹，踪迹，(飞机、轮船等的)航迹，车辙 *v.* 追踪，跟踪

[同义] trace, trail

[词组] on the right track 循着正确的路线，正确地

on the wrong track 循着错误的路线，错误地

track down 跟踪找到，追捕到，追查到，搜寻到

convention [kən'venʃən]

[释义] *n.* ①常规，惯例 ②(正式)会议，(定期)大会 ③社会习俗，(对行为、态度等)约定俗成的认可 ④公约，协定

[同义] rule, principle, custom, meeting, gathering, conference

[同根] conventional [kən'venʃənəl] *a.* 惯例的，常规的，符合传统的

notification [ˌnəʊtɪfɪ'keɪʃən]

[释义] *n.* 通知，布告，告示

[同义] announcement

[同根] notice ['nəʊtɪs] *n.* ①通知，布告 ②注意 *v.* 注意到

notify ['nəʊtɪfaɪ] *v.* 通知，告知，报告

communication [kəˌmjuːnɪ'keɪʃn]

[释义] *n.* ①交流，交际 ②通信，通讯 ③传达，传播 ④信息

[同义] contact, conversation, correspondence, transmission

[同根] communicate [kə'mjuːnɪkeɪt] *v.* ①传达，传送 ②通讯，交际，联络，通信

communicatee [kəˌmjuːnɪkə'tiː] *n.* 交流对象

communicative [kə'mjuːnɪkətɪv] *a.* ①乐意说的，爱说话的，不讳言的 ②通信的，交际的

[词组] be in communication with 与…通讯，与…保持联系

In 1915 Einstein made a trip to Gottingen to give some lectures **at the invitation of** the mathematical physicist David Hilbert. He was particularly eager—too eager, it would **turn out**—to explain all the **intricacies** of relativity to him. The visit was a **triumph**, and he said to a friend excitedly, "I was able to **convince** Hilbert of the general theory of relativity."

Amid all of Einstein's personal turmoil(焦躁) at the time, a new scientific anxiety was about to **emerge**. He was struggling to find the equations that would **describe** his new concept of gravity, ones that would define how objects move through space and how space is **curved** by objects. By the end of the summer, he realized the mathematical **approach** he had been **pursuing** for almost three years was **flawed**. And now there was a competitive pressure. Einstein discovered to his horror that Hilbert had taken what he had learned from Einstein's lectures and was racing to **come up with** the correct equations first.

It was an **enormously** complex task. Although Einstein was the better physicist, Hilbert was the better mathematician. So in October 1915 Einstein **threw himself into** a month-long **frantic endeavor** in which he returned to an earlier mathematical **strategy** and **wrestled** with equations, proofs, corrections and updates that he rushed to give as lectures to Berlin's Prussian Academy of Sciences on four **successive** Thursdays.

His first lecture was **delivered** on Nov. 4, 1915, and it explained his new approach, though he admitted he did not yet have the precise mathematical **formulation** of it. Einstein also **took time off** from **furiously** revising his equations to engage in an awkward fandango (方丹戈双人舞) with his competitor Hilbert. Worried about being scooped (抢先), he sent Hilbert a copy of his Nov. 4 lecture. "I am curious to know whether you will **take** kindly **to** this new solution." Einstein noted with **a touch of defensiveness**.

文章词汇注释

▶▶▶ **at the invitation of** 应…邀请

▶▶▶ **turn out** 证明是…，结果是…

▶▶▶ **intricacy** ['ɪntrɪkəsɪ]

[释义] *n.* ① [*pl.*] 错综复杂的事物 ②复杂，错综

[同根] intricate ['ɪntrɪkɪt] *a.* 错综复杂的，复杂精细的

intricately ['ɪntrɪkɪtlɪ] *ad.* 复杂地

▶▶▶ **triumph** ['traɪəmf]

[释义] *n.* ①胜利，得胜 ②非凡的成功，杰出的成就 ③(胜利或成功的)喜悦，狂喜 *v.* 获胜，成功，得胜

[同义] conquest, success, victory, winning

[反义] defeat

[同根] triumphal [traɪ'ʌmf(ə)l] *a.* 胜利的，成功的，得胜的

triumphant [traɪ'ʌmfənt] *a.* 胜利的，成功的，得胜的

▶▶▶ **convince** [kən'vɪns]

[释义] *v.* 使确信，使信服

[同义] assure, guarantee, make certain, persuade, pledge

[同根] conviction [kən'vɪkʃən] *n.* 深信，确信

convincible [kən'vɪnsəbl] *a.* 可被说服的

convinced [kən'vɪnst] *a.* 确信的，深信的

convincing [kən'vɪnsɪŋ] *a.* 令人信服的，有说服力的

convincingly [kən'vɪnsɪŋlɪ] *ad.* 令人信服地，有说服力地

[词组] convince sb. of sth. 使…相信…

convince oneself of 充分弄明白（清楚）

▶▶▶ **emerge** [ɪ'mɜːdʒ]

[释义] *v.* ①显现，出现 ②（事实、意见等）显出，暴露

[同根] emergent [ɪ'mɜːdʒənt] *a.* ①出现的 ②突然出现的，紧急的

emergency [ɪ'mɜːdʒnsɪ] *n.* 紧急情况，非常时刻 *a.* 紧急情况下使用（或出现）的

emergence [ɪ'mɜːdʒəns] *n.* 出现，显露

▶▶▶ **describe** [dɪs'kraɪb]

[释义] *v.* 描写，描述，形容

[同根] description [dɪs'krɪpʃən] *n.* 描写，描述，记述

descriptive [dɪ'skrɪptɪv] *a.* 描述的，起描述作用的

[词组] describe...as... 把…描述为…

▶▶▶ **curve** [kɜːv]

[释义] *v.* 使弄弯，使弯成弧形，沿曲线运动 *n.* ①曲线，弧线，弯，曲 ②曲线状物，弯曲部分，(道路的) 弯曲处

[同义] bend, curl, turn, twist, wind

▶▶▶ **approach** [ə'prəʊtʃ]

[释义] *n.* ①方法，途径 ②接近，走进 *v.* ①接近，靠近 ②(首次)接洽 ③开始考虑，开始着手

[同义] method

[同根] approachable [ə'prəʊtʃəbl] *a.* ①可接近的 ②可亲近的，平易近人的

[词组] at the approach of 在…快到的时候

make approaches to sb. 设法接近某人，想博得某人的好感

approach sb. on/ about sth. 向某人接洽某事

▶▶▶ **pursue** [pə'sjuː]

[释义] *v.* ①追求，继续，从事 ②追赶，追逐，追捕

[同根] pursuer [pə'sjuːə(r)] *n.* 追随者，追求者，研究者

pursuit [pə'sjuːt] *n.* ①追求，追逐，追捕 ②职业，工作，消遣

▸▸▸ flaw [flɔː]

[释义] *v.* ①(使)有缺陷，(使)无效 ②(使)生裂缝 *n.* ①瑕疵，缺陷 ②裂痕

[同义] defect, damage, fault, crack

▸▸▸ come up with ①提出，拿出 ②找到(答案、解决办法) ③赶上

▸▸▸ enormously [ɪ'nɔːməslɪ]

[释义] *ad.* 非常地，极大地，巨大地

[同义] extremely, very; hugely, immensely

[同根] enormous [ɪ'nɔːməs] *a.* ①巨大的，极大的，庞大的 ②穷凶极恶的

▸▸▸ throw oneself into 投身于…，积极从事…

▸▸▸ frantic ['fræntɪk]

[释义] *a.* ①极度的，巨大的 ②（因喜悦、痛苦、忧虑、愤怒等）发狂似的 ③紧张纷乱的，狂暴的

[同义] excited, frenzied, violent, wild

[同根] frantically ['fræntɪklɪ] *ad.* 疯狂地，狂热地

▸▸▸ endeavor [ɪn'devə]

[释义] *n.&v.* 努力，尽力

[同义] attempt, effort, labor, try

▸▸▸ strategy ['strætɪdʒɪ]

[释义] *n.* ①战略，策略，计谋 ②战略学 ③战略部署

[同根] strategic [strə'tiːdʒɪk] *a.* ①根据战略的，战略上的 ②关键性的；对全局有重大意义的

▸▸▸ wrestle ['res(ə)l]

[释义] *v.* ①努力解决，全力对付，深思，斟酌 ②摔跤，角力 ③斗争，搏斗

[同根] wrest [rest] *v.* ①用力扭，用力拧 ②抢夺，强夺 ③辛苦谋求，努力取得

wrestler ['res(ə)lə(r)] *n.* [体] 摔跤运动员

wrestling ['res(ə)lɪŋ] *n.* [体] 摔跤

[词组] wrestle down 把…摔倒

wrestle out 拼命干，奋力完成

wrestle with God 热忱祈祷

▸▸▸ successive [sək'sesɪv]

[释义] *a.* ①连续的 ②继承的

[同根] succeed [sək'siːd] *v.* ①继…之后，继任，继承 ②(~ in) 成功

success [sək'ses] *n.* 成功，胜利

succession [sək'seʃən] *n.* 连续，继承

successor [sək'sesə] *n.* 继承人，继任者，接班人

successful [sək'sesful] *a.* 成功的

▸▸▸ deliver [dɪ'lɪvə]

[释义] *v.* ①发表，讲，宣布 ②传递，投递，运送 ③排出，放出

[同根] delivery [dɪ'lɪvərɪ] *n.* ①递送，运送，传送② 讲演，表演

deliverer [dɪ'lɪvərə] *n.* 递送人

[词组] deliver (oneself) of 讲，表达

▸▸▸ formulation [ˌfɔːmjʊ'leɪʃən]

[释义] *n.* ①公式化的表达 ②明确的表达

[同根] formula ['fɔːmjʊlə] *n.* ①公式 ②(尤指机械遵循的)惯例，常规规则 ③客套语

formulate ['fɔːmjʊleɪt] *v.* ①用公式表示 ②系统地(或明确地)阐述(或表达)

▸▸▸ took time off 抽出时间，休假

▸▸▸ furiously ['fjʊərɪəslɪ]

[释义] *ad.* ①飞快地(指工作非常努力而速度快) ②激烈地，狂暴地，猛

烈地

[同根] fury ['fjʊərɪ] *n.* ①狂怒，暴怒 ②激烈，猛烈 ③性子暴烈的人，泼妇

furious ['fjʊərɪəs] *a.* ①狂怒的，暴怒的 ②狂暴的 ③强烈的，紧张的，激烈的，猛烈的

►►► **take to** 开始喜欢，开始从事，求助于，适应，对…做出反应

►►► **a touch of** 少许，微量，一点儿

►►► **defensiveness** [dɪ'fensɪvnɪs]

[释义] *a.* 防卫，防御

[同根] defend [dɪ'fend] *v.* ①保卫，防御 ②为…辩护

defense [dɪ'fens] *n.* ①防御，守卫 ②防御物，防御能力 ③辩护，答辩

defensive [dɪ'fensɪv] *a.* 防御性的，防卫的

选项词汇注释

►►► **counsel** ['kaʊnsəl]

[释义] *v.* ①咨询，劝告 ②忠告，建议 *n.* ①协商，忠告 ②律师，法律顾问，顾问

[同根] counselor ['kaʊnsələ] *n.* 顾问，法律顾问，(学生)辅导员

►►► **preach** [priːtʃ]

[释义] *v.* ①讲道，布道 ②竭力劝说，(喋喋不休或干预性地)告诫 ③竭力鼓吹，反复灌输 *n.* 说教，布道，讲道

[同根] preacher ['priːtʃə(r)] *n.* 传教士

[词组] preach down 贬低

preach to 告诫

preach up 赞扬，鼓吹

►►► **emit** [ɪ'mɪt]

[释义] *v.* 发出，散发(光、热、电、声音、液体、气味等)，发射

[同义] discharge, give off

[反义] absorb

[同根] emission [ɪ'mɪʃ(ə)n] *n.* ①(光、热、电波、声音、液体、气味等的)发出，散发 ②发出物，散发物

►►► **submit** [səb'mɪt]

[释义] *v.* ①(使)服从，(使)顺从 ②提交，递交

[同义] comply, obey, surrender, yield

[反义] resist

[同根] submission [səb'mɪʃən] *n.* ①屈服，服从 ②谦恭，柔顺 ③提交(物)，呈递(书)

submissive [səb'mɪsɪv] *a.* 顺从的，唯命是从的

submissively [səb'mɪsɪvlɪ] *ad.* 顺从地，服从地

[词组] submit to 服从于…，屈从于…

submit... to... 把…提交给…，向…提出…

►►► **submerge** [səb'mɜːdʒ]

[释义] *v.* ①浸没，淹没 ②湮没，使沉浸

[同义] immerse, sink, dunk

[同根] submergence [sʌb'mɜːdʒəns] *n.* ①浸没，淹没 ②湮没

submerged [səb'mɜːdʒd] *a.* 在水面下的，淹没的

►►► **imitate** ['ɪmɪteɪt]

[释义] *v.* ①模仿，效仿，模拟，学…的样 ②仿制，仿造，伪造 ③像，类似

[同义] copy, echo, emulate, mirror, reflect, repeat

[反义] create, invent

[同根] imitation [ɪmɪ'teɪʃ(ə)n] *n.* 模仿，仿效

▶▶▶ **imitator** ['ɪmɪteɪtə(r)]

[释义] *n.* 模仿者，仿效者

[同根] imitative ['ɪmɪtətɪv;(*US*) 'ɪmɪteɪtɪv] *a.*（常与 of 连用）模仿的，模拟的

▶▶▶ **ignite** [ɪg'naɪt]

[释义] *v.* ①点燃，点火于，使燃烧 ②使灼热，使发光 ③激起，使激动

[同义] kindle, light

[同根] ignition [ɪg'nɪʃ(ə)n] *n.* ①点火 ②燃烧

igniter [ɪg'naɪtə(r)] *n.* ①点火者，引火者，点火气 ②点火器，点火装置

▶▶▶ **ascribe** [əs'kraɪb]

[释义] *v.* ① (to) 把…归因于 ②把…归属于

[同义] attribute

[同根] ascribable [əs'kraɪbəbl] *a.* 可归因于…的

ascription [əs'krɪpʃən] *n.*(成败等的)归因，归属

[词组] ascribe...to... 把…归因于…

▶▶▶ **resolve** [rɪ'zɒlv]

[释义] *v.* ①决定，决心 ②解决 ③(与 to 连用)议决，投票表决 ④分解

[同义] decide, determine, settle, solve

[同根] resolved [rɪ'zɒlvd] *a.* 下定决心的，断然的，决意的

resolution [rezə'lu:ʃən] *n.* ①坚定，果断 ②解决 ③决议，决定 ④分解，分析

resolute ['rezəlu:t] *a.* 坚定的，毅然的

[词组] make a resolve to do sth. 决心做某事

resolve on sth./doing sth. 决定(做)某事

▶▶▶ **contest** [kən'test]

[释义] *v.* ①争夺 ②对…提出质疑，争论

▶▶▶ ['kɒntest] *n.* ①比赛,竞争 ②斗争，争夺

[同义] game, contend, struggle, tournament

[同根] contestant [kən'testənt] *n.* 竞争者，争论者

contestation [ˌkɒntes'teɪʃən] *n.* ①争论，论战 ②(争执中的)主张，见解

▶▶▶ **contend** [kən'tend]

[释义] *v.* ①斗争，竞争 ②据理力争，主张，认为

[同义] fight, struggle, compete, argue, debate

[同根] contender [kən'tendə] *n.*(尤指冠军等的)争夺者，竞争者

▶▶▶ **compatible** [kəm'pætəbl]

[释义] *a.* ①能和睦相处的，合得来的 ②兼容的

[同义] harmonious

[反义] incompatible

[同根] compatibly [kəm'pætəblɪ] *ad.* 合得来地，兼容地

compatibility [kəmˌpætɪ'bɪlɪtɪ] *n.* 兼容性

[词组] be compatible with 与…相适应，与…不矛盾，与…一致

▶▶▶ **comparative** [kəm'pærətɪv] *a.* 比较的，相对的

[同根] compare [kəm'peə] *v.* ①比较，对照 ② (to) 把…比作 ③比得上

comparable ['kɒmpərəbl] *a.* ① (with) 可比较的 ② (to) 比得上的

comparably ['kɒmpərəblɪ] *ad.* ① (with) 可比较地 ②比得上地 (to)

comparatively [kəm'pærətɪvlɪ] *ad.* 比较地，相比较而言地，相对地

▶▶▶ **extinction** [ɪks'tɪŋkʃən]

[释义] *n.* ①熄灭，扑灭，消灭 ②绝种

[同根] extinct [ɪks'tɪŋkt] *a.* 熄灭的，灭绝的，耗尽的

extinguish [ɪks'tɪŋgwɪʃ] *v.* ①熄灭，扑灭(火等) ②使消亡，使破灭

extinguisher [ɪk'stɪŋgwɪʃə(r)] *n.* 灭

火器

▶▶▶ **huddle** [ˈhʌdl]

[释义] *v.* ①聚集在一起，挤作一团 ②把身子蜷成一团，蜷缩 *n.* 挤在一起的人，一堆杂乱的东西

[同义] assemble, cluster, crowd, gather

[词组] in a huddle 缩成一团，堆成一堆 huddle up/together ①蜷缩，缩成一团 ②胡乱堆在一起，挤在一堆 ③草率行事

▶▶▶ **hop** [hɒp]

[释义] *v.* ①(人)单足跳跃，单足跳行 ②(鸟、昆虫等)齐足跳跃，齐足跳行 *n.* ①蹦跳 ②(飞机的)短程航行

[同义] jump, spring

▶▶▶ **dash** [dæʃ]

[释义] *v.* ①猛掷，猛击，使猛撞 ②击碎，撞碎 ③溅，泼，洒 *n.* ①（水等的）冲击，溅泼 ②猛冲，飞奔 ③猛撞，猛击

[词组] cut a dash 卖弄自己，炫耀自己 dash off 急匆匆地写

▶▶▶ **dart** [dɑːt]

[释义] *v.* ①猛冲，飞奔 ②投射 *n.* ①飞镖，飞镖游戏 ②急驰，飞奔

▶▶▶ **reel** [riːl]

[释义] *v.* ①（受到打击时）站立不稳，打趔趄 ②（因喝酒、眩晕等）踉跄，跌跌撞撞 ③来回旋转，回旋 *n.* ①（钢丝、电缆、软管等的）卷轴，卷筒，绞车，绕线轮 ②摇纱机，手纺车 ③一卷，一盘

▶▶▶ **progressive** [prəˈgresɪv]

[释义] *a.* ①前进的 ②进步的，改革的 ③逐渐的

[同根] progress [ˈprəʊgres] *n.&v.* 前进，进步，进行
progression [prəˈgreʃən] *n.* 行进，进步
progressively [prəˈgresɪvlɪ] *ad.* 日益增多地

▶▶▶ **coarsely** [kɔːslɪ]

[释义] *ad.* ①质地粗糙地 ②粗俗地，鄙俗地

[同义] roughly, crudely, clumsily

[同根] coarse [kɔːs] *a.* ①粗的，粗糙的 ②质量差的，粗略的 ③粗俗的，粗鲁的

▶▶▶ **ambiguous** [ˌæmˈbɪgjʊəs]

[释义] *a.* ①可作多种解释的，引起歧义的，模棱两可的 ②含糊不清的，不明确的

[同义] vague, obscure

[反义] clear, definite, explicit, distinct

[同根] ambiguity [ˌæmbɪˈgjuːɪtɪ] *n.* 含糊不清，模棱两可
ambiguously [ˌæmˈbɪgjʊəslɪ] *ad.* 含糊不清地，引起歧义地

Seven years ago, when I was visiting Germany, I met with an official who explained to me that the country had a perfect solution to its economic problems. Watching the U.S. economy **soar** during the 90s, the Germans had decided that they, too, needed to go the high-technology **route**. But how? In the late 90s, the answer seemed obvious: Indians. After all, Indian **entrepreneurs accounted for** one of every three Silicon Valley **start-ups**. So the German government decided that it would **lure** Indians to Germany just as America does: by offering green cards. Officials created something called the German Green Card and announced that they would **issue** 20,000 in the first year. Naturally, the Germans expected that tens of thousands more Indians would soon be begging to come, and perhaps the **quotas** would have to be increased. But the program was a failure. A year later barely half of the 20,000 cards had been issued. After a few **extensions**, the program was **abolished**.

I told the German official at the time that I was sure the **initiative** would fail. It's **not that** I had any particular **expertise** in immigration policy, but I understood something about green cards, because I had one (the American **version**). The German Green Card was **misnamed**, I argued, because it never, **under any circumstances**, **translated into** German **citizenship**. The U.S. green card, **by contrast**, is an almost **automatic** path to becoming American (after five years and a clean record).The official **dismissed** my **objection**, saying that there was no way Germany was going to offer these people citizenship. "We need young tech workers," he said."That's what this program is all about." So Germany was asking bright young professionals to leave their country, culture and families, move thousands of miles away, learn a new language and work in a strange land—but without any **prospect** of ever being part of their new home. Germany was sending a **signal**, one that was clearly received in India and other countries, and also by Germany's own immigrant community.

文章词汇注释

▶▶▶ soar [sɔː]

[释义] *v.* ①猛增，剧增 ②高飞，升腾 ③高耸，屹立 ④飞腾，高涨

[同义] ascend, leap, skyrocket

[同根] soaring ['sɔːrɪŋ] *a.* ①剧增的，高涨的 ②高飞的，翱翔的

▶▶▶ route [ruːt]

[释义] *n.* ①路线，路，航线 *v.* 给…规定路线（次序、程序）

[同义] circuit, course, path

▶▶▶ entrepreneurs [ˌɒntrəprə'nɜː]

[释义] *n.* 企业家，（任何活动的）主办者，倡导者，中间商，承包者

[同根] enterprise ['entəpraɪz] *n.* ①企(事)业单位，公司 ②艰巨复杂(或带冒险性)的计划，雄心勃勃的事业 ③事业心，进取心

enterprising ['entəpraɪzɪŋ] *a.* 有事业心的，有进取心的

entrepreneurship [ˌɒntrəprə'nɜːʃɪp] *n.* 工商企业家或(主办者的)身份(或地位、能力等)

▶▶▶ account for ①(在数量或比例上)占 ②解释，说明

▶▶▶ start-up *n.* 刚刚建立的企业、公司

▶▶▶ lure [ljʊə]

[释义] *v.* 吸引，引诱，诱惑 *n.* ①吸引力，诱惑力，魅力 ②诱惑物 ③诱饵，鱼饵

▶▶▶ issue ['ɪsjuː]

[释义] *v.* ①发行，颁布 ②（使）流出，排出 ③分配，发给 *n.* ①问题，争议点 ②发行 ③结果，结局 ④（血等的）流出，流出物 ⑤（书刊）的期

[同义] give out, hand out; matter, question, problem

[词组] at issue 争议（或讨论）中的，待解决的，有分歧的，不一致的

take issue 持异议，不同意

▶▶▶ quota ['kwəutə]

[释义] *n.* 定额，限额，配额

[同义] percentage, proportion, share

▶▶▶ extension [ɪks'tenʃən]

[释义] *n.* ①普及，推广，发展 ②延长，伸展 ③（电话）分机

[同义] expansion

[同根] extend [ɪk'stend] *v.* ①给予 ②延长 ③继续

extensive [ɪks'tensɪv] *a.* 广大的，广阔的，广泛的

extensively [ɪks'tensɪvlɪ] *ad.* 广泛地

▶▶▶ abolish [ə'bɒlɪʃ]

[释义] *v.* 彻底废除，废止

[同义] cancel, destroy, exterminate

[反义] establish

[同根] abolition [æbə'lɪʃən] *n.* 废除，废止

▶▶▶ initiative [ɪ'nɪʃɪətɪv]

[释义] *n.* ①首创，倡议，主动的行动 ②主动权 *a.* 开始的，初步的，创始的

[同根] initiate [ɪ'nɪʃɪeɪt] *v.* ①开始，创始 ②把（基础知识）传授给 ③接纳（新成员），让…加入 ④倡议，提出

initiation [ɪˌnɪʃɪ'eɪʃən] *n.* ①开始，创始 ②入会，加入组织 ③指引，传授

initial [ɪ'nɪʃəl] *a.* ①开始的，最初的 ②词首的 *n.* 首字母

initially [ɪ'nɪʃəlɪ] *ad.* 最初，开头

[词组] have the initiative 掌握主动权，有立法提案权

on (one's) own initiative 主动地

take the initiative 采取主动

▶▶▶ **not that** 并不是说(因为)…，并非…

▶▶▶ **expertise** [ˌekspə'tiːz]
[释义] *n.* ①专门知识（或技能等），专长 ②专家意见，专家鉴定（或评价）
[同义] know-how, knowledge, proficiency, capability

▶▶▶ **version** ['vɜːʃən]
[释义] *n.* ①版本 ②（一事物的）变化形式，变体 ③（某人或从某一角度所作的）一种描述，说法 ④译文，译本
[同义] form, type, style; adaptation, edition, description, account

▶▶▶ **misname** ['mɪs'neɪm]
[释义] *v.* 叫错…名字，给…取名不当

▶▶▶ **under any circumstances** 在任何情况下

▶▶▶ **translate into** 转化为 / 翻译成…

▶▶▶ **citizenship** ['sɪtɪzənʃɪp]
[释义] *n.* 公民的权利与义务公民；(或市民）资格（或身份）
[同根] citizen ['sɪtɪzn] *n.* ①公民 ②(尤指享有公民权的）市民，城镇居民 ③平民

▶▶▶ **by contrast** 相比之下

▶▶▶ **automatic** [ˌɔːtə'mætɪk]
[释义] ①自动的 ②不经思索的，机械的 ③自发的
[反义] manual
[同根] automate [ɔːˌtɒmə'tɪsətɪ]
v. ①使自动化 ②用自动化技术操作
automation [ɔːtə'meɪʃən] *n.* ①自动化（技术）②自动操作

▶▶▶ **dismiss** [dɪs'mɪs]
[释义] *v.* ①拒绝考虑，不再考虑 ②解散，使（或让）离开 ③开除，解职 ④驳回，不受理
[同义] reject, discharge, expel
[反义] employ
[同根] dismissal [dɪs'mɪsəl] *n.* ①不再考虑，不予理会 ②解散，遣散 ③开除，解职 ④驳回诉讼，撤回诉讼

▶▶▶ **objection** [əb'dʒekʃən]
[释义] *n.*（对某人或某事的）反对，抗议
[同根] object ['ɒbdʒɪkt] *n.* ①物体 ②目标对象
[əb'dʒekt] *v.* 反对
objective [əb'dʒektɪv] *a.* ①客观的，如实地 ②目的的，目标的 *n.* ①目标，目的
objectively [əb'dʒektɪvlɪ,ɒb-] *ad.* 客观地

▶▶▶ **prospect** ['prɒspekt]
[释义] ①（经济、地位等的）前景，前途 ②［常作 ~s］(成功、得益等的）可能性，机会 ③将要发生的事，期望中的事
[同根] prospective [prəs'pektɪv] *a.* 预期的，盼望中的，即将发生的

▶▶▶ **signal** ['sɪgnl]
[释义] *n.* 信号 *v.* 发信号，用信号通知，打手势示意
[同义] gesture, sign
[同根] sign [saɪn] *n.* ①标记，符号，手势 ②指示牌 ③足迹，痕迹 ④征兆，迹象 *v.* ①签名（于），署名（于），签署 ②做手势，示意
signature ['sɪgnɪtʃə] *n.* 签名，署名
signify ['sɪgnɪfaɪ] *v.* 表示…的意思，意味，预示
significance [sɪg'nɪfɪkəns] *n.* 意义，重要性
significant [sɪg'nɪfɪkənt] *a.* 有意义的，重大的，重要的

选项词汇注释

▶▶▶ **hover** ['hɒvə]
[释义] *v.* ①（鸟等）翱翔，盘旋，（直升机等）②悬停、逗留在近旁，徘徊 ③摇摆不定，犹豫

▶▶▶ **amplify** ['æmplɪfaɪ]
[释义] *v.* ①放大（声音等），增强，扩大 ②详述，进一步阐述
[同义] magnify, enlarge
[同根] amplification [ˌæmplɪfɪ'keɪʃən] *n.* 扩大，充实
amplificatory ['æmplɪfɪkeɪtərɪ] *a.* 放大的，扩大的，扩展阐发的，补充说明的
amplifier ['æmplɪˌfaɪə] *n.* 喇叭，扩音器，放大器

▶▶▶ **intensify** [ɪn'tensɪfaɪ]
[释义] *v.*（使）加强，增强，加剧，强化
[同义] strengthen, reinforce, enhance
[同根] tense [tens] *a.* ①紧张的 ②拉紧的 *v.* ①（使）紧张 ②（使）拉紧
intense [ɪn'tens] *a.* ①强烈的，剧烈的 ②紧张的，认真的 ③热切的
intensity [ɪn'tensɪtɪ] *n.* ①（思想、感情、活动等的）强烈，剧烈 ②（电、热、光、声等的）强度，烈度
intensification [ɪnˌtensɪfɪ'keɪʃən] *n.* 加强，增强，强烈

▶▶▶ **circuit** ['sɜːkɪt]
[释义] *n.* ①环形，巡回，巡游 ②环（行）道，弯路 ③周线，范围 *v.* ①绕环形 ②巡回旅行

▶▶▶ **strategy** ['strætɪdʒɪ]
[释义] *n.* 策略，战略，对策
[同义] tactics
[同根] strategic [strə'tiːdʒɪk] *a.* 战略（上）的 ②关键的
strategically [strə'tiːdʒɪkəlɪ] *ad.* 战略上
strategics [strə'tiːdʒɪks] *n.* 兵法

▶▶▶ **trait** [treɪt]
[释义] *n.* 显著的特点，特性
[同义] quality, characteristic, mark, feature

▶▶▶ **kidnap** ['kɪdnæp]
[释义] *n.* ①诱拐（小孩等）②绑架，劫持 *n.* 诱拐，绑架，劫持

▶▶▶ **convey** [kən'veɪ]
[释义] *v.* ①表达，传达 ②运送，输送 ③传播，传送
[同义] deliver, put into words, transport
[词组] convey...to... 把…送 / 转到…

▶▶▶ **install** [ɪn'stɔːl]
[释义] *v.* ①安装，安置 ②使就职
[同根] installment [ɪn'stɔːlmənt] *n.* ①分期付款，债款的分期偿还数 ②分期连载的部分 ③就职，任职 ④安装，安置
installation [ˌɪnstə'leɪʃən] *n.* ①安装，装置 ②就职

▶▶▶ **evacuate** [ɪ'vækjʊeɪt]
[释义] *v.* ①撤离，转移，疏散 ②使空，抽空 ③排空，排泄
[同义] withdraw, remove, empty
[同根] vacuum ['vækjʊəm] *n.* 真空，真空吸尘器 *a.* 真空的，产生真空的，利用真空的 *v.* 用真空吸尘器打扫
evacuation [ɪˌvækjʊ'eɪʃən] *n.* ① 撤离，撤出，转移，疏散 ②撤空，清除 ③排泄，排泄物

▶▶▶ **formulate** ['fɔːmjʊleɪt]
[释义] *v.* ①用公式表示 ②系统地（或明确地）阐述（或表达）

[同根] formula ['fɔːmjʊlə] *n.* ①公式 ②（尤指机械遵循的）惯例，常规规则 ③客套语
formulation [ˌfɔːmjʊ'leɪʃən] *n.* ①公式化的表达 ②明确地表达

▶▶▶ **confer** [kən'fɜː]
[释义] *v.* ①协商,交换意见 ②授予（称号、学位等）③赠与，把…赠与
[同根] conferee [ˌkɒnfə'riː] *n.* ①参加会议者 ②被授予（荣誉）称号的人
conference ['kɒnfərəns] *n.* 协商会，讨论会

▶▶▶ **infer** [ɪn'fɜː]
[释义] *v.* ①推断，推定 ②猜想，臆测 ③意味着，暗示，指出，表明
[同义] deduce, conclude
[同根] inference ['ɪnfərəns] *n.* ①推论，推理，推断 ②结果
inferential [ˌɪnfə'renʃəl] *a.* 推论的，推理的
inferable ['ɪnfərəbl] *a.* 可推论的，可指定的

▶▶▶ **verify** ['verɪfaɪ]
[释义] *v.* ①证明，证实 ②核实，查对，查清
[同义] confirm, prove
[反义] disprove
[同根] verification [ˌverɪfɪ'keɪʃən] *n.* ①证明，证实 ②核实，查对，查清
verifiable ['verɪfaɪəbl] *a.* 可证实的，可核实的

▶▶▶ **consistently** [kən'sɪstəntlɪ]
[释义] *ad.* 一贯地，一向，始终如一地
[反义] inconsistent
[同根] consist [kən'sɪst] *v.* ①由…组成 ②存在于 ③与…一致 ④并存
consistency [kən'sɪstənsɪ] *n.* 始终一贯，前后一致
consistent [kən'sɪstənt] *a.* ①坚持的、一贯的 ②一致的、符合的

▶▶▶ **scale** [skeɪl]
[释义] *n.* ①规模，范围 ②刻度，标度 ③衡量标准，尺度 ④等级，级别
[词组] in scale 成比例，相称
out of scale 不成比例，不相称
scale up 按比例增加
scale down 按比例减少

invariably [ɪn'veərɪəblɪ]
[释义] *a.* 不变地，永恒地
[同根] vary ['veərɪ] *v.* 改变，变化，使多样化
variable ['veərɪəbl] *a.* 可变的，不定的，易变的
invariable [ɪn'veərɪəbl] *a.* 不变的，永恒的
various ['veərɪəs] *a.* 不同的，各种各样的，多方面的，多样的
varied ['veərɪd] *a.* 各式各样的，有变化的
variety [və'raɪətɪ] *n.* ①变化，多样性 ②品种，种类
variation [ˌveərɪ'eɪʃən] *n.* 变更，变化，变异，变种

▶▶▶ **literally** ['lɪtərəlɪ]
[释义] *ad.* ①确实地，真正地 ②简直 ③逐字地，照原文，照字面地
[同根] literary ['lɪtərərɪ] *a.* 文学（上）的，精通文学的，从事写作的
literate ['lɪtərɪt] *n.* 有读写能力的人 *a.* 有文化的，有读写能力的
literal ['lɪtərəl] *a.* ①逐字的 ②文字的，照字面的 ③只讲究实际的，无想象力的
literacy ['lɪtərəsɪ] *n.* 识字，有文化，有读写能力
literature ['lɪtərɪtʃə] *n.* ①文学，文学作品 ②[总称]（关于某一学科或专题的）文献，图书资料

▶▶▶ **solely** ['səʊlɪ]
[释义] *ad.* ①单独地，唯一地 ②仅有

地 ③专用地，独占地

[同根] sole ['səʊ] ①单独的，唯一的，独特的 ② 仅仅，只

▶▶▶ **repel** [rɪ'pel]

[释义] *v.* ①击退，驱逐 ②使厌恶

[同义] drive back，repulse

[同根] repellent [rɪ'pelənt] *a.* ① 令 人 厌恶的 ②击退的，排斥的 *n.* 驱虫剂

repellence [rɪ'peləns] *n.* 厌恶，憎恶，反感

▶▶▶ **delete** [dɪ' liːt]

[释义] *v.* 删除

[同义] erase

[同根] deletion [dɪ'liːʃən] *n.* ① 删 除 ②被删除的字句，章节

▶▶▶ **combat** ['kɒmbət]

[释义] *v.* 与…斗争，与…战斗 *n.* 战斗，斗争，格斗

[同义] fight, struggle

▶▶▶ **response** [rɪ'spɒns]

[释义] *n.* ①反应，响应 ②回答，答复

[同根] respond [rɪ'spɒnd] *v.* ① 回 答 ②（常与 to 连用）反应，回报 ③对…有反应

responsible [rɪs'pɒnsəbl] *a.* ① 承 担 责任的，应负责任的 ②认真负责的，有责任感的 ③责任重大的

responsibility [rɪsˌpɒnsə'bɪlɪtɪ] *n.* ①责任 ②责任感，责任心 ③职责，任务，负担

[词组] in response to 作为对…的答复，作为对…的反应

in response 作为回答

▶▶▶ **impulse** ['ɪmpʌls]

[释义] *n.* ①推动，推动力 ②冲动

[同义] compulsion, inspiration, urge

[同根] impulsion [ɪm'pʌlʃən] *n.* ① 冲 动 ②驱使，推进，推动力

impulsive [ɪm'pʌlsɪv] *a.* ① 冲 动 的 ②（力量）推进的

impulsively [ɪm'pʌlsɪvlɪ] *ad.* ①冲动地 ②有推动力地

[词组] on impulse 冲动地，未经思考或计划地

▶▶▶ **heritage** ['herɪtɪdʒ]

[释义] *n.* ①遗产 ②继承权 ②继承物，传统

[同根] inherit [ɪn'herɪt] *v.* 继承，遗传而得

inheritance [ɪn'herɪtəns] *n.* ①继承，继承权 ②遗传

inheritable [ɪn'herɪtəbl] *a.* ①可继承的 ②可遗传的

heritable ['herɪtəbl] *a.* ① 可 继 承 的 ②可遗传的

heritor ['herɪtə] *n.* 继承人

heritress ['herɪtrɪs] *n.* 女继承者

▶▶▶ **notion** ['nəʊʃən]

[释义] *n.* 概念，感知，看法，见解

[同义] belief, idea, opinion, thought, view

[同根] notional ['nəʊʃənəl] *a.* 概念的，感知的

[词组] have a good notion of 很懂得

have a notion that... 认为

have no notion of ①不明白，完全不懂 ②没有…的意思

▶▶▶ **revision** [rɪ'vɪʒən]

[释义] *n.* ①修改，修正，改正 ②修订，校订，订正

[同义] amendment, correction

[同根] revise [rɪ'vaɪz] *v.* ①修改，修正，改正 ②修订，校订，订正

▶▶▶ **aggressive** [ə'gresɪv]

[释义] *a.* ①放肆的，挑衅的，好斗的 ②侵略的 ③积极进取的

[同义] offensive

[反义] defensive

[同根] aggress [ə'gres] *v.* 侵犯，侵略，挑衅

aggression [ə'greʃən] *n.* ①侵犯，挑

衅 ②侵犯行为，侵略行为

▶▶▶ vulnerable [ˈvʌlnərəbəl]

[释义] *a.* 易受伤害的，易受攻击的，脆弱的

[同义] defenseless, exposed, sensitive, unprotected

[同根] vulnerability [ˌvʌlnərəˈbɪlətɪ] *n.* 弱点

[词组] be vulnerable to 易受…伤害的

▶▶▶ voluntary [ˈvɒləntərɪ; (*US*) -terɪ]

[释义] *a.* ①自愿的，志愿的 ②非官办的 ③故意的，蓄意的 *n.* ①自愿行动 ②志愿者

[反义] involuntary

[同根] volunteer [vɒlənˈtɪə(r)] *n.* 志愿者，志愿兵 *v.* 自愿(做)，自愿提供(或给予) *a.* 自愿参加的

▶▶▶ overtake [ˈəʊvəˈteɪk]

[释义] *v.* ①赶上，追上 ②（暴风雨、麻烦等）突然降临

[同义] catch up with

▶▶▶ fascinate [ˈfæsɪneɪt]

[释义] *v.* 使着迷，迷住，吸引

[同义] attract, captivate, charm, enchant, enthrall

[同根] fascinating [ˈfæsɪneɪtɪŋ] *a.* 迷人的，吸引人的

fascinated [ˈfæsɪneɪtɪd] *a.* 被迷住的，被吸引住的，极感兴趣的

fascination [ˌfæsɪˈneɪʃən] *n.* 魅力，迷恋，入迷

▶▶▶ submit [səbˈmɪt]

[释义] *v.* ①（使）服从，（使）顺从 ②提交，递交

[同义] comply, obey, surrender, yield

[反义] resist

[同根] submission [səbˈmɪʃən] *n.* ①屈服，服从 ②谦恭，柔顺 ③提交（物），呈递（书）

submissive [səbˈmɪsɪv] *a.* 顺从的，唯命是从的

submissively [səbˈmɪsɪvlɪ] *ad.* 顺从地，服从地

[词组] submit to 服从于…，屈从于…

submit...to... 把…提交给…，向…提出…

▶▶▶ dweller [ˈdwelə(r)]

[释义] *n.* 居住者，居民

[同义] inhabitant, resident

[同根] dwell [dwel] *v.* （尤指作为常住居民）居住

dwelling [ˈdwelɪŋ] *n.* 住处

▶▶▶ amateur [ˈæmətə]

[释义] *n.* 业余爱好者，业余艺术家 *a.* ①业余的 ②不熟练的

[反义] professional, expert, specialist

▶▶▶ outcome [ˈaʊtkʌm]

[释义] *n.* ①结果，后果 ②出口，出路

[同义] result, product, conclusion

▶▶▶ suspicion [səsˈpɪʃən]

[释义] *n.* 猜疑，怀疑

[同根] suspect [ˈsʌspekt] *n.* 嫌疑犯 [səsˈpekt] *v.* 怀疑，猜想

suspicious [səsˈpɪʃəs] *a.* 可疑的，怀疑的

[词组] have a suspicion of / that 怀疑 ...

on suspicion of... 因…受到嫌疑，作为 (…的) 嫌疑犯

under suspicion 被怀疑

without a suspicion of 毫无…嫌疑

▶▶▶ destination [ˌdestɪˈneɪʃən]

[释义] *n.* ①目的地，终点 ②目标，目的

[同义] goal, objective, target

[同根] destine [ˈdestɪn] *v.* ①注定，命定 ② (for) 预定，指定用作 / 运往…

destined [ˈdestɪnd] *a.* ①预定的 ②命中注定的

destiny [ˈdestɪnɪ] *n.* ①命运，定数

②命运之神

▶▶▶ **partially** ['pɑːʃəlɪ]

[释义] *ad.* ①部分地，局部地 ②不公平地，偏袒地

[同义] partly, in part, incompletely

[反义] completely

[同根] partial ['pɑːʃ(ə)l] *a.* ①部分的，局部的 ②偏向一方的，偏袒的

▶▶▶ **vividly** ['vɪvɪdlɪ]

[释义] *ad.* 生动地，鲜明地

[同义] brightly, brilliantly

[同根] vivid ['vɪvɪd] *a.* ①鲜艳的，鲜亮的 ②活泼的，生动的 ③栩栩如生的，逼真的

Individuals and businesses have **legal** protection for **intellectual property** they create and own. Intellectual proper results from creative thinking and may include products, services, processes, and ideas. Intellectual property is protected from misappropriation(盗用).Misappropriation is taking the intellectual property of others with our **due** compensation and using it for **monetary** gain.

Legal protection is provided for the owners of intellectual property. The three common types of legal protection are **patents**, copyrights, and **trademarks**.

Patents provide exclusive use of inventions. If the US patent office **grants** a patent, it is **confirming** that the intellectual property is **unique**. The patent prevents others from making, using, or selling the invention without the owner's permission for a period of 20 years.

Copyrights are similar to patents except that they are applied to artistic works. A copyright protects the creator of an **original** artisitic or intellectual work, such as a song or a novel. A copyright gives the owner **exclusive** rights to copy, distribute, display, or perform the work. The copyright prevents others from using and selling the work, the length of a copyright is typically the lifetime of the author plus an additional 70 years.

Trademarks are words, names, or symbols that **identify** the **manufacturer** of a product and **distinguish** it from similar goods of others. A service mark is similar to a trademark but is used to identify services. A trademark prevents others from using the identical or a similar word, name, or symbol to **take advantage of** the recognition and popularity of the brand or to create confusion in the market place. Upon **registration**, a trademark is usually granted for a period of ten years. It can be renewed for additional ten-year periods **indefinitely as long as** the mark's use continues.

文章词汇注释

▶▶▶ **legal** ['li:gəl]

[释义] *a.* ① 法律上的，有关法律的 ② 合法的，正当的 ③ 法定的

[反义] illegal

▶▶▶ **intellectual** [ˌɪntɪl'ektʃʊəl]

[释义] *a.* ① 智力的；理智的 ②需智力的 ③聪明的 *n.* 知识分子；有很高智力的人

▶▶▶ **property** ['prɒpətɪ]

[释义] *n.* ①财产，资产；所有物 ②房产，房地产 ③ 特性，性能，属性 ④ 所有权，财产权

[词组] intellectual property 知识产权

▶▶▶ **due** [dju:]

[释义] *a.* ① 应支付的 ② 应有的，正当的 ③ 到期的 ④因为，由于 *n.* ① 应得之物；应得权益 ② 应付款；税金

▶▶▶ **monetary** ['mʌnəˌterɪ]

[释义] *a.* ①金融的；财政的 ② 货币的；币制的

[词组] IMF=International Monetary Fund 国际货币基金组织

▶▶▶ **patent** ['peɪtənt]

[释义] *n.* ① 专利；专利权 ② 专利证书；专利品 ③ 独享的权利；特权 *a.* ① 专利的；有专利权的 ② 公开的；显然的；明白的 *vt.* 给予…专利权；取得…的专利权

▶▶▶ **trademark** ['treɪdmɑ:k]

[释义] *n.* ① 商标 ②（人或物的）标记，特征

▶▶▶ **grant** [grɑ:nt]

[释义] *vt.* ① 同意，准予 ② 给予，授予 ③ 承认 *n.* ① 授予物；奖学金，助学金，补助金 ② 同意；给予 ③ 财产转让

[同义] accord, allot, award, present, bestow, donate

[反义] blame, censure, reprove

[词组] take sth. for granted 认为…是理所当然的

▶▶▶ **confirm** [kən'fə:m]

[释义] *vt.* ① (that,wh-) 证实；确定 ② 坚定；加强 ③ 批准，确认

[同义] corroborate, sustain, support, affirm, verify

[反义] contradict, deny, disprove

▶▶▶ **unique** [ju:'ni:k]

[释义] *a.* ① 唯一的，独一无二的；独特的 ② 无可匹敌的，无与伦比的 ③ 罕有的；珍奇的；极好的 *n.* 独一无二的人（或事物）

[同义] unequaled, unparalleled, singular

▶▶▶ **original** [ə'rɪdʒənl]

[释义] *a.* ① 最初的，本来的；原始的 ② 有独创性的 ③ 原作的；原本的 *n.* ① 原物；原著 ② 原型 ③ 有独创性的人

[同根] origin ['ɔ:rɪdʒɪn] *n.* ① 起源；由来；起因 ② 出身；门第；血统
originate [ə'rɪdʒɪˌneɪt] *vt.* ① 引起 ② 创始；发明；创作 *vi.* 发源；来自；产生

▶▶▶ **exclusive** [ɪks'klu:sɪv]

[释义] *a.* ① 独有的，独占的，专用的 ② 除外的；全部的；唯一的 ③（团体，学校等）限制严格的；排外的 *n.* 独家新闻；独家经营的项目（或产品等）

[反义] inclusive

[同根] exclude [ɪks'klu:d] *vt.* ① (from)

拒绝接纳；把…排除在外；不包括 ② (from) 逐出，开除 ③ 排斥 (可能性等)；对…不予考虑

exclusion [ɪks'klu:ʒən] *n.* ① 排斥，排除在外 ② 被排除在外的事物

exclusionary [ɪk'sklu:ʒənərɪ] *a.* 排斥性的，排他的

▶▶▶ **distribute** [dɪs'trɪbju:t]

[释义] *vt.* ① 分销 ② 分配，分给 ③ 散发，散播

[同义] scatter, spread, allot, disperse, dispense

[反义] assemble, collect, withdraw, gather

[同根] distribution [dɪstrɪ'bju:ʃən] *n.* ① 分发,分配 ② 散布,分布 ③ (商品) 运销

distributive [dɪs'trɪbjʊtɪv] *a.* 分发的；分配的；分布的

▶▶▶ **identify** [aɪ'dentɪfaɪ]

[释义] *vt.* ① (as) 确认；识别；鉴定，验明 ② (with) 视…(与…) 为同一事物 ③ (with) 使参与；使合作 ④ 发现,确定 *vi.* (with) (与…) 认同；一致；感同身受

[同根] identity [aɪ'dentɪtɪ] *n.* ① 身份；本身；本体 ② 同一人；同一物 ③ 同一 (性)；相同 (处),一致 (处) ④ 个性，特性

identical [aɪ'dentɪkəl] *a.* ① 同一的 ② (to, with) 完全相同的 ③ (双胞) 一卵的；同源的

▶▶▶ **manufacturer** [ˌmænjʊ'fæktʃərə]

[释义] *n.* 制造商，制造厂，制造者，生产商

[同义] producer, maker, contractor

[同根] manufacture [ˌmænjʊ'fæktʃə] *vt.* ① 制造 ② 捏造 *n.* ① 制造 ② 制造品，产品

▶▶▶ **distinguish** [dɪ'stɪŋgwɪʃ]

[释义] *vt.* ① (from) 区别；识别 ② (into) 把…区别分类 ③ 使杰出；使显出特色 *vi.* (between) 区别；识别；辨别

[同义] separate, differentiate, tell, discern

▶▶▶ **take advantage of** 利用

▶▶▶ **registration** [ˌredʒɪ'streɪʃən]

[同义] *n.* ①登记，注册，挂号 ② 记项目,记录事项 ③ 登记 (或注册、挂号) 人数

[同根] register ['redʒɪstə] *n.* ① 登记，注册 ② 登记簿，花名册 ③ 自动登录机，收银机 *vt.* ①登记，注册，申报 ② (仪表等) 标示，指示；记录 ③ 流露；表达，显示 *vi.* ① 登记，注册 ② (常用在否定句中) 留下印象

▶▶▶ **indefinitely** [ɪn'defɪnɪtlɪ]

[释义] *ad.* ①不定地；无定限地；无限期地 ② 不明确地，模糊地

[反义] definitely

[同根] indefinite [ɪn'defɪnɪt] *a.* ① 不确定的，未定的 ② 无定限的；无限期的 ③ 不明确的

finite ['faɪnaɪt] *a.* 有限的 *n.* 有限；有限之物

▶▶▶ **as long as** 只要

选项词汇注释

▶▶▶ **retrieve** [rɪ'tri:v]

[释义] *vt.* ① 重新得到，收回 ② [电脑] 检索，撷取(信息) ③ 使恢复 ④ 挽回；弥补 *vi.* 追忆，回忆 *n.* ①复得，收回，取回；恢复 ② [电脑] 检索 ③ 挽回；弥补；纠正

［同义］regain, remember, recollect, think

［同根］retrieval [rɪ'tri:vəl] *n.* ① 取回；恢复 ② 纠正；补偿

▶▶▶ **deviate** ['di:vɪeɪt]

［释义］*vi.* 脱离；越轨 *vt.* 使脱轨

［同义］diverge, depart, divert, deflect

［反义］conform

［同根］deviation [ˌdi:vɪ'eɪʃən] *n.* ① 越轨；偏向 ② 误差；偏航

deviant ['di:vɪənt] *a.* 越轨的 *n.* ①不正常者 ② 变异物

▶▶▶ **depart** [dɪ'pɑ:t]

［释义］*vt.* ① (from,for) 起程，出发；离开，离去 ② (from) 背离，违反 ③ 死，去世

［同义］vary, diverge, set off, set out, quit, exit

［反义］arrive, reach, stay

［同根］departure [dɪ'pɑ:tʃə] *n.* ① (for) 离开；出发，起程 ② (from) 背离，违背，变更 ③ 偏移，偏差

departed [dɪ'pɑ:tɪd] *a.* ① 过去的，往昔的 ② 死去的

▶▶▶ **reserve** [rɪ'zə:v]

［释义］*vt.* ① (for) 储备，保存；保留 ② 预约，预订 ③ 推迟作出；暂时不作 *n.* ① (of) 储备 (物)；储备金；保留 (物)；储藏量 ② 保留地；保护区；禁猎区 ③ 储备选手，候补

［同根］reservation [ˌrezə'veɪʃən] *n.* ① [美] [加] 保留 (给印第安人居住的) 区域 ② 预订；预订的房间 (或席座)

▶▶▶ **assumption** [ə'sʌmpʃən]

［释义］*n.* ① 假定，臆断，假设 ②（责任的）承担；担任；（权力的）获得

［同义］expectation, proposition, conclusion, speculation, thesis

［同根］assume [ə'sju:m] *vt.* ① 假设，臆断，猜想 ② 假装 ③ 承担，担任，就职 ④ 呈现，采取 ⑤ 假定；认为

［词组］jump at an assumption 作出很匆忙的假设

▶▶▶ **motion** ['məʊʃən]

［释义］*n.* ①运动，移动；(天体的) 运行 ② 动作，姿态 ③ 动机，意向 ④ (to-v+that) 会议上的) 动议，提议 *vt.* 向…打手势；向…摇 (或点) 头示意 *vi.* (to,at) 打手势；摇 (或点) 头示意

［同义］activity, resolution, suggestion

［反义］inaction, rest, stillness

▶▶▶ **partial** ['pɑ:ʃəl]

［释义］*a.* ① (to, towards) 不公平的，偏袒的 ② 部分的，局部的；不完全的

［反义］impartial

［同根］partiality [ˌpɑ:ʃɪ'ælɪtɪ] *n.* ① 偏心，偏袒 ② (for) 偏爱，特别喜爱

▶▶▶ **random** ['rændəm]

［释义］*n.* (现只用于 at random) 任意行动；随机过程 *a.* ① 胡乱的；随便的，任意的 ② (建筑材料等) 大小不一的，规格不一的 ③ 随机的

［同义］aimless, haphazard, irregular, unorganized

［反义］deliberate, nonrandom

▶▶▶ **executive** [ɪg'zekjʊtɪv]

［释义］*a.* ① 执行的；实施的 ② 行政上的；行政部门的 *n.* ①执行者；行政官 ② 经理；业务主管 ③ 行政部门

［同根］execute ['eksɪkju:t] *vt.* ① 实施，实行 ② 将…处死 ③ 制作 (艺术品等)

execution [ˌeksɪ'kju:ʃən] *n.* ① (of) 实行；执行 ② 处死刑；死刑

［词组］CEO =chief executive officer 总裁

▶▶▶ **affiliate** [ə'fɪlɪeɪt]

［释义］*vt.* ① (with) 使紧密联系 ② (to, with) 接纳…为成员 (或分支机构)；使隶属于 ③ (to) 追溯…的来源 *vi.* (to, with) 发生联系，参加 *n.* 成员；成员组织；分会

[同义] consort, associate, assort

[同根] affiliated [ə'fɪlɪeɪtɪd] *a.* 附属的；相关的

affliation [əˌfɪlɪ'eɪʃən] *n.* 加入，入会；联合；联系

▶▶▶ solemn ['sɒləm]

[释义] *a.* ① 严肃的 ②正式的；神圣的，宗教上的

[同义] sober, earnest, gloomy, grave, serious, somber

[同根] solemness ['sɒləmnɪs] *n.* ① 庄严；严肃；庄重；正经 ② 正式；神圣

solemnity [sə'lemnɪtɪ] *n.* ① 庄严；严肃；庄重；正经 ② 庄重的仪式

▶▶▶ sober ['səʊbə]

[释义] *a.* ① 没喝醉的；头脑清醒的 ② 冷静的；严肃的 ③ 素净的；淡素的 *vt. & vi.* (使)冷静，(使)清醒

[同义] grave, solemn, moderate, reasonable, sensible, temperate

[反义] intoxicated, drunk, drunken

[词组] as sober as a judge 非常清醒

▶▶▶ universal [ˌjuːnɪ'vəːsəl]

[释义] *a.* ① 全体的 ② 众所周知的 ③ 宇宙的；全世界的 *n.* 普遍现象

[同义] general, worldwide

[反义] individual

[同根] universality [ˌjuːnɪvəː'sælɪtɪ] *n.* ① 普遍性 ②(兴趣等的)多方面性

▶▶▶ perspective [pə'spektɪv]

[释义] *n.* ①透视图法，远近画法 ② (on) 看法，观点 ③ 洞察力，眼力 ④ 远景；展望，前途

[同义] position, view

[同根] prospect ['prɒspekt] *n.* ① (of) 预期；盼望的事物 ②(成功的)可能性；前景，前途 ③ 景象，景色；视野 *vt.* 勘探；勘察 *vi.* ① (for) 找矿，勘探 ②(指矿)有(开采)希望

prospective [prə'spektɪv] *a.* 预期的，即将发生的

▶▶▶ conformity [kən'fɔːmɪtɪ]

[释义] *n.* ① (to, with) 遵从；顺从 ② (to, with) 相似；一致；符合

[同义] adapt, agree, assent, comply, obey, submit

[反义] deviate, vary, diverge, depart

[同根] conform [kən'fɔːm] *vi.* ① (to, with) 遵照，遵守；适应 ② (to, with) 符合，相一致 ③ 遵从规章(或习惯) *vt.* ① 使遵照 ② (to,with) 使符合，使一致

▶▶▶ consensus [kən'sensəs]

[释义] *n.* ①一致 ② 合意 ③ 舆论

[同根] consensual [kən'sənsjʊəl] *a.* 同意的，准许的；一致的

▶▶▶ absolute ['æbsəluːt]

[释义] *a.* ① 纯粹的；完全的 ② 绝对的 ③ 专制的 ④ 不容置疑的

[同义] downright, essential, perfect, supreme, thorough, total

[反义] relative

[同根] absolutely ['æbsəluːtlɪ] *ad.* ① 绝对地，完全地 ②(用于对答)一点不错，完全对

▶▶▶ alternative [ɔːl'təːnətɪv]

[释义] *a.* ① 两者(或若干)中择一的；非此即彼的 ②替代的；供选择的 ③非主流的

[同义] option, alternate, choice, replacement, substitute

[同根] alter ['ɔːltə] *vt.* ① 改变 ② 修改 ③ [俚] 阉割，去势 *vi.* 改变，变样

alternate [ɔːl'təːnɪt] *a.* ①(两个)交替的，轮流的 ②间隔的 ③供选择的；供替换的 *n.* [美] 代理人；候补者 *vt.* (with) 使交替，使轮流 *vi.* (with, between) 交替，轮流

►►► **orthodox** ['ɔ:θəˌdɒks]
[释义] *a.* 正统的；传统的
[同根] orthodoxy ['ɔ:θəˌdɒksɪ] *n.* ① 正统说法；正统 ② (O-) 东正教

►►► **presume** [prɪ'zju:m]
[释义] *vt.* ① (to-v) 擅自(做)；冒昧(做) ② 假定，假设 ③ 推定，意味着 *vi.* ①擅自行为，放肆 ② 设想；相信
[同义] dare, assume, fancy, surmise, think
[同根] presumption [prɪ'zʌmpʃən] *n.* ① 推测；假定，设想 ② 冒昧；放肆 ③ 推测的理由(或根据)
presumable [prɪ'zju:məbl] *a.* 可推测的；可能有的；似真的

►►► **stimulate** ['stɪmjʊleɪt]
[释义] *vt.* ① (to,into) 刺激；激励 ② 促进…的功能 *vi.* 有刺激之作用；起促进作用
[同根] stimulation [ˌstɪmjʊ'leɪʃən] *n.* 刺激；兴奋
stimulative ['stɪmjʊlətɪv] *a.* ① 刺激性的 ② 激励的；鼓舞的 *n.* 刺激品
stimulant ['stɪmjʊlənt] *n.* ① 兴奋剂；兴奋饮料；酒 ② 刺激物，激励物 *a.* 使人兴奋的；激励的

►►► **nominate** ['nɒmɪˌneɪt]
[释义] *vt.* ① (for,as) 提名 ② (to, as) 任命，指定
[同义] put up, put forward, propose, constitute
[反义] innominate
[同根] nomination [ˌnɒmɪ'neɪʃən] *n.* ① 提名；任命 ② 提名权；任命权
nominee [ˌnɒmɪ'ni:] *n.* 被提名人

►►► **range** [reɪndʒ]
[释义] *n.* ① 排，行；一系列 ② 山脉 ③ (变化等的) 幅度；(知识等的) 范围；区域 *vt.* ① 排列，将…排成行 ② 使并列；使进入行列 *vi.* ① 平行；列成一行 ② 绵亘，延伸 ③ 漫游；(over) (范围) 涉及
[词组] range from ... to ... 从…到…
out of range 越界，溢出

►►► **versus** ['və:səs]
[释义] *prep.* ① (法律和运动用语，常略作 v. 或 vs.) 对；对抗 ② 与…相对
[词组] vice versus 反之亦然

►►► **distract** [dɪ'strækt]
[释义] *vt.* ① (from) 转移，分散，岔开 ② (from) 使分心；使转向 ③ 困扰；使错乱；使苦恼
[反义] concentrate, focus, attract
[同根] distraction [dɪ'strækʃən] *n.* ① 分心，注意力分散 ② 困惑；焦躁不安 ③分散注意的事物
distractive [dɪs'træktɪv] *a.* 分散注意力的
distractor [dɪs'træktə] *n.* 错误选择，扰乱项目

►►► **disconnect** [ˌdɪskə'nekt]
[释义] *vt.* ① (from) 使分离，分开，断开 ② 切断(电话、电源等)
[反义] connect, link, tie, link up
[同根] disconnection [ˌdɪskə'nekʃən] *n.* 分离；切断；绝缘
disconnected [ˌdɪskə'nektɪd] *a.* 无联络的；支离破裂的；无系统的

►►► **analogical** [ˌænəl'ɒdʒɪkəl]
[释义] *a.* 类似的；类推的
[同根] analogy [ə'næləd ʒɪ] *n.* ① (between, to, with) 相似，类似 ② 比拟；类推，类比
analogically [ˌænə'lɒdʒɪkəlɪ] *ad.* 类似；类比；类推
[词组] by analogy 通过类推

►►► **literal** ['lɪtərəl]
[释义] *a.* ① 照字面的；原义的 ② 如实

的，不夸张的 ③ 逐字的
[反义] figurative
[同根] literally ['lɪtərəlɪ] *ad.* 逐字地，照字面地；正确地 ② 实在地，不加夸张地 ③ 简直
literate ['lɪtərɪt] *a.* ① 能读写的 ② 有文化修养的 *n.* ① 能读写的人 ② 有文化修养的人
literacy ['lɪtərəsɪ] *n.* ① 识字；读写能力 ② 知识；能力

▶▶▶ **parallel** ['pærəlel]
[释义] *a.* ① (to, with) 平行的，同方向的 ② (to) 相同的；类似的 *n.* ① (to, with) 平行线；平行面 ② (to, with) 类似的人(或事物) ③ (between, with) 相似处 *vt.* ① 使成平行；与…平行 ② (with) 比较 ③ 与…相似，比得上
[同根] paralleled ['pærəleld] *a.* 平行的
unparalleled [ʌn'pærəˌleld] *a.* 无比的，无双的，空前的

▶▶▶ **ambiguity** [ˌæmbɪ'gjuːɪtɪ]
[释义] *n.* ① 可作两种(或多种)解释；意义不明确 ② 模棱两可的话；含糊话
[同根] ambiguous [æm'bɪgjuəs] *a.* ① 含糊不清的 ② 引起歧义的
ambiguously [æm'bɪgjuəslɪ] *ad.* 含糊不清地，不明确地

▶▶▶ **utility** [juː'tɪlɪtɪ]
[释义] *n.* ① 公用事业 ② 效用 *a.* ① 有多种用途的；通用的 ② 实用的 ③ 公用事业的
[同义] usefulness
[反义] inutility, uselessness, unusefulness
[同根] utilize ['juːtɪlaɪz] *vt.* 利用

▶▶▶ **proximity** [prɒk'sɪmɪtɪ]
[释义] *n.* (to,of) 接近，邻近；亲近

▶▶▶ **recur** [rɪ'kəː]
[释义] *vi.* ① 再发生，复发 ② (to) (往事等) 再现，重新忆起 ③ (to) (问题等) 被重新提出 ④ (to) 诉诸依赖，采用
[同根] recurrence [rɪ'kʌrəns] *n.* ① 再发生，复发 ② 重新提起 ③ 再现；回忆 ④ 诉诸
incur [ɪn'kəː] *vt.* 招致，惹起，带来；遭受
occur [ə'kəː] *vi.* ① 发生 ② 出现；存在 ③ (to) 被想起，被想到，浮现

▶▶▶ **recover** [rɪ'kʌvə]
[释义] *vt.* ① 重新获得；重新找到 ② 恢复；使恢复原状 ③ 挽回，弥补 *vi.* (from) 恢复健康；恢复原状；恢复
[同义] get back, heal, improve, rescue, retrieve, reclaim, regain
[同根] recovery [rɪ'kʌvərɪ] *n.* ① 重获；复得 ② (from) 恢复，复苏；复原，痊愈

Cloze

2009.6

Some historians say that the most important contribution of Dwight Eisenhower's presidency (总统任期) in the 1950s was the U.S. interstate highway system. It was a **massive** project, easily **surpassing** the scale of such previous human **endeavors** as the Panama Canal. Eisenhower's interstate highways **bound** the nation together in new ways and **facilitated** major economic growth by making commerce less **exclusive**. Today, an information superhighway has been built—an electronic network that connects libraries, corporations, government agencies and individuals. This electronic superhighway is called the Internet, and it is the backbone (主干) of the World Wide Web.

The Internet had its **precedents** in a 1969 U.S. Defense Department computer network called ARPAnet, which **stood for** Advanced Research Projects Agency Network. The Pentagon built the network for military **contractors** and universities doing military research to exchange information. In 1983 the National Science Foundation (NSF), whose **mission** is to promote science, took over.

This new NSF network attracted more and more **institutional** users, many of which had their own **internal** networks. For example, most universities that joined the NSF network had intracampus computer networks. The NSF network then became a connector for thousands of other networks. With a backbone system that interconnects networks, Internet was a name that fit.

So we can see that the Internet is the wired infrastructure (基础设施) on which web messages move. It began as a military communication system, which expanded into a government-funded **civilian** research network.

Today, the Internet is a user-financed system tying **intuitions** of many sorts together amid an "information superhighway."

文章词汇注释

▶▶▶ massive ['mæsɪv]

[释义] *a.* ① 大而重的，大块的 ② 可观的，巨大的，大量的

[同义] ponderous, coarse, sturdy, clumsy, heavy, gross, bulky

[同根] mass [mæs] *n.* ①(聚成一体的)团，块 ② 大量，大批；众多 ③ 质量 ④ 大量的东西 *vt. & vi.* (使)集中；聚集 *a.* ① 许多的，群众性的，普通的 ② 总的，整个的

▶▶▶ surpass [sə'pɑːs]

[释义] *vt.* 超过；优于；多于；非…所能办到

[同义] go beyond, excel, exceed, beat, outdo, overstep

▶▶▶ endeavor [en'devə]

[释义] *vt. & vi.* 尝试，试图 *n.* <正> 努力，尽力

[同义] effort, struggle, labor, attempt, strive

[反义] neglect

▶▶▶ bind [baɪnd]

[释义] *vt.* ① 使结合，使有密切关系 ② 捆，绑 ③ (up) 扎，束；包扎 ④ 给…镶边 *vi.* ① 粘结，粘合 ②(衣服等)过紧 ③ 装订 ④ 有约束力 *n.* ① 捆绑(物) ②(衣服等的)过紧处 ③ 困境，尴尬处境

[反义] loosen, undo, unfasten, untie, unbind

[同根] adhere, attach, bandage, tie up, fasten, restrain

▶▶▶ facilitate [fə'sɪlɪteɪt]

[释义] *vt.* ① 使便利，减轻…的困难 ② 促进；促使

[同义] smooth, assist, ease, favor, promote

[同根] facility [fə'sɪlɪtɪ] *n.* ① 能力 ② 设备，设施 ③（机器等的）特别装置；（服务等的）特色 ④（学习、做事的）天资，才能，天赋

▶▶▶ precedent ['presɪdənt]

[释义] *n.* ① 先前出现的事例；前例；先例 ② 范例，判例

[同义] preliminary, antecedent, original

[反义] follower

[同根] precede [ˌprɪ'siːd] *vt. & vi.* ① 在…之前发生（或出现）；先于 ② 走在…前面

▶▶▶ stand for 代表

▶▶▶ contractor ['kɒnˌtræktə]

[释义] *n.* (建筑、监造中的)承包人；承包单位，承包商

[同义] manufacturer, architect, builder, maker

[同根] contract [kən'trækt] *vt.& vi.* ①染上(恶习,疾病等) ②(使)收缩,(使)紧缩；(使)缩短；(使)皱缩 *vt.* ①缔结；订契约 ②（与…）订立（婚约）；（与…）缔结（同盟）

['kɒntrækt] *n.* ①契约，合同 ②婚约

▶▶▶ mission ['mɪʃən]

[释义] *n.* ① 使命，任务，天职 ② 代表团

[同义] business, purpose, errand, assignment

▶▶▶ institutional [ˌɪnstɪ'tjuːʃənəl]

[释义] *a.* 公共机构的，慈善机构的，制度上的

[同根] institution [ˌɪnstɪ'tjuːʃən] *n.* ① 惯例，习俗，制度，（由来已久的）风俗习惯 ②建立，制定，设立

institute ['ɪnstɪtjuːt] *vt.* 建立，制定

n. ①协会，学会；学院，研究院 ②（教育、专业等）机构，机构建筑

▶▶▶ **internal** [ɪn'tə:nəl]

[释义] a.① 内部的，里面的 ② 国内的，内政的 ③ 体内的 ④ 本身的；自身的

[反义] external [eks'tə:nl] a. ① 外面的，外部的 ② 外观的，表面的 ③ 外国的

[同根] internality [ˌɪntə'næləti] n. 内在，内在性

▶▶▶ **civilian** [sɪ'vɪljən]

[释义] a. 平民的；民用的 n.（与军、警相对的）平民，百姓

[同根] civil ['sɪvɪl] a. ① 市民的 ②文职的；世俗的 ③ 民事的 ④ 彬彬有礼的 ⑤国内的

civic ['sɪvɪk] a. ① 城市的 ② 市民的；公民的 ③ 市民资格的

▶▶▶ **intuition** [ˌɪntju:'ɪʃən]

[释义] n. ① 直观（能力），直觉 ② (that) 直觉感知的事；直觉知识 ③ 敏锐的洞察力

[同根] intuitive [ɪn'tju:ɪtɪv] a. ① 直觉的；有直觉力的 ② 凭直觉获知的；可以靠直觉得知的

▶▶▶ **backbone** ['bækˌbəʊn]

[释义] n. ① 骨干，支柱，主力 ② 脊骨，脊柱 ③ 脊骨状物；（船的）龙骨 ④ 骨气；毅力

选项词汇注释

▶▶▶ **concise** [kən'saɪs]

[释义] a. 简明的，简洁的；简要的

[同义] brief, curt, short, terse

[反义] diffuse, redundant, prolix

▶▶▶ **radical** ['rædɪkəl]

[释义] a. ① 根本的，基本的 ② 原本的，与生俱来的 ③ 极端的，过激的；激进派的 n. ①基础；基本原理 ②激进分子；激进党派成员

[同义] root, revolutionary, extreme, utmost

[反义] conservative, superficial

▶▶▶ **trivial** ['trɪvɪəl]

[释义] a. ① 琐细的；无价值的 ② 浅薄的；轻浮的 ③ 普通的，平凡的

[同义] little, banal, insignificant, superficial, trifling, unimportant, worthless

▶▶▶ **element** ['elɪmənt]

[释义] n. ① 元素，要素，成分 ② 一点儿，（…的）气味 ③ 自然力，恶劣天气

[同根] elementary [ˌelə'mentərɪ] a. ① 基本的 ② 初级的，基础的 ③ 元素的

▶▶▶ **modify** ['mɒdɪfaɪ]

[释义] vt. ① 更改，修改 ② 缓和，减轻

[同义] change, alter, fix, qualify, vary

[同根] modification [ˌmɒdɪfɪ'keɪʃən] n. ① 修改；改变 ② 缓和；减轻 ③ 修改后的形式，变型

▶▶▶ **mobilize** ['məʊbɪlaɪz]

[释义] vt. ①动员；调动 ②使流通；使松动 vi. 动员起来

[同义] marshal, summon, call up, rally, circulate

[反义] demobilize, inactivate

[同根] mobilization [ˌməʊbɪlaɪ'zeɪʃən] n. 动员

▶▶▶ **terminate** ['tə:mɪneɪt]

[释义] vt. ① 使停止 ② 免…的职，解雇 vi. ①结束；终止 ② (in) 结果 ③ 解雇雇员

[同义] close, complete, conclude, finish, sack

[同根] termination [ˌtəːmɪˈneɪʃən] n. ① 结束，终止 ② 结局，结果 ③ 终止处，界限，边界

▶▶▶ **merge** [məːdʒ]

[释义] vt. ① 使(公司等)合并 ② 使融合；使同化 vi. ①(公司等)合并 ② 融合；同化

[同义] unify, conflate, meld, combine, swallow, unite

[同根] mergence [ˈməːdʒəns] n. 结合；渐渐消失

▶▶▶ **relay** [rɪˈleɪ]

[释义] vt. ①分程传递；转达；转播 ② 给…换班；使得到替换(或补充) ③ 用继电器控制 vi. 分程传递；转达；转播 n. ① 接替；接替人员；替换的马(或猎狗等) ② 接力赛跑；接力赛中的一程

▶▶▶ **unify** [ˈjuːnɪfaɪ]

[释义] vt. ① 使统成一体，联合 ② 使相同；使一致 vi. 成一体，统一；成一致

[同义] merge, mingle, combine, consolidate, unite

[反义] disunify

[同根] unification [ˌjuːnɪfɪˈkeɪʃən] n. 统一；一致；联合

unified [ˈjuːnɪfaɪd] a. 同一标准的

unitary [ˈjuːnɪtərɪ] a. ① 单一的；单元的；一元的 ② 统一的；一元化的

▶▶▶ **figure** [ˈfɪgə]

[释义] n. ①外形 ② 体态；风姿 ③ 人物；名人 ④ 数字 vt. ① 计算 ② (that) 认为，料到 ③ 描绘；描述 vi. ① (as, in) 出现；露头角；扮演角色 ② 做算术，计算 ③ 合乎情理；有道理

[词组] figure out ① 算出；想出 ② 理解

▶▶▶ **bypass** [ˈbaɪˌpɑːs]

[释义] n. 旁道，旁路 vt. ① 绕过，绕走 ② 加设旁道(旁管) ③ 越过；置…于不顾

▶▶▶ **switch** [swɪtʃ]

[释义] vt. ① (on,off) 打开(或关掉)…的开关 ② (to,over) 使转换；为…转接(电话) ③调换；交换 vi. ① 转轨 ② (to) 改变；转移 n. ① 开关，电闸，电键 ② 变更，转换

▶▶▶ **expand** [ɪksˈpænd]

[释义] vt. ① 展开，张开(帆，翅等) ② 使膨胀；使扩张 ③ 扩大；扩充；发展 vi. ① 展开，张开 ② 扩张；发展 ③ 膨胀

[同义] widen, stretch out, prolong, increase

[反义] contract, shrink

[同根] expansion [ɪksˈpænʃən] n. ① 扩展；扩张；膨胀 ② 扩大物

▶▶▶ **extend** [ɪksˈtend]

[释义] vt. ① 延长，延伸；扩大，扩展 ② 伸，伸出 ③ (to) 致；给予，提供 ④ 使竭尽全力 vi. 伸展；扩大；延续

[同义] widen, stretch, prolong, increase

[反义] contract, shrink

[同根] extendable [ɪksˈtendəbl] a. 可伸展的；可延伸的

extent [ɪksˈtent] n. ① 广度，宽度；长度 ② 程度；限度；范围 ③ 一大片(地区)

extensive [ɪksˈtensɪv] a. ① 广大的；大规模的 ② 大量的；庞大的

▶▶▶ **leaflet** [ˈliːflɪt]

[释义] n. ① 传单；单张印刷品 ② 小叶，嫩叶；复叶的一片 vt. & vi. 散发传单

[同根] piglet [ˈpɪglɪt] n. 小猪(尤指乳猪)

booklet [ˈbʊklɪt] n. 小册子

starlet [ˈstɑːlɪt] n. ① 刚露头角的年轻女演员，小女明星 ② 小星星

▶▶▶ **amateur** ['æmətəː]

[**释义**] *n.* ①（科学，艺术，运动等的）业余从事者 ② 外行；粗通（某一行）的人 ③ (of) 爱好者 *a.* ① 业余的 ② 外行的，不熟练的

[**同义**] recreational, inexpert, unskilled; beginner, layman

[**反义**] professional, expert

McDonald's, Greggs, KFC and Subway are today named as the most **littered** brands in England as Keep Britain Tidy **called on** fast-food companies to do more to **tackle** customers who drop their **wrappers** and drinks cartons (盒子) in the streets.

Phil Barton, chief **executive** of Keep Britain Tidy, **launching** its new Dirty Pig **campaign**, said it was the first time it had investigated whichbrands made up "littered England" and the same names appeared again and again. "We **condemn** litterers for dropping this fast food litter **in the first place** but also believe the results have pertinent (相关的) messages for the fast foodindustry. McDonald's, Greggs, KFC and Subway need to do more to **discourage** littering by their customers."

He recognised efforts made by McDonald's, including placing litter **bins** and increasing litter **patrols**, but its litter remained "all too **prevalent**". All fast food **chains** should reduceunnecessary packaging, he added. Companies could also reduce pricesfor those who stayed to eat food on their **premises**, offer money-off vouchers (代金券) or other **incentives** for those who returned packaging and put more bins at **strategic** points in local streets, not just outside their premises. Aspokesman for McDonald's said: "We do our best. Obviously we ask all our customers to **dispose of** litter responsibly." **Trials** of more extensive, all-day litter patrols were **under way** in Manchester and Birmingham.

KFC said it took itsresponsibility on litter management "very seriously", and would introduce a programme to reduce packagingon many products. Subway said that it worked hard to **minimize** the impact of litter on **communities**, but it was "still down to theindividual customer to dispose of their litter responsibly". Greggs said it recognised the "continuing challenge for us all", despite having already taken measures to help tackle the issue.

文章词汇注释

▶▶▶ **litter** ['lɪtə]

[同根] *vt.* ① (with) 把…弄得乱七八糟 ② 乱丢(杂物) ③ (down) 给(牲畜)垫褥草 ④(多产动物)产(仔) *vi.* ① 乱扔废弃物 ② 产仔 *n.* ① 废弃物，零乱之物 ② 杂乱 ③(猪、狗等生下的)一窝(仔畜)

▶▶▶ **call on** ① 拜访 ② 号召，请求

[词组] call back 召回
call down 挑剔，找麻烦，斥责
call for 要求，需要
call forth 唤起，振奋
call in 回收，邀请
call off 取消
call out 号召
call up 征召
call upon 命令，要求

▶▶▶ **tackle** ['tækl]

[释义] *vt.* ① 着手对付(或处理) ② (about, over, on) 与…交涉 ③ 擒抱并摔倒(对方球员)；阻截(对方球员) *n.* ① 滑车，滑车组 ② 用具，装备 ③(足球赛中的)阻截铲球

[同义] harness, attack, grapple with, seize, undertake

▶▶▶ **wrapper** ['ræpə]

[释义] *n.* ① 包裹布；包装纸；书皮；封套 ②(女子的)室内衣服；浴衣

[同根] wrap [ræp] *vt.* ① (up, in) 包，裹 ② (around,about) 缠绕，披 ③ 覆盖；遮蔽 ④ 隐藏；掩饰，伪装 *n.* ① 包裹物,覆盖物 ② 外衣；围巾；披肩 ③(电影)拍摄完工
wrapping ['ræpɪŋ] *n.* 包装纸，包装材料

▶▶▶ **executive** [ɪg'zekjʊtɪv]

[释义] *a.* ① 执行的；实施的 ② 行政上的；行政部门的 ③ 执行者的 *n.* ①执行者；行政官；高级官员 ② 经理；业务主管 ③ 行政部门

[同根] execute ['eksɪkju:t] *vt.* ① 实施，执行；履行 ② 将…处死 ③ 制作(艺术品等)
execution [ˌeksɪ'kju:ʃən] *n.* ① (of) 实行；执行；履行；完成 ② 处死刑；死刑

[词组] CEO =chief executive officer 总裁

▶▶▶ **launch** [lɔ:ntʃ]

[释义] *vt.* ① 使(船)下水 ② 发射；投掷；使升空 ③ 发动(战争等)；开展(斗争等) ④ 开办；发起 *vi.* ① (into) 开始；积极投入；猛力展开 ②(船)下水；出海；起飞 *n.* ① 船的下水；发射 ② 发行；投放市场

[同义] establish, plunge, introduce, start

▶▶▶ **campaign** [kæm'peɪn]

[释义] *n.* ①运动 ② 战役 *vi.* 参加(发起)运动，参加竞选

[同义] movement, effort, fight, drive, crusade

▶▶▶ **condemn** [kən'dem]

[释义] *vt.* ① (as) 责难,责备,谴责 ② (to) 宣告…有罪，判…刑 ③ (to) 迫使…处于(不幸的状态)；使某人注定要

[同义] reprobate, sentence, blame, censure, criticize, denounce

[反义] excuse, forgive, grant, pardon, praise

[同根] condemnation [ˌkɒndem'neɪʃən] *n.* ① (of) 谴责 ② 定罪，宣告有罪 ③ 谴责(或定罪)的理由 ④ 征用；没收
condemnatory [kən'demnəˌtɔ:rɪ]

a. 谴责的；非难的

▶▶▶ **in the first place** 首先

▶▶▶ **discourage** [dɪs'kəːrɪdʒ]

[释义] *vt.* ① 使泄气，使沮丧 ② (from) 劝阻；打消 ③ (from) 阻挡，防止

[同义] warn, admonish, daunt, deject, deter, prevent

[反义] encourage

[同根] discouragement [dɪs'kəːrɪdʒmənt] *n.* ① 沮丧，气馁，泄气 ② 使人泄气的事物 ③ 阻止；劝阻

▶▶▶ **bin** [bɪn]

[释义] *n.* (贮藏谷物等的) 箱子，容器，仓 *vt.* 把…放入 (或贮藏在) 箱 (或仓) 中

▶▶▶ **patrol** [pə'trəʊl]

[释义] *vi.* 巡逻；巡查 *vt.* 巡逻；侦察 *n.* ① 巡逻，侦察 ② 巡逻兵 ③ 巡逻队；巡逻舰队；巡逻机队

[同义] guard, police, protect, watch

▶▶▶ **prevalent** ['prevələnt]

[释义] *a.* ① (among,in) 流行的，盛行的；普遍的 ② 优势的

[同义] prevailing, customary, fashionable, widespread

[同根] prevail [prɪ'veɪl] *vi.* ① (over, against) 胜过，战胜，优胜 ② (among, in) 流行，盛行；普遍

prevalence ['prevələns] *n.* ① 流行，盛行；普遍 ② (疾病等的) 流行程度

▶▶▶ **chain** [tʃeɪn]

[释义] *n.* ① 链，链条；项圈 ② (of) 一连串，一系列 ③ 连锁店，联号 ④ 拘禁；束缚 *vt.* 用锁链拴住；拘禁；束缚

[同义] strand, bind, fasten, restrain, shackle

[反义] unchain

▶▶▶ **premise** ['premɪs]

[释义] *n.* ①经营场地 ② 假定，假设；前提 *vt.* ① 提出…为前提 ② 预述 (条件等)；引导 (论述等) *vi.* 提出前提

[同义] premises, assumption, preface

▶▶▶ **incentive** [ɪn'sentɪv]

[释义] *n.* (to, to-v) 刺激；鼓励，动机 *a.* 刺激的；鼓励的，奖励的

[同义] motivator, motive, stimulus

[反义] disincentive, deterrence

▶▶▶ **strategic** [strə'tiːdʒɪk]

[释义] *a.* 关键的；战略上的

[同根] strategy ['strætɪdʒɪ] *n.* ① 战略；战略学 ② (for,to-v) 策略，计谋；对策

strategically [strə'tiː dʒɪkəlɪ] *ad.* 战略上，战略性地

▶▶▶ **dispose** [dɪ'spəʊz]

[释义] *vi.* (of) 处置，处理；(能) 决定 *vt.* ① (for) 配置，布置 ② 处置，处理；整理

[同根] disposal [dɪ'spəʊzəl] *n.* ① 处理，处置 ② 配置；布置；排列 ③ 出售；转让 ④ 控制；(自由) 处置权

disposable [dɪ'spəʊzəbl] *a.* ① 可任意处理的；可自由使用的 ② 用完即丢弃的，一次性使用的

disposability [dɪsˌpəʊzə'bɪlɪtɪ] *n.* 用后即可丢弃

[词组] dispose of 处理，处置

Man proposes, God disposes. 谋事在人，成事在天。

▶▶▶ **trial** ['traɪəl]

[释义] *n.* ① 试；试用；试验 ② 考验；磨炼；艰苦 ③ (to) 棘手的事；讨厌的人 ④ 审问，审判 *a.* ① 试验的；试制的 ② 审讯的；审判的

▶▶▶ **be under way** 在进行中

▶▶▶ **minimize** ['mɪnəmaɪz]

[释义] *vt.* ① 使减到最少，使缩到最小 ② 低估

[反义] maximize

[同根] minimum ['mɪnɪməm] *n.* ① 最

低限度，最小量 ② 极小量 *a.* 最低的，最小的

minimal ['mɪnɪməl] *a.* ①（正式）最小的；极少的 ② 极小的

▶▶▶ **community** [kə'mju:nɪtɪ]

【释义】*n.* ① 社区，共同社会；共同体 ②（一般）社会，公众 ③（财产等的）共有；（利害等的）一致

【同义】colony, district, society, town

选项词汇注释

▶▶▶ **elevate** ['elɪveɪt]

【释义】*vt.* ① 举起，提高 ② 提升 ③ 鼓舞，使更有修养

【同义】promote, boost, lift, raise

【反义】degrade

【同根】elevator ['elɪveɪtə] *n.* ① 电梯；升降机 ② 起重机，起卸机 ③（备有起吊设备等的）谷仓

▶▶▶ **convene** [kən'vi:n]

【释义】*vi.* 集会；聚集 *vt.* ① 召集（会议）② (before) 传唤…出庭受审

【同义】convoke, assemble, gather, meet

【同根】convener [kən'vi:nə] *n.*（会议）召集人

convention [kən'venʃən] *n.* ①会议，大会；全体与会者 ② 召集，集合 ③ 公约，协定 ④ 惯例，习俗；常规

▶▶▶ **project** [prə'dʒekt]

【释义】*vt.* ① 计划；规划 ② (at, into) 投掷，发射，喷射 ③ (on, onto) 投射（光线等）；映 ④ 突出；使凸出 *vi.* (from, into)突出，伸出 *n.* ① 方案，计划，规划 ② 工程 ③ 科研项目

▶▶▶ **commercial** [kə'mə:ʃəl]

【释义】*a.* ① 商业的；商务的 ② 营利本位的；商业性的 ③ 质量低劣的；供工业用的 *n.*（电视、广播中的）商业广告

【同根】commerce ['kɒmə:s] *n.* ① 商业，贸易，交易 ②（思想，意见，感情的）交流；社交

commercially [kə'mə:ʃəlɪ] *ad.* 商业上；通商上

▶▶▶ **refute** [rɪ'fju:t]

【释义】*vt.* 驳斥，反驳，驳倒

【同义】controvert, argue, contradict, dispute

【同根】refutation [,refjʊ'teɪʃən] *n.* 反驳

refutatory [rɪ'fju:tətərɪ] *a.* 反驳的

▶▶▶ **disregard** [,dɪsrɪ'gɑ:d]

【释义】*vt.* ① 不理会，不顾 ② 漠视；不尊重 *n.* ① 忽视 ② 漠视；不尊重

【同义】neglect, ignore, snub, brush off, discount

【反义】regard

【同根】regard [rɪ'gɑ:d] *n.* ① (to,for) 注重，注意；考虑；关心 ② (for) 尊敬；尊重；器重 ③ 注视，凝视 *vt.* ① (as) 把…看作，把…认为 ②（常用于否定句）注重，注意，考虑 ③ 尊敬，尊重 *vi.* ① 注重，注意 ② 注视

▶▶▶ **suppress** [sə'pres]

【释义】*vt.* ① 镇压，平定；压制 ② 查禁；废止；封锁 ③ 抑制，忍住

【同根】suppression [sə'preʃən] *n.* ① 压制；镇压；禁止 ② 抑制；阻止；忍住 ③ [心] 压抑；被压抑的思想（或冲动等）

impress [ɪm'pres] *vt.* ① 给…极深的印象；使感动 ② 使铭记，铭刻 ③ 印，

压印；盖（印）于

▶▶▶ **exclude** [ɪks'klu:d]

[释义] *vt.* ① (from) 拒绝接纳；把…排除在外；不包括 ② (from) 逐出，开除 ③ 排斥（可能性等）；对…不予考虑

[同根] exclusion [ɪks'klu:ʒən] *n.* ① 排斥，排除在外 ② 被排除在外的事物

exclusionary [ɪk'sklu:ʒənərɪ] *a.* 排斥性的，排他的

exclusive [ɪks'klu:sɪv] *a.* ① 独有的，独占的 ②除外的；全部的 ③（团体，学校等）限制严格的；排外的

▶▶▶ **retreat** [rɪ'tri:t]

[释义] *vi.* ① (from,to) 撤退，退却 ② (from, to) 退避，躲避 ③ (from) 退缩，退出 *n.* ① (from, to) 撤退 ② 撤退信号；（日落时）降旗号 ③ 隐退处；休养所

[同义] hide away, pull away, recede, reverse, withdraw

[反义] advance

▶▶▶ **incorporate** [ɪn'kɔ:pəreɪt]

[释义] *vt.* ① (in,into) 包含；加上；吸收 ② (with) 把…合并；使并入 ③ (with) 使混合 *vi.* ① (with) 合并；混合 ② 组成公司（或社团）

[同义] integrate, contain, comprise, combine, merge

[同根] incorporation [ɪnˌkɔ:pə'reɪʃən] *n.* ① 团结 ② 合并；编入 ③ 法人组织；公司

incorporated [ɪn'kɔ:pəreɪtɪd] *a.* ① 合并的；结合的 ② 法人（公司）组织的

incorporator [ɪn'kɔ:pəreɪtə] *n.* 社员

▶▶▶ **comprise** [kəm'praɪz]

[释义] *vt.* ① 包含，包括 ② 由…组成 ③ 构成

[同义] consist, incorporate, constitute, represent, include, involve

▶▶▶ **accessory** [æk'sesərɪ]

[释义] *n.* ① 附件，配件；附加物件 ② 妇女饰品；房间陈设 ③ (to) 从犯，同谋 *a.* ①附加的，辅助的 ②同谋的，帮凶的 ③非主要的；副的

[同义] subsidiary, accomplice, supplement, assistant, ancillary, auxiliary

▶▶▶ **merit** ['merɪt]

[释义] *n.* ① 价值 ② 长处，优点 ③ 功绩，功劳 ④ 功过；是非曲直

[同义] virtue, deserve, excellence, worth

[反义] defect, demerit, fault

▶▶▶ **dividend** ['dɪvɪdend]

[释义] *n.* ① 红利，股息 ② 被除数 ③（足球彩票的）彩金

[同义] plus, bonus, extra

▶▶▶ **narrator** [næ'reɪtə]

[释义] *n.* ① 解说员 ② 叙述者，讲述者

[同义] narrate [næ'reɪt] *vt.* ① 讲（故事）；叙述 ② 给（电影等）作旁白 *vi.* ① 讲述，叙述 ②（给电影等）作旁白

narration [næ'reɪʃən] *n.* ① 叙述，讲述 ② 叙事体 ③ 报导；故事 ④ 解说

narrative ['nærətɪv] *n.* ① 记叙文；故事 ② 叙述，讲述 *a.* 叙事的；叙事体的；故事形式的

▶▶▶ **mediator** ['mi:dɪeɪtə]

[同根] *n.* ① 调停者 ② 传递者 ③ 中介物

[同义] go-between, intermediary, intercessor

[同根] mediate ['mi:dɪeɪt] *vt.* ① 调停解决 ② 传达 *vi.* ① 调解，斡旋 ② 居中 *a.* 间接的；居间的

mediation [ˌmi:dɪ'eɪʃən] *n.* 调解，斡旋

▶▶▶ **broker** ['brəʊkə]

[释义] *n.* ① 经纪人，中间人 ② 股票（或证券）经纪人 (=stockbroker) *vi.* ① 做掮客（或中间人等）② 作为

权力经纪人进行谈判 *vt.* 以中间人等身份安排

▶▶▶ **off hand** 当即，立刻

▶▶▶ **liability** [ˌlaɪəˈbɪlɪtɪ]
[释义] *n.* ① (to) 倾向 ② (for, to-v) 责任，义务 ③ 不利条件 ④负债，债务
[同根] liable [ˈlaɪəbl] *a.* ① (to, to-v) 易患…的；易…的 ② (to-v) 会…的；可能的 ③ (for,to-v) 负有法律责任的，有义务的 ④ (to) 应受罚的；应服从的；应付税的

▶▶▶ **commission** [kəˈmɪʃən]
[释义] *n.* ① (on) 佣金 ② 权限，任务等的) 委任，委托 ③ (to-v) (被委任的) 任务，权限，职权 ④ 委员会 *vt.* ① 委任，委托 ② 任命，授衔 ③ 委托制作 (或做等)
[同义] committee, charge, mission
[同根] commissioner [kəˈmɪʃənə] *n.* ① (政府部门的) 长，长官 ② (委员会的) 委员 ③ 专员；地方司法行政长官

▶▶▶ **divert** [daɪˈvəːt]
[释义] *vt.* ① (from) 转移；使分心 ② (from, to) 使转向；使改道 ③ 逗…开心，娱乐 *vi.* 转向；转移
[同义] deviate, amuse, detract, distract, entertain, tickle
[同根] diversion [daɪˈvəːʒən] *n.* ① 转向，转移；转换 ② 分散注意力 ③ 分散注意力的东西
revert [rɪˈvəːt] *vi.* ① 回复；复旧 ② 重提；重想 *vt.* (to) 使回复原状；使恢复原来的做法

▶▶▶ **degrade** [dɪˈgreɪd]
[释义] *vt.* ① 使降级；降低…的地位 ② 降低…的品格 (或质量、价值等)；使丢脸 *vi.* 降低；降级
[同义] disgrace, demean, demote, downgrade, lower, reduce
[反义] upgrade

▶▶▶ **suspend** [səsˈpend]
[释义] *vt.* ① 悬挂 ② 使飘浮，使悬浮 ③ 使终止 *vi.* ① 悬挂，吊 ② 悬浮 ③ 暂停经营
[同义] defer, interrupt, postpone, shelve, sling, halt
[同根] suspension [səsˈpenʃən] *n.* ① 悬挂 ② (of, from) 暂停；终止 ③ (of) (判断) 暂不作出 ④ 悬置机构；悬架

▶▶▶ **unique** [juːˈniːk]
[释义] *a.* ① 唯一的，独一无二的；独特的 ② 无可匹敌的，无与伦比的 ③ 罕有的 *n.* 独一无二的人 (或事物)
[同义] unequaled, unparalleled, singular

▶▶▶ **respective** [rɪˈspektɪv]
[同根] *a.* 分别的；各自的
[同义] individual, particular, specific
[同根] respectively [rɪˈspektɪvlɪ] *ad.* 分别地，各自地

▶▶▶ **concrete** [ˈkɒnkriːt]
[释义] *a.* ① 有形的，实在的；具体的 ② 混凝土的 *n.* ① 具体物 ② 混凝土；凝结物 *vi.* 凝结，固结
[反义] abstract